公安
信息化概论

police

王电 著

清华大学出版社
北京

内 容 简 介

　　本书从公安信息化应用的角度，为读者解析公安信息化建设的方法和基本理论，通过实际案例，引导读者掌握需求描述、业务分析、系统设计、工程实施、风险规避的信息化建设理论、技术路线与实施要点。

　　本书分为5篇29章，分别从公安信息化的数据属性分析、综合信息应用、专业信息应用、基础环境建设、工程实施管理5个部分进行了讨论，书中所讨论的全部素材和相关技术均来自实际案例，并经过了公安信息化建设的实践验证。通过本书希望读者能够在主持研究和设计公安信息化建设课题时明确公安信息化建设的基本理论、技术路线、数据模型、信息处理的特点和具体的实现方法；在实施公安信息化建设工程项目时，能够清楚有哪些工作要做，应该怎样去描述需求，分析业务，应该怎样去设计和实施，在实施中需要掌握的要点是什么，如何分析和规避信息化建设中的风险等。

　　本书可作为公安院校计算机及相关专业的专业基础教材，还可以选择本书的相关内容，作为各地公安机关在职培训和晋衔培训时的信息化培训教材。

图书在版编目（CIP）数据

公安信息化概论 / 王电著. —北京：清华大学出版社，2011.5
ISBN 978-7-302-24928-3

Ⅰ. ①公… Ⅱ. ①王… Ⅲ. ①信息技术－应用－公安工作－研究－中国　Ⅳ. ①D631-39

中国版本图书馆CIP数据核字（2011）第032720号

责任编辑：夏非彼
责任校对：高　萍
责任印制：杨　艳

出版发行：清华大学出版社　　　　　　　　地　　　址：北京清华大学学研大厦 A 座
　　　　　http://www.tup.com.cn　　　　邮　　　编：100084
　　　　　社　总　机：010-62770175　　邮　　　购：010-62786544
　　　　　投稿与读者服务：010-62776969，c-service@tup.tsinghua.edu.cn
　　　　　质　量　反　馈：010-62772015，zhiliang@tup.tsinghua.edu.cn
印　刷　者：清华大学印刷厂
装　订　者：三河市兴旺装订有限公司
经　　　销：全国新华书店
开　　　本：190×260　印　张：41.25　字　数：1056 千字
版　　　次：2011 年 5 月第 1 版　印　次：2011 年 5 月第 1 次印刷
印　　　数：1～4000
定　　　价：79.00 元

产品编号：030969-01

绪　论

　　"概论"者，"概"而"论"之也，公安信息化建设是一部博大精深的百科全书，如果力图完整地"概"而"论"之，是一件很困难的事情，但作者应邀在各地公安机关讲课以及承担中国人民公安大学相关课程教学任务的过程中，又感觉似乎缺乏一本有针对性的、可以对公安信息化工程建设过程中的主要内容进行简述的技术性论著，它既不是传统的软件工程教程，也不是公安业务的简单描述，而是希望将公安业务的信息处理特征融汇于信息技术的应用中，以公安信息处理的视角来描述公安信息化工程建设的所有构成。在这种背景下，作者产生了撰写本书的冲动，希望本书既可以作为简述公安信息化建设实践的专业基础教程，又可以成为各地各级公安机关进行信息化建设的技术参考资料。本书力图按照这个思路进行有益的尝试，为读者提供一个可以进一步探索和争论的空间，希望在有识之士的共同努力和争论中，使公安信息化建设的内涵和理论得到整理和总结。

　　本书的主要宗旨不仅是介绍具体的信息化建设技术，而且通过多年的公安信息化建设实践，希望从公安信息化应用的角度，为读者解析公安信息化建设的方法和基本理论，通过实际的案例，希望读者明白：如果我要建设这样的系统，应该做什么，应该怎样去描述需求，怎样去分析业务，应该怎样去设计，应该怎样去实施；在实施中需要掌握的要点是什么，如何分析和规避信息化建设中的风险等。这样，就必然将本书的"概"而"论"之扩展到某些信息处理领域的"简"而"述"之，但为了清晰地介绍相关的观点，本书还是容忍了这样的修正，没有简单地一"概"到底，而是以描述完整、准确为基本要务，希望读者能够理解。就公安信息化应用的覆盖范围而言，本书所讨论的内容似乎还缺少了其中的某些部分，例如本书就没有涉及公安交通管理的信息化建设内容，这是因为本书希望讨论的是公安信息化建设的方法论，也就是公安信息化中"信息化"的内容，而不是"信息"的内容。由于作者有着六年主持设计和实施城市公安交通综合信息管理系统的实际经历，深知公安交通管理的信息构成十分庞大和多样化，如果从"信息"的角度考虑，将公安交通管理的信息化建设的相关内容独立成丛书都是名副其实的，但如果从"信息化"的角度考虑，本书已经涉及了公安交通管理信息化建设中的大部分信息处理技术，所以，在篇幅有限的情况下，思考再三，还是忍痛割爱了。

　　本书分为5篇，共29章，分别从公安信息化的数据分析、综合信息应用、专业信息应用、基础环境建设、工程实施管理5个方面进行了讨论。

　　在数据分析篇中，对公安信息化建设中的数据属性进行了讨论，从公安信息数据体系结构、公安信息资源目录体系、公安信息化标准体系的角度，希望告诉读者，警务综合信息应用平台的数据应该如何组织，这种组织的理论依据是什么？具体的构成模型如何？也希望读者能够思考：专业警种信息化应用的数据都是由哪些数据组成的？这样组织数据的理论基础何在？并从数据规范的角度，描述了数据元素标准的构成、描述和应用。

　　在综合应用篇中，重点围绕综合信息的数据组织，快速反应体系的建立，在共享数据的前提下，探讨了警务综合信息应用平台、综合查询信息处理、指挥中心建设、接处警信息处理、法律审核与控制、情报研判平台的信息处理特征、信息处理技术路线以及相应的实现方法，并在实际建设案例的基础上，深入讨论了上述信息处理内容的功能构成，以及在公安信息化建设实践中的验证结果。通过对综合应用篇的讨论，希望读者能够理解建立上述信息处理系统的分析与设计方法，即使没有机会深入地研究，哪怕是按照本书讨论的内容照猫画虎，在实际的建设过程中，也不至于束手无策。

在专业应用篇中，深入讨论了案事件信息处理、串并案信息处理、派出所信息处理、出租屋管理、治安灾害事故应急响应、监所管理信息处理、物品监管信息处理、电子警务信息处理、自然语言与网络舆情信息处理等专业化信息处理的特征，并对信息化处理内容进行了深入的"简"而"述"之，明确提出了相关的数据模型和信息处理模型，企盼通过对本篇的讨论，能够掌握专业警种的信息化应用和建设方法，通过举一反三，丰富现有的各种信息化处理手段和体系。

在环境设计篇中，在网络环境建设的成功案例基础上，开宗明义地描述了完整的网络环境技术设计，仔细分析了环境建设的基本构成及相关的技术设计思想与设计实现，对网络视频监控、视频会议、系统安全策略进行了深入的探讨。可以说，环境建设篇是本书中最直接的信息化建设设计方案解析，值得读者花费时间去研读。

在系统建设篇中，从信息化建设的需求提出开始，到信息化建设项目投入运行、直至进入维护阶段为止，完整地讨论了建设需求提出、建设需求解析、开发质量控制、建设工程管理、建设风险分析与规避、工程测试与交付、工程运行管理、技术文档的规范撰写、信息化标准的采用等内容。重要的是，在这些讨论中，完全不是引用经典而传统的软件工程方法，而是充分考虑到各级公安机关的科技信通部门几乎不可能自主开发信息化建设项目的现状，通过上述的讨论，希望帮助科技信通部门或相关警种的信息化建设部门清晰而容易地做到：如何总结建设单位的需求、如何理解和解析需求、如何撰写招标书中的技术部分、如何评判投标单位对需求的理解、如何看懂开发商提供的技术文档、如何在不参加实际开发工作的前提下进行质量控制、如何分析工程建设的风险并提出规避措施、如何进行测试和验收、如何进行工程管理等，并为满足各地公安机关的信息化建设之需，在最后一章完整地列出了公安部迄今正式公开发布的所有信息化标准名录。相信这些内容都是各级公安机关从事信息化建设的同志们迫切关心的。

本书中将综合信息应用和专业信息应用各自成篇，纯粹是由于这二者的信息处理特征不同，综合信息应用侧重于公安业务中的数据属性研究和共享属性研究，更多地关注数据之间的关系处理；而专业信息应用则侧重于公安业务中的业务规则研究和流程优化研究，更多地关注业务逻辑的信息化再现与控制。从广义的综合信息应用来说，单独一个警务综合信息应用平台就可以承担城市公安机关的全部信息化建设内容，但前提是警务综合信息应用平台不但要熟悉公安业务各警种的数据属性，还必须对公安各警种的业务规则十分精通；而狭义的警务综合信息应用平台则需要着重考虑如何实现各警种业务规则所产生数据的一致、共享与互操作，而有关业务规则的信息化处理则可交由对应的专业化信息系统去操作。就目前公安行业的信息化建设现状来看，上述两种类型的警务综合信息应用平台并存。故此，本书并未刻意追求其中的某一种模式，而是对各自共有的信息化处理特征与建设思路进行分析，以求在进行相关的信息化建设时，对其中的信息处理特征和技术路线有所把握，这也就是本书中不刻意强调刑侦系统、治安系统、派综系统，而是称为案事件信息处理、治安综合信息处理、派出所综合信息处理的根本原因。

本书中所讨论的全部案例、素材和相关的技术文件都取材于公安信息化建设的实际案例，全都经过了公安信息化建设的实际验证，它们分别来自：

- 作者本人主持设计和实施的公安信息化工程建设案例。
- 作者本人主持研究的公安信息化科研课题。
- 作者本人作为主要设计者参与设计和实施的公安信息化工程建设案例。
- 作者本人主持编制或参与审定的公共安全行业信息化标准。
- 作者本人多年公安信息化应用课程的讲课教案。

本书可作为公安院校计算机及相关专业的专业基础教程，教学课时为 50 学时。根据博士研究生、硕士研究生和本科生的不同知识结构和教学要求，可以对本书的内容进行选择性组合，形成不同层次的教学大纲，以满足不同教学目的的课程安排。文后的附录中推荐了不同的教学课时组合以供选用。

还可以选择本书的相关内容，作为各地公安机关在职培训和晋衔培训时的信息化培训教材。

附录

博士研究生课程组合（推荐）

章节	内容	教学课时	实训课时	前导知识
第1章	公安信息基本关系分析	4	2	数据结构与数据仓库构建
第2章	公安信息资源目录体系分析	4	2	信息资源管理
第3章	公安信息化标准基础	2		
第4章	警务综合信息处理分析	4	4	公安部《地市级公安综合信息系统总体方案设计》
第7章	接处警信息处理分析	2		
第8章	法律审核与控制信息处理分析	1		
第9章	情报研判信息处理分析	6	4	数据仓库与数据挖掘
第10章	案事件信息处理分析	2	2	
第16章	自然语言及舆情信息处理分析	3	3	自然语言信息化处理
第17章	公安信息化网络构建	3		计算机网络基础
第20章	信息安全分析	2		
总计		33	17	

硕士研究生课程组合（推荐）

章节	内容	教学课时	实训课时	前导知识
第3章	公安信息化标准基础	2		
第4章	警务综合信息处理分析	6	2	公安部《地市级公安综合信息系统总体方案设计》
第5章	综合查询信息处理分析	2		
第6章	指挥中心集成与快速布控分析	3	2	
第7章	接处警信息处理分析	2		
第8章	法律审核与控制信息处理分析	2		
第9章	情报研判信息处理分析	8	2	数据仓库与数据挖掘
第10章	案事件信息处理分析	5		
第16章	自然语言及舆情信息处理分析	3	2	自然语言信息化处理
第17章	公安信息化网络构建	2	1	计算机网络基础
第20章	信息安全分析	1		信息安全基础
第22章	公安信息化建设需求与解析	4	1	
总计		40	10	

本科生课程组合（推荐）

章节	内容	教学课时	实训课时	前导知识
第4章	警务综合信息处理分析	6	1	公安部《地市级公安综合信息系统总体方案设计》
第5章	综合查询信息处理分析	2	1	
第7章	接处警信息处理分析	2	1	
第10章	案事件信息处理分析	6	1	
第12章	治安综合信息处理分析	6		
第14章	监管物品信息处理分析	5		
第17章	公安信息化网络构建	3	1	计算机网络基础
第20章	信息安全分析	2		信息安全基础
第24章	公安信息化建设工程管理	1	2	软件工程与系统设计基础
第26章	系统测试与交付	3	2	软件工程与系统设计基础
第28章	公安信息化建设技术文档概述	3	1	软件工程与系统设计基础
第29章	公安信息化标准名录	1		
总计		40	10	

在职培训课程组合（推荐）

章节	内容	教学课时	实训课时
第4章	警务综合信息处理分析	1	
第9章	情报研判信息处理分析	1.5	
第16章	自然语言及舆情信息处理分析	0.5	
第22章	公安信息化建设需求与解析	0.5	
第23章	公安信息应用系统质量控制	0.5	
第24章	公安信息化建设工程管理	0.5	
第29章	公安信息化标准名录	0.5	
总计		5	

作者的话

1991年初春的一个早晨，我踏进了昆明市公安局车辆管理所的大门，开始了车辆管理所信息系统的调研，当时并没有意识到，这一天成了我技术生涯的重要转折！从那一天开始，整整二十年了，我从没有离开过公安信息化建设这个领域。我是 1982 年开始从事计算机应用系统设计和实施的，二十九年技术经历中的二十年都和公安信息化建设摸爬滚打在一起，我精力最充沛、最富有想象力、最愿意思考的二十年都交给了公安信息化建设。二十年来，我先后主持设计和实施了部级计算机应用项目4项，省级计算机应用项目 3 项，地市级计算机应用项目 4 项；作为主要设计者，参与编制了公共安全行业信息化标准 8 项；作为公安部社会公共安全应用基础标准化技术委员会委员和公安部计算机与信息化处理标准化技术委员会委员，多年来参与审定和修订了数十项公共安全行业信息化标准。可以说我对公安信息化建设有痴迷之恋，为其付出之多，感情之深，只有自己才能体味其中的酸甜苦辣。

二十年过去，我已年过半百，翻看多年来积累的数百万字技术资料，总有再想想、再看看的冲动。有时候在为各地公安机关备课时，总是从其中随手摘选一些需要的素材，久而久之，发现警官们，尤其是一线警官，喜欢听我的课，大都不是因为我讲授了信息技术本身，而是因为我往往从公安业务的理解入手，将信息处理的概念、技术、方法和公安业务的需求与处理"混"为一谈，难说风格，但总是容易引起警官们的共鸣。课间休息时，往往有警官同志向我索取讲课的幻灯片或讲稿，甚或希望得到教材或发表的文章，这时，写一本书的冲动油然而生。但写什么呢？来自安徽的一位警官（遗憾的是我忘记了他的姓名）告诉我："别写软件工程那样的教材，我们能买到，况且我们平时实际操刀做软件工程的机会也很少，我们需要一本告诉我们怎么向局领导提信息化建设的建议，怎么写招标书，怎么验收系统，怎么解决'条'、'块'交汇下的信息共享，怎么别让开发商蒙了我们，怎样把信通部门和业务部门拉在一起的书。"

我豁然开朗。五年来，《公安信息化概论》这个书名就成了一个挥之不去的心结，虽然其间为避免不自谦之嫌，曾经几易其名，时至今日写完这本书时，仍然让这本"概"而"论"之的书名登堂入室了。之所以在此妄自"论"之，并非心中无惶惑之感，而是因为我记住了那位安徽警官的话："怎么提信息化建设的建议"，很简单的要求，但却要具有很深厚的业务内涵和信息技术内涵。我想，信息处理技术日新月异、博大精深，公安业务历史悠久、数据庞杂，谁都很难精而细之地掌握二者的精华之所在，但是否能够"概"而"论"之？将主要的公安信息化建设方法与思考方法融为一体，也许会在各地公安机关进行信息化建设规划时有所帮助呢，这不也就契合了"信息化建设建议"的基本要点了吗？

再之，在我承担公安大学相关课程的教学任务时，同样发现，当选择的教材是传统的软件工程教程时，来自西藏总队的警官很容易因为晕氧而昏昏欲睡，而当我在讲授时"夹带私活"，将软件工程内容和公安业务结合在一起的时候，北京的氧含量好像一下就和拉萨一样了，他们立刻精神焕发。警员同学们也说，能不能把您的教案留给我们啊？

　　思而想之、忐而忑之，还是让这本书和大家见面了，但学识有限，水平有限，研究有限，难免错误与疏漏，尤其在对公安业务的理解上，实属孔夫子门前卖文章，还望见到此书的警官们、警员们、朋友们、同志们不吝赐教，我在此诚心诚意地谢谢大家了！

　　翻看本书写作过程中的各种素材，确实是感慨万千，从心里讲，这本书真不是我自己一个人能写出来的。书中的所有实际案例，无一不蕴藏着我尊敬的老师和朋友们的多年心血，以及他们在实际设计工作中的点滴指教，这些老师和朋友上至公安部有关业务局的局处领导，中至相关省市公安厅局的各位厅局领导和高级警官，下至基层科所队和业务窗口的一线警员，我真的从心里谢谢他们！在这本书问世之际，虽然因为篇幅的原因，我难以在此一一具名感谢，但请允许我向所有和我合作过的公安机关的领导和警官同志们致敬！并向他们表示我深深的谢意！

　　在此，我还要感谢二十年来和我合作过的每一支技术团队和他们的成员。虽然我和他们大多数的年轻人都是因为项目的存在而工作在一起，但没有他们，我的很多设想都只能停留在脑海里和纸面上。有了他们，我不但有了能够实现具体技术设想的舞台，而且有了验证本书所涉及的所有技术设计的可能。尤其是大量的设计文稿素材以及书中采用的许多技术附图和表格，没有他们，仅凭一己之力，那这本书的工作量之大是我个人难以承担的。为此，我也在这里向所有和我合作过的技术团队成员鞠躬了：谢谢你们——我今天还能够为公安信息化建设做点事情的动力和源泉！

　　时光荏苒，二十年来，我和公安信息化建设一路走来，收获了欢乐，也收获过苦涩，好在公安信息化建设是一本念不完的书，我还有欲望和精力继续念下去，过去和今天的朋友依然是我明天的朋友，我期盼着得到更多的指教和帮助。深深地感谢你们！

作者

2010年12月于北京

作者简介

　　王电，57岁，教授级高级工程师，中国电子软件研究院情报技术实验室主任，中国人民公安大学客座教授，自1982年起从事计算机专业技术工作达29年，长期致力于计算机应用系统设计与开发、数据仓库与数据挖掘研究、信息化标准研究、计算机基础理论教学与技能培训，具备扎实的理论功底和丰富的实践经验。

　　1991年以来，作者心无旁骛，专攻公安信息化应用研究近20年。作为总设计师，先后承担了公安行业多项计算机应用项目的总体技术设计、研究开发和工程实施，包括部级项目4项，省级项目3项，地市级项目4项。其中两项部级应用项目分别获得公安部科学技术一等奖和中国工程爆破协会科技进步一等奖，主要参加编制的《公安业务基础数据元素系列标准》获公安部科学技术三等奖，在相关领域填补了多项国际和国内空白。由于多年的公安信息化研究经验和实践成果，作者被聘为公安部社会公共安全应用基础标准化技术委员会委员、公安部计算机与信息化处理标准化技术委员会委员，实际主持编制了多项行业信息化标准，承担了"公安信息数据体系结构研究"的研究任务。自2003年起，作者受聘中国人民公安大学客座教授，先后承担了数据库原理及应用、知识决策支持系统、数据仓库与数据挖掘等课程博士、硕士研究生的教学任务，并指导了多届硕士研究生的学位论文。

　　作者具备丰富的教学经验和教材编著经历，自1990年起，曾担任中央电视台科技部（CCTV-2、CCTV-10）的特聘教授，主持并教授计算机电视教程达10余年，并在清华大学出版社、电子工业出版社、高等教育出版社等多家出版社出版了10余部教程和教学专著。

目　录

数据分析篇

第 1 章　公安信息基本关系分析 3

1.1　公安信息数据体系结构 4

1.1.1　基本定义研究 4

1.1.2　结构模型 6

1.1.3　基本视图 8

1.1.4　基本形态 9

1.1.5　基于数据体系结构的标准化研究 9

1.2　基本数据视图 10

1.2.1　公安信息化数据集合 10

1.2.2　公安信息要素属性 11

1.2.3　公安信息数据属性 11

1.2.4　公安信息应用语境 13

1.3　数据体系结构的业务体现 13

1.3.1　信息属性与构成分析 14

1.3.2　信息分类与边界分析 15

1.3.3　高危人员的信息模型 16

1.3.4　高危人员主题分析 18

1.3.5　高危人员主题应用 19

1.3.6　高危人员数据挖掘分析 20

1.3.7　数据体系结构的业务特征分析 21

第 2 章　公安信息资源目录体系分析 22

2.1　公安信息资源目录体系 23

2.1.1　信息资源目录体系概述 24

2.1.2　公安信息资源目录体系研究 25

2.2　公安信息目录体系的数据分类 30

2.2.1　多维分类与索引 30

2.2.2　分类索引应用 37

　　2.3.3　数据冲突的消除与吸收 ···38

2.3　公安信息共享属性分析 ···40

　　2.3.1　管理对象与管理行为的分类原则 ·····························40

　　2.3.2　管理对象与管理行为的定义 ·································40

　　2.3.3　管理对象与管理行为示例 ·····································41

第3章　公安信息化标准基础 ···42

3.1　信息化标准体系的需求分析 ···43

3.2　公安信息化标准体系研究 ···44

　　3.2.1　标准体系的内涵 ···44

　　3.2.2　标准体系的信息化特征 ···45

3.3　公安信息化标准体系框架 ···45

　　3.3.1　技术视图 ···45

　　3.3.2　应用视图 ···46

3.4　公安信息化标准体系 ···46

3.5　公安信息化标准明细表 ···49

3.6　数据元素标准研究 ···50

　　3.6.1　数据元素标准提出背景 ···50

　　3.6.2　数据元素标准应用目标 ···51

　　3.6.3　数据元素系列标准构成 ···52

　　3.6.4　数据元素的表示规范 ···52

　　3.6.5　数据元素代码集 ···58

　　3.6.6　数据代码向数据元素的转换 ·····································66

综合应用篇

第4章　警务综合信息处理分析 ···71

4.1　信息处理特征分析 ···72

4.2　信息处理概述 ···74

4.3　信息处理构成分析 ···75

　　4.3.1　基本构成 ···75

　　4.3.2　构成描述 ···76

　　4.3.3　构成原则 ···80

4.4　平台体系结构 ···82

　　4.4.1　体系结构描述 ···82

4.4.2　系统基本构成 83

4.4.3　应用层次 83

4.5　数据分析 83

4.5.1　数据分类 84

4.5.2　存放和分布原则 85

4.5.3　数据存储环境 85

4.6　快速反应分析 86

4.6.1　快速反应体系概述 86

4.6.2　应用基础 87

4.6.3　工作模式 87

4.6.4　信息采集 87

4.6.5　信息查询 88

4.6.6　信息比对 88

4.6.7　图像监控 89

4.6.8　移动通信应用 89

4.6.9　案事件侦查破案 89

4.7　数据抽取与异构互联 89

4.7.1　拓扑结构 91

4.7.2　操作流程 93

4.7.3　功能描述 95

4.7.4　数据抽取信息安全 98

4.8　平台安全概述 99

4.8.1　平台安全目标 99

4.8.2　安全策略 101

4.8.3　容灾与恢复 104

第 5 章　综合查询信息处理分析 106

5.1　信息处理特征分析 107

5.2　信息处理概述 107

5.2.1　综合数据库 107

5.2.2　综合信息查询 108

5.2.3　其他查询 108

5.3　边界与应用 108

5.4　与业务系统的关系 108

5.5　功能构成 109

5.5.1　综合数据库维护与管理 109

5.5.2　综合查询 111

5.5.3　关联轨迹查询 114

5.6　数据库结构 114

5.6.1　基本数据表 115

5.6.2　字典数据表 115

5.6.3　管理数据表 115

5.7　数据关联 115

5.7.1　数据关联配置表 115

5.7.2　关联链表 116

5.8　数据生命周期描述 117

5.9　系统维护 117

5.9.1　综合数据库数据维护 118

5.9.2　数据备份维护 118

第 6 章　指挥中心集成与快速布控分析 120

6.1　集成体系结构 121

6.1.1　体系结构 121

6.1.2　集成系统物理结构 121

6.1.3　信息流构成 123

6.1.4　集成系统构成 124

6.1.5　与其他系统的关系 125

6.2　信息处理流程 125

6.3　主要功能构成 126

6.3.1　接处警功能 126

6.3.2　GPS/PGIS 功能 127

6.3.3　出租车定位功能 128

6.3.4　移动指挥车功能 128

6.3.5　PGIS 标注功能 128

6.4　监控单元构成 130

6.4.1　前端部分 131

6.4.2　传输部分 131

6.4.3　中央监控、控制部分 131

第 7 章　接处警信息处理分析 134

7.1　信息处理特征分析 135

7.2　信息处理概述 136

7.2.1　信息处理关系 138

7.2.2　信息处理构成 139

7.3　内部关系 140

7.4　体系构成 141

7.5　与其他系统的关系 141

7.6　接处警流程 142

　　7.6.1　一般案件处理流程 142

　　7.6.2　重特大案件处理流程 142

7.7　功能概述 144

　　7.7.1　接警功能 145

　　7.7.2　处警登记功能 146

　　7.7.3　信息布控 146

　　7.7.4　关联、比对查询 151

　　7.7.5　信息统计 151

7.8　数据模型分析 152

　　7.8.1　接处警信息关系模型 152

　　7.8.2　接处警信息描述 153

　　7.8.3　与综合系统的关系 155

　　7.8.4　与案事件信息处理的关系 155

　　7.8.5　与 PGIS 信息处理的关系 155

第 8 章　法律审核与控制信息处理分析 **157**

8.1　信息处理特征分析 158

8.2　信息处理概述 159

8.3　与其他系统的关系 161

8.4　信息处理流程 161

　　8.4.1　刑事案件的法律审核与控制 161

　　8.4.2　治安案件的法律审核与控制 167

　　8.4.3　行政案件的法律审核与控制 171

　　8.4.4　电子案卷管理 172

8.5　功能构成 173

8.6　操作功能描述 173

8.7　数据模型 174

　　8.7.1　概念模型关系 174

　　8.7.2　数据分布 174

8.8　与其他系统的数据关系 175

8.9　数据生命周期设计 175

第9章 情报研判信息处理分析 177

9.1 情报与情报技术概述 178

9.2 情报技术需求与竞争分析 180

    9.2.1 情报技术需求分析 180

    9.2.2 情报技术发展趋势分析 180

    9.2.3 情报技术竞争分析 183

9.3 情报技术的构成分析 183

9.4 公安情报信息概述 186

    9.4.1 公安情报的产生 186

    9.4.2 公安情报的构成 188

9.5 情报研判目标定义 191

9.6 背景与难点分析 191

    6.6.1 情报信息处理背景 191

    9.6.2 情报研判特征 192

    9.6.3 情报研判构成与难点 194

9.7 系统体系结构 196

9.8 研判内容分析 196

9.9 情报研判结果构成 197

9.10 情报研判信息模型分析 199

9.11 情报研判技术原则 201

    9.11.1 业务无关性原则 201

    9.11.2 主题驱动性原则 202

    9.11.3 模型导向性原则 202

    9.11.4 技术集成性原则 202

9.12 情报研判的信息化实现 203

    9.12.1 重大事件情报分析模型 203

    9.12.2 分析模型原理 204

    9.12.3 模型分析结果验证 205

专业应用篇

第10章 案事件信息处理分析 215

10.1 信息处理特征分析 216

10.2 信息处理概述 218

10.2.1 省级信息处理 218

10.2.2 市级信息处理 219

10.3 体系结构 219

10.3.1 省级体系结构 221

10.3.2 地市级体系结构 221

10.3.3 网络构成 222

10.3.4 数据流与业务流描述 223

10.4 功能分析 224

10.4.1 省级应用功能 224

10.4.2 地市级应用功能 229

10.4.3 现场勘验信息处理 242

10.4.4 情报线索管理 245

10.5 数据模型分析 246

10.5.1 案事件信息关系模型 246

10.5.2 物证信息关系模型 247

10.5.3 数据分类 248

10.6 与其他系统的数据关系 249

10.6.1 与接处警的数据关系 249

10.6.2 与综合查询的数据关系 249

10.6.3 与监管业务的数据关系 249

10.6.4 与交管业务的数据关系 249

第 11 章 串并案信息处理分析 251

11.1 信息处理特征分析 252

11.2 基本概念 252

11.3 信息关系模型 253

11.4 串并结构 254

11.5 功能构成 255

11.5.1 数据攫取 255

11.5.2 信息关联串并 256

第 12 章 治安综合信息处理分析 262

12.1 信息处理特征分析 263

12.2 信息处理概述 264

12.3 服务与数据关系 265

12.4 派出所综合信息处理 265

12.4.1 信息处理概述 267

12.4.2 信息处理边界 268

12.4.3 系统接口 269

12.4.4 功能概述 271

12.5 出租屋信息管理 283

12.5.1 信息处理概述 283

12.5.2 信息处理规则 286

12.5.3 功能构成 287

12.6 治安灾害事故应急响应 294

12.6.1 信息处理特征分析 294

12.6.2 应急响应基本构成 296

12.6.3 信息处理概述 298

12.6.4 信息处理构成 299

12.6.5 数据构成关系 301

12.6.6 技术框架 302

12.6.7 逻辑结构 303

12.6.8 信息处理基本构件 303

第 13 章 监所管理信息处理分析 308

13.1 信息处理特征分析 309

13.2 信息处理概述 309

13.3 信息处理构成 311

13.3.1 监管信息数据库 311

13.3.2 监管信息处理 311

13.3.3 基层所院信息处理 311

13.4 与其他系统的关系 312

13.4.1 与综合系统的关系 312

13.4.2 与其他业务系统的关系 312

13.5 系统服务对象 312

13.6 功能构成分析 313

13.6.1 监所管理机关功能构成 313

13.6.2 看守所功能构成 313

13.6.3 治安拘留所功能构成 315

13.6.4 收容教育所功能构成 315

13.6.5 安康医院功能构成 317

13.7 流程解析 318

13.7.1 入所管理 318

13.7.2 出所管理 318

13.7.3　所内管理 ·· 319

13.7.4　医疗管理 ·· 320

13.7.5　办案信息管理 ·· 321

13.7.6　监所管理 ·· 321

13.7.7　查询 ·· 321

13.7.8　统计 ·· 322

13.8　数据模型 ··· 322

13.8.1　人员数据模型 ·· 322

13.8.2　监所管理数据模型 ·· 323

13.9　与外部关联关系 ··· 323

13.9.1　相关的外部数据库 ·· 323

13.9.2　关联内容 ·· 324

13.10　监控系统 ·· 324

13.10.1　前端部分 ·· 324

13.10.2　传输部分 ·· 325

13.10.3　中央监控、控制部分 ·· 325

第 14 章　监管物品信息处理分析 ·· 326

14.1　信息处理特征分析 ··· 327

14.2　监管背景分析 ··· 328

14.3　信息处理概述 ··· 330

14.4　监管模型概述 ··· 334

14.5　监管技术路线 ··· 336

14.6　监管模型实现 ··· 337

14.6.1　雷管产品信息监控管理 ··· 337

14.6.2　单据、票证信息监控管理 ··· 338

14.6.3　发放信息监控管理 ·· 339

14.6.4　比对跟踪监控管理 ·· 339

14.7　监管信息处理 ··· 341

14.7.1　监管信息流 ·· 341

14.7.2　物品监管构成 ·· 343

14.7.3　物品监管的信息对象 ·· 343

14.8　功能构成与概述 ··· 344

14.9　协同管控体系分析 ··· 346

14.9.1　协同管控信息体系 ·· 346

14.9.2　信息资源体系 ·· 346

14.9.3　协同管控平台拓扑结构 ··· 349

14.10　协同管控基础平台解析 350

14.10.1　基础平台总体结构 350

14.10.2　平台构成数据流向 350

14.10.3　协同管控平台构成 351

14.11　监管物品的物联网应用 355

14.11.1　物联网应用形态 356

14.11.2　基于物联网的物品监管 358

14.11.3　物联网监管的安全机制 361

第 15 章　电子警务信息处理分析 363

15.1　信息处理概述 364

15.1.1　公文流转单元 364

15.1.2　电子邮件单元 364

15.1.3　信息发布单元 364

15.1.4　信息服务单元 365

15.1.5　视频会议单元 365

15.2　信息处理流程 367

15.3　信息处理功能 368

15.3.1　公文流转 368

15.3.2　信息发布网站 369

15.4　数据关系 370

第 16 章　自然语言及舆情信息处理分析 371

16.1　信息处理特征分析 372

16.1.1　数据采集与信息分类 372

16.1.2　主题提取与专项分析 373

16.1.3　关键要素与关联关系确定 374

16.2　信息处理概述 375

16.2.1　自然语言信息处理 376

16.2.2　舆情信息处理 376

16.3　舆情分析模型 381

16.4　舆情分析预警实现 382

16.5　热点监听实现 385

环境设计篇

第 17 章　公安信息化网络构建 **389**

17.1　技术路线与目标分析 390

17.1.1　建设内容分析 390

17.1.2　建设目标分析 391

17.2　网络设计原则 391

17.3　网络流量分析 391

17.3.1　数据总量分析 391

17.3.2　查询频度分析 392

17.3.3　流量分析 394

17.4　网络环境设计分析 394

17.4.1　主干拓扑设计 395

17.4.2　网络中心节点设计 397

17.4.3　安全区分析 399

17.4.4　二级网络节点设计 400

17.4.5　网络容错备份 402

17.5　接入分析 402

17.5.1　图像接入 402

17.5.2　基层科所队接入 403

17.5.3　移动警务单位接入 404

17.5.4　卫星接入 404

17.5.5　350M 接入 405

17.5.6　社会接入 405

17.5.7　网关设计和关守设计 406

17.6　IP 地址和路由规划设计 408

17.6.1　城域网路由协议选择 408

17.6.2　组播技术规划 408

17.7　网络管理 409

17.8　IP 规划设计 410

17.9　视频会议概述 411

17.9.1　终端 411

17.9.2　网关 411

17.9.3　Gatekeeper 413

17.9.4　多点控制器（MCU） 413

17.10 网络安全分析 413

    17.10.1 外部访问安全 414

    17.10.2 网络安全设计 415

17.11 带宽分析以及 QoS 分析 417

    17.11.1 用户数据 417

    17.11.2 业务系统占用网络带宽总和 419

17.12 网络服务与域名服务 419

第 18 章 网络视频监控构建 **421**

18.1 系统结构 422

18.2 设计原则 422

18.3 目标分析 423

18.4 压缩方式比较 425

18.5 网络图像监控分析 426

18.6 网络视频监控扩展 427

18.7 摄像机选型 427

第 19 章 视频会议构建 **429**

19.1 目标分析 430

19.2 系统架构 430

    19.2.1 物理系统结构 431

    19.2.2 逻辑系统结构 432

    19.2.3 组网结构 432

19.3 多点会议控制模式 434

19.4 电视会议室 434

19.5 功能特征 436

第 20 章 信息安全分析 **439**

20.1 安全原则 440

20.2 体系结构 441

    20.2.1 基本构成 441

    20.2.2 安全管理范围 441

20.3 网络平台安全 442

20.4 系统平台安全 443

20.5 应用系统的安全 443

20.6 数据安全 446

20.7 安全管理制度 447

20.8　容灾与备份恢复 447

第 21 章　信息化建设相关技术概述 452

21.1　VLAN 技术介绍 453

21.2　ACL 技术介绍 455

21.3　防病毒技术介绍 456

21.4　防雷技术介绍 461

21.5　网络管理协议介绍 463

21.6　设备选型原则 464

21.6.1　网络设备选型原则 464

21.6.2　服务器设备选型原则 465

21.6.3　存储设备选型原则 467

21.6.4　摄像头性能选择 471

系统建设篇

第 22 章　公安信息化建设需求与解析 479

22.1　需求分析方法分析 480

22.2　需求分析案例 481

22.2.1　建设背景 481

22.2.2　应用系统现状 482

22.2.3　项目建设目的 482

22.2.4　设计方案及主要性能指标 482

22.2.5　业务流程描述 484

22.2.6　系统主要功能 485

22.2.7　模块设计思路 485

22.2.8　融合相关警种需求 486

22.2.9　技术性能指标 486

22.3　需求分析解析 487

22.3.1　系统需求解析 487

22.3.2　系统定位分析 491

22.3.3　系统目标分析 494

22.3.4　系统功能需求分析 500

22.3.5　数据采集需求分析 506

22.3.6　统计数据应用需求分析 508

22.3.7　系统继承性需求分析 510

第 23 章 公安信息应用系统质量控制 512

23.1 质量控制体系分析与研究 513

23.2 质量控制体系的标准化分析 513

23.2.1 部门角色标准化设计 514

23.2.2 项目角色标准化设计 514

23.2.3 开发流程标准化设计 515

23.2.4 文档结构标准化设计 517

23.3 质量控制体系研究 518

第 24 章 公安信息化建设工程管理 519

24.1 过程控制 520

24.2 立项申请 520

24.3 需求任务书编制审批 521

24.3.1 需求任务书编制 521

24.3.2 需求任务书审批 521

24.3.3 方案审核 522

24.4 招投标管理 523

24.4.1 标书编制 523

24.4.2 招标评标 523

24.4.3 评分规则 523

24.4.4 签订合同 524

24.5 开发过程控制与监督 524

24.5.1 开发过程监督 524

24.5.2 代码及规范控制 524

24.5.3 数据加载 524

24.6 实施过程控制 525

24.6.1 制定系统实施计划 525

24.6.2 系统软硬件安装 525

24.6.3 应用系统安装 525

24.6.4 数据迁移 526

24.6.5 人员培训 526

24.7 系统试运行 527

24.7.1 试运行周期和人员 527

24.7.2 系统测试 528

24.7.3 应用信息反馈 528

24.8 系统验收 529

24.8.1 验收条件 529

24.8.2　验收程序 529

24.8.3　验收方式 529

24.8.4　验收内容 530

24.8.5　验收完成 531

第25章　工程质量风险分析与规避 532

25.1　风险分析与规避原理 533

25.2　建设过程的风险分析 534

25.2.1　业务应用风险分析 534

25.2.2　综合应用风险分析 539

25.2.3　局域网建设风险分析 543

25.2.4　广域网建设风险分析 543

25.2.5　指挥中心风险分析 544

25.2.6　移动通信风险分析 545

25.2.7　监控应用风险分析 546

25.3　工程风险规避措施 546

25.3.1　业务应用 546

25.3.2　综合应用 548

25.3.3　局域网建设 549

25.3.4　广域网建设 550

25.3.5　指挥中心 550

25.3.6　移动通信 550

25.3.7　视频监控 550

第26章　系统测试与交付 552

26.1　测试目标分析 553

26.1.1　测试过程描述 553

26.1.2　测试目标描述 554

26.1.3　测试方法描述 555

26.1.4　测试主要范围 555

26.1.5　测试内容描述 556

26.1.6　测试数据描述 558

26.1.7　测试环境描述 558

26.2　测试依据 559

26.3　测试任务设计 560

26.3.1　功能测试设计 560

26.3.2　性能测试设计 561

26.3.3　参数测试设计 561

26.3.4 满载测试设计 561

26.3.5 冲击测试设计 562

26.4 测试数据准备 562

26.4.1 测试数据分类 563

26.4.2 测试用例和数据设计 563

26.5 测试文档设计 564

26.5.1 测试文档描述 564

26.5.2 测试文档应用规范 564

26.5.3 测试文档维护 564

26.6 测试实施 565

26.6.1 系统测试流程 565

26.6.2 系统测试环节调度 568

26.6.3 系统测试实施 568

26.7 测试结果评价 569

26.7.1 功能测试评价 569

26.7.2 性能测试评价 570

26.7.3 参数测试评价 570

26.7.4 满载测试评价 570

26.7.5 冲击测试评价 570

26.8 测试结果验收 571

26.8.1 递交成果的签署 571

26.8.2 递交成果的拒绝 571

26.8.3 软件系统的验收 571

26.9 影响验收的因素 572

26.9.1 验收风险分析 572

26.9.2 合理组织与控制 572

26.10 项目交付物 573

第 27 章 工程运行管理 575

27.1 管理体系 576

27.1.1 组织结构与职能 576

27.1.2 人员管理 576

27.1.3 安全管理 576

27.1.4 技术文档管理 577

27.2 机房与设备管理 577

27.3 网络通信 578

27.3.1 网络建设 578

27.3.2 网络管理 578

27.3.3 网络安全 579

27.4 软件 579

27.5 数据 580

27.6 运行管理 580

第 28 章 公安信息化建设技术文档概述 582

28.1 需求描述、分析规范 583

28.2 总体设计技术规范 585

28.3 概要设计技术规范 588

28.3.1 文档介绍 588

28.3.2 系统概述 589

28.3.3 总体设计 590

28.3.4 模块结构设计 591

28.4 接口设计技术规范 592

28.4.1 安全保密设计 592

28.4.2 系统运行设计 593

28.4.3 系统出错处理设计 594

28.4.4 系统维护设计 594

28.5 数据库设计技术规范 595

28.6 项目开发计划规范 597

28.6.1 文档介绍 597

28.6.2 项目介绍 598

28.6.3 实施计划 599

28.6.4 支持条件 600

28.6.5 专题计划 600

28.6.6 领导审批意见 601

第 29 章 公安信息化标准名录 603

参考资料 629

数据分析篇

在公安的业务工作中，无时不在、无处不在地存在着海量的信息，按照公安工作的业务归属，可以将其大致分为行政执法、打击犯罪和警务管理三大类别。多年来，公安信息化工作都是围绕着上述业务分类展开的，但随着公安信息化的不断科学和深入，针对公安信息化本身的研究已经从对单纯业务分类的研究拓展成为对公安信息属性分类与属性演变的研究和分析。无论是公安工作本身的业务需求，还是公安信息化建设的数据需求，都要求对公安信息的成因、构成、体系、关系、表述等一系列属性进行科学而符合公安业务实际的定义和规范，由此形成了具备公安信息特征的数据体系框架，进而可以进行公安数据体系的分析、重构和优化，在此基础上，科学、准确、合理地对公安信息的构成、体系和关系等要素进行定义和描述。本篇就围绕上述技术要点，对公安信息的基本关系构成、公安信息资源目录体系、公安信息化标准、公安信息化数据的分类与冲突消除、公安信息化数据共享等内容进行了深入的探讨，希望从理论研究的层面对公安信息化的各项构成进行理性的、专业的、切合公安信息化建设实际的分析与研究，进而提出可以以此为基础进行相关应用研究的实现方法和技术路线。从研究的意义上说，本书后续篇章的展开无一不是依据本篇所研究的数据内容进行，尤其是警务综合信息应用平台、情报研判信息处理、案事件信息处理等公安信息化应用，更是建立在本篇所研究的数据共享特征与数据分类特征基础上的。所以本篇是本书的牵头之篇和所讨论公安信息化建设的理论基础。

第 *1* 章

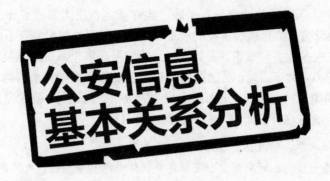

公安信息基本关系分析

摘．要

　　本章研究的对象是公安信息化过程中的数据空间，以及对指定数据空间进行标准化处理的技术路线，以求最终对所定义的数据空间进行描述和定义。通过对公安信息化数据的分析和研究，本章对公安信息、公安信息数据体系、公安信息数据体系结构进行了明确的定义，根据对上述对象的定义，认真地研究了上述对象之间的关系，探索了针对上述对象建立数据模型的技术路线，研究了定义上述对象内容、关系、边界的技术原则和实现方法，确定了对上述对象进行标准化处理的基本原则，明确了上述研究内容对公安信息化建设的实际指导意义，并且从实际的"高危人员数据体系结构"分析入手，验证了上述研究成果的科学性、实用性和可行性，最终明确了公安信息数据体系结构标准制定的必要性和可行性，实现了本章预定的研究目标。

1.1 公安信息数据体系结构

在公安信息化工程的建设过程中，由于数据共享的需求越来越明确，在实战中的综合信息应用要求也越来越科学，因此，在各级各类公安综合信息应用系统建设和数据共享过程中不断地出现数据的冲突和不一致，而由于公安业务处理对象的不同管辖维度和处理维度，对用于特定处理目的的应用系统而言，尽管是同样的数据对象，仍然存在着不同的数据集合和定义，这就不可避免地产生了数据的冲突和不一致，也在一定程度上形成了业务意义上的"信息壁垒"，进而严重地影响了信息系统建设的质量。为解决相同数据对象在不同数据处理空间的定义和应用问题，在很多业务领域中，需要将相同的数据在多个系统中重复录入，使得基层民警工作负担加重，苦不堪言。因此，明确提出和规范公安信息数据体系结构，科学描述解决数据冲突问题的数据模型和技术路线，进而提出相关的数据空间边界，就成为公安信息化数据属性研究的核心内容。通过这样的研究，希望达到以下目的：

- 从数据分析入手，明确公安信息数据体系的基本定义。
- 以数据体系为核心，研究建立公安信息数据体系结构模型的技术路线。
- 在数据体系结构模型基础上，构建形成基本数据视图的技术路线。
- 根据公安信息数据体系的基本数据视图，研究形成数据边界的可行性。

1.1.1 基本定义研究

公安信息、公安信息数据体系、公安信息数据体系结构是三个具有继承关系的数据概念。

1. 公安信息

从信息化处理和标准化规范的角度分析，它由以下三类信息构成：

- 已经由国家或行业信息化标准所规范的明确信息。
- 已经在公安信息化建设过程中普遍使用，但尚未由国家或行业标准所规范的模糊信息。
- 已经在公安业务中普遍使用，但尚未信息化处理、或未由国家或行业标准所规范的隐含信息。

它们共同构成了公安信息化建设过程中的处理对象和相关的处理实体，这是公安信息数据体系的基础。

2. 公安信息数据体系

公安信息与公安信息数据体系是两个既相互依存、又相互独立的数据构成，公安信息必然以公安信息数据体系作为主要构成，但公安信息数据体系不可能完全覆盖所有的公安信息。从数据分析和数据建模的角度研究，只有当前已经纳入或将来有可能纳入信息化处理的数据才能成为公安信息数据体系的构成元素，而许多存在于业务处理过程中的公安信息未必能够成为公安信息数据体系的构成元素。在当前的公安业务活动和信息化处理过程中，上述的三类信息不可能杂乱无章地独立存在，一定遵循着某种规律，而这种规律一般由分类原则、分类方案、分类值来体现。根据这种规律所建立的数据空间由公安信息所承载。经过大量的数据分析和研究，以及综合各种公安信息的分类技术路线，这种按照特定规律所建立的数据空间构成了公安信息数据体系。而支撑公安信息数据体系的理论基础和模型基础就是上述的分类原则、分类方案和分类值。具体说明如下。

（1）分类原则：用于对特定的数据空间进行数据分类的原则。目前在公安行业，既有基于社会管理的"五要素"分类原则——人、案件、物品、地址、机构，也有基于打击处理的"六要素"分类原则——人、案件、物品、证据、线索、时间。同时根据不同的业务应用维度和业务分析维度，客观上还存在着若干个有限的公安信息分类原则。

（2）分类方案：根据确定的数据分类原则，对特定的数据属性进行分析，从而确定从属于指定数据类的数据集合。由于数据分类的角度不同，以及数据应用的分析维度不同，公安信息允许在同样的数据集合中进行不同的分类方案。因此，在公安信息的分类构成中，一定是多维、多立方体、多定义的多种分类方案并存。多年的公安信息化实践证明：力图用唯一的数据分类方案统一全警的数据体系构成是不现实、不科学，更是不可能的。

（3）分类值：在分类方案确定的前提下，数据集合的具体内容，或称之为数据实体就构成了数据分类中的分类值。例如：姓名、籍贯、作案工具等。

因此，公安信息数据体系实际上就是：按照特定的分类原则、分类方案，将公安业务处理过程中的各种结果信息进行分类，在统一的分类标识规范下的数据集合。

3．公安信息数据体系结构

公安信息数据体系虽然规范了用于信息化处理的公安信息的属性，但并没有描述公安信息分类之间的关系，而这在具体的公安信息化建设过程当中却非常重要。系统设计者实际关心的并不只是公安信息数据体系本身，因为公安信息数据体系只能告诉设计者在公安信息的数据集合中，所有的信息是按照何种规律分布和产生的，但并不能告诉设计者，针对特定的警务活动，究竟有几类公安信息将参与指定的业务，或者在某一类公安信息中，究竟有多少分类值将参与相关的信息化处理。这就导致了相同的系统名称或系统功能名称，却对应着差别甚大的数据处理对象，从而严重影响了数据的共享和互操作。当情报研判、信息主导警务已成为公安信息化建设的主要目标时，深入研究公安信息数据体系中的数据类之间、数据值之间的关系就成为当务之急，而公安信息数据体系中的数据类之间、数据值之间的关系就构成了公安信息数据体系的关系结构。

在此特将上述数据关系结构表述为：在公安信息数据体系中明确定义并表述彼此之间关系的数据实体与数据关系空间。即这些数据实体与数据关系构成了公安信息数据体系结构，所构成的数据体系结构能够用数据模型表述；而针对具体业务或警务活动的、在公安信息数据体系中明确定义并表述彼此之间关系的数据实体与数据关系就构成了具体警务活动的数据空间，在具体的信息系统中，称之为系统设计的数据模型，进而形成实际的数据结构和数据库表。有限个这样的数据空间支撑了公安信息数据的体系空间，即公安信息数据体系结构。

1.1.2　结构模型

公安信息数据体系结构需要建立对应的数据模型,所建立的数据模型必须高度收敛,这样才能被公安信息数据体系结构充分包容。在传统的数据分析与数据设计中,数据模型所追求的第一目标是完整性,而实践证明:在公安信息化过程中的数据结构模型分析一定要将收敛性作为数据模型第一目标,这是因为公安信息数据体系结构需要规范的主要是数据类之间、类值之间、类和类值之间的数据关系与结构,而对于数据实体本身,则应该由具体警务活动的数据模型去规范,从而由公安信息数据体系结构模型解决数据关系不丢的问题,而由具体业务或警务活动的数据模型解决数据实体不丢的问题。所以在公安信息数据体系结构模型研究中主要包含下列内容。

（1）数据体系结构模型边界。公安信息数据体系结构模型应该是收敛模型。为了保证模型边界的收敛,系统分析员往往寻找有限数据空间的数据边界和基本集,以求尽量的清晰和精练。例如图1-1所示基于《公安业务基础数据元素标准》的案件数据体系结构模型,能够充分地实现收敛,但用于实际业务或警务活动的信息化处理能力将受到影响。

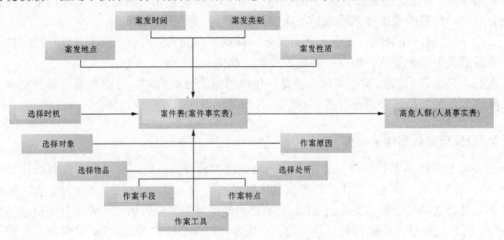

图 1-1　案件数据体系结构模型

上述模型中,明确地表述了人员和案件之间的关系,也明确了从属的分类方案,但所定义的数据边界极为狭窄,很难将其用于完整的信息化、智能化的情报信息研判分析。这是因为上述模型未能将人与案件之间的关系完整地表达出来,片面地追求了模型的收敛。所以,在实际设计工作中,必须在保证关系完整的前提下,科学确定模型的数据边界。

（2）数据体系结构模型构成。根据对公安信息化建设现状的研究得知:由于公安行业的管理体制造成的数据构成的多样性,由于公安行业的被动工作特点(如作案手段的产生原因等)造成的部分数据实体的不可预知性,由于公安行业的业务交叉特征(如不同警种间的枪支特征数据描述等)造成的数据关系的互斥性,如果在建立公安信息数据体系结构模型时企图以完整的公安信息为研究对象,那么建立公安信息数据体系结构模型将是一件艰巨而宏大的任务,所以,通过对大量的数据、数据类、数据值的分析,可以认为:公安信息数据体系结构模型的建立应该基于公安信息中的明确信息和模糊信息构建,对于隐含信息应该按照数据类进行处理,而避免按照数据实体进行分析,保证不丢失数据类、数据类值之间的关系,所建立的公安信息数据体系结构模型就是成功的,而模型的基本数据构成将以正式颁布的公安信息化标准体系为基础。但在上述的标准体系中,仅只实现了对应的技术视图和应用视图,并未科学、完整、准确地实现对应的数据视图。因此,从数据分析角度进行的公安信息数据体系结构研究,正是构造公安信息化标准体系中数据视图的技术路线,既能够有效、科学地进行公安数据体系的研究,又可以对公安信息化标准体系的完善与应用起举足轻重的作用。

（3）数据体系结构模型关系。公安信息数据体系结构模型需要对其中的数据类、数据类值之间的关系进行界定。在公安行业的实际业务中,存在两种数据关系的界定原则:数据无限关系原则和数据有限关系原则。所谓数据无限关系原则是指在具体的数据关系描述中,一般都存在着直接关系和间接关系,将所有的关系都罗列穷尽,甚至进入关系的递归状态,即为数据无限关系。在侦查办案过程中,往往需要进行数据无限关系的处理,才能排除所有的不可能,进而实现唯一的可能,这样的关系模型往往极为复杂。而数据有限关系则指在具体的数据关系描述中,仅只对直接关系进行描述,对间接关系不做明确定义和描述,而且在关系描述中严格避免递归现象出现。这往往发生在一般性的数据综合应用、数据关联和数据请求服务中,这样的数据关系比较清晰和简单。

公安信息数据体系结构模型其实只需要对数据有限关系进行定义和描述,就可以满足当前日益旺盛的综合数据应用需求,而数据无限关系在公安信息数据体系结构模型建立以后,可以通过若干个主题切片得到定义和描述,从而解决复杂的公安信息数据的综合应用问题。如图1-2所示的数据模型就是根据数据有限原则建立的,它是基于刑侦数据元素集的思想而建立的简单雪花模型。

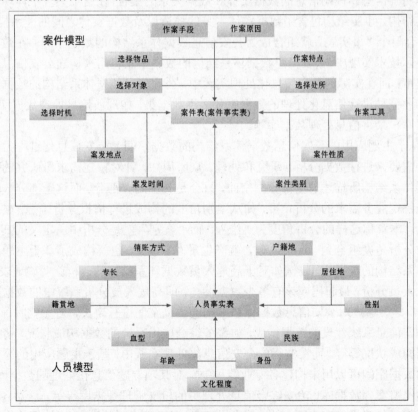

图 1-2　基于刑侦数据元素的简单雪花模型

从模型中可以清晰地看到：所描述的数据关系都是直接关系，而产生的间接关系，如"人员身份"和"选择时机"之间的关系则通过"人员事实表"和"案件事实表"来实现，即通过案件的切片模型和人员的切片模型来表达复杂关系，从而实现了公安信息数据体系结构模型中数据间接关系的复杂表述。

1.1.3 基本视图

迄今可知，公安信息数据体系结构的数据构成可以由以下三种方式集成或组合表述：公安信息化标准体系的数据视图、公安信息数据体系结构的数据空间、基于主题应用的公安信息数据体系结构的数据空间。

（1）公安信息化标准体系的数据视图。在公安信息化标准体系中，技术视图和应用视图已经表述了技术构成和业务构成的关系，但并未完整地表达公安信息数据空间中的数据关系，为清晰地确定对应的数据视图表述原则，必须实现数据标准层级的数据关系描述，即公安信息化标准体系的数据视图，进而迅速地确定数据标准之间的直接关系和间接关系。在数据仓库与数据挖掘的实际技术实现中，公安信息化标准体系的数据视图将用来构建公安信息的数据仓库；而在实际的公安信息化处理实践中，数据视图可以用来构建警务综合信息应用平台、综合查询处理分析以及情报研判信息分析的综合数据库或多维数据集。

（2）公安信息数据体系结构的数据空间。公安信息数据体系结构的数据空间实质上就是公安信息中明确信息和模糊信息的数据实体和数据关系的集合，在这个集合中体现的核心就是数据的事实结构，事实结构包含了数据实体本身的描述以及数据实体之间的关系描述，即"事实表"，而有限个"事实表"就组合成为公安信息数据体系结构的数据空间。在数据仓库与数据挖掘的实际技术实现中，公安信息数据体系结构的数据空间将用来构建公安信息数据仓库的各类数据集市；而在实际的公安信息化处理实践中，公安信息数据体系结构的数据空间可以用来构建各专业警种进行信息化处理的数据库和多维数据集，如刑侦信息处理数据库、派出所综合信息数据库、禁毒信息处理数据库等。

（3）基于主题应用的公安信息数据体系结构的数据空间。公安信息化过程力图根据特定的警务活动需要来进行数据分析、研究和处理。众所周知，针对特定需求所研究的数据对象一定不是数据体系结构所描述的全部数据空间，只会是其中的一部分。而这一部分数据空间的分割原则则是特定业务需求的分析角度，如从案别角度的构成进行情报分析等等。根据数据分析的相关理论，本章称这样的分析角度为"维"，而"案别"就是分析中所定义的其中一维，当多个这样的分析角度组合到一起的时候，就产生了"多维"，也就构成了基于主题应用的公安信息数据体系结构的数据空间。例如对于高危人员数据体系结构的分析就明确地表示：如果需要进行高危人员分析，最起码应该有多少数据参与，即高危人员分析系统中的数据应该和怎样组成。推而广之，通过对公安信息数据体系结构的数据空间进行定义，自然就明确、完整地规定了相关公安信息系统建设的数据构成，如警务综合应用平台的数据构成状况，情报研判信息系统的数据构成状况等等。而在实际的公安信息化处理实践中，基于主题应用的公安信息数据体系结构的数据空间可以用来构建各专业警种中针对某项专题信息化处理的数据库，如刑侦信息处理中的侵财案件数据库、治安综合信息处理中的枪支管理数据库等等。这对各地、各级公安机关进行信息化建设将有实际、科学的指导意义。而在数据仓库与数据挖掘的实际技术实现中,基于主题应用的公安信息数据体系结构的数据空间将用来构建公安信息数据仓库的各类数据超立方体。如果进一步对所研究的公安信息数据体系结构的数据空间进行标准化定义,就形成了系列化的公安信息数据体系结构标准。

1.1.4　基本形态

上述的分析和研究确定了公安信息数据体系结构的基本定义和表现形式,也已经明确了公安信息数据体系结构的实际应用意义,进而可以明确公安信息数据体系结构的基本形态应该是:

（1）公安信息数据体系结构模型。规定了公安信息数据体系的数据构成、数据分类、数据关系和数据边界。

（2）公安信息数据体系结构数据视图。规定了公安信息数据体系的数据实体、数据描述、数据关系描述。

（3）公安信息数据体系结构数据关系描述。规定了公安信息数据体系结构数据事实表、数据维表以及其中数据关系的定义和描述方法。

上述内容均以国家或行业的代码标准作为数据实体的值域内容,由于公安信息数据体系着重对数据之间的关系与结构进行研究和描述,故此,在公安信息数据体系中,一般不对代码级的类值、方案值等内容进行规范。由此可以得出以下结论:

公安信息数据体系结构是客观存在的数据空间,它由数据模型、数据分类、数据关系、数据边界、数据事实空间、数据空间、数据实体构成。公安信息数据体系结构可以由实际的数据实体和数据结构所表述。由于公安信息数据体系结构是对公安信息化数据的客观描述,所以完全可以由公安信息化的数据标准规范来约束。

1.1.5　基于数据体系结构的标准化研究

在数据体系结构标准的研究中,除了对具体的标准本身进行研究外,自然还需要对数据体系结构的信息化标准体系进行研究。这是因为:数据体系结构中明确定义并表述了数据类和数据类值彼此之间关系的数据实体与数据关系空间,它们构成了具体业务活动的数据维空间,或称之为相应的数据立方体,抑或是在数据体系结构中经常涉及的多维数据集,这样有限个基于主题的数据维空间支撑了信息的数据体系空间,即数据体系结构。而对数据体系结构进行标准化规范,实际就是对所指向的数据空间进行规范,而这个数据空间是可分解的,可以由有限个基于主题的数据维空间来支撑。基于这个规律,可以认为:数据体系结构的信息化标准体系研究可以采用"自下而上"的方式进行,即首先对特定的、基于主题的数据维空间进行标准化规范研究,在有限个基于主题的数据维空间全部被规范完毕后,经过简单的整合和集成,自然就形成了完整的数据体系结构的信息化标准体系,这样,在有限目标的研究过程中,自然保证了每一个研究成果都可以立即实际进入信息化标准体系的规范约束内。鉴于此,可以明确:数据体系结构是客观存在的数据空间,它由数据模型、数据分类、数据关系、数据边界、数据事实空间、数据维空间、数据实体构成;数据体系结构可以由实际的数据实体和数据结构所表述;由于数据体系结构是对信息化数据的客观描述,所以完全可以由信息化的数据标准规范来约束,从而实际构建数据体系结构的信息化标准体系。

1.2 基本数据视图

公安信息基本数据视图是根据公安信息的要素属性、数据属性、应用语境而展开的数据坐标系,在该坐标系下,用坐标的多维表示方法确定指定数据或指定信息化标准的唯一性,并客观反映公安信息数据冲突的坐标点、冲突性质及冲突消除原则。公安信息基本数据视图如图1-3所示。

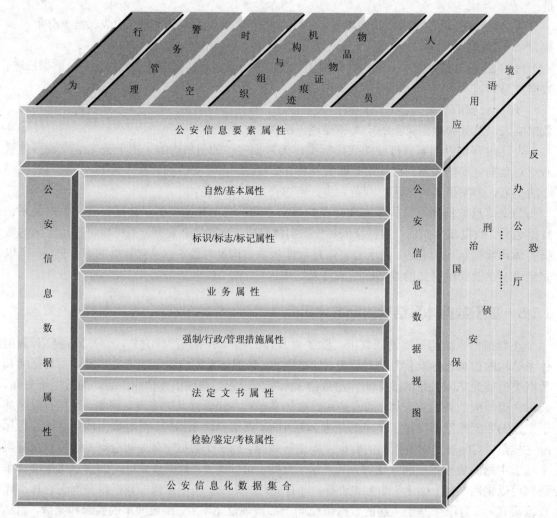

图 1-3 公安信息基本数据视图

1.2.1 公安信息化数据集合

公安行业已经纳入和准备纳入信息化处理的全部数据集合,其中包含办公过程数据、执法行为数据、社会管理数据、警务活动数据、管理流程数据等数据内容。

1.2.2　公安信息要素属性

根据公安业务的数据特征，将公安业务中可以进行信息化处理的数据进行分类，分类的基础可以是"五要素"理论，即人员、地点、机构、物品、案件。但根据对案件、地点、机构、物品等要素的深入分析，将案件要素拆分为"警务管理"和"行为"两个要素；将地点要素扩展为"时空"要素，将虚拟空间的地点纳入信息化数据范畴；将"物品"要素扩展为"物品、物证、痕迹"要素，目的是将与"物品"有关的所有信息化处理可能都纳入统一的标准化管理；将"机构"要素扩展为"组织与机构"要素，以便更准确地涵盖公安机关在各类警务活动中涉及的各种组织与机构。

（1）"人员"要素：包含公安机关职能管辖范围内全部警务人员、管理人员及被管理人员的所有数据；但并不包括任何可以由不同人员派生或限定的其他信息，例如在"人员要素"中绝不包含"作案手段"、"作案工具"这样的数据，并不允许将上述数据衍化为"人的作案手段"、"人的作案工具"等牵强的概念。

（2）"物品、物证、痕迹"要素：包含一般物品、可唯一标识物品、有价证券、文玩古董、书证物证等具有具体物理形态的物质实体及相关痕迹的数据。

（3）"时空"要素：包含对各种时间进行定义的时段、时间和时区，地理三维坐标定义的任何地点及地址，地理特征和名称可标识的任何地域，电子空间可表示的所有标识，虚拟空间可表示的任何现场数据等等。

（4）"组织与机构"要素：包含所有非自然人群体的数据，例如：具备各种社会法人代码的非自然人机构、公安机关赋予的组织定义（户组织、黑社会组织、团伙等）等。

（5）"警务管理"要素：在此的警务管理特指以下两类流程管理中产生的数据：各种警务活动中的管理流程数据和为管理流程服务的信息化处理流程数据。"警务管理"要素中包含的数据仅为为管理流程和相应的信息化处理流程服务的数据，而绝不包括任何对管理对象和实际管理行为的描述数据。

（6）"行为"要素：在此的行为特指在警务活动中客观存在的、定义明确的、可完全代码化的、有具体实施主体的、在流程中独立环节点（而不是全部流程）实施的行政执法行为、社会管理行为、违法违规行为、社会活动行为。"行为"要素数据主要由行为特点、行为方式、行为特征及行为习惯等构成。

1.2.3　公安信息数据属性

根据公安机关在警务活动中信息化数据的产生与采集方式，将数据属性的一级分类分解为"自然/基本"、"标识/标记/标志"、"业务"、"强制/行政/管理"、"法定文书"、"检验/鉴定/考核"等六大属性，将数据属性的二级分类分解为属性域，用以界定和约束上述六大属性的自然特征和公安业务特征，将数据属性的三级描述定义为属性域值，以公安信息化标准实体表示，以便各地编制、审核、修订、维护信息化数据标准时可以按照自然特征和公安业务活动特征进行组织和实施。

（1）"自然/基本"属性：主要描述本数据要素在不同应用语境下的登记型数据、客观描述型数据、与警务活动本身无关的数据。

（2）"标识/标记/标志"属性：主要描述本数据要素在不同应用语境下用以标记管理主体、管理客体的各种标识、标记和标志数据。

（3）"业务"属性：主要描述本数据要素在不同应用语境下，具备明显语境特征的业务处理数据。它首先被要素属性所约束，同时又被数据属性所约束，从而使得所描述的数据必须同时满足要素属性、数据属性和应用语境的要求，进而从根本上消除信息化标准中的错误性冲突。

（4）"强制/行政/管理"属性：主要描述本数据要素在不同应用语境下对于不同管理客体的各种强制措施，或者是行政措施数据，或者是对于警务管理客体的管理措施数据。

（5）"法定文书"属性：主要描述本数据要素在不同应用语境下，除了标识管理主（客）体身份之外，在警务活动中产生的所有法定文书、书证、文件、档案等数据。

（6）"检验/鉴定/考核"属性：主要描述本数据要素在不同应用语境下针对不同管理主体和管理客体而产生的检验、鉴定、考核数据。

具体如表1-1所示。

表1-1　公安信息数据属性

属性	属性值域
自然属性描述	基本形态（名称、描述、定义等）
	体貌特征
	……
	警务状态（警种、警衔等）
	社会状态（职务、职业等）
	术语
标识（标志/标记）描述	体表标记
	人员标识（业务用ID）
	违法犯罪标识（人员编号等）
	公民身份标识（证件、驾照等）
	出入境标识（签注、护照等）
	电子标识（二代证机读信息、QQ号、电子帐号等）
	个人财产标识（金融ID等）
	工作涉及对象标识
	……
	警务身份标识
	……
	违法犯罪描述（案情、经历等）
业务属性描述	户证业务办理
	迁移业务管理（暂住、居留、住宿、特业等）
	出入境业务办理
	监管业务办理
	驾管业务办理
	宗教、信仰
	非正常异动（自杀、被侵害、安乐死等）

（续表）

属性	属性值域
业务属性描述	身份变更办理（在逃、失踪等）
	......
	警务人事办理
强制措施描述	刑事强制措施
	行政强制措施
	管控措施
	......
	纪检监察措施
	......
法定文书描述	公证、公示文书（遗嘱、遗言等）
	侦查文书（逮捕、通缉、协查、书证等文书）
	......
	监管文书（出入所、释放、律师会见等）
	检验鉴定文书
	......
检验鉴定描述	生物特征标识、鉴定（指纹、DNA、虹膜等）
	尸体检验、标识
	生物痕迹标识、鉴定（骨龄等）
	......
	生化、毒物标识、鉴定（胃容物、中毒判定等）

　　而上述的数据属性分类，根据不同的业务处理维度，可以产生不同的数据分类结构，这在公安信息化建设的过程中不但是允许的，而且是必须的，否则根本无法准确、科学、实用地描述公安信息化过程中的各类数据属性特征。

1.2.4　公安信息应用语境

　　根据公安机关的业务警种将信息化数据进行基于业务应用边界的约束分类，以便各地在数据应用、数据共享标准制修定等工作时能够明确区分和处理信息化数据或标准的合理性冲突及错误性冲突，从而能够在公安信息化建设过程中消除冲突、求同存异、平滑共享。应用语境为可变维，或称可扩展维，即应用语境可以随公安业务的分裂与合并而变化，增加一个警种业务，在此维上即可增加一个维度属性。

 # 1.3　数据体系结构的业务体现

　　根据所分析的公安信息数据体系结构，已知公安信息化标准体系的数据视图、公安信息数据体系结构的数据空间、基于主题应用的公安信息数据体系结构的数据空间分别可以用来构建公安信息数据边界内的数据仓库、数据集市和数据超立方体，从而可以科学、准确地描述公安业务中的各项业务功能和业务活动，以及具体业务对象的数据特性。因此，近年来，各地公安机关在公安信息化建设过程中，都在自觉或者不自觉地应用着上述的分析结果。例如公安部八大资源库的建设就有着明显的数据仓库构建特征；各业务警种建立的各类业务信息系统，又无一不在数据集市的边界约束下开展本警种的联机事务处理和联机事务分析应用；而针对具体的管控对象或工作目标，大量的业务系统又都有针对性地选择相应的数据集合开展信息处理，实际上，这就是数据超立方体在公安业务的具体应用。为了将所研究的公安信息数据体系结构落实到具体的公安业务工作中，完全可以基于公安信息数据体系结构的数据空间来建立各警种、各地区的各类应用系统，如治安信息管理系统、经济侦查信息系统、刑事侦查信息系统、网络安全保卫信息系统等，这将在以后的章节中详细描述。而在此，结合对数据超立方体的理解，可以针对高危人员的数据体系结构主题，进行实际的分析，从而构建治安信息管理系统或刑事侦查信息系统中的高危人员管理功能或子系统。基本的分析思路是：

首先，按照公安信息数据体系结构模型的概念，研究以"人员"为核心的数据对象构成，建立基本的、收敛的数据模型。其次，确定公安信息数据体系结构的技术路线，构建以"人员"和"案件"为基本分类方案的数据空间，以此构建符合高危人员数据体系结构的数据事实表；再次，根据基于主题的信息应用数据空间，构建以"高危人群"和"高危人员"为实际主题应用的数据空间，以此验证基于主题应用的高危人员数据体系结构的数据空间是否可以由类似"高危人员维表"的数据维表来构建。

1.3.1 信息属性与构成分析

1. 高危人员基础定义

宏观上讲，高危人员是指符合某些特征的一群人员，这些人员相对一般人员更可能会成为犯罪嫌疑人或被侵害人。对高危人员分析的主要目的就是要找出这些特征，分析挖掘出某些特征项和特征值，对公安人员防范分析、打击犯罪的过程给予指导性意见，使公安人员的决策判断更加有效、准确。

2. 高危人员信息属性项分析

高危人员按照犯罪嫌疑人高危人员和被侵害高危人员，拥有互相独立但又存在交叉的两套信息属性集合，每一套信息属性集合又可按照类别的不同以树状结构管理。同时由于在公安业务信息系统中，与人员相关的信息属性项数量庞大，不可能全部拿来作为两种高危人员的信息属性项集合，而且因为分析的目的、侧重点、方法各不相同，把所有人员相关的信息属性全部考虑、不加处理地进行分析，也是不可能得到很好的分析结果的。所以，对这些庞杂的人员信息属性项进行重新归类、剔除、综合、转化等处理就非常必要和关键，这些过滤处理措施的质量将直接影响到数据挖掘模型的建立，并最终影响着挖掘结果。

在高危人员信息属性项确定之后，还要确定在每个属性项下面的属性值。同高危人员信息属性项一样，如果这些属性值没有得到很好的分析和处理的话，最终的高危人员分析结果也会受到很大的影响。对高危人员信息属性值的处理主要是综合和剔除处理。经过处理的属性值颗粒度粗细适合、分类清晰、与业务关系紧密，这将为最后分析结果的质量提供有效的支撑，而且为挖掘结果的模型应用也奠定了很好的基础。

3. 高危人员信息的来源

高危人员的各类信息主要来源于现行的各个公安业务系统之中，它们为高危人员的信息分析提供了很好的数据来源基础，同时存在于大量业务系统中的人员信息数据还可以充分地丰富高危人员信息，并可提供扩展性很强的交互操作。但对于高危人员信息处理工作也是相当大的挑战：不同的信息存放格式、不同的信息分类、各式各样的软硬件环境都将对高危人员信息处理工作提出相当苛刻的要求。最终的高危人员信息处理要满足灵活、方便、可扩展性强等硬性要求，因此，高危人员信息的来源问题是分析研究过程中的重要环节。

4. 高危人员信息的分布密度分析

高危人员信息的分布位置主要取决于分析主题和人员的方法，分析人员首先要挑选出对已定主题具有比较重要贡献的人员信息项作为参与聚类的元素，然后将这些信息作为聚类算法的输入进行分析，得出结论。所以高危人员信息的分布密度问题存在人为定义和控制的问题。

1.3.2 信息分类与边界分析

1. 高危人员的基本分类

高危人员分为犯罪嫌疑人高危人员和被侵害人高危人员，犯罪嫌疑人高危人员指的是按照某种约束下带有犯罪嫌疑人普遍具有的特殊特征或者符合犯罪嫌疑人普遍遵循的特殊规律的一部分人群。同样，被侵害人高危人员则符合那些被侵害人普遍符合的特征和规律。这些高危人员的信息项又可以根据性质归类为几个大项，如人员的基本信息，其中包括人员的年龄、性别、居住地等；人员的家庭情况信息，其中包括家庭成员、户籍地等；人员所涉及的案件信息，其中包括案件的类别、作案工具、作案时间等。这些大项最终又可以根据具体情况继续细分，比如案件信息可以再分为现场信息、笔录信息等等。

2. 高危人员信息与案事件信息的关系

高危人员信息来自于各种各样的人员信息，而这些信息与案事件信息是以多对多的关系存在的，例如"案件发生地"作为案事件信息，它可能会对应到多个犯罪嫌疑人身上，而同一个犯罪嫌疑人也可能会在多个地点实施犯罪，也就是对应到不同的案件发生地之上。所以高危人员信息和案事件信息的关系是在案事件中涉及人员信息基础上的一种多对多的关系。

3. 高危人员信息与主题的关系

所谓信息主题，就是针对某一个特定的数据域，面向主题的高危人员。实际就是在分析高危人员的过程中对过于宽泛的数据集合给予一定的限制条件，在这些限制条件之下所得出的分析结果即面向主题的高危人员数据。例如将案件性质作为分析主题，这样就可以得到在不同案件性质下的高危人员构成的分析结果。

4. 高危人员的信息边界定义

高危人员信息边界也就是界定是否为参与高危人员分析的数据构成。具体的界定将根据高危人员的分析主题而定，但都符合一个原理，即参与分析的信息项要对所分析的数据事实项有直接或间接的影响，并且在业务上存在使用价值，这两点同时满足的时候这个信息项就可以定义为高危人员信息。

高危人员信息边界具有一些特征，在原理上讲，在边界内的信息项将会定性、定量地、以固定的方向影响最终的高危人员分析结果。而在边界外的信息项则会产生随机的噪声信息，并附加在分析结果之上，使得这些信息项对最后结果的贡献无法稳定。

1.3.3 高危人员的信息模型

1. 高危人员信息的理想模型

高危人员信息的理想模型应该符合以下主要特征：首先，高危人员信息应该与高危人员分析事实有直接或者潜在的联系，例如人员的年龄信息，根据犯罪嫌疑人作案的规律和经验，犯罪嫌疑人年龄与案件的类型、使用工具等等犯罪事实都会有相应的联系，那么年龄信息就应该作为高危人员信息的一项来进行处理。相反，比如人员的血型信息，根据直觉和以往的办案经验，它不会和案件等事实信息有任何联系，同样公安侦破人员在办案过程中也不会将人员的血型信息和其他信息建立起联系，所以这个人员的血型信息就不适合出现在高危人员的信息项中。其次，人员信息之间的联系不应该过强，过强的关联信息将导致最终的聚类分析结果侧重于这些联系项，而忽略了其他事实上更加重要的规律数据，例如人员的居住地和户籍地。大多数情况下，人员的居住地和户籍地都是同一个地方，这两项之间在本质上就有着相当强的联系，这时将这样的数据进行聚类分析的结果将会显示出按照居住地和户籍地的关联关系所得出的聚类结果，所以这时就应该对这两项信息进行处理，比如去掉一项或者用另外一种形式表示。

2. 高危人员信息的基本模型

高危人员的基本模型主要描述在案件发生过程中，有可能构成高危人员的全部数据关系所构成的数据空间，在这个数据空间中，主要解决高危人员基本模型的完整性和收敛性问题，但决不意味着特定高危人员的数据空间必须完整地由模型所描述的数据实体和数据关系构成，缺一不可。高危人员信息基本模型如图1-4所示。

图1-4所示高危人员信息基本模型的形成依据及原则主要遵循理想模型中遵守的原则，同时也需要考虑现实情况中各种约束条件，比如数据挖掘聚类分析算法的选取、业务系统中原有数据情况、主题类型等等具体情况都会影响到具体的、特定的、与事实相关的数据模型建立过程。

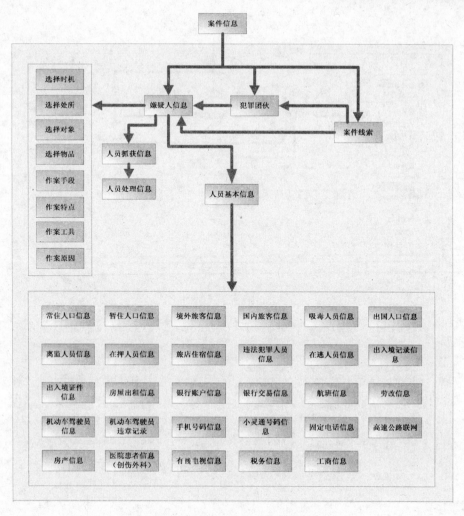

图 1-4　高危人员信息基本模型

3. 高危人员信息的事实模型

高危人员信息的事实模型主要是基于具体的案件建立的，同时也可以扩展到基本的人员信息。在聚类分析数据挖掘的过程中，可以将一些信息项不作为聚类依据而作为统计数据，也就是事实数据来进行计算。比如高危人员涉及案件的数量就可以作为一个统计项进行分析，在最终的聚类分析结果中，可以依据这个数值对各个高危人群的重要性给予评估。从而形成依据"案件性质"而聚合产生的高危人员数据空间和相应的指标体系，而描述这个高危人员数据空间的模型被称之为基于"案件性质"维而构建的主题切片数据空间。如图1-5所示是基于"系列盗窃案"的高危人员信息构成的事实模型（灰色内容为主题模型外信息）。

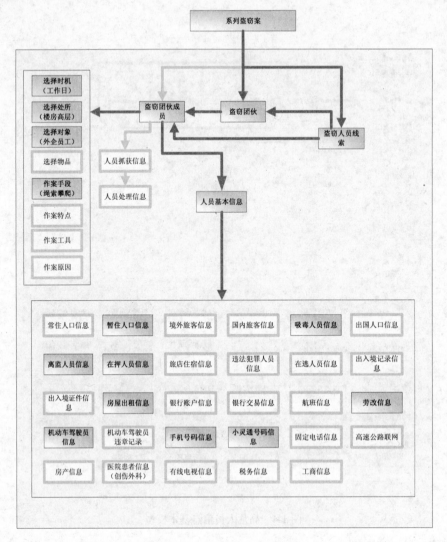

图 1-5　高危人员信息事实模型

4. 高危人员信息的维度模型

高危人员信息的维度模型也就是除去事实模型的参与聚类分析的数据信息项，这些信息项对最终的聚类结果按照分析人员给定的不同权重分别给予一定的贡献。以树状结构组织的维度模型事实上只有树叶节点数据参与最终的聚类分析，而作为树枝节点的数据则主要起到逻辑归类的作用，但如果将此模型应用到其他的数据挖掘算法中，比如关联规则的数据挖掘则会起到真实的作用。

1.3.4　高危人员主题分析

1. 高危人员信息与基础人员信息的关系

高危人员信息基本上可以说是由基础人员信息的子集部分加上额外的案件信息组成的。

基础人员信息在高危人员信息中主要体现为人的自然特征信息,如年龄、学历、住址等等。这些内容在聚类分析过程中作为人员的固有属性起着重要的作用,在聚类分析的结果中可以为分析人员提供很好的无关人员定位功能,可以在无犯罪前科的人员集合内有针对性地对犯罪进行有效控制。

2. 高危人员信息与相关信息的关系

与具体人员相关的案件信息在整个聚类分析中扮演着准确定位的角色。由于案件信息都是实实在在真实存在的犯罪历史,所以它较人员的自然属性信息更加重要,更加可以说明实际的业务问题,所以在聚类分析过程中应给予更高的权重。在聚类分析的结果中可以为分析人员提供准确的定位功能,在有犯罪前科的人员集合内进行高效的侦破。

3. 高危人员信息的完整体系结构

基础人员信息和相关的案件信息共同组成了高危人员信息的完整体系结构。在进行数据挖掘聚类分析的过程中,这两套信息是无差别的,每个信息项除了提供的权重不同,其他方面都是相同的,只是人为地赋予了业务意义,根据具体的业务含义则可产生应用于实际公安业务的信息分析主题。

4. 高危人员信息的主题产生原则

实际上,面向主题的高危人员信息就是在一定条件限定下的高危人员信息集合,以及根据分析手段与目的不同而构成的面向具体应用的数据集合。第一,由于主题确立的不同,在高危人员信息项上面的选择会略有差别。例如在分析毒品案高危人员的时候也许分析人员并不需要人员年龄信息参与其中,而另外一个针对青少年高危人员的分析中,人员的年龄信息不但要参与其中,而且还具有较高的权重。第二,由于侧重点不同,在整体的分析集合中也许只需要其中一部分信息数据。例如在杀人案犯罪高危人员分析过程中,应只涉及参与过杀人案的犯罪嫌疑人的信息数据,这样分析的结果才会符合公安业务的要求,得出正确的结论。

1.3.5　高危人员主题应用

在高危人员数据实体模型和关系模型建立之后,自然希望对其进行深层次的数据分析,在实际的公安信息化应用中,往往采用数据挖掘技术来进行指定主题的聚类分析、决策树分析或关联规则分析,而这一切分析的前提都需要首先进行数据的装载,进而进行挖掘分析。在此,将对上述过程进行简要描述,以求明了建立基于主题应用数据体系结构的实际业务意义。

1. 高危人员信息的装载准备

高危人员信息的装载涉及到数据挖掘系统与各个业务系统,高危人员数据挖掘过程将所需要的信息从各个业务系统中抽取出来加以处理、利用,所以准备工作主要为对业务系统数据格式的了解和两套系统间的硬件软件联系。

2. 高危人员信息的装载

高危人员信息的装载是进行高危人员分析的基础，此过程将由高危人员分析系统中的装载子系统完成，自动将所需要的业务数据经过迁移、清洗、重组等过程存储在高危人员分析系统中供系统程序分析使用。

3. 高危人员信息与业务信息的关系

高危人员信息来源于业务信息中人员信息和涉及到人员的信息，如案件、物品信息等等，但又不是完全照搬，需要对其进行加工处理，使之满足高危人员分析的数据挖掘模型需要和分析的主题需要，例如相应的校验机制就是用来解决此类问题的，这主要指在业务系统中存有的信息数据出现缺失、异常时，装载系统所做的处理工作。由于信息量庞大，出现这种情况只占很小的比例，所以一般情况下可简单地以两种方式处理，一种是遗弃这类信息，另一种是静态或动态地由分析人员指定在正常值域范围内的默认值赋值给这些记录。

4. 高危人员信息组织与信息映射

高危人员信息的组织形式为以逻辑关系为基础的树状结构，树叶节点参加真正的聚类分析，树枝节点仅供分析人员管理人员信息项所用。

高危人员信息映射遵循半自动化、可定制的技术路线。由于业务系统的复杂状况，用固定方式和全自动化的方式都是不可取的。固定方式不能适应广泛的具体需求，同时由于具体情况千差万别，要实现全自动方式又得不偿失，所以要折中选取一条既满足需求也符合技术现实的路线。

在大多数情况下，业务系统中的人员案件信息可完全复制到高危人员分析系统中来，保持他们的信息项和信息值不变，通过各个数据集关系整理为一个宽表作为聚类分析目标，每一条数据便代表一个具体的人的相关信息（自然信息、案件信息等等）。少量的数据可能由于各种各样的原因，比如算法要求、分析要求等等，需要进行非一对一的映射关系，进行重新归类形成可用的数据。

1.3.6 高危人员数据挖掘分析

1. 高危人员信息模型的孤立点

在基于聚类算法的高危人员信息分析中，人员信息将会自动分类到不同的群里面，同时也会有少量的数据散落到这些群之外，形成一个个孤立点，这些孤立点在模型比较正确的前提下也是非常具有分析价值的。当然，孤立点检测与聚类分析是两个不同的算法，所以在孤立点检测结果中，这些孤立点会存在于聚类分析结果的某一个群中。

2. 高危人员信息孤立点的业务含义

散落在高危人员信息之外的孤立点在业务上可能具有多种含义，例如可能是由于业务系统中操作人员的录入失误所造成的，也可能是一起很不正常的案件，还可能是犯罪手段极高的案件，在作案的过程中故意打乱规律的反侦查表现等等。

3. 高危人员信息密度变化的基本分析

在进行高危人员聚类分析的结果中，点集的密度基本上是连续的，总是从高到低或从低到高在多维空间中连续分布，在密度变化所在的位置和密度变化方向可以描述为高危人员是在哪些人员信息项上以何种方式过渡到非高危人员的，也就是说通过对密度变化的分析我们可以找到高危人员和非高危人员的分界线，由于密度变化是连续的，所以这个分界线可以由分析人员人为参与界定。

4. 高危人员信息的密度排序

在评价高危人员信息的有效性时需要理解聚类密度的概念。在聚类过程中，如果将每条记录看作一个点，人员信息属性作为维，则聚类分析结果就可以看出是点集在多维空间中的成群过程，点集的密度越大，也就是聚类的效果越好，在这个群中的高危人员信息一致性就越强。在最终的高危人员分析结果中，便可根据这一性质来评判聚类的效果和区分真高危人员和伪高危人员。

1.3.7　数据体系结构的业务特征分析

高危人员和高危人群共同构成了公安业务中的高危人员数据集合，在该数据集合中，由于高危要素的地域及相关属性的变异性，构成了各地区、各案件类别的不同高危人员属性构成，也即构成了高危人员随地域不同、案别不同而产生不同的个性化定义及数据构成的边界，但这仅只与加载的历史数据有关，而与高危人员数据模型无关，这就是本章研究的关键所在。通过大量案例的研究和分析，以及相关的数据挖掘实验，证明了高危人员数据模型的数据属性无关性特征，但明确了该模型的地域相关性、案别相关性和历史数据相关性特征，从而确定了高危人员的界定方法和高危人员数据构成随所加载历史数据而定的基本边界。

思考题

（1）综合数据库、治安综合数据库、违法犯罪人员资源库分别对应公安信息数据体系结构的什么构成？

（2）为什么公安信息的分类方案不唯一？

（3）如何保证基于主题的公安信息数据体系结构数据空间的模型收敛性？

（4）试构造机动车驾驶人的信息模型。

（5）如何定义公安信息的应用语境？

第 **2** 章

公安信息资源
目录体系分析

摘 要

　　本章研究的对象是公安信息资源目录体系。在本章中，依据第1章建立的数据体系结构研究结果，建立了信息资源目录体系的基本概念，分析了公安信息资源目录体系的构成，提出了在现阶段如何建立公安信息资源目录体系的技术路线，并就公安信息资源目录体系的构成要素进行了详细分析，尤其在公安信息资源目录体系的数据分类方面进行了详细的研究，并提出了对应的多维分类方法，就多维分类方法中的数据冲突发现、消除、吸收进行了有益的探索，最终根据公安业务的特征，对公安信息的共享属性进行了分析。

2.1　公安信息资源目录体系

十多年来，在全国各地、各行业进行信息化建设过程中，突出提出了急需解决的四大信息难题：信息孤岛、重复建设、共享与协作困难、数据冲突，但从本质上看，这四大难题产生的根源无一不是来自于数据资源构成的不清晰，也无一不是来自于数据资源关系的无"序"、无"理"和无"形"。这里所谓的"无序"，是指在公安信息化建设过程中，针对公安行业的数据资源关系没有科学、合理、可行的分类方法；所谓"无理"，是指在公安信息化应用中数据冲突不可避免的前提下，没有可行、适用的数据冲突规则来弥合数据资源关系之间的合理冲突，或来消除数据资源关系之间的不合理冲突；所谓"无形"，是指在公安信息化建设的数据规范过程中，缺乏完整的数据体系描述来科学、准确地定义公安行业的数据资源体系。为解决上述难题，早在"十五"期间，国务院信息化工作办公室就提出了"政务信息资源目录体系与交换体系"的信息化工程建设目标，而各行业和省市均启动了相应的信息化建设工程，如交通部的"公路水路交通信息资源目录体系"、卫生部的"科学数据共享平台"、北京市的"北京市政务信息资源共享交换体系"。而公安部则启动了"公安信息化工程"来解决上述的信息难题，在公安信息化工程的建设思路中，明确提出了基于业务应用建设全国公安信息资源库的建设目标。公安部的八大资源库建设正是全国公安信息资源库建设目标的具体体现，针对公安行业的信息资源而言，虽然八大信息资源库的数据构成仅只是全部公安信息资源库的部分构成，但随着公安信息化工程的建设，将会在各个层面形成不同主题的公安信息资源库，而所有公安信息资源库的集合自然就构成了全国公安行业的信息资源数据体系结构，也即构建了公安行业的海量数据仓库。因此，公安行业的信息资源目录体系赖以生存和发展的基础自然就是公安信息数据体系结构。

对于公安行业而言，明确了公安信息的数据体系结构并不是最终目的，研究公安信息数据体系结构的本质，就是希望达到一个目的：在理论研究的基础上，明确公安信息的数据资源构成，以及构成之间的数据分类与数据关系，并针对实际的业务主题，将其实体化和实用化。

简而言之，依据基于主题应用的公安信息数据体系结构，可以构建具备实际业务含义的数据空间，进而形成实体化的数据资源目录。上一章所描述的高危人员数据体系结构正是这样的数据空间，或称公安信息数据体系结构中的超立方体，这也就是公安信息资源目录体系中的数据资源目录构成。在所构建的数据资源目录基础上，将派生相应的增、删、改、查等功能性操作，对这些功能性操作进行科学、实用的定制，就构成了公安信息资源目录体系中的服务资源目录。例如：高危人员的数据集合构成了数据资源目录的基本单元，而高危人员的比对查询就可以成为服务资源目录中的构成之一，推而广之，周而复始，最终形成科学、完整的公安信息资源目录体系。

随着公安信息化工程的深入建设，对系统建设的要求越来越高，在信息系统建设和数据共享过程中出现的冲突、矛盾、不一致的问题也越来越突出，而特定处理目的的综合应用系统或业务应用系统存在不同的数据集合，不同的数据集合解析，对于这样的问题，既无明确的行政规范性文件予以指导，更无行业标准对其进行规范。例如综合警务平台，相同的项目名称，全国各地却有不同的数据集合；刑侦综合信息系统，不同的地区、不同开发商开发的版本也存在不同的数据内容。由于这种现象的存在，影响了信息系统建设的质量，同时也导致了很多不必要的重复开发和处理，很多地方存在相同数据需要在多个系统中重复录入的现象，使得基层民警工作负担加重，苦不堪言。虽然有很多地方的公安机关提出了用数据复用来解决此类问题的技术路线，但究竟哪个业务系统应该是该数据的事权系统却无明确、科学的数据界定，从而使得很多信息系统的数据设计无据可依，无法实现深层次的数据应用，这就需要借助公安信息数据体系结构的研究成果，明确公安信息资源目录体系的构成与边界，科学界定为各业务主题服务的数据集合，也即公安信息的数据资源目录，准确定义为围绕数据资源目录所提供的服务资源目录，摸索出解决上述各种问题的数据模型和技术路线，进而从数据资源目录、服务资源目录和信息标准化的角度提出相关的数据体系结构的定义方法和具体解决方案，以供各地公安机关在信息化建设时参考。

2.1.1　信息资源目录体系概述

图2-1所示的国家"政务信息资源目录体系与交换体系"的总体技术框架，从国家层面准确地描述了建设的内容、构成与关系，从而解决了国家各行业之间的"信息孤岛"问题。

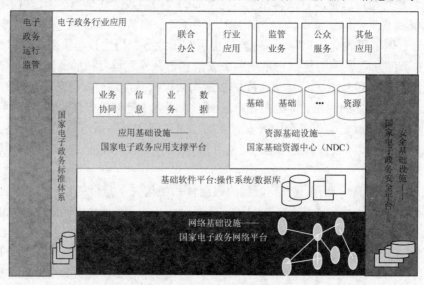

图 2-1　国家政务信息资源目录体系与交换体系总体技术框架

以北京市为代表的省部级信息资源目录共享交换体系的总体技术框架则从信息资源产生与共享应用的层面准确地描述了信息化建设的内容、构成、关系与数据来源，从而解决了省部级各部门之间的"信息孤岛"问题。如图2-2所示。

而公安部"金盾工程"的总体技术框架则从业务信息处理和数据共享应用层面准确地描述了公安信息化建设的构成、关系、边界与数据来源，从而解决了各业务警种之间的"信息孤岛"问题。如图2-3所示。

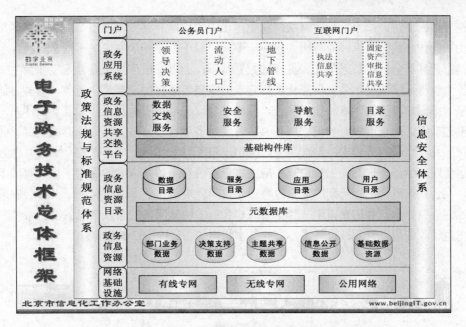

图 2-2　北京市信息资源目录共享交换体系总体技术框架

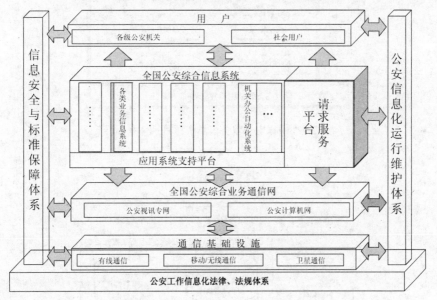

图 2-3　公安部金盾工程总体技术框架

2.1.2　公安信息资源目录体系研究

　经过公安信息化工程一期的建设，对应于国家政务信息资源目录一站式服务层面的请求服务平台、应用支撑平台以及相应服务接口层的建设已经完成；对应于信息共享、交换服务的数据来源和数据资源建设也已经通过各警种业务信息系统、八大基础信息资源库的建设基本实现。到目前为止，公安信息化工程的技术路线和建设进展状态基本和国家、国家各部委保持同步。然而，随着信息化建设的不断深入，从国家到地方都一致认识到：信息化建设的生命在于数据，而数据的生命在于数据质量,如果不彻底解决信息化建设中的数据冲突、数据不一致、数据老化、数据应变能力等问题,数据共享和业务协同将流于形式。对于公安行业来说,不根本解决这个问题,所谓的情报研判和分析将缺乏坚实、真实的数据基础,而以情报信息主导警务工作为主体的信息化作战能力也将无从谈起,公安信息化工程建设的成果势必将付诸东流。目前,国务院信息化工作办公室集中国内一流的专家和技术队伍,完成了《政务信息资源目录体系与交换体系》等23项国家标准的制定;北京市政府业已完成了《政务信息资源目录体系》地方标准的制定,北京市公安局也按照北京市政府的要求,参加了《政务信息资源目录体系》(公共安全部分)地方标准的制定;国务院其他部委也都在加快进行相应的信息资源目录体系标准的制定工作;对应于上述工作内容,在公安信息化工程一期的建设过程中,仅只针对数据资源规范开始了部分公安信息数据元素标准的有益探索,并未真正形成为信息共享和业务协同服务的公安信息资源目录体系标准。目前国内电子政务信息资源目录体系标准的基本状态如图2-4、图2-5和图2-6所示。

国家:

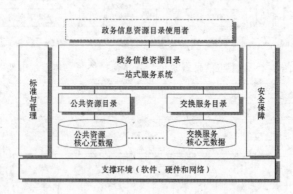

图 2-4　国家电子政务信息资源目录体系标准

北京市:

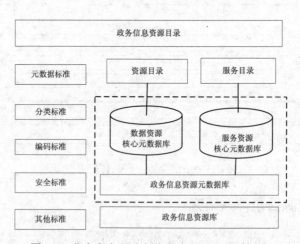

图 2-5　北京市电子政务信息资源目录体系标准

公安部:

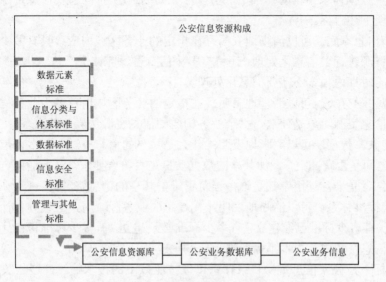

图 2-6 公安部信息资源标准

根据国家电子政务的技术规划,各部委的信息化建设进程和经验,公安信息化工程建设对于公安信息资源的科学、规范要求,以及为保证公安信息化工程所采集的各类、各项基础数据资源长期稳定、真实、可靠、有效,使公安信息化工程一期建设的成果进入可持续发展的良性循环,二期建设拥有科学、规范、标准、一致的数据资源基础,在公安行业内也已经启动了《公安信息资源目录体系》的研究,这将使公安信息化工程的数据建设更加长效化、科学化、规范化、实战化。

公安信息资源目录体系描述如图2-7所示。

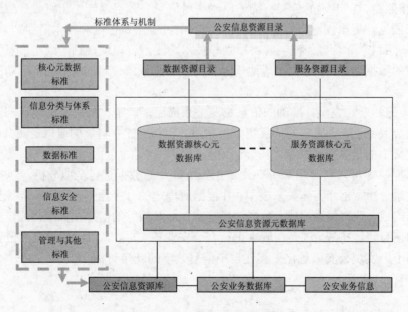

图 2-7 公安信息资源目录体系

在公安信息数据体系结构的框架下，可以形成如图2-7所示的公安信息资源目录体系，它可以有效地实现下述目标。

（1）摸清信息家底。可以清晰地表明：在指定的业务区域内应该具有多少信息资源，已经有多少信息资源进行了信息化处理，还将有多少信息资源应该进行信息化处理，有多少信息资源在可预见的时期内根本不需要信息化处理。

（2）实现科学分类。可以清晰地表明：在指定的业务区域内有多少业务构成，从属于每个业务构成的信息资源对象是什么，每个业务构成的信息资源边界是什么。

（3）确定共享数据。可以清晰地表明：什么是共享的信息资源，有多少信息资源需要共享，共享数据之间是否有冲突，参加共享的数据质量是否符合要求。对于任何一项进入共享的信息资源，提供者是谁，使用者都是谁，谁负责维护共享的信息资源。

（4）完善标准体系。可以清晰地表明：在指定的业务区域内，应该具备什么样的标准体系和标准构成。有多少标准已经建立，有多少标准必须建立，有多少标准将在什么前提下等待建立，有多少信息资源内容根本不需要进行标准化建设。

在上述目标下，公安信息资源目录体系可以按照以下的技术路线开展相关研究，就能够准确地理解公安信息化建设过程中的数据冲突问题，也才能有效地对产生的数据冲突和数据关系冲突进行弥合和消除。

（1）按照科学、完整、准确的分类原则，对现有信息系统处理的信息内容、现有业务承载的信息对象、可以预见的信息构成、信息之间必然存在的显在与潜在关系进行整理、清洗、分类、描述与规范。

（2）按照科学、准确、规范的描述原则，以信息资源的科学分类为基础，对已有的信息资源标准进行归纳、继承、整合、定位；对未知而可能产生的信息资源标准进行构架、预报、分类、维护。

（3）按照科学、准确的分类与描述原则，对信息资源已经产生和将要产生的冲突和矛盾进行梳理和预见，提出规避、协调、妥协、一致的冲突解决原则和技术路线。

（4）按照科学、合理的冲突解决原则和技术路线，合理地规划、约定信息资源处理或信息系统建设的数据边界，科学、准确地规划和约束信息系统建设的业务边界、功能边界和数据边界。

（5）按照科学、完整、准确的信息资源关系描述，清晰、准确地描述和规范信息资源之间的信息重合关系，规划完整的信息资源关系重合区域，建立科学的信息资源共享关系，从而实现真正意义上的信息资源共享。

只有这样，才可以科学地对所有公安业务所涉及的数据进行全面分析，包括数据以及数据之间的关系分析，建立实体关系模型，并根据所确定的分类原则，分别确定各类具体的公安业务的数据构成、数据关系构成、数据边界构成，以及相关的信息化标准构成，最终确定公安业务领域的信息资源构成，进而在既真正符合公安业务实际，又可以指导我国公安行业信息化建设的前提下，实现公安信息化工程建设中信息共享的既定目标。

公安信息资源目录体系主要构成如下：

● 两类目录：数据资源目录和服务资源目录。
● 一个体系：基于业务的信息标准化体系。

- 一项标准：核心元数据标准。
- 一种机制：信息化标准建设与维护机制。

公安信息资源目录体系的具体构成是：

- 公安信息资源目录体系总体技术规范。
- 公安信息数据资源目录。
- 公安信息服务资源目录。
- 公安信息资源核心元数据。
- 公安信息资源分类标准。
- 公安信息资源目录管理结构标准。
- 公安信息资源管理技术规范。
- 公安信息资源服务管理规范。
- 公安信息资源标识符编码标准。
- 公安信息资源共享数据规范。
- 公安信息资源业务数据规范。

信息资源目录体系作为一门实用性很强的应用科学，所产生的结果必然具有明确的实用特征，对于公安信息资源目录体系来说，同样遵循信息资源目录体系的科学定义，应该产生的成果是完整、科学、准确的信息资源目录体系，由三个部分、一个体系组成。三个部分是公安数据资源目录、公安服务资源目录、公安信息元数据目录；一个体系是公安信息化标准体系。它们各自的具体内容如下。

（1）公安信息数据资源目录。确定公安各项业务的数据构成、数据关系构成、数据边界构成以及相关的信息化标准构成，最终确定全部公安业务领域的数据资源构成。公安数据资源目录一次建立，长期使用。

（2）公安信息服务资源目录。根据不同时期、不同目标的信息化应用需求，针对性地确定相关的数据服务资源内容，同样包括相关的数据构成、数据关系构成、数据边界构成。它和公安数据资源目录的根本区别在于：此处确定的数据构成服务于具体公安业务应用目的，而公安数据资源目录则不服务于具体的公安业务应用。公安服务资源目录服务于下列类型的应用：指定范围和对象的数据交换服务、限定比对数据对象的比对查询服务、指定专项斗争的数据整理服务、成案主体的串并特征分析服务、基于案别的成案必备条件分析服务等。公安服务资源目录滚动建立，长期延续。

（3）公安信息资源元数据目录。采用元数据描述方法，科学、规范地描述公安数据资源目录和公安服务资源目录的具体内容，建立完整的公安业务元数据库，以根本解决数据的冲突问题。公安服务资源目录滚动建立，动态维护、长期延续。

（4）公安信息化标准体系。包括核心元数据标准、信息资源分类标准、数据体系结构标准、数据结构标准、数据项标准、数据安全标准等一系列信息化建设标准。

2.2 公安信息目录体系的数据分类

信息资源目录体系中的数据资源目录体系完全是由相应的数据资源所构成，而所有的这些数据资源都由公安信息数据体系结构所定义、约束和规范，为了准确、科学地描述公安信息目录体系中的数据资源构成，根据数据体系结构中的数据视图定义，可以对现有的公安信息进行如下分类。

2.2.1 多维分类与索引

在公安信息数据体系结构中，可以基于聚类索引方法，针对公安行业的数据集合，建立多维索引体系，进而在索引体系中确定数据元素、数据项、数据代码、术语等数据维度的唯一位置。针对同一数据元素，分别通过自然属性索引树、业务属性索引树、数据属性索引树中的对应编号对上述各类数据维度的多维索引进行赋值，从而使得每个数据元素或数据项都能够获得在自己属性索引树内的唯一编号，而这个编号既用来标识所指定的数据元素或数据项，也将用来进行数据冲突的识别与排重。索引树起始于公安信息化数据要素节点，结束于公安信息化受控词（表）节点，由数据要素、数据对象类、数据元素限定类、数据元素、数据受控词表构成。当数据元素具有代码表时，受控词表即为该数据元素的代码表和该数据元素的主题词、同义词、近义词和关联词；而数据元素不具有代码表或编码规则时，受控词即为主题词、同义词、近义词和关联词。而这些受控词表的构成在公安业务实践中有着其他代码表不可替代的作用，例如"枪型代码"受控词表，它的同义词和近义词就是"枪型"、"枪支型号"，而关联词则是"公务用枪枪型"、"民用枪支枪型"、"涉案枪支枪型"、"自制枪支枪型"、"运动枪支枪型"、"携运枪支枪型"等等。在上述索引表述中，可以通过不同的索引树描述公安信息化过程中的同一数据元素，标识该数据元素存在的冲突现象、冲突性质和冲突点，通过受控词表可以清晰地看出冲突的实际表象，从而可以在信息化应用的设计、应用、维护、废止等环节中，迅速地进行数据的查新、排重、整合、保留等操作，从而从根本上解决客观存在的数据冲突、代码不一致的问题，并且可以对数据冲突排重模型进行数据查新、排重、整合、保留等工作。下面的图2-8、图2-9、图2-10、图2-11、图2-12和图2-13就是基于公安信息数据体系结构的数据索引描述。

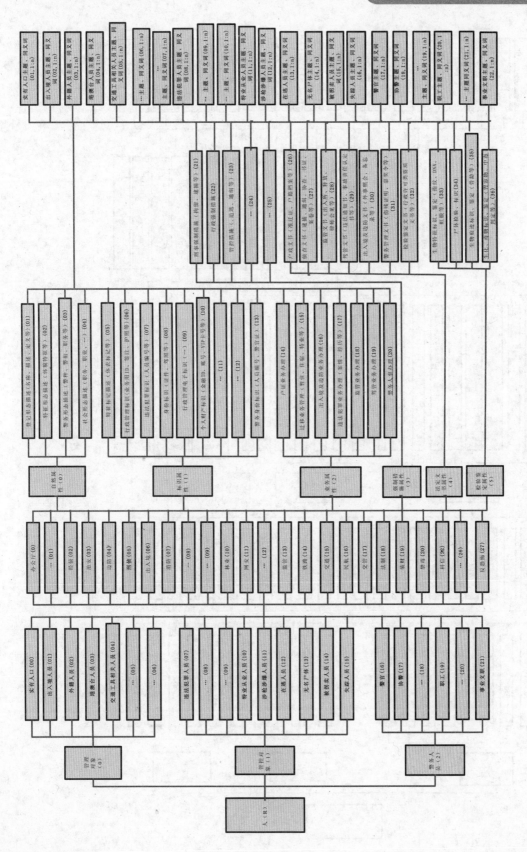

图 2-8 基于公安信息数据体系结构的数据索引（八）

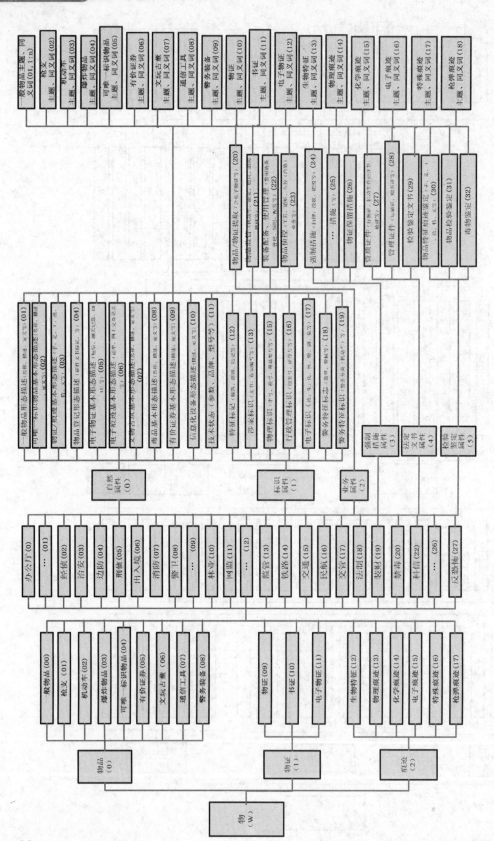

图 2-9 基于公安信息数据体系结构的数据索引（物）

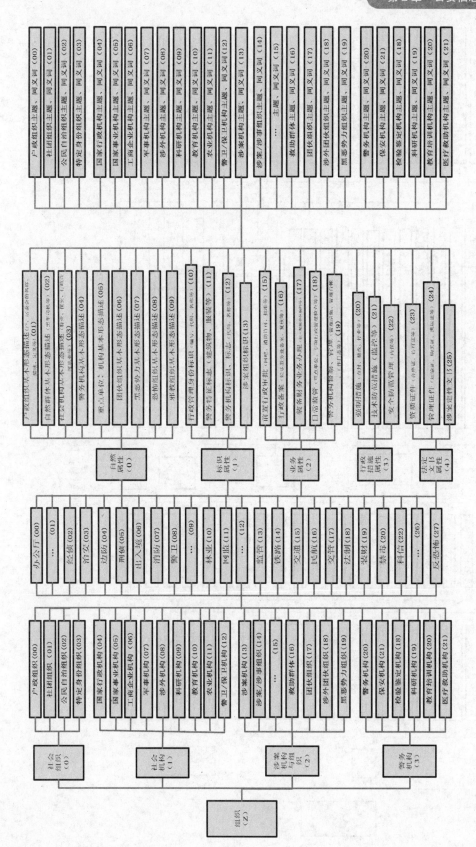

图 2-10　基于公安信息数据体系结构的数据索引（组织）

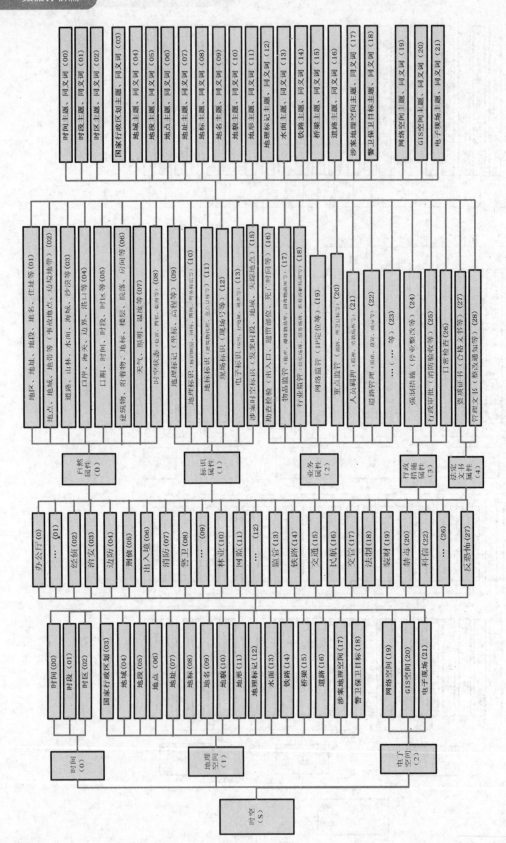

图 2-11 基于公安信息数据体系结构的数据索引（时空）

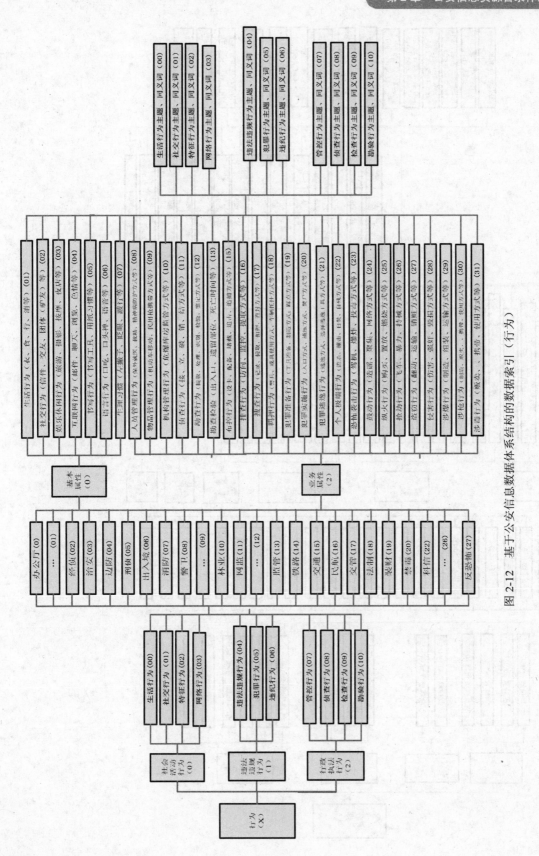

图 2-12 基于公安信息数据体系结构的数据索引（行为）

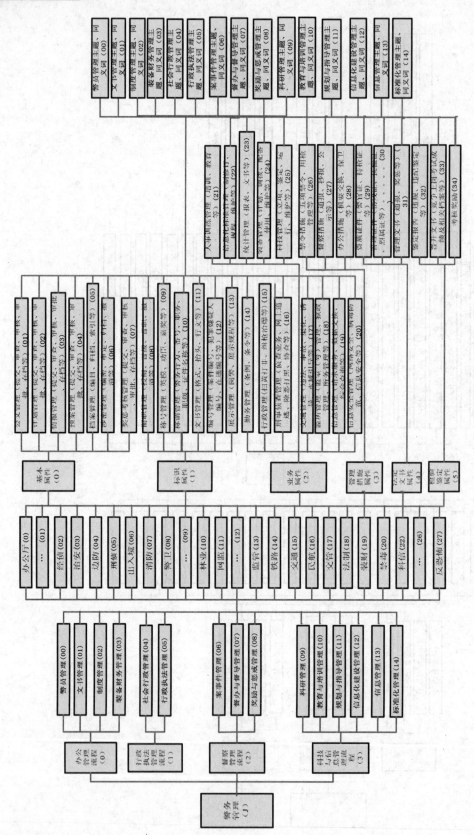

图 2-13 基于公安信息数据体系结构的数据索引（警务管理）

2.2.2　分类索引应用

根据多维分类与索引的设计原则，可以清楚地得知：在公安信息的数据构成中，由于数据应用的维度不同、业务规则不同，任何一个数据元素或数据项，可以同时存在于多个分类方案中，根据数据属性的定义不同，该数据元素或数据项可以同时具有多个数据索引路径，这就是公安信息化建设过程中关于数据构成的典型特征，也正是这个特征导致了公安信息化建设过程的大量数据冲突。如果希望消除这个冲突，只有用统一的数据属性描述来规范所有产生冲突的数据元素或者数据项，这样才能使得数据的复用与共享成为可能。

为了明确理解上述数据冲突，在此以"公民身份号码"为例进行说明。在社会活动中，"公民身份号码"可以有多种约定俗成的名称："身份证号"、"居民身份证号码"、"居民身份证号"等等，针对思维习惯来说，没有任何人会将上述名称的含义混淆，但对于信息化应用而言，"公民身份号码"、"身份证号"、"居民身份证号码"、"居民身份证号"却是 4 个不同的数据实体，因此，采用"公民身份号码"作为常住人口数据描述的治安管理信息系统在和采用"身份证号"作为犯罪嫌疑人数据描述的刑事侦查信息系统的数据共享时，就在数据实体名称的层面出现了所谓的"信息孤岛"，形成了共享困难。同理，"枪支型号"、"枪型"、"枪型代码"也构成了同样性质的数据共享困难。

为解决各公安业务规则下对同一数据实体的不同描述难题，可以依照前一节所描述的数据多维分类与索引体系，既不简单地否定某一分类原则，也不硬性地产生新的分类原则，将同一数据实体进行不同业务规则约束下的多维分类，并根据对应的索引树编码，对所指定的数据元素或数据项进行代码赋值，具体如下所述。

（1）公民身份号码。受控词为：居民身份号码、身份证号码、居民身份号（公民身份号码在自然属性索引树、业务属性索引树和数据属性索引树中的受控词编号分别为 01、01、05）

自然属性索引号：R10010101

R1	0	01	01	01
人	境内人员	境内外公民	身份证件类别	受控词（表）

业务属性索引号：R22020101

R2	2	02	01	01
人	户政业务	标识类别	身份标识种类	受控词（表）

数据属性索引号：R30010205

R3	0	01	02	05
人	境内人员	数据项类	标识类别	受控词（表）

（2）枪支型号。受控词（表）为：枪型代码、枪型（枪支型号在自然属性索引树、业务属性索引树和数据属性索引树中的受控词编号分别为 02、04、33）

自然属性索引号：W10011102

W1	0	01	11	02
物	物品	枪支	物品技术状态	受控词（表）

业务属性索引号：W20320904

W2_____03_____2_____09_____04
物　　　物品监管　　标识类别　　物品监管与查验　　　受控词（表）

数据属性索引号：W3000433

W3_____0_____00_____04_____33
物　　　物品　　　数据项类　　　登记项类别　　　　受控词（表）

（3）公安机关机构代码。受控词（表）为：公安机关机构代码表 （公安机关机构代码在自然属性索引树、业务属性索引树和数据属性索引树中的受控词编号分别为20、08、05）

自然属性索引号：Z1021520

Z1_____02_____15_____20
组织　　警务机构　　警务机构类别　　　受控词（表）

业务属性索引号：Z2151208

Z2_____15_____12_____08
组织　　警务机构类别　　警务机构标识　　　受控词（表）

数据属性索引号：Z3020405

Z3_____02_____04_____05
组织　　警务机构　　数据代码类别　　　受控词（表）

这样，就"公民身份号码"数据实体而言，可以用自然属性中的R10010101对其赋值，用以构建公安信息资源目录体系中的人口资源库；也可以用业务属性中的R22020101对其赋值，用以构建治安管理信息系统中的户政管理系统；同样可以用数据属性中的R30010205构建情报研判与分析系统中的人员特征评估系统。这就保证了各警种业务系统在处理业务规则时的独立性，但在数据共享时，则通过受控词表处理进行吸收，建立以受控词表为核心的吸收机制，从而避免了由于数据表述的不相同，各系统在进行数据共享时必须进行相应映射处理的数据共享瓶颈。

通过上述说明，可以清楚地看到：根据数据体系结构中的数据资源目录构成，在多维分类与索引体系中的任意数据元素索引树由数据要素、数据对象类、数据元素限定类、数据元素和数据元素代码值组合而成。

2.3.3　数据冲突的消除与吸收

对数据元素或数据项进行赋值和索引分类，除了用来标识对应的数据元素或数据项外，另外一个很重要的任务是根据所赋的索引号，对指定的数据元素或数据项进行冲突识别和排重处理。根据上述的研究基础，任意一个数据元素或数据项都具有三组索引号：自然属性索引号、业务属性索引号和数据属性索引号。在上述的索引树中，限定数据元素或数据项可以具有不超过99个数据元素名，从01起始至99独立编码，当任一数据元素或数据项名在本索引树中只具有一个唯一索引号时则表明在本索引范围内未产生冲突。由于本索引树中的数据要素或数据项定义清晰，本索引号首位的数据要素或数据项本身不会出现冲突。仅当出现下列情况时，数据对象类、数据元素限定类、数据元素和数据元素代码值将势必出现以下同名数据冲突：

- 当任意两个以上数据元素或数据项在索引号中出现数据对象类不相同，而数据元素限定类相同，且数据元素也相同时，将产生事权冲突，体现为数据元素名的同名同义冲突，即重复定义。
- 当任意两个以上数据元素或数据项在索引号中出现数据对象类相同，数据元素限定类不相同，且数据元素也相同时，将产生数据元素定义冲突，体现为数据元素名的同名异义冲突。
- 当任意两个以上数据元素或数据项在索引号中出现数据对象类、数据元素限定类、数据元素名相同，而数据元素受控词（表）完全不相同时，将产生实质性的异名冲突，体现为数据元素名的同名异义冲突。
- 当任意两个以上数据元素或数据项在索引号中出现数据对象类、数据元素限定类、数据元素均相同，但数据元素代码值项相同，而代码表示不相同时，将产生数据元素代码表示冲突，体现为数据元素代码的同名同义异码冲突。
- 当任意两个以上数据元素或数据项在索引号中出现数据对象类、数据元素限定类、数据元素均相同，但数据元素代码值项不相同时，将产生数据元素域值冲突或格式冲突，体现为数据元素代码的同名同义表示冲突。

在上述同名数据冲突中，产生于自然属性索引树中的冲突属于错误性冲突，应该由唯一的数据元素或数据项进行规范。而产生于业务属性索引树中的冲突有可能属于合理性冲突，必须进行个案分析，方能确定冲突性质。如系合理性冲突，则应保持现状不变。

对于异名冲突，由自然属性索引树、业务属性索引树和数据属性树中的受控词（表和主题词）反映，受控词（表和主题词）的生成规则是：所有的主题词、同义词和近义词顺序流水编码，可以从00001起始至99999独立编码，当按照数据元素对索引树进行排序时，该数据元素名具有的主题词、同义词和近义词将集合在同一号段内，此时可以通过人工或计算机系统对有限词义进行排重分析。而代码表则以表为单位编码，倒数第五位为英文字母B时，代表该受控词（表）同时具备代码表和受控词。基本的异名数据冲突表现为：

- 当任意两个以上数据元素或数据项在索引号中出现数据对象类、数据元素限定类相同，数据元素名不相同；而数据元素受控词同时具有相同部分和不同部分时，或者具备完全相同的部分时，将产生代码冲突，体现为数据元素名的异名同义冲突。
- 当任意两个以上数据元素或数据项在索引号中出现数据对象类、数据元素限定类相同，数据元素名不相同，而数据元素代码表相同，但代码项不尽相同时，也将产生代码冲突，体现为数据元素名的异名同义异码冲突。

2.3 公安信息共享属性分析

公安信息化建设过程中的数据冲突往往来自于相关数据对象或数据实体的共享需求，例如：在刑事案件的侦查过程中往往需要共享机动车的"车牌号码"、"发动机号码"、"VIN识别码"等数据内容来进行串并案件分析，而对于机动车的"载质量"、"燃料种类"、"轴长"等数据内容往往没有共享的需求。当然，在特定的个案中，由于勘验物证的需要，有时也会提出具体的数据共享要求，但严格意义上来说，这样的共享往往只是进行数据查询，而不需要进行相应的数据处理。例如在侦查实践中，绝不会用"燃料种类"去进行串并案件的分析，但"发动机号码"却往往成为案件串并侦查的常用手段。基于这种数据共享的认识，自然就可以对数据冲突的实质进行相关的分析。

在公安信息数据体系结构中，包含了全部用来进行公安信息化处理的数据，在公安信息资源目录体系中，规范了基于主题应用的数据资源集合，而在多维分类和索引体系中，标识了具体用以数据共享的数据元素或数据项。通过数据视图分析可以得知，共享程度高的数据元素或数据项在公安信息数据体系结构中一定处于基于主题的数据超立方体中，而在公安信息数据资源目录体系中，它一定处于基于主题应用的数据资源数据库中，当用多维分类与索引规则对其进行赋值时，它则一定具备相同的受控词表。而对这三类数据体系对象进行分析不难发现，导致公安信息化建设应用中数据冲突的并不是全部的公安数据，而是有着特定业务属性的数据内容，这就是管理对象数据。

2.3.1 管理对象与管理行为的分类原则

既然有管理对象数据，自然也就会有管理行为数据，而这恰好是解决数据共享过程中数据冲突的分界点。根据公安业务的业务规则，可以进行如下定义。

● 管理对象信息：对象本身的一些基本信息以及用以标识该对象区别于其他对象的相关证件信息，其中的基本信息包括对象的纯粹自然属性以及对象部分社会属性。

● 管理行为信息：指公安各个业务部门各自的流程处理和过程处理信息。管理行为信息是相对独立、共享程度低的信息，是属于各个业务部门独自管理的信息。

在公安业务管理中所涉及的主要业务数据可以抽象为人员、案（事）件、物品、地点、机构等若干类对象要素。这些数据很多都处于数据共享的需求之下，而经过认真的数据分析，可以发现：公安业务管理信息可以分成两大类——共享度高的信息和共享度低的信息。

共享度高的信息描述被管理对象的基本信息，共享度低的信息描述管理行为的过程信息。

根据对于各业务警种共享信息的需求分析可以得出，这些需要共享的数据信息都是管理对象的基本信息，即对象的自然属性和部分社会属性的组合。

2.3.2 管理对象与管理行为的定义

管理对象基本信息是已经共享或者潜在共享可能的信息的集合，也是数据描述和标准定义产生不一致的冲突点。因此，从管理对象的角度可以很好地界定共享数据元素，以满足公安信息化建设的数据共享需求。即在一般意义上，共享数据由管理对象信息构成，而管理行为信息一般为业务应用所独有，共享程度相对较低。

- 管理对象信息：提供了对象的基本信息，主要实现信息共享、信息关联、数据复用等应用目标。
- 管理行为信息：为各个业务警种制定业务规则提供指导，使各个业务警种可以依据管理行为信息，制定各自的业务管理流程和规则。

2.3.3　管理对象与管理行为示例

以驾驶人信息为例，除交警外，所有其他警种所关心的无非就是"驾驶证号码"、"服务处所"、"驾驶人相片"、"驾驶人血型"、"驾驶人身高"等有限的几项驾驶人信息；而不会对"准驾车型"、"年检记录"、"12分满分标记"等驾驶人信息产生兴趣。据此，可以得到如图2-14所示的数据共享分析结果。

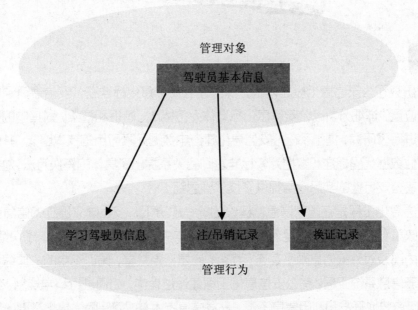

图 2-14　管理对象与管理行为示例

思考题

（1）公安信息资源目录体系中数据资源目录的含义是什么？

（2）简述公安信息化标准体系和公安信息资源目录体系中服务目录的关系。

（3）试对"金融机构类型"进行分类索引的赋值。

（4）什么叫做数据的合理性冲突？

（5）在机动车年检过程中，什么信息是管理对象信息？

第3章

公安信息化标准基础

摘 要

本章研究了公安信息化标准体系，探讨了公安信息化标准在公安信息资源目录体系中的位置，详细分析了公安信息化标准体系的构成、特征和框架，对其中的数据元素标准进行了研究，提出了在公安信息化建设中数据元素应用的技术路线，并就目前公安行业数据代码标准和数据元素标准之间的关系提出了具体的转换方法，为数据元素标准在公安行业的实际应用提供了技术性思路。

公安信息化工程是在国家信息化建设的统一部署下，按照国家确立的信息化建设方针、政策和总体规划，立足公安行业，发挥中央、地方各自的优势，条块结合，实现行业内部及对外的信息网络互连、互通，信息资源共享，保证安全的一项综合性社会和经济信息系统工程。在公安信息化工程建设过程中，如何进行科学规划、统一管理，如何有效地开发和利用信息资源、开发信息技术，如何保障信息化基础设施建设的优质高效和信息网络的无缝连接，以及如何确保各信息系统间互连、互通，保障信息的安全与可靠，是公安信息化建设面临的关键问题。

为了解决这些问题，国内外信息社会采用的基本手段就是标准化。这是根据信息化建设的成功经验和失败教训所做出的抉择——有效地运用标准化，投入信息化建设的资源就会得到充分利用，建设步伐才能够得以加快；忽视标准化或未恰当地运用标准化，则会出现资源浪费，导致建设受阻。因此，各国际组织和有关国家在从事全球信息化工作时，均将信息化建设的标准化工作作为一个重要的组成部分。金盾工程建设过程中也把标准化建设作为一项基本任务来抓，旨在各级信息建设中通过统一认识，优化配置，合理布局，节约人、财、物、力，获得最佳秩序和社会效益。

3.1 信息化标准体系的需求分析

根据公安信息资源目录体系的研究，可以明确得知，公安信息化的标准体系在公安信息资源目录体系中有着举足轻重的位置，具体如图3-1所示。

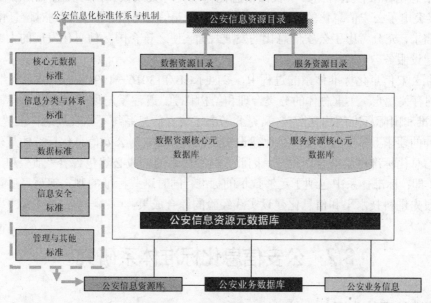

图 3-1 公安信息资源目录体系

早在2001年8月，公安部"金盾工程"领导小组办公室就发布了《公安信息化标准体系》，对公安信息的标准化建设进行了规划，促进了公安信息化的有序、高效和健康发展，有力地保障了公安信息化工程的顺利实施。随着公安信息化建设的进行，对公安信息化标准体系提出了新的要求。

1. 满足信息资源共享的需要

从公安信息系统建设的实际情况分析，公安信息资源共享的难点是：一方面信息不够完善，不能满足信息资源开发的需要；另一方面有限的信息在共享时存在技术上的困难，彼此之间兼容性差。因此，迫切需要在信息采集、传输、交换、存储、处理和共享等环节制定或采用相关技术标准。

2. 满足应用系统开发的需要

公安信息化工程一期的建设基本以条为主，按业务分别进行系统建设。为满足系统建设的需要，分别制定了大量适用于本业务系统的标准。这些标准在以条为主的系统建设中发挥了重要作用，但由于相互之间协调不够，还不能保障各业务间的信息共享。

3. 满足公安信息化建设与运行管理的需要

公安信息系统是复杂的应用系统，建设周期长，且技术发展快。因此，必须以标准化的形式从技术上保障公安信息化的可持续建设，以实现公安信息系统的开放性、可扩充和可持续发展性。

公安信息化标准体系是在国家信息化标准体系的框架内，结合我国公安行业的特点而提出的具有本行业自身特点的信息化标准体系，并可据此形成指导全国公安信息化建设的指导性文件，作为公安信息化建设的技术依据。

公安信息化标准体系既结合了我国信息化标准化有关成果和国际信息化标准化发展现状与趋势，又突出了公安信息化的特点和需求，按照公安信息化工程整体规划对信息化标准化提出的特殊需求，充分考虑了公安信息化的发展规律，使之符合国际信息化发展的大方向，为公安信息化建设服务。

在编制公安信息化标准体系的过程中，参照了GB/T13016—1991《标准体系表编制原则和要求》中的有关规定，注重总体的分类合理和结构科学。既注重与现行信息技术有关的国家标准、行业标准和国际标准的相互衔接，又充分考虑了公安信息系统不断发展对标准提出的更新、扩展和延伸的要求。多年的公安信息化建设实践证明：要取得公安信息化标准的最佳效果，有赖于公安信息化标准框架的合理构成。因此，标准体系的构成必然包含着"质"和"量"两方面的特征。即：标准体系中包纳了足够数量的标准，同时这些标准的制定都是高质量的，能够反映现阶段先进科技水平和信息化建设实践经验的综合成果。

 # 3.2 公安信息化标准体系研究

3.2.1 标准体系的内涵

标准体系是标准化工作的一个重要概念，其一般含义为：由一定范围内的具有内在联系的标准组成的科学的有机整体，它包括现有的、正在制订的和应着手制订的各类标准，是促进一定范围内的标准组成趋向科学化和合理化的手段，通常用标准体系框架和明细表的方式来表达，由多个分体系组成。因此，研制标准体系，分析标准体系的构成以及他们之间的关系，制定出相应的标准体系表，是一种有效的标准化工作方法，也是标准化的基础性工作。

国家信息化标准化体系建设研究中明确指出：国家信息化标准化体系由标准体系、管理机制和运行机制三部分组成。其中标准体系是一定范围内相关标准组成的科学的有机整体，是一幅包括已颁的、在编的和拟编的标准蓝图，是促进一定范围内的标准组成趋向科学化和合理化的技术手段；管理体系是标准化工作中应遵循的标准管理方针、原则、组织制度，是标准化工作的运转中枢；运行机制指在实施标准化工作中所运用的方式、方法和组织形式，是编制、颁布标准和实施标准的具体手段。三者之间存在着旨在实现国家信息化标准化目标的"唇齿相依"的辩证关系。

按照标准体系的上述含义及其在国家信息化标准化体系中的具体定位，公安信息化标准体系的内涵如下。

（1）由公安信息化建设范围的具有内在联系的标准组成的科学的有机整体，它包括确保全国公安信息化建设目标所必须的、现有的、正在制定的和应着手制定的所有标准。

（2）由多个相互制约、相互作用、相互依赖和相互补充的分体系构成，并用体系框架和明细表的形式表达。

3.2.2 标准体系的信息化特征

全国公安信息化标准体系按照有关的标准化方针、政策和方法，运用标准化原理，根据公安信息化建设对标准的总需求，确定了所需标准的类目及其主要内容、每个类目所包括的子类及子类的主要内容，提出了公安信息化标准体系框架。同时根据公安信息化工程对标准的具体需求，按照上述框架，对所需标准（包括现有的、正在制订的和应着手制订的标准）进行了科学筛选、分类和组合，明确了其相关属性（包括标准名称、标准编号、相应的国际标准编号、宜定级别、优先级），在此基础上提出了公安信息化标准体系明细表。从而形成了层次清晰、结构合理、体系明确、标准齐全的完整的标准体系。

因此，公安信息化标准体系的信息化特征主要体现在以下几方面。

（1）科学合理地确立了公安信息化对标准的类目、内容的需求及其现状和发展趋向。

（2）为全国公安信息化建设者选用所需遵循的标准，掌握标准的现状和发展趋向提供了详实的信息。

（3）为公安信息化标准化主管部门提供了标准化总体框架和发展蓝图，指明了未来标准化工作的重点和发展方向，提供了相关决策依据和编制年度（或季度）信息化标准依据，避免了盲目和与实际脱节。

（4）为公安信息化标准体系逐渐趋向科学化、合理化和实用化打下了坚实的基础。

 ## 3.3 公安信息化标准体系框架

标准体系结构的划分是一项非常复杂和难于界定的工作。既可以从应用的角度去划分，也可以按信息技术自身的属性去划分。根据公安信息化的实际情况，公安信息化标准框架从技术和应用两个角度对标准进行分类，形成了相应的技术视图和应用视图，最终形成了公安信息化标准体系架构，并在不断细化的基础上，构成了整个标准体系。

如图3-2所示为标准体系的参考模型。

3.3.1 技术视图

从技术分类角度进行划分，公安信息化标准分为以下几类：

- 总体标准：包括总体性、框架性、基础性的标准和规范，它对整个体系的建设以及标准的应用都有总的指导作用。
- 基础设施标准：包括为应用系统提供基础设施平台的标准，如基础网络、音视频设施、专用设备等方面的标准。
- 应用支撑标准：包括为各种应用提供支撑和服务的标准，如基础编码与文件格式、建模语言、编程语言、数据库、单证格式、公共应用平台等方面的标准。

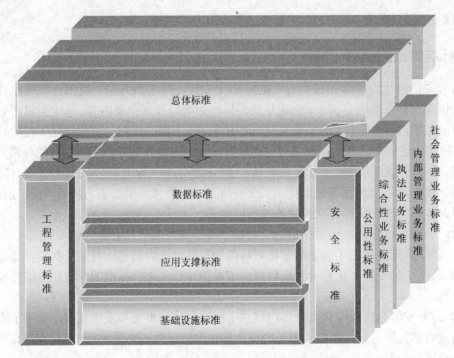

图 3-2　公安信息化标准体系参考模型

- 数据标准：包括各种公安信息分类编码与代码、数据元素、数据交换与存储格式、信息处理以及数据管理等。
- 安全标准：包括为应用系统提供安全服务所需的各类标准，如物理安全、系统安全、网络安全、数据安全以及安全管理等方面的标准。
- 工程管理标准：包括为确保系统建设质量及可靠运行所需的标准，如工程验收等工程建设管理方面的标准，系统操作和运行维护方面的管理规范。

3.3.2　应用视图

从应用分类角度划分，公安信息化标准分为公用性标准和业务性标准两类，其中公用性标准指公安信息化建设中普遍使用的共性标准。业务性标准包括：

- 综合性业务标准：规范多警种综合应用及其相应信息系统建设的标准。
- 执法业务标准：规范执法业务应用及其相应信息系统建设的标准。
- 社会管理业务标准：规范社会管理业务应用及其相应信息系统建设的标准。
- 内部管理业务标准：规范内部管理业务应用及其相应信息系统建设的标准。

3.4　公安信息化标准体系

公安信息化标准体系——技术视图如图3-3所示，公安信息化标准体系——应用视图如图3-4所示。

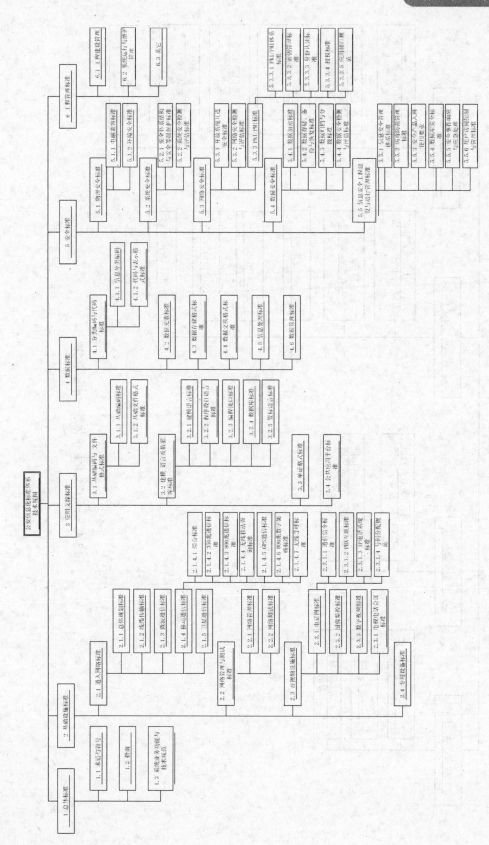

图 3-3　公安信息化标准体系——技术视图

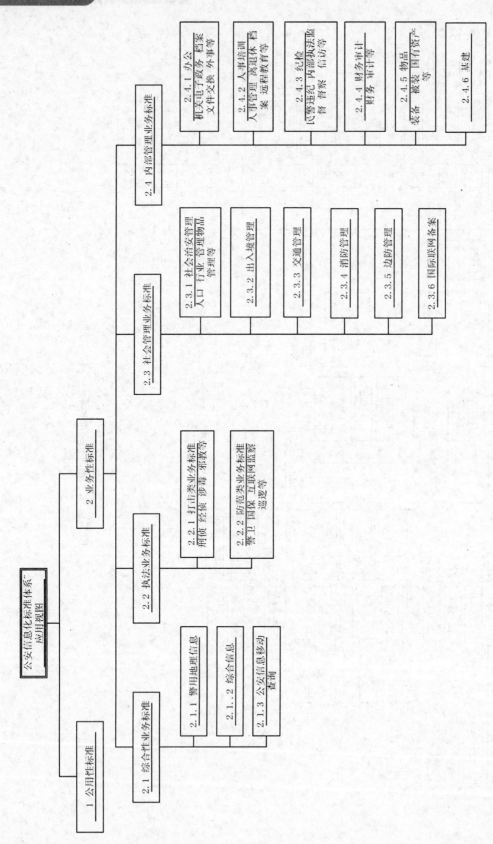

图 3-4　公安信息化标准体系——应用视图

3.5 公安信息化标准明细表

表3-1　公安信息化标准明细表

应用分类 技术分类	1.公用性标准	2. 业务性标准				总计
		2.1. 综合业务标准	2.2. 执法业务标准	2.3. 社会管理业务标准	2.3. 内部管理业务标准	
1. 总体标准						
1.1. 术语与符号	46	3	7	9		65
1.2. 标准化指南	3	1				4
1.3. 系统业务功能与技术规范	1	3	10	24	1	39
2. 基础设施标准						
2.1. 通信网络标准	32					32
2.2. 网络管理与测试标准	6		1			7
2.3. 音视频设施标准	14		1			15
2.4. 专用设备标准	1	2		23		26
3. 应用支撑标准						
3.1. 基础编码与文件格式标准	10		3	3		16
3.2. 建模、语言及数据库标准	27		3			30
3.3. 单证格式标准	4		3	39	3	49
3.4. 公共应用平台标准	1	1				2
4. 数据标准						
4.1. 分类编码与代码标准	62	6	161	195	29	454
4.2. 数据元素标准	1		1			2
4.3. 数据存储格式标准		5	25	22	8	60
4.4. 数据交换格式与接口标准	3	1	24	16	3	47
4.5. 信息处理标准			3			3
4.6. 数据管理标准	11					11
5. 安全标准						0
5.1. 物理安全标准	26					26
5.2. 系统安全标准	38					38
5.3. 网络安全标准	39					39
5.4. 数据安全标准	15					15
5.5. 信息安全工程建设与管理标准	37		1	5		43
6. 工程管理标准						0
6.1. 工程建设管理	20	1		7		28

（续表）

应用分类 技术分类	1.公用性标准	2. 业务性标准				总计
		2.1. 综合业务标准	2.2. 执法业务标准	2.3. 社会管理业务标准	2.3. 内部管理业务标准	
6.2. 系统运行与维护管理	2					2
6.3. 其他	3					3
总 计	402	23	243	343	44	1055

3.6 数据元素标准研究

随着信息技术和公安业务的发展，公安信息系统集成、数据共享与交换以及不同性质数据库之间的协同工作都迫切需要数据规范化，使信息最大程度地满足共享、交换。而公安信息数据体系结构、公安信息资源目录体系、公安信息数据多维分类和索引体系都明确地规范了公安信息化建设中的数据边界、数据关系和数据空间，但对于具体的数据对象，就需要有科学、规范、严谨的标识方法来进行标准化处理，数据元素系列标准正是为了满足这个需求应运而生，从而实现了数据的规范描述，达到了满足共享、互联互通的公安信息化应用要求。在公安信息化建设过程中，数据的规范、标准，可以使各地、各级公安机关对信息的收集、理解、存储、处理、传输和显示实施自动化处理，使之既符合系统的整体数据要求，又满足信息处理的数据描述需要，进而减少对信息的重复采集、加工和存储。同时，数据元素标准的编制和执行可以使信息实体的名称和术语定义统一化，规范化，并确立实体与信息属性之间的一一对应关系，以保证信息的可靠性、可比性和适用性，使之真正成为公安各个部门网络互通、信息资源共享、连接各种信息的纽带，便于信息的查找和检索，对信息系统的数据设计具有明确的指导意义。

数据元素系列标准研究希望达到的基本目标如下。

（1）规范公安信息化建设中所有业务系统的相关共享信息。

（2）科学、严格地规范相关共享信息本身的属性定义。

（3）为各业务部门制定相应的数据标准提供指导和编写规则。

（4）明确规定共享信息的值域范围，便于信息的存储、检索和交换。

3.6.1 数据元素标准提出背景

根据对现有公安行业信息化标准的研究，以及公安信息化建设的共享需求分析，可以将目前信息化建设过程中存在的数据标准问题归纳如下。

（1）由于在现行的计算机信息系统中，存在着不同程度的数据标准冲突问题，导致了信息交换和共享的困难。这些冲突主要有定义冲突、属性冲突和代码冲突。

- 定义冲突：指数据名称相同，而实际含义不同的数据定义，例如侦查办案机构和人事训练机构的"专长"数据项就属于此类冲突。

- 属性冲突：指名称、定义、含义均相同的数据项，在各警种业务中的格式等内容发生了冲突，如不同警种的"姓名"长度出现了不同，造成了数据交换过程中的困难。

● 代码冲突：主要指名称、定义、含义、格式等均相同，但代码指向的内容发生了冲突，例如"侵害对象"在刑侦和网监中的代码内容就有所不同。

（2）现在的数据标准中，存在数据的描述方法简繁程度不一，描述不规范等问题，这样在信息的互联、交换和复用中，总会因为某种原因无法对相关的数据实现平滑共享。例如"枪型"和"枪型代码"是否同一等等这类问题，在以往的数据标准中就无法规范，从而使得不同系统在数据共享时必须对此类问题进行解析，影响了数据的共享处理。

（3）在部、省两级的八大资源库建设中，由于数据来源于基层的各业务数据库系统，不同程度地存在着数据属性描述和定义不一致的问题，所以在数据清洗的过程中，需要同时规范各业务数据库的共享数据，进而实现真正意义上的数据集成。

（4）为使公安信息化建设能够长期发挥作用，不断地提高数据的共享程度，在各业务信息系统建设中都存在从源头解决数据的规范采集问题。

根据国内外信息化建设过程中解决数据冲突的经验和相关的技术路线，数据元素系列标准能够完成对指定数据对象的规范、描述和冲突消除任务，据此，公安行业在2004年提出了公安业务基础数据元素系列标准，有力地支持了公安信息化建设过程中的数据共享处理。

3.6.2　数据元素标准应用目标

为解决上述问题，在进行数据元素系列标准的研究过程中，首先对存在的问题进行了科学的分析，提出了以下解决上述问题的技术路线。

对于标准中的数据冲突问题，主要是因为多年来的系统建设处于分散建设、各自描述的状态，而且在将来，仍然存在由于业务规则的不同而必然存在的数据合理冲突现象，这两种情况都将不可避免地出现有关标准上的差异，为了平滑地解决此类问题，应该充分尊重历史和客观的业务规则，在数据整合基础上解决冲突。历史上信息化建设的条块分立，虽然在一定程度上影响了数据共享，但也应该看到数据规范并不等于数据标准的面面俱到。对于公安信息化建设过程中产生的数据来说，其中既有共享的数据要求，也有业务规则的特定数据要求，所以在研究数据元素标准的过程中，同样应该区分信息性质，各得其所，重点解决共享要求下的信息互通、互联问题。这样，在数据共享的基点上统一对数据共享的不同理解，澄清困惑综合信息应用的共享程度认识，科学地确定共享数据标准的基点，各负其责，共同分享信息互联成果。

在这样的理解基础上，明确了采用数据元素标准规范公安信息化建设过程中的数据共享行为，进而确定了数据元素标准的如下应用目标。

（1）以解决系统建设中的实际问题为核心。明确数据元素标准要服从于公安信息化工程的建设要求。

（2）以不同层级的数据元素标准满足各类应用需求，形成数据元素标准的不同结构，将数据冲突、数据共享、数据交换、数据复用、数据采集的规范化处理分别用不同层级的数据元素进行约束。

（3）数据元素标准的产生遵循科学的研究方法，在数据元素的层级结构中完全继承业务部门的业务模型，充分尊重业务部门的业务建模成果，在共享业务建模分析的基础上，形成满足信息共享要求的数据元素分类及体系。

在上述的应用目标约束下，数据元素标准的构成原则是：

（1）数据冲突、数据共享、数据采集等由层级结构中不同的数据元素标准规范。

（2）不同层级的数据元素标准应具有继承性，避免由此产生的新的数据冲突。

（3）数据元素层级结构应涵盖可用于信息化处理的所有公安信息。

（4）数据元素层级结构的数据对象与基础来源于业务处理数据。

3.6.3　数据元素系列标准构成

公安业务数据元素系列标准是公安信息化建设的基础，应用公安业务数据元素系列标准消除目前存在的数据冲突问题，提升公安信息化建设过程中产生的数据质量，是公安信息化工程建设过程中非常重要的数据规范环节，对整个公安信息建设有着重要的指导作用。公安业务数据元素系列标准是整个公安行业信息传递、信息共享的基础。

为了使各业务警种在警务活动中采集的海量数据能提供各业务警种共享使用，这就需要用公安业务数据元素系列标准对所产生的各类数据进行标准规范，确定信息数据的完整性、准确性。公安业务数据元素系列标准所规范的数据涵盖全警范围内的所有数据，其共享复用、使用几率大，各个警种使用频率高，以使所产生的各类公安业务数据在整个公安信息资源体系中要统一规范，统一定义。

公安业务数据元素系列标准规范了整个公安信息资源目录体系中最底层的数据，而这些数据却支撑着整个公安信息资源目录体系，是公安信息资源目录体系的最重要的组成部分。只有在整个公安信息体系中完整地实施公安业务数据元素系列标准，才能构建公安信息体系建设框架，使公安信息体系更加完善。公安业务数据元素系列标准是整个标准体系中重要的组成部分，主要由以下4部分构成。

（1）基于指导编写，为解决数据元素的基础提交来源而产生的《公安业务数据元素编写规则》标准。

（2）基于数据元素管理，解决标准长效机制而产生的《公安业务数据元素管理规程》标准。

（3）基于当前应用，为解决数据冲突而产生的《公安业务基础数据元素集》标准。

（4）基于数据元素应用，解决数据不一致问题而产生的《公安业务基础数据元素代码集》标准。

3.6.4　数据元素的表示规范

1. 数据元素的属性

数据元素的表示规范是通过对其一系列属性的描述来实现的。表3-2给出了数据元素的六大类属性。

表3-2　数据元素的六大类属性

属性类别	属性名称	说明
标识类属性	中文名称	标识类属性是用于标识数据元素的一类属性
	英文名称	
	中文全拼	
	交换标识	
	内部标识	
	版本	
	注册机构	
	同义名称	
	语境	
定义类属性	定义	定义类属性是描述数据元素语义方面的一类属性
	对象类词	
	特性词	
	应用约束	
关系类属性	分类方案	关系类属性是描述数据元素之间相互关系的一类属性
	分类方案值	
	关系	
表示类属性	表示词	表示类属性是描述数据元素表示方面的一类属性
	数据类型	
	数据格式	
	值域	
	计量单位	
管理类属性	状态	管理类属性是描述数据元素管理与控制方面的属性
	提交机构	
	批准日期	
附加类属性	备注	附加类属性是描述上述属性以外的其他属性

2. 标识类属性

（1）中文名称。中文名称是赋予数据元素的单个或多个中文字词的指称，中文名称的命名应符合以下规则：

- 在一定语境下数据元素的名称应唯一。
- 中文名称由一个对象类词、一个特性词和一个表示词组成，其顺序为：中文名称=对象类词＋特性词＋表示词。
- 中文名称中应有且只有一个对象类词、特性词和表示词。
- 表示词应尽量选用表3-4所列出的词语。
- 可以使用限定词对对象类词、特性词或者表示词进行限定，限定词应位于限定成份之前。
- 当表示词与特性词有重复或部分重复时，可将冗余词删除。

示例1：数据元素"案件类别代码"中，"案件"为对象类词，"类别"为特性词，"代码"为表示词。

示例2：数据元素"治安案件类别代码"中，"治安"为对象类词"案件"的限定词。

示例3：数据元素"犯罪嫌疑人姓名"中，"犯罪嫌疑人"为对象类词，"姓名"为特性词，其表示词"名称"因与特性词"姓名"重复被删除。

（2）英文名称。英文名称是赋予数据元素的单个或多个英文字词的指称；英文名称中的名词使用单数形式，动词使用现在时；名称的各个成分之间用空格分开，不允许使用特殊字符；允许使用缩写词、首字母缩略语和大写字母。

（3）中文全拼。数据元素的中文名称由其中文名称每一个汉字的拼音组成。拼音中间用连字符"-"连接，并全部使用小写。

（4）交换标识。交换标识是不同参与方在进行数据交换时对数据元素的统一标识。交换标识由该数据元素中文名称中每个汉字的汉语拼音首字母（不区分大小写）组成，如果按照以上规则，不同数据元素的交换标识出现重复，则在后面加下划线再加1～9以区别。

（5）内部标识符。内部标识符是一个注册机构内由其分配的，与语言无关的数据元素的唯一标识符。内部标识符可按照数据元素提交的顺序编号，也可按照数据元素的分类加流水号的方式进行分配。公安业务数据元素的内部标识符由一个大写英文字母"D"和4位数字组成。如数据元素"案件类别代码"的内部标识符为"D5001"。

（6）版本。版本是在一个注册机构内的一系列逐渐完善的数据元素规范中，某个数据元素规范发布的标识，是由阿拉伯数字字符和小数点字符组成的字符串。版本应至少包括两个阿拉伯数字字符和一个小数点字符，如1.0，3.1。

（7）注册机构。被授权注册公安数据元素或其他对象的机构。

（8）同义名称。同义名称是一个数据元素在不同应用环境下的不同称谓。

（9）语境。语境是对产生或使用数据元素的应用环境或应用规程的说明或描述，可以是一个业务领域、信息系统、数据库、文件或数据模型等。

3. 定义类属性

（1）定义。定义是表达一个数据元素的本质特性并使其区别于其他数据元素的陈述。数据元素的定义应具有唯一性（在出现此定义的任意一个数据字典中）。数据元素的定义中不应加入理论说明、功能说明、范围信息或程序信息。

（2）对象类词。对象类词表示数据元素所属的事物或概念，表示某一语境下一个活动或对象。对象类词是数据元素名称的成分之一，并在数据元素名称中占支配地位。标识出数据元素的对象类词有助于实现对数据元素的规范化命名、分析、类比和查询。

（3）特性词。特性词用以表达数据元素对象类的某个特征。它是数据元素名称的成分之一。标识出数据元素的特性词有助于对数据元素的规范化命名、分析、类比和查询。

（4）应用约束。应用约束表示数据元素在实际应用中的相关约束，侧重于描述从应用中提取出的约束要求，如数据元素的保密要求、用法等。

4. 关系类属性

（1）分类方案。分类方案是根据数据元素的来源、组成、结构、应用、功能等共同特性，将数据元素排列或划分成组的模式。数据元素可使用多种分类方案进行描述，以便于使用者从不同的角度进行查询和使用。每种分类方案有一个标识符，不同的标识符代表不同的分类方案。

示例：

电子政务数据元素可采用两种分类方案，其标识符分别为"CS01"和"CS02"。分类方案CS01将电子政务数据元素按服务主体分为政府对政府（GG）、政府对企业（GB）、政府对公民（GC）、企业对政府（BG）、公民对政府（CG）和政府部门内业务（GI）六大类，每一大类下又分为两层。分类方案CS02则将电子政务数据元素按照政府机关的活动领域划分为政府内部活动（GI）、政府外部活动（GO）和政府决策（GD）支持三大类，每一大类下再划分中类和小类。

（2）分类方案值。分类方案值是指某个数据元素在一个分类方案中所处的位置，用该数据元素在此分类方案中的分类代码表示。有几个分类方案就有几个分类方案值，即分类方案和分类方案值之间存在一一对应关系。

示例：

数据元素"文件名称"是公文办理业务中提取的一个数据元素，在分类方案CS01中数据元素文件名称的分类是：大类为GG（即政府对政府）；中类为公共层，代码01；小类为公文管理，代码03，顺序号001。则该数据元素属性分类方案值即为GG0103001。而在CS02方案中，其分类方案值为GI01010001。

（3）关系。关系用以描述当前数据元素与相关数据元素之间的关系。表3-3给出了数据元素之间基本关系的表示格式。

表3-3　数据元素基本关系的表示格式

关系	关系表示符	关系描述
派生关系	Derive-from	描述了数据元素之间的继承关系，一个较为专用的数据元素是由一个较为通用的数据元素加上某些限定词派生而来，例如"Derive-from B"（B是数据元素的标识符，下同），表明当前数据元素由数据元素B派生而来
组成关系	Compose-of	描述了整体和部分的关系，一个数据元素由另外若干个数据元素组成，例如："Compose-of B，C，D"表示当前数据元素是由数据元素B，C，D共同组成
替代关系	Replace-of	描述了数据元素之间的替代关系，例如："Replace-of B"表明当前数据元素替代了数据元素B
连用关系	Link-with	描述了一个数据元素与另外若干数据元素一起使用的情况，例如："Link-with B，C，D"表明当前数据元素需要和数据元素B，C，D一起使用

5. 表示类属性

（1）表示词。表示词用于描述数据元素值域的表示形式，是数据元素名称的组成成分之一。标识出数据元素的表示词有助于实现数据元素的规范化命名、分析、类比和查询。国际范

55

围内认可的表示词如表3-4所示。

表3-4　国际范围内认可的表示词

表示词	含义
金额	货币单位的数量，通常与货币类型有关
日期	特定的年月日，格式采用GB/T 7408
日期时间	特定的年月日的特定时间点，格式参照GB/T 7408
代码	表示一组值中的一个值的字符串
描述	表示一个人、客体、地点、事件或概念一系列句子，既可用于定义（通常用一两个句子），也可用于较长文本。在数据元素的中文名称中通常使用"说明"、"备注"、"意见"等词
名称	表示一个人、客体、地点、事件或概念指定的一个词或短语。该词或短语是该人、客体、地点、事件或概念的称谓
号码	一个特定的值的算术表示，它通常暗示了顺序或一系列中的一个
百分比	具有相同计量单位的两个值之间的百分数形式的比率
量	非货币单位数量，通常与计量单位有关
比率	一个计量的量或金额与另一个计量的量或金额的比
指示符	两个且只有两个表明条件的值，如on/off、true/false，又称标志

（2）数据类型。数据类型指数据元素的表示方法，取值范围依从于信息处理技术的数据类型定义与表示。

（3）数据格式。数据格式指从业务视角规定的数据元素值的表示方式（与使用的软件开发工具无关），包括所允许的最大或最小长度等。公安业务数据元素推荐使用的数据格式如下：

- 用c或n后直接加自然数的方式表示定长。如c4表示4个字符定长（1个汉字相当于2个字符）；n3表示3位数字定长。
- 用d后加4、6、8、10等，分别表示不同数据格式的日期型数据元素。d4表示YYYY，即只表示到年份；d6表示YYYYMM，即表示到月份；d8表示YYYYMMDD，即表示到日。
- 用t后加2、4、6分别表示不同数据格式的时间型数据元素。t2表示hh，即只表示小时；t4表示hhmm，即表示到分钟；t6表示hhmmss，即表示到秒。

如果数据类型是二进制，在数据格式中应标识出二进制的具体格式，如"JPEG"。格式参照RFC2046。

数据格式中使用的字符含义如表3-5所示。

表3-5　数据格式中使用的字符含义

字符	含义	说明
c	表示数据类型为字符型	
n	表示数据类型为数值型	
d	表示数据类型为日期型和日期时间型	
t	表示数据类型为时间型	
bl	表示数据类型为布尔型	
bn	表示数据类型为二进制型	

（续表）

字符	含义	说明
..ul	表示长度不定的文本	
..	从最小长度到最大长度，前面附加最小长度，后面附加最大长度（也可以只附加最大长度）	如c..6表示最多6个字符；n2..7表示最少2位数字，最多7位数字
n..p，q（p、q均代表一个自然数）	表示数据类型为数值型，最长p位，小数点后q位（小数点前为p-q位）	如n..8，2表示最多8位数字，小数点后2位
注：在系统建设中遇到数据格式为".."时建议按最大值使用		

（4）值域。值域是根据相应属性中规定的数据类型、数据格式而决定的数据元素的允许值的集合。该集合可通过以下四种方式给出：

- 通过名称给出，即直接指出值域的名称。比如数据元素"两字母国家代码"的值域是GB/T 2659中的全部两字母代码。
- 通过参考资料给出。比如数据元素"产品条码"的值域是已经在物品编码中心注册的所有产品的条形码。
- 通过一一列举的方式给出所有可能的取值以及每一个值对应的实例或含义。
- 通过规则间接给出。

（5）计量单位。计量单位为数值型数据元的一个属性，其名称应符合GB/T 17295中的计量单位名称。

6. 管理类属性

（1）状态。状态指数据元素在其注册的全部生存期（即生命周期）内所处的状态。数据元素在其注册的全部生存期内存在7种状态：

- 原始——已经创建数据元素并提交。提交新的数据需求和对现行数据元素的修改建议都从本状态开始。
- 草案——经过数据元素注册机构形式审查后，等待技术审查。
- 征求意见——经过技术初审后，正在征求意见中。
- 报批——经过技术终审后，等待审批。
- 标准——新增或变更的数据元素，经过标准化过程的协调和审查，已得到数据元素管理机构批准。
- 未批准——在新增或变更数据元素的流程中，在任何一个阶段未能通过审查或批准。
- 废止——不再需要其支持信息需求，经数据元素管理机构批准而废止。

（2）提交机构。对数据元素注册系统的数据元素提出新增、变更或废止的机构或所属部门。

（3）批准日期。指数据元素进入"标准"状态的日期，采用YYYYMMDD的格式表示。

（4）附加类属性。附加类属性只有备注一项。备注用以描述数据元素的附加注释，即上述5类属性未能描述的其他注释。

目前在公安行业正式颁布的公安业务基础数据元素示例如下：

内部标识符：D1000

中文名称：公民身份号码

英文名称：number of citizen identification

同义名称：身份证号、居民身份证号

中文全拼：gong-min-shen-fen-hao-ma

说明：国家为每个公民从出生之日起编定的唯一、终身不变的身份代码

对象类词：公民

特性词：身份

表示词：号码

表示：c18

计量单位：

值域：公民身份号码的编制遵照GB11643—1999的规定

语境：全部公安业务

关系：

版本：

提交机构：

注册机构：

备注：

3.6.5 数据元素代码集

《公安业务基础数据元素》标准仅只规定了相关数据元素的属性规范化描述，并没有实现数据元素的实体化应用基础，只有明确规定各数据元素的值域范围，才能真正依靠《公安业务基础数据元素》标准指导、规范公安信息化建设中的数据应用与处理。为了实现对数据元素值域属性的规范化描述，就必须实现以下目标：

- 规范基础数据元素属性中的值域内容。
- 在数据采集层面，规范代码或解决编码不一致问题。
- 明确数据元素编码的编码规则。
- 汇集有关的代码表内容。

在数据元素代码集中，对于数据元素代码的表现形式进行了科学的分析，分为编码规则类和代码类，从而使数据元素的应用获取了坚实的实体化应用基础。它们各自的表示如下。

1．编码规则类

应用规范而严谨的表述，明确指定数据元素的代码编制规则，使得任何使用该数据元素的组织和个人，都可以在统一的编码规则下编制和扩充相应的数据代码。以书证物证种类代码为例：

D2018 书证物证种类代码

表示：c4

分类与编码方法：第一、二位表示大类，第三位表示中类，第四位表示小类。

组合顺序与结构（如图3-5所示）：

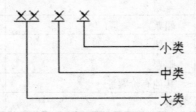

图 3-5　书证物证类代码的组合顺序与结构

代码表（如表3-6所示）：

表3-6　书证物证种类代码表

代码	名称	说明
1000	金融票证	
1010	金融票据	
1011	汇票	
1012	本票	
1013	支票	
1020	结算凭证	
1021	委托收款凭证	
1022	汇款凭证	
1023	银行存单	
1024	信用证	
1025	信用卡	
1029	其他银行结算凭证	
1030	资信证明	
1040	担保函	
1050	信用证附随单据	
1099	其他金融票证	
1100	有价证券	
1110	国库券	
1120	国债凭证	
1130	公司、企业债券	
1199	其他有价证券	
1200	假币	
1210	假人民币	
1220	假港币	
1230	假美元	
1240	假欧元	
1299	其他假币	

（续表）

代码	名称	说明
2000	有价票证	
2010	车票	
2020	船票	
2030	机票	
2040	邮票	
2099	其他有价票证	
2100	发票	
2110	增值税专用发票	
2120	普通发票	
2199	其他发票	
3000	文件	
3010	国家机关公文、证件	
3020	经营许可证、批准文件	
3030	经济合同	
3040	虚假证明文件	
3099	其他文件	
4000	会计凭证、账簿、报表	
4010	会计凭证	
4020	会计账簿	
4030	会计报表	
4040	纳税申报表	
4099	其他	
5000	保险单	
6000	印章	
6010	伪造的印章	
6020	盗用的印章	
7000	商标标识	
8000	物品	
8010	音像制品	
8020	计算机软件	
8030	假冒产品	
8040	伪劣产品	
8099	其他物品	

2. 代码类

在此类代码中，并未给出可以用于扩充的编码规则，而仅给出了对应的数据元素代码表，所有使用者唯一需要做的就是严格地使用它，而不是扩充和修改它。以选择处所代码为例：

D1044 选择处所代码

表示：c4

分类与编码方法：

代码表（如表3-7所示）：

表3-7　选择处所代码表

代码	名称	说明
0100	繁华地段	
0110	贸易市场	
0120	商业区	
0130	广场	城市中人员经常集散活动的开阔地区
0140	居民小区	专供人们生活居住的小区
0199	其他繁华地段	
0300	偏僻地段	指人员稀少或行人罕至的地区
0310	田野	
0320	树林	
0330	深山	
0340	洞穴	
0350	结合部	省、市、县、区之间的区域结合部位，如省与省、市与市、市与县或市、县、省之间结合的区域
0399	其他偏僻地段	
0500	绿化地段	
0599	其他绿化地段	
0700	水域	
0701	池塘	
0702	水库	
0703	江河	
0704	湖泊	
0705	海域	
0799	其他水域	
1100	公路	
1101	高速公路	
1102	城市高架路	
1103	环城路	
1104	国道	
1105	省道	
1106	一般公路	
1107	乡村公路	
1108	街巷	城镇中供行人和车辆通行的大道
1199	其他公路	
1200	铁路	
1210	地铁	
1220	轻轨铁路	
1299	其他铁路	

（续表）

代码	名称	说明
1300	生产部门	
1301	工厂	
1302	矿山	
1303	农场	
1304	果园	
1305	花房苗圃	
1306	林场	
1307	牧场	
1308	饲养场	专门从事家禽、家畜饲养的单位
1309	养殖场	专门养殖水产品的单位
1310	盐场	
1311	建筑工地	正在施工的场所
1399	其他生产部门	
1400	管理部门	
1401	党政机关	
1402	军事单位	
1403	武警单位	
1404	派驻机构	指境外或外地驻本地的办事机构
1405	工商所	
1406	财税所	
1407	社会保障	指社会保险、救济、福利、安置等部门
1408	公司	专指商业、企业、牧业的管理部门
1409	居委会	
1410	供电所	专门负责电力供应的管理部门
1411	劳务机构	经工商、劳动部门登记认可的劳动力中介服务部门
1499	其他管理部门	
1500	科教部门	
1501	科研单位	专门从事科研或综合技术服务的单位
1502	大专院校	
1503	中小学校	
1504	托幼园所	
1600	文化部门	
1601	影剧院	包括电影院、剧场、俱乐部等
1602	图书馆	
1603	展览馆	
1604	博物馆	
1605	寺庙	
1699	其他文化部门	
1700	娱乐部门	
1701	游艺场	包括游乐场、俱乐部等

（续表）

代码	名称	说明
1702	电子游艺室	
1703	歌舞厅	
1704	卡拉OK厅	
1705	录像厅	
1706	夜总会	
1707	公园	
1708	旅游景区	
1799	其他娱乐部门	
1800	体育部门	
1801	体育场馆	
1802	高尔夫球场	
1803	保龄球馆	
1804	溜冰场	
1805	游泳池	
1806	健身房	
1899	其他体育部门	
2100	交通运输部门	
2101	地铁站	
2102	火车站	
2103	汽车站	指出租汽车、长途汽车、公共汽车、电车站
2104	码头	
2105	机场	
2106	停车场	存放各种机动车的场所
2107	存车处	存放非机动车的场所
2108	出租汽车	
2109	公共汽车	
2110	长途汽车	
2111	无轨电车	
2112	火车	
2113	轮船	
2114	飞机	
2115	私家汽车	
2116	单位汽车	
2199	其他交通运输部门	
2200	服务部门	
2201	宾馆	专指被评为星级以上的
2202	旅馆	不够星级的
2203	招待所	指单位内部经营，主要供内部人员食宿的处所
2204	车马店	主要供存放过往大车、牲畜或人员食宿的地方
2205	出租屋	

（续表）

代码	名称	说明
2206	餐馆	
2207	食堂	单位内部人员就餐的场所
2208	茶馆	
2209	冷热饮店	
2210	咖啡厅	
2211	酒吧	
2212	氧吧	
2213	桑拿馆	
2214	超市	指仓储式、自选商场
2215	商场	
2216	商店	
2217	地下商场	
2218	粮店	
2219	菜场	
2220	售货摊亭	
2221	珠宝店	
2222	银行	包括储蓄所、信用社
2223	证券交易所	
2224	邮电局	
2225	医院	
2226	疗养所	
2227	浴室	
2228	美容美发厅	
2229	发廊	
2230	废品收购店	
2231	典当行	含寄卖店
2232	拍卖行	
2233	加油站	
2234	液化气站	
2235	书店	
2299	其他服务部门	
2300	部位	
2301	仓库	
2302	金库	
2303	武器库	
2304	货场	专指车站、码头装卸、堆放货物的地方
2305	货栈	指交易市场内、营业性专供存商品物资的地方
2306	寄存处	
2307	垃圾场	
2308	牲畜圈	圈养牲畜的地方

（续表）

代码	名称	说明
2309	胡同	里、弄、巷
2310	路口	
2311	路旁	
2312	楼道	
2313	楼口	
2314	门前	
2315	河边	
2316	立交桥	
2317	隧道	
2318	地下通道	供人们横穿马路时使用的地下通道
2319	地下室	
2320	防空洞	
2321	人行天桥	
2322	机仓	专指飞机机仓
2323	船仓	
2324	车厢	
2325	驾驶室	
2326	售票处	
2327	财会室	
2328	收银台	指商店内专门交纳购物款的柜台
2329	办公室	
2330	更衣室	
2331	洗澡间	
2332	宿舍	
2333	公厕	
2334	电话亭	
2335	晒场	
2399	其他部位	
2400	住宅	
2401	高层楼房	具有电梯设备的楼房
2402	普通楼房	不具有电梯设备的楼房
2403	平房	
2404	简易房	包括临时工棚、帐篷、窑洞、草棚、活动房屋等
2405	农宅	专指农村住房
2406	别墅	
2407	涉外公寓	
2499	其他住宅	
9900	其他处所	

3.6.6　数据代码向数据元素的转换

　　由于数据元素的构成基础是已经形成的、大量的数据标准或数据代码标准，这些数据类的标准都是在多年的公安业务实践中提炼的信息化成果，经过了长期、科学的业务建模验证和数据建模验证，已被各地公安机关和广大干警所熟知，如果脱离这个信息化建设的现实，重新进行所谓科学的数据元素提取和定义，不但是得不偿失的无效劳动，而且未必科学和实用；另一方面，数据元素的提取和定义是一个严谨、复杂而繁琐的工作，需要进行大量的工作才能完成数据元素生成的业务建模和数据建模过程,而现行的数据标准和数据代码标准实际上已经完成了上述的工作，大量的数据标准、数据代码标准和数据元素标准的区别仅只在于表现形式的不同，而不存在科学定义上的本质差异。因此，将现行的数据标准和数据代码标准进行数据元素标准的转换将是规范数据标准，消除数据冲突，实现数据元素标准表示的最佳技术路线。在此，特以已颁布的《GA 16.2—2010道路交通事故信息代码第2部分：事故形态代码》（代替GA 16.2—2003）为例说明相应数据元素标准的转换规则。

1. 现行的数据代码标准

　　《GA 16.2-2010道路交通事故信息代码第2部分：事故形态代码》如表3-8所示。

表3-8　事故形态代码表

代码	名　称	说　明
11	正面相撞	指相向行驶的车辆正前部（含车辆左右两角）碰撞
12	侧面相撞	指行驶车辆的接触部分有一方是车辆侧面的碰撞
13	尾随相撞	同车道同方向行驶的车辆，尾随车辆的前部与前车的尾部碰撞
21	对向刮擦	指相向行驶的车辆在会车时发生的两车侧面刮擦
22	同向刮擦	指同向行驶的车辆在后车超越前车时发生的两车侧面刮擦
23	刮撞行人	指车辆行驶过程中车身刮擦或者撞击行人
30	碾压	交通强者拖碾或压过交通弱者的
40	翻车	指车辆在行驶过程中，因受侧向力的作用，使一部分或全部车轮悬空，车身着地的形态
50	坠车	指车辆整体脱离地面，经一落体过程于路面高度以下地点的事故形态
60	失火	车辆在行驶或发生事故的过程中，起火造成损害的
70	撞固定物	车辆在行驶过程中，与固定物（不包括机动车、非机动车及行人）相撞的
80	撞静止车辆	指一方车辆为零速度的碰撞
90	撞动物	车辆在行驶过程中，与动物相撞
99	其他	

2. 转换后的数据元素表示

　　转换后的数据元素表示如表3-9所示。

表3-9 转换后的数据元素表示

名称	说明
中文名称	事故形态代码
英文名称	Code of traffic accident modality
中文全拼	shi-gu-xing-tai-dai-ma
交换标识	SGXT
内部标识符	D5100
版本	1.0
注册机构	公安部计算机与信息化处理标准化技术委员会
同义名称	事故形态
语境	交通事故处理
定义	公安交通管理部门对交通事故形态的描述
对象类词	交通事故
特性词	形态
应用约束	只用于描述交通事故的客观形态，不描述交通事故的责任形态
分类方案	CS01
分类方案值	GC××××0801（表示事故形态代码处于国家电子政务数据元素CS01分类方案中的政府对公民的第8类第1项）
关系	Derive-from-shigu
表示词	代码
数据类型	字符型
数据格式	C2
值域	GA 16.2-2010 代码表
计量单位	无
状态	报批
提交机构	公安部公安交通管理局无锡交通管理技术研究所
批准日期	
备注	本数据元素亦可描述发生在轨道交通与道路交通之间的交通事故

附注 电子政务数据元素可采用两种分类方案，其标识符分别为"CS01"和"CS02"。分类方案CS01将电子政务数据元素按服务主体分为政府对政府（GG）、政府对企业（GB）、政府对公民（GC）、企业对政府（BG）、公民对政府（CG）和政府部门内业务（GI）六大类，每一大类下又分为两层。分类方案CS02则将电子政务数据元素按照政府机关的活动领域划分为政府内部活动（GI）、政府外部活动（GO）和政府决策（GD）支持三大类，每一大类下再划分中类和小类。

思考题

（1）在公安信息化标准体系中，应用视图、技术视图和数据视图的规范对象是什么？

（2）数据元素描述和数据代码描述的不同之处是什么？

（3）试将"机动车牌照号码"用数据元素规范描述。

综合应用篇

信息资源共享是信息化建设的必然结果，这是由数据的应用属性决定的，更是由行业的业务属性决定的，虽然公安信息化建设有着独有的特点，但信息共享却是一个跨行业的共同话题。近年来，世界上没有一个行业不追求数据共享形态的信息化建设，众多研究者为解决数据共享中的理论和实践问题而呕心沥血。信息资源目录体系、数据体系结构、元数据定义、数据元素标准等先进信息处理技术的不断问世，无一不是为着解决各行业的数据共享和互操作问题。然而，这些研究毕竟还只是从理论上奠定了数据共享和互操作的基础，要真正将上述研究理论体现在实际的信息化应用中，真正消除在信息化应用中的信息孤岛和信息冲突，还必须有科学、系统、完整的应用系统建设实践，才能让所研究的理论真正地发挥作用。

　　本篇所讨论的综合信息应用就是希望在数据分析篇的基础上，真正地将理论应用于实践，在公安信息化的建设过程中摸索出可行而实用的技术路线和实施方案。出于这个目的，本篇以实际的公安信息化建设案例为基础，系统地分析了警务综合信息应用平台、综合查询信息处理、指挥中心集成处理、接处警信息处理、法律审核与控制信息处理和情报研判信息处理的特征，并对上述的信息处理内容从实际信息化应用的角度进行了阐述，给出了经过实际数据验证的案例设计和建设结果，力图通过理论与实践结合的分析，构建在公安信息化建设过程中行之有效的数据共享和互操作应用体系。

第4章

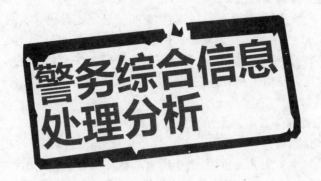

警务综合信息
处理分析

摘 要

本章对警务综合信息应用平台进行了详尽的探讨，在真实建设案例分析的基础上，结合公安信息化建设现状，对警务综合信息应用平台的信息处理特征、平台建设目标、系统体系结构、总体设计、数据设计与安全设计等技术内容进行了详尽的分析，力图全面地展示警务综合信息应用平台的技术构成全貌，目的是通过对本章的学习和讨论，能够实际指导和评估地市级警务综合信息应用平台的设计与应用。

地市级公安机关的信息化工作已开展多年，根据当前的工作业务需求，将多年来的公安信息化建设和应用的经验标准化、规范化、科学化势在必行，统一建设满足公安实际应用需求的信息化工程，将大大提高地市级以上城市公安机关的战斗力，真正体现"科技强警"的战略思想，警务综合信息应用平台是"向科技要警力"战略的重要组成部分。

警务综合信息应用平台是一个相当庞大的系统工程，在进行设计之前，必须对现状、需求、目标、工作任务进行详细的分析，才有可能真正了解警务综合信息应用平台的核心。根据警务综合信息应用平台设计的要求，在进行系统设计时，必须以应用带发展，以效益促应用，充分体现地市级以上城市公安机关"快速反应、快速布控"的警务特点。

4.1 信息处理特征分析

警务综合信息应用平台是公安信息化工程建设过程中的必然发展趋势，虽然公安信息化工程建设起始于公安业务警种，当年的人口信息系统是最早将计算机信息处理技术引入公安行业的排头兵之一，但公安行业的特征决定了：公安行业的信息化应用，最终一定要进入信息共享的时代，这不是公安行业的特殊需求，而是全世界信息化应用的必然结果，只不过公安行业的需求更为明确，也更为迫切而已。在这种信息共享需求的推动下，警务综合信息应用平台就应运而生了。然而，应该清醒地认识到：公安行业的信息化建设包含着两个彼此不可分离、不可对立、不可忽视的方面，这就是在公安信息化工程建设中，既要注重对公安信息本身的处理，更要注重对公安业务规则的理解和处理。目前国内凡是警务综合信息应用平台建设、应用比较好的公安机关，一定是公安信息和业务规则并重的结果；反之，警务综合信息应用平台的应用一定会遇到阻力。

所谓的公安信息处理，其实并不是新鲜的话题，在所有的计算机信息处理系统中，之所以有管理信息系统和信息管理系统之分，其实就是注重信息处理还是注重业务规则处理之争，这对于公安行业的计算机应用尤为重要。由于所有非计算机行业在应用计算机进行数据处理之初，开发者不懂业务，也不愿意去理解具体的业务规则和内涵，往往都是利用计算机将人工的工作表格进行电子化，这是最省事、最原始、最没有技术含量的人工信息再现，公安信息处理也经历了这种所谓的、单纯的研究和开发过程。究其实质，无非就是将纸质的表格转换成为电子的表格而已，将文件柜改变成为了计算机的存储设备，但这毕竟是公安信息化建设初级阶段的历史体现。在今天的信息化建设过程中，如果设计者一厢情愿地认为：只要将接警记录表、立案审批表、案件登记表、犯罪嫌疑人登记表、涉案物品登记表、破案登记表、带/协破案件登记表等等一系列表格在警务综合信息应用平台中可以录入，采集数据，只要能将所有的案件信息全部输入进计算机系统，就可以称之为警务综合信息应用平台的案事件信息处理。或者是只要能在警务综合信息应用平台中将出生登记表、落户申请表、常住人口登记表、户口底卡、户口注销登记表等等一系列表格输入进去，打印出来，也便成为了公安机关的常住人口信息处理。那他所开发的信息处理系统一定不会受到公安机关的欢迎。实践证明，一个实用的、可行的、能为基层民警所接受的警务综合信息应用平台一定是业务规则和业务信息处理并重的系统，缺一不可。这是很严肃、很认真的科学技术，不是靠行政手段强制执行能解决的。

由于我国公安机关的警务体制原因，在任何时候，业务规则都从属于"条"状的业务警种，而公安业务信息却又是需要在"块"的结构下实现全警的信息共享，尤其是在地市级公安机关，由于公安工作的需要，全警的信息共享和业务互操作更是全面掌控区域型社会治安态势的重要信息化手段。但多年来的公安信息化建设都是"条"系统建设快于、大于"块"系统建设，先有"条"，后有"块"已经是一个不争的事实。这就使警务综合信息应用平台的建设面临着尴尬的局面：如果警务综合信息应用平台所具备的业务处理模块功能不能完全覆盖各业务警种原来正常运行的信息处理内容，各警种为什么要改弦更张，抛弃原有的、好用的系统，而改用一个不适用的系统呢？要知道，简单的关联查询并不能替代案事件处理中的串并案分析，户口迁移表的打印也不意味着已经实现了对户口迁移业务的处理。因此，警务综合信息应用平台的信息处理特征完全依赖于开发者对于公安业务的理解和掌握，它包含对公安业务规则的理解和对公安业务数据属性的理解两部分，缺一不可。目前在公安信息化建设过程中，警务综合信息应用平台的建设大致依照下述的两个方向进行。

一种警务综合信息应用平台的研究方向是认真钻研各业务警种的业务规则，在警务综合信息应用平台中完整地实现业务警种固有的业务处理规则和信息处理规则，所有的信息处理过程全都依从于业务规则的规范和约束，而不只是表格式的公安信息录入，真正实现"条"和"块"的数据和规则的有机融合。这样，让警务综合信息应用平台部署在刑警队，就可以进行案件的侦查、询问和串并分析；让警务综合信息应用平台部署在派出所，就能执行派出所的窗口户政业务；让警务综合信息应用平台部署在交通违法执法站，就能够平滑地处理12分违法处理事宜。这一类警务综合信息应用平台的信息处理特征就是完整地再现和信息化重构相关的公安业务规则，并且忠实地按照业务规则记载每一项原始的公安信息内容，同时在此基础上开展深层次的数据共享应用。

而另一种警务综合信息应用平台的研究方向则是完全包容原有各业务警种的信息处理系统，不去一门心思地废弃业务警种的系统，不去越俎代庖，代替业务警种去处理业务规则，采集业务数据，而是采用松耦合的系统体系架构，采用适用的技术手段，无缝平滑地和业务警种的系统进行数据互联，并向各业务警种的系统提供高效的信息共享结果，或者是信息综合分析的结果。这一类警务综合信息应用平台的信息处理特征就是立足于信息共享处理，专注于公安综合信息的深层应用，以数据分析和情报研判作为基本的数据深层应用构成，与业务警种的系统各显其道、相辅相成。

如果单纯就警务综合信息应用平台的数据处理表象来说，前一种警务综合信息应用平台应该承担数据的采集、分类、关联、处理等任务；而后一种警务综合信息应用平台则只需要进行数据的高端应用，信息资源的再构与挖掘即可。本书中所研究的警务综合信息应用平台只是通过对综合共享信息处理和业务信息处理的分析，力图找出业务规则和业务信息的有机契合点，使之成为单独运行可行，综合集成亦可行的信息集成平台，这也就是本书中将此类信息处理定义为"警务综合信息应用平台"，而不是"警务综合应用平台"的原因。

警务综合信息应用平台信息处理的根本特征在于：警务综合信息应用平台的信息处理必须体现当地警务活动的"魂"！警务综合信息应用平台不是一个单纯的信息处理系统，它蕴含着建设者和设计者对当地警务活动的理解和信息化要求。所谓警务活动的"魂"，就是要在警务综合信息应用平台中体现一条设计主线，体现出当地警务活动的战略思想，这是非常重要的内容，而不是为了建设警务综合信息应用平台而制造出来的一个概念。如果一个城市的警务活动核心是"精确打击"，那么在信息化建设过程中，一定需要对警务活动中所涉及的人、物、案进行准确的属性描述和关系描述，所有的信息处理手段都应该围绕人、物、案所处的状态、本身的各种特征属性以及与周边环境的关系等等来进行。这样，警务综合信息应用平台的建设重点就应该侧重于治安综合信息处理、指掌纹标准化采集室建设与指掌纹识别、DNA生物特征识别信息处理、交通管理信息处理、移动通信信息接入、现场勘查信息处理、面像识别信息处理、线索信息处理等一系列可以精确、唯一定义和描述人、物、案相关属性的信息化建设。而如果一个城市的警务活动核心是"社会面掌控",则在信息化建设过程中,必须对警务活动中所涉及的人、物进行准确的属性描述和轨迹描述,所有的信息处理手段都应该围绕人、物当前所处的最新状态来进行。因此,建设重点就应该侧重于治安综合信息处理、路面监控与信息联动、舆情监控与分析、特业信息管理、娱乐服务场所信息管理、综合查询处理分析、PGIS警用地理信息处理等一系列可以完整描述人、物当前动态属性和活动轨迹的信息化建设内容。而本章中所讨论的警务综合信息应用平台则是围绕城市公安机关的快速反应机制建立,将信息处理贯穿于从接警开始到销案终止的警务活动全过程,力争实现"报警快、接警快、出警快、处警快、决断快、处置快、布控快"的"快速反应、快速布控"信息处理体系。

4.2 信息处理概述

在基层公安机关的大量业务活动中,"快速反应、快速布控"是基本的业务规则要求,对打击犯罪如此,而对于社会面的控制与防范同样如此,对于一切常态的事件能够做到"快速反应",能够进行科学的信息化处理,那么对于突发的、偶发的、群发的、恶性的社会公共安全事件就形成了良好的事态反应机制,打下了坚实的信息处理基础。警务综合信息应用平台正是各地公安机关经过多年的公安业务实践和公安信息化建设实践,为了完整地体现"综合共享、多级联动、快速反应、快速布控"思想而构建的信息处理基础。为了实现这个目的,各地公安机关对多年来研究总结的公安工作特点进行了客观的、现代化的分析,使得所建设的警务综合信息应用平台真正符合地市级公安机关的应用要求,从而实现了警务综合信息应用平台提出的各项任务目标。

根据这些分析可以看到,对于公安机关来说,由于业务性质的特殊性,在地市级公安机关建立的、包括警务综合信息应用平台在内的计算机信息管理系统应该满足如下特点。

(1)综合应用。公安机关的各项业务似乎是彼此独立的,实质上却是互相关联的。在正常情况下,计算机信息管理系统应该清楚地记录彼此之间的关系,例如甲地的人口迁出必然是乙地的人口迁入等。而在突发事件中,计算机信息管理系统更应该快速地提供相应的逻辑信息,例如某个刑事案件必然关联到相应的户政信息、车辆信息等。

(2)及时准确。公安机关的工作内容简而言之就是"为人民造福,保一方平安",这就要求计算机信息系统提供的信息必须是最新、最准确、最全面的,否则很难应付各种突发事件,提高各类案件的破案率。

(3)实时高速。由于公安机关的特殊工作性质,要求计算机系统必须能够在一切可能的情况下,及时、快速地提供有关的信息,这样才能在第一时间、第一现场尽快处警,尽快抓取第一线索,尽快布控。

(4)信息多样。在公安机关的实际业务中,涵盖了文字、表格、声音、图像、视频等多种信息,这就要求计算机信息管理系统必须能够高速、高效地处理多媒体性质的信息。

(5)互连交换。由于多年来各业务警种都建立了大量计算机信息管理系统,存储了多年的信息资源,所以在建立任何警务综合信息应用平台的时候,都必须妥善考虑各种不同版本计算机信息管理系统之间的信息互连问题。

(6)安全保密。由于公安机关的工作性质,许多信息都必须经过授权才能访问,所以在警务综合信息应用平台的信息系统设计中,安全管理、权限管理、保密管理必然是重要的组成部分,必须贯穿于系统设计的每一个部分。

(7)数量庞大。公安机关的数据访问是十分频繁的,而每一次访问的信息量又十分庞大,完全不同于银行、民航信息系统,它们一次信息的交易量只有几十个字节,而公安机关的一次信息交易量往往达到数百个字节,所以要求基础通信网络必须高速、高效,而且要可靠无误。

4.3　信息处理构成分析

4.3.1　基本构成

警务综合信息应用平台的总体目标是实现全市范围内的警务信息采集与共享,实现"快速反应、快速布控"的信息化支撑和保障体系。根据公安业务的性质,可以将警务综合信息应用平台包含的信息处理部分大致地划分为以下部分:基础环境与信息处理平台、综合应用信息处理、综合查询信息处理、基础数据采集、数据抽取与异构互联信息处理、电子警务信息处理、系统运行安全保障机制。

而根据和快速反应相适应的业务规则分析,综合应用信息处理又由下列部分构成:快速反应与布控信息处理、案事件信息处理、法律审核与控制信息处理、串并案分析信息处理。其中的接处警信息处理、案事件信息处理和串并案分析信息处理同时具备综合应用信息处理和专业应用信息处理的特征,这是因为从数据属性分析,接处警信息处理、案事件信息处理和串并案分析信息处理均需要综合信息的支撑,才能实现案事件信息处理的目标。但从业务规则分析,接处警信息处理、案事件信息处理和串并案分析信息处理本身又具备强烈的专业应用信息处理特征,它们的处理规则和基础数据采集的业务规则完全不同,而且它们的信息处理结果直接影响着快速反应机制的效率和效果。可以想象,如果在一个突发事件中,从接处警开始的所有信息处理环节都非常高效,但最后却无法定位导致事件或案件发生的行为主体和关系主体,犯罪嫌疑人迟迟不能到案,那"快速反应、快速布控"岂不成了一句空话?

警务综合信息应用平台的具体构成与相关关系如图4-1所示。

警务综合信息应用平台构成与关系

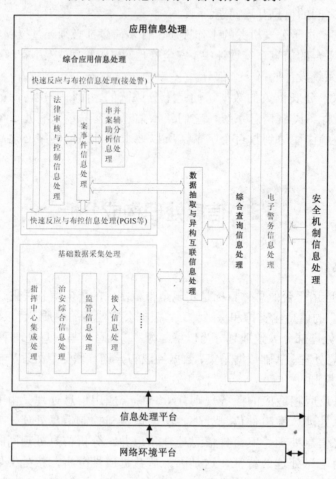

图 4-1 警务综合信息应用平台构成与关系

4.3.2 构成描述

1. 可靠的网络通信及硬件平台

由于公安机关管理的对象基本都是处于动态状况下，信息量十分庞大，覆盖的地域遍及全市的任何地方，信息的查询、交换、比对、控制又十分频繁，所以必须有可靠的网络通信环境，高速的传输机制，灵活的交换处理。基于这样的考虑，地市级以上城市公安机关通信网络及各种接入系统的设计应该重点考虑高速、便于扩充、易于维护、技术先进等要素，在主干网中重点依托于中国电信或中国移动所建设的电信网络。这样，既考虑了技术的先进性，又考虑了各级业务部门的实际情况，从而实现可靠的网络建设。图4-2所示为600万人口左右中心城市公安机关的网络拓扑及构成示例。

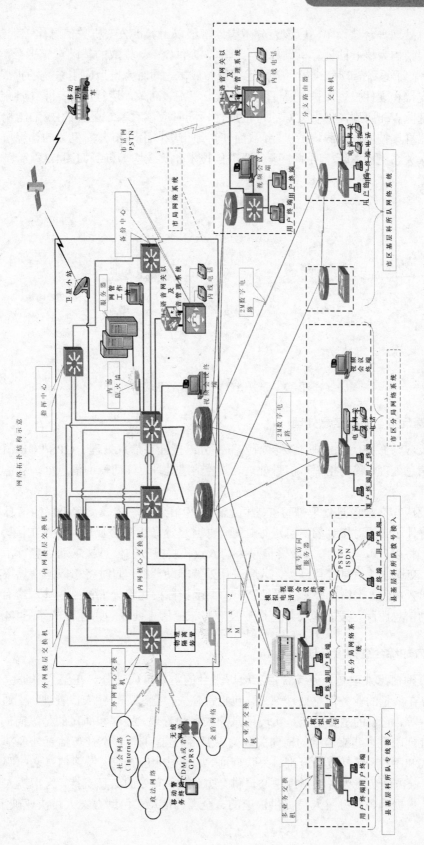

图4-2　网络拓扑及构成

在信息处理平台建设中，应该充分考虑地市级以上城市公安机关信息化工程建设的需要，建立以多层结构为核心的计算机硬件平台体系，提供统一、集成的基础设施平台，实现服务器物理集中，便于系统管理和维护，降低运行维护成本，同时为日后应用系统的扩展、重组提供强有力的支持和硬件投资保护，保证系统持续、正确、高效地运行，提高系统性能，最大限度减少甚至消除Web瓶颈，提供良好的可扩展性，同时应该对系统采用的BWD结构进行扩充，加入服务器群集技术和负载均衡机制，从而使得地市级以上城市公安机关的计算机应用系统访问逻辑层次关系更加清晰、明了。服务器群集技术和负载均衡机制如图4-3所示。

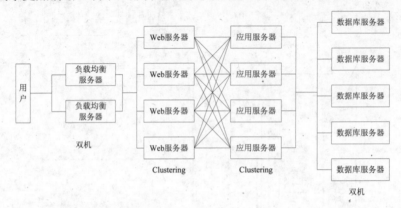

图 4-3　服务器群集技术和负载均衡机制

2. 快速反应与布控信息处理

快速反应与布控信息处理主要包括以下部分：接处警信息处理、GPS/PGIS信息处理、出租车定位信息处理、移动指挥车信息处理、监控信息处理、移动查询信息处理和信息跟随与发布信息处理。

快速反应与布控信息处理是特殊的信息采集和信息处理构成，它不仅向信息中心传送各种信息，而且还必须对接到的信息进行处理，并且迅速做出处警反应。所以在接警、处警的信息处理中，将以110、119、122接警信息为切入点，将接收的信息按求助信息、治安信息、案事件信息、交通事故信息进行分类，迅速进行处警辅助调度，同时将相应的信息逐级上送至业务处室。或者按照"一级接警、二级处警"的调度指挥模式将处警控制权移送给有关部门，并进行有效的信息跟踪、发布和管理。快速反应与布控信息处理的物理构成如图4-4所示。

3. 高效的综合查询信息处理

综合查询信息处理是警务综合信息应用平台的主要组成部分。在整个警务综合信息应用平台中，存在大量的业务信息处理部分，包括常住人口管理、暂住人口管理、交通管理、案事件信息处理等，它们的主要功能是实现信息的采集和管理，处理和面对的是纵向的信息。综合查询信息处理就是以建立信息的横向关联为主要目的，提供与各个业务信息处理部分完全不同的查询方式和手段，包括复杂查询、关联查询等。通过相应查询，发现信息之间明显或隐含的关联关系，一方面负责为各级指挥中心提供全方位的、有效的信息支持，为指挥人员决策提供帮助；另一方面为各级办案人员提供快速的、全面的信息，协助办案人员快速破案。

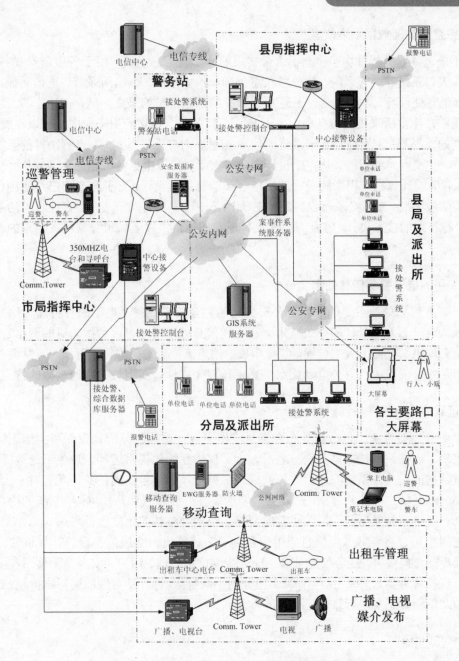

图 4-4　快速反应与布控信息处理物理构成示意图

　　通过综合查询信息处理，可以实现各个业务信息处理部分数据的高度共享，解决了因数据重复采集而造成数据不一致的问题，同时解决了数据由各自部门掌握而造成的查询查证困难。警务综合信息应用平台将作为地市级以上城市公安机关所有公安信息的汇集点，同时也作为地市级以上城市所有公安信息的发布点，为地市级以上城市公安机关信息高度共享，发挥数据的最大作用打下了基础，为本地数据在省、部一级的信息共享应用创造了条件。同时，信息中心和指挥中心的一体化建设也满足了地市级以上城市公安机关"快速反应、快速布控"的具体实战要求。

4. 完整的基础数据采集处理

近年来，各业务警种均已建立了大量实用的计算机信息系统，用于各项公安业务的处理，例如常住人口系统、交管系统、接处警信息处理、治安系统、派出所系统、刑侦系统、网安系统、监管信息处理等。本质上讲，上述系统解决的都是信息的采集问题，但由于"政出多门"的客观现实，使得所采集的信息利用率不高。在警务综合信息应用平台中，可以在统一标准、统一规划的前提下，重新规划数据采集的信息处理规则与采集方式，重点解决目前各类系统中版本不一、交换困难的问题。从完整设计的角度着手，可以根据各警种的业务规则，分别对不同警种、业务的计算机应用系统进行二次整合和信息处理设计，对于公安部已经明确由上级配发的中央事权系统，或者公安部已经明确必须由公安部专向许可管理的、直接管理的业务应用系统，进行详细的接入设计，在此基础上，真正实现地市级以上城市公安机关要求的总体设计目标。

5. 实用的电子警务信息处理

电子警务信息处理主要用于各级公安机关的办公信息处理、电子邮件传递、网站与信息发布、视频会议召开等具体的办公应用。在上述信息处理中，可以利用先进的网络群件技术，实现各级公安机关之间的公文传递、签批审阅、信息流控制与处理等实际业务，从而使地市级以上城市各级公安机关的办公自动化水平真正体现先进性、实用性、高速高效的特点。

6. 可靠的运行保障与维护系统

对于所有大型系统，包括警务综合信息应用平台，系统的分析、设计和实施无疑都是一项复杂工程。而在系统正式投入运行之后，为了保障系统的正常运行，避免系统故障的发生，防止系统数据的丢失，系统的运行维护就成为另外一项非常重要的任务。尤其对于大型系统，系统各部分涉及的产品非常复杂，牵涉到众多的硬件厂商和软件开发单位，系统的用户组成也非常复杂。对于系统的运行维护，也就需要从系统的、整体的角度进行考虑。

从逻辑上可以将警务综合信息应用平台划分为计算机网络通信平台、计算机软件环境平台、标准数据交换接口、业务信息处理、综合查询信息处理、用户、安全保障体系和应用支撑平台以及运行管理体系等部分。针对每个部分的不同特点，进行针对性的运行维护机制的设计、分别实施，从而真正实现可靠的运行保障体系。

4.3.3　构成原则

根据上述的应用分析，在警务综合信息应用平台的信息处理过程中，自然应该遵循以下基本原则。

1. 以实战使用为唯一目的

地市级以上城市公安机关的各级业务部门在多年的业务工作中已经实现了部分纵向的信息采集，并进行了部分的计算机信息处理。而采集信息和存储信息的唯一目的就是使用，根据公安机关的工作性质，仅有纵向的信息管理是远远不够的，为此，在警务综合信息应用平台中，必须重点实现信息的横向管理和使用，这也就是信息的综合使用问题，所以在警务综合信息应用平台中坚持的基本原则应该是："以用为主、立足综合、分布采集、集中管理、信息共享、实时高效、安全保密、稳定可靠。"

2. 以信息分类为设计基础

根据应用分析中的信息管理模式，警务综合信息应用平台的全部信息管理都建立在信息分类的基础上，这样首先需要解决的问题就是信息的标准化、规范化和科学化。目前在公安部的主要业务局中大致有数据、话音、图像等各类信息共53项280种。依据涉及人员、物品、事件及其他方面所属的业务性质，大致分为业务信息和综合信息两部分，其中业务信息包括10类177种，综合信息包括7类102种。对于如此繁杂的信息，如果没有统一的信息标准，没有统一的数据管理规划，根本不可能进行有效的数据应用。所以在警务综合信息应用平台的设计中，应该坚持两个基本的信息分类和标准化原则。

（1）在信息的逻辑分类上，遵循公安部《地市级公安综合信息系统总体方案设计》中要求的五要素分类方法，进行信息处理时的逻辑分类。

（2）在信息的标准定义上，遵循公安部相关标准的定义以及各业务局制定的各项业务标准。在某些业务标准未成为正式行业标准之前，可以采用各业务局的标准或标准（报批稿）作为信息的规范依据。

3. 以信息共享为建设目标

在上述分析中已经详尽地描述了信息共享在警务综合信息应用平台中的地位，在警务综合信息应用平台中，应该以数据信息的关联设计实现全市范围的基本信息共享。根据这一基本原则，势必要求警务综合信息应用平台在实用的前提下，将全市公安机关的计算机信息管理作为信息化工程的整体考虑，既考虑具体业务系统的单独使用，也考虑跨部门、跨警种的综合使用；既充实信息的采集环节，也重视信息的处理环节；既注重当前的信息构成，也为将来的信息扩充留有充足的设计空间；既注重实用原则，同时也追求尽可能先进、经济的计算机技术。这样才能真正实现信息的共享，也才能达到公安部"坚持整体性、实用性、可扩展性和先进性的系统设计原则"。

4. 以快速反应为信息处理中心

在地市级以上城市公安机关的信息化建设中，一定要实现信息的快速接警、快速布控作战机制，坚定不移地实现报警快、接警快、出警快、处警快、决断快、处置快、布控快、出击快，形成真正的"铁拳头、铁墙壁、铁闸门"。利用信息技术手段，从根本上形成现代警务观念，形成快速反应体系，把快速接警、快速布控作为警务综合信息应用平台的立足之本，进而实现真正意义上的信息共享，合成作战。

而实时追踪、立体监控、信息跟随、信息发布，这是地市级以上公安机关在警务综合信息应用平台中非常重要的一点。当出现突发案件，快速布控后，很快地实现现场信息跟随，进而马上进行全面信息布控，这才是警务综合信息应用平台中实时追踪和立体监控的真正内容。

综观国内外警方的工作内容不难发现，他们无一不是围绕违法犯罪管理重点展开，包括公安机关的日常行政管理与行政执法，都完整地体现了"打、防、控、管"的公安业务工作特征，尤其是为"保一方平安"服务，更是警务信息工作的重中之重。警务综合信息应用平台建设的根本之处就是要实现以指挥中心为核心，以信息管理和处理中心为支撑，以快速反应机制为依托，以各项公安业务应用为基础的信息共享和综合利用，为公安机关打击犯罪、维护社会治安、提高办公效率和执法能力提供强有力的信息支持。 所以在警务综合信息应用平台中应该始终坚持信息中心和指挥中心一体化建设的原则。

5. 以网络、系统平台、应用、数据同步建设为宗旨

"网络、系统平台、应用、数据同步整体建设"是警务综合信息应用平台作为公安信息化工程重要组成部分所遵循的重要原则，在警务综合信息应用平台的实施中应该明确坚持"三分技术、七分管理、十二分数据"的现代化建设思路。

针对目前地市级公安机关计算机应用现状，警务综合信息应用平台工程将最先建设基础技术平台，即网络环境和信息处理平台，以确保整个系统的运行有一个坚实、稳定、高效的网络通信基础和软硬件平台。

在建设基础环境平台的同时，各种业务应用领域的信息处理也应该有重点地同期建设，但必须注意：与警务综合信息应用平台建设有关的各种数据迁移工作也必须先期展开，以免造成"有路无车"、数据和应用系统建设落后的局面，否则，整个工程的建设会严重脱节，平台的应用效益减弱，警员参与和使用的积极性将受到影响。

地市级以上城市公安机关警务综合信息应用平台的建设目标之一应该是：系统投入运行的同时，就有丰富的数据支持，这样既保护了广大干警对平台的建设积极性，又促使平台建设早见成效，早出成果，形成良性的系统建设循环，为后继的公安信息化工程建设打下坚实的基础。

 **4.4 平台体系结构**

4.4.1 体系结构描述

根据公安部相关技术文件，警务综合信息应用平台的体系结构如图4-5所示。

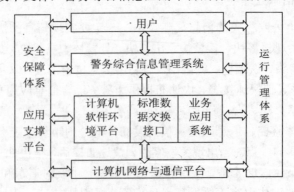

图 4-5 警务综合信息应用平台体系结构

4.4.2　系统基本构成

根据上述分析和设计，警务综合信息应用平台体系由以下部分组成。

- 计算机网络通信环境平台。
- 系统软件环境平台。
- 业务应用系统。
- 数据交换接口。
- 警务综合信息应用平台。
- 系统用户。
- 网络和信息安全保障体系。
- 系统运行管理体系。

按照警务综合信息应用平台体系的基本构成，可以分为网络通信环境平台、系统支持平台、综合信息应用、用户四个层次以及安全保障和运行管理体系。系统支持平台层次又分为系统软件环境平台、数据交换平台和应用系统三大部分。安全保障体系包括网络和系统的安全控制、应用及信息的加密、用户的身份验证等。运行管理体系包括组织机构、岗位职责和管理规范等方面的保障。其中网络通信环境平台、系统支持平台、综合信息应用、用户四个层次中的每一个层次都为上一个层次提供必要的支持和服务。这四个层次是整个警务综合信息应用平台的主体，安全保障体系和运行管理体系贯穿在各个层次，保证和维护各个层次正常有序地工作。

4.4.3　应用层次

警务综合信息应用平台分为快速反应层、基础业务层、综合应用层、辅助决策层四个应用层次。快速反应层由接处警信息处理、案事件信息处理及相应的数据库组成，负责支撑整个快速反应体系；基础业务层由业务系统或业务信息处理部分和业务数据库组成，负责提供数据来源；综合应用层由综合查询信息处理和综合数据库组成，负责为各业务部门和一线干警提供关联查询、异地应用和综合分析；辅助决策层提供辅助分析与决策功能，主要为地市级公安机关领导及相关的处室领导服务。

上述的层次完全按照实际的公安业务需求划分，重点体现各级、各类系统之间的信息耦合关系，并且希望完整体现地市级以上城市公安机关长期坚持的快速反应机制在整个警务综合信息应用平台中的信息化构成，使得地市级以上城市公安机关的警务综合信息应用平台更加贴近目前警务体制的现状，更加满足一线干警及各级指挥员的实战要求。

4.5　数据分析

警务综合信息应用平台的总体设计摆脱以业务为设计核心的模式，真正建立以信息为核心的信息采集、信息处理、信息管理平台。在所有的应用处理中，纵向依托于各级公安机关的实际业务，侧重于信息采集；横向立足于信息分类，着重进行信息的处理。在信息的管理上，坚持信息共享、综合利用的原则。在环境的建设上，立足于高速、宽带、易于扩充、多媒体信息传送。在平台的先进性上，坚持"最好的系统是最实用的系统"，追求技术上的实用先进性，而不片面追求单纯的技术先进性。在和现有系统的互连上，坚持"数据必须使用、设备改造使用"的方针，充分考虑目前各业务部门正在使用的各类信息系统现状，做到"平滑过渡、自然淘汰"。在信息的分类上，坚持统一标准，统一规划。在系统平台上，坚持严格一致、信息共享原则。

4.5.1 数据分类

如上所述，警务综合信息应用平台设计的核心依据是各类信息，所以首先就应该对各级公安机关的现有数据进行整理，根据目前整理的结果，地市级公安机关根据所涉及的人员、物品、事件及其他方面所属的业务性质，可大致分为业务信息和综合信息两部分。

所谓的综合信息包括可供各业务部门使用的基本信息和可表明业务特点并提供其他警种使用的基本信息，也就是可用于数据共享的管理对象信息，综合信息主要来源于各业务系统。为了满足信息共享和交换的需求，便于数据管理，有效地组织数据，有必要对数据进行合理分类。根据公安业务数据的特点以及考虑到综合数据库导向数据的特点，分类规则有按数据要素的逻辑分类、按业务性质的实际分类以及按数据密级的安全分类等。

1. 按五要素分类

在公安工作中，"人"始终是公安业务和管理的中心。各级业务部门都有使用和共享"人口"类信息的需求。通过认真分析公安业务的特点、应用和管理的需要，以及公安工作在时空过程中的描述，警务综合信息应用平台可以用人、案（事）、物、机构、地点等要素对公安机关各业务部门综合应用和数据交换的要求加以涵盖和抽象，提出数据的五要素逻辑组织和分类。这样可以有效地减少数据的冗余，更好地实现数据的共享和关联，提高查询的效率。公安业务中同样要涉及到的其他数据信息（包括时间在内）可以归并到五要素逻辑分类中。

2. 按业务性质分类

业务数据是各公安业务系统的原始数据，由公安基层各单位采集进入警务综合信息应用平台，它既是供业务操作和处理所用的实体数据，又是形成管理决策的基础数据。警务综合信息应用平台的数据主要来源于各业务系统，为满足公安机关各业务部门数据共享和交换的要求及领导决策的需要，有必要按照公安的业务特征对数据进行分类。

按照业务性质可以将数据大体分为：

- 户政管理类：常住人口、暂住人口、出租房屋等数据。
- 治安管理类：治安案件、旅店业住宿登记、民用枪支和公务枪支、特种行业等数据。
- 案事件管理类：案事件资料（发、破）、违法犯罪人员、在逃人员、被盗抢机动车辆等数据。
- 交通管理类：驾驶员档案、机动车档案、违法肇事等数据。
- 涉外管理类：边防检查、护照、签证等数据。
- 监管类：在押人员等数据。

此外还包括消防类、办公管理类等等，不再一一列举。

3. 按密级分类

综合信息系统的数据量大，种类繁多，应用复杂，不同种类（如治安、刑侦等）、不同级别（如部、省、市）的信息对不同用户有不同程度的保密要求。

信息按密级分为：无密级、秘密级、机密级、绝密级。

信息的密级分类为综合系统的安全设计提供依据。对于不同密级的信息采用不同的安全策略，密级属性字段控制不同的密级信息。

4.5.2　存放和分布原则

在警务综合信息应用平台中，数据的存放是所有信息处理的基础，它决定了所有信息的流量、流向，而全市通信网络及各种接入系统的设计完全依据于各级公安机关的信息流特征。同样，根据流量和流向，决定了各级公安机关的服务器数量、配置和设置。根据警务综合信息应用平台的要求，在地市级公安机关的警务综合信息应用平台中，所有的数据按照一定的分布原则，分别存放在综合数据库和业务数据库中，下面将对综合数据库进行扼要的描述。

地市级以上城市公安机关警务综合信息应用平台的数据处理部分将由一个服务器群构成，相对于信息中心及部分业务处室，这个服务器群将是物理的，而在其他各业务处室，将是逻辑分立、物理集中的。在这个服务器群中，按照一定的信息分类原则，存放各类公安业务信息，并且有专门的服务器对所有的信息进行管理、维护。该服务器群承担的任务是：

- 业务处室上传信息的接收与存储。
- 各级公安机关的信息查询与访问。
- 各级公安机关访问权限及身份的识别与判定。
- 综合信息的关联建立与维护。
- 分类信息的创建与归类。
- 分类信息的密级管理与维护。
- 综合信息的信息分析与统计。

4.5.3　数据存储环境

根据综合数据库的概念，在信息处理过程中，必须首先对数据存量、流量、流向进行分析。现在已经明确地知道，在各级公安机关存放的数据不但量大，而且彼此之间的逻辑关系复杂，因此综合数据库的环境设计就十分重要。由于综合数据库的基础载体是数据服务器，它是警务综合信息应用平台的基础平台，只有合理的选择数据服务器，才能确保综合数据库的综合信息能够快速、实时、安全地传递，提高工作效率。所以在信息处理的过程中，对于基础平台的选择或设计，应该坚持以下原则。

（1）高性能。数据服务器必须具有非常高的CPU、I/O性能，尤其是OLTP方面的性能。

（2）高可靠性。服务器必须具有非常好的冗余，保证其不间断工作。

（3）可扩展性。能够满足不断扩展的业务需求。

（4）易管理性。具有良好的用户管理界面，可集中管理。

根据以上的分析及服务器承担的任务，应该在设计阶段，首先进行详细的信息分类及量级设计，从而确定各级系统服务器、工作站的性能指数。

4.6　快速反应分析

对于指挥中心而言，本质上它仅是一个综合程度较高的前台应用系统。之所以称其为前台应用系统，是因为指挥中心除了接处警信息之外，不可能采集其他的业务警种信息，但在真正意义的快速反应体系中，只要涉及到案事件，指挥中心必然是第一反应者，这就构成了指挥中心在整个警务综合信息应用平台和快速反应机制中的特殊地位，但地位的特殊并不意味着在信息化作战体系中的特殊，就信息应用本身而言，指挥中心的信息化作战能力完全依靠各警种的信息提供和积累，以及信息中心的关联、共享处理能力，也即在警务综合信息应用平台的信息处理能力。在公安信息化工程的建设当中，指挥中心的信息化作战能力势必和信息中心、各警种的信息提供以及快速反应体系中的信息化构成息息相关。为此，在警务综合信息应用平台中应该坚持指挥中心、信息中心一体化的建设思路。而快速反应体系的建设又是地市级以上城市公安机关警务综合信息应用平台的特点和精华所在，所以在警务综合信息应用平台中，应该对快速反应体系建设进行独立设计、独立描述、重点建设、首先实施。

4.6.1　快速反应体系概述

在快速反应体系中，指挥中心的地位是举足轻重的，它是整个快速反应体系的触发源，也是整个快速反应体系中所有案事件信息的第一采集点。

在快速反应体系中，指挥中心的作用主要是快速反应、协调调度，综合了公安几乎所有业务应用，体现的是多警种的综合作战指挥。概括言之，指挥中心应该由以下部分构成。

（1）接处警信息处理。其中接警模块受理报警，处警模块在接警之后，通过指挥人员现场指挥，进行案件的处理，过程包括确定发案、报案的地点、方位，确定案件的类型、级别，快速处警，快速布控。

（2）GPS/PGIS信息处理。用以实现移动警车定位和警用地理信息固定信息目标的综合利用。

（3）出租车定位信息处理。用来帮助监控中心实现对入网出租车监控、管理和在电子地图定位。

（4）移动指挥车信息处理。各级公安机关领导可以利用指挥车系统实现移动查询、警车监控、调度、现场指挥、现场图像采集监控、与110指挥中心信息共享。

（5）图像监控信息处理。在指挥作战过程中，用于从监控现场、重要路口获得交通、人流、车流等图像和声音信息的采集与前期处理。

（6）移动查询信息处理。用来在移动警车内利用车载笔记本电脑或者PDA，以公网为网络载体对移动查询服务器进行人员、物品、事件相关内容的查询，获取所需信息。

（7）案事件信息处理。从各业务部门案事件信息处理的实际需求和业务规则出发，以案事件业务为重点，包括案事件信息处理和业务规则处理两方面内容的实用、高效、开放的信息处理构成。它充分利用请求服务平台、异构互联接口以及各业务系统提供的信息交换功能，服务于接警、处警、立案、侦查、破销结案的全过程。

（8）串并案辅助分析信息处理。为侦查员快速提供串并案依据辅助分析的信息处理能力。对案件信息、嫌疑人员、涉案物品、线索、通缉通报等进行综合查询分析，筛选出案件之间的相同点、相似点，对它们之间特征相同的概率进行分析，提出串并案处理建议。侦查员可以根据系统建议进行分析决策，将结果进行登记，作为案件侦查的辅助手段，为侦查办案提供信息支持。

4.6.2　应用基础

在快速反应体系中，数据是核心，查询是手段。但由于信息的采集点分布在不同的业务部门，各自所站的角度不同，所以对信息的标准要求和设计方法也不同。而在基层部门，信息的一体化合并采集是非常重要的，因为信息的采集对象遍及社会的各个角落，警力有限，信息采集的次数越少越好。对于信息标准的要求也是如此，所以快速反应体系中有效工作的很大成分建立在尽可能的信息标准化基础上，为此，数据标准的制定和执行就成为快速反应体系集成建设的核心内容之一。

4.6.3　工作模式

在快速反应体系建设中，主要包含指挥中心建设和案事件信息处理两大部分。根据指挥中心的工作性质，最理想的系统工作模式是采用浏览器/服务器结构，然而在PGIS/GPS系统中则有所区别。各级公安机关，包括科、所、队以及临时指挥部，可以利用电信部门的通信网络、各种接入系统以及电话线和指挥中心连接。指挥中心接到访问请求后，立即根据请求内容访问各级数据服务器，获取查询结果后，立即回送给访问者。在整个案事件的侦破过程中坚持体现下述快速反应思想：

快一分天罗地网，慢一分大海捞针，以节省警务成本。

快一分蕴含胜利，慢一分意味失败，以提升警务效能。

快一分象征荣誉，慢一分体现耻辱，以树立警务形象。

4.6.4　信息采集

如前所述，指挥中心本身几乎不采集业务数据，所有的业务数据都由各业务系统或相应的信息处理部分完成，刑侦、治安、国保、文保、经侦、禁毒、缉私、交管、监管、户政等都是指挥中心的信息采集点，它们在日常的业务信息采集中，不断地将各类信息通过通信网络及各种接入系统传送给数据服务器，由在警务综合信息应用平台的关联服务器在各类信息之间建立关联关系，然后根据信息存储标准，将相应的信息或者存放在当地，或者同时向上一级的信息中心传送；而指挥中心自身采集的接处警信息则直接传送至在警务综合信息应用平台的综合数据库中。

4.6.5 信息查询

信息查询是快速反应体系的核心，当快速反应体系接到查询请求后，首先将查询请求提交给Web服务器，由Web服务器在综合数据服务器进行查找，提取信息后，再根据关联指针查询CCIC信息或其他关联的业务信息。这样的综合信息查询是快速反应体系的主要功能，它将适应整个快速反应机制的实战需要，同时适应各个业务部门的工作特点，并通过综合信息系统为各个业务部门间实现信息共享及相互协调提供服务。这些查询既可以通过B/S方式实现，也可以通过一般的C/S模式实现，从而从各个层面满足快速反应体系作战指挥、侦查排查、动态管控、堵截破案的实战要求。

4.6.6 信息比对

在快速反应体系的查询过程中，并不是单纯地完成查询任务，按照信息处理的要求，快速反应体系在查询的过程中，必须进行数据的控制和比对，并立即给出信息提示。比对的部分类型如：

- 入户车辆与全市被盗抢车辆数据进行比对。
- 拘留、被监管人员与全市在逃人员数据进行比对。
- 暂住人口及旅店居住的流动人口与全市在逃人员和失踪人员数据进行比对。
- 在逃人员与失踪人员信息在入库前分别与全市失踪人员和在逃人员数据进行比对。

具体的比对需求必须经过详细设计与法律论证才能完整，但比对的类型和机制应该满足下列要求。

（1）完整性。所有有关CCIC的信息数据必须完整，无论分类信息存放于何处，在公安机关的任何信息点上，包括基层的科、所、队，都可以查到所查询对象遍及全市的所有信息。这就对管理服务器的关联设计提出了很高的要求。同时，在实现的机制上还必须快速、准确、全面。

（2）综合性。在公安机关的实际工作中，有些案件并不是在立案侦查期间破案的，而是由非案事件办案部门在日常的业务工作中发现某些特征痕迹和线索后，提供给案事件办案部门完成侦查和破案的。例如在暂住人口的管理中，根据某些异常情况，由户政部门进行调查。因此，快速反应体系的比对机制设计应该做到：对象一旦进入视线，任何简单的查询，都可以发现所有的正常与异常信息，这就是综合信息查询中的监听机制。

（3）类比性。快速反应体系是为侦查、破案服务的，在正常情况下，所有的嫌疑人员或嫌疑物品都一定进行了反侦查处理，但某些特征是无法伪装的，如身材特征、疤痕特征、撞击特征、修补特征等，所以快速反应体系的查询比对设计就必须能够尽可能地覆盖所有的特征点，对经过反侦查处理后的人员和物品，应该能够通过类比的鉴别机制提供类比鉴别建议。

（4）关联性。由于数据服务器上存放的都是按照系统设计的逻辑分类原则处理的类别信息，但这些类别信息都不是孤立的，除了在快速反应体系内部会产生关联之外，必定还和各地、业务处室存放的信息发生关联。因此，快速反应体系的比对机制设计中，应该具备完善的关联设计。

4.6.7　图像监控

监控信息处理扩展了综合数据查询的功能，在指挥作战的过程中，通过监控信息处理得到的图像、声音信息，使得指挥中心人员可以及时获取第一手直观、准确的信息，帮助公安人员通过综合查询快速地得到需要的信息，为指挥作战提供帮助。同时通过转换，模拟图像信息变为数字信号进入以太网，这时就可以浏览或及时保存那些需要的图像、声音数据，为今后的工作提供可靠的依据。

4.6.8　移动通信应用

近年来随着我国改革开放的不断深入，各种社会治安、刑事案件也急剧增加，为了保证稳定的社会环境，公安部已经明确了"科技强警"的战略思想。近年来各地的公安部门相继建立了不同规模的移动通信，付出了辛勤的努力，开发、使用了许多计算机管理和监控系统，产生了良好的效果，很多城市的公安部门已经将单纯的信息管理转化为动态管理、实时监控管理、安保管理、快速反应和快速处警管理相结合的综合管理。为了更好地进行动态管理，很多城市都适时提出了在原有的计算机网络系统中加强移动通信建设。

移动通信系统是一个对全市派出所、银行储蓄所、紧急警务车、重点保护单位的内控人员情况、突发事件报案情况、警务人员及车辆装备应对预案调度情况、在逃人员情况、被盗抢机动车情况进行接案、查询、反馈、调度的通信系统。使用该系统，可将市内的公安局、派出所、银行储蓄所、紧急警务车、重点保护单位等，连成一个分级的网络，以便进行各种接案、查询、反馈、调度处理操作。

4.6.9　案事件侦查破案

在快速反应体系建设中，根据案事件信息处理的共性分析，可以基本分为以下环节：接处警、现场侦查、立案、侦查、取证、申请强制措施、抓捕、审讯、整理案卷、结案、移送等。所以在快速反应体系中的案事件信息处理完全按照上述的共性环节进行设计，它的基本思想是：由于案事件信息处理的特点是一个被动响应的信息处理过程，所有的社会单位在报警时，或警务单位在接到社会报警请求时，为了实现快速反应体系中快速接警、快速出警的既定目标，必须首先满足目前实际警务工作环节中的共性处理要求。

4.7　数据抽取与异构互联

数据抽取与异构互联信息处理是警务综合信息应用平台的主要基础应用部分，它是请求服务平台和应用支撑平台在公安信息化工程建设过程中的重要补充部分，当请求服务平台和应用支撑平台的功能未能完全满足警务综合信息应用平台的数据抽取要求时，数据抽取与异构互联信息处理可以用来承担基本的数据抽取任务。所以，数据抽取与异构互联信息处理的主要任务是：用来解决本地系统之间的信息交换，为警务综合信息应用平台提供全方位的信息共享、功能共享的数据集成处理。本节从设计的角度对数据抽取与异构互联信息处理的体系组成、功能、系统安全等几个方面进行说明，描述数据抽取与异构互联信息处理在整个警务综合信息应用平台中所起的作用以及所处的地位。

数据抽取与异构互联信息处理在松耦合组织的形式下，利用中间件（组件）技术和关联管理服务器完成以下任务：业务系统向警务综合信息应用平台的数据抽取维护，各业务系统之间通过警务综合信息应用平台的数据请求/响应机制（二次查询），警务综合信息应用平台向业务系统提供共享数据、专项斗争数据批量比对。

通过数据抽取与异构互联信息处理，实现各个业务系统在松耦合组织状态下的数据共享与关联应用，降低了整个系统建设的组织开发难度，同时又为系统的扩展留下了空间。具体表现在：各业务系统相对独立，保证各业务系统的逻辑完整性，但数据通过警务综合信息应用平台可以共享、关联；降低了各业务系统的数据库透明度，防止各业务系统数据库暴露，禁止业务系统直接操作其他业务系统的数据库；系统结构的伸缩性能较好，便于各业务系统、警务综合信息应用平台分别升级、改造。

根据公安部《地市级公安综合信息系统总体方案设计》的相关定义，警务综合信息应用平台数据库保存各业务系统最新的基本、概要信息。为了使警务综合信息应用平台的数据与业务系统数据保持一致性，需要各业务系统不断维护相应的数据，因此数据抽取与异构互联信息处理层承担警务综合信息应用平台数据库对业务数据库数据的抽取和对综合数据进行同步维护的工作。

同时，数据抽取与异构互联信息处理是各业务系统的数据查询交换中心，由于各业务系统逻辑上是相互隔离的，各业务系统的数据查询、链接通过数据抽取与异构互联信息处理来实现。

在数据抽取与异构互联信息处理中将遇到以下有特定含义的术语，在此集中进行相应的定义解释：

- 数据抽取与异构互联信息处理：指按照不同的处理逻辑、数据结构开发的系统之间，以不同的系统平台、数据库开发的系统之间，处于不同的管理权限的系统之间，不同的地区系统之间的数据传递、维护的机制。
- 数据抽取：指一个系统按照数据协议向另一个系统传送维护数据信息。在此特指业务系统按照警务综合信息应用平台的数据格式要求，在业务系统数据已经初始化到警务综合信息应用平台之后，将今后日常变更的数据（包括增加、修改、删除的数据）打包后传递到警务综合信息应用平台来维护综合数据库的过程。
- 二次查询：由于综合数据库只存放共享程度高的业务系统数据，所以有些业务系统的详细信息在警务综合信息应用平台不能查询，因此，需要业务系统提供相应的查询功能。警务综合信息应用平台按照相应的安全要求，通过请求服务平台或数据抽取与异构互联信息处理将这些功能挂接到警务综合信息应用平台，向用户提供透明的查询机制，这种机制就叫做二次查询。
- 松耦合：特指所有系统为各自独立开发，系统之间没有直接关联的处理逻辑，数据存放在不同的数据库中。
- 信息核查：在业务系统正常工作的同时，对录入的新数据在数据库中进行检索，检查是否为所需信息。如对登记的住宿人员要在逃人员数据库中检索其是否为在逃人员。

4.7.1　拓扑结构

1. 组成部分

异构系统体系结构如图4-6所示。

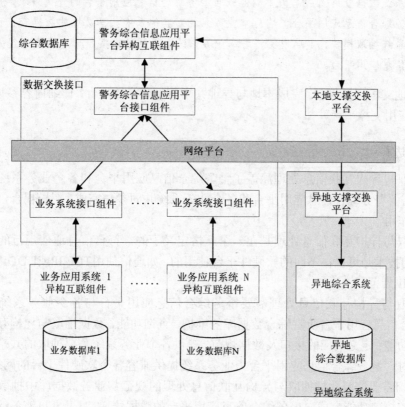

图 4-6　异构系统体系结构

数据抽取与异构互联信息处理主要包含以下组成部分。

（1）警务综合信息应用平台和其他数据抽取与异构互联组件。

● 系统参数配置模块：完成系统的参数配置以及相关的维护任务。

● 数据维护模块：使用接收到的业务系统的抽取数据维护警务综合信息应用平台的数据库，同时完成相关的比对、日志功能。

● 警务综合信息应用平台数据请求模块：根据业务系统用户的查询请求检索综合数据库，并将结果返回给用户。

● 异地查询请求模块：完成接收异地对本地数据查询的请求并将查询结果返回给异地用户，或者将本地用户对异地信息查询的请求发送到异地警务综合信息应用平台，并接收返回的数据。

（2）数据交换接口组件。

● 警务综合信息应用平台数据接收/发送模块：监听来自业务系统的请求及数据传送，并进行相应的分析处理；响应用户对综合数据库的查询请求。

- 业务系统数据发送/接收模块：监听来自警务综合信息应用平台的请求及数据传送，并进行相应的分析处理；响应用户对业务数据库的查询请求。

（3）业务应用系统和其他数据抽取与异构互联组件。

- 业务系统数据查询/维护模块：响应来自警务综合信息应用平台的查询请求，并将结果返回给警务综合信息应用平台；响应本业务系统对其他系统共享数据的数据查询请求。
- 业务系统抽取模块：定期或实将讲本业务系统变更的数据按照一定格式打包并传递到警务综合信息应用平台。

（4）本地支撑交换平台。完成本地与异地共享信息交换的平台，详细内容参见公安部《公安信息系统应用支撑平台》。

2. 系统边界

数据抽取与异构互联信息处理涵盖了警务综合信息应用平台和各个业务系统数据交换的相关内容，需要警务综合信息应用平台和各个业务系统共同参与完成，在松耦合信息系统中起数据桥梁的作用。

数据抽取与异构互联信息处理是在一个严格定义了的，符合信息通信规范的框架内完成的，所采用的技术是可以在不同的软硬件平台使用的，如通信使用TCP/IP或UDDI等标准协议，数据采用XML规范。

数据抽取与异构互联信息处理需要警务综合信息应用平台与各个业务系统共同配合完成，警务综合信息应用平台负责综合数据库的维护、查询功能，数据抽取与异构互联信息处理的配置管理功能；定义响应的接口及数据规范，提供各个业务系统需要抽取的共享数据的数据项结构，同时，警务综合信息应用平台为业务系统提供兼容各个软硬件平台的网络通信接口。

业务系统需要按照数据抽取与异构互联信息处理的规范从业务数据库中抽取变更数据，调用网络通信接口功能完成向警务综合信息应用平台的数据传递。对于来自警务综合信息应用平台的二次查询，业务系统必须在系统数据安全的前提下提供相应的查询服务，满足用户的需求。如果本业务系统需要其他业务系统的共享数据进行查证、对比、引用，也要通过数据抽取与异构互联信息处理数据获取功能获得。

3. 与其他系统的关系

数据抽取与异构互联信息处理与综合数据库、其他业务系统的关系如下。

（1）与综合数据库的关系。综合数据库的数据来源于各个独立的业务系统，综合数据库的日常数据维护工作是由数据抽取与异构互联信息处理的数据抽取和数据维护完成的。数据抽取与异构互联信息处理对外提供的数据服务是通过检索综合数据库进行的。

（2）与各个业务系统的关系。各个业务系统在各自的日常信息处理过程中完成信息的采集维护工作，同时要定期或实时通过抽取功能将本业务系统的变更数据通过数据抽取与异构互联信息处理完成综合数据库的维护工作。同时，各个业务系统还必须提供来自警务综合信息应用平台的二次查询请求。如果一个业务系统需要其他业务系统提供数据支持，也必须通过数据抽取与异构互联信息处理获取其他系统的共享数据。为了警务综合信息应用平台的信息共享与互联,各个业务系统必须按照数据抽取与异构互联信息处理的模块定义和数据标准开发各自的数据抽取与异构互联模块。

（3）与省厅、异地系统的关系。需要提供与省厅、异地的数据共享与交换,实现全国的信息共享,这一点在公安部《公安信息系统应用支撑平台》有详尽的论述。按照《公安信息系统应用支撑平台》的要求,地市与省厅、其他地市之间的数据交换和共享要有唯一的出入口,这一点将由数据抽取与异构互联信息处理的警务综合信息应用平台组件来完成,并通过数据抽取与异构互联信息处理使业务系统受益于全国的信息共享。

4.7.2　操作流程

1. 操作分类

按照操作的性质及关系,数据抽取与异构互联信息处理的操作分为以下几种:

- 数据抽取和数据维护。
- 二次查询和警务综合信息应用平台数据请求。
- 异构系统数据接口。

2. 操作流程

（1）数据抽取和数据维护。数据抽取和数据维护流程如图4-7所示。

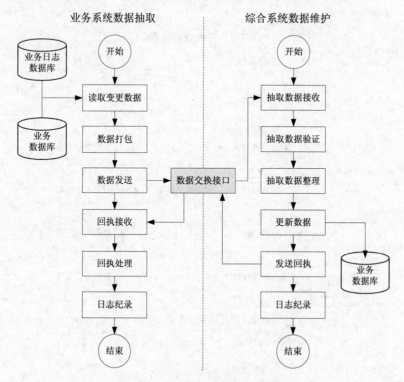

图 4-7　数据抽取和数据维护流程

（2）二次查询和数据请求。二次查询流程如图4-8所示。警务综合信息应用平台数据请求流程如图4-9所示。

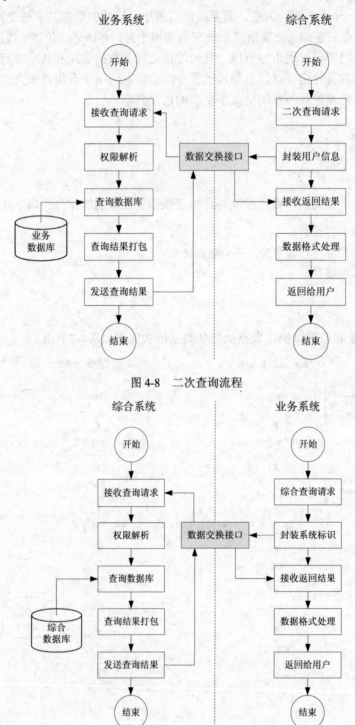

图 4-8　二次查询流程

图 4-9　警务综合信息应用平台数据请求流程

（3）异构系统数据接口。数据发送/接收接口流程如图4-10所示。

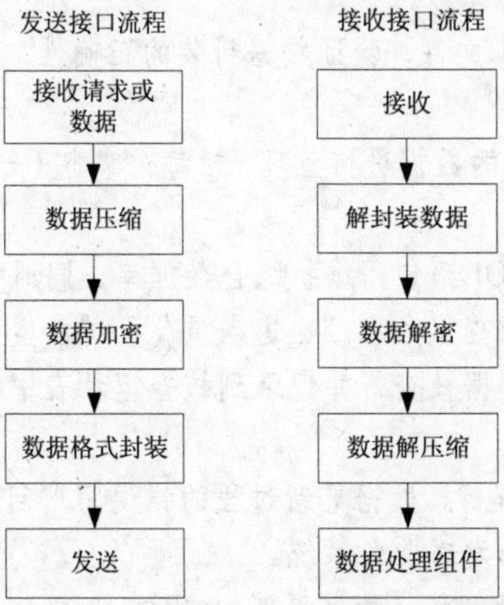

发送接口流程　　　接收接口流程

接收请求或数据 → 数据压缩 → 数据加密 → 数据格式封装 → 发送

接收 → 解封装数据 → 数据解密 → 数据解压缩 → 数据处理组件

图 4-10　数据发送/接收接口流程

4.7.3　功能描述

1. 数据抽取与维护

数据抽取与维护功能是实现警务综合信息应用平台的综合数据库与各个业务系统数据库同步的功能，需要由警务综合信息应用平台与各个业务系统共同完成。

（1）业务系统数据抽取。数据抽取的工作是由负责向综合数据库提供业务系统共享数据的各个业务系统完成的，主要包括以下工作：

● 数据变更日志记录：系统在进行业务数据处理的过程中，对所涉及的数据记录变更，包括对记录的增加、修改、删除活动进行记录。在数据抽取功能中，变更日志必须包含的内容为：操作时间、操作类型（增加、删除、修改）、被操作记录的主键、不同操作类型的操作内容。这部分工作也应该是各个业务系统必备的基本功能。

● 读取变更日志记录：从上一次抽取成功的时间开始，从变更日志记录中读取相关的操作内容，同时从操作日志或实体数据中提取相关的数据。

● 数据打包：按照统一的XML格式要求，将变更数据进行封装。统一的格式内容主要包括文件头、记录、附件三个部分：文件头包括名称（如常住人口共享数据为"A001"）、本次抽取数据更新开始时间、本次抽取数据更新结束时间、使用的字符集、记录数量，记录包括操作类型、操作内容、操作时间，附件包括附件文件名（此名称包含在操作内容中）和附件内容。

● 数据传送：调用通信接口功能完成数据的传递。

● 回执处理：接收来自警务综合信息应用平台的对抽取文件处理的回执，并进行相应的处理。回执的内容主要包括成功、部分有问题和全部有问题。

（2）平台数据维护。警务综合信息应用平台通过接收的各个业务系统的抽取数据维护综合数据库。主要包括以下工作：

- 抽取数据接收：警务综合信息应用平台通过数据交换接口接收来自各个业务系统已封装的抽取数据。
- 抽取数据验证：解析XML文件，验证数据封装的正确性、操作用户权限、操作时间的正确性。
- 抽取数据整理：对验证后的数据进行整理，对每个事务（一条记录的操作）生成相应的SQL语句。
- 更新数据：执行生成的SQL语句，维护综合数据库，同时根据相应的业务系统要求，检索对新增的记录是否需要核查（如在"在逃人员"、"被盗抢机动车"等数据库中进行检索等），需要的话，进行数据核查，并记录到核查记录表中。另外对删除、修改的数据进行保存或记录。
- 生成回执：将XML文件解析、数据更新过程的错误写入回执信息。如果没有错误，则生成操作成功回执，并返回给发送业务系统。
- 日志记录：记录XML文件解析、数据更新的操作，如操作时间、出错原因等，形成日志记录。

2. 本地数据交换

这部分功能是实现警务综合信息应用平台与各个业务系统之间数据交换的功能，包括由业务系统到警务综合信息应用平台的二次查询功能和由警务综合信息应用平台到各个业务系统的共享数据的查询功能。

（1）二次查询。二次查询功能就是警务综合信息应用平台通过业务系统提供的业务数据查询接口对业务数据库的查询功能。主要包括以下过程：

- 二次查询请求：接收来自客户端（Web或工作站）的对业务系统的二次查询请求，请求信息中包含了请求内容（具体到哪个业务数据）、条件等。
- 封装用户信息：警务综合信息应用平台同时将操作用户的用户信息（如职务、辖区、权限等）封装到请求包中。
- 发送查询请求：警务综合信息应用平台通过数据交换接口将请求发送到相应的业务系统，并等待返回结果。
- 解析查询请求及权限：业务系统接收到请求后，解析请求内容及权限，将其转变为SQL查询语句。
- 查询业务数据库：执行SQL查询语句，检索业务数据库。
- 查询结果打包及传送：业务系统将查询的结果封装为XML格式并返回给警务综合信息应用平台。
- 接收结果：警务综合信息应用平台接收到返回的查询结果。
- 数据处理：警务综合信息应用平台将接收结果解析后返回给用户。

（2）共享数据查询。与二次查询功能基本相似，查询请求来自业务系统，查询的数据库为综合数据库的共享内容。

3. 数据交换接口功能

数据交换接口提供两种数据交换的方式：同步数据交换和异步数据交换。同步数据交换在两端的应用程序和数据交换接口组件都正常运行的情况下，建立两个应用程序之间的"会话"，可以随时发送和接收数据。在异步数据交换方式下，发送数据的应用程序只能通过数据交换接口发送数据，不知道对方的数据交换接口组件和应用程序是否收到了数据，应用程序只能通过超时等手段判断对方是否没有响应；在这种情况下，双方应用程序为了完善地通信，就需要制定相互的收发协议了，而不仅仅是发送数据的协议。

无论采取同步还是异步方式，数据交换接口都具备以下功能，下面分别加以说明。

（1）数据接收。负责监听相应的接收端口，接收来自其他系统的数据请求与结果返回信息，同时根据报文验证信息的有效性以及目的接收组件/功能。

（2）数据加密/解密。数据交换接口提供加密选项，如果传送的数据需要加密，在数据发送前，会选择相应的加密算法进行加密。同时接收方的交换接口会按照相应的约定在提交给应用功能之前对数据进行解密。

（3）数据压缩/解压缩。为了提高网络的传输效率，数据交换接口提供数据压缩选项，如果传送的数据较大，在数据发送前，可以选择相应的压缩算法进行压缩。同时接收方的交换接口会按照相应的约定在提交给应用功能之前对数据进行解压缩。

（4）数据发送。用于监听本系统的信息发送请求，增加相应的报文头，如发送目的地、接收应用，是否压缩、加密等。然后按照信息要求发送到相应的通信端口。

4. 系统配置

作为数据抽取与异构互联信息处理的辅助功能，用于对数据抽取与异构互联信息处理的功能进行配置和管理。主要包括以下几个方面。

（1）抽取配置。按照综合数据库结构的要求配置相应的抽取文件格式，这个格式用标准的XML作基本定义，在抽取结构调整或增加新的抽取功能时，定义不同业务系统的DTD文件，用于定制和检验抽取文件。在DTD文件中主要指明记录主键字段、字段类型、采用的字符集等内容。

（2）核查信息配置。当数据抽取与异构互联信息处理用各个业务系统的抽取数据进行综合数据库维护的同时，对相关的业务数据还要进行核查，以便发现新的线索。如暂住人口、旅店住宿人员需要在在逃人员库中核查等。配置的内容包括：核查项（业务数据）、核查条件（具体的数据项条件）、核查目标库、核查结果处理方式（记录、报警）。

（3）二次查询配置。用于定义各个业务系统提供的二次查询的各项定义说明，主要包含二次查询的内容、业务系统IP地址、业务系统数据访问脚本、查询条件要求、结果返回格式定义等。

（4）用户权限配置。主要针对对综合数据库数据访问的权限设定，包括业务系统数据抽取权限、异地查询权限、系统维护权限等内容。

4.7.4 数据抽取信息安全

数据抽取与异构互联信息处理的安全包含数据访问安全和数据安全两个方面的内容。

1. 数据访问安全

数据访问安全指数据抽取与异构互联信息处理在提供数据访问通路的同时，要与警务综合信息应用平台一起完成用户权限检查,定义数据抽取与异构互联信息处理提供的各项功能的使用权限要求。主要是通过功能级的权限限制保证系统的访问安全。需要权限限制的功能包括系统功能配置、二次查询和警务综合信息应用平台共享数据请求。

只有在功能权限分配表中分配了相应权限的用户才能执行相应的功能，完成具体的操作任务。

权限分配表格式如表4-1所示。

表4-1　权限分配表

项目	说明
用户标识	用户的唯一标识串
……	
功能权限列表	用户所具有的权限列表

用户标识来源于警务综合信息应用平台的用户管理。

2. 数据安全

数据安全主要指数据抽取与异构互联信息处理对综合数据库维护的数据安全，主要包括数据抽取的完整性和数据抽取维护异常的处理。

（1）数据抽取的完整性。当业务系统进行数据抽取时，必须记录抽取的开始及结束时间，每次抽取都严格地在上一次成功数据抽取结束的时间点开始进行,保证所有更新的数据都能够被抽取到综合数据库中。

（2）抽取维护异常的处理。数据抽取维护异常主要包括网络或系统故障导致抽取程序无法执行、抽取过程出错、数据维护时数据异常。下面就这三种情况说明相应的解决方法。

- 网络或系统故障导致抽取程序无法执行：对于业务系统的抽取过程进行严格控制，从抽取到数据传递，只有当收到数据抽取与异构互联信息处理维护综合数据库操作成功的回执后，本次抽取才能够完成；系统更新抽取功能的时间参数。抽取过程在检查到网络异常时，会延时发送，在规定的发送过程次数后仍然无法发送的，则记录日志停止发送，等待下次操作。当业务系统收到警务综合信息应用平台数据抽取与异构互联组件的回执后，如果只是个别记录有问题，系统记录相应的记录，保存到日志中，等待操作员人工处理。本次抽取为成功结束。

- 抽取过程出错：这主要是由于本身的问题造成的，如某些字段项内容违反规范（如长度、类型等）、异常字符（由应用系统在存储时造成的）等。解决的办法是记录相关的数据到日志中，由系统管理员处理后，重新抽取。

- 数据维护时数据异常：在数据维护过程中，如果遇到抽取文件无法解析或验证错误时，会生成抽取数据异常及异常原因的回执，同时记录到本地日志中。如果不能自动解决，则需要系统管理员进行操作解决。对于记录级错误（如主键错误、代码异常等）会对相应记录进行记录，产生回执和日志，由系统管理员负责解决。在业务系统数据抽取功能中有错误记录重新抽取重发的功能，负责解决记录级数据维护异常的问题。

4.8 平台安全概述

警务综合信息应用平台所要建立的网络和系统应该具有较高的安全性，因为在网络上流动的都是安全要求较高的各种信息，如果安全方面出现漏洞，不仅会造成信息的泄露，而且会给犯罪分子提供可乘之机。本节着重讨论警务综合信息应用平台中的系统安全问题。系统安全包含网络安全、服务器安全、操作系统安全、数据库安全以及应用系统安全。在安全问题中，还包括了对计算机病毒的防范。

4.8.1 平台安全目标

1. 背景概述

由于信息产业的发展，信息安全问题日益严重，据美国FBI统计，每年因信息网络安全造成的损失达百亿美元。据美国金融时报报道，平均每20秒就发生一次入侵Internet计算机事件。Internet防火墙超过三分之一被突破。在我国也多次发生了入侵Internet事件。

针对以上情况，国际标准化机构在信息系统安全方面做了大量的工作。在美国，从1973年起就开始积极筹建联邦数据库加密标准。1976年，美国正式颁布DES方案，并作为联邦信息处理标准46号予以公布。1985年，美国国防部颁布橘皮书（TCSEC），即可信计算机系统评测标准，为计算机安全产品的评测提供了测试准则和方法，指导信息安全产品的制造和利用。在欧洲，英国、荷兰和法国，开始联合研制欧洲共同的安全评测标准，并于1991年颁布ITSEC（信息技术安全标准）。1993年，加拿大颁布CTCPEC（加拿大可信计算机产品评测标准）。我国目前已经认识到信息系统安全的重要性，建立了多个国家安全重点实验室，对我国所需要采用的安全算法及安全产品进行研究。

目前，警务综合信息应用平台的计算机网络与系统主要有如下特点。

（1）系统复杂度高。警务综合信息应用平台计算机网络系统在地理上覆盖范围广，系统中涉及了多种应用系统和平台。这样，平台中的任何一处漏洞，不管是硬件还是软件上的缺陷，都会导致整个平台的不安全性。

（2）资源共享的诱惑。计算机网络系统的最大优势之一便是资源共享，可供共享的资源包括硬件、软件、数据等。但是，资源共享对不法分子也存在巨大的诱惑力，为了窃取或盗用这些共享资源，不法分子会不择手段，这就使系统安全性遭受侵害的可能性骤然增大。

（3）系统边界不清晰。计算机网络的可扩展性是设计网络时追求的目标之一，也是应用发展的迫切要求。但是，网络的扩展性同时也意味着系统边界的不清晰，系统中的一个节点可以属于多个不同的网络，这就意味着此节点上的资源可以被多个不同的网络用户共享。另外，不法分子会利用系统的可扩展性将非法节点接入网络中，进行数据窃取等活动。

（4）路由的不可知性。网络系统中的任意两个节点间可以存在多条路径，有些路径是安全的，而有些路径可能是不安全的，或者是有些路径不同时刻安全性会有所不同。但是因为路由选择是由网络层完成，一般用户不能直接控制信息所经的路径，从而可能使信息经过不安全的路径，易受不法分子的攻击。

（5）电磁辐射。计算机在工作时会产生电磁辐射，信息在线路上传输时也会产生电磁辐射，即使在数公里之外，仍可能将电磁辐射的内容记录下来，这样便会造成信息泄露。当然，可以通过给计算机加上屏蔽设施，对信息也加以屏蔽，达到防止辐射的目的。但是，有些情况下却是不可屏蔽的，例如无线信道、卫星线路等，所以还必须通过其他手段防止信息泄露。

（6）计算机病毒的威胁。计算机病毒的传染、发作已对单个计算机系统的安全构成极大威胁，同时，也破坏了系统的正常运行，造成不可估量的损失。若计算机病毒通过计算机网络系统进行传播，那么同样对整个网络系统构成严重威胁，甚至会导致整个网络系统的瘫痪，系统安全性也会随之土崩瓦解。

鉴于上述问题，在警务综合信息应用平台中，采用可靠的安全技术和手段，来保障系统的信息安全是十分必要的。

2. 安全目标

由于警务综合信息应用平台中信息的保密性要求，在安全性方面，要实现下列目标。

（1）信息传输的安全性。在警务综合信息应用平台中，需要建立覆盖全市的计算机通信网。在网络上，要进行大量的信息传输，这些信息中绝大多数都是公安系统内部的保密信息，而通过计算机网络盗窃信息是不法分子常用的手段之一，因此，要保证信息在网络传输时的安全性。具体包括：

● 防止信息在传输过程中被篡改。
● 防止信息在传输过程中被窃取。

（2）信息存储的安全性。警务综合信息应用平台的信息存放在各种服务器上，通过计算机的存储设备进行存储和管理。如果这些服务器系统存在安全隐患，信息就非常容易被窃取和破坏。信息的存储应该达到下列安全性要求：

● 防止信息被内部或外部人员非法拷贝。
● 防止信息被非法篡改。
● 防止信息遭到人为破坏。
● 防止信息存储介质被非法窃取。
● 即使信息被非法窃取，也不能够进行正常的使用。

（3）信息访问的安全性。在警务综合信息应用平台中，信息是由许多人进行访问的，因此，对信息的访问要进行安全控制，主要达到下列目标：

● 防止非法用户（非本系统用户）的访问，包括读取、浏览、修改等。
● 具有记录功能，对非法的访问企图，系统要进行访问记录。
● 对系统用户按照访问级别进行控制。
● 对系统设备之间的数据访问进行严格控制。

● 防止未被授权的访问。

4.8.2 安全策略

为了达到系统安全的目标，需要建立整个地市级以上城市公安机关警务综合信息应用平台的安全策略，这对需要建立的网络和信息系统是十分必要的。

安全策略应该是整个地市级以上城市公安机关警务综合信息应用平台安全性要求的反映。安全策略应该针对公安系统所有系统和信息，应该针对信息而制定，与所使用的系统无关。

安全策略的基础是信息的安全性。信息对公安行业来讲是无价之宝，在任何环境下，都要保证其安全性。制定安全策略的方法是根据信息安全性的要求，将信息分类，分类的方法由信息管理者和所有者决定。分类应该易于理解，并一直使用下去。

安全性分类必须满足下面要求：

● 覆盖所有的信息。例如，金融信息、人员信息、公安要情信息、罪犯信息等。
● 包括所有的用户。例如，各级领导、技术人员、操作员等。
● 包括所有事件的状态信息。例如，对于处于不同阶段的决策活动信息，如策略制定阶段、计划制定阶段、实施阶段、信息采集等。
● 每个人对不同的信息有不同的访问权限。例如，户籍部门的人不可以访问刑侦业务的信息。

在地市级以上城市公安机关警务综合信息应用平台中，可以将信息按照以下方式进行分类：

● 秘密信息：公安内部的人可以访问，而外部的人不能访问。
● 机密信息：仅仅由公安内部指定的人员访问。
● 敏感信息：公安内部的人员可以访问，某些指定的外部机构能够访问。
● 公共信息：对外公开的信息，所有外部人员都可以访问。
● 私人信息：个人的私有信息，仅仅当事人才能够访问，其他任何人都不能访问。

在机密信息中，又可以根据信息的安全性要求，将信息分为多级机密信息。

1. 系统安全手段

当代信息技术的发展，也带动了信息安全技术的发展。为了保证信息系统的安全可靠，必须在网络、系统、应用等多个方面采取安全手段，本节将分别从计算机系统的不同层次，提出警务综合信息应用平台中的安全性手段和方法。

2. 网络设备的安全

网络设备安全是指系统中网络设备及网络拓扑结构方面的安全保护策略，对设备的安全性要求。主要包括局域网的安全、广域网的安全、网络互连设备的安全等。

（1）网络系统环境的安全。网络系统环境是指网络设备所放置的地方，即网络机房。网络环境的建设应充分考虑以下安全问题：

● 应选择隐蔽、安全的场所，尽量避免电磁干扰。
● 所有设备应能防止电磁泄漏。

- 电源系统应能适应电压的变化范围，容忍频率的波动。
- 供电系统具有较强的抗干扰能力。
- 所选设备对温度、湿度、噪音、震动、冲击、沙尘、霉菌、烟雾、自由跌落等有一定的对抗能力。
- 上岗人员应严格遵守操作规程。

（2）局域网硬件的安全。虽然局域网位于一个大楼之内，但是，也不能排除被非法接入的可能性。由于局域网中采用星型拓扑结构，除了保障每个计算机本身的安全之外，星型结构中的中心部分，即交换机或集线器也需要有其安全手段。因为即使每台计算机都是安全的，如果通信信道不安全，那么整个系统仍是不安全的。当然，反过来也一样成立，即通信信道是安全的，但计算机本身并不安全，那么整个网络系统也并无安全性可言。

3. 互连设备的安全策略

警务综合信息应用平台采用了千兆以太网交换设备，它是信息交流的枢纽，同时也是网络安全保护的重要一环，因此必须提供足够的安全保护措施。主要有：

- 完全的内外网物理隔离。在警务综合信息应用平台的网络安全设计中，严格执行关于内外网物理隔离的相关规定，严格杜绝“一机两用、无缝接入”的网络互联方式。
- 用户身份认证。对用户的身份进行验证，目前流行采用口令字的验证方法，无论是本地配置，还是通过网络配置，对用户身份的认证都是强制性的。
- 路由信息严格可控。网络系统安全的薄弱环节之一在于路由的不可知性，如果能对路由表进行严格控制，并能随时监视，那么网络的安全性就能得到保障。
- 提供信息流安全服务。对通过路由器的数据可以进行加密，消除非法用户对网络进行信息流分析的攻击，从而消除网络安全隐患。
- 具有包过滤的功能。可以对包进行检查，过滤掉非法信息。

4. 系统安全

这里所说的系统，主要指计算机系统，包括服务器、操作系统、数据库。系统的安全主要是为了保障构成计算机系统的硬件和软件的安全，以及为了达到安全要求而进行的管理。

（1）服务器的安全。所有的信息都是以服务器为核心来进行处理的，因此，服务器的安全至关重要。为了保证服务器的安全，应采用下列安全手段：

- 防火墙：在重要的服务器前建立防火墙，来控制网络上的用户、工作站、服务器等系统单元对服务器的访问。
- 安全存放：将服务器存放在安全的地方，进行统一的管理。
- 身份认证：对访问服务器的用户身份通过身份认证机制进行认证。

（2）操作系统安全策略。根据警务综合信息应用平台的运行特点及实际应用的需求，对服务端操作系统安全级的要求，必须采用辅助措施尽量提高其安全强度。操作系统安全保密的核心是访问控制，当主体要访问客体时，必须首先取得授权。而未被授权的访问将被拒绝，同时授权策略应该是安全可靠的。这就要求操作系统应提供以下安全保护：

- 用户身份验证：这是操作系统的第一道防线，用于鉴别用户的合法性，对系统安全至关重要。如果攻击者攻破这道防线，则系统其他保护措施将很容易被瓦解。
- 文件保护：文件是操作系统管理的最重要的实体，因此操作系统应对文件提供足够的安全保护。
- 审计跟踪：操作系统必须提供审计跟踪功能，而且审计跟踪的活动、事件应可配置，以便对用户在系统中的操作有日志记录，并对非法用户的操作形成报告，向系统管理员发出报警。这样对用户的活动便可跟踪，对不法分子是一种威慑力量，同时也是分析系统受攻击原因的重要依据。

（3）数据库的安全。因为数据库系统是建立在操作系统平台之上的特殊应用，其安全性取决于操作系统的安全性，因此数据库系统的安全强度不会超过操作系统的安全强度。根据警务综合信息应用平台的特点及实际需求，由于数据库中存放着大量重要数据，例如犯罪嫌疑人信息、案件信息等，所以数据库往往成为不法分子攻击的主要目标。因此，数据库系统的安全管理不容忽视，系统选用的数据库应该具有下列基本的安全措施：

- 用户身份认证：目前流行的数据库系统都采用口令字方式对用户身份加以验证，为了提高口令字的安全强度，数据库也应提供诸如单向函数加密口令字、数字签名技术、口令双向验证等辅助保护手段。
- 审计跟踪：用户对数据库进行的操作，例如插入、修改、删除记录等，必须记录日志，对非法用户的操作在拒绝的同时，应形成报告，并向数据库管理员发出报警信号，从而保护数据库的安全性。
- 严格控制用户安全域：用户安全域的控制主要包括规定用户的缺省表空间和暂时表空间，规定用户对数据库中任何表空间的限额，规定用户的资源限制，规定用户的特权和角色等。
- 提供对数据库加密功能：由于数据库自身组织及其应用环境的要求，使得数据库的加密有其特殊性。例如数据库中数据的生命周期一般都很长，因而数据加密密钥的生命周期也很长，这就带来了密钥管理的复杂性。数据库的加密对象可以不同，一般情况下，数据加密会造成数据膨胀，但在数据库加密中数据膨胀会破坏数据库的结构，因此数据库的加密方法必须与数据库结构相适应。

5. 网络系统安全管理

由于在警务综合信息应用平台中，采用了TCP/IP协议作为网络协议，因此，在TCP/IP的物理层、链路层、网络层、传输层可向用户提供以下安全服务：数据保密服务、信息流安全服务、对等实体认证服务、访问控制服务、数据完整性服务、数据源点认证服务。

6. 病毒防范

计算机病毒的特征是可以内部繁殖、相互感染，具有很大的危害性和破坏性。主要表现为：

- 破坏文件系统的完整性。
- 吞噬系统的宝贵资源，如内存、硬盘、文件等。

- 降低系统性能，程序被病毒感染后，运行效率下降，直至停滞。
- 造成大量重要数据的丢失。

计算机病毒的分类方法很多，根据运作机制可分为引导型病毒、文件型病毒；根据是否需要宿主程序及是否可以自我复制，可分为病毒、蠕虫、特洛伊木马、逻辑炸弹等。

防范计算机病毒的方法有硬件防范和软件防范，也可以软硬件防范相结合，对计算机病毒进行检测、发现，防止病毒进入系统，阻止其传播。软件方面则可以利用多种技术，对计算机病毒进行检测、清除，还可以增强计算机系统及网络系统对病毒的免疫力。

在警务综合信息应用平台中，采用软件手段防范病毒时，计算机防病毒软件应具有以下特性：

- 能检测普通的引导型或文件型病毒。
- 能检测自我变异型病毒，即对病毒的不同变种都应该能检测出来。
- 能监视内存的变化，防止病毒驻留内存。
- 检测主引导区是否被感染。
- 在压缩文件中检测病毒。
- 在网络范围内检测病毒。
- 对文件提供数据保密、数字签名等措施。
- 提示信息尽可能详细。
- 能清除病毒。
- 能提供免疫手段。

4.8.3 容灾与恢复

警务综合信息应用平台所使用的设备应该满足公安信息化工程可靠性设计的要求，同时应具备一定的灾害防护能力。

容灾是一种保证任何对资源的破坏都不至于导致数据完全不可恢复的预防措施，是对偶然事故的预防计划。

容灾措施在整个备份制度中占有相当重要的地位，因为它关系到系统在经历灾难后能否迅速恢复。容灾恢复操作通常可以分为两类，第一类是全盘恢复，第二类是个别文件恢复。此外，值得一提的还有一种是重定向恢复。

1. 备份手段

数据库需要定期、定时备份，在关键性操作（如涉及大量的数据修改）前也需要备份。备份是大多数网络管理员的支柱，它可以恢复丢失的信息，保护崩溃的系统或者已经删除的信息。备份以光盘塔为离线数据备份，磁带备份为在线备份方式，还有一种异地备份方式，如地市级综合查询信息处理的重要数据在省厅信息中心备份，可以增强容灾能力。每种数据库产品都提供相应的备份手段。

2. 全盘恢复

全盘恢复一般应用在服务器发生意外灾难导致数据全部丢失、系统崩溃，或是有计划的系统升级、重组等，也称为系统恢复。

3. 个别文件恢复

在日常操作中，个别文件恢复可能要比全盘恢复常见得多，利用备份系统的恢复功能，很容易恢复受损的个别文件。只需浏览备份数据库或目录，找到该文件，触动恢复功能，软件将自动驱动存储设备，加载相应的存储媒体，然后恢复指定文件。

4. 重定向恢复

重定向恢复是将备份的文件恢复到另一个不同的位置或系统上去，而不是它们在被进行备份操作时所在的位置。重定向恢复可以是整个系统恢复也可以是个别文件恢复。重定向恢复时需要慎重考虑，要确保系统或文件恢复后的可用性。

上述每一类方法都能够从某一方面保护用户的资源，而只有彼此结合起来才能提供完整的容灾设计方案。

思考题

（1）警务综合信息应用平台的信息特征是什么？

（2）在何种情况下，需要在警务综合信息应用平台的设计中采用紧耦合的互联方式？

（3）如果希望体现"重点人员动态管控"的战略思想，那么警务综合信息应用平台的主要信息处理构成是什么？

（4）试绘出您所在公安机关某一信息系统的系统体系结构。

（5）在容灾备份设计中，重定向备份的设计原则是什么？

第5章

综合查询信息
处理分析

摘 要

本章研究的对象是综合查询信息处理。在本章中，分析了综合查询信息处理涉及的系统实现方法，并就其中的系统构成、体系结构、数据特征、功能组成等内容进行了讨论，力图明晰综合查询信息处理和警务综合信息应用平台之间的边界关系，从而使得综合查询信息处理能够真正为公安业务服务。

综合查询信息处理是警务综合信息应用平台的主要组成部分。在整个警务综合信息应用平台中，已建和待建的业务系统，包括常住人口管理、暂住人口管理、交管管理系统、案事件信息处理等，它们的主要功能是信息的采集和管理，处理和面对的是纵向的信息，还无法直接从其他业务系统获取相关的信息支持。

综合查询信息处理就是以建立信息的横向关联为主要目的，提供了与各个业务系统完全不同的查询方式和手段，包括复杂查询、关联查询等，通过相应查询，发现信息之间明显的或隐含的关联关系。一方面负责为各级指挥中心提供全方位的、有效的信息支持，为指挥人员决策提供帮助；另一方面为各级办案人员提供快速、全面的信息，协助办案人员快速破案。

另外，通过综合查询信息处理，将各个业务系统的数据高度共享，解决了因数据重复采集而造成数据不一致的问题，同时解决了数据由各自部门掌握而造成的查询查证时间长，容易失去良好作战机会的问题，进而提高了公安干警的工作效率。

5.1　信息处理特征分析

综合查询信息处理的特征最为简明，这就是：在综合查询信息处理中，不存在业务信息的采集任务，所有的信息都来自于业务系统的数据传递。而在综合查询信息处理中，需要最大限度地实现业务数据的关联共享，针对具体的要素信息，勾勒密不透风的信息关系。究其本质，综合查询信息处理承担的就是类似情报研判研究中的"重点人员管控"任务。只不过历史上综合查询信息处理的数据资源关联度有限、数据覆盖面有限、数据来源有限、数据的关联处理有限、数据的触发处理能力有限等等，但在今天，计算机软硬件技术的飞速发展，信息资源的极大丰富，使得综合查询信息处理具备了更大的数据处理空间，使之可以真正地构建"天网恢恢、疏而不漏"的重点要素管控平台。通过综合查询信息处理，可以有效地对重点人员、物品、组织、指定地标、案事件等进行全方位的关联查询，以提供一线民警的警务工作之需。

鉴于此，综合查询信息处理主要依赖的就是数据，那么，在综合查询信息处理的建设过程中，各种、各类信息资源库的建设就刻不容缓地提到了建设日程上，如果没有丰富的数据资源，那就根本不存在真实意义上的综合查询信息处理。而信息资源库的建设自然少不了对公安业务拥有的信息资源进行规划和管理，因此，从公安信息化建设的长远目标来说，信息资源目录体系的建设就应该是综合查询信息处理的重要组成部分，只有拥有完善的信息资源目录体系，才有可能将综合查询信息处理的效能发挥到最大，也才能实现信息资源目录体系中服务资源目录的实际功效。

 ## 5.2　信息处理概述

综合查询信息处理主要由综合数据库、综合信息查询和其他查询三个部分组成。下面分别进行说明。

5.2.1　综合数据库

综合数据库依据公安部《地市级综合信息系统设计方案》进行设计。综合数据库不是各个业务数据库信息的简单堆叠，而是在将所有的公安业务信息进行分析后，按照要素（人、案事件、物品、机构、地点）进行重新组织的。综合数据库强调数据高度共享的需求，只有各个业务、部门间共享需求高，组织规范的数据才进入综合数据库，只注重业务流程、业务规则以及业务事务管理的数据则不进入综合数据库。

综合数据库的数据来源于各个业务系统提供的抽取数据，各个业务系统必须按照综合查询信息处理的交换数据格式要求抽取本业务系统的共享数据，然后通过标准数据交换接口提供给综合查询信息处理，经过相应的维护机制来维护综合数据库的共享数据，综合数据库是综合查询信息处理的数据基础。另外，综合数据库还是公安机关各项专项斗争的信息聚集地，按照专项斗争的要求从综合数据库乃至业务数据库（通过交换接口）提取相关数据，满足专项斗争的要求。

5.2.2 综合信息查询

综合信息查询提供了对综合数据库进行的各种查询功能，查询的方式主要有两种，一种是通过Web进行的信息查询，用户通过浏览器可以方便地检索综合数据库的一般信息和关联信息；另一种是通过一般客户端进行的查询，这个查询可以为用户提供一般查询之外的更复杂的查询功能，包括二次查询、比对查询等。综合查询信息处理还提供公安部统一部署的专项斗争信息查询等功能。

5.2.3 其他查询

综合查询信息处理还提供特殊查询功能，即社会查询和移动查询功能。

社会查询是指对社会开放的查询功能，它的数据库及应用服务器与综合查询信息处理是物理隔离的，服务对象是其他行业如民航、银行（需要认证）等，也可以是一般大众（无需认证）。

移动查询是为需要通过移动设备进行查询设计的，服务对象为巡警、处警人员等。由于移动查询的连接网络是公网，所以从安全角度出发，它的数据库及应用服务器与综合查询信息处理是隔离的。

5.3 边界与应用

综合查询信息处理在整个警务综合信息应用平台中起着数据关联中心的作用，虽然综合查询信息处理本身并不负责具体业务信息的采集，但通过异构互联系统数据交换功能的支持，所有业务系统的共享数据都聚集在综合数据库中。以这些高度共享的数据为基础，在安全权限机制的保证下，综合查询信息处理可以为整个警务综合信息应用平台的用户提供不同于各个业务系统的以横向关联查询为主的复杂的综合查询应用。同时，作为整个警务综合信息应用平台的信息出入口，综合查询信息处理还担负对异地、省厅、公安部的信息提供功能，并负责本地用户对异地信息的查询、查证功能。

5.4 与业务系统的关系

综合查询信息处理在一般功能上是与其他业务系统相似的系统，但从数据的角度，综合数据库的主要数据不是通过综合查询信息处理采集的，它的数据基础是各个业务系统的数据，各个业务系统需要将本业务共享的数据抽取出来通过异构互联系统的数据交换接口提供给综合查询信息处理；同时业务系统也可以通过异构互联系统的数据交换接口从综合查询信息处理获取本业务系统需要的其他业务系统的数据，如驾驶员信息登记中的人口数据等。通过综合查询信息处理，各类业务数据在更高的层面上达到了高度共享，提高了数据的应用价值。

业务系统注重业务的处理流程以及数据的采集、维护，而综合查询信息处理注重数据的综合利用，特别强调的是数据的共享和数据间的关联，它扩充了业务系统数据横向关联的功能；同时综合查询信息处理增强了各类信息的统计分析能力，可以在更广泛的数据基础上进行数据的统计分析，为领导决策以及未来数据仓库的利用创造了条件，如对案件的统计、分析已经不是局限于一个业务或部门，可以包含更多的数据内容，得到更有价值的信息。

综合查询信息处理与异构互联系统配合，还提供各个业务系统与异地综合查询信息处理、业务系统的数据交换功能，为今后省、部一级的信息共享奠定了基础。

5.5　功能构成

综合查询信息处理的功能主要包括综合数据库的维护管理、综合信息查询以及系统的辅助功能。

5.5.1　综合数据库维护与管理

综合数据库的数据来源于各个业务系统，但它不是各个业务系统数据的简单再存储，必须通过业务系统的数据抽取、数据传输以及综合查询信息处理的数据组织、数据关联、数据维护几个环节才能完成。业务应用系统维护综合数据库的流程如图5-1所示。

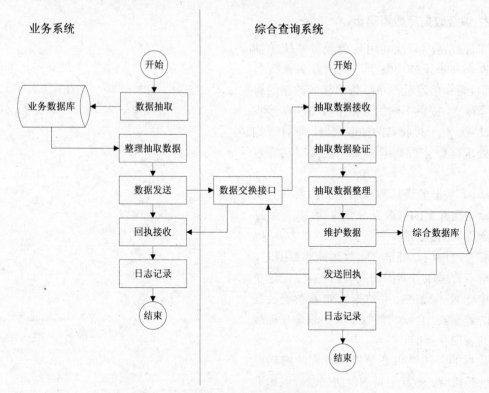

图 5-1　业务应用系统维护综合数据库流程

1. 数据抽取

数据抽取是指一个系统按照数据协议向另一个系统传送维护数据信息。在警务综合信息应用平台中，数据抽取是指业务系统按照综合查询信息处理的数据格式要求，在业务系统数据已经初始化到综合查询信息处理之后，根据数据的维护要求，将今后日常变更的数据（包括增加、修改、删除的数据）打包后传递到综合查询信息处理来维护综合数据库。因此，数据抽取就是指按照一定的格式要求，将业务数据库最新变化的数据（增、删、改的数据）进行组织、整理，并提供给综合查询信息处理的过程。

无论是在各业务系统完全独立的情况下，还是在各业务信息处理和警务综合信息应用平台有机融合的情况下，警务综合信息应用平台均采取综合数据库和业务数据库各自独立的模式。这两种情况下，由于各业务系统，如交管、常口、暂口、监管、案事件管理等系统的数据库都是独立存在的，所以在这些业务系统中必须建立数据抽取机制，向综合数据库提供各自的共享数据。

业务系统提供抽取数据的原则是：

- 保证数据的准确性、完整性。
- 保证数据的不重复性，没有变化的数据不抽取。
- 保证数据的有效性，不仅抽取新增的数据，还要抽取已有数据的变化，如修改、删除记录。

数据抽取是由各个业务系统进行的。但它抽取数据的格式、采用的方式必须和综合查询信息处理提供的抽取结构及传输机制相吻合。

2. 综合数据库数据同步

综合数据库只能利用各个业务系统的抽取数据来同步维护，对于不同的业务系统数据，综合查询信息处理可以按照相应数据的有效期等特点，提供不同的数据接收方法和接收时间设置。对于接收到的抽取数据，综合查询信息处理需要完成数据验证、数据存储等过程。

（1）数据验证。数据验证的主要任务就是检验报送数据的来源及其合法性。数据验证功能流程如图5-2所示。

综合查询信息处理在接收到抽取数据时，首先检查管理服务器的抽取数据列表，在这个列表中记录了提供抽取数据的业务系统及其抽取的数据表，合法的数据来源必须是在抽取数据列表中存在的。

数据的合法性主要是检查数据的发送时间，包括新增、更新记录的时间，以确保抽取的数据是以前没有发送的（新的），或者是与上次发送时间连续的，没有漏掉的数据，保证数据的完整性、一致性。一旦发现数据抽取有问题，在进行日志记录的同时，要把问题返回给相关的业务系统。

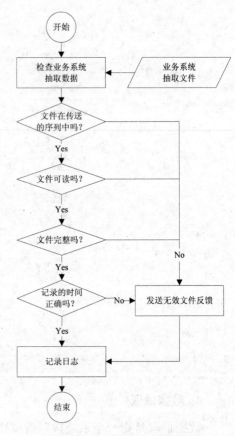

图5-2　数据验证功能流程

（2）数据存储。数据存储则是根据数据来源及拆分规则，把抽取数据拆分到相应的综合数据库表中，并按照规则进行其他的操作处理。数据维护主要包括综合数据库数据的增加、修改、删除三种操作。

当在数据处理过程中发现不符合要求的数据时，应该记录发现的错误数据，并形成文件回执给业务系统，由业务系统重新生成抽取数据。

在数据维护过程中，还应该提供系统的核查报警功能，系统管理员可以通过系统的参数设置决定是否起用此功能，并决定哪些维护过程使用此功能。例如一旦设置了在维护流动人员数据时进行在逃人员核查，那么，系统在维护数据的同时进行核查比对，发现问题就会产生在逃人员的自动报警。

数据存储的流程如图5-3所示。

5.5.2 综合查询

综合信息查询是综合查询信息处理的主要功能，必须适应整个公安系统的实战需要，同时适应各个业务部门的工作特点，并为各个业务部门间实现信息共享及相互协调提供服务。它不是各个业务系统中查询功能的简单叠加或链接，而是在对公安工作所涉及的信息资源进行科学分类组织和提炼的基础上，结合具体的查询需求来实现的。具体地讲，就是要能提供跨部门、跨业务的信息查询查证，并通过关联信息的形式，把相互独立的信息实体连接

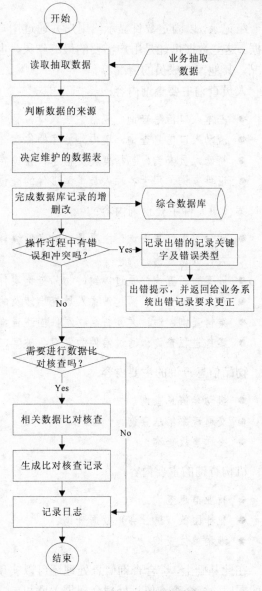

图5-3 数据存储流程

起来，挖掘出更多有价值的信息。这些查询主要基于综合数据库的数据进行，既可以通过B/S方式实现，也可以通过一般的C/S模式实现。

1. 基本查询

基本信息查询包含要素查询、警种查询和二次查询三个部分。

（1）要素查询。这是整个综合查询信息处理使用最频繁的一种查询方式，其特点是查询目标较明确、查询条件相对简单。要素查询主要包括多个查询入口：人员信息查询、案事件信息查询、物品信息查询、机构信息查询。至于选择哪个查询入口进行查询，则主要依据用户掌握的查询条件以及对结果的业务需求等。要素查询可以通过输入的相应查询条件，检索出一个

或一组记录，以固定数目显示给用户并通过用户的判断、筛选得出所需的查询结果简要或详细数据。这些数据可能是用户需要的最终结果，也可以是其他查询目的的条件，如查询人的涉案情况、其他家庭成员的情况等。

人员查询主要查询内容：

- 基本人口信息查询：包括常住人口、暂住人口信息查询。
- 流动人口信息查询：境内外旅客的住宿登记信息。
- 特殊人员查询：包括驾驶员信息、在逃在押人员信息、违法犯罪人员信息等。
- 证件查询：用于各种人员类型证件的查询、辨别。

案（事）件主要查询内容：

- 案件基本信息查询：主要是针对案件编号、案件类型、案件的地区属性、时间属性进行的案件数据查询。
- 涉案物品查询：通过涉案的物品查询案件信息，包括被盗、作案工具等。
- 涉案人员查询：通过涉案人员查询涉及的案件信息，包括受害人、犯罪嫌疑人等。
- 案情查询：通过案件特点、案件描述查询案件信息。
- 案件过程查询：通过案件的立案、破案、结案等过程查询案件信息。

物品信息查询的主要内容：

- 机动车信息查询。
- 交通违章信息查询。
- 交通事故查询。

机构查询的主要内容：

- 特业信息查询。
- 犯罪团伙（黑社会）数据查询。
- 涉案单位查询。

在此基础上，综合查询信息处理还可以实现关联信息查询，即在上述各类查询得到详细结果的同时，综合查询信息处理会根据关联机制，进一步查询此记录的相关信息，将有关联的内容提示给用户，用户可以进行进一步的查询。如在查询到一个常住人员的具体信息时，系统提示此人有驾驶证或案件记录等。具体每一类信息会和哪些其他信息发生关联，系统会通过管理服务器的关联信息配置表获得。

（2）警种查询。警种查询专指那些只需要检索具有某一业务特征的数据表及相关案事件数据表的查询，所有输入条件为"与"的关系，并且支持模糊查询，在查询到具体某条记录的详细信息时，同时显示本警种内关联查询的内容。警种查询与各个业务系统提供的基本查询功能类似，但与之相比，增加了信息的关联查询。

（3）二次查询。二次查询是由于综合数据库只存放共享程度高的业务系统数据，所以有些业务系统的详细信息在综合系统不能查询，因此，需要业务系统提供相应的查询功能。综合系统按照相应的安全要求，通过异构互联系统将这些功能挂接到综合查询信息处理，向用户提供透明的查询机制，这种机制就叫做二次查询。二次查询是常规查询功能的补充，目的是为了在基本查询数据的基础上进一步查询更加详细的数据内容。二次查询依赖于各个业务系统的支持，无论是Web查询模式还是C/S结构的前端查询都支持这个功能。二次查询的数据基础是各个业务系统的数据库，用户在常规查询的结果不能满足要求时，利用二次查询机制检索更加详细的信息。

二次查询的功能基础是数据交换接口功能，二次查询对于用户是透明的，用户在查询时无须指明要查询哪些业务的详细信息，综合查询信息处理会自动通过数据交换接口从业务信息系统检索相关的详细信息。需要说明的是，具体的业务系统是否支持二次查询，支持的数据信息量，由相关的业务系统决定，综合查询信息处理通过记录表的方式将这些信息记录到管理服务器中。

2. 比对查询

比对查询是针对比对源（需要检索的数据）进行的批量查询，它是公安工作中很重要的一种查询方式。比对查询是综合查询信息处理提供的，面向高级用户（如系统管理员、数据库管理员、授权侦查员等）的功能，是针对批量进行的查询，如在旅店人口中查找在逃人员，在暂住人口数据中查找犯罪嫌疑人等等。

由于比对查询需要利用的系统硬件资源、数据资源多，操作相对复杂一些，所以把它放在综合查询信息处理的前端进行，不对所有干警开放，只能由部分授权干警使用。针对特殊需要的批量比对查询，如专项斗争需要的比对查询等，综合查询信息处理可以将这些过程固化，即将条件生成方法、比对数据源等因素进行程序固化，保存比对查询的设置，每次使用时，只需要指明比对的条件数据源，就可以完成大数据量的批量信息比对，从而简化操作过程。

3. 定制查询

与比对查询一样，定制查询是由综合查询信息处理提供，面向高级用户（如系统管理员、数据库管理员、特定的情报分析人员等）的功能。一般查询，特别是基于Web的查询主要面对的是所有干警的信息查询需要，这些功能在有些情况下并不能满足信息查询查证的要求，所以根据实战以及现场需要提供了特殊查询的功能。

这个功能主要是为具有一定数据库知识的高级用户在特殊需要（如作战指挥）时使用的，定制查询和基本查询的不同之处在于：所有定制查询的功能并不是事先设计好的，而是需要通过下述一系列工作来进行定制，只有经过正确的定制，才能实现预定的定制查询功能。这些工作主要包括：

- 预置查询定义：系统提供界面，为用户设计了各种数据字段选项及条件输入项，用户可以预先将自己常用的查询模式定义出来保存到系统，以后只要输入具体的查询条件值即可。定制的方法是：①定义条件，按照用户比较好接受的、易于理解的方式提供条件输入环境，具体包括字段名称转换（字母字段名——中文名）、输入条件转换、条件合理性检验。②定义输出格式，用户挑选需要在结果画面中显示的字段，安排显示的方式、顺序等。
- 保存预置查询的定义。
- 预置查询：用户使用预置查询定义的查询项，输入具体的查询条件，系统按照定义生成查询语句，查询数据库后返回给用户。

● 数据库直接查询：对于了解系统数据库结构的高级用户，也可以根据现场的具体需要直接通过数据库查询语句查询数据库，找出满足条件的数据、记录。

● 查询结果打印：对于任何特殊查询查出的结果，系统提供格式化输出打印功能。用户可以在查询结果显示时使用这个功能。

4. 其他查询

其他查询是为特殊要求而设计的Web查询功能，主要包括移动查询、社会查询等。

（1）移动查询。这个功能是为了那些在移动中需要进行快速数据查询的需求设计的，如巡警车等。因为这些查询需要借助电信公网进行，速度、安全性都比综合查询信息处理内网的查询低得多，对它提供直接支持的数据库不是综合信息数据库，而是在防火墙之外经过简化的数据库。所以，移动查询功能是基本查询功能的一个简化版本，目的是保证数据的快速查询、快速定位。

（2）社会查询。社会查询是面向普通公民和其他外部系统的数据查询功能。数据和系统都是与公安内部网隔离的，数据是由综合查询信息处理定期维护的。这个功能主要用来查询公安系统可以向大众开放的数据，如警务公开的信息内容等。另外就是支持银行、电信等对公安系统的信息查询，这些信息必须是经过处理的，而且必须有安全保证。其功能主要包括：

● 警务信息查询。

● 证件甄别查询。

5.5.3　关联轨迹查询

在常规查询中已经提到了关联信息查询，下面就关联查询的机制及方法加以说明。

在综合数据库中，更多的是按照有利于快速查询进行数据组织的，数据是依赖于关键字，也就是数据的标识进行索引的。通过具体的关键字查询的效率是有保障的。各类数据关联的基础就是这些数据的标识，如身份证、案件编号等，这些标识在整个综合数据库中形成了一个逻辑关联链表。

针对每一个数据表，通过一个辅助功能表记录这个数据表会和哪些数据记录表发生关联，在查询到一条详细记录时，通过查询辅助功能表，按照数据标识检索，对查询到的数据内容在详细结果显示页面进行提示。

轨迹查询是关联查询的扩充，除了在当前数据中检索信息外，在变更数据库中检索相关的历史性数据，这种数据对于一线干警可能是非常重要的、有很高价值的信息。

5.6　数据库结构

综合数据库是按照五要素的数据分类原则进行设计，它的数据来源是各个业务系统按照各自的数据抽取（交换）格式从业务数据库抽取的本业务共享数据。

综合数据库的数据表主要包括基本数据表、字典数据表和管理数据表。

5.6.1　基本数据表

基本数据表包括《地市级公安综合信息系统总体方案设计》的基本共享数据表、本地的扩展共享数据表、业务功能扩展表等。这些数据表和各个业务的数据表有一定的差异，它按照公安部《地市级公安综合信息系统总体方案设计》中定义的五要素数据组织原则进行重新分类和调整。因所依赖的业务系统建设的不同步，有些信息并不存在或不完整，但随着公安信息化建设的发展，综合数据库在信息中心整体规划下，在业务数据抽取、维护的技术机制保证下，原先空白的数据会不断地填充，应用也会相应地扩展。

5.6.2　字典数据表

字典数据表是系统应用与维护的代码表，字典数据表的内容是相对稳定的，它的内容来源于国家标准、行业标准等，是数据存储、应用转化的主要依据，如行政区划字典、案件类别字典、选择处所字典等。

5.6.3　管理数据表

管理数据表主要包括用户表、日志记录表、统计中间记录表、辅助决策记录表等，用于管理、维护综合数据库，提高综合查询信息处理的使用效率以及应用功能。

5.7　数据关联

综合数据库存储的是来自各个业务系统的共享数据，由于在各个独立的业务系统中，各业务的功能、数据是独立的，信息之间无法关联，发现并建立数据间的关联是综合查询信息处理的主要目的之一。

为了在海量数据的背景下，尽最大可能提高综合信息查询的效率，综合查询信息处理的数据关联可以通过数据关联配置表和关联链表进行预制关联。这样，一旦出现突发事件的"雪崩型"查询峰流时，应用数据关联配置表和关联链表的关联机制，就可以大大提高查询效率。这种机制对于大量采用模糊查询工作模式的查询操作尤为有效。

5.7.1　数据关联配置表

数据关联配置表从结构上说是一个二维关系表，它是建立数据关联的方法之一，用于记录物理实体表之间可能发生关联的关系。发生关联的方式即关联条件，建立数据关联配置表的主要目的就是为了在特定条件下提高查询效率。数据关联配置表具体如表5-2所示。

表5-2 数据关联配置表

	表 1	表 2	表 3	表 4	……
表1	X	字段a1，字段a2	X	X	
表2	字段a2，字段a1	X	字段a2，字段a3	字段c2，字段c4	
表3	X	字段a3，字段a2	X	字段b3，字段b4	
表4	X	字段c4，字段c2	字段b4，字段b3	字段d4，字段e4	
……					

系统在基本查询之后进行关联查询时，利用关联配置表的信息对可关联的表（内容）进行检索，查找目标关联数据：

● 当目标表为表1的简单查询结果出来后，在进行关联时，系统会以表2 "字段a2" 等于表1中的"字段a1"实际值为条件在表2中检索关联数据。

● 当目标表为表2的简单查询结果显示出来后，在进行关联时，系统会以表1 "字段a1" 等于表2中的"字段a2"实际值为条件在表1中检索关联数据，同时，会以表3 "字段a3" 等于表2中的"字段a2"实际值为条件在表3中检索关联数据，以表4 "字段c4" 等于表2中的"字段c2"实际值为条件在表3中检索关联数据，从而检索出所有的关联信息。

同时，数据表还可能自关联，如表5-2所示表4可以通过"字段d4"和 "字段e4"进行表内的关联查询。

上述关联表是可以维护配置的，当综合数据库增加了新的业务系统信息时，通过对此表的配置自动实现新增关联数据的查询。

5.7.2 关联链表

所谓关联链表就是记录数据表间实体记录实际关联的记录表。关联链表包括逻辑关联链表和实体关联链表两种。

1. 逻辑关联链表

由于综合数据库中存储了大量的数据表，通过关联配置表，数据之间的关联是天然存在的，形成了一个数据的逻辑关联链表，这种关联是通过查询功能的查询语句实现的。同时，由于关联配置表中的关联关系只代表数据记录间的一种可能的关联，也即广泛的关联，因而关联查询的记录结果，还需要人工进行辨别。如仅使用姓名关联得到的记录，还不能说明这些记录之间有真实的关联，需要更多的信息加以判别。

2. 实体关联链表

为了提高查询速度，提高系统查询的精确程度，需要将实际存在的关联信息，即将那些通过严格的条件匹配（如公民身份证号码加上姓名），用物理实体表保存下来，查询系统通过此表可以快速查找任一记录的关联信息。实体关联链表记录的关联记录应该是实际存在的精确关联，其结构如表5-3所示。

表5-3　实体关联链表

项目	说明
关键字段值	产生记录关联的严格条件字段
数据表名称	产生数据的数据表名称
……	……

实体关联链表需要按照关键字段项进行组织，形成多个实体关联链表。

当查询系统需要检索一条记录的精确关联信息时，直接检索相关实体关联链表就可得到所需要的信息。

 # 5.8　数据生命周期描述

综合数据库数据生命周期如图5-4所示。

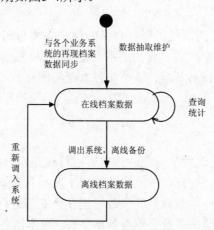

图 5-4　综合数据库生命周期

综合数据库的数据是通过各个业务系统的数据抽取获得的，包含了各个业务系统的所有在线数据和工作数据，综合查询信息处理对这些数据不作特殊处理，数据的离线也是根据业务系统的操作（从在线库删除）进行的，在删除这些数据时，综合数据库将这些数据写入离线数据库（历史数据表）。

 # 5.9　系统维护

系统维护是保证综合查询信息处理得以长期稳定运行和系统数据完整的有利机制。从数据维护、代码和字典维护、系统和数据备份维护来进行综合数据库的维护是必要而且必须的。

5.9.1　综合数据库数据维护

综合数据库的数据来源于各个业务系统，数据维护过程是通过抽取数据进行的，对于抽取过程中出现的异常数据，综合查询信息处理会通过日志在本系统进行记录，并以回执的方式通知业务系统进行处理后，重新抽取以维护综合数据库。

对于通过抽取功能完成的数据的删除、修改记录，综合查询信息处理会根据不同情况（主要是关键字段的变化，如地址等），分别写入历史数据表和变更数据表，作为综合数据库的轨迹及痕迹信息来源。

对于根据需要创建的实体关联表的维护也是在数据抽取后综合数据库维护时进行的，对于新增的数据，要在相应的数据表中检索出精确的关联信息，补充到实体关联表中。

1. 代码字典维护

综合查询信息处理中集成了几乎所有业务系统的代码字典，而且涉及多业务系统数据共同应用的代码字典。综合查询信息处理必须随着国家或行业数据标准的变化，以及综合查询信息处理本身的代码升级等行为进行代码字典的维护，所以代码字典的维护是非常重要的工作。

2. 代码的一致性

与综合数据库基本数据相同，代码字典数据的维护必须与相关业务系统的代码字典维护同步进行，必须管理维护好每个代码字典的关系及使用范围，确保系统正常运行。在本系统中所有代码字典主要采用国标、部标标准，各个业务系统与国标、部标标准有冲突的，需要在抽取数据时进行转化。对于没有国标、部标标准的代码字典，应该采用源系统的代码字典。

3. 代码的可维护性

当国标、部标以及本地代码发生变化时，需要进行代码字典的更新。对于部标和国标，字典下载是将全国统一的、由公安部统一维护的数据字典导入到本地的综合数据库中，为了保证数据在全国范围内的一致性，这些数据的修改只能在公安部进行，各地综合数据库只能引用而无权修改。每次有变化，各地需要统一更新数据字典。对本地各个业务系统而言，无论是公安部统一维护的还是由本地维护的，当综合数据库的数据字典发生变化时，相关的数据库字典都必须更新。

当只是增加新代码时，数据不需要维护，但代码有交叉更新时则会造成代码含义的改变，因此，在代码更新之前，一项重要工作就是对受影响数据的检查以及对相应数据的更新。

5.9.2　数据备份维护

综合数据库是警务综合信息应用平台中数据量最大，也是访问最频繁的数据库系统，只有良好的系统管理才能保证系统长期稳定正常地运行，数据的备份就是其中一个重要环节。虽然所有数据均来源于各个业务系统，但数据备份是防止系统发生意外瘫痪或崩溃后，系统能尽快得到恢复的保证。

通常采用系统完全备份和增量备份两种方式，综合查询信息处理采用两种备份方式相结合的方式进行系统数据备份。一般每天都有增量备份数据的保存，同时能保证每一或两星期有一次完全备份。这样的数据备份方式不至于造成某时数据备份的遗忘而带来数据的遗失，具体的备份策略如下。

（1）在系统实施结束，基本初始化数据已经进入综合数据库时，开始正式使用之前，利用磁带设备对整个系统进行完整备份，该备份长期保留。

（2）对系统数据，每天进行增量备份或差异备份，同时传送异地磁带库保存，必须保证至少保留连续7天的增量备份或差异备份数据。

（3）每星期进行数据的完整备份，同时传送远程磁带库保存，必须保证至少保留连续4周的完整备份。

思考题

（1）如何根据业务数据库的数据构成构建综合数据库？它是业务数据库表的叠加吗？

（2）为什么需要建立关联链表？关联链表的物理体现是什么？

（3）二次查询主要解决数据共享中的什么个性化问题？主要用于何种情况？

第6章

指挥中心集成与快速布控分析

摘 要

本章详细分析了指挥中心信息化建设的具体数据构成、功能构成和集成环境构成，讨论和研究了指挥中心信息化建设与各警种信息化建设之间的有机关系，并就指挥中心的信息化建设提出了实现的具体技术路线和方案。希望通过对本章的学习和研究，能够为相关的系统设计提供有益的参考。

公安信息化工程建设是整个警务综合信息应用平台建设的大背景。科技的快速发展为公安工作的信息化建设提供了可能，特别是计算机技术的发展，在信息的采集、分析、发布、研判等方面都可以大大提高公安工作的效率，为"快"铺设坚实的道路。而在整个警务综合信息应用平台建设中，指挥中心是龙头。"快"——这一理念的体现和实践，很大程度上在于指挥中心系统设计得是否合理。指挥中心是整个信息流的汇集点，同时又是信息的发射源。本章将就指挥中心的系统组成，各个子系统的相互关系，子系统的主要功能、快速反应和快速布控的信息化处理机制进行分析和描述。

为了明确综合警务信息平台中的指挥中心集成设计，必须对地市级以上城市公安机关110指挥中心集成的系统结构、系统功能、系统接口、快速反应的信息处理机制、快速布控的支撑体系进行全面的理解，才有可能实现真正意义上的快速反应体系。

6.1　集成体系结构

指挥中心最基本的公安业务职能就是接警和处警,具体来说,是指接警员接到的有关案件、事件、求助或其他信息的过程。在公安业务中对所有接到的报警情况均视为警情,当接到报警信息后,指挥中心接警员将根据事件的性质、管辖范围、涉及的警种、遵循的预案等处理规程,有针对性地发出警力调度指令,一般将其称之为处警。在信息化处理的过程中,处警处理是针对有关警员出现场、处理的结果或指挥中心处理警情等过程进行信息化描述和记载的警务活动。当警情发生后,往往需要将警情通知相应的事权单位处警,一般将其称之为处警转移,这是指将警情信息从一方转向另一方。例如:将警情从一个派出所转移到另一个派出所,此时的处警信息也将从此派出所转移到另一个派出所。同理,指挥中心的调度行为实际上也是将指挥中心的信息通知各相关的处警单位,实质上同样为信息转移,故也称为处警转移。

6.1.1　体系结构

指挥中心集成体系结构如图6-1所示。

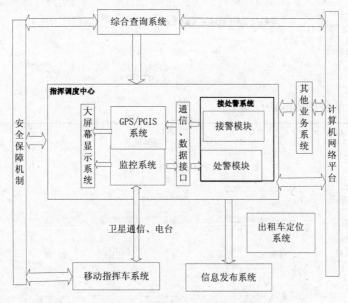

图 6-1　指挥中心集成体系结构

6.1.2　集成系统物理结构

集成系统物理结构如图6-2所示。

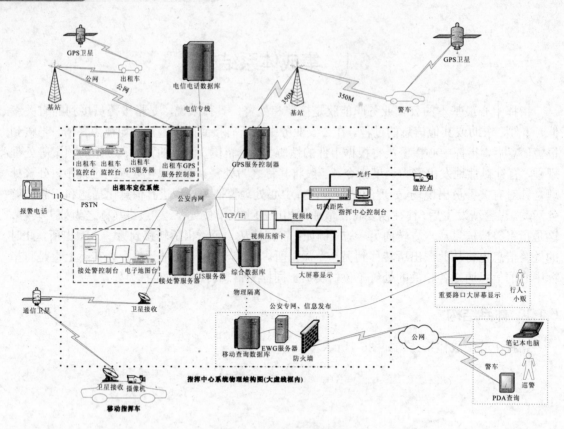

图 6-2   集成系统物理结构

指挥中心平面部署如图6-3所示。

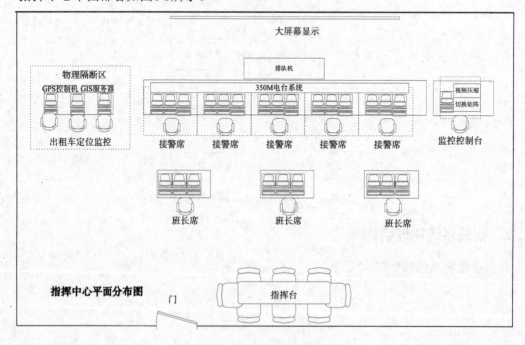

图 6-3   指挥中心平面部署

6.1.3 信息流构成

1. 110 报警信息流

当警情发生的时候，报警电话呼叫110指挥中心，接警台通过来电显示报警电话，接警员利用这个号码查询电话号码数据库，也可以由接处警信息系统自动返回该报警电话的安装用户名称和地址，同时PGIS平台对返回的地址进行标准地址匹配，获得该地址的坐标信息，从而实现报警电话在电子地图上的显示。与此同步，接警人员对接警信息进行记录，同时利用综合查询信息处理进行查询，而图像监控系统可以获得现场监控信息，GPS/PGIS信息处理可以进行警情定位和查询，指挥中心利用大屏幕对上述接警情况可以进行选择性显示，并按照处警调度命令，将这些相关的处警信息通过信息发布系统发送到处警人员手中，从而进行处警和布控，实时跟踪全部处警过程，随时从处警人员获得处警信息反馈。

2. 监控信息流

警情发生时，可以从监控点利用摄像机采集现场的图像和声音资料，利用光纤传输信号，在指挥中心通过视频切换矩阵，利用指挥中心控制台进行监控点显示控制，同时采用视频压缩技术把视频信号转化为数字信号，从而可以利用公安内网在TCP/IP协议的支持下，将所监控到的图像信息发送至任何需要看到此信息的警种和部门，进而实现监控信息的数据共享与存储。

3. 警车定位信息流

安装在警车上的GPS接收机从GPS卫星获得定位信息，通过350M电台系统或其他传输信道，可以将其传输到指挥中心的GPS通信控制单元，并将所获得的定位信号发送到PGIS平台，从而实现警车移动定位。

4. 出租车信息流

在城市中，出租车是路面流动密度最大、涉及警情最多的社会信息构成，出租车既有可能作为犯罪嫌疑人的作案交通工具，同样也可能成为当地公安机关快速布控的社会力量，因此，在指挥中心的信息流构成中，出租车信息流将有其特殊的警务地位。公安机关的内外网建设规定，出租车定位系统处于指挥中心的物理隔离区，和公安内网没有直接的数据信息流关系。指挥中心的出租车定位系统从出租车安装的GPS接收单元获得出租车本身的位置信息，通过公网以短消息的方式发送定位信息，指挥中心GPS通信控制服务器负责信息接收、解码，然后发送给各个PGIS监控台，实现出租车的定位、监控。

5. 移动查询信息流

同样由于移动查询承担着社会信息的查询任务，所以，移动查询服务器也处于指挥中心的物理隔断区，和内网没有直接相连。在路面执行任务的警车，可以通过配备内置公网通信模块的MODEM的笔记本，利用公网作为通信平台，采用B/S结构进行相关信息的查询。

6. 信息布控流

指挥中心获得的现场采集信息,以及从指挥中心其他系统获得的相关处警信息,可以通过各种媒介,例如350M电台系统、公安寻呼台系统、电话系统、内网系统、路面的大屏幕系统把信息发布给社会或相关人员。

7. 移动指挥车信息流

移动指挥车和110地面指挥中心主要通过卫星通信系统进行图像、声音、文字等数据的传输,从而实现双方的数据共享。

6.1.4 集成系统构成

指挥中心的作用就是快速反应、协调调度,综合了公安几乎所有业务应用,体现的是多警种的综合作战指挥。地市级以上城市公安局指挥中心集成系统主要包括接处警信息处理、GPS/PGIS信息处理、监控信息处理、移动指挥车信息处理、移动查询信息处理、信息布控信息处理和出租车定位信息处理。从前面章节可知:

- 接处警信息处理:接警模块受理报警,处警模块在接警之后,通过指挥人员现场指挥,进行案件的处理,处警的过程包括确定发案、报案的地点、方位,确定案件的类型、级别,快速处警、快速布控的实时调度等。
- GPS/PGIS信息处理:实现移动警车定位,利用警用地理信息平台(PGIS)固定目标信息,并进行定位信息的综合利用。
- 出租车定位信息处理:利用指挥中心的出租车定位系统,实现对入网出租车的监控、管理,通过电子地图进行实时定位。
- 移动指挥车信息处理:利用指挥车实现移动查询、警车监控、处警调度、现场指挥、现场图像采集监控等指挥行为,并与110指挥中心实现全局信息共享。
- 监控信息处理:在指挥作战过程中,用于从道路卡口、监控现场、重要路口获得交通、人流、车流等图像和声音等信息。
- 移动查询信息处理:在移动警车内,利用车载笔记本电脑或者PDA,以公网为网络载体,通过移动查询服务器进行人员、物品、事件相关内容的查询,获得所需信息。
- 信息布控信息处理:根据现场采集到的信息,指挥中心利用公安内网、350M电台系统、公安寻呼台系统、电话系统、路面的大屏幕系统等信息化布控手段,进行信息追随、信息定位、信息发布。

由此还可进一步得知:

接处警信息处理负责收集案件的最初信息,是案事件信息处理的数据来源,起着龙头作用,以立案为界限同案事件信息处理分割。接处警信息处理在整个警务综合信息应用平台中起着信息采集、信息发布、信息传递的重要作用。GPS/PGIS信息处理主要用于警车的移动定位、快速布控,利用警用地理信息平台(PGIS),标注来自综合查询信息处理或其他业务系统的动、静态定位信息。移动查询信息处理是在移动警车中,承担着干警利用无线网络进行信息查询的任务。出租车定位信息处理承担全市入网出租车的全天候的监控、救援、导航等任务。移动指挥车信息处理则是服务于公安机关指挥员，用于现场指挥的有力工具。指挥车集成了GPS/PGIS、移动查询等软件功能和一些硬件系统功能，通过卫星通信和110地面指挥中心进行图像、文字信息共享。而监控信息处理则用来采集监控点现场信息，将其显示在指挥中心大屏幕上，并可以利用视频压缩技术把视频信号转化为数字信号，实现在公安内网的数据共享。

6.1.5　与其他系统的关系

由于综合数据库涵盖了本地区所有的共享数据项，所以综合查询信息处理为指挥中心提供了任何单一业务系统所不能完成的、全方位的、有效的信息支持。通过综合查询信息处理的关联查询机制，可以帮助指挥人员快速发现线索，正确指挥对案事件的处理，所以综合查询信息处理将是指挥中心集成系统的核心构成。

与综合查询信息处理不同，业务系统或相对独立的业务信息处理部分可以为指挥中心提供某一业务的更加详细的信息，如案犯的详细情况等。

监控信息处理、GPS/PGIS以及大屏幕系统都是指挥中心的应用系统，指挥中心集成系统利用相应的数据通信接口，使这些独立的系统组成一个有机的整体，使指挥中心在对消防、刑侦、交管等事件的处理时可以得到及时、大量的信息支持。

6.2　信息处理流程

指挥中心的信息处理流程如图6-4所示。

指挥中心集成系统从外部系统获得信息流，首先判断信息流来源：如果是来自综合查询信息处理的信息，则利用PGIS信息处理进行动态标注、信息发布；如果信息是一般基础地理信息和专题地理信息位置查询、定位，则利用GIS系统进行查询、静态标注；如果是来自监控信息的需求，则利用监控系统进行大屏幕显示，提供现场监控第一手资料，并把监控信息转化成数据信号在内网实现共享；如果是移动目标的信息需求，则判断是来自出租车还是警车定位需求；如果是出租车定位、监控、报警求救需求，则利用指挥中心物理隔断区的出租车定位系统进行出租车的监控、调度、救援；如果是警车的移动定位需求，则利用内网的GPS/GIS警务系统进行警车位置的定位、布控、调度。

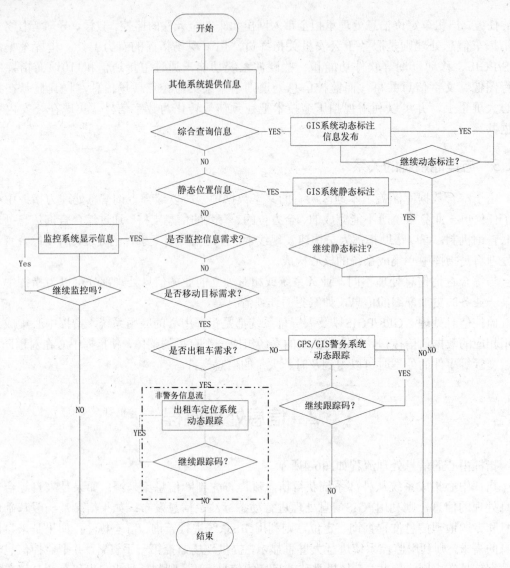

图 6-4 指挥中心的信息处理流程

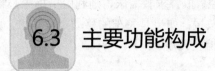

6.3 主要功能构成

指挥中心集成系统的功能主要包括接警功能，处警功能，信息查询标注功能，GPS/PGIS 信息查询、定位和调度功能，出租车定位监控功能，信息布控功能等，所有的系统功能都是为接处警服务的。

6.3.1 接处警功能

指挥中心集成系统的接处警功能包括：

● 报警地点定位：对于固定电话报警，自动显示报警地址，并进行图上定位等。

- 地点标注：通过警用地理信息平台（PGIS）对报案、发案地址标注。
- 信息录入：接警员信息录入。
- 处警转换：确定报警后，可根据不同案情选择不同的处警方式，并传送数据到处警终端。
- 接警信息接入：自动监视接警传来的信号，接收接警系统传送的数据，也可以人工启动或"技防"启动进行处警处理。
- 预案调度：可以按照使用者的要求，预先定义处警的方式、过程，在处警时调用此功能，自动完成处警过程的管理控制。
- GPS/PGIS控制：通过功能接口，使用GPS/PGIS平台提供的跟踪功能及地理信息查询、标注功能，进行人员、车辆的调度、处理，包括警车以及跟踪目标的位置、行动方向等，帮助指挥人员了解现场警力布控、跟踪目标、各种设施分布和使用的情况等。
- 监控控制：利用监控系统提供的功能接口，按照报警信息提供的情况，自动选择监控设备；并通过处警的画面显示现场场景，调度、控制监控系统，帮助指挥人员了解现场。
- 大屏幕控制：利用大屏幕系统的功能接口，通过调度，在大显示屏上显示跟踪画面、监控画面、查询结果等。
- 指挥调度：利用处警的调度控制功能、查询功能，实现对案（事）件的现场指挥与调度。

6.3.2 GPS/PGIS功能

指挥中心集成系统的GPS/PGIS功能包括：
- 实现地理图形的放大、缩小、漫游。
- 实现图形分层，控制图形的可见性，更改显示颜色。
- 实现信息标注，包括基础地理图层和公安专业地理图层。
- 量算图上两点之间直线距离，或计算任意多边形区域面积。
- 点击查询图上地理对象的特征属性。
- 实现模糊查询、图上闪烁等定位功能。
- 用矩形框或者圆进行图上地理特征选择，并显示选择结果。
- 实现重点单位照片显示。
- 显示动态GPS数据，进行车辆定位，并跟踪车辆运动轨迹，按照要求进行车辆轨迹回放。
- 实现车辆自导航功能，任何警车的乘员均可以了解本车的位置，以及准备到达目标的相关信息。
- 进行110接警定位，快速判别事故发生地点。
- 实现快速查询分析和辅助决策。根据数据库和出事地点信息，快速查询事故发生地点附近的警力、警情、社保、安防、消防、医疗信息，以及交通和建筑分布状况，辅助制定相应的技战术方案。
- 当紧急事件同时在多处发生时，利用GPS定位信息，可以知道当前公安干警的执勤地点；利用轨迹回放功能，可以知道公安干警的执勤路线。利用上述信息，综合道路交通信息，可以快速定位与事故发生地距离最近（能够最快赶到现场）的救援警力。
- 利用车辆自导航功能，可以使不熟悉道路情况的干警快速准确到达事故发生地点，体现快速反应、紧急救援的基本处警原则。

● 利用PGIS/GPS系统,可以形象地显示各个卡点以及各层包围圈的位置、警力配备情况、周边道路情况、建筑情况。在110指挥中心接到重大警情时,利用现代通信技术、计算机技术和监控技术等,可以及时调配警力,部署警力,调整布控重心。

6.3.3　出租车定位功能

指挥中心集成系统的出租车定位功能包括:

● 可对系统内的所有车辆进行动态调度管理。
● 车辆遇到抢劫、交通事故或故障等情况,可通过手动方式按下隐蔽处的紧急报警按键,监控中心根据得到的消息通知有关部门采取必要的行动。
● 车辆遇到非法入侵时,车内的防盗传感器将自动触发,并与现有防盗报警器联动,将警情汇报给指挥中心。
● 报警后,自动实时记录报警车辆的定位经度、纬度、时间、方向、速度等参数;并可在电子地图上回放,利于案情分析,回放轨迹可打印输出。
● 存储车辆的车型、颜色、车号,司机的姓名、性别、年龄、家庭住址、联系电话等信息,提高了监控中心对报警信息的快速反应能力。
● 可同屏多窗口实时监控多辆车,并在电子地图上以文字或图标的形式显示被监控车辆的运行状态。

6.3.4　移动指挥车功能

指挥中心集成系统的移动指挥车功能包括:

● GPS/PGIS功能。
● 移动查询功能。
● 卫星通信功能。
● 通信功能。
● 图像采集、视频传输功能。
● 电视会议功能。
● 强光照明功能。
● 强声功能电源系统。
● 警灯、警报功能。
● 后勤支持功能。

6.3.5　PGIS标注功能

标注是指将地理特征的相关属性信息在电子地图上的特定位置进行显示。信息标注方式包括静态标注和动态标注。

1. 静态标注

静态标注是目前应用比较普遍的标注方式。所谓静态标注是指在平台开始启动的时候,就显示在电子地图上的文本信息，而且整个平台运行期间标注信息变化小。通常标注的内容是图层的属性字段信息，例如利用图层的名称字段来标注地理特征。对于安全性要求低的图层，可以直接利用静态标注。

2. 动态标注

所谓动态标注，是指在平台运行期间，根据地址描述文本进行定位，并显示相关文本作为标注信息的方法。这种标注信息在电子地图上属于一个动态的信息，需要时可以产生，不需要时可以消除。动态标注的信息可以来自本身系统的信息，也可以来自外系统的查询信息。动态标注比较适合于安全性要求高的图层数据和其他信息系统所查询信息的定位。

3. 标注内容

根据数据安全性、保密性和数据内容的稳定性，可以综合考虑选用静态标注或者动态标注方式。以下是一些用以示例的标注图层，在具体的实施过程中，可以根据不同的警务活动需要，随时增加和补充相应的标注内容。

（1）消防管理层。包括：

- 消防支队、中队固定警力所在位置。
- 消防栓：管径、出口压力、所在地、地上或地下。
- 重点建筑物位置，重点单位、高层建筑层次位置。
- 水源（包括自然水面、水池）位置。
- ……

（2）交通管理层。包括：

- 信号灯分布的地理位置。
- 电子警察分布的地理位置。
- 交管固定警力位置，包括交警支队、中队的地理位置。
- 交通标志，单行道、禁行道位置。
- ……

（3）治安管理层。包括：

- 市行、分行、支行位置。
- 营业场所、金库的位置。
- 水源厂、蓄水池。
- 电：变电站。
- 气：天然气公司、大的储气罐和液化气厂。
- 油：石油公司、加油站。
- 大型厂矿企业。
- 危险物品场所：民用枪支使用与存储单位、民用爆炸物的使用与存储单位、剧毒物品的销售与使用单位、放射性物品的使用单位的位置。

- 宾馆（星级以上）位置。
- 印刷业（重点防火单位）位置。
- 典当行位置。
- 拍卖行位置。
- 物资回收部门位置。
- 印章刻制生产企业的位置。
- 领导机关地理位置。
- 政府部门、大专院校地理位置。
- 文博单位地理位置。
- 博物院地理位置。
- 新闻单位、报业单位地理位置。
- ……

（4）公共场所管理层。包括：

- 公共场所的位置，包括大型歌舞厅、保龄球馆、影剧院、公园旅游区、体育场馆、公共聚集场所、图书馆、大型集贸批发市场、大型商场等。
- 医疗卫生单位地理位置。
- 火车站地理位置。
- 公共汽车站地理位置。
- 长途汽车站地理位置。
- 机场地理位置。
- ……

（5）警务管理层。包括：

- 各分局、派出所固定警力分布、位置。
- 巡警警力的分布。
- 巡警的巡逻路线。
- 巡警管辖各区域内的重点单位和重点部位。
- 各种案事件多发区域。
- 快速反应的重要卡点以及警民联系点（报警点）。
- 包围圈位置、警力配备。
- 防暴大队固定警力位置、警力装备。
- ……

6.4 监控单元构成

从监控单元工作功能角度，可以将监控技术分为前端部分、传输部分、中央监控和控制部分三方面。

6.4.1　前端部分

前端主要进行信息的采集工作，同时接收监控中心的指令改变监控状态，主要包括摄像机、云台等设备。

1. CCD

安全防范监控单元中，图像的生成主要来自摄像机，摄像部分的好坏以及它产生的图像信号的质量将直接影响整个系统的质量。

CCD是电荷耦荷器件（charge couple device）的简称，通过CCD本身的电子扫描（CCD电荷转移），把成像的光信号变成电信号，再通过放大、整形等一系列信号处理，最后变成标准的电视信号输出。

2. 云台和防护罩

云台是承载摄像机进行水平和垂直两个方向转动的装置。云台内装两个电动机，一个负责水平方向的转动，另一个负责垂直方向的转动。水平转动的角度一般为350度，垂直转动的角度则有正负45度、35度、75度等等。水平及垂直转动的角度大小可以通过限位开关进行调整。

防护罩是使摄像机在有灰尘、雨水、高低温等情况下正常使用的防护装置。防护罩一般分为两类。一类是室内用防护罩，其主要功能是防止摄像机落灰并有一定的安全防护作用，如防盗、防破坏等。室外防护罩一般为全天候防护罩，即无论刮风、下雨、下雪、高温、低温等恶劣情况，都能使安装在防护罩内的摄像机正常工作。

6.4.2　传输部分

传输部分就是系统的图像信号通路。一般来讲，传输部分单指传输图像信号。由于需要控制中心通过控制台对摄像机、镜头、云台、防护罩进行控制，因而在传输系统中还包括控制信号的传输。

传输部分要求信号经过传输后，不产生明显的失真，保证原始图像信号的清晰度和灰度等级没有明显的下降。由于距离中心远，可以采用光纤传输方式。

6.4.3　中央监控、控制部分

中央监控、控制部分是监控单元的核心设备，对系统内各监控设备的控制均是从这里发出。

1. 视频矩阵切换器

监控单元的结构是一个以视频切换中心和多个前端视频摄像机为基础，实现集中控制的星型系统。视频矩阵切换器采用总线插板、积木式结构的控制主机，一般情况下由控制键盘、主机箱（含中央处理模块、总线模块、电源）、视频输入输出处理模块、字符叠加处理模块等组成。

键盘的功能主要用于在监控器上完成调用任意摄像机图像至主监控器并控制相应云台上

下左右的运动以及镜头的变焦、聚焦等操纵控制，实现图像的平移及放大缩小等功能；能够通过编程将任意一路视频信号输出到指定的设备上，并能以不同的顺序和停留时间显示于指定的监控器上。键盘可以设置开机密码和指定分控的优先权，还可以通过键盘编排云台预置位置及扫描路线等。

矩阵切换单元的主要功能有：

- 具有视频切换、多功能宏调用、辅助输出控制、系统联网、报警控制等功能。
- 系统设置和所有操作均通过系统程序化管理功能实现，最大限度地利用系统硬件实施最有效的控制。
- 系统设置和维护所必需的菜单管理。包括视频输入设置、视频输出设置、操纵键盘和操作控制级别设置、系统联网通信设置、系统输入/输出设备设置等等。
- 可以提供完善的宏指令集。包括摄像机选择、监控器选择、报警器状态控制、辅助输出设备状态控制、前端云台控制、系统显示字符、时钟显示等等，用户可根据需要进行系统二次开发。
- 可以对整个系统进行逻辑编程，自动响应系统内各种状态。
- 具备动态视频编排和摄像机逻辑选择能力。系统摄像机输入可以不拘泥于摄像机的物理输入顺序，而可以按照用户自定义的区域或设定的顺序快速选择摄像机，能够赋予每一台摄像机一个逻辑编号，操作员按照逻辑编号选择摄像机。
- 可以对视频输入进行分组。按照系统设定的操作键盘控制级别，限定某一操纵键盘切换调用特定范围内的前端摄像机画面，或限定某一操纵键盘控制特定范围内的前端云台。
- 可以对视频输出进行分组。操纵人员按照设置的操纵控制级别只能切换同组的监控器画面，防止对其他分控机房监控画面或操作人员的干扰。
- 系统视频输出内置字符发生器，可以执行视频输入字符提示指令，用于显示前端摄像机的字符提示信息，其中包括前端摄像机的逻辑编号及路口号码提示等等，便于操作者快速识别所监控区域。
- 在系统启动、运行或任何系统出错、操作错误、警告及硬件故障时，均可在硬盘进行记录。
- 提供网络接口和串行接口，以便与其他多个第三方厂家产品进行系统集成或联网。

2. 监控中心服务器及工作站

多媒体处理器可将视频模拟信号直接转换成数字图像信号，并可将有关的背景文字和数据、声音等同时叠加成一个存档文件进行存储。

3. 屏幕显示单元

大屏幕显示单元的功能包括：

- 监控线路运营情况。
- 线路规划、系统的动态模拟显示。
- 显示特定信息（如欢迎贵宾访问、重要新闻发布、业务演示宣传等）。
- 能够清晰地显示电子地图信息（城市街道图）。
- 按要求任意缩放、组合、切换显示内容。

4. 监控控制单元

电视监控单元控制可以在指挥中心采用键盘控制方式，完成监控的调度控制功能。

5. RGB 切换器

RGB切换器又称彩色双工型多画面处理器，既有画面处理器的功能（几幅画面同时显示在一个监控器上），又有采用场消隐技术、按摄像机编号对整场图像进行编码并复合的功能。画面处理器还具有时基校正功能，采用动态时间分割（DTD）技术，根据图像活动程度自动检测，动态地将图像交替扫描输出。

思考题

（1）指挥中心集成处理依托的信息处理单元构成是什么？

（2）在快速反应、快速布控的要求下，指挥中心集成设计的核心是什么？

（3）指挥中心完整的PGIS信息标注内容是什么？

（4）指挥中心如何在信息处理上体现快速布控的特征？

（5）在内外网隔离的情况下，指挥中心如何解决社会布控信息与公安布控信息的联动问题？

第7章

接处警信息
处理分析

摘　要

　　本章详细分析了接处警信息处理的公安业务特征，结合具体的接处警信息处理过程，明确了接处警信息处理的业务规则、基本流程和功能结构，尤其对于接处警信息处理中的数据转移和跟踪提出了具体的实现方法，力图使本章的技术内容成为接处警信息处理设计的技术指导说明。

　　接处警信息处理主要体现平台的快速反应能力，包括对报案人及报案人所提供现场信息的快速处理，以使指挥中心能够快速调度和全方位大面积地快速布控。以最快的速度将信息发布到各处警单位和处警点，形成"瓮中捉鳖"之势。同时又能以最快的效率反馈处警过程和结果。

7.1 信息处理特征分析

接警，是公安机关面向社会的第一个窗口；处警，则是公安机关对社会实现响应的第一项警务行为。而接处警信息处理就是搭建在社会和公安机关之间的一座实实在在的信息桥梁，这个桥梁的基本信息处理特征就是：高效、快速、清晰、准确、全面、跟踪。

这不是简单的激励性口号，而是接处警信息处理必须遵循的处理原则。简而言之，在进行接处警信息处理的设计时，就必须以上述的信息处理特征为设计依据，进行业务规则的处理和业务信息的采集。具体说明如下。

（1）高效。一般来说，无论是110报警服务台，还是基层科所队，接到的社会报警信息不外乎以下五类：治安犯罪事态、交通事故、火灾与灾害性事故、社会求助以及恶意骚扰。除了恶意骚扰外，由于社会人员在进行报警时的环境、心态、事件的急迫程度不同，无论电话报警还是网络报警，或是其他方式的报警，都会具备报警信息不完备的特征，而接警信息处理平台就必须能够提供高效接入的信息处理能力。由于交通事故的接警信息处理和火灾与灾害性事故的接警信息处理完全不同，前者需要记录的是事故地点、人员事故状态、事故性质、车辆损毁情况等信息，而后者则需要记录起火地点、燃烧物性质、起火建筑物性态、燃烧环境状况、水源状态等内容。所以此时的接警处理需要在第一时间按照相应的报警性质，高效地接入相应的接警信息处理模块，以信息提示的方式，提示接警员在简短的问询中，尽可能地充实报警人提供的不完备报警信息。同时在所有的报警中，由于接警员无法及时地判断"一事多人报警、一人多次报警"的情况，接处警信息处理就必须能够具备辅助辨识和补充信息采集的能力，既提高接处警效率，也避免多次报警中的重复信息采集。

（2）快速。在接处警信息处理中，快速是最重要的宗旨，在接警台，每分钟都有报警电话打进来，而每分钟都需要进行快速的处警调度，此时所有的信息处理方式都必须为快速服务。例如，按照常规的案件受理登记表，也许有几十项信息内容都需要采集，但在接处警信息处理中，只能保留最基本、最重要、最容易灭失、最具有事件特征的信息采集内容，这也就是接处警信息处理中最重要的业务规则。在接处警的信息处理中，必须密切关注每一次键盘操作或鼠标操作的必要性，基本的原则是：能省一键是一键，能少一次鼠标点击就少一次点击，尽可能地不要进行大量文字的键盘录入，这样才能保证接处警信息处理的快速特征。

（3）清晰。在接处警信息处理中，必须坚持的设计风格就是交互界面的清晰，在界面规划、信息提示、色调处理、声像集成、窗口布置、鼠标浮移、代码选择等诸多方面，无不需要精雕细刻。这是因为不清晰的交互界面往往带来操作的杂乱，在大量应用窗口技术的今天，也许一次鼠标的意外滑动就会调阅不相干的信息处理界面，从而影响了正在处理中的接处警警务行为。所以在接处警信息处理中，交互界面的清晰是基本原则，在接处警信息处理中并不提倡花哨的、漂亮的、过于灵活的、体现优良技术特点的交互界面设计。

（4）准确。在接处警信息处理中，任何在接处警活动中间出现的屏幕提示或信息采集辅助手段，都必须坚持准确原则，即用最明确的专业语言，最准确地描述正在发生的各种接处警事件。切记不要试图用计算机专业语言去对某项接处警操作或数据项进行提示，虽然此时的接处警专业语言也许并不严谨，但这是所有的接处警人员都已经约定俗成、并已心领神会的业务规则，接处警信息处理只要忠实地再现了这项业务规则，就达到了"准确"这个设计的目的。

（5）全面。在接处警信息处理中，非常重要的就是在接警员接到不完备的报警信息时，接处警信息处理能够同时接到信息系统提示的大量相关信息，并用合适的方式采集进接警记录中，这是接处警信息处理最重要的信息处理手段。从某种意义上来说，评价一个接处警信息系统的功效优劣时，接处警信息处理能否提供最为全面的辅助接处警信息将是一个至关重要的硬性指标。例如，在报警人提示他当前所在位置的任意电线杆编号或是某个地标时，接处警信息处理系统能够立刻在PGIS上展示正确的地理坐标，如果是火灾报警，在接处警信息处理的屏幕上能够立刻显现出在指定地标附近可能存在的可燃物质和相关水源；当报警人告知和他发生纠纷的人员外号或绰号时，接处警信息处理能够立刻将此人的所关注信息提示在屏幕上；而当一辆机动车逃逸时，接处警信息处理能够即时显示相关车辆的当前状态信息，甚至是相关卡口监控录像，这就完整地实现了接处警信息处理中的"全面"原则。

（6）跟踪。在接处警信息处理中的跟踪，就意味着接处警信息处理要具备处警命令发出后的信息跟踪能力，要能够实时地掌握处警状态中的警情变化，随时准备进行警力支援或二次处警。例如在火灾事故处警中，在接处警信息处理的PGIS平台上就应该设置在合理时间不能到达火灾现场的信息跟踪报警提示，如果因为交通拥堵延误了警力的开进，接处警信息处理系统就应该及时地提示进行二次处警的命令发布；再如在控制群体性事件过程中，随着事态的升级，在此的信息跟踪不但能够对现场态势进行及时的反馈，而且可以根据现场传回的相关信息，快速地实现相关的关联查询，为现场的调度指挥提供有力的信息支撑；再如在暴力抗法过程中，相关事件的关联关系；在劫持人质事件中，相关人员的背景资料提供等等，都属于接处警信息处理设计中应该坚持的处理原则，从而完整地体现接处警信息处理的相关特征。

 ## 7.2 信息处理概述

根据综合警务信息平台的设计原则，接处警数据库和综合数据库在物理上处于同一个服务器上，由同一个操作系统和同一个后台数据库系统支撑，但在逻辑上是两个不同的数据库。接处警体系结构如图7-1所示。接处警网络结构及信息分布如图7-2所示。

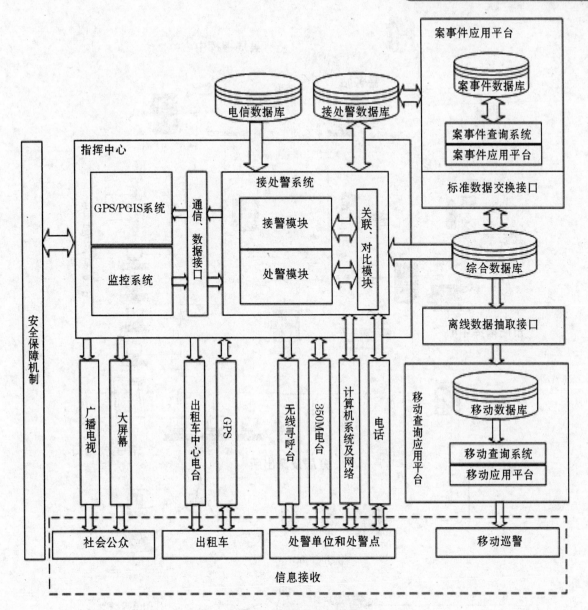

图 7-1　接处警体系结构

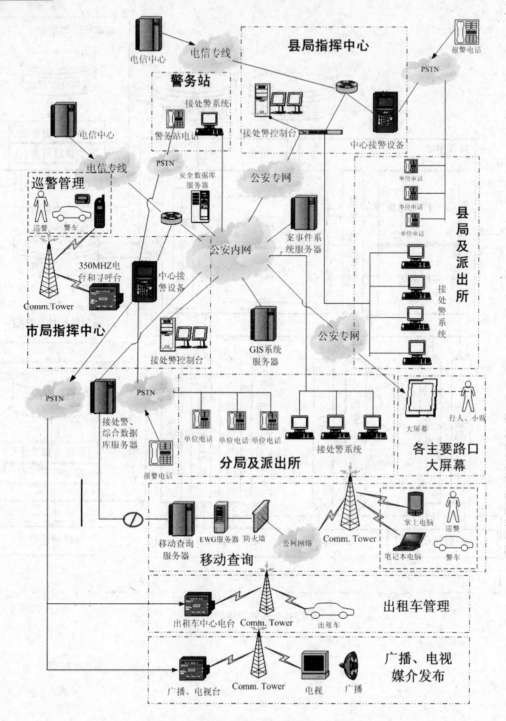

图 7-2　接处警网络结构及信息分布示意图

7.2.1　信息处理关系

　　接处警信息处理主要由安全数据库、接处警数据库、综合数据库、移动查询数据库、案事件数据库、PGIS服务器、接处警信息处理、市局指挥中心的呼叫中心、350M电台以及各主要路口的大屏幕构成。

接处警信息处理通过安全数据库得到身份验证，报警电话通过呼叫中心接入接处警信息处理，同时将报案人信息传送到PGIS服务器。接处警信息处理将数据存入接处警数据库，在关联、比对查询中适时访问综合数据库，对于需要PGIS显示的信息，接处警信息处理将关联查询的结果传送到PGIS服务器。案事件Web服务器根据需要抽取接处警数据库的数据，同时更新接处警数据库。移动查询服务器通过离线的方式抽取综合数据库中的数据。

根据上述信息关系，接警人员接到报案信息后，将立即显示报案人信息；接警人员可以通过监控设备、350M无线电台、寻呼台、网络、电话向处警人员主动发布信息。对于重特大案件还可以通过路口大屏幕、出租车指挥中心电台（如果有的话）、广播、电视台、报纸等社会媒介向社会主动公布信息，以协助公安机关进行处理。此时，移动巡警可以通过无线网络被动查询有关信息，各处警单位和处警点可以通过网络、电话向指挥中心或其他单位反馈信息，或通过350M无线电台反馈信息。

7.2.2　信息处理构成

接处警信息处理由接处警数据库、接警模块、处警模块、关联比对模块、通信模块五大部分组成。移动查询由移动查询数据库、移动查询网络、移动查询终端设备、移动查询中间件组成。其中移动查询中间件由业务逻辑层、用户界面层、数据层、数据库服务器组成。

1. 接处警数据库

接处警数据库按照五要素（人、案事件、物品、机构、地点）进行组织。同时兼顾指挥中心、刑侦、经侦、治安、禁毒等多警种，形成统一接处警、一体化信息采集，便于与其他系统的数据交换和上报，未来的数据扩展和数据的统一处理。

接处警数据库的功能是，一方面存放接处警数据，另一方面为案事件信息系统提供最原始的数据。

2. 接警模块

接警模块是对报案人提供的信息进行处理，其中包括采集报案人所能提供的现场信息。

该模块由来电显示、接警本身模块、处警转移、关联比对模块、通信模块、预案触发模块组成。接警模块本身主要登记案事件信息和各种涉案人、物的信息。同时依托通信工具将信息适时、准确地传递给PGIS信息处理，以便及时定位案发地及所在地区警力布置，为快速反应提供直观的信息。

3. 处警模块

处警模块对接到的案件信息进行处理，同时对处警结果进行登记、处理。

处警模块中预设由处警转移、调度、案情要素登记、预案登记、恶意电话锁定以及同案事件的接口等组成。其中案情要素登记包括犯罪嫌疑人、受害人、机动车、涉案物品、案件基本情况等信息的登记。

4. 关联比对模块

所谓关联比对就是针对案事件中所提供的人、物，通过接处警信息处理对综合数据库进行查询、比较及二次查询、定位。

关联比对模块由综合数据库中涉案的人、物及其附属表组成，如CCIC信息、枪支信息、涉案物品信息、机动车信息、驾驶员信息等等。关联比对模块通过通信模块实现与PGIS通信和信息定位。

5. 通信模块

通信模块负责处理接处警信息处理和PGIS信息处理之间、指挥中心同各科所队之间以及科所队与科所队之间的通信。

6. 移动查询

移动查询由移动查询数据库、移动查询网络、移动查询终端设备、移动查询中间件组成。

（1）移动查询数据库。移动查询数据库采用与综合系统数据库同构的Oracle 8i数据库系统是综合信息系统数据库的子集，主要包含治安人口数据，交管的驾驶员、车辆数据等。对系统密级要求比较高的数据不存放到移动查询数据库中，避免由于采用公网而造成数据泄密。移动查询数据库通过离线数据复制功能完成与综合数据库的信息同步。

（2）移动查询网络。移动网络部分采用中国移动或中国电信的公用网络。移动查询信息处理的网络不与公安专网直接连接，数据同步使用其他方式进行。

（3）移动查询终端设备。移动终端可以采用笔记本电脑和掌上电脑（PDA）两种设备。移动终端可以采用内置通信模块的笔记本电脑，也可以采用内置通信模块掌上电脑，用以实现实时的信息查询、信息处理及网络通信，有效地提高民警的工作效率。

（4）移动查询中间件。选用Websphere作为查询中间件，构造移动查询的软件系统。一个Web应用包含业务逻辑层、用户界面层和交互控制器层，它们的作用如下：

- 业务逻辑层：记录并处理用户输入的部分。
- 用户界面层：构造HTML页面的部分。构造出来的页面将被送回给用户，它决定了交互结果的显示形式和风格。
- 数据层：存储物理数据，因为不同层通常需要不同的开发技术和工具。

7.3 内部关系

快速反应体系中包含接处警信息处理和移动查询信息处理两个信息处理部分。移动查询信息处理通过离线的方式向综合数据库抽取部分数据，保证了数据的安全性，它是综合数据库的一个子集。

（1）接处警信息处理和移动查询信息处理通过信息发布相关联。接处警信息处理的信息发布既有主动信息发布又有被动信息发布，如语音调度通知各单位是主动信息发布，而指挥中心反查处警人员的处理结果则为被动信息发布。移动查询信息处理是单纯的被动信息发布，如在处警过程当中可以通过无线查询中心数据。

（2）接处警信息处理和移动查询信息处理通过快速布控相关联。接处警和移动查询都是快速布控的手段之一，接处警完成了部分公安网内的快速布控，而移动查询完成了部分公安网外的快速布控。

7.4　体系构成

快速反应体系由两个信息处理部分构成，其中最重要的就是接处警信息处理。

1. 接处警信息处理

主要处理接处警的业务部分，负责收集案件的最初信息，是案事件信息处理的数据来源，以立案为界限同案事件分割。以地理信息显示为界限同PGIS信息处理分割。在PGIS中所扮演的角色是数据传递。在整个警务综合信息应用平台中起着信息采集、信息发布、信息传递的重要作用。同时还具有在第一时间内获取现场信息及现场信息所能对应的历史数据。为信息高效传递和快速布控提供了有力的保障。

2. 移动查询信息处理

移动查询主要处理出警人员在路面过程中对中心数据的使用。

7.5　与其他系统的关系

PGIS信息处理以图形的方式直观地显示其他各信息处理部分或系统所传递的信息。在接处警中需要将来电和案发地的具体位置、周围警力分布、需要显示的关联比对结果等定位于PGIS信息处理中，通过PGIS可以更加直观地进行快速调度和快速布控。

如果没有接处警数据的支持，就会使案件的侦破缺乏信息来源和数据支持，从而产生一段不连续的空白，同时接处警数据也将不再完整。通过数据库接口从接处警数据库中取得数据并更新接处警数据，就保证了接处警数据的完整性和案事件数据的连续性。

综合数据库涵盖了本地区所有的共享数据项，集合了各业务系统中大量的历史数据和CCIC数据，是所有查询系统的核心。通过向该数据库的查询，为案件侦破工作带来了极为便利的条件，大大地缩短了案件侦破的时间。接处警信息处理通过向综合数据库关联、比对查询，可以在指挥中心接警的同时就能够对案发现场的信息进行查询、比对，做到了心中有数，保证了快速反应机制的高效率运转。

监控信息处理、GPS/PGIS以及大屏幕系统都是指挥中心的应用系统，指挥中心系统利用相应的接口软件使这些各自独立的系统组成一个有机的整体，使指挥中心在对消防、刑侦、交管等事件的处理时可以得到及时、大量的信息支持。GPS/PGIS信息处理可以迅速对案发地点进行标注定位并显示附近的警力分布情况；监控信息处理使指挥员及时了解现场情况，再通过综合查询信息处理对人员、车管等信息的查询得到需要的其他信息。所有系统反馈的情况通过综合应用系统的组织可以全部显示在指挥中心的大屏幕显示器上，指挥中心的调度人员可以及时根据所获得的信息对现场进行调度和指挥。

7.6 接处警流程

7.6.1 一般案件处理流程

指挥中心接警后系统自动显示报案人的信息，同时将报案人信息及周围警力分布进行定位。接警人员将报案人提供的信息登记到接处警信息处理中，与此同时可根据需求进行关联、比对查询，该查询在后台运行。同时接警人员根据案情确定该案件是否转移到相应的科所队。如果转移，接收单位将同时收到该接警信息，并给予相应的提示。但是指挥中心必须电话通知该处警单位，以明确责任。如果进行了关联查询，可根据关联查询的结果，由指挥中心决定是否将结果定位于PGIS信息处理，同时将关联查询结果和PGIS定位结果及时通知处警人员，相应的处警单位也可以通过接处警信息处理进行关联查询。处警人员处警后一方面将结果登记到接处警信息处理中，另一方面通过电话通知报警人和指挥中心处警结果。指挥中心可以通过接处警信息处理查询处警人员登记的详细处警结果。如果处警单位认为该案件需要移交给其他警务单位，需要通过系统中的处警转移功能转移给其他单位，其他单位再次处警后进行该次的处警登记。

一般案事件的处理流程如图7-3所示。

7.6.2 重特大案件处理流程

重特大案件与一般案件的整体流程基本相同。不同点体现在信息发布方式上，重特大案件不仅可以通过网络、计算机系统、电话、GPS、移动指挥车通知各相关处警单位和处警点，还可以通过广播、电视、大屏幕发布，调动社会力量参与围追堵截，通过出租车中心电台（如果有）、GPS调度出租车参与围追堵截。

重特大案件处理流程如图7-4所示。

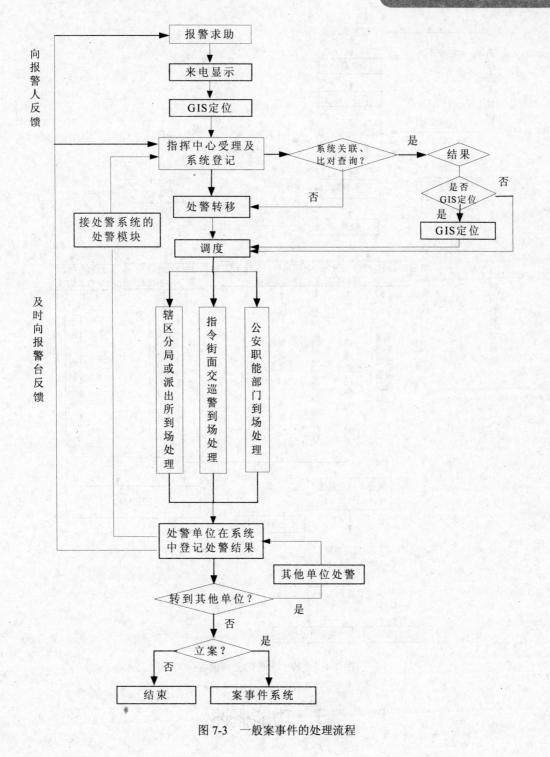

图 7-3　一般案事件的处理流程

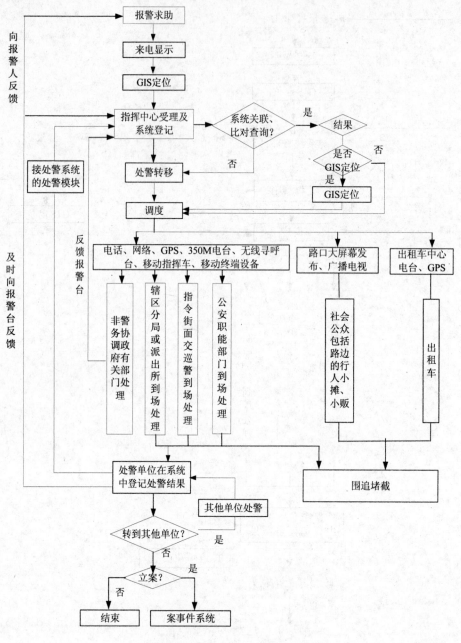

图 7-4　重特大案件的处理流程

7.7 功能概述

接处警信息处理主要体现接处警的快速反应能力，包括对报案人及报案人所提供的现场的快速处理，以及指挥中心的快速调度和全方位、大面积的快速布控。以最快的速度将信息发布到各处警单位和处警点，同时又以最快的效率反馈处警过程和结果，各信息存有完整的记录

144

便于为将来的案件侦破提供服务。快速反应功能结构如图7-5所示。

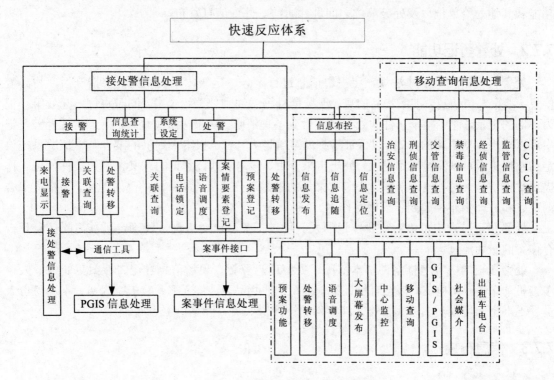

图 7-5　快速反应功能结构

7.7.1　接警功能

自动显示报警人的电话、姓名、地址。110、人工、技防等接警人员通过询问、查询查证了解案情、涉案情况，并将接报警信息、涉案人员信息、涉案物品信息等登记到系统中，登记过程中，可以根据需要对报警人提供的现场信息进行关联查询，从而实现实时、快捷、方便的服务。接警模块的主要功能如下。

（1）显示报案人的信息。通过排队机的来电显示功能，查询电信数据库，返回报案人的信息。

（2）登记报案人提供的报警信息。主要登记报案人提供的案情信息、报警人信息及报案人有可能提到的信息，并由系统自动为接报警记录分配接警编号。提交时，可根据情况选择是否显示预警信息，诸如犯罪嫌疑人、受害人、涉案机动车、涉案枪支、涉案有价证券、涉案一般物品等报警人提供的涉案信息。对预案登记查找符合条件的进行预案触发，根据预案方案进行处警，缩短了案件的布控时间，为快速布控提供了前提条件。同时还可以根据具体情况决定要显示的卡片及卡片内容。

（3）关联、比对查询现场信息。嵌入关联、比对查询模块，由客户决定是否进行关联、比对查询，该模块在后台处理，运行结果在客户端显示，其主要功能是对报案人提供的现场信息进行关联、比对查询。该模块的触发为指挥中心在第一时间内处理报案人所提供的现场信息，为快速布控提供了信息来源。

（4）嵌入通信功能。该通信是与PGIS信息处理通信，用于PGIS标注。并且可利用此通信功能和其他处警单位以及处警单位之间进行通信，处理信息发布。

7.7.2 处警登记功能

处警人根据相关法律法规，将报警信息进行区分、定级，采取相应处警措施后，将处警信息、涉案人员信息、涉案物品信息、现场信息等添加到处警记录中。同时将每一起处警登记为不同的记录，便于整个案件的处理过程做到条理清晰。对于接警时登记的人、物在处警登记中可以采用数据更新的方式，以保证数据的准确性。但对于报案人提供的案件基本情况系统设定为不能更改，以保留原始记录，便于将来查询、核对。处警登记的意义在于为案件侦破工作提供数据信息，同时也为指挥中心节省大量的录入工作，便于统计案件高发地区，为指挥中心的决策和进一步布控起到了积极的作用。

处警登记过程中可以对需要登记的人、物进行关联比对查询，以确定所登记的信息是否有作案的嫌疑痕迹。

处警登记的内容包括案件基本情况、处警信息登记、现场信息登记、涉案犯罪嫌疑人、涉案机动车、涉案枪支、涉案有价证券、涉案一般物品、涉案无名尸、失踪人员、不明身份人员、不准出入境人员、涉案雷管、涉案毒品、涉毒人员、涉案单位等等。

7.7.3 信息布控

1. 信息发布的载体

信息发布建设是指在快速反应体系的网络建设中，所需要、且能够作为信息传递的网络和设备及其手段。简单地说，也就是信息的载体建设。

信息发布是保证信息畅通、及时和全方位大面积发送的前提条件，而没有信息发布的载体就不可能有信息的传递，因而信息发布在整个信息流过程中处于最末端。

信息发布的载体主要由以下几个方面构成。

（1）计算机体系结构与网络。建设并连接各基层派出所网络和计算机系统，并建设一个网络信息发布板块，指挥中心也可以利用内网信息发布板块发布各种相关信息。通过计算机体系结构与网络能够快速将信息传送到各个处警单位和处警点（如警务站）。其优势在于信息能够准确、大批量地传递，是属于公安内部协同作战必不可少的重要手段之一。

（2）电话。通过电话可以调度某一个处警单位的工作。其优势在于信息直接，任务的责任交接明确。其缺点在于不能大批量发送信息，使快速布控延缓了战机。

（3）公安寻呼台。要保证公安寻呼台所发布的信息能够覆盖全市的每一个角落，确保一旦发生警情，全市公安民警在城市的任何地方都能够收到来自公安寻呼台的各种指令。其优点是覆盖面广。缺点是发送信息量小，信息表述不清。

（4）350M电台。保证350M电台的电波覆盖城市的每一寸土地，指挥中心就可以利用单呼、组呼、群呼等方式向相关公安民警的手持台、车载台发送各种指令。其缺点是只能在公安干警内部发送信息，不能动员社会力量。

（5）大屏幕显示板。通过在各主要路口安装大屏幕显示板，将重特大案件需要社会力量参与的信息发布到各板块上，动员社会力量参加。优点是信息发布面广。

（6）公共媒介。对于重特大案件可以通过广播、电视、报纸等向社会公布，发动社会力量参与。优点是信息发布面广。

（7）出租车电台。如果有出租车电台，可以通过出租车电台调度出租车，参与堵截。

（8）GPS/PGIS。利用警车安装的移动查询信息处理进行信息查询，在警车出警、处警过程中对案发现场的信息进行查询、指挥。此种方式属于信息的被动发布。同时，利用出租车中的GPS定位系统调度出租车跟踪、堵截。其优点是能够在现场获取信息。

（9）公安民警利用警车上安装的GPS/PGIS定位查询系统查询信息，进行被动的信息发布。其优点是能够根据具体情况指挥调动。

各种信息载体各有其优、缺点，信息安全性和保密性也不一样，可以根据发布信息本身的保密性和安全程度选择不同的信息载体。充分而合理地利用各种载体，能够快速有效地全方位、大面积布控。

2. 信息追随

指挥中心接收从现场采集到的信息，然后根据警情向处警单位和公安民警发送的所有相关处警信息和指令流，以及公安民警通过查询所获得的信息称为该现场信息的信息追随。

信息追随的内容主要包括出警信息发布，处警信息发布，案情信息发布，人员信息发布，案事件信息发布，物品信息发布，机构信息发布，交管信息发布，CCIC信息发布，关联信息发布，人员、物品、事件的位置信息发布。部分信息采用定制发送和系统发送相结合的方式，增加了系统的灵活性和发布信息的多样性。具体说明如下。

（1）出警信息发布。指挥中心发出的出警信息指令，包括出警的时间、地点等。

（2）处警信息发布。处警的单位、人员组成及案发地等信息。

（3）案情信息发布内容。

- 报警信息内容：包括时间、地点、警情内容。
- 在逃人员信息。
- 犯罪嫌疑人信息。
- CCIC信息。
- 物品信息。
- 被盗抢车辆信息。
- 其他各种案情信息。

（4）人员信息发布内容。

- 基本人口信息：包括常住人口、暂住人口信息。
- 流动人口信息：境内外旅客的住宿登记信息。
- 特殊人员信息：包括驾驶员信息、在逃在押人员信息、违法犯罪人员信息等。
- 证件信息：各种人员类型证件的查询、辨别信息。

（5）案（事）件信息内容。

- 案件基本信息：主要是针对案件编号、类型、地区属性、时间属性进行的案件数据查询信息。

- 涉案物品信息：通过涉案的物品查询案件信息，包括被盗、作案工具等。
- 涉案人员信息：通过涉案人员查询涉及的案件信息，包括受害人、犯罪嫌疑人等。
- 案情信息：通过案件特点、案件描述查询案件信息。
- 案件过程信息：通过案件的立案、破案、结案等过程查询案件信息。

（6）交管信息的主要内容。

- 机动车信息。
- 交通违章信息。
- 交通事故信息。
- 驾驶员信息。

（7）机构信息的主要内容。

- 特业信息。
- 犯罪团伙（黑社会）数据信息。
- 涉案单位信息。

（8）关联、比对信息发布。通过与综合数据库查询比对的结果信息。

（9）人员、物品、事件的位置信息发布。

- 失踪人员。
- 有价证券。
- 各种证件。
- 其他相关信息。

移动查询主要是进行常规查询，即查询巡警日常工作中相关的内容。在移动查询信息追随中，不但要实现基本的信息查询，而且应该支持模糊查询，在查询到具体某条记录的详细信息时，同时显示所选择警种内的关联查询内容，这就是移动查询信息追随的含义。具体说明如下。

（1）治安查询。

- 常住人口一般查询：查询常住人口的一般信息及相关的户籍信息。
- 暂住人口一般查询：查询暂住人口的一般信息及相关的工作信息。
- 流动人口一般查询：查询国内旅客住宿登记的信息。
- "特业"一般查询：查询各类特业记录信息。如娱乐业、汽修业、旅游业、典当业、印章业，包括其从业人员信息。
- 枪证查询：查询枪支的证件信息。
- 持枪证查询：查询持枪人的持枪证信息。
- 公用枪支运输证查询：公务用枪的运输证查询。
- 爆炸物品"两证"查询：爆炸物品运输证、购买证信息查询。

（2）刑侦查询。此查询以查询相关案件信息为主，同时查询关联的涉案人员、物品信息。对案件基本信息的案件编号要检查其"串并案号"，列出关联的案件。

- 人员姓名/绰号查询：根据人员的姓名及绰号，查询相关人员的信息。
- 作案特征查询：根据作案特征查询案件的信息。
- 作案运输工具查询：根据作案工具查询案件的信息。

（3）交管查询。

- 机动车查询：查询机动车的基本信息。
- 驾驶员查询：查询驾驶员的基本信息。
- 交通违章信息查询：查询驾驶员违章信息。
- 交通事故查询：查询交通事故信息。

（4）禁毒查询。

- 涉毒人员查询：查询涉毒案件中的嫌疑人信息。
- 毒品种类查询：根据毒品类型查询涉毒案件信息。

（5）经侦查询。

- 涉案金额查询：按照涉案金额查询案件信息。
- 涉案人员姓名查询：按照涉案人员姓名查询案件信息。
- 案件特征查询：按照案件特征查询案件信息。

（6）监管查询。主要是在押人员信息查询，查询所有羁押人员（看守所、拘留所、收容所、戒毒所）的部分信息。

（7）CCIC查询。

- 失踪人员姓名查询。
- 在逃人员姓名查询。
- 被盗机动车查询。
- 无名尸体查询。

信息发布的方式有以下两种。

（1）主动信息发布。信息从一方到另一方，由发送方主动发出，接收方可以直接收到。主动信息发布可以利用350M电台、公安寻呼系统、公安专用网络、电话、信息板和大众媒介等。主动信息又包括了二次查询和调度信息发布，如关联查询结果的通知，及随后而产生的调度。

（2）被动信息发布。指接收方需要通过一定的手段去获取相应的信息，发送方的信息处于一种停留的位置。被动发布可以利用移动查询信息处理和车载GPS/PGIS信息处理。

3. 信息追随的实现方式

信息追随的实现依赖于一系列的软硬件支持系统。软件支持系统包括综合查询信息处理、移动查询信息处理、PGIS/GPS信息处理、出租车定位信息处理、移动指挥信息处理、信息发布处理等；硬件支持系统包括350M电台系统、公安寻呼系统、公安电话系统、信息板发布系统、公安内部网络系统、监控系统。主要的实现环节基本上是在指挥中心、移动指挥车中，因而需要在这两个地方实现强大的信息发布和采集功能。指挥中心的具体实现方式如下。

（1）预案触发。在数据库中保存预案内容，设定该预案触发的接报警条件，当接到符合条件的报警后，自动为接警用户显示该预案内容，提示用户采取合适的措施进行处警。将预案调度的内容以及预案触发的条件预先登记到系统中，以便接报警时进行特征对比，符合条件则提示警员使用预案调度，为快速反应提供了信息来源，奠定了快速反应的基石。

（2）处警转移。根据需要，将需要进行二级处警的报警信息报告给合适的警务单位，包括两种形式的处警转移，一是向上级或其他部门处警单位转移，转移之后，不得再对本次报警做任何操作；二是向下级转移，转移之后，可以随时跟踪、查询该报警案件的进展情况。对于每一次的处警转移，都有不同的处警转移记录，便于案件的流向清晰和将来的责任认定。同时，接收单位能够及时、准确地看到由其他单位或指挥中心转入的信息。指挥中心可根据情况选择批量转移或单个转移的方式，以最快的速度将信息发布到各处警单位和处警点，转移时采用实时传送的方式，为快速布控提供了强有力的保证。

（3）语音调度。系统预设各单位的名称、电话号码、IP地址及负责人姓名。遇有警情，接警人员根据来电显示的辖区和PGIS定位，在系统中直接点击相关的单位，进行语音调度，保证了信息能够方便、快速、准确地传递到各相关的处警单位和处警点，为快速布控节省了时间。

（4）大屏幕信息发布。对于重特大案件，在需要社会力量参与的情况下，为了能快速准确地动员社会力量，如出租车，路边的小摊、小贩及行人等，可以通过在各主要路口安装大屏幕，发布案情信息，动员社会力量参与围追堵截。这种信息追随的方式一般以定制方式为好。

（5）监控信息。电视监控系统由大屏幕显示系统、电视墙、视频矩阵切换器、视频分配器、多屏控制器、RGB转换器、图像控制机等设备组成。监控前端产生的视频信息通过视频矩阵切换器、视频分配器可分配到各个显示设备（与地理位置无关，如可直接分配到110指挥中心）；大屏幕显示系统、电视墙用于显示信息；多屏控制器、RGB转换器、图像控制机用于显示控制，即可显示监控模拟视频；视频压缩卡可以把视频信号转化为数字信号，在公安内网通过TCP/IP实现共享，数据备份保存。

（6）GPS/PGIS信息处理。移动警车通过车载GPS单元接收来自GPS卫星的定位信息，获得位置的经纬度坐标，通过公安350M专用电台传送定位信息至110指挥中心的GPS控制单元，从而在电子地图平台实现定位。110报警电话在接警台显示来电号码，通过查询电信电话号码数据库返回报警电话的地址、名称，利用这个地址和标准地址数据库进行地址匹配，获得报警地址的经纬度坐标信息，从而可以实现在电子地图的定位。

（7）社会媒介。许多信息需要通过社会媒介公布以发动社会力量的参与。可以利用的社会媒介有广播、电视、报刊、杂志等，其中尤以广播、电视最为重要。广播、电视覆盖面广，可以跨城区发布。指挥中心利用此手段可以大大提高社会布控的效率。这种信息追随方式可以通过在接处警信息处理中预置电话的方式，向广播、电视台直接拨号、呼叫，节约处警时间。

（8）出租车电台。出租车电台是一个能够覆盖所有出租车的中心，是将所有出租车联系起来的一个枢纽。可以利用出租车电台调动全市的出租车参与设卡堵截，共同参与对犯罪分子的围捕。这种方式可以通过在接处警信息处理中预置电话的方式，向出租车电台直接拨号、呼叫。

4. 信息定位

信息是一个抽象的概念，具体到系统中是一个文本内容，其本身不涉及地理位置的问题，因而是一种不能直观感觉的相对较为模糊的东西。但是信息往往又是和某一个场所或者地理位置相关，在电子地图上可以显示发生在某个特定地点的许多信息内容，这种信息内容和具体电子地图地理位置的匹配就是信息的定位。比如治安管理的公共场所位置、危险物品的存储和使用单位、移动警车的位置等，这些地理位置使信息的内容更具体化，更加形象和直观。信息定位包括静态信息定位、查询信息定位和动态信息定位三个方面。

（1）静态信息定位。指信息的地理位置相对静止，或大部分信息的地理位置是静止的。各个部门可以把自己想了解的相关信息的位置，通过信息传输渠道汇集到指挥中心，利用指挥中心的PGIS信息处理实现相关信息的地理定位，比如案发地点，报警地点，某种危险物、剧毒品的存放、使用单位地理位置，各种人群相对汇集居住地分布，案事件多发区域分布，各相关单位地理分布、道路分布，重点单位、重点建筑物分布等；以及城市所有公安、消防、交管固定警力的布控位置，所有相对固定的卡点和包围圈的位置。

（2）查询信息定位。从综合查询信息处理、接处警信息处理、案事件信息处理等可以查询一系列人员、物品、事件的相关地址描述，例如人口的住址、物品的存放地点、事件的发生地点。这些地址本身是文本，只是一种逻辑描述。通过和标准地址的匹配和比对，可以把逻辑地址转换为具有坐标信息的地址直观显示。从而在电子地图上实现查询信息的定位。

（3）动态信息定位。信息的地理位置是可以不断发生变化的，比如实时监控的信息、警车的GPS定位和出租车的定位信息。利用监控系统的监控功能，指挥中心可以实时了解和观察被监控地点的一切变化，对信息的地理位置进行锁定，保证了指挥中心对信息的主动掌握和控制。利用GPS系统可以掌握全市区移动警力的移动布控定位信息和移动路线。指挥中心和移动警力的及时沟通可以使指挥中心及时了解追击犯罪分子的路线和范围，同时也就定位了犯罪嫌疑人逃跑的路线，便于指挥中心调集最近的移动警力及时包抄和堵截。出租车是城市社会布控系统中一个很重要的部分，由于其行业的特殊性，它接触的是各种各样的人，其中可能就有犯罪嫌疑人。因此，出租车在报警、围追堵截过程中发挥着重要的作用。出租车的位置信息也是十分重要的，一方面可以在地图上显示出租车报警的地理位置，可以调度移动警力赶赴报警出租车的位置，保护其安全；另外一方面，在出租车自行采取对犯罪分子围追堵截的时候，指挥中心可以监控其追击路径，准确掌握犯罪嫌疑人逃逸的路线。

7.7.4　关联、比对查询

在接警、处警过程中，可以对报案人提供的人、物、报案人本身以及处警人员在现场得到的信息进行关联查询。对于所要关联查询的人、物可以采用选定的机制，以便节省查询时间和后台服务器的工作量。所有的查询都是在后台运行，不影响接警人员的当前工作。通过关联查询，在发现案发现场有可疑迹象时，能够及时通知处警人员进行相应处理，使案发现场的违法犯罪人员不能及时逃脱。

比对是对报案人提供的人、物同由公安部下发的相关信息和部分客户预留的信息进行诸如名称、号码、特征方面的比对，将比对的结果返回给客户，由人工进一步判断。

7.7.5　信息统计

信息统计功能分为：

- 接处警信息查询：查询现有的接处警信息。
- 接处警统计：统计某个班次某段日期内的接处警数量。
- 报警情况统计月报表：按案事件类别及报警方式根据填报单位统计每月的接处警情况及出警情况。
- 指挥中心接处警情况报表：根据案件性质，统计某段时间内的接报警情况。
- 值班日报生成：根据系统接警、处警登记情况，自动生成值班日报。
- 立案统计：对于所接到的警情，统计已立案和未立案的数量。

7.8 数据模型分析

7.8.1 接处警信息关系模型

接处警信息关系由接警的性质决定，如图7-6所示是案事件接处警的信息关系模型，可以根据该模型构建其他接处警类型的信息关系模型。

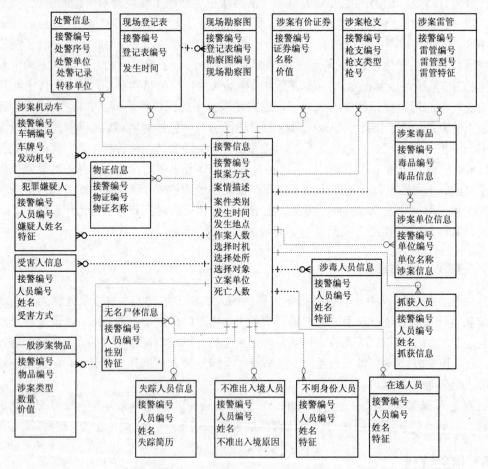

图 7-6 接处警信息处理数据关系模型

7.8.2　接处警信息描述

接处警信息的描述主要包括以下方面。

（1）接警信息。接警信息包含两大部分，一部分主要用于登记报案人的信息，处理报案人提供的接警信息。如：接警编号、接警时间、报案人姓名、线索来源、报案人性别、报案人年龄、报案人工作单位、报案人居住地详址、报案人联系方式、受理单位、受理时间、报案人居住地、受理单位、受理人姓名、受伤人数、死亡人数、拐卖人数、其他人数、损失价值、报警人描述情况、值班员编号、录音号等等。另一部分描述案件的基本情况。如：案件名称、案件分类、案件性质、危害程度、发案日期、发案地点、发案地域、立案时间、立案单位、作案人数、受伤人数、死亡人数、拐卖人数、其他人数、勘察技术人员、案情描述、案件编号等等。由于每一起案件均有其特点，故根据案件的特点可对案件的基本情况作更详细的描述。如：作案手段、作案工具、作案特点、选择时机、选择处所、选择对象等等。

（2）处警信息。主要描述每一次处警及处警转移的信息。如：接警编号、处警序号、处警单位名称、处警级别、处警转移单位、处警转移时间、处警处理时间、救助伤员人数、救助群众人数、留置审查人数、出机动车次数、出动船只次数、出动警力人数、抓获作案总人数、逃犯人数、破获刑事案件记录、处警记录等等。

（3）现场信息。主要处理现场所获取的信息及出现场人员的信息。具体如：接警编号、现场序号、档案号、出现场时间、出现场人员、现场保护情况、报案人介绍情况、罪犯进出口部位及作案手段、现场遗留痕迹部位类别及分析情况、案情分析、笔录负责人、现场图负责人、现场材料负责人、指掌纹负责人、鞋印负责人、其他负责人等等。对于现场信息，根据案件的不同特点，一起案件有可能出现多个现场，同时在每一个现场有可能有多个损失物品，故而可对其细划为：现场图、现场损失物品、现场痕迹物证及说明等。

（4）犯罪嫌疑人。主要是在接、处警中针对犯罪嫌疑人信息作登记。登记的基本信息有：接警编号、嫌疑人序号、姓名、别名绰号、性别、年龄、身高、血型、国籍、民族、身份证号、其他证件、个人简历、职业、居住地、户籍地、指纹编号、体型、肤色、衣着特征、手机号、确立嫌疑人时间、是否有案件记录等等。但由于每一个犯罪嫌疑人均有其自己的特征，而且特征数目不确定，因此可对犯罪嫌疑人的某些特征做更为细致的描述。如：犯罪嫌疑人的口音特征、脸型特征、牙齿特征、体表特征、特殊特征、其他特征、身份、专长、相片、指纹、违法犯罪经历、银行信息、汇款信息、邮件信息、电报信息等等。

（5）受害人和受害单位信息。主要是登记受害人的详细信息。登记受害人的信息对案件侦破也有着积极的意义，根据受害人的损伤部位和特征可以判断凶手所使用的工具。登记的项目主要有：接警编号、受害人序号、姓名、性别、出生年月日、年龄、职业、国籍、民族、受害形式、伤害程度、居住地、工作单位、受害单位、受害单位类型、联系方式、法定代表人、单位地址。某些受害人或受害单位有多重特殊身份，还可以对其细分。

（6）无名尸体信息。主要是登记无名尸体信息。对于无名尸体登记的主要信息有：接警编号、无名尸序号、性别、年龄、死亡时间、尸高、血型、体型、衣着特征、牙齿特征、肤色、足长、发长、发型、携带物品、尸体完整程度、尸体腐败程度、尸体发现地点、发现时间等等。对于某些无名尸体的特征可进一步细化，如：体表标记、特殊特征、身份、相片、指纹等等。

（7）失踪人员信息。登记在接处警过程中所涉及到的失踪人员信息。其基本的登记信息有：接警编号、失踪人序号、姓名、别名绰号、性别、年龄、身高、血型、国籍、民族、身份证号、职业、居住地、户籍地、指纹编号、体型、肤色、衣着特征、手机号、失踪地点、失踪简历、失踪时间、撤销原因、移交原因等等。对于失踪人员的某些特征可以进行单独详细描述，如：口音特征、脸型特征、牙齿特征、体表特征、特殊特征、其他特征、身份、专长、相片、指纹、违法犯罪经历等等。

（8）不明身份人员。登记在接处警过程中所涉及到的不明身份人员信息。其基本信息有：接警编号、不明身份人序号、姓名、别名绰号、性别、年龄、身高、血型、国籍、民族、身份证号、职业、居住地、户籍地、指纹编号、体型、肤色、衣着特征、手机号、不明身份人简介、撤销原因、移交原因等等。对于不明身份人员的某些特征可以进行单独详细描述，如：口音特征、脸型特征、牙齿特征、体表特征、特殊特征、其他特征、身份、专长、相片、指纹、违法犯罪经历等等。

（9）涉毒人员信息。登记在接处警过程中所涉及到的涉毒人员信息。其基本的登记信息有：接警编号、涉毒人员序号、姓名、别名绰号、化名、性别、民族、出生日期、年龄、个人成分、文化程度、身高、足鞋码、体重、政治面貌、本人联系方式、联系人姓名、联系人联系方式、籍贯、特定籍属、国籍、婚姻状况、职业、身份证号码、其他证件、户籍地、现住址、服务处所、藏毒方式、是否贩毒、初次吸毒时间、初次查获时间、既往戒毒次数、吸食毒品种类、注射毒品种类、吸毒原因、毒品来源、吸毒后果、毒资来源、是否复吸、复吸时间、变更项目、变更时间、开始戒毒期限、终止戒毒期限、本人简历、家庭地址、家庭主要成员及社会关系姓名、单位、职业、住所等等。对于涉毒人员的某些特征可以进行单独详细描述，如：尿检情况、戒毒情况、查获情况、同伙、口音特征、脸型特征、牙齿特征、体表特征、特殊特征、其他特征、身份、专长、相片、指纹、违法犯罪经历等等。

（10）涉案单位信息。登记在接处警过程中所涉及到的涉案单位信息。其基本的登记信息有：接警编号、编号、单位名称、外文名称、单位类型、法人代表、单位详址、联系电话、企业代码、营业执照号、发照日期、经营期限、开业日期、终止日期、注册号、注册地、注册资金、分支机构、主管部门、变更登记名称、登记机关、税务登记号等等。其他如：犯罪单位的银行信息、汇款信息、邮件信息、转账信息等等。

（11）毒品管理信息。登记在接处警过程中所涉及到的毒品信息。其基本的登记信息有：接警编号、编号、毒品种类、销售方向、贩卖价格、处理情况、种毒目的、贩运方式、涉案类别。

（12）涉案物品（一般物品）信息。登记在接处警过程中所涉及到的涉案物品（一般物品）信息。其基本的登记信息有：接警编号、涉案物品序号、涉案类型、涉案物品分类和代码、品名、产地、规格、性能、式样、产牌、特征描述、型号、颜色、成色、数量、重量、价值、伪装品名、是否办理生产许可证、是否办理经营许可证、是否办理运输许可证、是否办理使用许可证、处理情况、持有人等等。并对涉案物品的相片作详细描述。

（13）涉案机动车信息。登记在接处警过程中所涉及到的涉案机动车信息。其基本的登记信息有：接警编号、机动车序号、涉案类型、车辆类型、车牌号、发动机号、车架号、车身颜色、厂牌、特征描述、保险情况、车主、车主地址、联系电话等等。并对涉案机动车的相片作详细描述。

（14）涉案有价证券信息。登记在接处警过程中所涉及到的涉案有价证券信息。其基本的登记信息有：接警编号、有价证券序号、涉案类型、品名、式样、面值、号码、数量、价值、发行单位、发行年度、特征描述等等。

（15）涉案雷管信息。登记在接处警过程中所涉及到的涉案雷管信息。其基本的登记信息有：接警编号、雷管序号、涉案类型、雷管发编号、雷管盒编号、雷管箱编号、当事人单位、当事人姓名、特征描述等等。

（16）其他信息。本系统的主要信息如上所述。但这些并不是全部信息，而且提到的大部分是简要信息。还有一些其他信息，如：处警警员信息、班次信息、电话表信息以及定制显示卡片信息等等。

7.8.3　与综合系统的关系

接处警信息与综合系统的关系体现在与综合数据库的关系上，更具体地说体现在关联、比对查询上和移动查询数据库上。

关联、比对查询的所有数据源来自于综合数据库。关联、比对查询是根据每一个数据源（或叫表）的特征来确定的。接处警信息处理中的关联查询涉及到综合数据库的主表和副表。如：被盗抢车辆、失踪人员、无名尸体、在逃人员、案件基本信息、毒品管理、犯罪嫌疑人、受害人、抓获人员、涉案爆炸物品、涉案机动车、涉案枪支、涉案物品、涉案有价证券、通缉令、同伙人员、违法犯罪人员、单位犯罪、现场痕迹、现场物证、现场细小物质、关押人员、机动车登记、驾驶员登记、进口机动车核查、事故人员登记、边防通行证、因公出国护照、因私出国护照、边控人员、出入境登记、电话名址、常住人口、国内旅客登记、境外旅客登记、旅店机构、出租房屋管理、特业人员、刑释解教人员、暂住人口、雷管管理表、涉爆单位、涉爆人员、持枪证管理、枪支管理、枪支配发、枪支携运证、涉枪单位、犯罪人涉案信息、金融社保单位等等。其中比对查询数据源来自公安部下发的数据和部分自定义的数据，而每一种数据源均有其自身的特征。如对在逃人员，可根据其身份证、姓名、其他证件名或号进行查询。而对于涉案爆炸物品如雷管，可根据发、盒、箱编号进行查询。

移动查询数据来自于综合数据库，是综合数据库中一部分保密级别不高的数据，因而其数据项应与综合数据库相同。

7.8.4　与案事件信息处理的关系

接处警信息与案事件信息处理的关系是一种数据的连续性关系。对于需要立案的案件，案事件信息处理从接处警数据库通过数据库链路直接获取数据。如：接警基本信息、案件的基本信息、犯罪嫌疑人信息、失踪人员、无名尸体、在逃人员、涉毒人员、毒品管理、受害人、抓获人员、涉案雷管、涉案机动车、涉案枪支、涉案物品、涉案有价证券等等。同时对接处警中需要在案事件信息处理中处理才能得到的信息进行更新。

7.8.5　与PGIS信息处理的关系

通过通信工具和数据库接口，主要向PGIS信息处理提供如下数据：报案人的信息，如电话、地址；关联、比对查询的结果信息，如常住人口地址的定位等等。关联查询的结果可采用客户选定显示机制。

思考题

（1）110接处警信息处理和基层科所队接警信息处理的区别是什么？

（2）如何在接处警警务活动中实际体现信息追随？信息追随的警务含义是什么？

（3）根据本章介绍的接处警信息关系模型基本思想，构建基于社会求助的接处警信息关系模型。

（4）在接处警信息处理中，如何处理一警多报、一人多警的情况？如何利用信息过滤技术对其进行甄别和处理？

（5）试列举接处警信息处理对PGIS平台的基本信息标注要求。

第8章

法律审核与控制
信息处理分析

摘 要

　　本章详细说明了法律审核与控制的信息处理特征，就法律审核与控制信息处理进行了明确的边界界定和形态说明，就"执法办案系统"和法律审核与控制信息处理之间的区别进行了研究，并通过实际案例说明了法律审核与控制信息处理的业务特征、信息特征和控制特征，就法律审核与控制信息处理同相关业务系统的数据关系进行了讨论，提出了完全不同于传统意义上的法律审核与控制的信息处理技术路线。

　　目前违法犯罪活动与日俱增，案件复杂程度也相对加深。与此同时，办案单位的办案难度逐渐加大，办案质量随之也受到很大影响，对目前办案单位打击违法犯罪活动，提高破案效率，提高破案质量提出了新的挑战和更高要求。而法律审核与控制信息处理作为警务综合信息应用平台的重要组成部分，正是法制工作信息化、规范化的具体体现。可使各办案单位在办案过程中能更加有效、规范，符合刑事案件和行政案件的办案流程。

　　法律审核与控制信息处理从刑事案件与行政案件的实际办案流程出发，涉及办案过程各个环节。为实现地市级以上城市公安机关各警种业务信息的规范化、高度共享和高效综合利用，为提高法制工作的质量，规范办案流程而建立起来的法律审核与控制信息处理，是快速反应体系中不可或缺的部分，也是整个系统工作高效、自如运行的基本要求。

　　法律审核与控制信息处理涉及到许多业务系统，包括接处警信息处理、案事件信息处理、监管信息处理和其他业务系统等，因而贯穿了整个办案流程。

　　法律审核与控制信息处理以快速反应体系为前提，为规范办案流程，提高办案质量而建立。通过法律审核与控制，进行不同类别、不同警种类型的业务处理，保证办案流程的规范化，提高办案质量与办案效率，并能科学地生成完整的电子案卷。

　　法律审核与控制信息处理主要从办案单位实际办案流程出发，针对各类案件（包括刑事案件、治安案件、行政案件等），对办案单位整个办案过程中的相关法律（包括强制措施的实施过程等相关法律手续的申请与审批发布等）进行审核与控制，并由人工干预或系统自动提示完成。

8.1 信息处理特征分析

顾名思义，法律审核与控制的信息处理，就是对依法行使执法行为的信息化审核处理，但在公安机关中，所有的执法行为都已经体现在具体的信息处理系统中了，例如户口迁移就依托于户政信息处理系统，案件移送则在案事件信息处理系统中实现，超年限车辆的强制报废则是机动车信息管理系统的功能。而且上述这些警务行为无一不是按照相关的法律法规进行的，那法律审核与控制的信息处理如何体现呢？请注意，在此的信息处理名称为"法律审核与控制"，这就说明法律审核与控制在实际的信息处理过程中是没有完整的系统形态的，它存在于所有的业务信息处理系统中，但又不可能出现明确的系统功能构成，这就是法律审核与控制信息处理最典型的信息处理特征。法律审核与控制信息处理的机制如下所述。

根据严格的法律定义，首先确定在公安机关所有行政执法行为中的法律审核与控制点，法律审核与控制信息处理系统将已确定的法律审核与控制点设定于信息系统中；然后根据相关的法律规定，将每一个法律审核与控制点对应的法律审核与控制规则定制于法律审核与控制信息系统中的规则知识库；随着各业务警种的执法行为，在每一个法律审核与控制环节，法律审核与控制信息系统自动进行数据抽取，或者由对应的业务信息处理系统报送相关的业务处理数据；法律审核与控制信息系统根据获取的业务处理数据进行以下的法律审核：

- 期间审核：判断业务警种所行使的执法行为是否出现了违法状态。如是否超期羁押等。
- 主体审核：判断行使执法行为的执法主体或被执法主体是否符合法律规定。如所羁押的人大代表是否经过了相关审批，法医鉴定文书的签署人是否具备鉴定资格等。
- 程序审核：判断执法行为的相关程序是否完备。如行使人身强制措施时，是否尚未办理相关的申请人身强制措施呈请表手续等。

凡此种种，无一不是利用信息化手段对警务行为中的执法环节进行跟踪和控制，在本书中，将执行上述法律审核与控制的控制内容和规则统称为"控制要件"。

最后，由法律审核与控制信息处理系统向各业务警种的信息处理系统发出是否批准相关执法行为的信息化提示，并通过嵌入业务信息处理单元的交互处理，控制业务系统信息处理过程中所有信息流的流动。

这就是法律审核与控制信息处理的全部含义和技术实现。据此，可将法律审核与控制信息处理归纳如下。

（1）法律审核与控制信息处理系统本身具备完备的相关业务警种执法行为法律审核与控制点的定制型输入功能，如立案控制点的确定、户口迁移控制点的确定、驾驶证发放控制点的确定等等。

（2）法律审核与控制信息处理系统本身负责承担法律审核与控制规则知识库的建立、查询、维护和变更任务。以下规则就属于该规则知识库的内容：

- 没有接警号就不能进行立案登记处理，以避免"不破不立"的现象出现。
- 没有户口准迁证明，就不能进行相应的落户操作，以防止以权谋私事件的发生。
- 没有拘传呈请文书，就不能开具拘传证，以避免违法办案的情况出现。

●　……

（3）法律审核与控制信息处理系统从业务系统获取相关的执法行为数据，并根据法律审核与控制的环节及规则对其完备性进行审核。

（4）法律审核与控制信息处理系统向业务系统发送法律审核与控制的信息处理结果，并同时在相对应的业务系统及法律审核与控制信息处理中发布相应的控制结果。

（5）所有的法律审核与控制信息处理特征都体现在相应的法律流程当中，所有的法律审核与控制点也都依据相关的法律流程而确定。

由以上归纳可以清晰地看出：法律审核与控制信息处理系统完全不同于通常所说的"执法办案系统"，从严格意义上来说，所谓的"执法办案系统"只能是一个法律文书流转系统，因为在具体的办案过程中，在没有最终结案结论时，是不可能有完备的、符合法律规定的执法办案流程的。例如一起入室盗窃杀人案，根据作案动机、作案方式、伤害部位的不同，就有可能出现三种法律意义上的罪名：盗窃案、故意杀人案、伤害致人死亡案，而这三种罪名在法律上的立案方式、证据采信方式、定罪方式均有不同，当案件还处于侦查过程中时，是无法简单地确定适用何种法律程序进行统一案件办理的，只有当案件已经侦查终结，准备形成移送卷宗时，才有可能根据案件的侦查结果，或者是"重罪吸收轻罪"的原则，进行相应的法律文书整备或法律手续的整合。所以从公安业务实践上来说，法律审核与控制信息处理应该更适合当前公安工作的现状。

8.2　信息处理概述

法律审核与控制结构如图8-1所示。

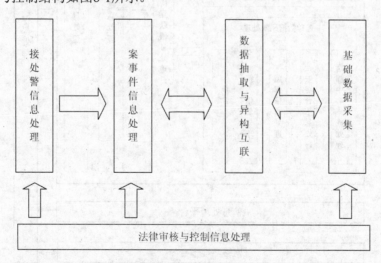

图 8-1　法律审核与控制结构

法律审核与控制信息处理分为刑事案件的法律审核与控制、治安案件的法律审核与控制、行政案件的法律审核与控制、电子案卷管理四部分。

刑事案件的法律审核与控制是针对刑侦、经侦、禁毒、文保等各类刑事案件，各办案单位在办案过程中相应采取的法律审核与法制控制，来提高办案质量，加强办案流程的规范性。

治安案件的法律审核与控制主要是针对一般治安案件，其办案单位在办案过程中相应采取法律审核与法制控制，来提高办案质量。

行政案件的法律审核与控制主要是针对一般行政案件，其办案单位在办案过程中相应采取的法律审核与法制控制。

电子案卷管理是通过法律审核与控制，对相关刑事案件、治安案件、行政案件等各类案件形成一套完整的电子案卷，并加以管理。

图8-2说明了法律审核与控制信息处理在警务综合信息应用平台中的位置。

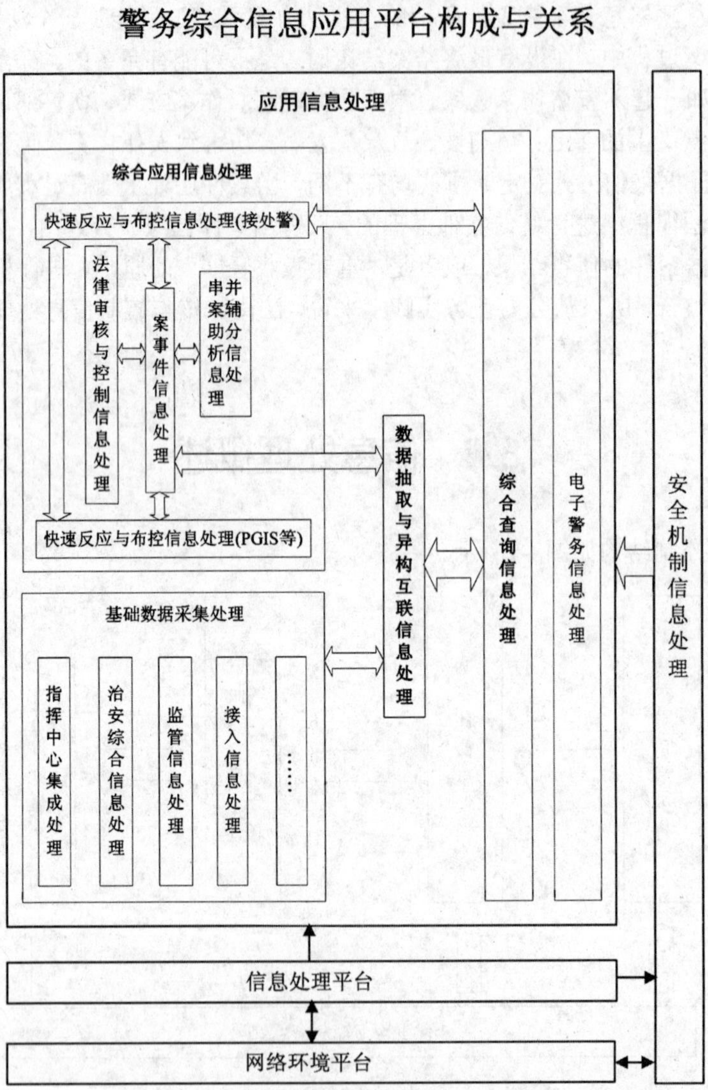

警务综合信息应用平台构成与关系

图 8-2　法律审核与控制信息处理边界

法律审核与控制信息处理负责办案过程中对办案流程的审核与控制，贯穿于各类案件从立案审批到破销结案整个过程，涉及到治安系统、监管信息处理等多个业务系统，为提高办案质量和快速反应服务。

8.3　与其他系统的关系

法律审核与控制涉及到各类案件，包括刑事案件、治安案件、行政案件等，贯穿于从各类案件的接报案、立案、案件侦查、破销结案等每个环节。因而，法律审核与控制信息处理与各业务系统都有密切的联系。具体包括以下三个方面。

（1）与接处警信息处理的关系。法律审核与控制信息处理所需要审核的对各类案件的接处警信息等，基本上都是由接处警信息处理提供，包括案件的来源、报案方式或一般事件等相关信息。

（2）与案事件信息处理的关系。对各类案件，包括所有刑事案件、治安案件、行政案件的法律审核与控制，系统所需要的信息多数来自案事件信息处理。案事件信息处理为法律审核与控制信息处理提供所有相关信息。例如，受理案件信息、不予立案信息、立案信息等。

（3）与监管信息处理的关系。当涉及抓获人员信息，治安拘留人员信息或案件侦查过程中实施的各种强制措施，其执行信息需要监管信息处理提供。这些信息共享是通过异构互联平台（如请求服务平台等）进行数据抽取。

8.4　信息处理流程

法律审核与控制信息处理通过对办案单位在各类案件办案过程中的相关环节进行审核与控制，包括对办案过程中法律文书、法律手续的完整性、规范性的审核与控制，系统对办案过程中的各环节就其流程的发展情况进行开放与锁定控制。而要达到这个目的，就必须对相关案事件的信息处理流程及法律规定流程非常熟悉，通过对相关流程的研究和分析，清晰地确定法律审核与控制的控制点与控制规则，并根据相关法律规定，对所确定的控制点明确相应的控制性质：在指定的控制点上，究竟应该实行期间控制，主体控制，还是程序控制？为此，下面将对比较重要的法律审核与控制流程进行描述，以便读者可据此明确相应的控制点。

8.4.1　刑事案件的法律审核与控制

刑事案件包括刑侦、经侦、禁毒、国保、文保、网络安全等各类案件。刑事案件的法律审核与控制主要负责各类刑事案件的办案流程中各环节的规范化审核与控制，如案件的受理信息，不予立案信息等。

1. 一般刑事案件的法律审核与控制

一般刑事案件的办案流程几乎一样，从接报案、立案申请、案件审批、案件侦查、破销结案，几乎每个环节都有相关的法律审核与控制信息。本节主要讲述受理案件信息审核与控制、不予立案信息审核与控制、立案信息审核与控制、强制措施信息审核与控制、侦查措施相关信息控制、破销结案信息审核与控制等内容。读者可以举一反三，根据同样的原理，在实际的法律审核与控制过程中不断地充实和完善相关的内容。

（1）受理案件信息审核与控制。具体流程如图8-3所示。

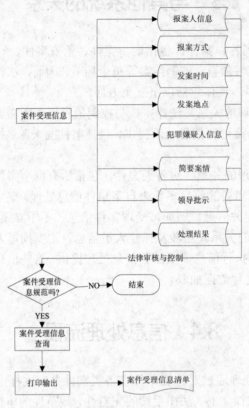

图 8-3　受理案件信息审核与控制流程

（2）不予立案信息审核与控制。具体流程如图8-4所示。

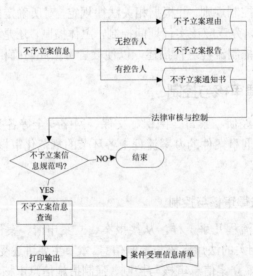

图 8-4　不予立案信息审核与控制流程

（3）立案信息审核与控制。具体流程如图8-5所示。

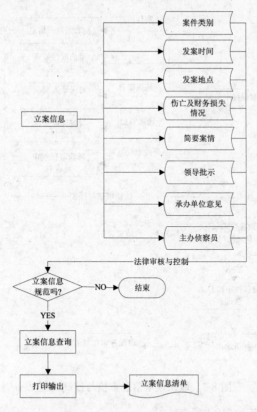

图 8-5　立案信息审核与控制流程

（4）强制措施信息审核与控制。包括以下几方面的内容。

● 拘传。具体流程如图8-6所示。

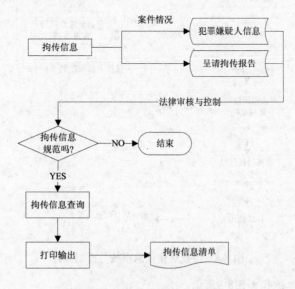

图 8-6　拘传信息审核与控制流程

● 取保候审。具体流程如图8-7所示。

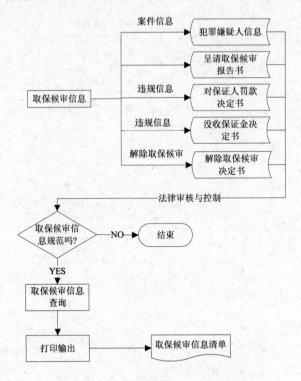

图 8-7　取保候审信息审核与控制流程

● 监视居住。具体流程如图8-8所示。

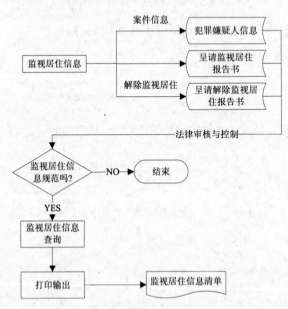

图 8-8　监视居住信息审核与控制流程

● 刑事拘留。具体流程如图8-9所示。

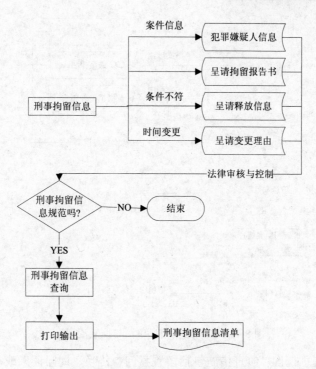

图 8-9 刑事拘留信息审核与控制流程

● 逮捕。具体流程如图8-10所示。

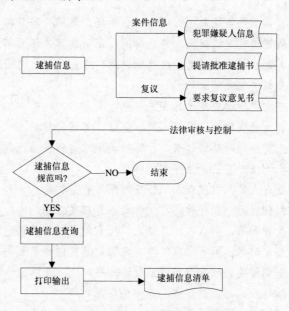

图 8-10 逮捕信息审核与控制流程

（5）破销结案信息审核与控制。具体流程如图8-11所示。

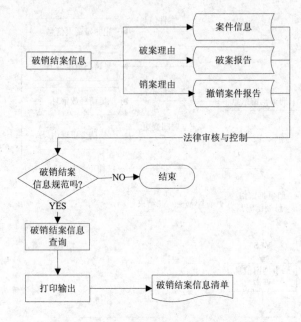

图 8-11　破销结案信息审核与控制流程

（6）侦查措施信息查询。侦查措施包括留置盘问、传唤、询问证人或被害人、勘查现场、检查人身、解剖尸体、侦查实验、搜查、扣押、辨认、鉴定、查询冻结和通缉通报等，可针对以上侦查措施，通过相应的记录信息或笔录信息实行相关控制。具体如下所述。

- 留置盘问信息：查询留置盘问起始时间、终止时间、盘问内容等相关笔录信息。
- 传唤信息：查询留置传唤起始时间、终止时间、讯问内容等相关笔录信息。
- 询问证人或被害人信息：查询留置传唤起始时间、终止时间、询问地点、证人被害人所在单位或住所、侦查机关相关笔录信息。
- 勘查现场信息：查询现场勘查笔录等相关信息。
- 检查人身信息：查询检查时间、检查人员、见证人等相关信息。
- 解剖尸体信息：查询解剖尸体通知书、尸体检验笔录等相关信息。
- 侦查实验信息：查询侦查实验笔录等相关信息。
- 搜查信息：查询搜查人员、被搜查人、搜查时间等相关信息。
- 扣押信息：查询扣押时间、扣押物品、文件清单等相关信息。
- 辨认信息：查询侦查人员、辨认人、见证人、辨认笔录等相关信息。
- 鉴定信息：查询鉴定时间，鉴定地点、鉴定内容、鉴定结论等相关信息。
- 查询冻结信息：查询相关的《查询存款汇款通知书》、《冻结犯罪嫌疑人存款、汇款通知书》、《解除冻结存款、汇款通知书》等相关信息。
- 通缉通报信息：查询相关通缉通报信息。

2. 经侦案件的法律审核与控制

经侦案件的办案流程同上述一般刑事案件一样，只是在立案审批时环节上有差异，在案件数据信息上也有相关的保密控制。其具体流程如图8-12所示。

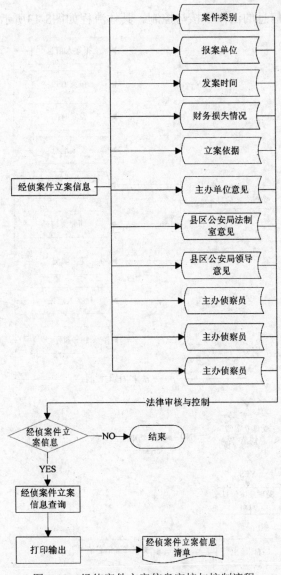

图 8-12　经侦案件立案信息审核与控制流程

3. 其他刑事案件的法律审核与控制

除了刑事案件、经侦案件以外，其他刑事案件在办案流程上同刑事案件、经侦案件基本一样，在法律审核与控制的各个环节上可以参考刑事案件，这里不再重复描述。

8.4.2　治安案件的法律审核与控制

与刑事案件类似，治安案件经历接报案、立案申请、立案审批、调查取证、告知权利、裁决与执行等相关流程，几乎每个环节都有相关的法律审核与控制信息。主要包括受理、立案信息审核与控制，传唤信息审核与控制，裁决信息审核与控制，复议信息审核与控制，执行信息审核与控制，并提供查询与打印功能。

（1）受案、立案信息的法律审核与控制。具体流程如图8-13所示。

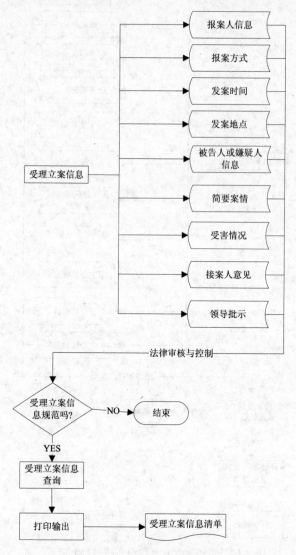

图 8-13　治安案件受理、立案信息审核与控制流程

（2）传唤信息的法律审核与控制。具体流程如图8-14所示。

（3）裁决信息的法律审核与控制。具体流程如图8-15所示。

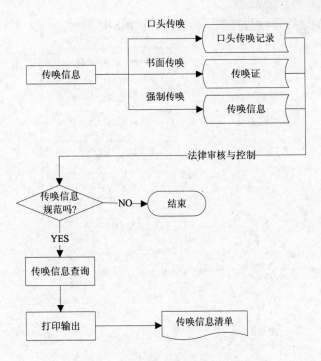

图 8-14　传唤信息审核与控制流程

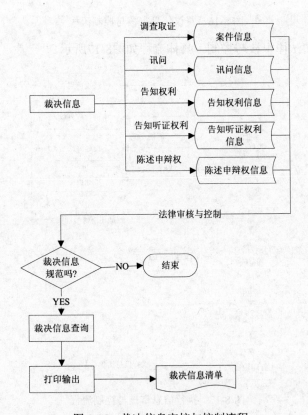

图 8-15　裁决信息审核与控制流程

（4）复议信息的法律审核与控制。具体流程如图8-16所示。

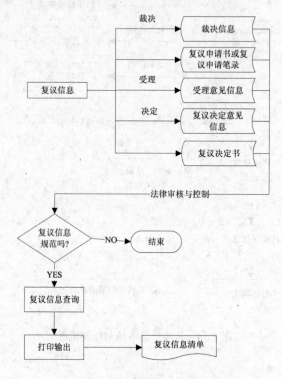

图 8-16　复议信息审核与控制流程

（5）执行信息的法律审核与控制。具体流程如图8-17所示。

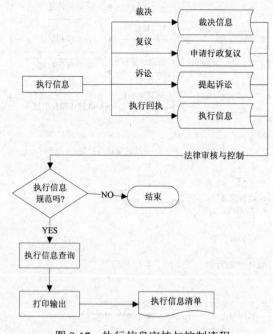

图 8-17　执行信息审核与控制流程

8.4.3 行政案件的法律审核与控制

一般行政案件处理过程与治安案件类似，分为行政处罚、行政强制措施及其他行政管理等。

1. 行政处罚

从办案流程上类似于治安案件，但要比治安案件简单。从法律审核与控制上，流程同治安案件，这里不再作重复描述。

2. 行政强制措施

主要包括行政案件受理、立案信息的审核与控制以及执行信息的审核与控制。

（1）行政案件受理、立案信息的审核与控制。行政案件的受理与立案信息由接报民警填写。通过行政案件受理、立案信息的审核与控制，提高行政案件的办案质量，提供查询与打印。具体流程如图8-18所示。

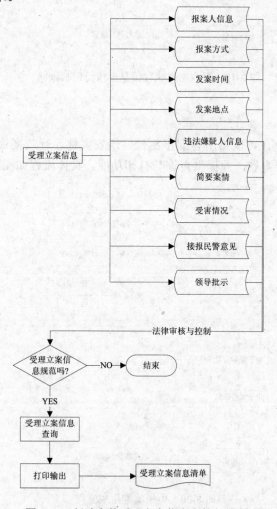

图 8-18　行政案件受理立案信息审核与控制流程

（2）执行信息的审核与控制。和治安案件类似，具体流程如图8-19所示。

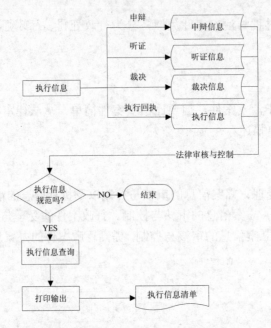

图 8-19　行政案件执行信息审核与控制流程

8.4.4　电子案卷管理

通过法律审核与控制，可以将所有刑事案件、治安案件、行政案件，包括一般事件的所有相关信息自动生成电子案卷，并提供查询与打印功能。具体流程如图8-20所示。

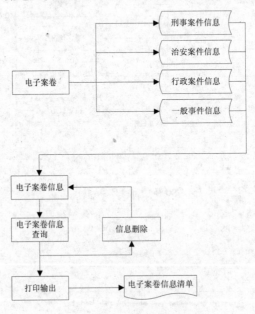

图 8-20　电子案卷生成流程

8.5　功能构成

法律审核与控制的功能构成如图8-21所示。

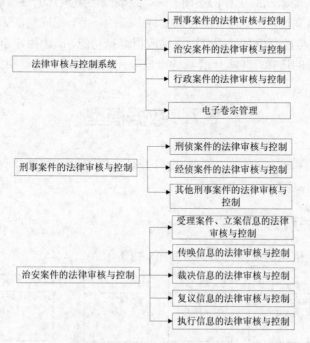

图 8-21　法律审核与控制功能构成

8.6　操作功能描述

由于法律审核与控制的信息处理特征，上述的功能构成并不直接体现为人机交互的形态，而是体现为不同的法律审核与控制规则库的定制与分类。在实际操作过程中，上述的所有功能将通过以下基本人机交互操作功能实现。使用者通过以下操作功能观察、操作、维护和定制上述功能中的所有法律审核与控制的规则和控制结果。

（1）综合查询。提供对各类案件相关信息的综合查询功能，并有多种查询方式，可将查询结果根据用户选择的字段排序。

（2）电子案卷生成。自动将各类案件的相关信息分类，然后统一归卷、统一卷宗分类，形成完整的电子案卷，进行统一管理。

（3）信息锁定。法律审核与控制信息处理对办案流程进行监控，针对法律手续不健全、流程不完整的案件，可由用户自定义约束规范，进行办案流程锁定，不允许案件继续办理，直至办案单位对此案件重新整理完毕，清楚锁定因素，并经再次审核通过后，进行开锁，方能使办案流程顺利进行。

（4）自动报警。通过审核与控制，当发现办案流程中有法律手续缺漏、强制措施时间到期等相关信息时系统会自动报警，显示提示信息。

（5）系统定制。可以为用户提供法律审核与控制的定制功能。可以通过对各警种案件的分类，选择相关法律审核与控制环节，制定出相应的法律审核与控制流程，体现了系统的灵活性。

（6）应用维护。随着法制工作的不断开展，某些或某类案件的办案制度可能会有所变更，各办案单位在实际办案过程中，也可能会产生许多新的环节，相应的法律审核与控制范围也会有所变动。法律审核与控制信息处理可以提供应用维护功能，即由用户重新针对某类案件进行法律审核与控制环节的选择，生成一套新的审核与控制流程，再进行相关法律的审核与控制。

8.7 数据模型

数据概念模型根据法律审核与控制的实际业务需要而生成，包含了法律审核与控制信息处理中所涉及主要信息的主要数据项。

8.7.1 概念模型关系

法律审核与控制信息的概念模型关系如图8-22所示。

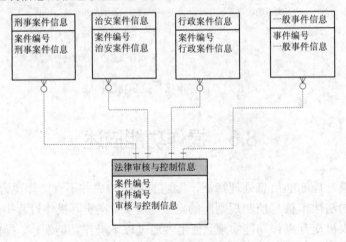

图 8-22 概念模型关系

8.7.2 数据分布

法律审核与控制信息处理涉及刑事案件、治安案件、行政案件等，因而所涉及的数据项较多而且比较复杂。依据数据概念模型及法律审核与控制信息处理涉及的相关数据信息分类，主要的数据分类如下。

（1）刑事案件数据。包括报警登记信息、案件基本信息、现场登记信息、涉案枪支信息、涉案人员信息、涉案物品信息、涉案机动车信息、物证信息、受害人信息、嫌疑人信息、通缉通报信息、破销结案信息、检验报告信息、抓获人员信息、留置盘问信息、询问笔录信息、拘留信息、退侦信息、逮捕信息、搜查信息、拘传信息。

（2）治安案件数据。包括告知权利信息、告知听证权利信息、治安拘留信息、留置信息、询问信息、传唤信息、讯问信息、裁决信息、复议信息、执行回执信息。

（3）行政案件数据。包括询问信息、传唤信息、讯问信息、裁决信息、执行回执信息。

（4）一般事件。包括事件基本信息和一般事件处理信息。

8.8　与其他系统的数据关系

法律审核与控制信息处理涉及到各类案件，包括刑事案件、治安案件、行政案件等，贯穿于从各类案件的接报案、立案、案件侦查、破销结案等每个环节。因而，法律审核与控制信息处理与各业务系统均有密切的联系，下面具体描述其与接处警信息处理、案事件信息处理、监管信息处理等的数据关系。

（1）与接处警信息处理的数据关系。法律审核与控制信息处理所需要查询的各类案件接处警信息等，基本上都是由接处警信息处理提供，包括案件的来源、报案方式或一般事件等相关信息。这部分数据信息由于处于批准立案的前期准备过程，因此只提供法律审核与控制信息处理查询调阅范围使用，不属于审核或控制范围。

（2）与案事件信息处理的数据关系。对各类案件，包括所有刑事案件、治安案件、行政案件的法律审核与控制，所需要的信息多数来自案事件信息处理。案事件信息处理为法律审核与控制信息处理提供所有相关信息，例如，受理案件信息、不予立案信息、立案信息等。

（3）与监管信息处理的数据关系。当涉及抓获人员信息、治安拘留人员信息或案件侦查过程中实施的各种强制措施，其执行信息需要监管信息处理提供，包括拘留信息、逮捕信息等。

8.9　数据生命周期设计

数据的生命周期是指从数据产生以后一直到此数据被确认可以丢弃，或系统中已作备份，不再使用所经历的阶段（或过程）。数据的生命周期包括数据的更新周期与保存周期。数据的更新周期是指从数据产生以后到数据被保存（或备份）所经历的阶段。数据的保存周期分为在线保存周期和离线保存周期。在线保存周期是从数据产生以后到备份至存储介质上，脱离系统之前的阶段；离线保存周期是从数据备份于存储介质上，至被确认对系统已没有任何价值，可以丢弃的阶段。这里主要描述法律审核与控制过程中的各类数据（包括形成电子案卷）的生命周期。

法律审核与控制信息处理中相关数据的生命周期及各阶段的操作如图8-23所示。

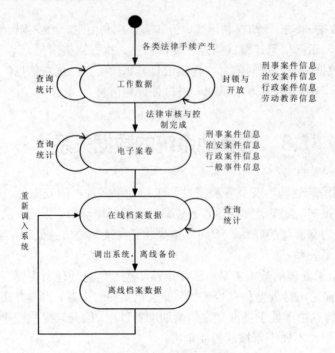

图 8-23　法律审核与控制数据生命周期

如图8-23所示，从各类案件的基本信息形成后，成为法律审核与控制信息处理的工作数据，此时这些数据处于更新周期中，在这些数据的基础上，可以进行法律审核与控制工作，同时可以对工作数据进行查询。对各部门在办案流程中所涉及的法律文书与法律手续等信息进行审核或控制。而对相关办案单位的业务信息只能作浏览与查询操作，对案件流程进行封锁或开放，同时在用户权限许可条件下对本部门的审核意见等数据信息进行修改或删除。当法律审核与控制任务已经完成后，系统会生成电子案卷信息，可以对相关信息进行查询。之后该数据信息就成为在线档案数据，此时数据进入保存周期中，不能对任何数据再进行修改和删除操作，只能进行查询和统计工作。当系统在线保存的数据超过系统存储能力或数据超过有效查询期限时，将数据调出系统，进行离线保存，此时数据成为离线档案数据，不能对数据进行任何操作，如果需要查询这部分数据，必须将其重新调入系统，使其成为在线档案数据。

思考题

（1）根据受理案件信息审核与控制流程，试确定所体现的法律审核与控制信息处理的控制点。

（2）根据刑事案件法律审核与控制中的侦查措施信息查询，试确定相关的法律审核与控制信息处理规则。

（3）根据刑事案件法律审核与控制的控制实体与规则，试设计超期羁押期间的控制规则表。

（4）根据已经掌握的业务知识，试确定电子案卷的基本构成。

（5）根据电子案卷的简单定义，判断电子案卷生成的关键点是什么？

第 9 章

情报研判信息
处理分析

摘 要

　　本章详尽讨论了情报研判的信息化实质，就情报的起源、情报技术的构成、情报技术的发展进行了认真分析。同时就公安情报的起源、构成、特征、发展与应用的情报研判信息化处理实质进行了仔细、认真的研究，明确提出了针对"重大事件预警防范"、"区域性治安风险防范"的预见、预测、预防、预警模型和总体建设技术路线。并根据数据仓库和数据挖掘技术的研究成果，提出了公安情报研判平台建设的技术实现方法，以及应用此方法进行情报研判的科学性、适用性、复制性及信息处理的可行性。通过对本章内容的研究，可以明确得知如何建立一个符合当前公安情报研判需求的信息化处理平台。

9.1 情报与情报技术概述

随着计算机技术的发展，数据库和数据挖掘产品在技术上的日益完善，辅助决策系统、知识决策支持系统、多维统计分析系统、可视化数据挖掘分析系统等智能分析系统应运而生。因此，情报分析与研判理论迅速成为国内外信息服务、管理咨询和数据处理领域的新型学术分支，而情报理论也由传统的军事性、破坏性情报理论演变成为国家之间、政府机构之间、企业之间、关联领域之间的对抗性竞争情报理论。竞争情报这一概念是20世纪90年代末期由西方国家引入的，特别是美国人杰瑞·米勒所著《导入企业竞争情报》一书，为现代企业提升市场的竞争力而不断重视情报工作提供了理论和实践指导。一般认为，竞争情报是根据具体竞争环境，运用专业人员智慧，分析竞争对手情报，制造特定竞争战略的系统过程。美国"竞争情报从业者协会"将其定义为：竞争情报是通过合法手段对宏观环境进行监测，对竞争对手进行分析，以获得商业竞争优势的过程。

目前国外企业对竞争情报的应用已非常普遍。在美国《财富》杂志"全球500强"上榜企业中，大多数跨国公司一般都设置了首席知识官（CKO）或首席信息官（CIO）职位，主持和从事竞争情报工作。在美国，微软公司、摩托罗拉公司、通用电器公司等，长期以来一直对竞争情报予以高度重视。国内企业竞争情报也风头正劲，但主要集中在技术密集型的大型企业，如中国移动、首钢集团、中国石化、宝钢集团等，近年纷纷开始重视竞争情报。另外，很多咨询机构都开办了企业竞争情报培训班，清华大学还举办了企业竞争情报高峰论坛。很多企业正在派人员参加各类培训班、研讨班，对建立竞争情报系统纷纷跃跃欲试。除此之外，近年在我国高等院校中，有的已专门设置了竞争情报专业，甚至开始培养竞争情报方向的博士研究生，可以预测，竞争情报在未来企业可持续性发展中将扮演越来越重要的角色。

不难看出，竞争情报理论的提出和应用正是在全球化市场竞争日益激烈的情况下，企业为提升竞争力以求在竞争中立于不败之地而迅速培育和构建的。它为传统情报学赋予了新的内涵并注入了新鲜活力，即强调对竞争环境、竞争对手和竞争策略的信息收集和分析。它既是一种"过程"（对信息情报的搜集和分析），也是一种"产品"（情报分析后的最终决策）。由于这些特性，因此竞争情报具有谋略性、对抗性、隐蔽性和决策性的特点。

竞争情报之所以成为今天非常重要的信息分析学科，是由于市场变化波云诡谲，作为企业要想在竞争中占得先机，就要研究分析市场，研究分析对手。另外，随着现代企业制度的不断建立和完善，无论是企业的战略发展、经营管理，还是科研生产，其决策必须要有科学、规范的论证程序，而不是仅凭管理决策者的个人经验。因此，竞争情报无疑是提供这些决策和论证的强大支撑和保障系统。该系统将对企业各个方面的相关信息进行系统全面的研究，并制定出前瞻性和指导性的有利于企业发展自身竞争优势的合理决策。因此，从根本上讲，竞争情报可以为企业创造竞争优势，如了解和掌握竞争者的未来动向或运行状况和能力，就能为企业及时提供应对的策略和方案；对企业的发展战略、运营效率、科研生产、行业竞争态势进行动态分析和研究，就能支持企业管理层或职能部门的关键决策。目前国内各个行业的领军团队和机构都十分重视竞争情报体系的建设，也在高价谋求相关的竞争情报信息产品。例如：摩托罗拉、工商银行、海上运输等都建立了自己的情报机构，而且都正在高速运转。因为任何现代企业都清楚地认识到：企业发展的关键是塑造核心竞争力，而竞争情报就是塑造竞争力的方法论。企业竞争情报的最终目标就是为企业运行的各个层面提供科学的决策依据，而现代企业也越来越高地要求企业各级管理层在制定计划、调整业务，特别是进行决策时，都要有完整、系统、规范的决策论证程序和依据，而不能凭经验和"拍脑袋"，这是衡量和考核一个企业或企业管理层是否理性经营的重要标志。

　　同样，作为重要的政体实体——国家，如果希望在任何时候都能够完整、科学、准确地清楚自己的战略位置，清晰地确定国家的战略决策基线，也需要竞争情报的支持，这时候的竞争情报就上升为国家竞争情报。国家竞争情报是受当代环境发展的驱动和现实社会需求的牵引，并在传统情报工作内涵不断演变的基础上所形成的一个特定概念，是指以国家利益为核心，以国家战略决策为服务内容，以发展国家的综合国力和核心竞争力为根本，并在国家内部由政府、中间机构、企业和各类团体三个层面形成的相互协调的有机组织体系，从事一切有关开发和利用信息、知识和智力资源等一系列活动。

　　更确切地说，国家竞争情报是一个国家为了在全球化日益发展，传统的敌人和朋友已经变化为暂时而非永久的战略伙伴或竞争对手，贸易争端成为国家之间争议的焦点，经济和技术已经上升到国家战略利益最核心部分的情况下，需要建立的一种新型的国家内部情报组织结构体系。国家竞争情报不是一个全新的概念，它是在传统的竞争情报和国家情报等相关概念基础上发展起来的，但又与这些概念有明显的不同，它更强调发挥整个体系的协同作用。与传统国家情报的区别是，国家竞争情报的内涵已不只是传统狭义的仅涉及国家安全、政治和军事的情报以及仅指国家安全机构和国家情报部门的活动，而是广义上的以国家利益为核心的全面覆盖政治、经济、科技、文化等领域的有关竞争情报活动，包括文化和意识形态竞争情报、经济和科技竞争情报、产业和企业竞争情报、资源和人才竞争情报等随不同时期国家需要而衍生的各类情报。

　　由此可见，国家竞争情报的概念是现代广义竞争情报的概念，同时又是现代国家情报的概念，是国家与民间，非营利组织与企业能够在国家利益的基础上形成的"国家竞争情报意识"，或者说是它们自觉运用竞争情报理论方法形成的某种有效的情报互动机制，其本质和真实的意义在于解决或缓解全球化时代国家竞争中的信息不对称与阻碍问题。严格地说，任何国家的竞争情报都是一种客观存在。作为现代国家，情报一直是国家经济、政治、军事和外交活动的核心内容之一，为此，建有相应机构，并得到人员和财力的支持，它们在客观上构成了一个体系。因此，只要国家存在，必然具备一定的竞争情报能力，或者说竞争智慧。　问题在于，国家应有意识地将这一体系中的各个部分组织起来，增强它们之间的联系，使之形成一个系统，并通过发挥这一系统的整体协同作用，使这种能力或智慧凸现出来，从而成为一种自觉的高效的组织行为。

　　为了使得"竞争情报"的概念真正成为社会发展的推动力，势必需要科学合理、切实可行、准确适用的情报分析技术作支撑，才能使情报分析结果满足社会发展的需要，而从数据和信息层面剖析，所谓的情报分析技术就是通常所定义的数据处理与信息服务技术，只不过由于情报应用的特定属性，决定了情报分析技术的特定边界与构成。

9.2 情报技术需求与竞争分析

9.2.1 情报技术需求分析

　　情报技术不是孤立存在的技术分支，严格来说，情报技术属于应用技术领域，情报技术的产生与发展完全取决于情报应用的需求。情报分析作为传统而古老的信息服务领域已经存在了几百年，但随着信息技术的发展，越来越多的信息被电子化，覆盖每一个情报专题的电子化信息都以亿TB计，这已经远远超出了人力所能分析的范围，而与此同时，需要信息服务和专题情报服务的领域又被无限地细分，粗放而宏观的信息服务和情报提取已经不能适应当今情报分析的基本要求。如果说美国兰德公司在上世纪50年代600多页文稿和一行"中国将出兵朝鲜"的文字就可以成就一个宏大的信息服务产业，那么今天，没有海量的数据处理能力和相应的信息处理技术，就不可能完成一项具体的专题情报分析。例如：在320万辆机动车、381座立交桥、4500多公里的道路交通流量数据面前，北京奥运会期间究竟采取何种限行措施才能够保证城区道路的机动车通行能力达到40公里/小时？在每月300万旅店住宿登记人员、每月960多万网吧上网人员、每月1万多起刑事案件的数据集合中，如何准确发现旅店住宿登记人员、网吧上网人员和刑事案件之间的关系特征？这样的专题情报分析需求在当今的社会活动中已经比比皆是。为此，自上世纪70年代开始，国内外都在大力推进信息服务和信息咨询业的发展，到上世纪90年代初期，美国信息服务和咨询业的年产值已达2 030亿美元，占国民生产总值的20%，并且以年25%的速率递增，成功地将信息服务和咨询业从第三产业剥离出来，形成了名副其实的第四产业。而在我国，直至2006年，信息服务和咨询业的年产值才351亿美元，仅为美国1992年的17.3%！因此，从国民经济的宏观发展来看，信息服务、管理咨询和情报分析共同构成了数据处理的高端应用需求，而且随着国民经济的快速发展，世界经济的逐渐复苏，尤其是中国经济地位在国际市场的快速崛起，这个需求将会构造出庞大的技术发展空间和利润空间。正因为如此，目前以美国为代表的国际信息服务和管理咨询机构已经高调进军我国市场。在兰德咨询公司、麦肯锡咨询公司、波士顿咨询公司、贝恩咨询公司、博思艾伦咨询公司、摩立特咨询公司、美世咨询公司、德勤咨询公司、美世人力资源咨询公司、普华永道咨询公司这前十位世界管理咨询公司中，除美国兰德咨询公司外，其他公司无一例外地在华设立了分支机构，并且承接了大量的信息服务、管理咨询和数据处理业务。

　　而在国内，也有大量的管理咨询公司涉足这一领域，主要有：新华信正略钧策管理咨询公司、世纪纵横管理咨询集团、广州君远管理咨询有限公司、理实国际管理咨询集团、美国通用管理咨询公司、北大纵横管理咨询集团、汉普管理咨询公司、朴智管理咨询公司、五越企业管理咨询（烟台）有限公司、华夏基石管理咨询集团等。

9.2.2 情报技术发展趋势分析

　　上述国内外咨询公司纷纷在中国市场施展拳脚，一个最基本的原因就是中国市场在信息服务、管理咨询和数据处理领域存在巨大的利润空间，而仔细分析上述国内外咨询公司的构成和研究领域，可以发现绝大部分咨询公司都是以商务咨询与研究人员组成，采用的还是传统的概念分析方法和数据统计理论。然而由于美国兰德咨询公司、美国麦肯锡咨询公司、美国波士顿咨询公司三家公司的发展代表了情报应用领域的发展方向，它们的情报技术研究方式和运营模式将主导今后信息服务、管理咨询和数据处理的发展趋势。

在这三家公司中，美国兰德咨询公司以服务于政府机构，根据微观数据提供宏观政府决策参考建议见长，著名的"中国将出兵朝鲜"成就了美国兰德公司的辉煌；美国麦肯锡咨询公司以承担企业管理咨询为主要特征，以7—S模型为基本理论，以麦肯锡估值模型为基本分析技术，成功承接了中国境内的多项重大管理咨询和信息处理项目，同时具备在中国市场成功和失败的经验；而美国波士顿咨询公司以技术研究为导向，注重企业策略、信息技术、企业组织和营运效益的分析与研究，著名的"波士顿矩阵"成为了竞争情报分析的技术奇葩。作为一家极具创新精神的咨询公司，从美国波士顿咨询公司走出了不少咨询界的奇才，国际著名咨询公司的创始人都来自该公司，该公司早在1993年就在中国设立了分支机构。麦肯锡和波士顿公司在中国市场上都十分活跃，而且承担了大量的咨询和信息处理业务。仔细观察上述三个公司的基本组织结构，可以发现它们都具有共同的情报技术特点，这是国内外其他管理咨询公司不具备，或很少重视的特点，这就是：上述三个公司都建有强大的情报技术中心，而且具备不同的技术特色，包括：

- 美国兰德咨询公司：建有130人的计算中心，拥有一座覆盖全球数据与信息处理技术领域35000余种期刊和书籍的图书馆，建立了以"国防策略规划净评估分析模型"为代表的一系列情报分析研究模型，并且以此支撑了庞大的美国兰德公司情报技术研究体系。具体如图9-1所示。

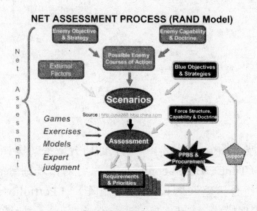

图 9-1　国防策略规划净评估分析模型

- 美国麦肯锡咨询公司：建有名为"麦肯锡实践发展网络"（PDNet）的数据库，用以储存业界经验和知识，保存为客户工作过程中积累起来的各种信息资源，并拥有近百名全职的专业信息管理技术人员对数据库进行维护，确保库中数据的更新；当咨询专家需要从数据库中寻找信息时，由他们提供相应的检索帮助，提高使用效率。在数据库的内容管理方面，特别重视公司T型专家队伍结构中负责专业领域的专才型专家，从而获取有关专业领域的知识和经验，并且在此基础上构建了如图9-2所示的著名的7-S模型。

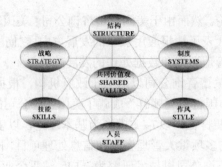

图 9-2　麦肯锡著名的 7S 模型

- 美国波士顿咨询公司：波士顿咨询公司则在公司总部建立起高度集中的智力资源中心，并致力于成为咨询行业具有代表性的先进理念和技术的创立者，成为这一行业内的"思想领袖"。在这一理念的指导下，波士顿咨询公司发展了一些虽然简单却在实践中非常有效的咨询分析工具，如著名的经验曲线，增长——份额矩阵分析模型（如图9-3所示），即波士顿矩阵等。这些分析工具在实践中的广泛应用大大提高了波士顿咨询公司的声誉。

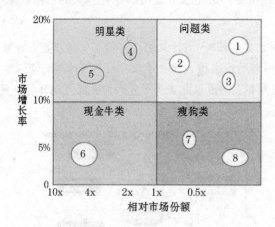

图 9-3　波士顿矩阵模型

而在此基础上，美国波士顿公司形成了一系列的研究成果，例如：经验曲线（Experience curve）、以时间为本的竞争（Time－Based competition）、针对市场细分的营销法（Segment-of-one marketing）、投资或产品组合策略（增长/占有率矩阵）（Portfolio strategy the growth/share matrix）、以价值为本的管理模式（Value-based management）、持续增长方程式（Sustainable growth formula）、股东总值（Total shareholder value）、策略性的市场细分（Strategic segmentation）、拓展准顾客Customer discovery）、价值链分析（Value chain analysis）等。有力地支撑了该公司在管理咨询领域的领先地位。

根据上述分析不难看出：如果希望在信息服务、管理咨询和数据处理领域取得一席之地，没有强大的信息技术作为支撑是不可能实现的。而在这个特定的领域，除了传统的OLAP、SPSS、DSSG等技术的支撑外，专门用于信息服务、管理咨询和数据处理的情报模型研究和情报技术研究也是十分重要的部分，例如美国波士顿公司就是利用其信息处理技术的优势和美国兰德公司、美国麦肯锡公司一争高下。

9.2.3　情报技术竞争分析

情报技术不可能独立存在，它必须依附于具体的信息服务、管理咨询和数据处理业务，这样才能体现情报技术的内在价值。然而，信息服务、管理咨询和数据处理的价值往往需要实际的结果验证，如果情报技术产生的结果不能被客观现实证明是正确的，那所赖以生存的情报技术自然也就是失败的，不具备任何市场竞争力，这也就是美国兰德公司、美国麦肯锡公司和美国波士顿公司能够长期生存并发展壮大的根本原因。然而，情报技术既有其国际通行的普遍规则，同时也具有极强的实际数据依赖性，这就使得情报技术的研究方向和研究内容有了很大的发展空间，而从某种意义上说，这种空间将成为情报技术研究的独有空间，而不必担心国外知名公司的肆意妄为。这主要是因为：

（1）在信息服务、管理咨询和数据处理领域，有很多行业和部门是不允许国外公司涉及的，例如政府敏感行业、国家安全行业、国家主权行业等，这些行业的数据分析、数据属性分析和数据维度分析将构成情报技术研究的主要内容，这只能由具备相当资质的国家公司来承担，这也就是极具政府情报分析能力的美国兰德管理咨询公司迟迟无法在我国开展业务的主要原因之一。

（2）由于情报分析技术极强的数据依赖性，国内数据的边界、颗粒度及属性特征，国外公司所研究的情报模型和情报技术在中国存在很大程度的"水土不服"，从而导致情报技术竞争力的减弱。例如美国麦肯锡管理咨询公司在中国市场的实达、乐百氏、王府井、中国联通、康佳等案例的"败走麦城"之旅。

（3）由于国外情报分析模型的理想构架，较难适应国内信息服务、管理咨询和数据处理业务的多元化结构，而国外管理咨询公司的运营特征又很难允许对信息服务的承受方提供长期的维护与跟踪机制。即使像著名的"波士顿矩阵"，也因为在矩阵中未包含"外部融资"和"举债"维度分析而在中国市场的相关案例中饱受诟病。

9.3　情报技术的构成分析

如果希望将信息处理技术应用于情报分析与研判中，首先必须明确情报的基本含义，就数据的属性来说，情报来自于信息，而信息则是数据的集合，它们的区别如下所述。

信息是指在各个业务系统中采集到的、未经过处理、不进行任何业务属性分析的原始数据。信息的特点是数据量大，数据之间基本孤立，又基本关联。

情报指对信息经过自动或人工的处理后，以明确的逻辑关系将信息组织起来，形成完整的逻辑知识结构，进而生成情报。

因此，情报技术不同于其他信息处理技术，情报技术是应用特征十分明显、同时数据处理特征也十分明显的信息处理技术。情报技术的应用特征完全依附于情报的主题属性，数据处理特征则完全依附于情报的模型属性。对于今天的情报分析来说，传统的统计分析已经不能完全适应当前形势的需要，情报分析已经从单纯地"再现过去"演变成为"预测未来"，因此，"预见"、"预测"、"预防"和"预警"就成为今天情报分析的基本任务。无论是国家安全情报，还是企业竞争情报，无一不需要对当前的态势进行判定，从而明确地提出预见性的意见、建议，以及达到临界点的指标和具体措施，这就给传统的情报分析技术提出了严峻的课题，即如何在"证明过去"的基础上，建立能够满足不同主题需求的情报分析体系，更加科学、准确地"预见未来"，这种预见，并不是通过简单的传统统计分析，计算出"同比"、"环比"、"多维"就能够解决问题的，而是要根据已经发生过的事实特征和关系对未发生的事实近乎超前地进行预见（Foresee）、预测（Forecast）、预防（Prevent）和预警（Forewarn）。这实际上就是要求所研究和设计的情报分析体系必须在事件未发生前就能够作出合乎客观规律的态势判断。更确切地说，目前我国的情报分析体系，不但要为"昨天"而工作，更重要的是为还没有发生事件的"今天"和"明天"而工作，这才是今天情报分析技术的真谛所在。因此，当前情报分析技术中基于上述的预见、预测、预防、预警的"临界分析模型"就成为情报技术的核心构成，而根据目前公安行业所拥有的数据资源和情报需求，情报研判将上述的"临界分析模型"称之为"四预（3F+P）"模型。

在"四预（3F+P）"模型中，所谓"预见（Foresee）"，就是要求根据已经发生的案事件特征和关系特征，针对具体的情报主题需求，准确地判断将会发生的社会行为和变化结果。"预见（Foresee）"的关键在于发现针对具体目标的"专题动态指标"。

所谓"预测（Forecast）"，就是要求根据已经发现的事件属性和相关关系，基于特定的情报主题，在"预见（Foresee）"的基础上，有根据地预言将要发生的事实，对所研究的情报主题态势走向提出具体的预测型建议。"预测（Forecast）"的关键在于针对指定因素的"态势分析"。

所谓"预防（Prevent）"，就是要求根据已经发生的、类似的事件构成因素和构成规律，结合当前的要素构成和事件状态，以及"预测（Forecast）"形成的"态势分析"结果，提前确定相应的控制手段、控制方法和控制区域，尤其要重点关注从未有过类似行为和事件发生，但具备相应特征的参与者和区域的状态变化和彼此关联，如房地产动态指标的特征异同分析等。这样，就将单纯的情报主题态势评估分析提升到了动态监测和跟踪的更高层级。

而所谓"预警（Forewarn）"，就是要求既根据长期、海量、动态的数据分析，又根据相应的态势评估和预测体系提供的分析结果，在常态中发现异于常态特征的指标迹象，结合以前曾发生过的时间构成规律，按照不同程度，动态地进行态势分析，提出相应的结论，并由此触发相应的预警机制和联动机制，以丰富的信息化情报内容，具体地指导企业的竞争行为或国家安全的防范行为。"预警（Forewarn）"的关键是从常态中发现异态的"动态预警指标建立"。

鉴于上述分析，要清晰地了解情报技术的构成，则必须完整地梳理情报产生的过程，以及在情报产生过程中所需要研究的技术领域（如图9-4所示）。

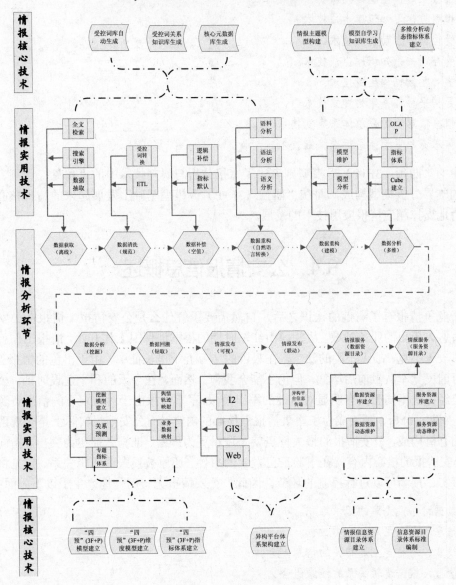

图 9-4　情报技术构成

　　从图9-4中不难看出，情报技术除了数据处理特征和应用特征外，还具备明显的集成技术特征，而在情报技术的构成中，情报实用技术完全依托于情报核心技术发挥效能，虽然情报核心技术的研究不可能取代情报实用技术的研究，但情报研判的技术人员应该在关注情报实用技术的同时，将研究的重点集中于情报的核心技术方面，即：

- "四预（3F+P）"模型建立技术（临界分析模型建立技术）。
- "四预（3F+P）"维度模型建立技术（临界分析维度模型建立技术）。
- "四预（3F+P）"指标体系建立技术（临界分析指标体系建立技术）。

- 多维分析动态指标体系建立技术。
- 情报主题模型构建技术。
- 模型自学习知识库生成技术。
- 受控词库自动生成技术。
- 受控词关系知识库生成技术。
- 核心元数据库生成技术。
- 异构平台体系架构建立技术。
- 情报信息资源目录体系建立技术。
- 信息资源目录体系标准编制技术。

其中的"四预（3F+P）"模型则表述了情报分析与研判技术中的"预见、预测、预防和预警"的临界分析模型构成，而在"四预（3F+P）"模型基础上发展起来的情报核心技术将必然有力地支撑相应情报应用技术的发展。

9.4 公安情报信息概述

对于竞争情报有了清楚的认识之后，自然需要了解什么是公安情报。情报在公安行业是一个有着悠久历史的业务领域，从井冈山红军时期的根据地保卫工作开始，情报工作就一直是我党我军攻无不克、战无不胜的法宝。在艰苦的二万五千里长征中，由于出色的情报工作，致使数百万国民党军队虽前后堵截，但仍不能奈我何。然而，在今天的和平建设时期，公安情报的内容已经完全不同于具有明显对抗性的军事情报，军事情报由于对抗双方的信息资源拥有程度不同，判断、分析、预测成为了军事情报最核心的内容；而公安情报实际上是客观现象和逻辑关系的有机构成，公安情报的最大特点就是逻辑更为严密、证据效能更为突出、指向性更为明确。公安情报的核心内容就在于验证已发生的事件、还原被损毁的逻辑关系、预见将要发生的必然事实、预测可以进行控制的环节。因此，公安情报无一例外地产生于以下方面：

- 数据：杂乱无章的记录堆积。
- 信息：面向主题的分类数据。
- 线索：与特定主题相关的信息集合。
- 情报：根据逻辑关系的线索组合。
- 知识：情报积累形成的行为或事务规律。

9.4.1 公安情报的产生

为了便于理解上述公安情报的内涵，下面以抢劫案为例，说明公安情报的产生过程。

（1）当案件发生时，现场呈现的是一片没有任何章法的数据，常见的应该是被抢劫的事主、损毁的提包、受伤的部位、遗落的物品等等，这就是公安情报形成的第一个阶段——数据的堆积和伪装，如图9-5所示。

图 9-5 数据堆积

（2）当侦查员和勘查人员进入现场后，按照现场勘查的操作规范，将所见和所得进行忠实记录，提取了相关的痕迹物证，并且将其分门别类进行描述，这就形成了公安情报的第二个阶段——基于各种现场主题进行了数据分类，将纷杂的数据改编成为有序的分类数据，形成了公安情报的基础信息。如图9-6所示。

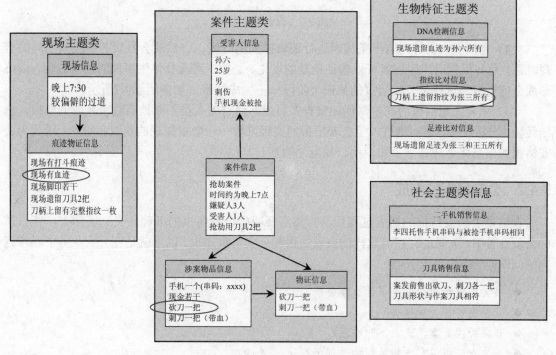

图 9-6 信息的产生

（3）在进入案情分析阶段后，侦查人员根据现场勘查获取的信息，从蛛丝马迹中发现所有物证痕迹之间的逻辑关系，并逐一进行验证，形成虽然彼此分立，但又互相关联的若干个信息集合，这就是公安情报形成的第三个阶段——发现线索。如图9-7所示。

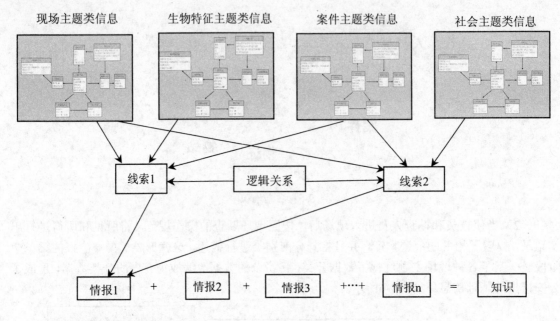

图 9-7 线索的产生

（4）当侦查人员针对若干条线索进行逻辑排列的时候，自然就会发现各条线索之间的客观联系，例如根据时间序列就可以验证抢劫的发生、结束、逃逸及伴生事件的发生过程，最终形成公安情报。这就是公安情报的第四个阶段——生成情报。如图所示9-7所示。

（5）随着大量情报的产生，促使侦查人员或其他有关人员不断地研究所获取的情报，总结经验，分析规律，进而就进入了公安情报的高级阶段——情报知识的获取和研判。这就为公安情报的信息化处理打下了知识化、规范化的基石。

9.4.2 公安情报的构成

在清楚了公安情报的形成过程后，自然需要明确公安情报的准确含义。实际上，在日常的公安业务中，大量地存在着这样的公安情报和公安情报需求。以下就是在公安业务中经常遇到的问题：

- 案件是谁干的？谁干了什么案件？
- 此案类有历史数据吗？
- 谁在关注此案、此人、此手段？
- 此案有证据吗？有相关联的证据吗？
- 此案有相关的历史数据吗？
- 此案与它案有关系吗？
- 此人与他人有关系吗？
- 这种案件有人干吗？
- 这种案件是怎么干的？
- 已破案件成案主体的地域分布怎样？

- 此类案件有哪些常规侦破手段及侦查思路？
- 此类案件的稳定成案规律是什么？
- 重点关注人群的特征是什么？如何发现？
- 特定时域、人员、案件之间的依赖关系是什么？
- ……

这些都是在公安业务中大量遇到的公安情报需求，但公安业务的涵盖面远不只是侦查破案。公安业务行政执法、打击犯罪、警务管理三大领域，无一不存在着明确的情报需求。但由于应用情报的人员不同，对情报的需求也不尽相同，这就形成了公安情报独有的三大分支：战略情报、战役情报和战术情报。与军事情报、传统竞争情报比，在公安情报中，战役情报是其独有构成。这是因为公安情报中的战役情报往往都是服务于具体的、有主题的、有明确战役目标的专项斗争，在这些专项斗争中，情报需求密度大、频率高、速度快、指向明。例如服务于"命案必破"、"扫黄打非"、"网上追逃"、"缉枪治爆"、"打击两抢"等专项斗争的情报就属于战役情报。据此，可将上述内容简述如下。

（1）战略情报。关注战略情报的往往是承担区域性社会安全管理任务的高级警官，他们极为关心宏观状态下的公安情报，例如省厅厅长、市局局长、区县局局长等。相对于具体的案件或事件来说，他们更为关心以下内容：

- 辖区实有人口的构成如何？他们的公安特征如何？
- 辖区实有人口构成变化和案事件的对应关系如何？
- 案件构成如何？本身的流动、合并、分裂关系如何？
- 重点关注人群的特征是什么？如何发现？
- 特定时域、人员、案件之间的依赖关系是什么？
- ……

（2）战役情报。关注此类情报的一般都是负责某一个专门业务领域的高级警官，如总队长、支队长等。他们更为关心自己管辖范围内的社会态势动向，更被区域性的宏观情报所吸引，更希望获得比较具体，但又具备大局观的公安情报。例如：

- 团伙成因如何？对应的关系是什么？
- 群体性事件和交通疏导的依赖关系是什么？
- 道路区划方式与城市交通疏导的依赖关系是什么？已破案件成案主体的地域分布怎样？
- 此类案件有哪些常规侦破手段及侦查思路？
- 此类案件的发案趋势如何？
- 此类案件的稳定成案规律是什么？
- 此类案件成死案、难案的关键是什么？
- ……

（3）战术情报。对战术情报关心的自然就是冲杀在第一线的民警了，例如警长、探长、侦查员等。他们肩负具体的社会治安和侦查破案工作，面对的是具体的案件、事件、犯罪嫌疑人、布控对象，他们是直接面对社会群众的公安形象，强烈的责任感必然驱使他们密切关注微观的公安情报，具有这样的公安情报需求：

- 案件是谁干的？谁干了什么案件？
- 此类案有历史数据吗？
- 谁在关注此案、此人、此手段？
- 此案有证据吗？有相关联的证据吗？
- 此案有相关的历史数据吗？
- 此案与它案有关系吗？
- 此人与他人有关系吗？
- 这种案件有人干吗？
- 这种案件是怎么干的？
- ……

由于以上三类公安情报的存在，使得公安业务的情报研判工作任务繁重、内容繁杂。无论是公安业务本身，还是为之服务的公安情报信息化研究，都具有很高的技术含量，也是当前公安信息化建设的主要技术应用。但不管上述三类公安情报怎么分类，所有的公安情报都是为了寻找以下三类基本关系而存在、发展的。如图9-8、9-9、9-10所示。

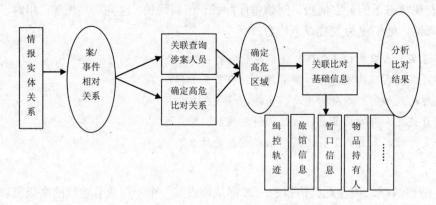

图 9-8 从案、事到人的关系

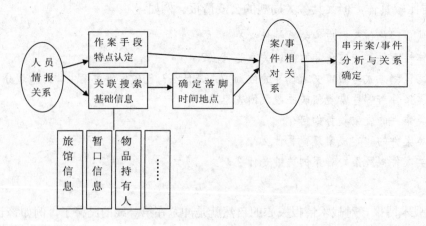

图 9-9 从人到案、事的关系

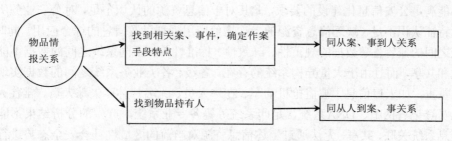

图 9-10 从物到案、事，到人的关系

9.5 情报研判目标定义

根据上述的情报技术分析，针对当前公安行业的具体情报应用需求，可以对目前急需的公安行业情报研判的具体目标作出如下描述。

在已经采集到位的各种各类海量公安业务信息的基础上，建立科学的、可被验证的、符合区域性社会安全态势特征的、可明确表述公安业务各要素之间逻辑关系的、可应用信息技术进行动态同步和维护的社会治安风险评估与监测体系，并在此体系的指导下，形成各级、各种、各类的社会治安风险防范情报，同时建设可对当前社会安全态势提出方向预测的、可进行相应预案设计的、满足实战预警需求的应用示范系统，进而实现从警情到案情，最终落实到人的公安情报研判体系。

9.6 背景与难点分析

为实现上述目标，就不能不回顾多年的公安信息化建设过程。

经过公安信息化工程一期建设，在我国公安行业已经建立了各类、各型业务系统1000余项，在实际的公安业务工作中发挥了巨大的作用，但随着社会治安形势的变化以及刑事案件与事件的多样化，对于社会治安状况的评价与响应的需求越来越明确、越来越具体、越来越需要从定性分析向定量分析转化，这时，多年来所采集的各种各类公安业务信息的综合分析与研判就必然地提上了议事日程，在这样的大背景下，公安部于2008年底及时地提出了构建"大情报"平台的需求，要求综合利用已采集的大量鲜活信息，对当前的社会态势、案件/事件特征、社会治安风险进行评估、监测、分析、预测和预警，并提出相应的应对措施。在这样的需求下，必然需要对所拥有的各类公安信息资源进行信息处理和相关分析。然而，在目前状况下，公安各个业务系统采集的大量信息却孤立地存放于各自的业务系统中，形成系统层面的"信息孤岛"，给信息综合应用、情报研判，尤其是在刑事侦查和定量的社会态势情报分析，带来了相当大的困难，也形成了极大的资源浪费。

6.6.1 情报信息处理背景

在目前的警务信息处理状况下，信息资源在关联、共享上没有得到充分的体现，在许多方面都不能满足公安信息化建设的要求，尤其对于信息资源的认识不足，对公安业务所采集信息的指标特征认识不足，缺乏信息资源的二次增值应用规划以及信息的综合应用。同时，由于现有系统之间的兼容性、数据的规范性、一致性、标准性差，不同系统之间的数据不能进行有效的关联和共享，而且由于大量异构系统的存在，各级、各类业务系统之间的数据实现数据的复用困难重重，如人口信息、被盗抢机动车、在逃人员、无名尸体、失踪人员、常住人口、旅店住宿人员登记、网吧、DNA系统、足印系统等等各专业系统，产生的分析结果不能有效地与当前信息系统关联、共享，无法通过上述信息资源对当前的区域性社会安全态势进行有效的评估和监测，没有实现真正意义上的数据分析和应用，降低了信息资源的综合应用质量，也降低了公安机关的快速反应、整体作战能力。根据多年公安信息化建设的实际经验，以及长期对公安专业领域的数据及模型研究，可以认识到：区域性治安风险防范需要实现公安原始信息和基础信息向情报信息的转变，这是公安信息化建设中一个重要而艰苦的飞跃，也是社会治安风险防范手段和观念的重要飞跃，为了完成这个飞跃，有必要充分理解社会治安风险防范体系中的信息含义和情报含义。

信息指在各个业务系统中采集到的、未经过处理、不进行任何业务属性分析的原始数据，具有数据量大、基本孤立又基本关联的属性。

情报就是对信息经过自动或人工处理后，以明确的逻辑关系将信息组织起来，形成完整的逻辑知识结构，进而生成情报。

因此，情报研判需要依托警务综合信息应用平台和公安部各类业务系统，结合旅馆、暂口、常口等基础信息系统，根据公安部门网上作战和社会安全态势评估的需要，通过整合信息资源，整合信息应用，将信息转变为情报信息，形成不同主题的区域性社会治安风险防范情报，实现真正意义上的公安信息情报应用，为公安信息研判人员提供先进、实用、高效、便捷的信息工作平台，并建立完整的公安信息工作应用和实战流程。因此，整合现有各类业务系统，实现各业务系统之间的数据关联与共享，在"大情报"体系架构下，对现有数据资源进行深层次利用，建立满足不同主题需求的社会治安风险防范体系，就成为公安信息化工作的核心问题。从多年的实际公安工作中可以认识到：只有赢得了信息控制优势，才能掌握同犯罪分子作斗争的主动权，因此，情报研判的核心问题在于要从已有信息发现未知信息，通过整合信息资源、信息应用，将信息转变为情报信息。整合、综合各类公安业务信息，以及大量的社会公共信息，进行深层次的情报加工分析，突出公安专业应用，重点突破区域性社会安全态势分析，着力提升公安工作的信息化、现代化水平。

9.6.2 情报研判特征

鉴于不同主题的社会治安风险防范情报的重要性，就不能不提及相关的情报和情报研判，这在几十年的公安历史上是一个传统的话题。长期以来，所有的情报和情报研判都在围绕一个主题进行，这就是"还原事实，证明已经发生过的原始状态"。在这种思想指导下，公安行业的情报和情报研判一直围绕着"如何证明一个人做过什么，或者如何揭示一件事情的本来面目"这一前提展开。在公安信息化工程一期建设过程中，也为"如何证明过去"进行了大量的系统建设，除承担行政管理职能的信息系统外，其他公安系统中大量的信息处理、共享关联和统计分析都在围绕"证明过去、还原事实"这一核心理念展开，如案事件信息处理、综合查询信息处理、现场勘查系统、指纹比对系统、DNA信息系统、全国联查系统、被盗抢机动车系统等等，以及现在各地系统中大量使用的关联查询、比对碰撞、轨迹描述、串并分析、人员缉控、网上追逃、话单分析、趋势判断等等，无一不是在已经发生的事实中间做文章，去还原所发生的、具体的、指定事件的本来面目，即使是趋势判断也是对已经发生的事实进行数字化的描述而已，而不是对将来进行数字化预测。可以这样说，在公安行业，迄今几乎所有的信息化情报和信息化情报研判主要都是在为"昨天"工作，为"报警"服务。

然而，随着禁毒、反邪教、反恐怖等预测型、等待型公安业务的开展，国际上美国泛美航空"洛克比空难"、俄罗斯"别斯兰劫持人质"、美国"9·11恐怖袭击"等恐怖事件的发生，国内"3·14"、"7·5"等恶性刑事案件的出现，奥运会前"鼓楼涉外杀人案"定性要求的提出，大量上访人员形成的群体性事件频发，等等，都迫切地需要在事前提出针对性的情报分析结论，对指定区域的社会安全态势提出切合实际的风险评估和预测。这就给传统的情报和情报研判提出了严峻的课题，即如何在"证明过去"的基础上，建立能够满足不同主题需求的社会治安风险防范情报体系，更加科学、准确地"预见未来"，这种预见，并不是通过简单的传统统计分析，计算出"同比"、"环比"、"多维"就能够解决问题的，而是要根据已经发生过的事实特征和关系对未发生的事实近乎超前地进行预见、预测、预防和预警。这实际上就是要求社会治安风险防范情报体系必须能够在事件未发生前就做出合乎客观规律的态势判断。更确切地说，目前我国的公安工作要求所建立的社会治安风险防范情报体系，不但要为"昨天"而工作，更重要的是为还没有发生事件的"今天"和"明天"而工作，这才是今天社会治安风险防范情报和信息化情报研判工作的真谛所在，也是在公安业务工作发展中存在的主要和难点问题。目前的情报研判工作之所以研判水平不高，主要是因为目前公安行业的信息化情报研判工作只"注重过去"，而只有"更重未来"，才能够让信息化情报和信息化情报研判工作切实地为"预警"服务。

在区域性治安风险防范中，所谓"预见"，就是要求根据已经发生的案事件特征和关系特征，针对具体的社会治安风险防范需求，准确地判断将会发生的犯罪行为变化结果，如"涉恐"或"涉稳"诱导因素的变迁可能、犯罪逃逸的方式变化等。"预见"的关键在于发现针对具体目标的"信息化战法"。

所谓"预测"，就是要求根据已经发现的案事件属性和相关关系，基于特定的公安业务主题，在"预见"的基础上，有根据地预言将要发生的事实，对本辖区的社会安全态势走向提出具体的预测型建议，如特定人群的构成变化如何导致本辖区案事件的分布变化，旅店住宿人员构成的变化对社会安全态势的影响等。"预测"的关键在于针对指定因素的"警情分析"。

所谓"预防"，就是要求根据已经发生的、类似的案事件成案因素和成案规律，结合当前的具体人员构成和事件状态，以及"预测"形成的"警情分析"结果，提前确定相应的控制手段、控制方法和控制区域，尤其要重点关注从未有过类似行为和事件发生，但具备相应特征的参与者和区域的状态变化和彼此的关联。如"韶关事件"导致"7·5"事件的诱因特征、"3·14"事件和"7·5"事件的特征异同分析等。"预防"的关键在于针对公安机关从未掌握的、但具备相应特征的"重点因素管控"，这样，就将单纯的社会安全态势评估分析提升到了动态监测和跟踪的更高层级。

而所谓"预警"，就是要求既根据长期、海量、动态的数据分析，又根据区域性社会安全态势评估和预测体系提供的分析结果，在常态中发现异于常态特征的群体性事件或突发事件迹象，结合以前曾发生过的成案规律，按照不同程度，动态地进行态势分析，提出相应的结论，并由此触发相应的预警机制和联动机制，以丰富的信息化情报内容，具体地指导各地公安机关有针对性地布控和部署警力，以实现"打小"、"打早"、"打苗头"的战略管控目标。"预警"的关键是从常态中发现异态的"重大事件预警防范"。

9.6.3　情报研判构成与难点

综上所述，可以清楚地得知：虽然社会治安风险防范体系所产生的各种情报有别于军事情报和商业情报的相关内容，但它的"临界分析特征"是和情报技术的内涵紧密吻合的，完全可以用临界分析模型来进行相应的情报研究和分析。由于社会治安风险防范体系带有强烈的公安业务特征，在区域性治安风险防范中，在同一套科学的区域性社会安全态势分析模型支撑下，按照社会治安风险防范情报的产生方式、信息内容和使用对象，按照情报研判数据的颗粒度约定，按照不同的应用对象和应用范围，以及不同的社会治安风险防范情报需求，可以将社会治安风险防范情报分为战略、战役和战术三个层面，以适应不同层面的社会治安风险防范情报应用需求。战略层面的公安情报主要服务于公安部和各省厅的指挥部门、情报分析部门和各业务综合部门。战略情报以"态势分析"为主要特征，立足于进行指定范围的案事件、管控对象、执法相对因素的分布、构成、变异和转化的规律研判，例如"重大事件预警防范"、"区域性治安风险评估与防范"就属于此类。战役层面的公安情报主要服务于公安部和各省厅的业务部门，战役情报以"警情分析"为主要特征，针对具体的专项应用，确定不同的警情通报，立足于对各专项斗争（如除恶打黑、扫黄打非、缉枪治爆、全国联查、打击酒后驾驶等）提供信息化情报支撑，例如"爆炸物品轨迹分析"、"酒后驾车的事故规律分析"等就属于此类。战术层面的公安情报主要服务于各省厅的具体业务部门以及各市局的业务部门，战术情报以"信息化战法"为主要特征，主要由"关系布控"、"关系预测"等构成，完全不同于"守株待兔"、"引蛇出洞"、"敲山震虎"等传统意义上的习惯战法，例如"有前科的重点人员管控"、"串并分析"、"话单分析"、"旅店住宿人员分析"等就属于此类。在此基础上，社会治安风险防范情报形成了"定位研判"、"关系研判"、"规律研判"、"辅助决策"等四个分支，从不同侧面对"打"、"防"、"控"、"管"提供了有力的信息化情报支撑。

仔细分析社会治安风险防范体系的特征，可以清楚地看到，该体系的建立完全依赖于各级、各类的公安信息化情报。而在过去，各行动部门虽然都有情报机构或者情报工作，但基本上都是以人力情报为主，情报线索大多是记在少数人的脑子里或者本子上，缺乏情报处理的技术手段，在部门之间以及部门内部分工过细，上下左右缺少联系沟通，情报研判的效率低、质量不高，总体上处于分散、粗放、滞后状态。尤其是在社会信息化程度不断提高的现实条件下，情报信息收集、汇总、分析研判不够及时等问题更加突出。无论是2008年"3·14"拉萨和藏区发生的暴力犯罪事件，还是2009年"7·5"新疆地区的暴力刑事犯罪事件，并不是没有苗头和线索，如果在事件发生前，能够把各方面的情报线索关联起来，就可能获悉相关的动向和趋势，及时采取应对措施。当前，无论是反恐、维稳还是侦查破案，无论是警情分析还是决策指挥，都需要综合各方面的情报信息，既要建立有效的开展情报信息工作的机制和专门队伍，也要具备情报信息综合分析研判的技术手段。为了在新的社会环境下有效履行公安机关的职责，牢牢把握公安工作的主动权，就必须开发建设情报信息综合应用平台，进而构建"大情报"系统。这也是公安工作和对外建设与时俱进的必然要求，是建立社会治安风险防范体系的迫切所在。具体来说，社会治安风险防范体系的建立完全是为了满足社会安全态势分析的下列迫切要求。

（1）维护国家安全。当前西方反华势力、境内外敌对势力、暴力恐怖组织和邪教组织，不断策划调整、翻新手法加紧对我国实施渗透破坏活动，公安机关在维护国家安全方面承担的压力日益增加。同时社会环境日益复杂，人员流动性大，行踪的隐蔽性越来越强，传统的工作方法已经不能满足维护国家安全的要求。通过社会治安风险防范体系，相关单位可以实现对重点人员关联信息查询和行踪布控，分析发现未在库的嫌疑人员，以增强对各类嫌疑人员的动态管控能力，降低工作成本。另外，通过对相关情报信息综合分析研判，也可掌握发现预谋性和线索性情报线索。

（2）维护社会稳定。当前社会处于转型期，各种因素造成社会矛盾快速增加，影响社会稳定的有组织犯罪、恶性暴力犯罪以及重大群体性事件等方面的事件时有发生，要利用各种渠道广泛采集异常情况和苗头性、倾向性情报线索，及时通过社会治安风险防范体系进行态势分析、特征分析和统计分析，提出预警防范意见，为领导决策提供依据，为保持社会的稳定提供支持。

（3）增强"打防控管"能力。当前社会人口流动范围大、数量大；社会结构、组织形式正在发生深刻变化，大量单位人变成了社会人，各种新行业、新组织、新群体层出不穷，社会管理的难度和复杂度大大提高。同时犯罪行为的流动性、跳跃性、智能性、职业性特点越来越明显，公安机关传统工作方法已经严重不适应形势发展需要。通过社会治安风险防范体系的信息和功能，各警种都可以在第一时间获得人、物、案、单位等相关信息的支持，提高对各类事件分析处置的能力；同时，通过社会治安风险防范体系对全国各类情况的分析，得出警情、社情、敌情的动态信息，为领导决策提供参考。

根据上述分析，可以很清晰地看到：区域性治安风险防范中的技术关键、技术难点和研判难点是统一的，攻克了技术难点，也就解决了技术关键问题，同时也就克服了区域性治安风险防范的难点，它们是基于数据仓库建模技术和智能化数据挖掘技术的。包括：

- 区域性社会安全态势综合评估模型建立。
- 区域性社会安全态势专项评估模型建立。
- 区域性社会安全态势综合预测分析模型建立。
- 区域性社会安全态势动态监测模型建立。
- 区域性社会安全态势重点人员预测分析模型建立。
- 区域性社会安全态势舆情趋势模型建立。
- 区域性社会安全态势综合评估指标体系建立。
- 区域性社会安全态势专项评估指标体系建立。
- 区域性社会安全态势舆情渐进趋势分析技术研究。
- 区域性社会安全态势综合指标效能评估模型建立。
- 综合与专项评估指标体系可视化展示关键技术研究。
- 区域性社会安全态势综合评估体系系列标准制定。

9.7 系统体系结构

根据以上分析结果，可以得知区域性治安风险防范的系统体系结构如图9-11所示。

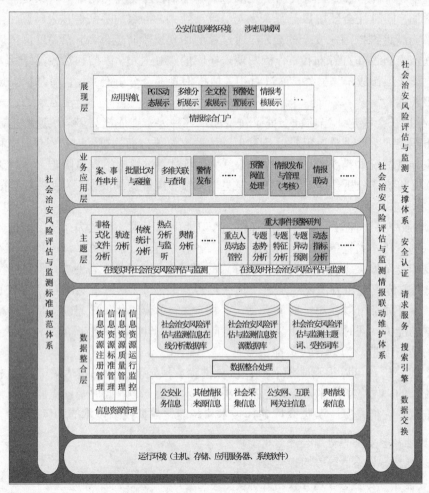

图 9-11 区域性治安风险防范系统体系结构

9.8 研判内容分析

根据区域性治安风险防范的实战需求和研究内容分析，可以确定区域性治安风险防范情报研判研究的主要构成包括以下几方面。

（1）社会治安风险防范分析。基于指定区域范围内已发生的各种各类案件和事件数据，从战略和战役层面为当地公安机关提供分主题的态势分析、警情分析、舆情分析、重大事件防范分析、重点管控因素特征分析等结论。并指导各地各级公安机关根据所分析的结论以及结论所揭示的各种特征，完成分析结论的实体化，将所有的分析结论通过信息化手段具体落实到实际的人、地、事、物、组织中，真正做到"情报主导警务"。

（2）信息化联动机制。在重大事件和群体性事件的发展过程中，预见、预测、预防和预警主导着全部的信息化情报研判。在实际的公安业务中，重大事件和群体性事件的发生绝不是孤立的，它有着所有事件发生的全部阶段特征，即事件的孕育、产生、发展、控制与消亡等。

社会治安风险防范体系中的态势分析在上述过程中的不同阶段扮演着不同的重要角色。当事件处于孕育阶段时，态势分析体现为对未来的预见；随着时间的演变，预见的结果转变为实际的事件发生，态势分析的重点将转为态势的展现，此时的态势分析承担了预测的职能，将提示各地各级公安机关针对可能发生的重大因素和重点区域进行布控；当事件积聚了相当的能量，态势分析将对可能发生的事件走向提出预防建议，有针对性地提示各地各级公安机关关注具体的人、地、事、物、组织因素；在事件发展到预定的不同程度和不同规模时，态势分析则根据预定的事件特征阀值触发不同级别的预警。基于上述的"预见"、"预测"、"预防"、"预警"设计，社会治安风险防范体系将可以真正地投入到实战，从而衍生及时、准确、完整、分层级的社会治安风险防范情报联动机制。

（3）情报研判系列工具。如请求服务工具、数据清洗工具、非格式化文本处理工具、网络舆情攫取工具、串并分析工具、轨迹分析工具、办公统计工具等等，以支持各地各级公安机关在本辖区范围内的社会治安风险防范体系建设，为区域性的精确打击和重点防范提供实际的技术支持。

（4）社会治安风险防范体系架构。在此体系架构上，各地各级公安机关可以方便、灵活、透明地挂接自己所开发的任意情报研判系统，并可以通过强大的联动机制在全国公安机关之间实现无缝、灵活、及时的社会治安风险防范情报共享。

9.9　情报研判结果构成

根据9.8节所述研究成果，社会治安风险防范体系具体实现下列目标。

1. 风险评估指标体系

（1）基于数据仓库与数据挖掘技术，从历史数据中获取指定时间区段的社会治安风险评估常态特征分类，以及支持相应分类的社会治安风险评估案件或事件支持数，以此为基础，形成区域性社会安全态势综合评估与专项评估模型和评估指标体系，并对相应时间区段的常态指标进行标定。

（2）基于数据仓库与数据挖掘技术，从历史数据中获取指定时间区段有指定类别社会治安风险评估指标参与的相关特征，将其和相应时间区段的区域性社会安全态势常态指标比较，在此基础上，形成相应时间区段的区域性社会安全态势异态指标并进行相关标定。

常态和异态指标之间的差值比较构成"社会治安风险评估动态指标分析"。

2. 评估特征分析

根据对支持常态指标的社会治安风险评估案件或事件的成案特征分析，获取相应的常态指标特征及定量的特征概率值。

同样根据对支持异态指标的社会治安风险评估案件或事件的成案特征分析，获取相应的异态指标特征及定量的特征概率值。

根据指定主题的常异态统计分析，确定相应主题的异态统计特征及相应的特征值。

常态和异态指标特征值或统计值之间的排序比较和特征值比较构成"社会治安风险评估特征分析"。

根据特征值的发散与收敛特征，在区域性社会安全态势综合评估与专项评估指标体系的指标指导下，确定区域性社会安全态势综合预警阈值，并根据实时发生的指标支持数与相关参数的变化进行预警阈值的动态维护，在此基础上，实现动态的智能预测预警指标发布，以完成区域性社会安全态势综合评估与专项评估指标体系的实际应用目标。

3. 社会治安风险演变分析

根据所撷取的舆情主题，以时间序列、空间序列、事件序列再现社会治安风险评估的舆情发展态势，以此获取常态大型事件的舆情指标。

针对所撷取的舆情主题，以时间序列、空间序列、事件序列描述正在发生的社会治安风险评估舆情发展态势，并根据已发生的舆情常态指标，在渐进理论的指导下，利用相关的关联规则与事态仿真技术，预测该社会治安风险评估的舆情发散与收敛。

针对所撷取的舆情主题，确定相应的热点，进行指定热点的轨迹描述、轨迹分析和关联再现。

4. 评估与预测的效能分析

由于区域性治安风险防范面对的研究对象是一个有限震荡的动态系统，无论区域性社会安全态势综合评估与专项评估指标体系建立得多么完善、多么准确和科学，但随着社会安全态势的变化，相关的区域性安全态势因素必然发生变化，随着维稳行为的常态化，某些涉稳因素消失了，但同时也会产生新的区域性安全态势因素，这就势必导致区域性社会安全态势综合评估与专项评估指标体系的改变。简明而说，就是2009年用以衡量社会安全态势的综合评估和专项评估指标不可能完全适用于2010年的区域性社会安全态势评估。根据这一基本思想，在区域性治安风险防范中，必须建立科学的、稳定的、可动态监测的、可被验证的区域性社会安全态势综合与专项指标效能评估体系，用以适应不断变化的社情、警情和敌情。根据所设计的动态监测模型、效能评估模型和效能评估指标，可以动态地跟踪、监测和维护已经建立的区域性社会安全态势综合评估与专项评估模型和相关的评估指标体系。

5. 基于预测的串并分析

（1）根据所发生案件的特有因素、现场物证痕迹、涉案唯一识别标识等进行案件的串并分析。

（2）根据历史上已发生同类案件的关系分析，预测在侦案可能发生的关系，根据多次预测的案件特征关系进行案件的串并分析。

（3）根据获取的网络舆情或相关线索，在文本上直接指定串并热点，并同步进行案件串并与关联分析。

6. 基于评估与预测的线索分析

导入所获取的公安内网舆情或相关线索，提取所关注的线索主题及相关特征，对该线索进行分布分析、轨迹分析、关联分析和热点关系分析。

7. 嫌疑人员预测分析

根据已发生社会治安风险评估或案件/事件特征，提取涉案/涉事人员特征和地域特征，建立嫌疑人员预测分析模型，并根据相应特征对指定人员、地域进行涉案/涉事预测及多维分析。

8. 基于预测的特征因素布控分析

针对除指定人员外的所有特征因素、热点因素进行在线监听、轨迹再现、轨迹分析、所属地域分布分析、活动地域分布分析，并对相应特征因素进行号码识别与追踪。在此基础上实现针对特定特征因素的预案生成，并在应急联动智能指挥调度系统的支持下，形成有情报支撑的区域性社会安全态势联动体系。

9.10　情报研判信息模型分析

区域性社会安全态势综合评估与预测的主要技术构成如下：

- 区域性社会安全态势综合评估模型。
- 区域性社会安全态势"两抢一盗"案件专项评估模型。
- 区域性社会安全态势诈骗案件专项评估模型。
- 区域性社会安全态势旅店住宿登记人员评估模型。
- 区域性社会安全态势网吧登记人员专项评估模型。
- 区域性社会安全态势综合评估指标体系。
- 区域性社会安全态势"两抢一盗"案件评估指标体系。
- 区域性社会安全态势诈骗案件专项评估指标体系。
- 区域性社会安全态势旅店住宿人员评估指标体系。
- 区域性社会安全态势网吧人员专项评估指标体系。
- 区域性社会安全态势综合指标效能评估模型。

由于区域性治安风险防范的宗旨是建立区域性社会安全态势综合评估体系，所以，区域性治安风险防范所依托的重大工程建设是公安信息化工程，需要公安信息化工程提供目前有关区域性社会安全态势综合评估的相关业务信息以及相应的专项信息，具体包括以下内容。

（1）重点人员身份信息。包括涉恐人员、涉毒人员、重大犯罪前科人员、在逃人员等。

（2）人员背景信息。包括常住人口信息、暂住人口信息、关押人员信息、机动车/驾驶员信息、出入境登记/证件信息、违法犯罪人员信息、刑释解教人员信息、少管人员信息、企业法人信息、个人纳税信息、保险信息、社保信息、房产信息、失业人员信息等公安外部信息。具体内容和来源如表9-1所示。

表9-1　人员背景信息

类别	细项
公安内部信息	人口管理信息
	居民身份证办理信息
	机动车/驾驶人信息
	出入境/证件信息
	境外人员管理信息
	违法犯罪人员信息
	公安机关在押人员信息
	民用爆炸物品相关人员信息
	持枪人员信息
	跨国犯罪人员信息
	非法入境、居留人员信息
	……
	失踪人员信息
	制贩枪支重点人员信息
	边防偷渡人员信息
	涉爆人员信息
公安外部信息	两劳少管人员信息
	刑释解教人员信息
	企业法人信息
	个人纳税信息
	保险个人信息
	社保信息
	失业人员信息
	……

（3）实名制人员动态信息。具体内容如表9-2所示。

表9-2　实名制人员动态信息

类别	细项
旅行信息	签证信息
	订票信息
	登机信息
	出入境信息
	机动车行驶信息
住宿信息	旅馆业住宿人员信息
	出租屋租住人员信息

（续表）

类别	细项
	暂住证办理信息
	实际居住信息
通信信息	……
	……
	……
	网吧上网人员信息
消费信息	银行卡持卡人员信息
	银行卡刷卡使用信息
交易信息	银行开户人员信息
	大额/可疑资金交易信息

（4）重大事件及线索信息。包括：

- 背景类或诱因类信息：可能诱发、导致发生危害国家安全、社会稳定的政治事件、暴力恐怖事件、群体性事件的信息。
- 经验类、分析类信息：积累的能够全面展现一起危害国家安全、社会稳定的政治事件、群体性事件的起因、规模、手段、危害、特点的案例类信息材料。
- 即时类信息：反映可能发生危害国家安全、社会稳定的政治事件、群体性事件的苗头性、线索性信息。

9.11　情报研判技术原则

　　根据前文分析，可以明确情报研判必然立足于情报技术中的核心技术构成，以公安行业几十年来积累的信息化数据为强有力的数据基础，致力于信息资源分析、情报分析、专题数据分析，在公安行业信息资源分析技术和应用发展的同时提升相应的技术势能，同时以发现关系、揭示规律、预测态势、灵活展示为情报分析技术的主攻方向，以实用的技术构成为公安行业的区域性社会安全提供有效的技术支撑和服务。

　　而在技术路线上，情报研判应该坚持以下的基本原则。

9.11.1　业务无关性原则

　　"业务无关性原则"实际借鉴了"麦肯锡估值方法"和"波士顿经验曲线"的基本技术思路，它意味着情报技术体系并不干涉情报分析数据提供者的业务工作逻辑，不破坏现有的信息化建设部署与信息化应用方式。在情报分析体系中，仅只对各级、各类信息系统产生的业务结果数据进行分析、整理与预测，而不会去修改、维护已由各级信息系统所采集的各类原始业务信息。从而使得所研究的情报技术完全不依赖于具体的业务逻辑，仅只和对应的数据属性相关，实现了情报应用技术和情报核心技术跨平台、跨行业的应用目标，也使得所研究的情报技术能够帮助使用者摆脱繁重而不可能完成的业务逻辑维护任务。而对于不同层级的情报分析技术需求，情报技术将根据不同的数据颗粒度，提出相应的模型、算法和情报分析技术，以面向数据的基本原则进行情报技术的研究。

9.11.2　主题驱动性原则

情报从来都不是独立存在的，情报一定要为具体的业务需求服务。例如：移动电话的话单分析情报可能成为移动电话公司设计话费套餐的依据，那此时的话单分析情报就可以明确为"话费盈利点指标分析"；而移动电话的话单分析情报同样可能成为公安机关监测可疑通话频度的依据，那此时的话单分析情报将被明确为"重大事件的关联指标分析"。在情报分析中，从来不存在空泛的"话单分析"情报，这就是我们所坚持的"主题驱动性原则"。例如：当存在毒品价格的波动影响涉毒案件变化的情报分析需求时，情报研判就应该根据同类型的情报主题需求，研究双变量或多变量的关联规则分析模型，并给出相应的维度选择规则，从而满足情报主题分析的技术要求。

9.11.3　模型导向性原则

情报技术是集数据处理技术、数据分析技术和数据集成技术为一体的综合技术，在情报技术领域存在无限的技术发展空间，但任何一个情报技术研究单位都不可能面面俱到，在情报技术的各个分支都成为出类拔萃之辈，必须"有所为、有所不为"，这样才能使得所研究的情报技术自成体系、独树一帜。综合分析国内外成功的情报技术研究机构，无一不是将数据分析技术作为情报技术的核心构成。如美国兰德管理咨询公司提出的"国防策略规划净评估分析模型"，美国麦肯锡管理咨询公司提出的"麦肯锡估值模型"，美国波士顿管理咨询公司提出的"波士顿矩阵模型"，均将情报对象的研究定位为情报数据模型的研究，这固然是因为只有进行数据属性的本质研究，才能真正摆脱业务系统的振荡，使得所研究的对象和边界处于收敛的状态。但更重要的是，只有数据模型才能真正约束情报分析的边界，才能将所研究的情报技术约束在可控的空间内，进而很快地得到情报分析的结果。由此而得出了"技术服务于模型、模型来自于主题、主题受控于数据"的技术路线，这就是所谓的"模型导向型原则"。

9.11.4　技术集成性原则

根据对情报技术构成的分析，可以看出情报技术是多种技术的集合，具备明显的可集成特征，在所有的情报技术构成中，可分为下列两种情况。

（1）情报实用技术构成。包括全文检索技术、搜索引擎技术、数据抽取技术、受控词转换技术、ETL技术、逻辑补偿技术、空值补偿指标默认技术、语料分析技术、语法分析技术、语义分析技术、模型维护技术、模型分析技术、OLAP技术、指标体系分析与建立技术、多维数据集（Cube）建立技术、挖掘模型建立技术、关联规则与关系预测技术、专题指标体系建立技术、舆情轨迹可视化映射技术、业务数据映射与交换技术、I2可视化展示技术、PGIS技术、Web技术、异构平台信息传递技术、数据资源目录库建立技术、数据资源动态维护技术、服务资源目录库建立技术、服务资源动态维护技术。

（2）情报核心技术构成。包括受控词库自动生成技术、受控词关系知识库生成技术、核心元数据库生成技术、情报主题模型构建技术、模型自学习知识库生成技术、多维分析动态指标体系建立技术、"四预（3F+P）"模型建立技术、"四预（3F+P）"维度模型建立技术、"四预（3F+P）"指标体系建立技术、异构平台体系架构建立技术、情报信息资源目录体系建立技术、信息资源目录体系标准编制技术。

因此，公安行业的情报研判研究具备了天生的雄厚技术储备，完全可以在已经成熟的技术产品上开展公安行业的情报研判工作。

9.12 情报研判的信息化实现

根据上述的理论分析与模型研究，结合具体的公安情报研判分析可以看出，情报技术完全能够支撑当前公安行业的实战应用。经过数据仓库的构建研究、数据挖掘算法的特征指数研究，加载实际的海量（千万记录级真实数据）公安业务数据验证，目前已经可以针对新型犯罪、传统犯罪、关注人群犯罪、日常行政管理建立以下的情报研判分析模型。

9.12.1 重大事件情报分析模型

重大事件情报分析模型有以下两种。

（1）连续变量模型如图9-12所示。

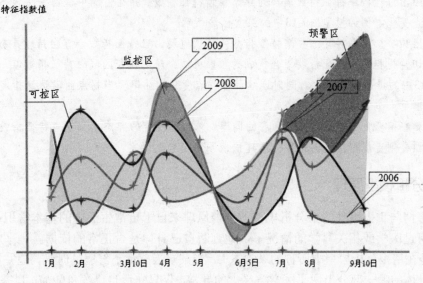

图 9-12 连续变量模型

（2）离散变量模型如图9-13所示。

图中模型的基本含义如下：

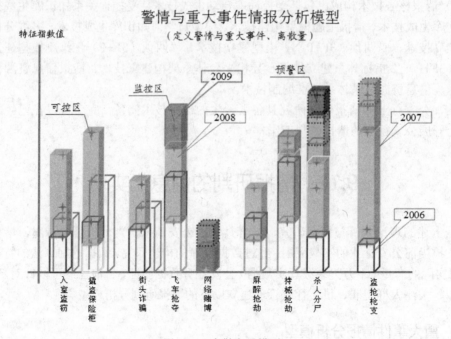

图 9-13　离散变量模型

● 确定常态警情可控区域：根据历史上同期已发生各种案件、事件、人员构成等真实数据，经过数据挖掘，确定在可控状态下的警情特征指数历史同期曲线；在若干条同期曲线共同构成的区域内，确定保持警情可控状态的可控区特征指数集合。例如模型图9-13中的浅灰色。

● 发现异态警情变化：在警情监控区域，根据实时的数据监测，应用数据挖掘技术，实时发现超出可控区域特征指数集合的异态警情特征指数，并在监测中密切关注异态警情指数的拐点变化。例如模型图9-13中的深灰区域所示。

● 发出预警：根据对异态警情特征指数的持续监测，当特征指数一直在持续异态的情况下，密切监视相关的特征指数集合构成的预警区域，确定预警区域的特征指数值。例如模型图9-13中的黑色区域所示。同时连续计算拐点变化的曲率，当拐点曲率达到指定值时，立即发出重大事件或警情的预警。

● 预测警情变化趋势：在发出预警的同时，依据所确定的异态变化拐点特征指数值，根据拐点预警判定规则，发出预警性质建议或预警趋势建议。

9.12.2　分析模型原理

上述警情与重大事件情报分析模型的预警原理来自于日常生活中的基本常识：当一个人在从未学习过医学或相关科学的情况下，他判断自己身体是否正常的依据就是平时的身体状态，这就是在情报分析模型中所称的"常态"。当某一天感觉不舒服的时候，他并不能确切地知道自己身体的哪一部分出现了医学意义上的异常，仅只知道自己浑身酸痛、畏寒、发热，这就是在情报分析模型中所称的"异态"。而为了了解这种异态的基本原因，他会给自己测量体温，发现体温已经高达39度，这时候他一定会给自己发出前往医院的预警，而这个体温值就是在情报分析模型中所称的"特征指数"。当"特征指数值"不断升高的时候，自然就需要专业人员根据医学知识来判定身体"异态"的性质和变化趋势，而在此的"医学知识"就是在情报分析模型中所称的"拐点判定规则"。

在情报研判的过程中，尤其在重大事件预警防范，或区域性治安风险防范的情报研判活动中，上述分析原理尤为重要。因为人们都知道，美国纽约的9·11世贸大楼恐怖袭击事件不可能复制，我国西藏"3·14"打、砸、抢、烧暴力犯罪事件、新疆"7·5"打、砸、抢、烧严重暴力犯罪事件也是不可能被复制的。所以要对类似的重大事件进行预警，实际上研究上述事件的本身特征还不足以提出区域性、防范性的预警防范理论。因此重大事件预警防范的情报研判活动必须从"常态"入手，从"异态"着眼，从"特征"监控，从"规则"预警。这就是上述警情与重大事件情报分析模型的预警原理与实现。

9.12.3 模型分析结果验证

根据上述的警情与重大事件情报分析模型研究和相关的原理实现，经过真实数据的验证，已经得到了下列情报分析研判的结果。

1. 新型犯罪分析

如图9-14所示是对电信作骗案的数据分析，从实际数据挖掘结果中，可以清晰地看到：在传统诈骗案件的发案构成中，从一月份下旬就开始出现了超出可控区（浅灰区）的特征指数值，这就是新型犯罪的特征，这种特征一直持续到二月下旬，当发展到三月上旬时，出现了明显的爆发现象，上述曲线完全说明了新型犯罪是可以被预知的，是可以在刚出现新型犯罪特征的时候就被发现的。

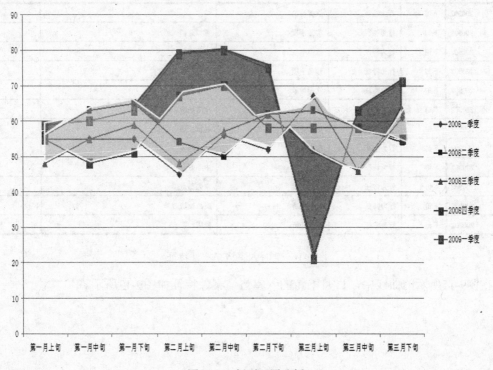

图 9-14 新型犯罪分析

2. 传统犯罪分析

如图9-15所示是传统盗窃案件的监测曲线,从图中曲线可以清楚地看到:每年的入室盗窃案件高发时段为元旦、春节两节期间和夏季,并随着春节日期以及夏季气温的变化提前或推后。

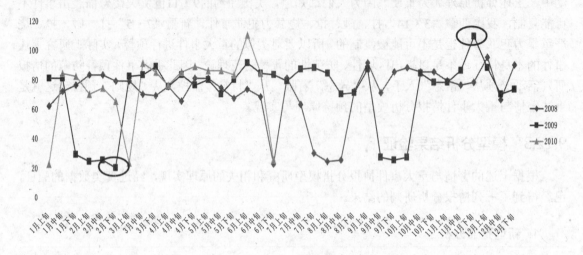

图 9-15 传统犯罪分析

而在上述的案件态势情报分析的结果中,不但可以看到入室盗窃案件的高发时段、高发特征指数,而且通过数据挖掘技术的钻取处理,还可以看到对应监测点入室盗窃案件的具体特征。

在上述曲线中,2月下旬的入室盗窃案件特征如图9-16所示。

200902	下旬	行为特征	选择时机	中午	34
200902	下旬	行为特征	实施手段	窗口开门	18
200902	下旬	行为特征	选择部位	出租房屋	14
200902	下旬	行为特征	预备手段	物色对象	11
200902	下旬	行为特征	选择对象	中年男子	9
200902	下旬	行为特征	选择处所	洗浴场所	7
200902	下旬	行为特征	选择处所	建筑工地	6
200902	下旬	行为特征	作案手段	事先踩点	5
200902	下旬	行为特征	选择对象	中年妇女	4
200902	下旬	行为特征	作案手段	事先踩点1	3
200902	下旬	行为特征	选择处所	废品收购店	2
200902	下旬	行为特征	选择处所	商店	2

图 9-16 2 月入室盗窃案件特征

在图9-15所示的曲线中,11月下旬的入室盗窃案件特征如图9-17所示。

200911	下旬	行为特征	选择时机	上班时	14
200911	下旬	行为特征	实施手段	撬扭挂锁	12

200911	下旬	行为特征	选择时机	傍晚	3
200911	下旬	行为特征	作案手段	制造条件	3
200911	下旬	行为特征	选择部位	门前	2
200911	下旬	行为特征	实施手段	破坏窗框	2
200911	下旬	行为特征	作案特点	结伙作案	2

200911	下旬	行为特征	实施手段	钳断锁梁	1
200911	下旬	行为特征	实施手段	攀爬阳台1	1
200911	下旬	行为特征	作案手段	事先踩点2	1
200911	下旬	行为特征	选择时机	周末	1
200911	下旬	行为特征	选择部位	门前1	1
200911	下旬	行为特征	选择部位	厨房1	1
200911	下旬	行为特征	实施手段	其它侵入手段	1
200911	下旬	行为特征	选择处所	写字楼（其它）	1
200911	下旬	行为特征	实施手段	墙上挖洞	1
200911	下旬	行为特征	选择处所	公司1	1
200911	下旬	行为特征	选择处所	其它住宅	1
200911	下旬	行为特征	作案手段	撬门	1
200911	下旬	行为特征	实施手段	拨弹开锁	1
200911	下旬	行为特征	作案手段	密谋策划	1
200911	下旬	行为特征	作案手段	溜门1	1
200911	下旬	行为特征	实施手段	破护窗网	1
200911	下旬	行为特征	选择处所	餐馆	1
200911	下旬	行为特征	选择对象	男青年	1
200911	下旬	行为特征	实施手段	从窗侵入	1

图 9-17 11 月入室盗窃案件特征

从图9-16和图9-17中，可以明显地看到2月下旬和11月下旬入室盗窃案件的作案特征是完全不同的。

3. 关注人群犯罪分析

而对于公安业务意义上的高危人员，随时关注这类人员的犯罪行为和特征将对重大事件预警防范、区域性治安风险防范有着十分重要的意义。如图9-18所示是某类人员犯罪态势的监测曲线。

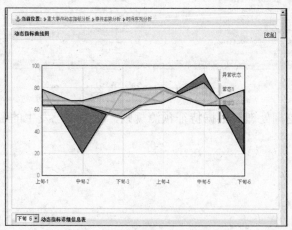

图 9-18 关注人群犯罪分析

通过这样的动态监测，可以实时地监测高危人群和高危人员的犯罪特征变化，并通过数据挖掘中的钻取技术，很方便地获知导致上述人员犯罪行为异常特征出现的具体人员，并且可以因此进行关联布控。如图9-19所示。

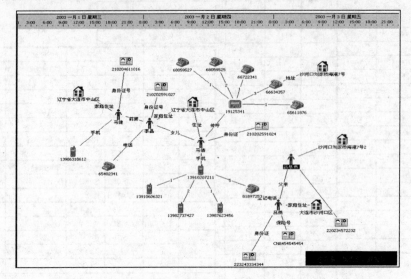

图 9-19　案事件情报研判的基本发布形式

同理，可以对上述高危人员导致发生的案件进行定位研判，确定导致异常点出现的具体案件究竟是哪些类，是哪个案件，上述监测曲线中导致异常点出现的案件如图9-20所示。

案件信息列表		
案件编号	**案件类别**	**操作**
A1100001500002007040018	盗窃保险柜案	关联分析
A1100001500002007040026	诈骗案	关联分析
A1100001500002007060035	入室盗窃案	关联分析
A1100001500002007060044	诈骗案	关联分析
A1100001500002007070002	盗窃案	关联分析
A1100001500002007070035	盗窃案	关联分析
A1100001500002007080005	入室盗窃案	关联分析
A1100001500002007100017	入室盗窃案	关联分析
A1100001500002007100018	入室盗窃案	关联分析
A1100001500002007110015	盗窃汽车案	关联分析
A1100001500002007120017	入室盗窃案	关联分析
A1100001500002008030002	盗窃案	关联分析
A1100001500002008030011	入室盗窃案	关联分析
A1100001502002007020009	入室盗窃案	关联分析
A1100001503002007110001	盗窃案	关联分析

http://localhost:8080/qbpt/drillthroughinit.pfv?modelName=DQ_CASEINFO_2008_CLUE　可信站点

图 9-20　对应异常点案件

通过相应的数据挖掘处理，根据特征预测规则，可以对已发生的各种案件和事件进行如图9-21所示的串并分析。

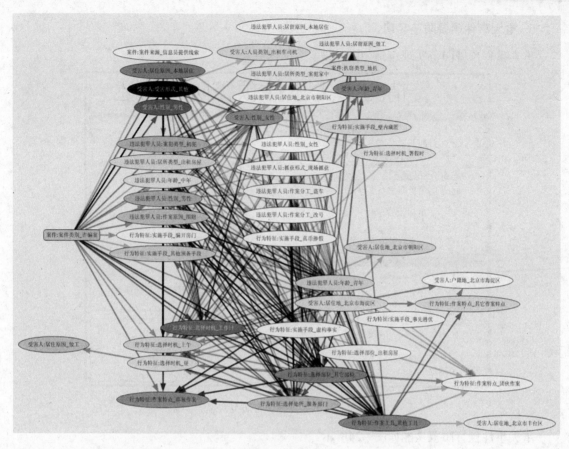

图 9-21　串并分析

4. 治安管理态势分析

在治安管理中，虽然平时并没有恶性或不可预见的事件发生，但随时掌握辖区内各种治安因素的态势变化，同样是实现区域性治安风险防范的重要情报研判分析内容。如图9-22所示就是对某辖区旅店住宿登记人员构成变化的情报监测分析，可以从浅灰色区域中明确地了解到治安管理中的常态，而从深灰色区域中看到治安管理出现异态的时段和特征指数。

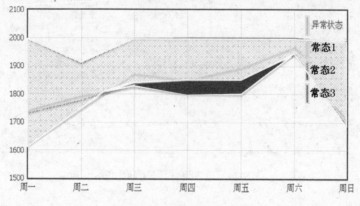

图 9-22　治安管理态势分析

5. 重大事件预警防范实现

重大事件预警防范实现包括如图9-23所示的内容。

警情与重大事件预警防范简述

数据基础
- 舆情、线索、社会信息、案事件信息、警情、要情、内网信息
- 信息间的关联关系、轨迹变化、演变过程
- 在线分析库：信息资源和数据仓库；主题词库和受控词库

评估模型和预测监控
- 重大事件的动态指标
- 重大事件的特征分析
- 重大事件演变分析
- 重点人员预测监控
- 特征因素监听监控

技术架构
- 基于情报信息综合应用平台
- 数据挖掘、轨迹分析、比对分析、常规分析、PGIS、舆情分析、非格式化文件的处理技术在平台上的合理集成

展现应用
- 在线动态实时轨迹分析：关联分析、轨迹分析、舆情分析、非格式化等分析处理
- 动态事件预警研判，长期、稳定，变化的数据分析处理
- 辅助应用

图 9-23　重大事件预警防范实现

重大事件预警防范功能如图9-24所示。

警情与重大事件预警防范功能

动态指标与特征分析
- 动态指标
  - 时间序列动态指标
  - 地域序列动态指标
  - 事件发生动态指标
  - 激烈程度动态指标
- 特征分析
  - 人员特征分析
  - 行为特征分析
  - 被侵害对象分析
  - 热点特征分析
  - 按地域分布分析
  - 按行为轨迹分析
- 关系分析
  - 按事件关系分析
  - 按人员关系分析
  - 按指标构成分析
  - 按指标关系分析
  - 按热点关系分析

事件常规分析
- 专题分布分析
  - 旅店住宿分布分析
  - 网吧上网分布分析
  - ……
- 专题时间轴分析
  - 旅店住宿时间轴分析
  - 网吧上网时间轴分析
  - ……
- 专题异常分析
  - 旅店异常分析
  - 网吧上网异常分析
  - ……

事件演变分析
- 舆情特征分析
  - 舆情态势分析
  - 舆情趋势比对
  - 舆情演变分析
  - 舆情热点分布
  - 舆情热词分析
  - 舆情热点排行
- 演变特征分析
  - 事件关联分析
  - 事件构成分析
  - 指定因素关联
  - 数字跟踪分析
  - 事件特征分析

图 9-24　重大事件预警防范功能

思考题

（1）公安情报是如何产生的？它们的信息化特征是什么？

（2）公安情报的构成及关注对象是什么？

（3）公安情报属于竞争情报吗？如果属于，理由是什么？

（4）线索的信息特征是什么？

（5）重大案事件的分析对情报研判有规律性的指导意义吗？

（6）预见、预测、预防、预警的公安业务特征是什么？

（7）为什么在情报研判中需要确定业务无关性原则？

（8）如何确定非重大事件的常态特征？

（9）侦查笔录、勘查笔录、询问笔录、简要案情等工作记录文件的情报信息处理特征是什么？

专业应用篇

公安行业的信息化专业应用是一个庞大的课题，完全不是本篇小小的篇幅所能涵盖的，之所以在本书中设计此篇内容，完全是为了能够在公安信息化建设的典型应用中研讨一种设计思路和技术路线。例如在本篇中涉及到的案事件信息处理、串并案信息处理、治安综合信息处理、监所管理信息处理、监管物品信息处理、电子警务信息处理以及自然语言和舆情信息处理等公安专业内容，就分别涉及了打击犯罪、行政管理、特殊对象管理、办公管理等公安机关依法行政的内容。本篇期望通过上述内容的典型信息化处理与应用，为读者提示公安行业信息化专业应用的不同侧重点，无论是从数据属性层面，还是从业务逻辑层面，都希望能够给读者以有益的提示。在本篇中涉及的各项内容虽然形式上是各自独立的，但在信息处理和系统体系结构上却是有机结合的，通过本篇的描述，读者既可以看到融汇于警务综合信息应用平台之中的信息处理构成的技术路线，也可以看到独立于警务综合信息应用平台之外的业务系统构成的技术路线，同时可以明确：尽管这两种构成的系统形态不同，但业务规则和信息处理的内涵都是一样的，尤其和综合应用篇的内容相结合后，可以明确地看到本篇在地市级公安机关信息化建设中的地位与作用。所以在对本篇内容研读时，应该注意各分离系统之间的数据关系、业务规则和相关的逻辑关系。就公安机关的条块建设现状而言，本篇讨论的内容主要是专业业务的信息化建设，但这并不意味着本篇的内容将会独立于综合应用篇的内容而存在，综合应用篇和专业应用篇的讨论内容是互相融合而互为补充的，但由于本篇的目的是为了讨论专业应用的信息化处理特征与相关的实现方法，所以，在表述上会有不同的侧重，希望读者务必清楚地注意到这一点。

第10章

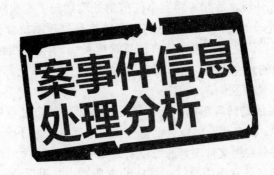

案事件信息
处理分析

摘 要

　　本章结合具体的公安业务实践，对公安业务活动中的案事件信息处理特征进行了详尽的分析，并提出了明确的系统定义。在本章中就案事件信息登记系统和案事件侦查信息管理系统的区别进行了符合案事件侦查特征的研究，并就案事件侦查信息管理系统的总体设计、体系结构设计、功能设计、数据设计和关系设计等内容进行了分析，明确了建设案事件侦查信息管理系统的基本技术路线，从而实现了对案事件侦查信息管理系统进行设计和实施的技术指导。

10.1 信息处理特征分析

案事件信息处理是一个既简单又复杂的信息处理过程，根据不同的设计思想，会产生完全不同的案事件信息处理系统。如果按照案事件信息处理的数据属性划分，由于案事件信息处理必须依托于尽可能全面、完整、综合的基础信息和业务信息，所以案事件信息处理可以归之为综合应用的范畴；而如果按照案事件信息处理的业务规则划分，它又具备着完善的业务规则体系，简单地基于数据进行处理是不可能完成案事件信息处理的。鉴于本书力图基于业务规则对案事件信息处理进行分析，故此，将案事件信息处理划归了专业应用范畴进行研究。

基于案事件信息处理的实质，最常见的案事件信息处理系统分为两类：一类称之为案事件信息登记系统，另一类称之为案事件侦查信息管理系统。但在各地公安机关的信息系统建设过程中，由于考虑问题的角度不同，往往把上述两类信息处理系统都统称为案事件信息处理系统，实际上这是有着本质区别的。

案事件信息登记系统是最省事的系统，就是将案事件侦查过程中的所有文书、表格、工作记录完整地、准确地、清楚地、可以灵活操作地、忠实地记录下来，在案事件侦查的任何时候，调阅此类系统的所有数据文件时，都可以看到案事件侦查过程中的数据项目一项不少，文书卷宗一样不缺，可谓完备和清晰。这类系统的本质特点是事后录入信息。

而案事件侦查信息管理系统则是最费事的系统，除了案事件侦查终结时可以看到完整的移送卷宗外，其他任何时候看到的数据文件都是琐碎的、不完整的、不"规范"的。在这样的系统中不存在必填项与非必填项的区别，而且填错的信息还不能轻易更改，真可谓系统设计不清、逻辑不明。这类系统的本质特点是在侦查过程中，随侦查环节的推移，断续地、逐步地、不完整地录入信息。

但是，这所谓不清不明的系统恰恰具备了典型的案事件信息处理特征。为了说明这个本质特征，不妨从最基本的生活常识谈起：

一个人意味着什么？案事件信息登记系统的设计者会告诉你：一个人意味着姓名、年龄、身份证号码、身高、体重、血型等等，不一而足，因此，案事件信息登记系统会提供一个人的完整信息给你。

而一辆车意味着什么？案事件信息登记系统的设计者同样会告诉你：一辆车意味着车牌号码、发动机号、车架号、VIN识别码、颜色、车辆型号、载质量、轴长、轴距等等，也是不一而足，案事件信息登记系统同样会提供一辆车的完整信息给你。

然而，非常重要的与案件信息登记系统不同的是：

一个人意味着什么？案事件侦查信息管理系统的设计者只会告诉你：一个人意味着一截毛发、一滴血迹、一枚指纹、一个模糊的画像等等，只要案件没有侦查终结，案事件侦查信息管理系统永远无法提供一个人的完整信息给你。

而一辆车意味着什么？案事件侦查信息管理系统的设计者同样会告诉你：一辆车就是一片漆片、一块残破的风挡玻璃、一个模糊的车牌号码、一个倒车镜等等，在案件侦查终结前，案事件侦查信息管理系统同样无法告诉你那是一辆什么车。

这就是案事件侦查信息管理系统和案事件信息登记系统的本质区别，而这又是一个常识性的区别：当一个人或一辆车的信息已经完整的时候，说明这个案件已经结案了，已经不需要所谓的案件信息处理系统了，因为此时专案组已撤，案件已经移交给相关部门，案事件信息处理系统已经没有实际的公安业务意义了。

因此，案事件信息处理的最基本特征就是：将零散的、缺损的、被伪装的案事件信息采集、整理、分类、关联、排除、验证、还原、固定，而不是简单的案事件业务工作表格的登记和存储。

这就是案事件信息处理依据的基本业务规则和信息处理特征，它们在信息处理过程中体现的具体特征是侦查特征，具体如下所述。

（1）数据库表的设计大量充斥着反范式分析，这是由案事件侦查业务的特征决定的。在案事件侦查过程中，由于很多原因，诸如保密的要求，很多情况下不允许为查询、查证一个简单的线索，而调阅出所有跟所查证对象无关的信息，虽然其他信息和所侦查的案件密切相关，但业务规则规定的原则是"有限调阅、有限查证"。这样，就会在数据库表的设计中出现大量的碎表、小表。

（2）数据项的必填项设计仅只依据案件属性而定，而不依据人或物品的属性而定。例如在案事件信息处理过程中，如果不是进行移送卷的信息处理，一般不允许对人员的身份证号码、姓名等基本属性进行必填项设计，因为在很多情况下，侦查员未必能得到这样的真实信息。

（3）在所有的案事件信息数据项中，随着侦查过程的进行，很多被伪装和隐匿的信息会被揭示出来，此时的信息处理规则是：将被伪装的、被隐匿的、被故意模糊的信息作出标记，单独存放在指定的库表中，而决不允许删除或修改。这是因为在实际的犯罪嫌疑人作案过程中，也许已经使用同样的虚假信息行使过多次犯罪行为，而且尚未被公安机关所掌握，如果一旦进行了随意的修改，也许会造成永远的悬案和疑案。例如：一个犯罪嫌疑人曾经使用过假的身份证号码做过多起案件，但公安机关仅只掌握其中的一起，经过侦查，公安机关证实了该犯罪嫌疑人的真实身份证号码，那么，轻易修改该犯罪嫌疑人曾经使用过的身份证号码，就会导致其他案件侦破线索的断裂。

（4）慎重设计案事件信息处理过程中的编号体系。在各种库表的主外键设计时，要严格遵循已经设计好的案事件编号体系。例如在接警编号、立案序号、案件编号、物证编号、现场勘验卷编号、生物检材编号、活体指纹编号、现场指纹编号、案卷编号等等这些编号中，应该设计完整的逻辑关联关系，以便侦破过程中的信息关联处理。最理想的状态是：设计一种严谨的编号体系，根据一个编号，就可以完整地一次性调阅该案事件所有的侦查卷、现场勘验卷、询问卷、移送卷等等。

（5）在进行案事件数据库设计时，尽最大可能在案件和事件之间建立逻辑关系，尤其是在案事件的所有相关属性之间建立必然的常态关系。例如一个窃贼凌晨去偷盗临街商铺，由于路人的干扰，未能成功进行偷窃，但在现场遗留了手套一只，这仅只是一个治安事件，无法构成案件。但在若干天后，同一个窃贼，用同样的作案手法成功进行了另一次盗窃，如果在事件和案件事件之间建立了基于入室方式的逻辑关系，那只手套就将成为案事件信息处理中重要的关联查证对象。

（6）案事件信息处理在进行串并分析过程中，应尽最大可能进行特征相似性信息处理，在相似性拟合模型下，进行特征串并的信息分析和处理。这是因为当今的犯罪行为研究已经证明，由于经济条件的改变和人们行为观念的改变，在同样的作案行为中，出现不加改变的作案特征几率越来越低了，除非是犯罪嫌疑人无法改变的固有特征，如跛足、斜行、缺指等，所以串并案的相似性拟合模型设计将是案事件信息处理的又一特征。

（7）在某些案事件侦查过程中的信息处理，不仅要考虑到信息的采集、存储和流动，更要实际考虑信息的验证和标记，这一般是由业务规则决定的，但在信息处理过程中往往遇到难题，这就需要认真研究相关的业务规则，使之体现到案事件的信息处理中去。例如犯罪团伙的信息认定、带破/协破案件的认可性标记、追逃人员的上网时间认定等等，这都有可能影响相应案事件信息处理系统的使用和良好运行。

应该说，在案事件信息处理过程中，还会存在大量的信息处理规则，也可以将其归纳为信息处理特征，但主要的信息处理规则就是严格遵循案事件侦破过程中的业务规则，以业务规则为案事件信息处理的基石，所设计、开发的案事件信息处理系统就将获得基层侦查员的肯定和接纳。

10.2　信息处理概述

各地公安机关正在建设以"报警快、接警快、出警快、处警快、决断快、处置快、布控快、出击快"为主要内容，以指挥中心为龙头的各种形态的快速反应体系。其中各警种各部门之间的信息快速、准确交流和共享是提升整体作战能力和水平的关键。为实现各警种业务信息的高度共享和高效综合利用，为包括指挥中心在内的各部门提供快速、正确、灵活的综合信息支持而统一建立起来的案事件信息处理系统，是快速反应体系中不可或缺的部分，也是快速反应体系工作高效、运行自如的基本要求。

案事件信息处理负责刑侦、经侦、禁毒、治安、文保、网监等警种的案事件信息管理，通过请求服务和异构互联机制，访问其他业务系统，完成从接报案、立案审批、案件侦查，一直到破销结案的相关管理，为快速反应服务。

案事件信息处理从接处警提供的相关案件或事件的信息开始，至案件的破销结案结束（或者事件处理后）的整个流程，主要完成案事件相关信息、犯罪信息、技术信息的管理、查询、统计，为案事件侦办工作提供信息支持，对其他业务系统、综合查询信息处理的信息共享请求通过请求服务机制完成，并通过数据抽取机制为综合数据库提供基本数据。

案事件信息处理以"五要素"信息为基础，采用省厅、地市二级建库方式，系统采用浏览器/服务器（B/S）模式，后台管理使用客户端/服务器（C/S）模式。基层科所队、县（市、区）局直接连接到地市公安机关服务器上进行数据增、删、改和查询、分析处理。对于省厅和地市公安机关的后台管理仍要提供客户端/服务器（C/S）方式的管理。

案事件信息处理应该对数据库进行深层次的数据仓库研究与数据挖掘，不但可以覆盖统计型数据挖掘，而且可以依据大量的主题实现满足公安机关实战要求的知识型数据挖掘。

10.2.1　省级信息处理

由于不同层级对案事件信息处理的需求不同，就产生了不同的信息处理内容。在省级案事件信息处理过程中，由于省级公安机关一般不直接侦办案事件，督办与指导的比重较大，所以省级公安机关的案事件信息处理内容基本如下所述。

（1）整合侦查破案的各类信息资源，建立统一的案事件侦查数据汇集平台，在数据管理级解决数据复用的问题。

（2）建设以八大资源库为基础的各类主题资源库，并和相关数据资源关联融合。

（3）实现信息采集、信息查询、信息统计、信息研判、信息比对、案件串并、信息发布、执法监督、数据传输交换、数据转换与接口、系统管理、质量审核等应用功能。

（4）建立相应的数据传输交换、数据接口机制来保证各类信息资源快速汇集与整合。

（5）实现资源规划关联共享、资源处理关联共享、资源应用关联共享等信息资源共享目标。

（6）实现数据资源管理复用、数据资源整合复用、数据资源应用复用。

（7）实现以八大资源库为基础的主题应用、专项斗争相关主题应用、数据挖掘主题资源应用。

（8）实现提供跨地域、跨警种的串并分析数据资源增值服务，提供跨地域、跨警种的资源共享关联的数据资源增值服务。

10.2.2　市级信息处理

案事件侦查是市级公安机关的主要工作内容，与省级公安机关不同，它需要详尽的数据支撑和较强的信息处理能力，所以，市级公安机关案事件信息处理有如下主要内容。

（1）整合侦查破案的各类信息资源，建立统一的案事件侦查数据汇集平台，在数据管理级解决数据复用的问题。

（2）实现数据分流、数据校验、信息关联定义、自动比对、自动统计、自动发布、数据自动上传、信息交换、查重提示、网上审核、提示警告、执法监督、文书自动生成、系统客户端自动升级、数据安全控制、数据质量审核控制、查询输入输出定制等事务处理目标。

（3）实现跨地区的串并分析研判。

（4）实现各类资源之间的可扩展性、可关联性，高度的共享性和可再利用性，避免信息资源的冗余叠加。

（5）实现实时比对、定时比对、手工比对、临时比对、比对监视、比对报警等目标。

10.3　体系结构

案事件信息处理体系结构如图10-1所示。

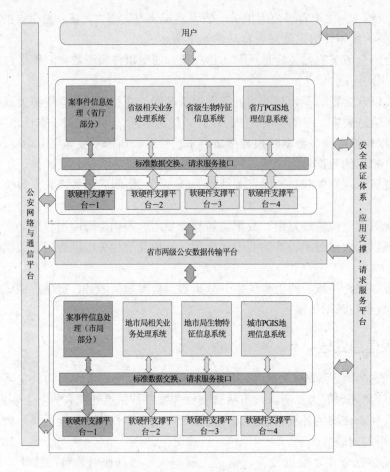

图 10-1　案事件信息处理体系结构

案事件信息处理体系结构由以下部分组成：

- 公安系统网络与通信平台。
- 安全保证体系、应用支撑、请求服务平台。
- 省市两级公安数据传输平台。
- 案事件数据交换、请求服务接口平台。
- 各业务系统软硬件支撑平台。
- 省级案事件信息处理。
- 地市级案事件信息处理。
- 省级相关业务处理系统。
- 省地市级相关业务处理系统。
- 省级生物特征信息系统。
- 地市级生物特征信息系统。
- 省级PGIS地理信息系统。
- 地市级PGIS地理信息系统。

10.3.1　省级体系结构

案事件信息处理省级体系结构如图10-2所示。

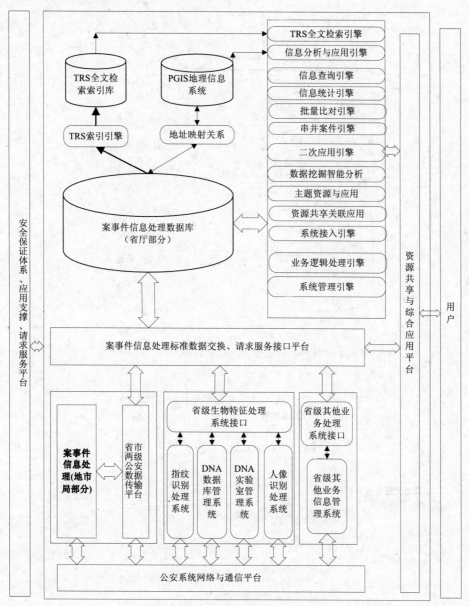

图 10-2　案事件信息处理省级体系结构

10.3.2　地市级体系结构

案事件信息处理地市级体系结构如图10-3所示。

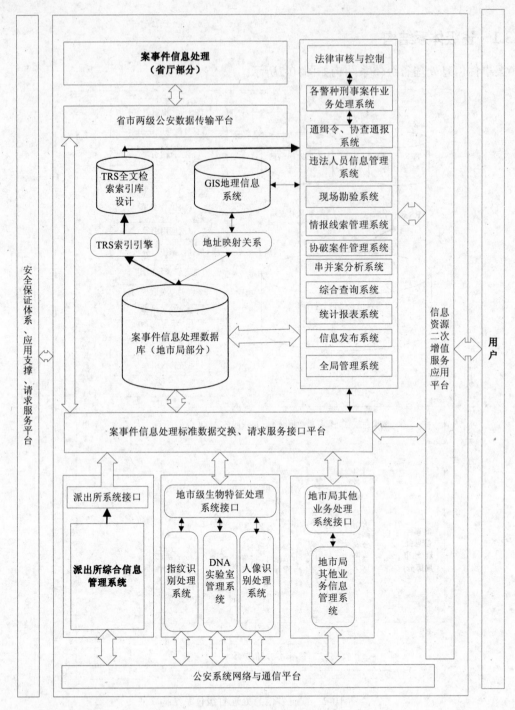

图 10-3　案事件信息处理地市级体系结构

10.3.3　网络构成

案事件信息处理的网络构成如图10-4所示。

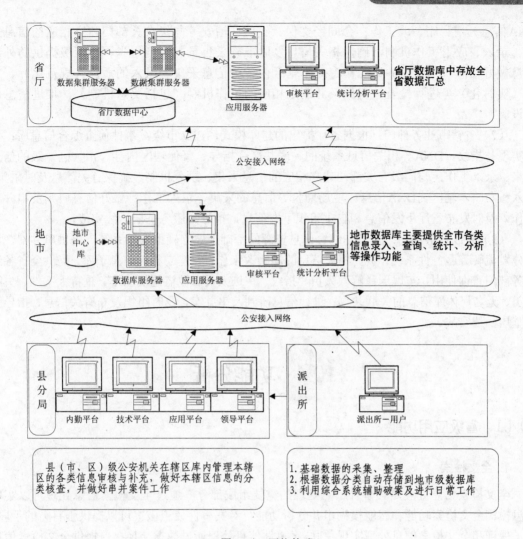

图 10-4 网络构成

10.3.4 数据流与业务流描述

在省市两级建库模式下，数据将通过应用服务器进入同级的数据库和其他业务数据库。地市级以下用户数据只在地市级实现数据共享，省厅级用户的数据则在省级库实现数据共享。基础数据在市级派出所综合系统中录入后，经初步分类，按垂直的业务条线进行分流至市级案事件侦查信息数据库，进而汇总至省厅总库。

案事件信息处理定位于基层有立案权限的县（市、区）级公安机关，管理的重点在省、市两级案事件侦查部门。主要业务信息的共享和应用面向全警，实行"谁办案、谁采集，谁审核、谁负责"的责任制。基层科所队负责本辖区内相关原始基本信息采集录入，确保相关原始信息及时、准确、真实地采集，以供案事件侦查办案部门对信息进行深度加工。对于不同的案事件部门，具备不同案事件信息处理智能和流程。

（1）县市区业务部门：负责对本辖区录入的相关信息的修改、审核工作，负责本辖区内不需要基层科所队采集的侦查破案信息，或基层科所队无法完成的侦查破案信息（如指纹、

223

DNA信息）增、删、改工作；会同经文保、经侦、治安等同级有关部门建立相应的信息采集、录入、应用工作机制，确保相关信息及时准确采集录入；利用省、市两级提供的外地信息做好信息研判及串并案工作；对本辖区内各类信息采集、录入的质量（规范化）、时效（实时化）等进行检查、督促，并制定相应的工作机制（包括奖惩机制），推进信息化建设。

（2）省辖市业务部门：根据省厅提出的建库模式，建立市级案事件侦查综合信息库；负责实现与指纹、DNA等相关信息系统的关联共享；指导、督促辖区内县、市（区）级的信息采集、录入工作，与同级有关部门建立相应的信息采集、录入机制，确保有关信息及时采集、录入；负责本辖区内DNA信息、现场勘验等信息的采集、录入工作；做好信息研判及串并案工作，及时发布省厅下发信息和自主组织下发信息，指导、服务基层一线实战。

（3）省厅业务部门：负责在综合信息资源的基础上建立辅助决策系统，提供串并案、资料分发流转等服务性系统；负责相关信息的增删改工作，并建立相关信息子库，提供全省各级业务部门查询使用；实现刑释解教人员、指纹、在逃人员、被盗抢机动车、重特大案件、失踪人员、无名尸体库信息的关联共享；进行信息研判及串并案，及时组织发布有关信息，指导服务基层一线实战。

10.4 功能分析

10.4.1 省级应用功能

1. 全文检索

全文检索信息处理是案事件信息处理的重要组成部分，通过全文检索信息处理可以实现信息模糊全文检索功能和智能模糊串并分析功能，对案事件侦查破案可以提供强有力的手段。为了保证和全文检索信息处理实现关联，案事件信息处理通过数据交换接口提供全文检索信息处理所需数据资源，交换方式如图10-5所示。

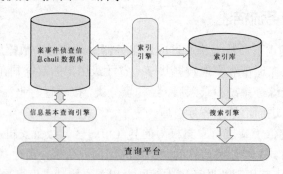

图 10-5　案事件信息交换方式

在案事件信息处理中，通过相应的应用交换接口来与全文检索信息处理功能进行融合和互操作，如图10-6所示。

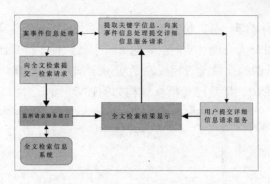

图 10-6　案事件全文检索信息处理

2. PGIS 关联

在案事件信息处理中，需要建立PGIS地理信息坐标信息与案事件信息处理中地点信息的关联，包括案发现场地址、在逃人员户籍地址、犯罪嫌疑人地址、抓获人地址、受害人地址、违法犯罪人员地址、事故相关人员地址、机动车驾驶员地址、出入境人员地址、出租房屋地址、涉枪单位地址、涉枪人地址、刑释解教人员地址、特业从业人员地址、旅店机构地址、暂住人口地址、常住人口地址等。通过和PGIS建立的关联，可以快速在PGIS地理信息系统中进行各类信息的定位显示，从而实现快速布控与决策。通过PGIS坐标信息，统计坐标区域发案、破案情况，经过分析提出防范参考建议。通过PGIS地理信息系统，还可以直观地分析犯罪嫌疑人员活动轨迹，进一步分析研究犯罪嫌疑人员的活动规律等。

3. 信息查询

信息查询首先可以分为查询具体的人、案、物、证、线、场所等信息的简单查询，按信息分类的分类查询，将某一类业务数据的查询结果作为另一类业务数据的查询条件进行递归关联的查询，多条件组合查询以及将查询条件中的一部分内容作为查询条件的模糊查询等。其次，根据公安业务需要，还可以进行以下查询。

（1）按业务查询。按照公安业务的具体分类，将各种业务系统的数据挂接在查询平台下，通过查询模型设置或业务条件定制，对所挂接的每种数据进行个性化的查询。

（2）按要素查询。依据人、案、物、机构、地点五要素的分类原则，针对其中某一类信息进行查询。

（3）关联查询。无论是按要素查询还是按业务查询，当查询到结果后，还可以通过查询结果中的关联关系项，关联到其他种类或其他要素中的数据内容。通过关联查询可以建立不同数据种类之间、不同要素之间的关系，实现人、案、物、机构、地点的交叉关联和循环互动，对于广大公安干警预防和打击各种案事件犯罪有特别实用的价值。

4. 批量比对

所谓批量比对，就是在特定条件下，以指定的批量清单作为比对条件，在海量的案事件信息中进行比对的操作。例如在执行"扫黄打非"任务时，获取了一批娱乐服务业从业人员的名单，为了快速甄别其中是否有在逃人员，就完全可以利用批量比对功能进行比对查询。批量比对是案事件信息处理的重要部分，贯穿于全部信息采集、处理、应用的过程，和信息的分类息息相关。批量比对可以分为自动（实时、定时）、手动两种。批量比对的单元组织由各类信息形成的模板决定，而所谓的批量比对模板则是实现定制完成的比对查询规则，比对过程按信息业务分类及信息特点形成。批量比对模板结构如图10-7所示。

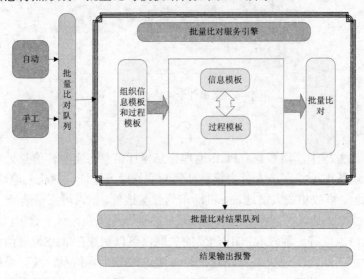

图 10-7　批量比对模板结构

批量比对模板如表10-1所示。

表10-1　批量比对模板

比对内容	比对过程
可疑物品→协查物品、损失物品比对	根据可疑物品特征信息和系统协查物品库、损失物品库进行比对，比对结果进行报警
物品线索→协查物品、损失物品比对	根据物品线索特征信息和系统协查物品库、损失物品库进行比对。比对结果进行报警
现场遗留物品→损失物品、协查物品比对	根据现场遗留的物品特征信息和损失物品库或协查物品库进行比对，比对结果进行报警
人员姓名、身份证→综合人员库比对	根据用户输入的人员姓名、身份证信息和综合人员库进行比对，减少重复输入
失踪人员→未知名尸体比对	根据失踪人员特征信息和系统未知名尸体信息库进行比对，比对结果进行报警
未知名尸体→失踪人员库比对	根据未知名尸体特征信息和失踪人员库进行比对，以进一步明确尸体情况，比对结果进行报警
失踪人员、未知名尸体DNA→全国DNA库比对	根据失踪人员、未知名尸体DNA信息通过异构系统关联和全国DNA库进行比对，比对结果进行报警
未知名尸体指纹→现场指纹库比对	根据未知名尸体指纹信息通过异构系统关联和现场指纹库进行比对，主要用于分尸案件串并应用
失踪人员→失踪人员库比对	根据失踪人员特征信息结合智能分析服务和失踪人员库进行比对，分析是否为团伙作案或同一人所为

（续表）

比对内容	比对过程
可疑人员→在逃库比对	根据可疑人员特征信息和在逃库进行比对以判断该人是否为在逃人员；比对结果进行报警
犯罪嫌疑人、抓获人→在逃库进行比对	根据犯罪嫌疑人、抓获人特征信息和在逃库进行比对以确定该人是否为在逃人员，比对结果进行报警
现场疑犯特征描述→综合人员库比对	根据现场目击证人描述信息和综合人员库进行比对，进一步缩小布控范围，比对结果进行报警
二手手机市场→损失手机库进行比对	根据手机特征信息和损失手机库进行比对，比对结果进行报警
犯罪嫌疑人→旅店业住宿人员进行比对	根据犯罪嫌疑人特征信息和旅店业住宿人员进行比对，缩小布控范围。比对结果进行报警
根据现场时空手机信息→综合人员库进行比对	根据犯罪现场时空手机信息和综合人员库进行比对，以缩小布控范围，比对结果进行报警

　　加强现场指纹、生物检材（DNA）的提取，及时和指纹识别系统、全国DNA系统进行比对，进行案件串并。

　　其他业务系统可以和综合信息库进行关联比对：例如住宿人员和布控人员进行比对，暂住人员和违法库进行比对等。

5. 二次应用平台

　　在日常的公安业务中，往往发现由设计者设计的查询方式、工作界面，甚至参加信息处理的数据源并不完全符合一线民警的工作习惯或业务规则，在这种情况下，就迫切需要提供公安民警对案事件信息处理能够按照自己的意愿确定操作方式的工具，二次应用平台就是这样的工作定制工具，它是案事件信息处理中针对各类信息资源进行二次动态应用以及二次开发的应用定制平台。它可以完成数据资源的逻辑归类和关联、人机交互界面功能定制、查询条件逻辑处理等定制工作。二次应用平台功能结构如图10-8所示。

　　（1）界面风格定制。应用平台界面风格定制主要是提供基本的定制功能，公安民警可以根据不同的需要进行选择性定制。可定制的项目主要包括界面风格模板的选择、数据项逻辑关系的定义、确定数据项组合列表等，如图10-9所示。

　　（2）数据源关联定制。主要是考虑在应用功能界面确定后，有可能产生的数据源集合变化，而这些变化又会根据实际业务数据库模式进行新的关联。如图10-10所示就是根据界面定制完成后进行数据源关联定制的工作逻辑。

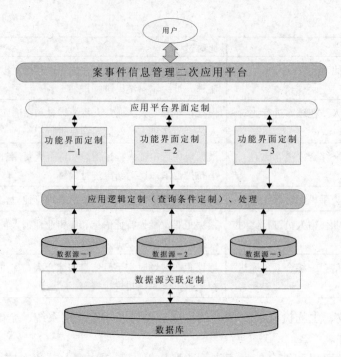

图 10-8　二次应用平台功能结构

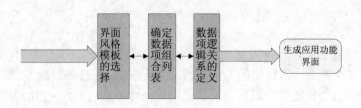

图 10-9　界面风格定制处理

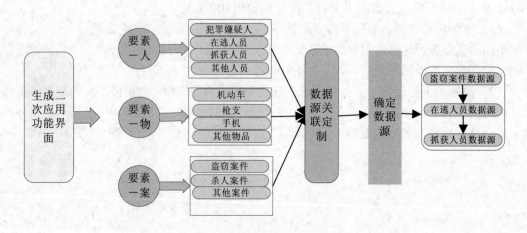

图 10-10　数据源关联定制

（3）查询条件定制。主要是指通过组织查询条件，保存组织好的查询逻辑，形成二次查询条件的过程。比如用户选择"身份＝学生、案件类别＝盗窃"作为查询组织条件，那么就可以把该查询组织条件保存为"学生盗窃案主题"，下次就可以直接利用该主题快速进行查询，而不必再次输入"身份＝学生、案件类别＝盗窃"这样的查询条件。

10.4.2　地市级应用功能

在案事件业务处理中，完全遵循地市级案事件办案过程中的流程规定，完整地实现以下流程的信息化处理。

1．接报案处理

接报案信息的来源主要分为派出所信息处理、其他业务系统、系统直接接报三种方式，如图10-11所示。

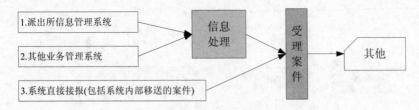

图 10-11　接报案处理

在这种接报方式下，就必须考虑到案事件信息处理和其他业务系统之间的接口，这是完成接处警和接报案信息处理的核心，为此，形成了如图 10-12 所示的工作逻辑。

图 10-12　接报案处理逻辑

在上述工作逻辑中，首先需要定义相关数据接口，规划数据缓冲区。具体的信息处理是：首先根据实际数据要求在数据存储服务器上分配合理的空间，制定相应的优化方案，然后根据信息种类定义相关的数据格式、约束条件，最后制定规范的数据接口。

在定义了规范的数据接口后，自然需要编写接报服务程序。在接报服务程序中，需要实现以下功能。

首先需要对数据定义进行校验，其次需要对数据缓冲区中新增的信息进行查看，避免一起案件多次受理，从而保证案事件信息处理中案件的唯一性。如果出现一起案件多次受理的情况，要通知案事件信息处理单元。最后将所进行的所有工作记录进日志模块，以备审计和检查。

对于案事件信息处理直接受理的接报案件，则没有上述的部分操作，只要实现完整的接报案功能即可。值得注意的是，当出现领导交办案件、部门移交案件、侦查过程中发现的案件等，案事件信息处理必须进行相应的处理，因为此时的接报案信息处理流程将和通常的接报案信息处理的共组逻辑不尽相同。案事件信息处理接受报案后，将自动生成《接受案件回执单》，并具有打印功能。

2. 受理案件处理

受理案件是对接受的案件信息进行收集整理的过程，为下一步立案审查奠定基础。在受理案件处理中，需要完成案件基本信息、受害人信息、犯罪嫌疑人信息、损失物品信息的输入，并制作受理案事件案件登记表。

3. 立案审查处理

立案审查是决定应否立案的关键环节和必经步骤，审查后对受理案件的处理结果如下所述（见图10-13）。

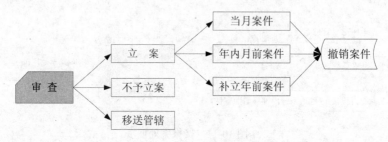

图 10-13　立案审查处理

- 立案：犯罪事实存在，应当追究案事件责任，且属于自己管辖范围。
- 不予立案：没有犯罪事实或不需追究案事件责任。
- 移送管辖：犯罪事实存在，应当追究案事件责任，但不属于自己管辖范围。

对应于上述的立案审查结果，相应的业务流程如图10-14所示。

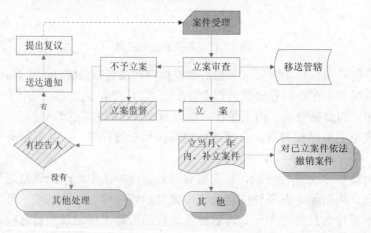

图 10-14　立案审查流程

根据图10-14可以得知在案件立案审查过程中不同的业务流程如下：

- 案件受理、立案审查、立案、侦查破案、追究案事件责任。

- 案件受理、立案审查、立案、侦查破案、撤销案件（其他处理或无罪释放）。
- 案件受理、立案审查、不予立案、其他处理或无罪释放。
- 案件受理、立案审查、不予立案、立案监督、立案、侦查破案、追究案事件责任。
- 案件受理、立案审查、不予立案、立案监督、立案、侦查破案、撤销案件（其他处理或无罪释放）。

在这些业务流程中，不可避免地需要明确相应的数据，在立案审查过程中涉及到的数据项为立案编号、案件性质、案件类别、立案（不予立案）单位、立案时间、审批人、立案原因、撤销案件时间、撤销案件审批人、撤销案件原因等等。对应于法律审核与控制信息处理的控制点或控制规则如下：

- 根据发案时间和立案时间的关系，决定立当月、年内月前、补立案件。
- 立案时间不能早于受理时间。
- 撤销案件时间不能早于立案时间。

当经过了立案审查信息处理后，将会产生下列一系列法律文书。

（1）认为不够立案标准，或法定不追究案事件责任的，应当制作《呈请不予立案报告书》。

（2）对于有控告人的案件决定不予立案的，应当制作《不予立案通知书》。

（3）对于人民检察院要求说明不立案理由的案件，应当在法律规定期间内制作《呈请说明不立案理由报告书》。

（4）人民检察院认为不立案理由不成立，要求立案的，公安机关接到人民检察院《通知立案书》后，应当在法律规定期间内决定立案，并将《立案决定书》送达人民检察院。

（5）认为符合立案标准，但不属于自己管辖的案件，应当在法律规定期间内制作《呈请移送案件报告书》，经县级以上公安机关负责人批准，制作《移送案件通知书》，连同案件材料移送有管辖权的机关，同时通知报案人。

（6）应当立案的案件，侦查人员要制作《案事件案件立案报告表》，重、特大案件，要制作《案事件案件立案报告书》，经县级以上公安机关负责人批准，予以立案。

4．案件侦查处理

案件侦查是侦查人员在侦查办案过程中，依照法定程序，采用搜查、扣押和调取、询问、勘验检查、鉴定、侦查试验、辨认和查询等方法，收集、审查、判断证据，查明案件全部事实真相的侦查活动，贯穿侦查办案的始终。案件侦查的信息流向如图10-15所示。

从图10-15中可以看到，案件侦查和现场勘验之间具有非常密切的逻辑和关系，只有通过案事件信息处理过程实现侦技结合，改变以往侦查和技术部门脱钩的现象，才能够帮助案件侦查部门实现真正意义上的案事件信息处理。在这个原则下，案事件信息处理首先在受理过程中需要确定案件是否有现场，如果具备现场，那么现场的勘查技术部门将根据案事件信息处理提供的信息对现场信息进行处理。

当现场具备勘验条件，而且经过现场勘验，现场的信息通过案事件信息处理反馈到侦查部门，可以为侦查部门侦查破案提供有效的信息。所以在侦查过程中，案事件信息处理需要提供相关的现场勘验信息，而由于案件性质的不同，所提供的信息内容也不尽相同。

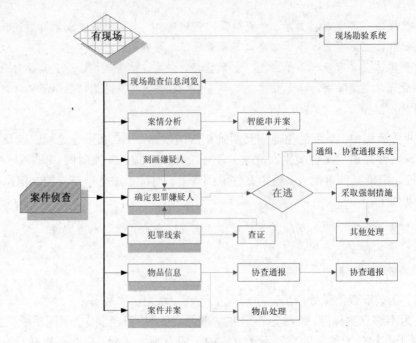

图 10-15　案件侦查处理

对于伤害案件需要案事件信息处理提供受害人伤情鉴定，确定受害人的伤害程度，以决定是否达到立案条件；而对于杀人案件，案事件信息处理则需要提供尸体检验报告，用以确定受害人是否为他杀性质等。除此以外，案事件信息处理还需要采集技术部门提供的现场分析意见。

在案件侦查处理中需要采集的案情分析数据项为简要案情、案件类别、作案人数、选择时机、选择处所、选择对象、选择物品、作案手段、作案特点、作案工具、作案原因、财务损失总价值、涉案总价值。通过这些信息，案事件信息处理可以进行以案查案、以案查人以及自动串并等操作。

在案件侦查处理中，还需要实现刻画犯罪嫌疑人的信息采集，将犯罪嫌疑人的身份、年龄、身高、体貌特征、作案手法等信息通过案事件信息处理进行串并分析，以进一步确定犯罪嫌疑人，从而实现以人查人、以人查案的破案模式。在整个案件侦查处理过程中，不但要和全国在逃人员系统实现关联，进行比对查询，而且要实现对确定的嫌疑人采取强制措施的信息管理，定制法律审核与控制的办案监督提醒。

在案件侦查处理中，还必须实现犯罪线索的采集、比对、查证和提醒。犯罪线索分为物品线索、人员线索、案件线索，案事件信息处理根据线索的类别提取比对数据，并和相关的物品库、人员库、案件库进行比对。

在案件侦查过程中，对于采取留置（侦查措施）审查、传唤、强制措施的犯罪嫌疑人，应该确定以下法律审核与控制的控制点与控制规则。

（1）对于留置审查的要件控制。包括：

● 被指控有犯罪行为的。
● 有现场作案嫌疑的。

- 有作案嫌疑且身份不明的。
- 携带的物品有可能是赃物的。
- 留置不得超过二十四小时，经县级以上公安机关负责人批准，可延长至四十八小时。
- 留置盘查过程中如果需要采取强制措施，只能拘留、逮捕、取保候审、监视居住，不能传唤和拘传。

留置审查的流程如图10-16所示。

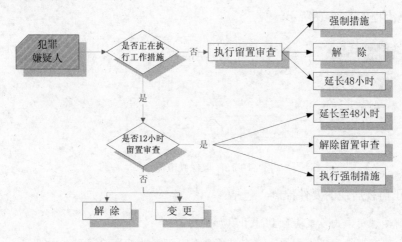

图 10-16 留置审查流程

（2）对于传唤的要件控制同留置审查。

（3）对于拘传的要件控制。包括：

- 有证据证明有犯罪嫌疑人的。
- 经过传唤没有正当理由不到案的。
- 拘传持续时间不得超过十二小时。
- 需要对被拘传人变更为其他强制措施的，应当在拘传期间作出批准或者不批准的决定，对于不批准的，应当立即结束拘传。

拘传流程如图10-17所示。

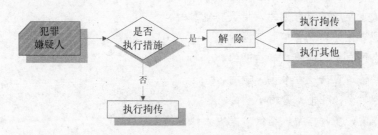

图 10-17 拘传流程

（4）对于取保候审的要件控制。包括：

- 可能判处管制、拘役或者独立适用附加刑的。
- 可能判处有期徒刑以上刑罚，采取取保候审，不致发生社会危险性的。

- 应当逮捕的犯罪嫌疑人患有严重疾病，或者是正在怀孕、哺乳自己未满一周岁婴儿的妇女。
- 对拘留的犯罪嫌疑人，证据不符合逮捕条件的。
- 提请逮捕后，检察机关不批准逮捕，需要复议、复核的。
- 犯罪嫌疑人被羁押的案件，不能在法定期限内办结，需要继续侦查的。
- 移送审查起诉后，检察机关决定不起诉，需要复议、复核的。
- 取保候审最长不得超过十二个月。

取保候审流程如图10-18所示。

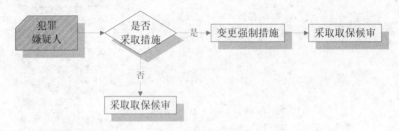

图 10-18 取保候审流程

（5）对于监视居住的要件控制。包括：

- 可能判处管制、拘役或者独立适用附加刑的。
- 可能判处有期徒刑以上刑罚，采取监视居住，不致发生社会危险性的。
- 逮捕的犯罪嫌疑人患有严重疾病，或者正在怀孕、哺乳自己未满一周岁婴儿的妇女。
- 拘留的犯罪嫌疑人，证据不符合逮捕条件。
- 提请逮捕后，检察机关不批准逮捕，需要复议、复核的。
- 犯罪嫌疑人被羁押的案件，不能在法定期限内办结，需要继续侦查的。
- 移送起诉后，检察机关决定不起诉，需要复议、复核的。
- 解除取保候审的。
- 监视居住最长不得超过六个月。

（6）对于刑事拘留的要件控制。包括：

- 正在预备犯罪、实行犯罪或者在犯罪后即时被发觉的。
- 被害人或者在场亲眼看见的人指认其犯罪的。
- 在身边或者住处发现有犯罪证据的。
- 犯罪后企图自杀、逃跑或者在逃的。
- 有毁灭、伪造证据或者串供可能的。
- 不讲真实姓名、住址，身份不明的。
- 有流窜作案、多次作案、结伙作案重大嫌疑的。
- 首次拘留为3天，第一次延长至7日，二次延长至30日。

（7）对于逮捕的要件控制。包括：

- 有证据证明有犯罪事实。
- 可能判处有期徒刑以上刑罚的。

- 采取取保候审、监视居住等方法尚不足以防止发生社会危险性，而有逮捕必要的。
- 第一次逮捕的羁押期限为2个月，第一次延期为1个月，第二次延期为2个月，第三次延期为2个月。
- 采取逮捕强制措施的阶段划分为提请逮捕阶段、补充侦查后提请逮捕阶段、批准逮捕阶段（包括复议后批准逮捕、复核后批准逮捕）、不批准逮捕阶段（包括复议后不批准逮捕、复核后不批准逮捕、退回补充侦查）。

逮捕流程如图10-19所示。

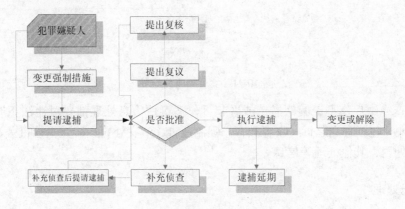

图 10-19　逮捕流程

5．案件破案处理

破案，是指侦查部门对所立案件经过侦查，在有证据证明犯罪事实确实存在，并且确系犯罪嫌疑人所为的基础上，依法揭露犯罪，抓获犯罪嫌疑人或主要犯罪嫌疑人的侦查活动。案件侦破的标志信息如图10-20所示。

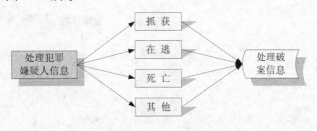

图 10-20　案件破案处理

当案件破案后，案事件信息需要描述相关的破案信息，包括破案单位、破案时间、破案方式、破案手段、是否结案，是否单位作案、破案类型（当月案件、年内月前案件、破获年前案件）、缴获财务总价值（元）、挽回经济损失（元）、破案简况、承办单位意见、领导批示等。

6．案件侦查终结处理

侦查终结是指公安机关对案件经过一系列侦查活动，认为案件事实已经查清，证据确实充分，足以认定犯罪嫌疑人是否有罪，是否要追究案事件责任，从而不再继续侦查活动，依法作出处理决定或者处理意见，从此结束侦查的活动。案件侦查终结的信息处理流程如图10-21

所示。

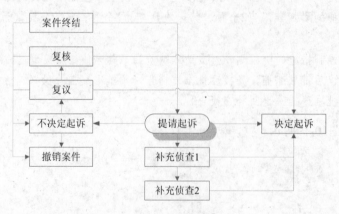

图 10-21　案件侦查终结处理

案件侦查终结后，不论案件撤销或者起诉，案事件信息处理都要对违法犯罪人员进行相关的信息采集，包括移送起诉、收容教育、强制戒毒、治安处罚、移交主管机关、移交外地公安机关、不处罚、其他处理等信息。

7．人员处理

案事件信息处理在处理刑事案件和行政案（事）件过程中，应该充分考虑各警种对人员处理流程的形式、特点、要求以及共性，本着统一、规范的原则，对业务处理流程进行规范，如图10-22所示是统一的人员信息处理流程。

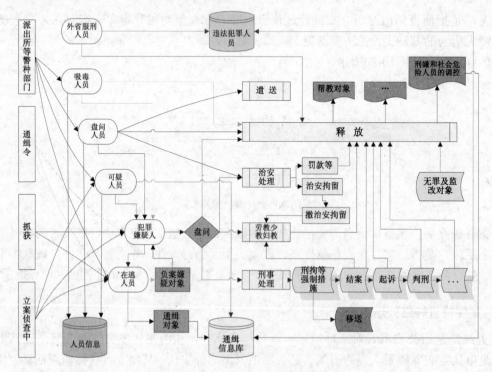

图 10-22　人员信息处理流程

根据图10-22所示，人员信息数据库包括日常警务工作中被盘问人员、吸毒人员、案件侦查中发现的犯罪嫌疑人员、在逃人员（布控缉捕对象、负案嫌疑对象）、违法犯罪人员（包括正在服刑、刑满释放、解教人员，受治安处罚人员等）、失踪人员、高危地区人群信息以及其他人员信息等。

8．物证与管理

和人员处理相同，在案事件的侦查过程中，必然产生大量的物证，对涉案的物证，同样需要严密的管理和信息化处理，具体流程如图10-23所示。

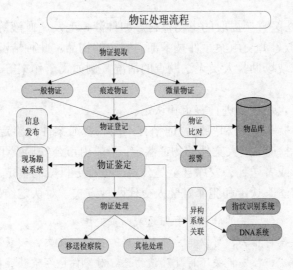

图 10-23　物证处理流程

物证是案事件信息处理中物品管理的主要对象，合理有效地管理物证不但可以解决长期以来在物证处理上的疏漏，而且对物证的比对分析还可以提高串并案件概率。

物证作为证明犯罪嫌疑人犯罪事实的有力依据，其来源及提取贯穿于整个案件侦破过程，因此必须对物证的提取、鉴定、处理全过程进行合理、科学的信息化管理。如图10-24所示。

图 10-24　物证管理构成

图10-24中的物证管理包含了物证提取、物证鉴定和物证处理三方面内容，在进行相关处理时将会产生大量的数据，由于这些数据的性质完全不同于普通意义上的物品，它是定案定罪的依据，所有信息一旦确定，则不允许修改和变动。所以物证信息是极为特殊的物品信息，在进行物证信息处理时，不但需要采集物证本身的属性信息，而且要采集物证形成过程中的过程信息，只有经过了特定法定程序和信息化处理程序的物品信息才能被确认为物证信息。物证信息的生成自现场勘验开始，经处理和固定过程，至法定认定终止，才可以将普通意义上的物品赋予法律意义上的物证定义。故此，物证信息处理中必须遵循以下信息采集规则，其中的每一

项物证的提取过程、物证编号、刻画描述、鉴定方式及鉴定结果都应进行完整采集。

物证的提取方式包括以下几方面。

（1）侦查人员和现场勘验人员共同出现场时，由现场勘验人员直接提取。提取的物品有以下几种形式：

● 采用直接带走方式带走的有形物品。
● 采用拍照方式提取的、有形的、不能直接带走的物品。
● 利用拍照和灌石膏等方法，提取无实体存在的各种印记和痕迹的形状。例如指纹、掌纹、工痕等。

（2）出现场时，法医直接提取的生物检材。如体液、毛发、血液等。

（3）侦查人员提取、并交由案事件技术部门鉴定的物品。此种情况适用于一些不存在现场，或现场被毁坏，或现场勘验人员无法勘查的情况。例如飞车作案等。

（4）群众提供。

对上述提取的物证，还需要进行鉴定和认定。

不同级别的单位，提取物证和鉴定物证稍有不同。普通案件的鉴定，通常由办案单位所属案事件技术部门进行检验。重大案件的物证鉴定，一般由市公安局案事件侦查支队所属案事件技术部门直接进行，或者送到公安厅甚至是公安部进行更权威的鉴定。

而认定物证一般有法医认定和犯罪嫌疑人交代两种方式。对认定结果则可作以下处理：

● 经过排除，将与案件无关的物品进行归还或归位处理。
● 对经过证实，跟案件相关，可以作为涉案证据的物证，在案件破获的情况下，需要出示鉴定书，随案卷移交，公安机关不再处理该物证。对案件已经破获，鉴定书已经出示，但公安机关觉得有必要保留的物证，公安机关出示相关材料，可以保留该物证，案事件信息处理则必须将物证经过专门的归档管理方法进行相关信息采集，并将所有的物证资料采集进入物证资料库。
● 对跟案件相关，但案件尚未破获的物证，暂由检验鉴定机关保存，以保证案件移交到检察机关时可以提供检察机关调审。

案件移交检察机关后，跟案件相关的物证作为呈堂证供提交，用以证明犯罪嫌疑人的犯罪事实。在检察机关提请公诉，经法院审判后，跟案件相关的物品由法院进行相关处理。

9. 通缉令信息处理

通缉令基本信息来源于案事件信息处理中的犯罪嫌疑人信息等，通缉令生成后，涉及到信息的上传、发布范围以及比对等。具体包括以下两个方面。

（1）本地通缉令信息处理流程。本地通缉令信息来源主要分为本地库在逃人员、本地库犯罪嫌疑人、其他本地库中需要通缉的人员（在押人员、两劳人员等）。本地通缉令发布方向主要包括本机构信息发布、地市级信息发布、全省信息发布和部级信息发布。本地通缉令信息比对主要体现本地被通缉人员的近期活动状况。如图10-25所示为本地通缉令信息处理的流程。

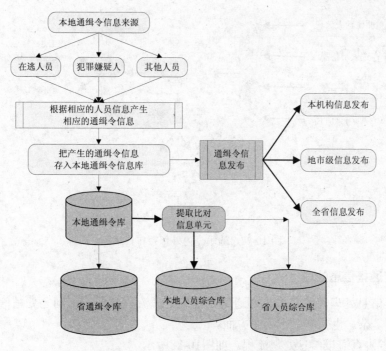

图 10-25　本地通缉令信息处理流程

（2）外省通缉令信息处理流程。外省通缉令信息处理主要包括信息的存储和比对，外省通缉令信息处理主要是提取通缉令中的重要特征信息进行比对，把比对结果及时反馈给相关单位。其流程如图10-26所示。

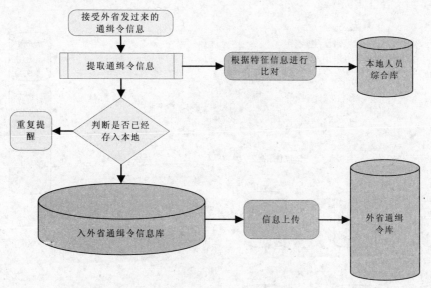

图 10-26　外省通缉令信息处理流程

通缉令信息处理是案事件信息处理的延伸部分，必然涉及到和其他信息系统之间的交互，为了保证整个系统的完整性，通缉令的内外接口规范及处理流程如图10-27所示。

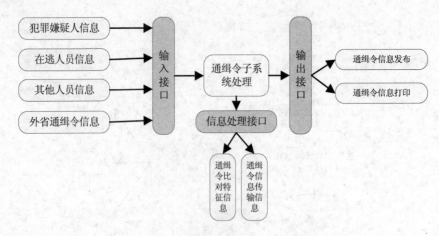

图 10-27　通缉令内外部接口描述图

10．协查通报信息处理

协查通报信息处理流程基本上和通缉令信息处理流程类似，不同之处是信息的输入、处理、输出比较复杂。也包括以下两个方面。

（1）本省协查通报信息处理流程。如图10-28所示。

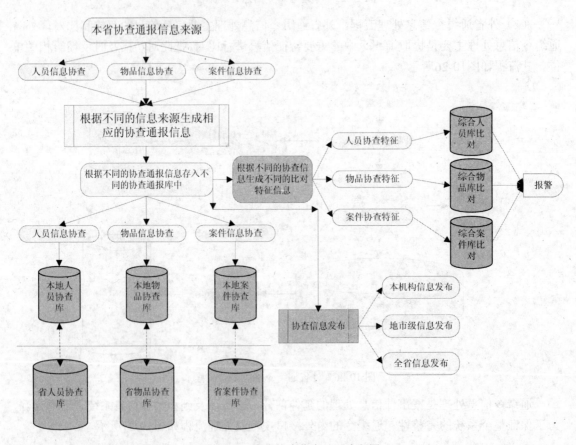

图 10-28　本省协查信息处理流程图

（2）外省协查通报信息处理流程。如图10-29所示。

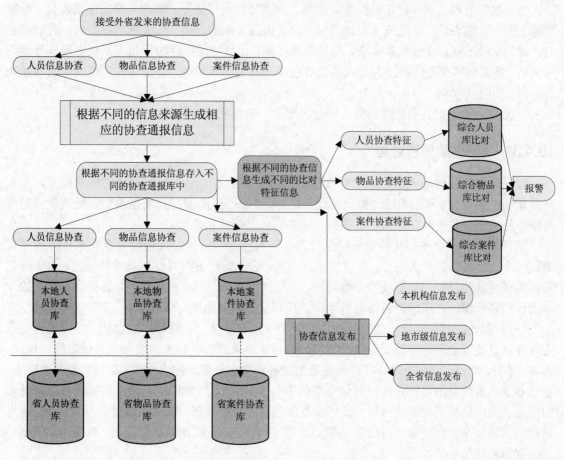

图 10-29　外省协查信息处理流程图

协查通报信息处理必然涉及到和其他信息系统之间的交互，为了保证案事件信息处理和其他信息系统的平滑数据互联，制定了如图10-30所示的协查通报内外接口规范及处理流程。

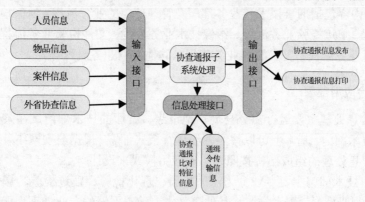

图 10-30　协查通报内外接口示意图

以上讲述了案事件业务处理方面的内容，在案事件信息处理的地市级应用功能中，还需要针对下列违法人员的信息进行管理。包括清查中发现的可疑人员、案件侦查中发现的犯罪嫌疑人员、犯罪前科人员（包括正在外省服刑、刑满释放人员等）、吸毒人员、在逃人员、负案在逃人员、失踪人员、高危地区人群信息、公安机关关注的人员（如经济情况反常；有赌毒恶习，钱款来源不清；接触关系复杂，行迹反常；持有可疑物品；特殊行业因不良表现被辞退解雇人员，被其他国家遣送回国人员及其他有现实违法犯罪可能的、公安机关需要关注的嫌疑人员）以及其他人员等。

对此必须实现相关的信息采集、修改、删除、查询和统计功能。

10.4.3　现场勘验信息处理

现场是指犯罪嫌疑人进行活动时接触过的地方、犯罪活动中遗留痕迹物证的地方以及和犯罪相关的场所。任何犯罪活动都离不开一定的时间和空间，因此现场勘验信息处理就要把握与犯罪活动相关联的时间、地点、人物、事件、物品五大信息要素。

现场勘验信息处理和其他业务信息处理之间有一定的区别，现场勘验在案事件侦破过程中是一个比较独立的业务过程，从时空角度分析，它不但具备实时性也具备持续性，为了能把具体的现场勘验过程和信息技术无缝对应，必须进行适应性强、灵活性高，且高度自动化的业务流程信息处理。在现场勘验信息处理中，应该坚持以下原则。

（1）现场勘验信息处理的完整性、可扩展性、规范性、关联性。信息处理的完整性是指案事件信息处理必须管理勘验各种性质现场过程中涉及到的所有五大要素信息：时间、地点、人物、事件、物品。信息处理的可扩展性是指随着新型案件现场的出现，在信息完整的前提下，系统必须具备信息的可扩充性以延续系统的生命周期。信息处理的规范性是指案事件信息处理的信息必须严格按照相关的国标、部标以及厅制定的业务规范，以达到信息的科学管理。信息处理的关联性是指系统内所有的信息项必须要互相管理，不能形成信息孤岛，系统内部需要建立关联以实现信息的综合应用。

（2）业务流程自动化。信息采集是现场勘验信息处理的核心基础，由于案事件现场的复杂性，每类案件现场的特殊性都会导致业务流程的差异，为了满足不同人员以及不同类别的现场，现场勘验信息处理在处理业务流程过程中采用灵活定制方式以满足不同的使用习惯及要求。这些定制的内容包括刑事技术各业务部门及管理部门的业务流程、法医检验业务流程、理化检验业务流程、痕迹检验业务流程、影像技术业务流程、文件检验业务流程、声纹鉴别业务流程、视听资料业务流程、警犬资料业务流程、其他专业业务流程等。

1. 现场勘验应用部署

现场勘验信息处理主要运行在分县局、地市级、省厅的技术部门，在条件好的地方，派出所也设立了技术部门，基本上可以按照四级运行模式部署。根据公安网络及现场勘验业务特点，现场勘验信息处理的组成结构按照采集＋应用模式来设计。

案事件侦查技术部门主要专业分为法医检验、理化检验、痕迹检验、影像技术、文件检验、声纹鉴别、视听资料、警犬技术、其他等九大专业。不同的专业处理现场勘验过程中收集的信息不同，通过对不同信息进行处理形成一个完整的现场综合信息。现场勘验过程如图如10-31所示。

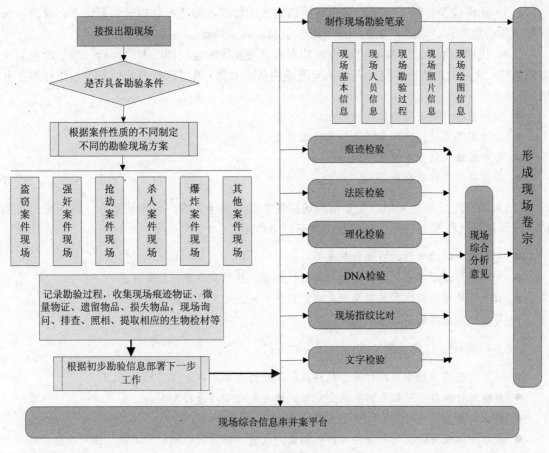

图 10-31　现场勘验过程

据此，可以把勘验过程简单分为信息采集、信息处理和信息应用。从程序结构则分为以下两个部分：

- 卷宗制作应用程序：该程序的数据来源可以从中心数据库获取，也可以从本程序获取，两个数据源的数据可以互相交互。
- 现场勘验网络程序：该程序包括了除勘验系统工具之外的所有现场勘验工作。

2. 现场信息采集

（1）现场卷宗制作。包括现场勘验基本信息输入、修改，现场照片编辑排版，现场绘图，现场复勘、复验信息的输入、修改，现场实验信息的输入、修改，现场分析信息的输入、修改，自动生成现场卷宗。

（2）现场物证管理。包括一般物证信息输入、修改，痕迹物证信息输入、修改，微量物证信息输入、修改，物证鉴定信息输入、修改，委托痕迹物证检验信息输入、修改，痕迹物证检验鉴定书信息输入、修改，委托毒化检验信息输入、修改，毒化检验鉴定书信息输入、修改，委托病理检验信息输入、修改，病理检验鉴定书信息输入、修改，现场物证处理流程管理。

（3）法医检验管理。包括尸体检验信息输入、修改，委托尸体检验信息输入、修改，法医临床学信息输入、修改，委托法医临床学信息输入、修改。

（4）出勘现场信息采集。出勘现场基本信息主要指勘验时间、勘验地点、参加勘验的人员信息等。这些信息是描述技术人员勘验现场的基本信息，通过这些基本信息可以进行如下分析：

- 分析案事件侦查技术部门勘验现场工作量。
- 分析案事件侦查技术人员勘验现场工作量。
- 分析现场区域分布情况。
- 分析各类工作量台账。

（5）勘验现场信息采集。主要指现场损失情况、现场光线、现场遗留物、现场进出口部位、现场勘验过程等信息，这些信息主要有以下作用：

- 可以作为现场分析的主要信息依据。
- 对于现场遗留物可以和损失物品库进行倒查，从而实现案件的串并。
- 对于现场损失的物品可以及时发布，以进行网上协查及物品布控。
- 可以规范现场勘验过程。

（6）痕迹物证信息采集。其内容作用如下：

- 提取的鞋印或足印可以和鞋印库或足印库进行倒查，以进行现场串并。
- 提取的特殊痕迹可以及时在网上发布，或者和线索库进行倒查。
- 提取的生物鉴材可以和DNA数据库关联。
- 提取的物证可以及时到资料库进行检索，以进一步明确该物证的来源及相关信息。
- 针对无名尸体相关信息可以和失踪人员库进行关联及倒查，以便明确无名尸体的身份。

（7）现场勘验工具。包括现场痕迹物证编辑处理工具、现场指纹编辑处理工具、现场录像编辑处理工具、现场绘图处理工具、现场录音处理工具、现场照片排版编辑处理工具、现场鞋印分析。

3. 现场信息处理

现场勘验信息是现场勘验过程的集中表现，是描述现场及犯罪嫌疑人活动的有力信息依据，对现场信息的应用、分析及研判是贯穿整个案件侦破的主线。主要包括两方面的内容。

（1）信息综合查询。包括案事件信息组合查询、受害人信息组合查询、无名尸体信息组合查询、失踪人员信息组合查询、现场基本信息组合查询、现场提取痕迹物证信息组合查询、物证检验鉴定信息组合查询、尸体检验信息组合查询、临床法医学信息组合查询。

（2）现场信息分析。主要指作案时机、作案手段、作案工具、作案处所、作案特点、作案原因、侵害对象、疑犯人数、疑犯体貌、疑犯体表标记、人物刻画等信息。这些信息并没有在现场留下直接的信息结论，需要现场勘验人员对其进行处理和分析后才能认定，例如现场遗留一把羊角锤，究竟这是作案工具，还是涉案物品，就需要对现场信息分析后得出结论。经过现场分析后的信息是现场串并的有力依据，根据这些信息可以分析判断犯罪嫌疑人作案的时间、区域范围、犯罪人数的多少、可能的案件性质、作案工具等，同时为案件侦查方向提供合理建议。

如何合理提取现场信息的涉案特性是打击、防御、控制类似案件发生的核心，也是现场信息分析的核心。对于现场描述的犯罪嫌疑人信息，可以和综合人员库进行比对，进一步落实排查疑犯的详细信息；或者及时在网上发布进行布控；或者和人员线索库进行递增比对进行排查，这都是现场信息分析的重要处理内容。上述现场信息分析的应用流程如图10-32所示。

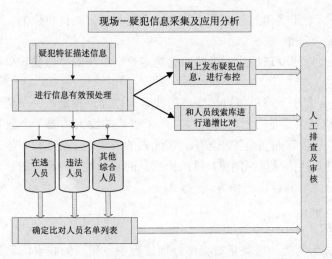

图 10-32　现场信息分析流程

4. 现场信息应用

（1）技术资料库管理。包括手印资料库管理、足印资料库管理、工具痕迹资料库管理、枪弹痕迹资料库管理、DNA资料库管理、毒物资料库管理、毒品资料库管理、质谱资料库管理、录音资料库管理、录像资料库管理、爆炸物资料库管理。

（2）智能串并及报警。现场信息智能串并及报警是现场勘验信息处理中的重要信息应用，智能串并的主要内容包括现场指纹比对串并、DNA比对串并、利用鞋印花纹及鞋印描述信息进行比对串并、把现场信息归正为信息模型进行全文模糊比对串并、利用犯罪嫌疑人刻画信息和人员库进行排查比对串并、现场遗留物品和损失物品库进行比对串并、其他信息的综合模糊串并比对串并。

10.4.4　情报线索管理

案事件信息处理可以将治安、监管、交巡警、外事等各警种在日常工作中搜集的涉人、涉车、涉案等案件线索进行集成管理，并对专案侦查中排查出的可疑人员及物品的线索进行串并分析，并以列表的形式进行展现，从而有针对性地进行查证落实。在情报线索管理中，经过分析确认的线索信息，被发送到该线索所涉及的相关单位，各相关单位经过线索查证，将各自的查证信息补充到线索库中。

1. 犯罪线索采集与查证

犯罪线索采集管理提供统一的线索信息登记入口，确定线索的提供人信息、接报单位（人）信息、线索的内容等相关信息。一般来说，线索信息的数据项目为：提供人姓名、单位、联系方式、家庭住址，接报人、单位、联系电话，线索来源、来源渠道，线索种类、内容（人、物、案）等。

对上述采集到的线索信息采用的查证方式一般有以下几种。

（1）直接查证。对受理的线索和本单位有关，并且需要本单位查证的线索，可以直接查证。

（2）上报查证。对于受理的线索无法确定或无权利指定查证单位的，可以上报到上级单位，由上级单位落实查证单位。

（3）转发查证。对于受理的线索能够明确确定查证单位的，由受理单位直接指定查证单位。

（4）指定查证。对于上级单位直接受理的线索可以通过指定相关单位进行查证。

线索和查证的信息关系是一对多的关系，即所受理的线索需要一个或多个单位进行共同查证。根据案事件信息处理的安全管理策略，在线索的采集、查证过程中涉及到的单位只能维护本单位的信息，对其他信息只能浏览，以保护信息的安全性。涉及到的查证信息包括查证单位、查证时间、查证人、查证人联系方式、查证内容等。

2. 犯罪线索应用

犯罪线索应用分为两类：一类是对案件办理过程中收集到的线索信息和查证信息进行统一管理，为案件侦破提供相关的分析和应用；另一类是针对收集的线索信息和综合库进行比对核实。例如：

● 线索（人）应用：提取相关特征和综合库中的在逃人员、刻画犯罪嫌疑人进行比对，或者和违法人员库进行比对，进一步确定该人的身份。
● 线索（物）应用：提取物品的相关特征信息和综合库中的物品信息进行比对，进一步确定该物品是否为被盗物品或涉案物品。
● 线索（案、事）应用：确定该线索是否与某案件有关联，或者是否为隐案等。

10.5 数据模型分析

10.5.1 案事件信息关系模型

案事件信息关系模型如图10-33所示。

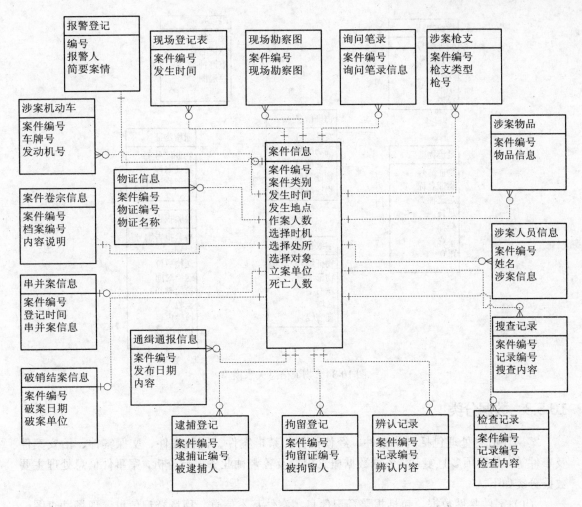

图 10-33　案事件信息关系模型

10.5.2　物证信息关系模型

物证信息关系模型如图10-34所示。

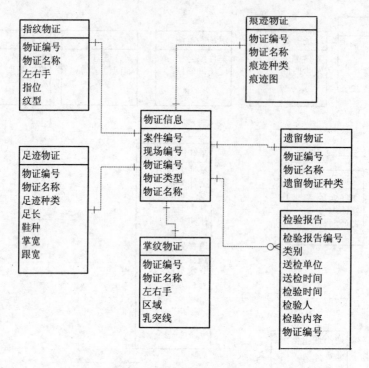

图 10-34　物证信息关系模型

10.5.3　数据分类

案事件信息处理包括刑侦案件、经侦案件、禁毒案件、网监案件、文保案件、治安案件及事件等，数据项多且复杂。依据数据概念模型及各警种业务差异分析，案事件信息处理主要数据分类如下。

（1）案件共性数据。包括报警登记信息、案件基本信息、现场登记信息、现场勘查图、询问笔录信息、涉案枪支信息、涉案人员信息、涉案物品信息、涉案机动车信息、物证信息、案件卷宗、串并案信息、搜查记录信息、检查记录信息、辨认信息、拘留信息、逮捕信息、通缉通报信息、破销结案信息、掌纹信息、检验报告信息、抓获人员信息、在逃人员信息、留置盘问信息、抓获人员信息、退侦信息。

（2）刑侦案件。包括痕迹信息、指纹信息、足迹信息、被盗抢机动车信息、被盗枪支数据信息、无名尸体信息、失踪人员信息。

（3）经侦案件。指经济案件立案信息。

（4）禁毒案件。包括涉毒人员信息、毒品线索信息、吸毒人员信息。

（5）治安案件。包括告知权利信息、告知听证权利信息、治安拘留信息。

（6）其他案件。包括网监案件信息和文保案件信息。

（7）事件。指事件基本信息。

10.6　与其他系统的数据关系

案事件信息处理与其他信息处理部分存在着密不可分的关系，本节主要描述与接处警信息处理、综合应用信息处理、监管信息处理、交管信息处理的关系。

10.6.1　与接处警的数据关系

案事件信息处理的基础数据（原始数据）由接处警信息处理提供，包括报案情况、案件基本情况、嫌疑人信息、受害人信息、事件信息等，接处警信息处理为案事件信息处理提供所有与案事件相关的数据信息。

10.6.2　与综合查询的数据关系

案事件信息处理为综合查询信息处理提供案事件信息处理的基本信息，包括报案情况、破销案情况、案件基本情况、嫌疑人信息、抓获人员信息、涉案物品、涉案机动车辆、涉案枪支、在逃人员、贩毒嫌疑人、涉毒案件等。

案事件信息处理通过关联查询功能模块，查询以下关键信息：

- 车辆基本信息。
- 驾驶员基本信息。
- 交通事故基本信息。
- 人口基本信息。
- 在押人员基本信息。
- 旅客基本信息。
- 枪支基本信息。
- ……

10.6.3　与监管业务的数据关系

案事件信息处理向监管信息处理移交抓获人员信息，并和监管信息处理共享在押嫌疑人员信息、重点犯罪嫌疑人信息、治安拘留人员信息。

案事件信息处理也是通过关联查询功能模块，查询以下主要信息：

- 在押人员详细信息。
- 逃跑人员信息。
- 超期关押人员信息。
- ……

10.6.4　与交管业务的数据关系

案事件信息处理向交管信息处理提供涉案车辆信息，并和交管信息处理共享驾驶员信息、机动车辆信息、交通违章事件信息、交通逃逸事件信息、交通事故人员信息。

案事件信息处理也是通过关联查询功能模块，查询以下主要信息：

- 机动车辆详细信息。
- 机动车牌照信息。
- 驾驶员详细信息。
- 交通事故详细信息。
- 违章信息。
- ……

思考题

（1）案事件信息处理的主要特征是什么？

（2）如何在案事件信息处理中实现法律审核与控制？

（3）现场勘验信息与案事件侦查信息的区别是什么？

（4）案事件信息处理中的信息可以修改吗？条件是什么？

（5）省级和地市级案事件信息处理的侧重点各是什么？

第11章

串并案信息
处理分析

摘 要

　　本章分析了串并案信息处理的相关特征，提出了案事件串并信息处理的基本技术思路和实现的技术方法，设计了基本的案事件串并分析模型。通过比较翔实的技术描述，可以指导技术人员进行串并案信息处理的总体设计和系统实现。由于串并案信息处理在公安业务中的特殊地位，所以在本章中的技术讨论颗粒度较细，虽然超出了"概而论之"的原意，但相比能够为串并案信息处理提供可行的技术参考。

11.1 信息处理特征分析

串并案信息处理的特征其实非常简单,首先,在串并案信息处理过程中,不会承担案事件数据的实际采集任务,所需要的案事件串并数据都来自于案事件信息处理系统。其次,案事件串并信息处理一般都体现下列信息处理特征。

(1)串并案信息处理中需要大量的应用关联查询,所以在案事件串并信息处理中需要明确串并案信息处理和综合查询信息处理的边界。一般来说,定义清楚的查询由综合查询信息处理负责,而组合查询、模糊查询则是案事件串并信息处理的主要利器。

(2)由于案事件串并信息处理中大量使用模糊查询,所以会对系统的工作效能带来较大的影响,因此串并案信息处理一般都是独立交付于串并专案人员使用,而不是每个侦查员的必备功能,否则将会导致大系统的低效率运行。

(3)串并案体现着侦查员的经验和智慧,串并案信息处理只是案事件侦查过程中的辅助信息处理手段,在通常情况下,无法真正地代替侦查员进行串并案件分析,所以一般在串并案条件选择设计上采用定制方式,使侦查员能进行各种串并条件的定制和修改。当然,如果是在海量数据仓库和高效数据挖掘的情况下,这种情况将有所改变。

(4)当侦查员利用串并案信息处理能力进行串并案分析时,一般都会在短时间内进行大量的串并条件尝试和分析,每一次尝试都是侦查员思维的结晶,所以串并案信息处理的基本特征就是要实时记录和建立串并案件方案的存储机制,在所存储的方案达到一定数量后,串并案信息处理就得承担起将所存储的串并案件方案整理为串并案件知识库的任务,经过筛选、验证和优化,可以提供所有的侦查员使用。

11.2 基本概念

串并案信息处理是一个为侦查员快速提供串并案件依据辅助分析的信息处理过程。对案件信息、嫌疑人员、涉案物品、线索、通缉通报等进行综合查询分析,筛选出案件之间的相同点、相似点,对它们之间的相同特征进行概率分析,提出串并案处理建议,侦查员根据系统建议进行分析决策,将结果进行登记,作为案件侦查的辅助手段,为侦查办案提供信息支持。

串并案信息处理主要以案事件信息处理为核心,针对其中某一个案件,通过人员、涉案车辆、现场痕迹等相关串并参数进行人工或自动干预,通过此类参数的某些特殊特征,如相关人员(群)的可能出入活动、居住场所、相关物证(包括微量物证)的原存放位置,确定其相关区域分布,为侦查员缩小排查范围提供依据。通过相关串并参数的局部或全部组合进行串并查询,针对查询结果进行分析,通过类似案件找出串并条件依据,确定其可串并的结论。对已确定可串并的案件,进行串并案件的分析与总结。主要完成PGIS信息布控、串并参数提取与分析、串并查询分析、指定相关因素串并、串并案决策等功能。

根据上述分析,可以得知串并分析的应用关系如图11-1所示。

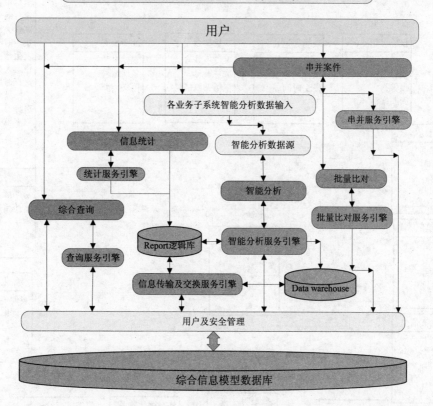

图 11-1　串并分析应用关系

串并分析信息处理集成了信息统计、综合查询、智能分析、批量比对等功能，串并案件以逻辑库、数据仓库知识库，综合信息模型数据库等信息库为基础，整合串并逻辑，为侦查人员快速提供信息，综合分析案件之间的相同、相似点，根据串并逻辑进行案件之间特征相同的概率及相似值推算。

 11.3 信息关系模型

串并信息关系模型如图11-2所示。

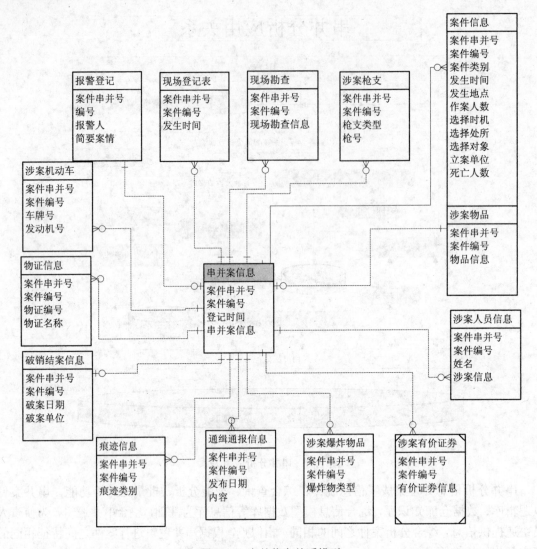

图 11-2 串并信息关系模型

11.4 串并结构

串并分析信息处理是从案事件信息处理建设的实际出发，以案事件信息为核心，整合其他业务信息，进行案事件综合串并，是案事件信息处理体系中不可缺少的部分。

串并分析分为案事件综合比对分析（也称为综合串并分析）和五要素（人、案、物、地点、组织）智能比对分析（也称为分类串并分析）。其结构如图11-3所示。

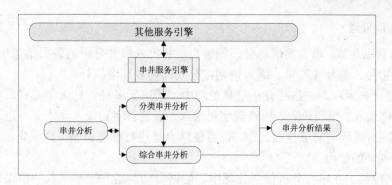

图 11-3 串并分析结构

11.5 功能构成

11.5.1 数据攫取

1. 数据攫取对象

数据攫取的对象主要包括所有案事件信息、违法人员信息、可疑人员信息、在逃人员信息、负案在逃人员信息、两劳释放人员信息、布控人员信息、高危地区人群信息、损失物品信息、可疑物品信息、失踪人员信息、无名尸体信息、通缉令信息、协查通报信息、线索信息、现场勘验信息、指纹信息、生物特征信息、生物检材信息、DNA信息等。

2. 数据攫取流程

数据攫取流程如图11-4所示。

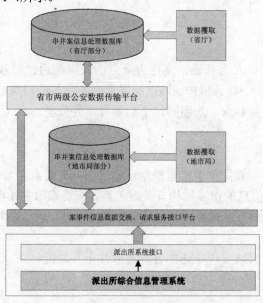

图 11-4 数据攫取流程

3. 数据攫取处理

（1）编号自动生成。串并案信息处理能够自动将投入串并分析的各类信息进行唯一编号，并避免重号、错号、漏号等现象。编号规则按公安部行业标准执行。

（2）规范词条录入。在串并分析信息处理中，采取了多种信息采集方式，如代码录入、汉字录入、简称录入、模糊录入、拼音首字母录入、五笔首字码录入要求。当进入规范词录入时，能够自动跳出规范词的下拉列表框，而且能够自动进行频度调整，高频先出现，将常用规范词置于选择列表的前面。

（3）自动校验。在串并分析信息处理中，能够自动判断并提示录入的错误信息格式，如利用身份证号码规则进行性别、地区判定，进行出生日期和年龄自动计算生成，利用计算机系统时间判断各类日期，利用受控词表规范字典输入，利用PIN码规则判定手机号码、手机电子串号，利用交管相关标准判定车牌号码及车架号，利用VIN码规则判定发动机号等。对于发案时间、发现时间、报案时间、立案时间、破案时间具备验证先后顺序的核查功能，如报案时间、立案时间不能早于发案时间、发现时间，破案时间不能早于立案时间等。

（4）数据关联。在数据关联中，可以实现下列规则的数据关联：

- 通过被盗抢机动车中的案件编号查看相关案件信息，案件破获后，能自动撤销被盗抢机动车信息。
- 通过失踪人员、无名尸体中的案件编号查看相关案件信息，案件破获后，能自动撤销失踪人员和无名尸体信息。
- 通过通缉令、协查通报中的案件编号查看相关案件信息，案件破获后，能自动撤销通缉令、协查通报信息。
- 可疑人员与可疑物品之间存在关联。
- 可疑人员与本省案件之间存在关联。
- 案件破获后，能自动撤销犯罪嫌疑人信息。

11.5.2 信息关联串并

在信息串并中，根据以人为基础，案件为重点的原则，通过对各业务部门所使用的数据综合分析，以人、案（事）、物、机构、地点等要素对各业务部门综合应用的要求加以涵盖和抽象，提出数据的关联串并要求，进而实现下列各种串并分析。

1. 智能串并

在智能串并分析中，主要依据五要素模型理论进行，五要素主要包括人员、案件、物品、地点、组织。根据五要素信息的组成结构及关联关系，五要素串并模型（串并服务引擎）分为人员串并逻辑模型、案件串并逻辑模型、物品串并逻辑模型、地点串并逻辑模型、组织串并逻辑模型。如图11-5所示。

根据上述模型关系，可以实现下述的各种案事件串并功能。

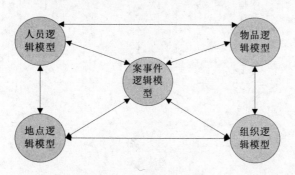

图 11-5　五要素串并模型

（1）人要素关联串并。人要素信息是公安工作的基础，它涉及到公安业务的方方面面。各部门业务数据几乎都涉及到人的信息，包括常住人口、暂住人口、流动人口、关押人员、犯罪嫌疑人等等，总计四十多种。涉及的部门包括治安、交管、刑侦、经侦、禁毒、监管、外管等。人员要素的关联如图11-6所示。

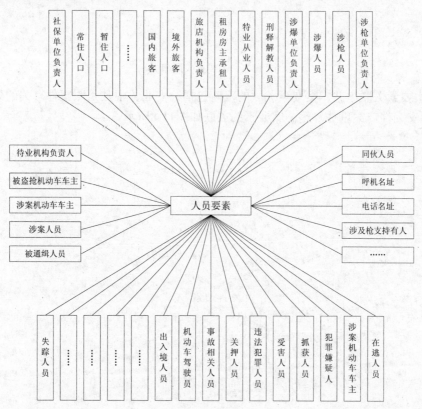

图 11-6　人员要素关联

（2）物要素关联串并。在公安业务处理过程中，凡是涉及到物品的业务数据，都是物品要素关联的范围，包括证件、枪支、爆炸物品、机动车、涉案物品等等。物品要素的关联如图

11-7所示。

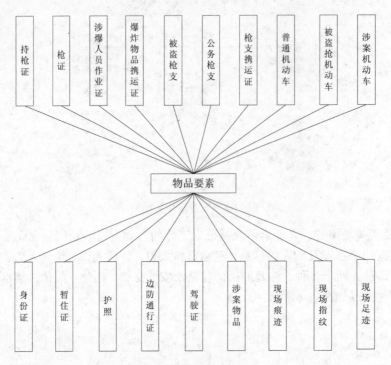

图 11-7　物要素关联串并

（3）案要素关联串并。案要素关联的范畴包括公安业务中凡是跟案件有关的处理过程和数据，如治安案件、案事件等等。案要素的关联如图11-8所示。

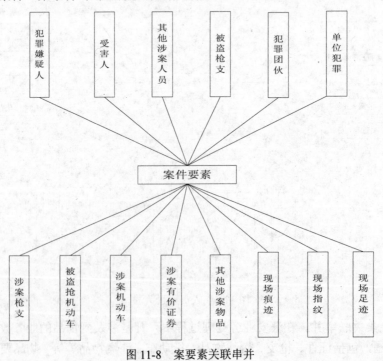

图 11-8　案要素关联串并

（4）机构要素关联串并。机构要素包含的范围包括公安日常业务管理涉及的机构以及涉案机构等等。机构要素的关联如图11-9所示。

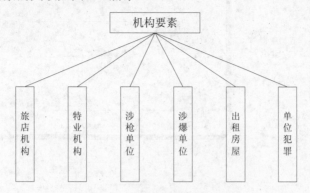

图 11-9　机构要素关联串并

（5）地点要素关联串并。地点要素是快速反应、快速定位的关键，凡是涉及地点或地址的数据都是地点要素的关键范畴。地点要素的关联如图11-10所示。

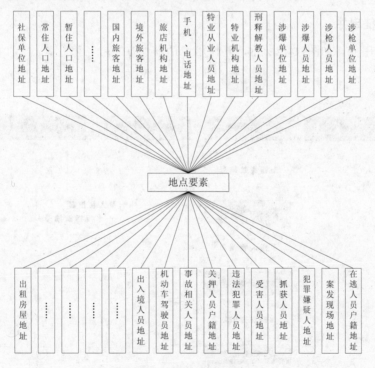

图 11-10　地点要素关联串并

2. 综合串并

除了五要素智能串并外，在实际的案事件侦查过程中，也经常采用综合比对串并来进行串并案信息处理。案事件综合比对串并是根据五要素原理首先把案事件信息分类，建立如图11-11所示的五要素串并分析逻辑模型，然后把五要素串并分析结果进行综合，最终形成完整的案事件综合比对串并结果。

259

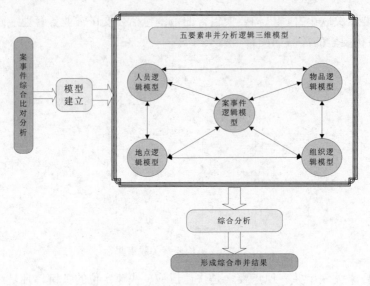

图 11-11　五要素串并分析逻辑模型

3. 生物特征串并

（1）指纹串并。如图11-12所示，其作用包括以下方面：

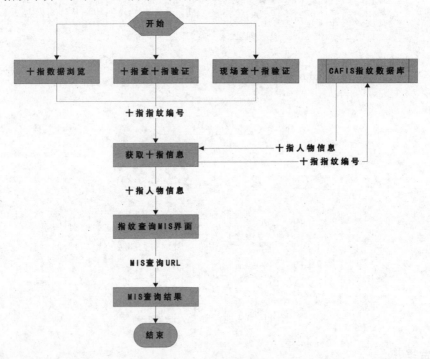

图 11-12　指纹串并

● 现场指纹与捺印指纹如有比对结果，可通过相关编号找到该人的违法犯罪信息（指纹文档）；同样，人员信息通过相关编号能够找到捺印指纹库中该人的捺印指纹。

● 能够根据案件、违法人员信息，在指纹系统中查询到相关的现场和捺印指纹，实现相关指纹的备份。

- 有现场指纹的可通过案件编号找到该案件信息。
- 在案件信息中可通过编号在现场指纹库中找到该案的现场指纹。

（2）DNA 串并。包括以下两方面：

- 实现现场编号和DNA编号的关联，通过DNA编号可以浏览DNA的鉴定结果，系统预留DNA接口，实现DNA实时比对报警，进行串并案件。
- 实现人员编号和DNA编号的关联，通过DNA编号可以浏览该人员的详细信息，系统预留接口，实现人员DNA实时比对。

思考题

（1）案件串并和关联查询的信息处理特征有何不同？

（2）规范词条录入在案事件串并中的意义何在？举例说明。

（3）何种串并信息处理是同一认定串并信息处理？

第 *12* 章

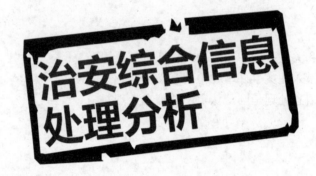

治安综合信息
处理分析

摘 要

　　由于治安综合信息处理在公安业务中的基础地位和数据源头的龙头地位，本章就治安信息处理的处理特征、系统边界构成、外部信息处理关系和内部信息处理关系进行了详细的讨论。为了更加清晰地理解治安综合信息处理的各种信息处理特征，明确提出了一体化信息采集在公安信息化建设中的地位和重要性。同时在本章中，根据不同类型的公安业务特征，就联机事务处理、社会行政管理、治安突发事件处置等治安综合信息处理的具体内容，特别选择了派出所综合信息管理、出租屋信息管理和治安灾害事故应急响应等方面的信息处理技术路线进行了讨论，力图完整地描述治安综合信息处理中不同类型和特点的信息处理特征和系统构成。

　　警务综合信息应用平台是公安信息化工程建设的重要组成部分，是实现公安部提出的"统一指挥、快速反应、协调作战"目标的支撑手段。治安业务是公安业务的重要组成部分，同时也是警务综合信息应用平台信息的重要来源之一。治安业务的信息化管理对于提高治安管理部门和基层单位的管理水平和规范化程度，加强治安业务信息与城市警务综合信息应用平台的联系，充分发挥治安业务在预防、控制、打击违法犯罪工作中的作用具有重要的意义。

　　随着我国改革开放和社会主义市场经济体系的逐步建立，公安执法业务量剧增，工作难度加大，对公安机关预防、控制、打击犯罪工作提出了新的挑战和更高要求。在这种形势下，"科技强警"的战略思想为公安部门适应形势变化，以及公安工作的自身发展指明了方向。

12.1 信息处理特征分析

治安综合信息处理的特征体现于各自逻辑独立、而数据集中的治安专项管理信息处理单元中，在这样的信息处理过程中，最重要的信息处理特征就是快速、及时地响应社会群众提出的一切信息处理请求，无论是行政许可审批，还是治安纠纷处理，或是困难群众救助，均是治安综合信息处理的必备内容。

因此，治安综合信息处理就是围绕社会群众的公安业务请求进行的。在治安综合信息处理中，最不易处理的就是各警种信息的一体化采集，这是治安综合信息处理的特征，也是治安综合信息处理的难点。

从逻辑上分析，治安综合信息处理是可以完全独立于其他公安信息处理单元而建设的综合信息处理系统，这主要取决于以下两个方面。

（1）获取信息的性质。派出所获取的所有信息都来自于辖区的社会基本面信息，而社会基本面信息是不可能按照公安机关的警种划分而取舍的，在辖区内将会出现各种社会控制方面的信息构成，所以派出所信息处理需要具备能够执行独立作战与全面信息处理的能力。

（2）业务活动的性质。由于派出所获取的信息是覆盖公安机关全警种的信息，所以基层派出所的警务活动无一不是警种警务活动的具体化和实体化，它具备完整的业务逻辑和信息处理逻辑，所以派出所信息处理需要能够处理所有可能发生的信息与信息活动。

可以说，就实质而言，派出所信息处理是缩小了的城市警务综合信息应用平台，但它之所以不可能取代警务综合信息应用平台的关键在于：派出所仅拥有有限的数据资源和服务资源，不可能执行全局形态的数据资源服务和服务资源服务。根据这样的分析，可以看到：虽然在公安机关内部，根据业务职能的划分，设立了刑警、交巡警、户籍警、片警、消防警等警种，各得其所、各司其职。然而，社会群众被抢后却不会因为你是户籍警而不向你求助，派出所里也不会因为你是刑警而不要求你排解治安纠纷。由于治安综合信息处理面对的信息对象是公安机关最基本的受众面，所以，各警种信息的一体化采集既是公安业务规则的规定，也是社会群众的需求。在治安综合信息处理中，如果能够快速、高效地解决一体化信息采集、按业务快速分发信息，这样的治安综合信息处理就达到了基本的要求。

而在这样的一体化采集过程中应该清楚地认识到：治安综合信息处理的采集和案事件信息处理的采集有着本质的区别。在案事件信息处理中，允许采集被伪装的、支离破碎的、不完整的信息，所采集信息的真实性、逻辑性修正都在案事件侦查行为中实现，而在治安综合信息处理中，严格要求所采集的信息必须是完整、准确、清晰、鲜活、规范的。在治安综合信息处理中，要求设计大量的必填项约束和控制，以保证所采集数据的质量。这一点至关重要，因为这是支撑打击犯罪、维护社会治安、提高公安机关维稳威慑力的重要基础数据建设，而这也就是治安综合信息处理最重要的特征。

12.2 信息处理概述

治安综合信息处理是警务综合信息应用平台的组成部分，既可对人口、特种行业、管制物品、内保等治安业务进行管理，又可以广泛采集各类业务信息，提供给综合信息系统，实现对信息进行查询、统计、分析、比对等操作，从而实现治安业务信息的高度共享，增强公安机关的整体作战能力。

按照业务内容和分工的不同，治安综合信息处理由派出所综合信息处理、出租屋信息处理、人口管理、特种行业管理、管制物品管理、内保管理、治安灾害事故信息处理等部分组成。其中人口管理包括常住人口管理、暂住人口管理等业务系统；特种行业管理包括旅店业，废旧业、印刷业、印章业以及大型公共娱乐场所、设施等的管理；管制物品管理包括对枪支、民用爆炸品以及涉枪涉爆单位的管理；内保管理主要是对金融单位以及重点单位的管理；派出所综合信息管理负责采集上述基本数据并存储到相应业务系统的数据库中，还可以对这些信息进行查询和维护。

治安信息数据库的信息来源于各个基层单位录入的数据，包括治安的各项业务数据。在逻辑上，治安信息数据库是一个完整、独立的数据库，由派出所综合信息、出租屋管理系统、人口信息、特种行业管理信息、管制物品管理信息、内保管理信息、治安灾害事故信息等组成，存储着治安各项业务的数据。在物理分布上，治安信息数据库可以分布在一个或几个服务器上，不同业务系统的数据可以根据实际需求设置在不同的地点或单位中。

各个基层科所队按照统一的标准录入数据，数据通过网络传输到治安综合数据库中。此外，警务综合信息应用平台会定时抽取治安信息数据库中的各项信息，通过标准数据交换接口提供给综合查询信息处理，从而实现数据的关联和共享，满足各级公安机关的需要。

图12-1说明了治安综合信息处理在警务综合信息应用平台中的位置。

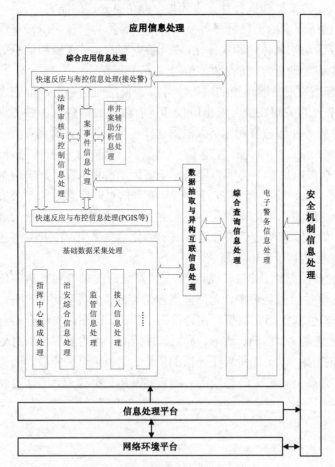

图12-1 治安综合信息处理系统边界

12.3 服务与数据关系

从图12-1可以看出治安综合信息处理和其他很多系统或信息处理单元有着密切的信息关系，它们既互相独立，又彼此依存。在实际警务活动中，这些信息处理关系无时不在、无处不有，所以有必要对上述关系进行以下说明。

（1）与综合信息处理的关系。作为基础数据采集系统的组成部分之一，治安综合信息处理是各类业务数据的源头。治安综合信息处理通过警务综合信息应用平台进行数据的共享，并访问其他相关业务系统的信息。治安综合信息处理为警务综合信息应用平台提供治安业务的各项基本信息，包括人口信息、特种行业信息、管制物品信息等。同时，也可通过综合查询信息处理查询所需要的案件信息。

（2）与其他业务系统的关系。治安综合信息处理与其他业务系统也存在着数据的关联关系，常住人口、暂住人口等人口信息与案事件、监管、交管、外管等系统有着密切的联系，是联系各个业务系统的纽带。

（3）与服务对象的数据关系。治安综合信息处理的建成能够为以下对象提供数据支撑和服务：

- 警务综合信息应用平台：综合数据库的数据来源于各个业务系统提供的抽取数据。从基层治安单位采集的各个治安的数据能够被抽取到警务综合信息应用平台数据库中，实现数据的关联和共享，充分发挥信息资源的作用。
- 治安业务管理部门以及各级领导：治安业务管理部门和各级主管领导可以通过治安综合信息处理掌握各类治安业务的管理工作的开展情况，也可通过查询、统计等功能快速、准确地了解各类业务信息。
- 各个基层派出所及其他治安单位：各个基层单位可以通过治安信息系统实现业务资料的信息化管理，避免了以往手工操作效率低、准确性差、信息资料管理不便等问题。

12.4 派出所综合信息处理

派出所是集防范、管理、打击、服务等多种职能于一体的基层综合性战斗实体，是整个公安工作的基础，派出所信息是公安信息的基础信息。派出所综合信息处理是基础性的公安应用系统，加快派出所信息处理建设，能够有效提高派出所工作科技含量，改进管理方式，加强执法监督，提高治安防范水平，对改进和加强派出所建设起到重要的辅助作用。

近年来，为扭转实际工作中存在的"重打轻防"倾向，加强基础工作，公安部作出了一系列的部署，各地也采取了不少行之有效的措施，取得了一定成效，但基础工作薄弱的问题仍有待加强。导致这种状况的原因，既有指导思想、工作导向、工作部署方面的问题，也有基础工作自身的问题，特别是从事基础工作的手段、方式落后，基础工作特别是基础信息资料连续性、关联性差，导致民警从事大量的重复劳动，人为地加重了基础工作的负担，工作效能大为降低。派出所信息处理从解决派出所民警做什么、怎么做入手，涵盖了人口管理、治安管理、安全防范、执法办案、队伍管理等各个方面，促进了各项基础业务工作的规范化建设。

派出所信息处理，是信息化手段与民警日常管理业务的结合，使各项工作量化并且更加规范，为队伍考核提供依据。派出所信息处理能够按照事先设定的考核程序，根据居、村、委的地域面积、人口密度和治安状况复杂程度的不同，科学合理地划定和区分出治安管理工作中管多管少、管难管易的标准，以考核结果为主，兼顾工作过程和效益，对工作做得好的予以加分，出现问题的予以减分，客观、公正得出综合性总分，有效地消除了考核过程中的人为因素，真正从制度上解决了基层民警"做什么、怎么做、如何考"的问题，充分体现了业务管理和队伍建设规范化的要求，在改革派出所的工作方式和运行机制，加强派出所队伍建设方面发挥积极作用。

通过派出所信息处理，能够进一步落实现住地人口管理的原则，把辖区内居住的实有人口全部纳入计算机管理，更加全面、准确地掌握人口基本状况。在派出所信息处理建设过程中，对各社区和居民户以及他们的安全防范设施、整个辖区单位、场所的基本情况等数据进行采集、输入，这些工作的开展是对派出所所管辖范围内的人员和单位情况进行了一次彻底的调查摸底，也是对以往派出所所掌握的各种材料数据进行一次彻底的整理。通过信息化管理对基础资料进行积累和统计，使历年来的资料积累有了连贯性，不会因为责任段民警的变动而造成原有资料的缺损。更重要的是把原来在各个民警手中的综合信息、基础资料"存量盘活"，实现了资源共享。派出所领导部署工作也不再是根据自己的主观感受，而是根据不同时期、不同地域的发案情况，对治安形势进行归纳和分析，有针对性地强化案件多发时段、区域、部位的巡逻力量和巡逻密度，指导、督促辖区居民、单位、行业场所落实人防、物防、技防措施，严格日常监督检查，努力减少可防性案件的发生，维护良好的治安秩序，增强群众的安全感。

派出所作为公安机关人数最多、队伍最大、工作任务最重的基层综合性战斗实体，担负着大量的行政管理和行政审批工作，这些工作与经济发展、社会进步和人民群众的生产生活密切相关。随着社会的发展进步，人民群众迫切要求建设"廉洁、勤政、务实、高效"的政府机关。派出所信息处理的开发和建设，依据相关法律、法规和业务规范，对民警的工作范畴和内容作出了界定，民警应该做什么一目了然，一些"该做而未做"的工作超过一定期限后，派出所信息处理还会主动提醒民警。通过信息系统规范业务功能和业务流程，促使民警严格依照程序、规范从事本职工作，工作更加量化、透明，加强了警务公开和执法监督，既减少了民警工作的随意性，也强化了民警工作的责任心。

派出所信息处理不是单一的派出所应用软件，而是成为可以与刑侦部门等公安其他警种之间建立经常性信息沟通的技术渠道，可以进一步发挥派出所的基础作用，通过信息资源共享，初步建立起快速反应系统，更好地发挥治安管理工作在预防、制止和打击违法犯罪活动中的作用。通过查询、统计、比对等功能，可以快捷地完成一些工作量大的排摸、协查任务，减少了以往民警挨家挨户上门调查的"人海"战术，大大缩短了查询信息所需的时间。通过地理信息系统提供的优势，更可以直接在地图上撒点布控，合理部署警力，方便快捷地形成作战方案。各级领导可以通过网络终端，随时调取、汇总所需信息，进行分析研究。派出所信息处理每月自动生成的数据报表，可以及时地反映出整个地区当前的治安情况和工作进展，为公安现实斗争提供有力的基础信息保障，便于各级领导更加科学、准确地作出判断和决策。

12.4.1 信息处理概述

派出所综合信息处理采用"五要素"信息模型、面向对象的分析设计方法和三层软件体系结构，以人口信息为基础，以案事件管理为主线，以治安管理、治安防范、队伍管理为重点，构建统一的派出所综合信息处理，进而实现以下信息处理目标。

1. 建立统一的派出所信息采集、应用平台

派出所综合信息处理在满足派出所自身业务需要的同时，向各业务系统提供数据支持，对上级各业务部门需要的信息实行统一采集，统一报送。通过公安信息化工程应用支撑平台，按照统一的数据标准和数据交换规范，实现一点采集、多方共享、信息相互关联，实现跨部门、跨地区的信息共享与业务协作。

2. 建立信息体系

该信息体系应以"人、案、物、地、机构五要素"为核心，包含信息内容、信息之间关系、信息分布三方面的内容。涵盖派出所人口管理、治安管理、安全防范、执法办案、情报信息、队伍建设、内务管理、勤务管理、后勤保障、地理信息等主要业务信息。设区市是派出所综合信息的汇集点，应存放本市派出所综合信息处理的全部信息。

3. 建立派出所工作流与信息流相适应的事务处理工作模式

（1）基层办公任务。基于"五要素"信息体系，实现派出所主要业务功能和信息采集，避免数据重复录入，提高数据质量。

（2）网络流转任务。对派出所主要业务进行网上流转和网上交互等。

（3）业务自动化任务。实现自动比对、自动列管、自动跟踪、自动报表等。

4. 建立功能强大的后台支持体系，全面深化派出所信息的应用

（1）作业决策支持。突破部门限制，从不同的业务角度提供特定业务对象过去和当前的全面信息；跨地区的信息互访，跟踪和搜寻对象的资料及线索；通过对相似业务对象的串联分析，发现隐蔽的线索和警情。要通过这些信息的应用为具体的派出所业务提供决策支持，为相关业务部门提供业务辅助支持。

（2）管理决策支持。通过对业务信息的统计及个别业务的追踪，获得业务情况资料，为考核提供依据；在系统建设和发展中，通过对各业务环节使用信息的相关性和频度等方面的分析，优化作业流程和人员部署；利用各类统计分析手段及时掌握派出所工作情况及发展趋势，为制定相应的管理方法提供决策支持。

（3）战略决策支持。通过对以"五要素"为核心的派出所信息动态全息体系的各类专题分析研究，了解掌握治安状况和案件分布、特征、规律、趋势，为宏观决策提供参考和支持。

派出所综合信息处理的体系结构如图12-2所示。

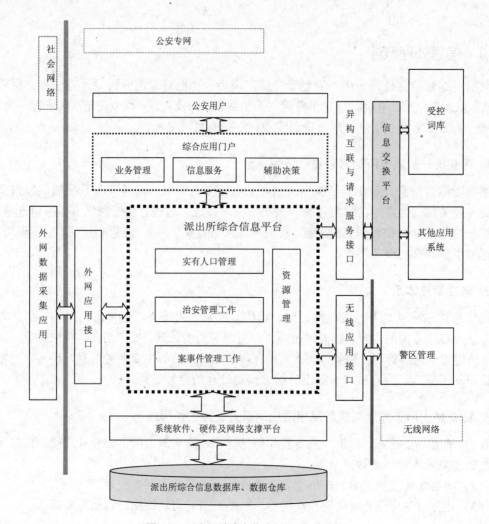

图 12-2　派出所综合信息处理体系结构

12.4.2　信息处理边界

依据公安机关组织机构设置、职责范围及派出所业务管理的特点，确定派出所综合信息处理边界如下。

1. 业务处理

派出所综合信息处理直接支持各单位的日常业务工作，具体包括以下三方面。

（1）各派出所直接应用系统完成各项日常业务工作，是系统功能和应用的主体，是主要的数据采集和维护节点。

（2）各县（市、区）公安局治安、户政、法制、出入境、警务督察是主要的审批、管理节点，采集审批信息、管理信息及少量根据职责分工由本级直接管理的人、案、物、单位等信息。

（3）市级公安机关治安、户政、法制、出入境、警务督察、边防部门采集少量根据职责分工由本级直接管理的人、案、物、单位等的审批和管理信息。

2. 信息存储

市级建立数据库模式：派出所等有关业务数据都在市局一级建库，县（市、区）公安局和派出所不存放数据。设区市级公安机关作为信息的汇聚点，提供市内派出所业务管理的全部功能，通过信息接口平台与外部系统实现动态信息交换，提供跨地区、跨业务交互访问的综合信息服务。

12.4.3　系统接口

派出所综合信息处理和人口综合系统、综合查询信息处理、其他应用系统存在系统接口，如图12-3所示。

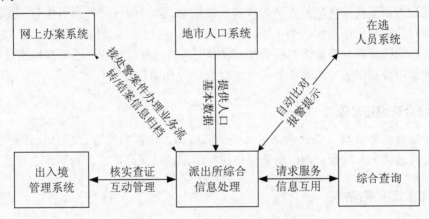

图 12-3　派出所综合信息处理系统接口

按照信息传输内容，接口可以分为业务信息交换接口和查验服务接口两类。具体包括以下几方面内容。

1. 与人口系统

派出所综合信息处理与人口系统之间的接口是为了获取派出所综合信息处理中需要的基础人口业务数据，在市局公安专网上，人口系统和派出所综合信息处理使用统一系统平台，但在逻辑上又严格相对独立，由地市人口系统通过统一的数据交换格式向派出所综合信息处理提供人口信息的初始加载和增量数据维护。实现两套系统的无缝衔接，真正做到"一点录入，多点共享"。

2. 与在逃人员系统

派出所综合信息处理在采集人的信息时，自动调用在逃人员系统的请求服务接口，进行自动比对，根据返回的结果确定是否为在逃人员，进行实时报警提示，提高了业务协作和追逃的工作效率和工作质量；对于已经入库的人员信息也可以与在逃人员数据库进行批量的数据比对，发现在逃人员，进行自动报警提示。

3. 与网上办案系统

派出所进行执法办案业务工作时，直接进入派出所综合信息处理的网上办案单元。派出所接到报警后统一录入到派出所综合信息处理的接（处）警模块，然后再通过链接方式，自动链接到网上办案单元界面。属于自侦的，进入刑侦系统办案流程；属于移交的，或治安案件受理过程中发现应转为刑事案件的，将通过接口进行交换，移交到刑侦系统。刑侦系统对派出所综合信息处理移交的刑事案件，在办案结束后，进行案件信息归档时，会自动向原移交派出所发送已结案的完整信息。派出所可通过刑侦系统自动汇总分析辖区内刑事案件发破及类型特点等有关信息。

4. 与出入境管理系统

派出所综合信息处理接收出入境管理系统中本辖区常住境外人员等核实信息，向出入境管理系统发送本辖区内常住境外人员的核实反馈信息、新增常住境外人员信息、散居社会面的境外人员临时住宿登记信息和各类工作动态情况信息。派出所综合信息系统与出入境系统建立境外人员信息的同步或异步数据交换机制，数据交换的过程就是信息通报和核实过程，使派出所和出入境部门根据职责分工对境外人员进行有效的互动管理。

5. 与综合查询信息处理

派出所综合信息处理与综合查询信息处理的接口，由派出所综合信息处理向综合查询信息处理提出查询请求，综合查询信息处理将执行请求的结果返回给派出所综合信息处理。

6. 与国家汉字编码标准

根据公安部对第二代身份证信息系统的建设要求，二代证除了视读功能外，还具备机读功能，要求写入二代证件的姓名、地址等汉字信息必须采用统一汉字编码GB13000。为了在派出所综合信息处理中能够支持身份证信息的识别、存储和使用，派出所综合信息处理运行的环境平台采用支持汉字编码GB13000标准的数据库服务器和操作系统，派出所综合信息处理软件程序字符集使用汉字编码GB13000。GB13000编码的特点和意义如下：

- 中文名称：信息技术 通用多八位编码字符集（UCS）。
- 英文名称：Information technology－Universal Multiple-Octet Coded Character Set（UCS）。
- GB13000.1—93编码标准是1993年12月24日由国家质量技术监督局发布、实施。（GB13000的最新版本正在修订过程中，即将颁布）
- GB13000.1—93等同采用国际标准ISO/IEC 10646.1—1993《信息技术 通用多八位编码字符集（UCS）第一部分：体系结构与基本多文种平面》。
- GB13000可用于世界上各种语言的书面形式以及附加符号的表示、传输、交换、处理、存储、输入及显现。
- 在GB13000中，任何一个八位的值均由00～FF的十六进制计数法表示。
- 采用多八位编码字符集。码区分为128个组（group），每个组含256个平面（plane），每个平面可容纳256×256个编码位置，这个体系结构简称UCS-4。每个字符按照组八位、平面八位、行八位、字位八位进行编码。其中第一个平面（00组中的00平）称作基本多文种平面（Basic Multilingual Plane），简称BMP。BMP收录了各语系的常用字，可当作双八位编码字符集使用。

- GB 13000.1字符集共收录中、日、韩（CJK）统一汉字20902个。BMP专用区共有6400个码位（E000～F8FF）。

12.4.4　功能概述

派出所综合信息处理从功能角度大体上可以分为基础业务功能和业务支撑功能。基础业务功能主要包括人口管理、治安管理、安全防范、执法办案、情报信息、派出所建设、地理信息等基层派出所民警日常工作涉及的业务办理和管理功能；业务支撑功能主要包括查询、打印、统计分析、统计报表等通用功能以及系统管理维护、数据交换整合功能等底层核心共用功能。

派出所综合信息处理功能构成如图12-4所示。

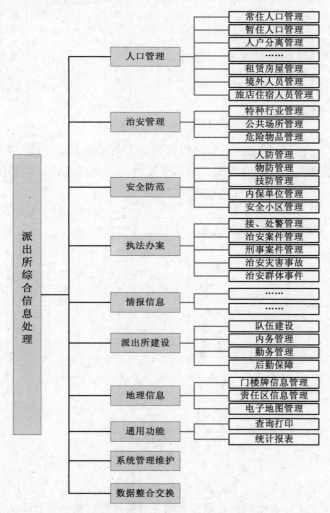

图 12-4　派出所综合信息处理功能构成

派出所综合信息处理包括了有关派出所基础业务和人口管理的全部业务，这些业务的流转和审批流程贯穿了基层派出所、分县局相关部门，地市级公安机关的治安、户政等部门。

1. 人口管理

派出所综合信息处理为派出所用户提供一个综合的人口信息管理单元（如图12-5所示），并与原有人口信息管理系统实现无缝整合。派出所人口信息管理单元包括常住人口管理、暂住人口管理、管理、办理户口申请、房屋信息管理、综合数据查询、表格管理维护、地理信息管理，并在常住人口、暂住人口和户口申请中包含电子文档系统的功能。

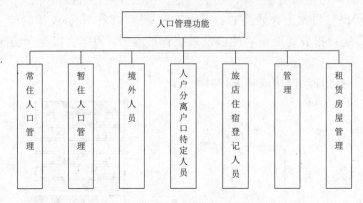

图 12-5　人口管理功能

（1）常住人口管理。包括常住人口户口管理、未落常住人口管理、人户分离人员管理、身份证管理、人像管理、常住人口查询、常口变动情况查询与统计。如图12-6所示。

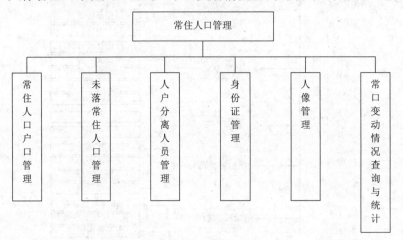

图 12-6　常住人口管理

对其中的主要项目说明如下：

● 常住人口户口管理包括户口登记和户口审批两方面，户口登记包括常住人口的出生、迁出、迁入、迁移、死亡、变更更正、删除注销等户籍管理功能，如图12-7所示。户口审批包括市外迁入入户审批、立户审批，变更主项信息审批、补录入户审批、立户审批等，如图12-8

所示。

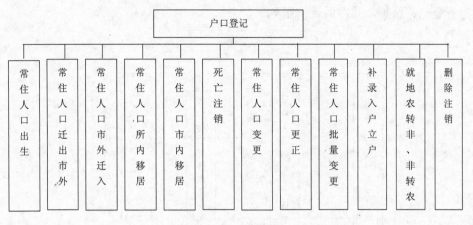

图 12-7 户口登记

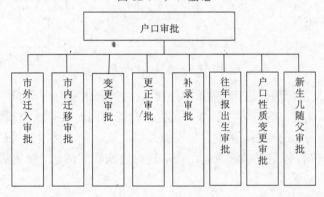

图 12-8 户口审批

- 未落常住人口管理分为未落常住人口变动、未落常住人口查询、未落常住人口统计。
- 人户分离及户口待定人员管理。人户分离人员根据存在形式可分为人在户不在和户在人不在两种情况。其中人在户不在的管理分为：人户分离的人在户不在登记、人户分离的人在户不在变更、人户分离的人在户不在注销、人户分离的人在户不在查询。户在人不在的管理分为：人户分离的户在人不在登记、人户分离的户在人不在变更、人户分离的户在人不在注销、人户分离的户在人不在查询。
- 居民身份证管理：以二代身份证为例，包括证件催办、办证申请受理、采集人像、领取发放、证件收交、唯一性验证、住址信息追加、重证号处理、制证信息质量检测、重证号自动比对、办证状态查询、挂失、制证数据导入、制证数据导出。其中的输入表有居民身份证申领登记表、临时居民身份证申领登记表、申领加快制作居民身份证审批表、公民身份号码顺序码登记表。

（2）暂住人口管理。包括暂住人口登记、暂住人口变更、暂住人口注销、打印暂住证到期人员、暂住人口发函/回函登记、暂住人口收函/复函登记、暂住人口综合查询、暂住人口统计。

（3）境外人员管理。包括散居社会境外人员住宿申报登记，境外人员购、租、借房登记，旅店住宿境外人员申报登记，不准入境人员管理四个方面。如图12-9所示。对每个方面的信息都需要进行登记、维护，并提供查询服务。

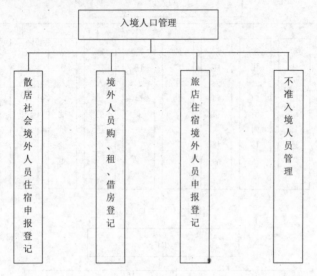

图 12-9　入境人口管理

（4）旅店住宿人员管理。旅店业是同人民群众的生产生活有着密切关系的服务行业，它所经营的业务内容和性质，既有方便群众、服务群众的一面，又有被犯罪嫌疑人利用来藏身、落脚和进行违法犯罪活动的一面。因此，公安机关要对旅店业进行治安管理，以保障旅店业的合法经营，并预防打击各种犯罪嫌疑人利用旅店进行违法犯罪活动。旅店业住宿人员管理单元的基本内容是：

● 国外旅客住宿信息：用于登记在旅店住宿的国外旅客的基本信息，便于公安掌握其是否非法入境及所去场所等情况。也可用于对已登记的内容进行增加、查询、修改、删除及打印。

● 国外旅客财物寄存信息：用于登记在旅店住宿的国外旅客所寄存的财物的基本信息，便于公安掌握情况及统一管理。也可用于对已登记的内容进行增加、查询、修改、删除及打印。

● 国外旅客来访信息：用于登记在旅店内住宿的国外旅客的来访人员的基本信息，便于公安掌握情况及统一管理。也可用于对已登记的内容进行增加、查询、修改、删除及打印。

● 国内旅客住宿信息：用于登记在旅店住宿的国内旅客的基本信息，也可用于对已登记的内容进行增加、查询、修改、删除及打印。

● 国内旅客财物寄存信息：用于登记在旅店住宿的国内旅客所寄存的财物的基本信息，便于公安掌握情况及统一管理。也可用于对已登记的内容进行增加、查询、修改、删除及打印。

● 国内旅客来访信息：用于登记在旅店内住宿的国内旅客的来访人员的基本信息，便于公安掌握情况及统一管理。也可用于对已登记的内容进行增加、查询、修改、删除及打印。

● 单位日常值班管理：用于登记旅店每天值班人员及情况的信息，便于公安掌握情况及统一管理。也可用于对已登记的内容进行增加、查询、修改、删除及打印。

（5）出租屋管理。主要包括以下业务内容：

● 出租房屋登记：登记出租房屋的房屋信息，其房屋地址从地址库中查询，其房主信息可以从数据库中查询已经登记的常住人口信息和暂住人口信息,也可以是手工输入。

- 出租房屋变更:修改已登记的出租房屋信息。
- 出租房屋停租:修改出租房屋的租赁状态。
- 出租房屋安全检查:登记出租房屋的安全检查情况。
- 出租房屋安全检查查询:查询已登记的出租房屋安全检查情况。
- 承租信息登记:登记出租房屋承租信息,其承租人信息可以是手工输入也可以是从数据库中查询引用。
- 承租信息变更:修改已登记的承租信息。
- 承租信息退租:注销已登记的承租信息(逻辑删除)。
- 出租房屋综合查询:查询出租房屋的综合信息。

2. 治安管理

治安管理是维护社会治安的执法活动。治安管理活动即执行国家在调整涉及公共秩序、公共安全以及公民人身和公私财产安全方面的社会关系的法律法规、规章等,运用行政手段和强制措施,执行必要的行政处罚,协调上述内容的法律关系,从而强化治安监督与控制,预防、减少治安危害,维护社会治安稳定,促进社会的顺利发展。治安管理工作是派出所最主要的基本工作之一。

治安管理单元包括特种行业管理、公共场所管理、危险物品管理、水上治安等,如图12-10所示。通过治安管理系统,有效地将治安管理同治安案件、刑事案件相结合,从而节约警力和物力,提高公安机关的快速反应能力和治安管理的工作效率。

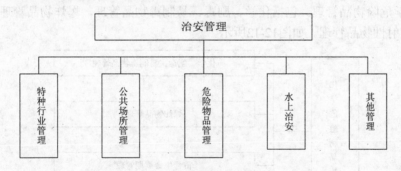

图 12-10　治安管理

(1)特种行业管理。所谓特种行业,是指在工商业中,所经营的业务容易被违法犯罪人员作为落脚藏身之处,或进行盗窃、诈骗、走私、贩毒,伪造公文、证件、印章,销售赃物等违法活动,经国家法律法规规章或地方性法规规定,由公安机关依法实行特殊治安管理的行业的总称。通过对特种行业进行管理,达到保障特种行业的合法经营,限制、取缔其非法经营;保障行业服务对象的正当活动和安全;发现违法犯罪人员,预防、制止其违法犯罪活动。特种行业管理包括需行政审批的特种行业管理和需备案的特种行业管理。

- 需行政审批的特业:包括典当业管理、拍卖业管理、印章信息管理、旅店住宿人员管理等。
- 需备案的特业:包括印刷业管理、废旧金属收购业管理、报废汽车收购拆解业管理、机动车修理业管理、机动车交易市场管理、委托寄卖业管理等。

（2）公共场所管理。包括文化娱乐场所管理、体育场所管理、集贸市场管理、其他服务场所管理。如图12-11所示。

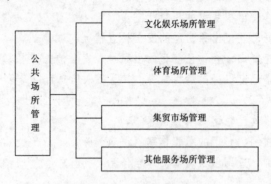

图 12-11　公共场所管理

- 文化娱乐场所管理：包括文化娱乐场所单位经营申请及审批、群众性文体活动审批申请、群众性文体活动实施以及对相应业务进行检索。
- 体育场所管理：包括体育场所单位经营申请及审批、群众性文体活动审批申请、群众性文体活动实施以及对相应业务进行检索。
- 集贸市场管理：包括集贸市场单位经营申请及审批、集贸市场摊位及人员流动、集贸市场安全管理及对相应业务进行检索。
- 其他服务场所管理：包括其他行业单位信息登记、其他行业单位信息维护、录像放映业日常放映信息、桑拿业管理等其他服务性行业的管理业务及对这些业务的检索。

（3）化学危险物品管理。包括化学、剧毒、易制毒物品管理，爆炸物品管理，雷管生命周期管理，放射性物品管理。如图12-12所示。

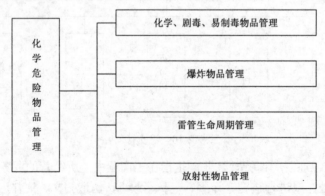

图 12-12　化学危险物品管理

具体说明如下：

- 化学、剧毒、易制毒物品管理：包括剧毒物品储存许可证、销售许可证、作业证、作业员许可证、保管员许可证、押运员许可证、购买许可证、运输证的申请受理及上级审批功能。
- 爆炸物品管理：包括县级以上企业及三小企业爆破器材安全员许可证、生产许可证、储存许可证、销售许可证、作业证、作业员许可证、保管员许可证、押运员许可证、拆除爆破技术人员的申请受理及上级审批功能。

- 雷管生命周期管理：包括安全员许可证、生产许可证、储存许可证、销售许可证、作业证、作业员许可证、保管员许可证、押运员许可证、拆除爆破技术人员的申请受理及上级审批功能。
- 放射性物品管理：包括安全员许可证、储存许可证、销售许可证、作业证、作业员许可证、保管员许可证、押运员许可证的申请受理及上级审批功能。

3. 安全防范管理

派出所综合信息处理为用户提供一个综合的安全防范信息管理单元。安全防范管理单元包括物防管理、人防管理、技防管理、内保单位管理、安全小区管理等，如图12-13所示。

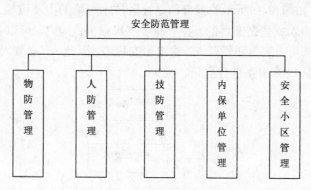

图 12-13 安全防范管理

具体说明如下。

（1）物防管理。物防管理系统如图12-14所示，物防管理主要是对物防设施信息进行登记、维护。

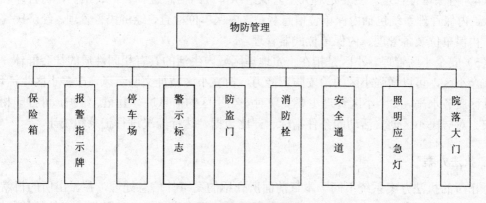

图 12-14 物防管理

（2）人防管理。人防系统如图12-15所示，人防管理主要是对各种人防组织信息进行登记、维护。

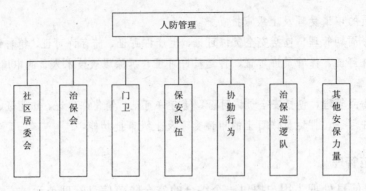

图 12-15　人防管理

（3）技防管理。如图12-16所示的报警器是社区技术防范的主要设施之一，通过报警的广泛使用，可以有效防止入室盗窃案件的发生，减少居民损失；同时，可以及时引导邻居及治安值班人员赶赴现场，抓获违法犯罪嫌疑人，稳定治安局势。因此，有必要对技防设施加强管理。技防管理主要是对技防设施信息进行登记、维护。

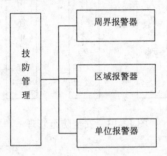

图 12-16　技防管理

（4）内保单位管理。主要是对大型内保组织单位的信息进行登记、维护，可打印相关的打印表。内保管理系统包括内保单位信息登记、内保单位检查、经济民警管理、经济民警审批登记、内保单位装备管理、内保单位武器管理。

（5）安全小区管理。小区是指在一定地理区域内生活的具有相同性质的社会群体。通过创建安全小区，可以增强小区的治安防范能力，树立小区精神文明新风，改善小区生活环境，提高社区服务水平。安全小区管理主要实现对安全小区的信息进行登记、维护，可打印相关的打印表。对居民小区创安活动的条件指标、评比数据、达标情况进行记录和统计。

4. 执法办案

派出所的执法办案系统不同于本章前面所介绍的案事件信息处理，在派出所的日常业务中，除了会接到社会群众的刑事案件的警务要求外，还有大量的、涉及行政案件的警务活动，对于行政案件而言，依据的法律法规、行政管理条例、部门规章、行政规范性文件繁多，所执行的警务活动流程也和前面所述的案事件信息处理有很大不同。所以，除刑事案件外，在派出所的警务活动中，依然需要进行接处警管理、治安案件管理、治安事件管理、治安灾害事故管理等警务活动。如图12-17所示。

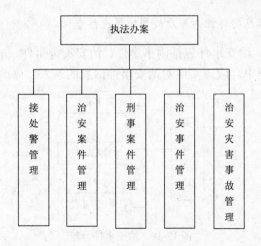

图 12-17　执法办案

（1）接处警管理。接处警管理实现报警、处警信息的录入、修改、查询、删除功能。

● 接警处理：主要处理派出所日常接警信息的录入和查询业务，登记相关报警信息。同时还要保存案件人相关信息对象、案件人对象、案件物品对象和涉案单位对象表、组织对象，生成相应的案件人编号、案件物品编号、涉案单位编号。本系统可接受来自人工、电话等的报警，并进行信息的采集、分类、报告等业务处理。

● 处警管理：提供对处警情况、处理结果等信息登记、修改、查询等功能。

（2）治安案件管理。所谓治安案件，指违反治安管理行为构成的行政案件，其行为具有一定危害性，但情节轻微不够刑事处罚的。对治安案件的管理有助于维护社会正常的治安秩序，保障公共安全。如图12-18所示。

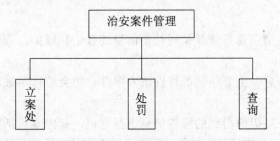

图 12-18　治安案件管理

● 立案处理：治安案件的立案，是一种确认违反治安管理行为的法律程序。治安案件的立案要具有一定审批权限。对于发生在社会上和没有保卫组织的治安案件，由发生地和单位所在派出所所长批准立案；对于情况比较复杂，影响较大的治安案件，由市县公安局及分局领导批准立案。立案处理系统主要实现对立案信息的登记及修改。如在报警管理中有记录的，则不需要重新录入，可直接调用。

● 处罚：记录案件处罚结果，具体包括对作案人的处理、与治安案件有关财物的处理及治安案件材料的处理。承办人提出处理意见后，生成处罚审批表，经网上流转审批后生效。系统记录审批结果，并可提供处罚审报表。

● 查询：可对立案信息的详细内容及处罚结果进行查询。

（3）治安事件管理。治安事件包括闹事事件、治安灾害事件、非正常死亡等，如图12-19所示。在派出所信息处理中，应该实现对治安事件信息的录入、修改、查询。

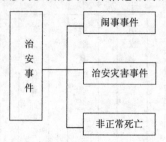

图 12-19　治安事件管理

（4）治安灾害事故管理。治安灾害事故是事故的一种，是指引发事故的主体由于违反国家治安管理方面的法律法规而造成物质损失或人员伤亡、危害公共安全、扰乱社会治安秩序的事故。目前由公安机关管辖查处的治安灾害事故主要包括爆炸事故、中毒事故、放射性事故、公共秩序混乱造成的死伤事故、翻沉船事故、道路交通事故、火灾等。

通过对治安灾害事故的管理，可以有效保护人民群众的人身和财产安全，有利于预防打击犯罪活动。

治安灾害事故管理主要针对治安灾害事故的信息进行登记，打印相关的表格。具体信息包括治安灾害事故报告人姓名、报告时间、事故发生的时间、地点、接报人姓名、事故类别、发生事故的单位电话、损失金额、死亡人数、重伤人数、轻伤人数、发生部位、发生环节、发生区域、事故原因、事故级别、简要情况及处理结果。承办民警对上述信息进行详细的记录。

5. 信息管理

（1）社情信息。社情信息管理就是对社情信息的登记和维护，查询登记过的社情信息，并能打印社情登记表。

（2）群体性事件信息。主要包括群体性治安事件、集会游行示威、邪教活动情况、宗教非法活动场所等信息。

（3）预警信息。是对提前得到的警告信息进行登记，其内容包括警告方式、警告来源、时间地点及相关人等一些基本信息。在登记后可通过查询的方式进行查看，也可根据需要打印报表。

（4）重特大事故信息。主要是将重特大事故发生的详细信息记录在案，包括事故原因、事故发生时的一些具体情况以及事故的责任人、事故发生后善后处理工作的记录。

（5）线索信息。是针对获得的情报进行的管理，主要分为群众举报和提供的线索，具体业务有情报的采集、情报信息的登记、群众反应情况登记。

6. 派出所建设

派出所建设如图12-20所示。

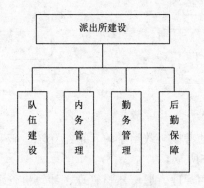

图 12-20　派出所建设

（1）队伍建设。包含派出所民警的基本信息、奖惩信息、参训信息、考核信息、工作变动信息以及职位、职级、警衔变动信息等。

（2）内务管理。包括罚没、暂扣物品现金管理，文件管理和档案管理，如图12-21所示。

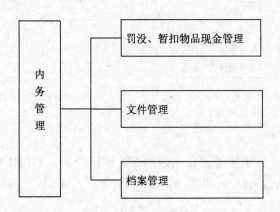

图 12-21　内务管理

● 罚没、暂扣物品现金管理：包括罚没款管理和暂扣物品现金管理两个业务功能，如图12-22所示。

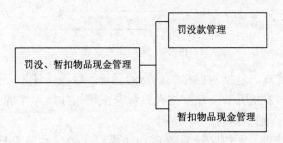

图 12-22　罚没、暂扣物品现金管理

● 文件管理：包括收文和发文及打印统计表等功能，如图12-23所示。
● 档案管理：包括档案整理及档案借阅管理，如图12-24所示。

图 12-23　文件管理

图 12-24　档案管理

（3）勤务管理。包括出勤考核、政治学习、遵纪守法、破案打击数、治安案件查结数和打印输入表等功能，如图12-25所示。

（4）后勤保障。包括车辆管理、通信器材管理、计算机管理、枪弹管理、警械物品管理和打印输入表等功能，如图12-26所示。

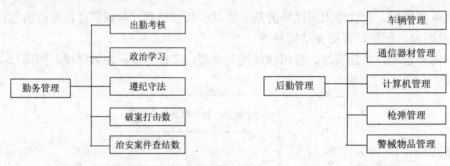

图 12-25　勤务管理　　　　　　　　　　图 12-26　后勤装备管理

7. 地理信息管理

地理信息管理意味着派出所管辖范围内的综合地址维护。如门楼牌维护、责任区维护、电子地图维护等，地理信息管理提供了丰富的GIS查询以及GIS统计等功能，如图12-27所示。

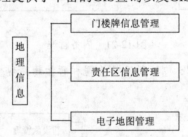

图 12-27　地理信息管理

（1）门楼牌信息管理。包括对门楼牌信息的登记、修改、注销、比对、制作、装订等一系列业务的管理，如图12-28所示。并可与人口管理系统相挂接，实现关联查询。通过门牌号的输入，可查询出户内详细信息。

（2）责任区信息管理。责任区信息管理功能模块主要实现责任区的划分管理和调整功能。

（3）电子地图管理。电子地图管理功能模块实现了在电子地图上形象展示派出所所拥有的各种各类综合信息，进行地理区域信息统计，提供信息分析和决策支持服务等功能。

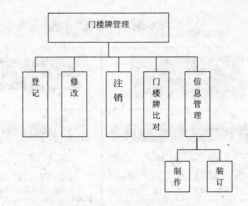

图 12-28　门楼牌信息管理

12.5　出租屋信息管理

在外来人口管理中，数据的采集一直是个难点，因为外来人口数量巨大，能否保证采集数据的有效性和准确性，使之真正为各级政府协作部门服务，就成为亟待解决的问题。各地公安机关在警务活动实践中认识到：外来人口管理，或者说流动人口管理其实非常依赖于出租屋的管理。住宿，作为人口生活和居住的基本条件，是在人口流动过程中的相对固定点，以屋管人，已经被各地的社会治安综合治理实践证明是有效的，所以，从房屋租赁管理及外来人口管理两方面来考虑，都有必要加强出租屋的信息管理。出租屋信息管理包括固定信息和动态信息两类。

出租屋的固定信息主要指房屋的地理位置、所在楼栋、用途、面积等。房屋的动态信息则包括业主信息、租赁人口信息、租赁历史信息、合同、税费征收等。

外来人口的固定信息则包括面部特征、指纹、姓名、性别、身份证号、年龄等。动态信息则包括租赁历史、治安处罚、在逃通缉人员等。

12.5.1　信息处理概述

出租屋综合信息处理是用于出租屋及暂住人口信息资源整合与管理的业务平台，本小节将以一个出租屋信息处理实例来介绍相关的信息处理内容。在这个实例中，其中有些信息处理部分已经超出了公安机关管理的范围，但根据国内很多地方的出租屋管理实践来看，仅靠公安机关进行出租屋管理其实是很不现实的，且不说没有足够的警力进行出租屋的管理，就从法律层面来说，公安机关也对出租屋没有实质性的管理权能。但出租屋实际上是流动人口信息和外来人口信息的可靠载体，出租屋的各项属性在公安机关打击防范、综合治理方面有着不可忽视的角色份量，因此，现在各地在出租屋管理方面越来越倾向于"齐抓共管、信息共享、以屋管人、确保平安"的出租屋管理模式。本小节所介绍的出租屋信息处理正是以这样的管理蓝本进行的，该实例的信息处理基本架构如图12-29所示。

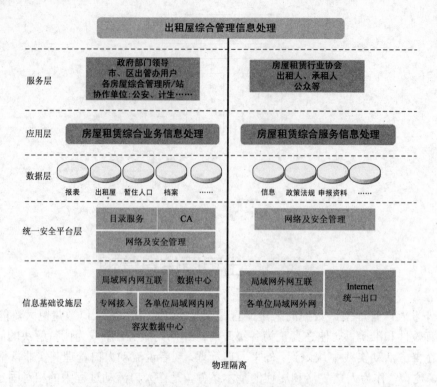

图 12-29　城市出租屋综合信息处理整体架构

从应用的层面讲,出租屋综合信息处理是以出租屋及暂住人口管理为业务核心,结合机关办公业务和辅助领导科学决策需求的重要业务系统和整合的数据资源。如图12-30所示。

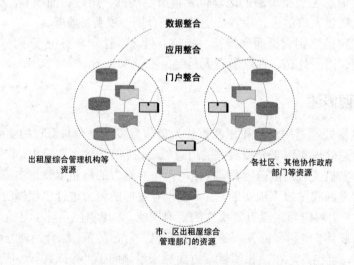

图 12-30　出租屋综合信息处理数据资源

出租屋综合信息处理的业务架构如图12-31所示。

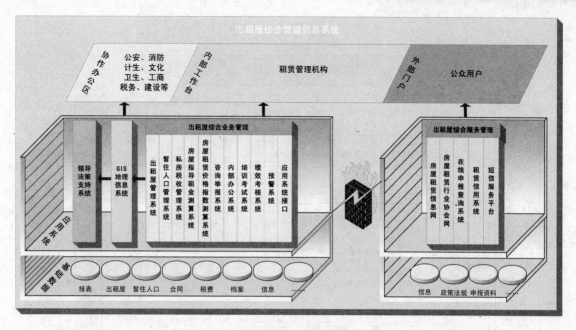

图 12-31　出租屋综合信息处理业务架构

在这个实例中，基本的信息处理思路如下。

（1）以门户技术为基础，以数据地图为数据的主要表现形式，以房屋租赁市场管理和外来人员管理为主线，建立对内的房屋租赁管理和流动人员管理应用系统（应用门户），实现房屋租赁管理、流动人员管理、租赁合同管理和费税征收管理等。

（2）建立针对租赁办工作人员的办公自动化系统，实现无纸化办公和信息充分共享，提高工作效率，提升管理水平。

（3）建立针对市民的公众服务平台，实现政务公开，提供免费租赁中介服务，实现网上申报和查询，实现"管理"＋"服务"双重职能。

（4）利用数据仓库技术为出租屋综合管理办和各级政府部门提供报表统计和决策分析综合服务。

（5）提供房屋指导租金测算系统和租赁价格指数测算系统。

（6）为政府部门提供准确、及时的房屋数据和人员数据，为最终实现为政府创收，为出租人和承租人服务，为市民提供安定团结的社会环境的目的而努力。

根据上述思路，可以看到出租屋综合信息处理流程如图12-32所示。

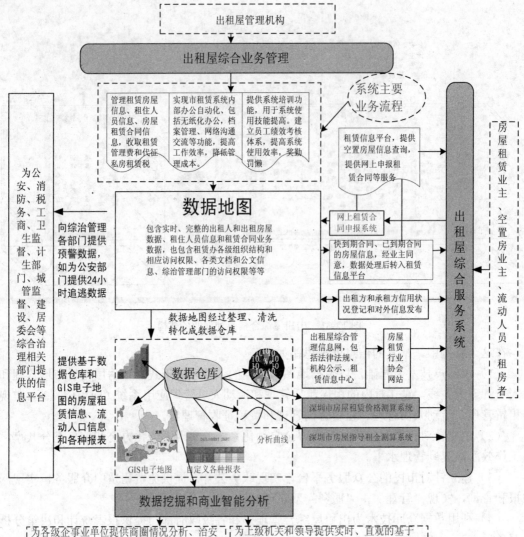

图 12-32　出租屋综合信息处理流程

12.5.2　信息处理规则

出租屋信息处理的规则如下所述。

（1）以政府部门、公众企业为服务对象，实现互联网和局域网两种运行方式。公众用户、管理部门与领导、系统管理可对数据库系统进行不同等级的操作。

（2）分权限的查询。包括相关的政策文件、法律法规、出租屋信息（建设时间、业主、楼栋、住户规模等）、指导租金、外来人口、房屋管理员、培训资料、绩效考证资料、决策分析数据、统计报表等，不同等级的用户具有不同等级的查询权限。

（3）以电子地图为核心展示平台，以遥感图像为底图，配合矢量专题图层，实现地图的浏览、缩放、移动等操作，对数据库检索出来的数据进行地理位置标注，实现文本与出租屋地理定位的信息互查。

（4）在基础信息详实充分的前提下，应用统计和数据决策分析单元，充分挖掘统计数据所潜藏的更丰富更有价值的信息资料。

（5）与其他协作部门的应用系统互联互动、信息共享，实现系统信息的及时更新与同步。

（6）支持远程实时或离线上报数据。

（7）可以提供灵活的用户使用方式，包括B/S、C/S、短信、PDA、手机等多种终端使用模式。

12.5.3　功能构成

1. 出租屋综合管理

出租屋综合管理是整个出租屋综合信息处理的核心业务单元。具体内容如图12-33所示。

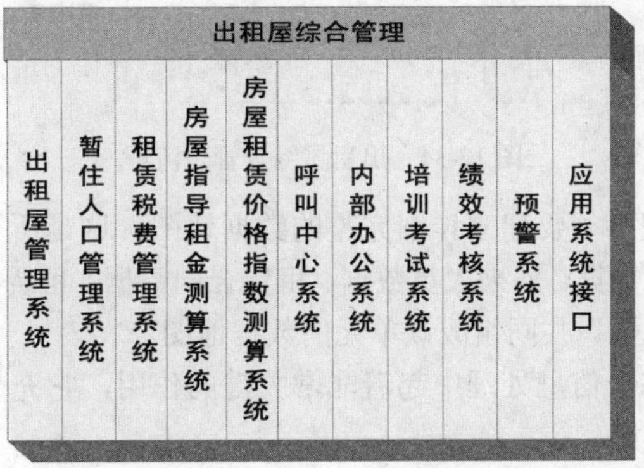

图 12-33　出租屋综合管理内容

这是整个信息处理单元的管理基础，并提供该单元的所有基础数据，包括出租房屋管理业务、暂住人员管理业务、房屋租赁合同管理业务、租赁管理费用管理业务、租赁税费征收管理业务五大业务流程。具体函盖了从楼栋及房屋基础信息的建立，出租人、承租人和暂住人员信息的录入，以及暂住人员对应房屋的操作，到进行房屋租赁合同登记，对合同收取管理费，征收房屋租赁税，打印相应的管理费发票和税收发票全过程。

与出租屋和外来人口管理有关的政府部门多达数十家，这些部门实施相关的工作职能，都必须依赖准确的出租屋和外来人口信息。出租屋综合信息处理不仅是一套为房屋租赁和暂住人口管理服务的应用系统，而且是以房屋租赁市场和暂住人口管理为基础，为全市综合整治管理服务，为安定团结的社会环境服务的大型多元化发展的综合信息平台。

根据公安机关对房屋和暂住人员管理的需求，对数据地图中的各个数据树进行自动分拣，将有关数据和报表推送到各自的信息平台上，便于这些政府治安综合治理部门工作人员使用，更好地为社会治安的综合治理服务。如图12-34所示是出租屋综合管理的流程示意图。

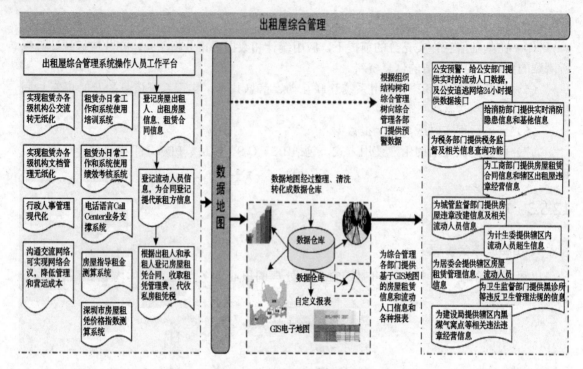

图 12-34　出租屋综合管理流程

　　建设出租屋综合管理必须要建立详细完整的数据地图，这是所有应用功能的基础。所谓数据地图是指将房屋租赁数据、外来人员数据、租赁合同数据、租赁办内部的人员结构等以树型结构表现出来，这些"树"共同组成该单元的数据地图。

　　数据地图在出租屋综合信息处理中起着非常关键的作用，它充分应用知识管理的理念，从而达到了以下功能和效果：

- 简单直观、易操作。用户可以很方便地寻找数据，并进行业务操作。
- 建立每个工作人员的工作平台，实现个性化服务。限定了系统访问人员的权限和访问区域，工作人员可以专注于自己的工作范围。
- 出租屋和流动人员管理的难点之一就是很难实现信息之间的关联性，而树型结构方式打破了传统的系统管理模式，使得信息的关联变得很容易。
- 由于树型结构已经对数据进行了有效的分类，使得常规的搜索操作方便、快捷。
- 可以在现有系统基础上很方便地扩展额外的功能和模块，使系统有很强的扩展性和生命力。

　　（1）出租屋管理。出租屋管理主要是以合同管理为主线，可实现出租房登记、合同管理、违规违法信息管理等功能。针对出租屋管理，不同的部门有不同的管理需求，如文化部门和公安部门整治黑网吧，建设局、燃气管理部门整治黑煤气，卫生局整治黑诊所，公安部门的追逃、刑侦，还有税务、工商、环保、城管执法等都需要一个好的房屋租赁和外来人口信息平台来提升效率。因此，出租屋管理不应该是一套仅为房屋租赁和租住人员管理服务的信息处理单元，而是以房屋租赁市场和外来人口管理为基础，为治安综合整治管理服务，为安定团结的社会环境服务的大型多元化发展的综合信息平台。

　　针对这些特点，可根据对房屋和外来人口管理的需求，对数据地图中的各个数据树进行整理、清洗，将有关数据推送到各自的工作协作平台上，并为各职能部门提供账号和密码，各职能部门登录统一的门户系统，进入到为其定制的个性化工作平台，以采集自己所需要的数据。如图12-35所示。

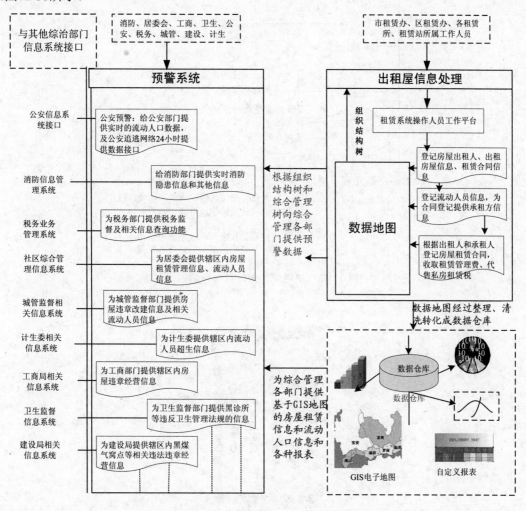

图 12-35　出租屋管理构成与边界

（2）应用接口。根据业务需要，按不同职能部门的需求可以在出租屋的综合治理管理中建立如图12-36所示的公安管理树、消防管理树、文化管理树、税务管理树等等。同时还可以与其他业务系统进行无缝对接。

2. 出租屋综合服务

出租屋综合服务信息处理是出租屋信息化的核心，面向出租屋的服务有政府服务和公共服务两类。具体内容如图12-37所示。

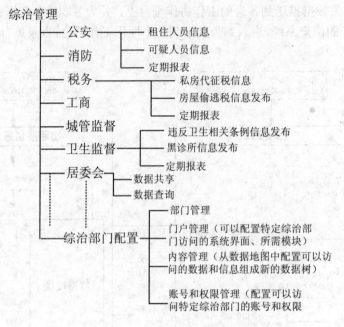

图 12-36　出租屋管理信息处理接口

图 12-37　出租屋综合服务系统

这些服务系统的业务流程如图12-38所示。

（1）房屋租赁信息管理。城市出租屋综合管理部门是权威的房屋租赁信息拥有者，可以通过公共服务平台为广大市民提供大量权威、准确、高效、免费的房屋租赁信息。还可以把系统中的到期合同、中止合同和即将到期合同信息在征得出租人同意的前提下，通过处理自动转到信息平台，为出租人和求租人提供方便。同时实施网上申请办理服务，给广大市民带来极大的便利。市民只需要在该系统中提供完整的房屋租赁合同信息，经过查验后，即可为其建立房屋租赁合同预约服务，既提高了办事效率，又减少了出租屋管理人员的信息录入量。

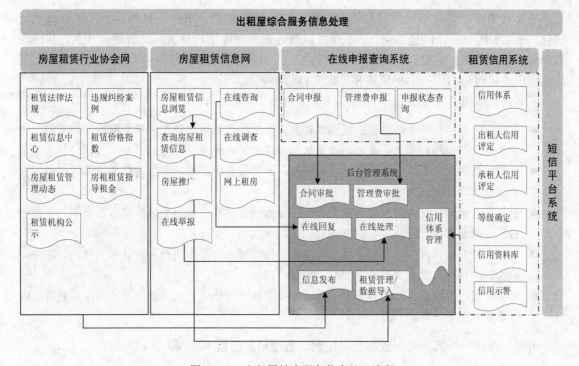

图 12-38　出租屋综合服务信息处理流程

（2）租赁信用信息处理。网上房屋租赁要有一个良好的循环环境，就必须要有一套健全的信用保障机制。根据城市房屋租赁信息网的发展趋势，建立起城市房屋租赁信用体系具有深远的意义。该系统应该包括信用数据采集、信用评价、等级确定、信用资料库查询等功能，同时对不良信用等级的用户采用定性研究与定量分析相结合、动态性与静态性相结合、内部评价与外部评价相结合的分析方法，力求全面反映用户的信用状况，提供用户优良行为与不良行为记录查询功能。同时，对于信用等级极差的用户应予以社会公开信用示警，以便及时发布和制止房屋欺诈行为，采集和管理房屋出租人和承租人的真实信用信息，建立房屋租赁信用体系，为政府、出租人、承租人和社会服务。

（3）短信平台信息处理。要实现出租屋管理办原有的管理职能逐步向"管理＋服务"的转变，可对公众用户提供增值服务。随着信息化的高速发展，公众用户对信息的获取提出了更加严格的要求，需要随时随地、不受空间、时间、地点的限制主动获取消息。为了能为用户提供这种便捷即时的服务，本着节省成本，同时保证信息安全的原则，通过与移动和联通的短信中心相连，实现互联网在线发送短信的功能。如对于空置房屋业主，可以通过短信或其他手段将市场指导租金信息发送给他，挖掘其房屋出租的潜在需求。

3. GIS 地理信息应用

在出租屋综合信息处理中，可将数据仓库与城市GIS地图结合起来，更好地为各级政府提供决策分析服务。在地图上直观反映和分析业务情况，不仅提供房屋分布图及详细信息，而且可以根据不同需求，以不同的条件对多个数据、区域进行组合分析，及时更新信息，把握市场动态变化。

它将各类统计信息与地理信息结合，能够快捷地定制统计条件，直观地显示和修改统计信息。相对于传统统计信息系统，该系统可以通过在地理图形选择区域选择统计项目，从而使得获取区域相关数据的过程变得更为简单明了。例如，点击地图上任何一个区域就可实时了解此区域内的租赁总面积、出租屋数和外来人口总数等。

同时还可以进行深度挖掘，提供不同层次的服务，如：

- 商圈情况分析：可为广大商业投资者及商业企业在选址时，提供所需商圈内详细资料，内容涉及人口结构、居住区发展、商业机构基本情况、治安情况等。
- 治安重点区域分析：包括多发案区域统计、出租屋集中区域、暂住人口集中区域、租住人员成分复杂区域。
- 出租屋分析：包括各地各站各种类型出租屋的分布结构，如空置、待租、已租等，出租屋面积、数量等指标。
- 外来人口分析：可按不同的条件进行各区域的流动人口分布统计分析，如按性别、年龄、职业、学历、籍贯等。
- 租赁管理人员分析：对内部管理人员的绩效考核统计分析及人员配备与区域房屋数量、人口数量的配备分析。

所有的指标分析都架构于数据仓库挖掘，通过地图图层不断深入、钻取。

4. 辅助决策支持处理

辅助决策支持处理是一个集成的信息化管理工具，它以通用化的工作事务流程为依据，通过高度抽象和概括的方式构建出出租屋信息管理的软件体系和应用模型。

辅助决策支持处理在降低用户信息处理劳动强度的同时，突出了信息对辅助决策的重要作用。它覆盖了整个从数据采集、处理和传输，到信息管理、分析、共享和发布的处理流程，将简单的信息处理延伸到数据分析和信息共享，从信息中提炼知识，为决策提供了充分的信息支持。

辅助决策支持处理的应用流程如图12-39所示。

通过数据仓库技术能把出租屋管理信息处理中的各类数据集中到统一的平台上，为数据的再利用提供了可能，使用者可以方便地查找各种数据之间的关系，总结规律性的结果，根据多种统计图形（饼图、直方图，立体图）写出高水平、主题丰富的统计分析报告，提供自定义的报表，并可以为各级领导决策起到辅助作用。如图12-40所示。

数据仓库是采用组合技术实现的，不是单一技术、产品、工具所能完成的。在图12-40中，由于数据源是关系型和操作型数据库，是用来解决出租屋管理业务运转的管理需求的，这样的数据不一定适合信息型的数据仓库，因此必须从业务数据中抽取适当的数据，转换成适合数据仓库存储、使用的数据，然后清洗这些数据中的不合理部分，使之成为数据仓库中可以合理利用的数据。使用大容量的数据存储单元对数据仓库的海量历史数据进行存储，以利于快速的数据查询。在数据仓库中进行数据的加工、统计分析，以达到辅助决策的作用。

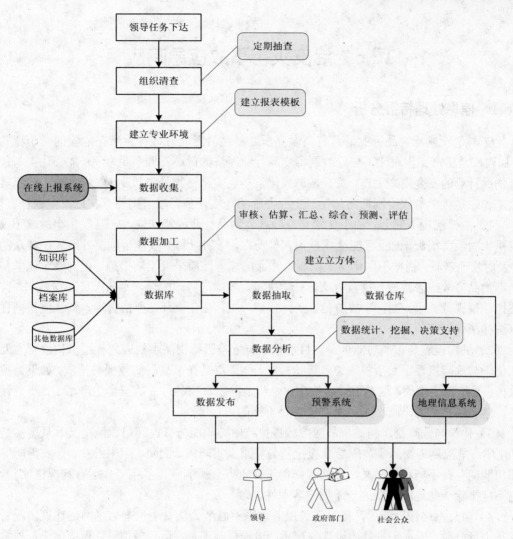

图 12-39 辅助决策支持处理应用流程

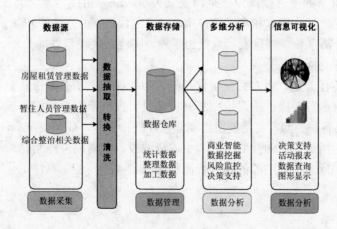

图 12-40 数据管理与应用

12.6 治安灾害事故应急响应

12.6.1   信息处理特征分析

化工与危险剧毒物品行业是具有高温高压、易燃易爆、有毒有害潜在危险的一个特殊行业，加强安全生产工作对化工与危险剧毒物品行业经济的健康发展举足轻重。加强化工与危险剧毒物品行业的安全生产工作，尤其是加强化学与危险剧毒物品事故、治安灾害事故应急救援抢救工作，是化学与危险剧毒物品生产企业面临的严峻任务。当前主要存在以下问题。

（1）法律法规不健全。由于化学与危险剧毒物品行业的特殊性，一旦发生事故，不仅会造成重大的经济损失，而且可能造成重大人员伤亡，毒物泄漏扩散甚至危及社区人民群众的安全。及时快速施救，根据不同化学危险剧毒物品的危害性质采取不同措施，正确制定化学与危险剧毒物品事故应急救援和抢救方案，科学决策，多部门协同配合，专业人员各司其职，需要以法律法规规范约束。加强事故防范，坚持预防为主，强化责任，严格管理，依法监督同样需要以法律法规规范约束。

（2）机构设置与布局功能单一。目前化学与危险剧毒物品事故应急救援机构设置主要是依靠化学与危险剧毒物品事故应急救援抢救中心，重点是在事故后的救援与抢救，如果为救援而救援，为抢救而抢救，这对于提高整个化学与危险剧毒物品行业的安全生产水平，坚持预防为主，落实安全措施，减少人员伤亡显然是不够的。

（3）化学与危险剧毒物品事故应急救援抢救中心职能与有关部门职能交叉。从现实情况看，化学与危险剧毒物品事故应急救援抢救与城市减灾防灾、民防、卫生治疗、公安消防等有关部门职能存在不同程度交叉，虽然各部门工作重点有所侧重，多年工作运行情况也比较好，但也不能排除一些地区存在这一矛盾的客观性。

（4）信息网络建设滞后，信息咨询服务体系不健全。从安全生产信息网络建设情况看，主要是力量分散，低水平重复建设现象严重，造成资源浪费，运行效益差；覆盖面小，技术服务面窄；缺乏资金，技术升级困难。

在这种现实背景下的应急指挥中心是治安灾害事故应急指挥体系的首脑部门，指挥中心利用现代网络技术、计算机技术和多媒体技术，以资源数据库、方法库和知识库为基础，以地理信息系统、数据分析系统、信息表示系统为手段，实现对突发事件的分析、计划、组织、协调和管理控制等指挥功能。

应急指挥中心的任务是，面对突发事件，能够为指挥首长和参与指挥的业务人员、专家，提供各种通信和信息服务，提供决策依据和分析手段，提供指挥命令实施部署和监督的方法，能及时、有效地调集各种资源，实施疫情控制和医疗救治工作，减轻突发事件对居民健康和生命安全造成的威胁，用最有效的控制手段和小的资源投入，将损失控制在最小范围内。

在这种情况下，应急指挥中心的接处警流程如图12-41所示。

应急接警、处警业务流程

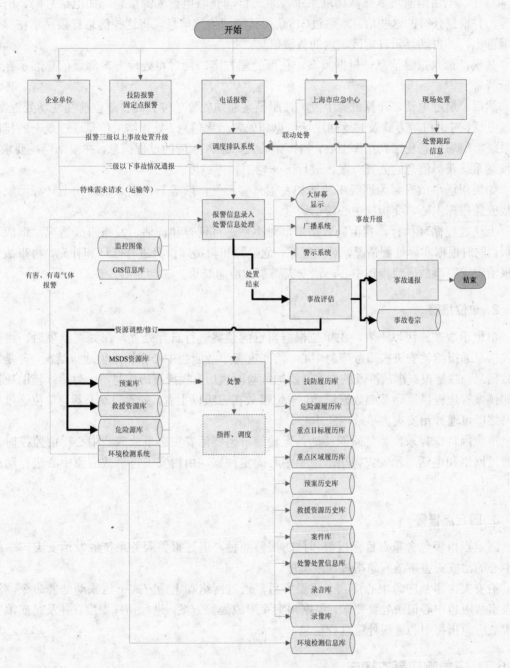

图 12-41 应急指挥中心接处警流程

而在治安灾害事故发生时的报警方式又远不同于一般的报警方式，主要有以下几种。

1. 电话报警

电话报警的来源有治安灾害事故应急范围内电话事故报警、单位事故升级的电话报警和治安灾害事故应急指挥中心联动电话三种。

首先，电话信息进入排队调度系统，系统自动获取电话来源信息，如电话号码、所在位置等，并根据获得的这些信息，通过GIS获得其空间位置信息，将这些信息直接显示在综合显示屏幕上，并自动显示设定区域内的救援信息。

其次，录入报警信息，根据预案，获得处理方案，同时将处理方案部署信息展示在综合显示屏幕上。

然后，通过电话、计算机等手段，按照预案通知处警单位。处警单位前往现场处置案件，通过电话、对讲机等方式及时返回现场信息和处置结果信息。处置结果信息通过统一的排队调度系统将现场信息反馈到指挥中心，指挥中心及时录入响应的过程信息，并根据现场要求，通过预案系统获得信息的处置方案，进行下一轮的指挥调度。

如果现场事故升级为四级事故（如发生有害毒气扩散等），则立刻通知上一级治安灾害事故应急指挥中心，交指挥中心统一调度。

上述过程循环执行，直至处置结束，对事件进行调查和评估，发布事故情况，形成事故卷宗。同时根据实际处置情况，对预案库、危险源和救援库信息进行修订和补充，将事故情况通报治安灾害事故应急指挥中心，治安灾害事故应急结束。

2. 单位报警

单位事故在三级以下者，由单位根据自己的预案进行自行处置，在处置结束后，将处理相关信息通报给治安灾害事故应急中心。治安灾害事故应急中心根据单位通报情况，一是发布事故信息，二是根据事故涉及的内容，添加危险源履历、救援履历信息等，为后续辅助决策分析和预案管理提供原始基础数据信息。单位事故在三级以上者，处置自动升级，单位通过电话和网络即可通知治安灾害事故应急中心。

单位因特殊需求，如危险源移动、运输等，需要治安灾害事故应急中心提前监控时，单位通过网络和电话与治安灾害事故应急中心确定预案，由治安灾害事故应急中心进行动态监控。

3. 固定点报警

固定点报警包含重点目标报警和技防报警两种，通过报警服务系统触发治安灾害事故应急中心的治安灾害事故应急指挥调度程序。

治安灾害事故应急中心接到上述报警后，通过网络和电话方式下达联动处警命令，治安灾害事故应急中心记录处警要求，根据预案库形成处警方案，进行指挥调度，并及时向治安灾害事故应急指挥中心通报处置过程信息。

12.6.2 应急响应基本构成

1. 响应处置构成

应急响应的响应处置构成如图12-42所示。

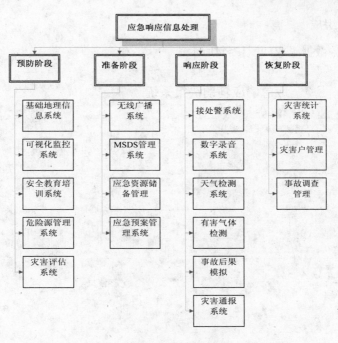

图 12-42　响应处置构成

2. 信息处理逻辑

应急响应信息处理逻辑如图12-43所示。

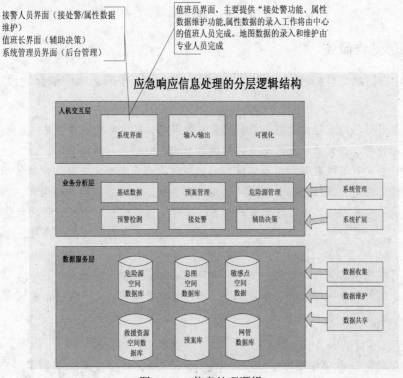

图 12-43　信息处理逻辑

3. 业务数据组成

应急响应业务数据组成如图12-44所示。

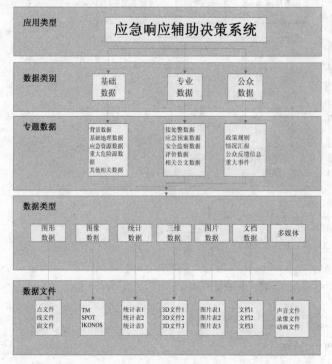

图 12-44　业务数据组成

12.6.3　信息处理概述

根据上述的信息处理特征和业务构成分析，在治安灾害应急响应信息处理中，需要构建的内容是：

- 形成覆盖辖区的危险源预防与控制的信息化网络，实现突发事件信息的采集、传输、存储、处理、分析、预案确定及启动全过程的信息化、自动化和网络化。
- 形成分布式可逐级监测和处理辖区内突发事件治安灾害事故应急的仿真信息管理网络，实现对辖区内突发事件分析、鉴别、治安灾害事故应急方案制定的模型化。
- 建设包括实时准确监测、科学合理预测、及时有效发布和动态反馈评估功能的层次结构群决策体系，在高效、科学、合理三方面，实现对突发事件治安灾害事故应急处理的决策支持。
- 通过网络化、信息化的管理，使辖区内突发事件得到及时控制与处理。
- 通过系统对救援资源进行针对特定突发事件的科学调度，充分保证治安灾害事故应急所需资源的配置。

最终实现以下目的。

（1）建立数据动态采集系统。结合航空、航天遥感、通信及地面遥测手段，对医疗组织、机构、企事业单位、环境、经济、人文等各方面的数据进行实时动态采集。数据采集必须适应治安灾害事件处理快捷性、实时性和治安灾害事故应急性的要求。

（2）建立数据传输系统。在整合现有的通信网络基础上，建设包括卫星、光缆、超短波、微波等现代化的数据传输系统。通信网络必须保证不同环境条件下数据传输的通达性和可靠性。

（3）建立数据存储与管理系统。治安灾害事故应急指挥系统的数据和信息包括基础数据、专题图形和遥感图像等空间数据，是一个海量数据集，要通过数据仓库技术和数据挖掘技术，以GIS为载体，构建基础环境背景数据、危险源信息实时采集数据、自然灾害监测数据、遥感解译成果、社会经济与人文等数据为一体的数字化集成平台。

（4）建立数据分析与处理系统。治安灾害事故应急指挥系统的核心内容将是建立突发危险源事件的数学模拟系统和空间分析系统。

（5）建立决策支持体系。决策支持体系将以各类应用系统为中心，在基础信息系统和数学模拟系统支持下，从不同角度处理突发危险源事件等问题。同时，决策支持体系还应建立决策支持中心，协调不同应用系统及不同层次的决策。

（6）建立虚拟现实和综合管理系统，以实现对决策管理的可视化、科学化。同时建立基于Web技术的综合管理系统，实现对各种资源信息的网络动态管理。

12.6.4　信息处理构成

整个系统由如图12-45所示的8个信息处理单元组成。

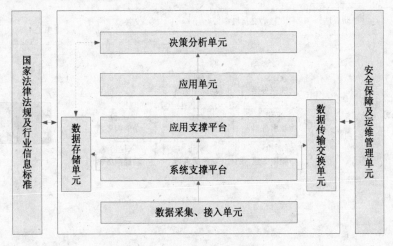

图 12-45　信息处理构成

其中数据采集、接入单元实现信息的采集和治安灾害事故应急信息的接入，而系统支撑平台则由计算机主机系统、计算机网络系统、大屏幕综合显示系统、视频会议系统、通信系统、UPS电源系统等组成。

计算机主机单元由业务主机系统、地理信息主机系统和应用服务服务器组成。计算机主机系统均采用Unix/Linux操作系统，计算机系统之间采用Cluster集群技术，实现系统的负载均衡和计算机系统容错安全保护功能。

计算机网络单元由核心交换机、楼层交换机和边缘交换机组成。

大屏幕综合显示单元将采集到的道路监控图像、连网闭路监控图像、闭路电视、DVD、录像机等视频输出的图像语言信息、计算机MPEGⅠ和MPEGⅡ数据流等音视频信息，经选择、传输、处理后保存在治安灾害事故应急指挥中心的存储介质，或在电视墙、大屏幕等输出设备显示输出。使指挥中心可在最快的时间内得到各个信息点的图像语音信息，为系统声像图文信息的综合展示提供了坚实的信息平台。

UPS电源单元可以为系统提供稳定、持续的供电服务，同时提供系统断电保护功能。

计算机单元组成示意如图12-46所示。

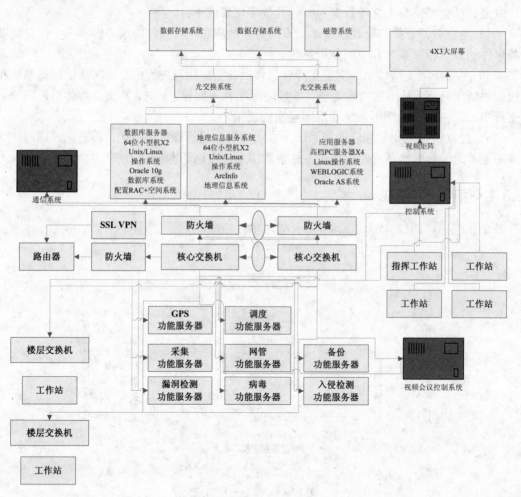

图12-46　指挥中心计算机单元组成

数据库服务器采用64位的Unix操作系统，配置Oracle 10g数据库系统。地理信息服务系统采用64位的Unix操作系统，配置企业级GIS系统。Web Server服务器采用64位高档PC服务器，配置Linux操作系统和Weblogic系统。

大屏幕综合显示系统组成如图12-47所示。

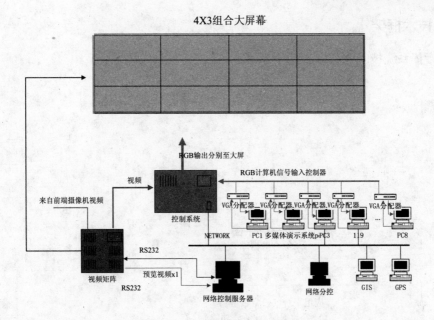

图 12-47　大屏幕综合显示系统

12.6.5　数据构成关系

信息处理的数据构成关系如图12-48所示。

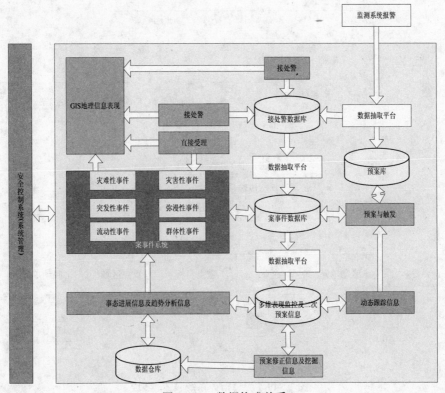

图 12-48　数据构成关系

12.6.6 技术框架

应急指挥系统技术框架如图12-49所示。

应急指挥调度系统结构

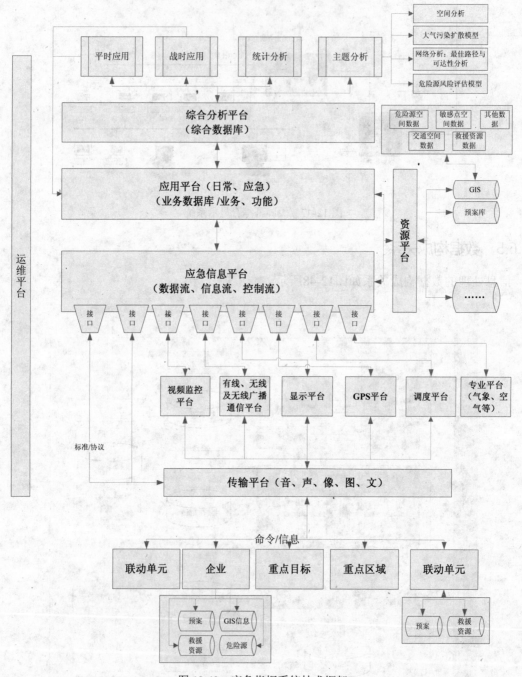

图 12-49 应急指挥系统技术框架

信息处理体系架构的核心是治安灾害事故应急信息平台，所有的基础系统信息均通过统一的协议和标准，为治安灾害事故应急应用平台提供技术支持。

平台是在突发事件发生时，有关决策者进行治安灾害事故应急决策及指挥的办公场所，包括下列功能。

（1）指挥功能。通过桌面终端网络、电话系统向有关机构和人员发布命令。

（2）信息采集、展示功能。利用视频接收设备展示突发信息系统提供的各种决策支持信息以及来自现场的视频、音频信息。

（3）视频会议功能。随时召开电视电话会议。

（4）通信功能。利用专线、因特网、卫星网络、电话设备、移动通信设备，使指挥中心与其他相关单位建立数据通信网络。

治安灾害事故应急应用平台通过统一的协议和标准，可以调用辖区内所有信息资源，如通信信息、检测信息、地图信息等。治安灾害事故应急信息中心的下属联动单位、重点目标和区域通过标准协议和接口实现治安灾害事故应急信息中心与下属单位和目标的无障碍信息沟通，实现快速反应。治安灾害事故应急应用平台通过统一的协议和标准可以方便使用基础系统提供的所有信息，同时通过资源平台及时获取信息中心的响应资源信息，如GIS地理信息，危险源信息、预案信息等。所有专业系统产生的业务信息，汇集成治安灾害事故应急系统的综合信息库，为辅助决策提供丰富的信息资源。

12.6.7　逻辑结构

应急指挥中心的逻辑结构如图12-50所示。

12.6.8　信息处理基本构件

1. 基础单元

（1）计算机单元。主要用来实现信息的处理、应用逻辑管理功能。其中存储系统存储日常业务信息和治安灾害事故应急指挥调度和处理信息。同时兼顾空间数据信息。数据库系统实现数据管理和维护功能。安全系统实现信息安全功能。在安全系统中实现的三个主要基本功能是用户管理、身份认证、权限控制。根据实际业务需要，安全系统主要由以下三部分构成：

- 基于Web的集成化安全管理、监控工具，负责管理用户、配置用户权限、监控用户登录、查看登录日志等等。
- 用户校验和访问控制服务，负责认证用户身份，校验用户的访问权限。
- 安全调用接口，其他三个通过安全调用接口调用系统功能进行身份验证、权限检验等等。

（2）网络单元。网络系统用来构建系统运行的城域网平台，由中心局域网、主干网等组成；有线通信系统实现语音、图像的传输；无线通信系统实现语音传输；无线广播系统实现语音、数字信息的发布。

（3）GPS定位单元。实现处理救援目标的动态监控功能。

图 12-50　应急指挥中心逻辑结构

（4）GIS地图单元。实现目标的时空关系管理和维护功能。危险源、救援资源等信息能够动态标注到GIS之中。GIS系统结构体系可分为数据仓库、公共数据接口层、通用GIS功能层以及专业应用分析层四个层次。

- 数据仓库层：包括GIS系统建立的具有空间信息的矢量数据和专题图件栅格数据，以及遥感动态系统采集的具有空间信息的遥感影像数据、属性数据和多媒体数据等。
- 公共数据接口层：是整个系统各个实现集成的关键和基础。它以灵活的方式与数据库管理系统连接，通过连接管理数据，并能为下一层提供基本的数据组织形式。各类输入数据的处理、各类空间查询（分层检索、定位检索、区域检索、条件检索、空间关系检索等）应属于此层。公共数据接口层能屏蔽数据格式及其访问技术。当数据库格式发生改变时，只对该层作相应的改动即可。

- 通用GIS功能层：此层是在不考虑应用的基础上，抽象出一些地理信息系统基本、通用的功能，为下一层提供通用的功能模块。缓冲区分析、网络分析、DEM分析、图层叠置分析等应属于此层。此层不应直接访问数据库，而通过公共数据接口层来访问数据。此层作为GIS核心部分，其成员对象应有良好的扩展性、稳定性，便于功能的扩充，便于与行业逻辑层的对接。

- 专业应用分析层：在继承通用功能层的基础上，针对化工区治安灾害事故应急指挥管理和决策的需求，开发包括虚专业应用模块，如虚拟现实、综合查询、分析决策等。

（5）视频监控单元。实现目标的视频监控功能。

（6）环境检测单元。实现气象、空气等环境信息的检测功能。

（7）MSDS资料库。MSDS（Material Safety Data Sheet）即化学品安全说明书，亦可译为化学品安全技术说明书或化学品安全数据说明书。在欧洲国家，MSDS也被称为安全技术/数据说明书 SDS（Safety Data Sheet）。国际标准化组织（ISO）11014采用SDS术语，然而美国、加拿大，澳洲以及亚洲许多国家则采用MSDS术语。

MSDS是化学品生产或销售企业按法律要求向客户提供的有关化学品特征的一份综合性法律文件。它提供化学品的理化参数、燃爆性能、对健康的危害、安全 使用贮存、泄漏处置、急救措施以及有关的法律法规等十六项内容。当前，由国际化学品安全规划小组（International Programme on Chemical Safety）编制的一份类似MSDS的文件，即国际化学品安全卡（International Chemical Safety Card，ICSC）。同MSDS类似，ICSC概述了化学品有关的健康和安全使用信息。如今，已有1,300种化学品具有ICSC。除英语以外，ICSC还被翻译为其他13种语言。然而，ICSC并无政府机构对化学品的管理条例，同时，某些警示性的标准词语（R－Phrases）在一些国家也并不适用。所以ICSC并非是一份法律性文件，它不能取代目前在国际上流通的MSDS。

为促进中国化工产品顺利进入国际化工市场，提高产品的国际竞争力，从目前国内出口化学品价格的恶性竞争，提高到企业品牌与产品规范的良性竞争。 自2001年初起，中国石油化工网与美国毒理化学咨询中心签订了共同编制MSDS以及为我国培训编制MSDS的专业人才的协议，为国内或国外化学与危险剧毒物品生产企业编写适应进口国要求、具备国际水准的MSDS以及不定期地举办MSDS编写培训课程。这是我国化工与危险剧毒物品行业发展的一个重要标志，是我国化工与危险剧毒物品行业与国际接轨的一个重要步骤，是我国化工与危险剧毒物品行业的一大喜事。

（8）视频会议单元。包括视频培训、工作会议等。

2. 日常业务单元

（1）危险源管理单元。实现危险源信息的采集、标注和更新功能。

（2）救援资源管理单元。实现救援资源的采集、标注和更新功能。

（3）预案管理单元。实现预案的评估、编制和更新功能（如图12-51所示）。所谓预案指的是根据国家、地方法律、法规和各项规章制度，综合本部门历史经验、办案积累和当地特殊的地域、政治、民族、民俗情况，针对各种案件类型总结出的一套行之有效的事件处理方案，使得事件处理更为程序化，做到有法可依、有据可查。操作人员使用预案系统能够极大缓解处理紧急、突发事件所面临的巨大压力，同时也避免了因经验不足、精神紧张、工作疲劳而发生的工作疏忽。

预案系统的目标是：

- 治安灾害事故应急措施固化于处理模型中，从容处理。
- 治安灾害事故应急处理任务系统化分解，科学管理。
- 应用工作知识与经验，提高效率。

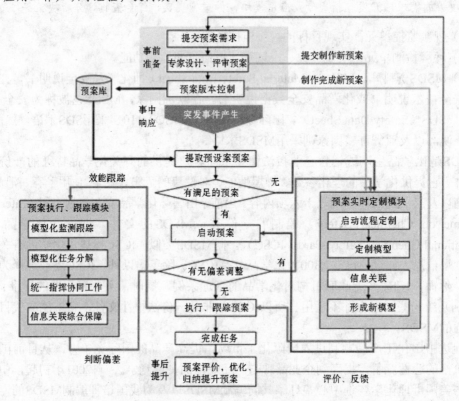

图 12-51 应急响应指挥业务逻辑

治安灾害事故应急救援预案文件体系一般按照以下四级文件形式：

- 一级文件：总预案或称为基本方案（EOP），应是总的管理政策和策划。其中包括治安灾害事故应急救援方针、治安灾害事故应急救援（预案）目标（针对何种重大风险）、治安灾害事故应急组织机构构成和各级治安灾害事故应急人员的责任及权利，包括对治安灾害事故应急准备、现场治安灾害事故应急指挥、事故后恢复及治安灾害事故应急演练等原则的叙述。
- 二级文件：应是对于总预案中涉及的相关活动具体工作的程序（SOPS），针对的是每一个具体内容、措施和行动的指导。规定每一个治安灾害事故应急行动中的具体措施、方法及责任。每一个治安灾害事故应急程序都应包括对行动的目的、范围、指南、流程表及具体方法的描述，包括每个活动程序的检查表。

- 三级文件：说明书与治安灾害事故应急活动的记录（程序中特定细节及行动说明，责任及任务说明）。
- 四级文件：对治安灾害事故应急行动的记录。包括制定预案的一切记录，如培训记录、文件记录、资源配置记录、设备设施相关记录、治安灾害事故应急设备检修记录、消防器材保管记录、治安灾害事故应急演练相关记录等等。

（4）文档管理单元。实现治安灾害事故应急相关文件的管理功能。

公安信息化工程的建设目标是：通过统一规划，以一种协调的运行机制和科学的管理模式为基础，以一套完整的技术标准与规范体系为依据，以一个有效的系统集成与应用系统支持平台为手段，实现公安信息共享体系。

治安综合信息处理是一个涉及社会治安方方面面的庞大的复杂系统，而信息是治安业务的基础和工作主线。治安综合信息处理的开发不应仅仅针对局部业务的应用，只有保证了信息的完整性、可维护性、可扩展性、可利用性，才能最大程度地发挥治安综合信息处理的作用。

面对类型繁杂且相互关联的治安业务信息，传统的手工管理已经无法全面地对这些信息进行关联和分析。治安综合信息处理的建立能够充分挖掘公安现有信息资源价值，最终达到资源整合、拓展应用、循环互动的目的，将公安信息系统建成可持续发展的信息化工程体系，与综合信息系统一起，为建立快速反应体系发挥应有的作用，更好地为预防、控制、打击违法犯罪工作服务。

思考题

（1）治安综合信息处理的最主要特征是什么？

（2）治安综合信息处理和警务综合信息应用平台的关系是什么？

（3）在治安综合信息处理中能够有效地进行案事件串并信息处理吗？

（4）实有人口的具体警务含义是什么？需要在治安综合信息处理中单独设计实有人口管理单元吗？

（5）试画出派出所信息处理和相关业务系统的数据关系图。

第 *13* 章

监所管理信息处理分析

摘 要

　　监所管理是极具公安业务特征的信息化处理构成，本章分析了监所管理的信息化处理目标，对监所管理的功能构成、业务、信息化处理流程、数据模型以及相关的技术内容进行了分析，并就其中的主要部分进行了简要的说明，力图使读者通过本章的学习和研究，能够对监所管理的信息化处理概貌有比较清晰的了解。

13.1　信息处理特征分析

实质上，监管信息处理是典型的联机事务处理（OLTP），在这样的信息处理中，只要严格地遵循业务规则，就完全能够让信息处理在实际的监所管理中起到应有的作用。既然如此，在此讨论监管信息处理的特征还有实际的公安业务意义吗？答案是肯定的。因为监所管理的对象是社会的特殊人员，在监所的日常管理中，虽然只要完整地按照法律规定，在相应的信息处理系统中采集进必须的信息，就完成了基本的信息处理任务。然而必须清楚，面对这些复杂的信息处理对象实体，在通常情况下，是没有可能如此近距离、合法地观察和记录监管对象的特征信息的，但在监所管理的信息处理过程中，完全可以做到这一点，这就是：通过合法、严格、认真、客观的信息处理手段，客观地记录监管对象的各种特征信息，包括体貌特征、行为特征、语言特征、书写特征、喜好特征等等，不一而足。这样的忠实、客观记录不但为可能存在的隐案、悬案提供有力的信息支撑，而且为将来的社会控制做好了坚实的基础数据准备。所以，监所管理的信息处理是十分必要和重要的。

13.2　信息处理概述

监管业务与公安部门其他业务一样，面临着信息化、现代化的进程。各地公安机关为了适应新的形势，提高监管业务管理部门和基层单位的管理水平和工作效率，实现监管业务信息的共享和综合利用，将监管信息处理的建设纳入到了公安信息化工程的建设体系当中，从而可以提高公安部门的整体作战能力，提高监管信息处理的整体效益，为"快速反应"的工作体系服务。

通过监管信息处理建设形成监管信息的各类信息资源库，使之成为监管领导部门进行计划、决策的重要依据；使监管信息处理成为监管领导部门对监所管理目标进行有效控制与监督的主要手段；为研究社会动态，预测治安形势和违法犯罪动向提供参考。为达到上述要求，监管信息处理对数据采集的要求是：

- 及时：信息收集、反馈要及时。特别是重要信息，要及时、不失时机地上报。
- 准确：信息必须真实、可靠，对某些重要信息进行核准，保证数据的精确度和正确性。
- 有用：反馈的信息要适合监所管理的实际要求，具有使用价值。
- 鲜活：善于把握时机，能从大量信息中分析出新情况、新问题、新经验。

监管信息处理利用现代先进的计算机技术和网络通信技术，依托公安通信骨干网，实现看守所、收容教育所、治安拘留所、安康医院日常业务的计算机网络化管理和信息共享，有效管理和及时交流看守所工作的情报资料，使各种管理信息的采集、加工、管理、交换和共享趋于标准化、规范化和现代化，充分发挥看守所信息的作用，为更好地管理、教育在押人员和日常事务提供服务，为各级领导决策提供科学依据。为了便于系统的实施、维护和管理，同时保障监管信息处理数据的安全，监管信息处理采用集中部署的方式。监管信息处理运行在信息中心的应用服务器上，数据也集中存储在信息中心的数据库服务器上。系统采取B/S架构，各级监管业务主管部门和各基层监所的终端通过网络与信息中心相连接，通过浏览器访问数据，完成各项业务操作。如图13-1所示。

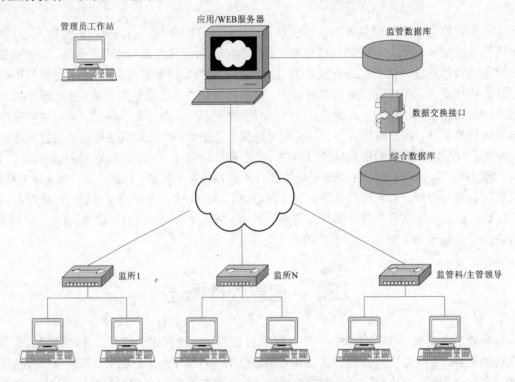

图 13-1　监管信息处理结构示意图

图13-1中，各监所都与信息中心相连，由服务器端完成所有的应用逻辑处理，同时，Web服务器和应用程序服务器可以与其他业务系统共享硬件资源，形成健壮的集群（Clustering）结构，从而提高系统可靠性，为各监所和监所管理部门提供持续、正确、高效的服务。

系统运行时，各监所利用监管信息处理完成监管数据的采集，同时，采集的监管数据通过异构互联单元进入综合系统数据库，为数据访问中心提供数据源服务。

监管信息处理以公安信息网络为平台，既可对看守所、治安拘留所、强制戒毒所、收容教育所、安康医院的业务进行信息化管理，又可对各所的拘押、收治人员信息进行查询、统计、分析；还可与在逃人员数据进行比对，实现违法犯罪信息的共享，提高监所管理水平，增强公安机关的整体作战能力。

监管信息处理的作用就是将监管业务管理部门和基层监所通过系统有机地结合起来，对下实现业务管理的信息化，对上实现数据采集、汇总、统计、查询、分析、上报的自动化。按照业务内容和分工的不同，监管信息处理由看守所信息管理系统、拘留所信息管理系统、强制戒毒所信息管理系统、收容教育所信息管理系统等业务单元和监管信息数据库组成，通过请求服务平台和警务综合信息管理平台互连，如图13-2所示。

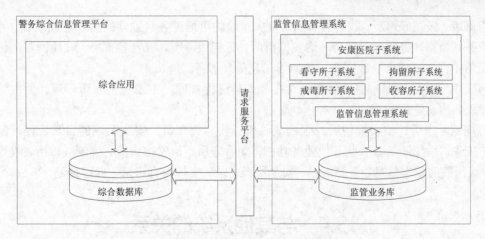

图 13-2　监管信息处理互连结构

13.3　信息处理构成

13.3.1　监管信息数据库

监管信息数据库的信息来源于各个基层监所录入的数据，包括监所的业务管理信息和监所中的关押人员信息。

各个基层监所按照统一的标准录入数据，并且实时传输到信息中心的监管数据库中。此外，综合信息系统会定时抽取监管信息数据库中的关押人员信息，通过标准数据交换接口提供给综合应用系统，从而实现数据的关联和共享，满足各级公安机关的需要。

13.3.2　监管信息处理

监管信息处理是建立在监管信息数据库基础上的应用平台，是为监管业务指导部门和各级主管领导服务的业务单元。

分布在市局、分局以及监管科各个工作站的终端可以通过网络访问监管信息处理，对辖区内公安监管业务的工作情况和关押人员信息进行实时了解。各个基层监所的业务、人员信息录入到监管信息数据库中后，监管业务指导部门可以查询监所的基本信息、干警信息、清理超期羁押等专项工作的开展情况，并可以针对特定监所或跨所查询关押人员出入所情况。另外，还可以对在押人员、历史人员的各项指标进行统计分析，生成包括公安部制式报表在内的多种统计报表。

13.3.3　基层所院信息处理

基层所院信息处理实际是一个完整的逻辑概念，在实际监所管理中，基层所院信息处理由看守所信息处理、治安拘留所信息处理、强制戒毒所信息处理、收容教育所信息处理、安康医院信息处理共同构成，是对辖区内一个或多个看守所、治安拘留所、强制戒毒所、收容教育所、安康医院的基本信息、业务信息和关押人员信息进行管理的信息处理过程。每个看守所、治安拘留所、强制戒毒所、收容教育所、安康医院均可通过各自独立的信息管理系统，管理本所的业务和数据，将各个看守所、治安拘留所、强制戒毒所、收容教育所、安康医院的信息采集、汇总，存入监管信息数据库，为监管信息处理服务。

　　基层院所信息处理的主要功能是对在押人员进行管理，主要包括入所管理、所内管理、办案管理、出所管理和查询统计等模块。

　　为规范看守所、治安拘留所、强制戒毒所、收容教育所、安康医院的日常管理，配合等级评定工作，系统还具备一些其他业务功能，如看守所、治安拘留所、强制戒毒所、收容教育所、安康医院的基本信息、干警信息、安全检查记录、集体教育记录、视察登记、事故管理等。

13.4　与其他系统的关系

13.4.1　与综合系统的关系

　　监管信息处理需要通过综合系统共享数据，并访问其他相关业务系统的信息。本系统为警务综合信息应用平台及综合查询系统提供在押人员的各项基本信息。同时，也可通过综合查询系统查询所需要的人口信息、案件信息等。

13.4.2　与其他业务系统的关系

　　监管信息处理与其他业务系统也存在着数据的关联关系，包括与常住人口、暂住人口系统相关的人口信息，与案事件信息处理相关的案事件内容、状态等信息，与专项斗争相关的犯罪信息等。

13.5　系统服务对象

　　监管信息处理的建成能够为以下对象提供服务。

　　（1）警务综合信息应用平台。综合数据库的数据来源于各个业务系统提供的抽取数据。以基层监所为基本业务数据采集单位的监管信息处理，能够为综合数据库提供被监管人员信息，实现信息的高度共享，并且能够通过警务综合信息应用平台进行数据的关联、查询、比对等操作。

　　（2）监管业务管理部门以及各级领导。监所业务管理部门和各级主管领导可以通过监管信息处理，掌握监管基层单位在押人员的信息，包括对在押人员情况的实时查询、统计、分析。此外，管理部门也可以通过监管信息处理了解监所的各项工作开展情况，例如清理超期羁押、深挖犯罪等。

　　（3）各个基层监所。各个基层监所可以通过监管信息处理实现在押人员资料的信息化管理，包括出入所管理、办案管理等。另外，系统提供的提醒催办、查询统计等功能能够取代传统的手工管理方式，从而大幅度减少工作量，提高管理的效率和规范化程度。

13.6 功能构成分析

13.6.1 监所管理机关功能构成

监所管理机关功能构成如图13-3所示。

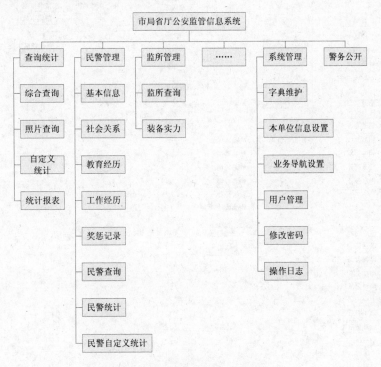

图 13-3 监所管理机关功能构成

监所管理的数据流程如图13-4所示。

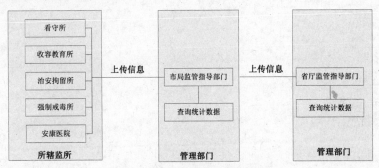

图 13-4 监所管理机关数据流程

13.6.2 看守所功能构成

看守所功能构成如图13-5所示。

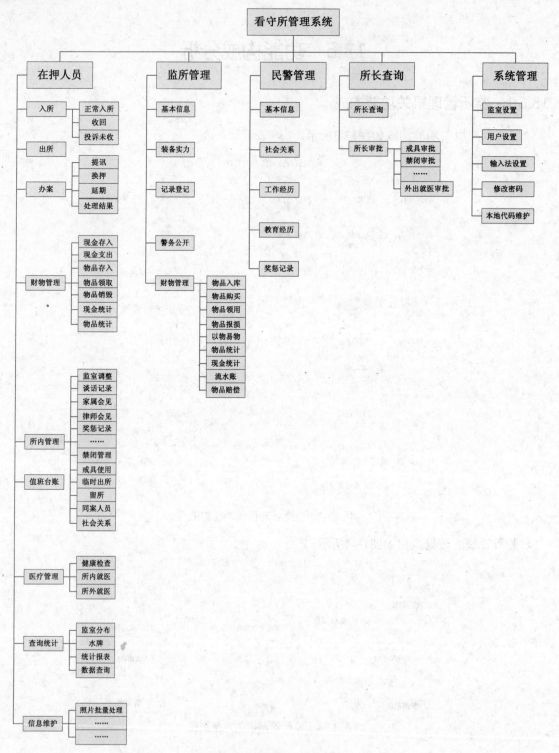

图 13-5　看守所功能构成

13.6.3　治安拘留所功能构成

治安拘留所功能构成如图13-6所示。

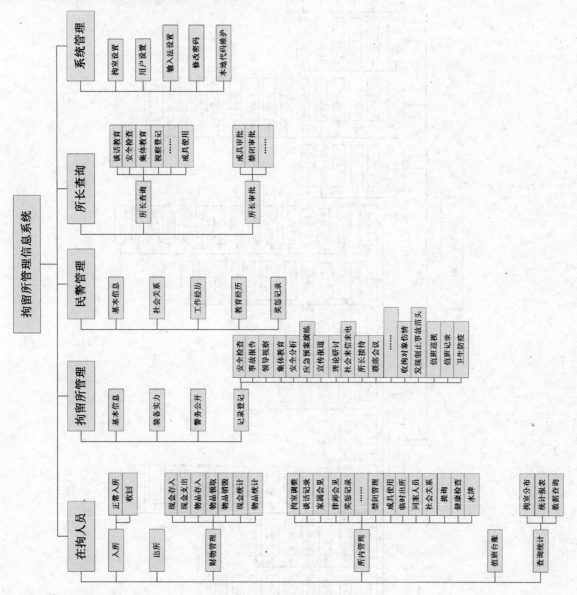

图 13-6　治安拘留所功能构成

13.6.4　收容教育所功能构成

收容教育所功能构成如图13-7所示。

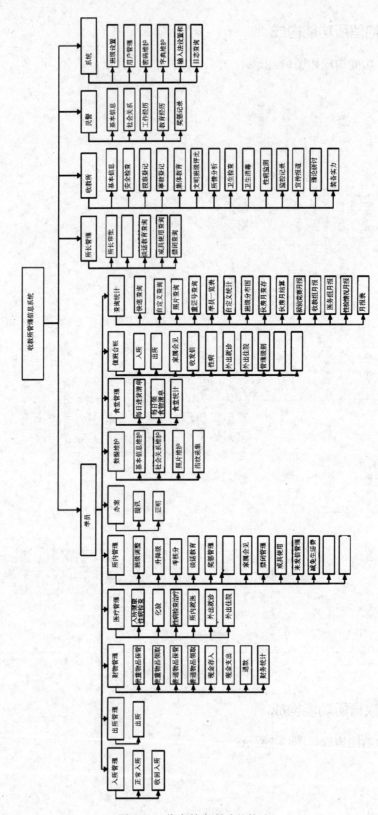

图 13-7　收容教育所功能构成

13.6.5　安康医院功能构成

安康医院功能构成如图13-8所示。

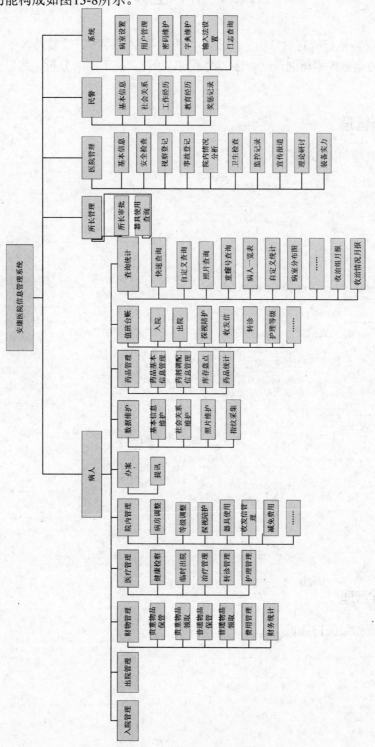

图 13-8　安康医院功能构成

13.7 流程解析

监所单位业务是指所有看守所、治安拘留所、强制戒毒所、收容教育所、安康医院的业务，这些监所的业务流程相同，仅表格名称不同，因此，在下面的分析中将以监所单位作为统称。

13.7.1 入所管理

入所管理流程如图13-9所示。

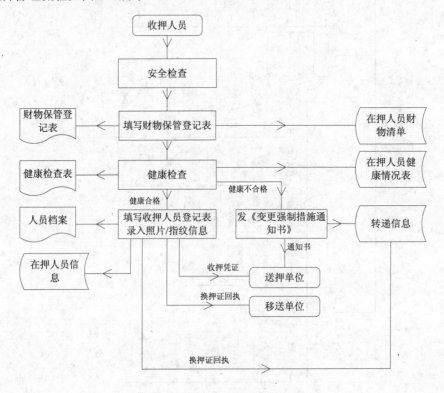

图 13-9 入所管理流程

13.7.2 出所管理

出所管理流程如图13-10所示。

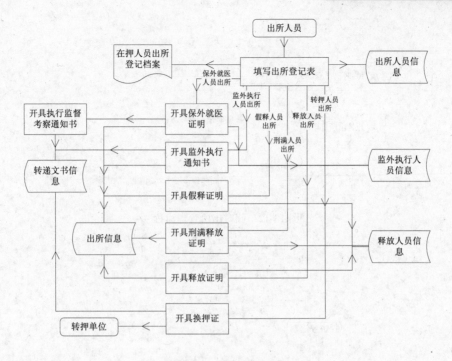

图 13-10 出所管理流程

13.7.3 所内管理

所内管理部分包含如下业务：监室调整、财物登记、奖惩记录、探访记录、临时出所、请假离所、关押期限、教育记录、谈话记录、戒具管理、留所管理、日常考核、收费管理、办案机关询问、违禁品管理、监控使用工作记录、巡视记录、值班记录、交接班记录。

下面将对一些有代表性的业务进行流程描述。

（1）奖惩记录。其流程如图13-11所示。

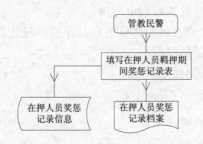

图 13-11 奖惩记录流程

（2）临时出所管理。其流程如图13-12所示。

（3）探访记录管理。其流程如图13-13所示。

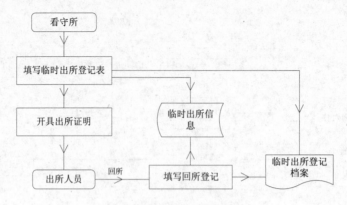

图 13-12　临时出所管理流程

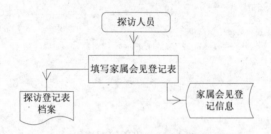

图 13-13　探访记录管理流程

其余的业务流程比较简单，主要由管理人员填写相关的登记表或记录，然后对填写的书面档案、文件或表格进行存档。作为监管信息处理，应该在系统中保存相应的登记信息和人员信息。

13.7.4　医疗管理

医疗管理包括健康检查、治疗管理、所外就医、卫生防疫记录，对于戒毒所收治人员，还包括戒毒人员病历、尿内毒品检测报告单两项。

（1）健康检查。主要是记录人员的体检信息并存档。与此类似的还有治疗管理、卫生防疫记录、戒毒人员病历、尿内毒品检测报告单。

（2）所外就医。其流程如图13-14所示。

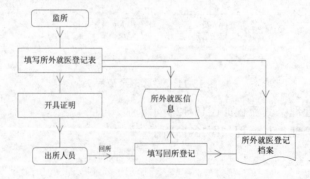

图 13-14　所外就医管理流程

13.7.5　办案信息管理

办案信息管理包括提讯、提解、律师会见、办案环节变动、延期重新计算、处理结果等业务。

（1）提讯、提解。其管理流程如图13-15所示。

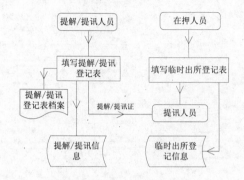

图 13-15　提讯、提解管理流程

（2）律师会见。其流程如图13-16所示。

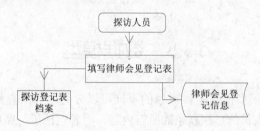

图 13-16　律师会见流程

（3）办案环节变动。根据法律文书对关押人员的办案环节进行变动，并将变动内容存档。

（4）延期重新计算。根据法律文书以及办案情况，对延期进行重新计算，并将结果存档。

（5）处理结果。根据法律文书，对在押人员的判决结果进行登记存档。

13.7.6　监所管理

监所管理包括看守所基本情况登记表、花名册、会议记录、领导视察记录、所长接待记录、应急预案演练记录、事故事件报告表、安全检查记录等内容。

13.7.7　查询

通过查询可以按照特定的条件，例如人员姓名、监室、办案单位、办案环节等内容对在押或历史人员进行查找。

可以根据关押人员所在号房、涉案的案件编号来进行同号、同案及同伙关联查询，关联范围内涉及的具体内容可以通过异构互联单元从综合数据库中获得。

13.7.8　统计

统计业务指按照标准格式对关押人员的情况进行统计、汇总、上报的业务,其流程如图13-17所示。

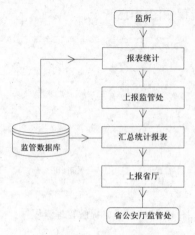

图 13-17　统计业务流程

13.8　数据模型

监管信息处理的数据模型按照主体对象的不同可以分为人员信息数据模型和监所管理信息数据模型。前者包括了与人员信息相联系的所有内容,后者包括了与监所日常管理相关的内容。

13.8.1　人员数据模型

监管信息处理人员数据模型如图13-18所示。

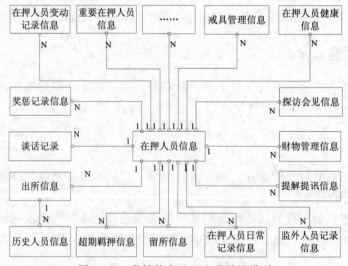

图 13-18　监管信息处理人员数据模型

13.8.2　监所管理数据模型

监管信息处理监所管理数据模型如图13-19所示。

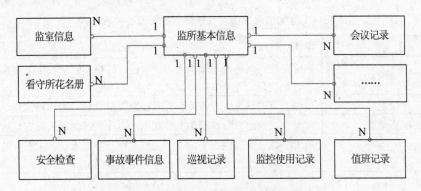

图 13-19　监管信息处理监所管理数据模型

13.9　与外部关联关系

13.9.1　相关的外部数据库

监管信息处理中大部分被监管人员的收押业务信息来自于刑侦、治安、禁毒等案件承办部门，因此对在押人员收押业务的信息主要来源于综合系统中的案事件。对在押人员的信息（人口基本信息、犯罪记录信息）查证请求依赖于综合应用系统的功能来完成。与犯罪信息和专项斗争信息的比对也要与相应的系统进行交互。同时，监管信息处理各类信息的变更数据将通过异构系统互联接口更新到综合应用系统的综合数据库中。

如图13-20所示说明了监管数据库与其他外部数据库的关联关系。

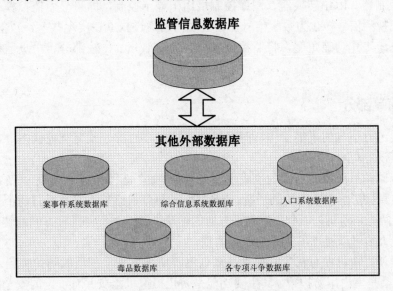

图 13-20　监管信息数据库与其他外部数据的关联关系

13.9.2 关联内容

收押人员信息的关联内容如表13-1所示。

表13-1 监管信息处理与其他外部数据库的关联内容

关联内容	描述
收押人员人口基本信息	向综合查询信息处理查询人口（常住、暂住）信息、社会关系信息，用于填写登记表、查证真实性
收押人员案事件信息	向综合查询信息处理查询案件及涉案人员信息，用于填写登记表
在押人员案件状态信息	向综合查询信息处理查询案件状态，用于跟踪在押人员案件状态信息
专项斗争信息	向警务综合信息应用平台请求比对案件及涉案人员、在逃人员、失踪人员信息，用于深挖线索，更新在押人员案件信息

13.10 监控系统

监控系统扩展了监管信息管理的功能，在实际监所看押人员的日常管理中，通过监控系统得到的监号内部图像、声音信息，使监所管理人员可以及时获取第一手直观、准确的信息，帮助监所管理人员准确掌握监号内的人员异动情况，从而避免意外事故的发生。同时通过转换，模拟图像信息变为数字信号进入监所信息管理系统，这时就可以浏览或及时保存那些需要的图像、声音数据，为今后的工作提供可靠的依据。

电视监控系统由显示系统、电视墙、视频矩阵切换器、视频分配器、多屏控制器、RGB转换器、图像控制机等设备组成。

监控前端产生的视频信息通过视频矩阵切换器、视频分配器可分配到各个显示设备（与地理位置无关，如本方案中可直接分配到110指挥中心）；大屏幕显示系统、电视墙用于显示信息；多屏控制器、RGB转换器、图像控制机用于显示控制，即可显示监控模拟视频；视频压缩卡可以把视频信号转化为数字信号，在公安内网通过TCP/IP实现共享，数据备份保存。

从监控系统工作功能角度，将监控技术分为前端部分、传输部分、中央监控和控制部分三方面。

13.10.1 前端部分

前端主要进行信息的采集工作，同时接收监控中心的指令改变监控状态，它主要包括摄像机、云台等设备。

安全防范监控系统中，图像的生成主要来自摄像机。摄像部分的好坏以及它产生的图像信号的质量将直接影响整个系统的质量。云台是承载摄像机进行水平和垂直两个方向转动的装置。云台内装两个电动机，一个负责水平方向的转动，另一个负责垂直方向的转动。水平及垂直转动的角度大小可以通过限位开关进行调整。

防护罩是使摄像机在有灰尘、雨水、高低温等情况下正常使用的防护装置。防护罩一般分为两类。一类是室内用防护罩，其主要功能是防止摄像机落灰并有一定的安全防护作用，如防盗、防破坏等。室外防护罩一般为全天候防护罩，即无论刮风、下雨、下雪、高温、低温等恶劣情况，都能使安装在防护罩内的摄像机正常工作。

13.10.2　传输部分

传输部分就是系统的图像信号通路。一般来讲，传输部分单指的是传输图像信号，由于需要在控制中心通过控制台对摄像机、镜头、云台、防护罩进行控制，因而在传输系统中还包括控制信号的传输。

传输部分的要求是信号经过传输后，不产生明显的失真，保证原始图像信号的清晰度和灰度等级没有明显下降。由于距离中心远，采用光纤传输方式。

方案的核心包括模拟视频切换矩阵。操作任意系统的键盘，可在该系统的监控器上显示与控制其他系统中的图像源。在视频信号与前端设备控制信号传输方面采用光端机方式。

13.10.3　中央监控、控制部分

中央监控、控制部分是系统的核心设备，对系统内各设备的控制均是从这里发出的。下面详细说明监控、控制中心所需的视频矩阵切换器、监控中心服务器及工作站、大屏幕显示系统、监控控制系统五大部分功能。

监控系统的结构是一个以视频切换中心和多个前端视频摄像机为基础，实现集中控制的星型系统。视频矩阵切换器采用总线插板、积木式结构的控制主机，一般情况下由控制键盘、主机箱（含中央处理模块，总线模块，电源）、视频输入输出处理模块、字符叠加处理模块等组成。

其键盘的功能主要用于在监控器上完成调用任意摄像机图像至主监控器，并控制相应云台上下左右运动，以及镜头的变焦、聚焦等操纵控制，实现图像的平移及放大缩小等功能；能够通过编程实现任意一路视频信号输出到指定的设备上，并能以不同的顺序及停留时间显示于指定的监控器上。键盘可以设置开机密码和指定分控的优先权，还可以通过键盘编排云台预置位置及扫描路线等。

多媒体处理器可将视频模拟信号直接转换成数字图像信号，并可将有关的背景文字和数据、声音等同时叠加成一个存档文件，进行存储。

屏幕显示系统的功能有：

- 监控线路运营情况。
- 线路规划、系统的动态模拟显示。
- 显示特定信息（如欢迎贵宾访问、重要新闻发布、业务演示宣传等）。
- 能够清晰显示电子地图信息（城市街道图）。
- 按要求任意缩放、组合、切换显示内容。

思考题

（1）在押人员的信息处理特征是什么？

（2）监所管理信息处理如何和警务综合信息应用平台进行数据共享？

（3）监所管理信息模型中的信息关系重点是什么？

第14章

监管物品信息处理分析

摘 要

监管物品历来是公安行业行政许可管理中的难点和热点问题,本章通过对传统雷管、传统炸药、数码雷管、散装炸药、硝酸铵及易制爆品、烟花爆竹、剧毒化学品、核材料、易制毒化学品、麻醉药品、精神依赖性治疗药品等全部监管物品的监管特征分析,提出了完整的监管物品全生命周期监管模型,对监管物品生产、销售、运输、使用、储存、监管各环节的责任绑定、追踪监控、定位溯源等监管内容提出了可行的技术路线和实现方法,对于有效防止监管物品的失控、流失提供了完整、科学、可行的技术手段。同时对于监管物品信息处理过程中采用的物联网技术、信息处理技术、跟踪定位溯源技术、监控技术、GPS技术应用、系统集成技术进行了详尽的讨论,相信通过本章的讨论,足以满足公安行业相关部门对监管物品进行信息处理的技术要求。

14.1　信息处理特征分析

监管物品的信息处理实际上是融汇于监管物品生产、销售、流通、使用、销毁等各个环节的监控信息处理。面对如此众多的监管物品，监管物品信息处理是一项非常艰巨的任务，它们的主要信息处理特征是：综合利用数据分析、人工智能、数据挖掘、数据融合和信息检索等领域的理论和技术，以流向跟踪监控采集的信息为基础，以打击利用监管物品进行犯罪为切入点，为打击相关的犯罪行为提供监管物品流向态势分析、特征分析、信息分析、预警分析、决策支持等信息处理结果。在监管物品信息处理中，通过全环节的信息采集以及信息传递，采集所有监管物品流向信息、责任人、责任单位等大量的基础信息，从中发现有用的、未知的、隐含的信息，并建立相应的分析机制，以实现以下监管目标。

（1）快速准确溯源。根据监管物品电子标识，或炸后残留物理标识、化学示踪标识，通过监管物品信息中心，为监管机关提供快速准确的溯源手段，获取监管物品的流向信息以及相关的责任人和责任单位。

（2）比对预警。通过监管物品信息处理，尽最大可能对监管物品信息之间的逻辑关系进行控制，即监管物品的信息比对。一旦出现逻辑关系不符的情况，意味着监管物品已经失控或可能失控，比如可能会出现监管物品流失、监管物品异常购买等，监管物品信息处理则给出预警信息由公安机关处理。公安机关也可自行设置预警条件，当满足预警条件时，监管物品信息处理自动给出预警信息。

（3）快速查询。根据反恐、防暴需求，提供灵活方便的查询（包括实时查询）手段，在确保信息安全的前提下，通过多种技术手段查询监管物品流向信息等。实时查询手段包括在线查询、无线查询、短信查询等。

（4）态势分析与特征挖掘。有效地发现监管物品与相关犯罪活动的内在规律、特征与联系，并为控制犯罪活动的发生，打击相应的犯罪活动，进行犯罪活动预警、态势分析和有效防控提供科学辅助决策依据。

为实现有效的监管物品信息处理，在监管物品信息处理中主要关注的信息处理关键有以下三方面。

（1）建立监管物品信息资源库。

- 对相关的监管物品单位和人员的基本信息、库房信息、生产信息、运输与使用信息等进行特征分析，从中形成监管物品数据分类模型、购销流向数据模型、监管物品异常情况控制模型、监管物品信息管理平衡模型，在此基础上建立监管物品信息资源库。
- 针对各类监管物品的产品形态、生产工艺、包装方式等特征，在监管物品的物理标识、电子标识、化学示踪标识的信息处理与专题分析单元支持下，逐步形成各类监管物品工艺、包装、标识样本库、标准比对样本库、安全检测快速报警样本库、炸后检测特征序列库等，从而全面建立监管物品产品特征数据库。

（2）建立监管物品责任绑定模型。监管物品与相关单位、人员的责任绑定模型是全环节流向监控技术的基础，不但有数据处理的研究意义，更重要的是具有实际的跟踪、溯源、定位等物品管控意义。责任绑定模型的主要构成是：

- 在所有监管物品物理标识、化学标识、电子标识，监管物品流转全环节中，定位各环节、各类标识的采集信息和责任绑定信息。
- 在流转全环节涉及的所有相关单位、人员中，定位相关单位、人员的唯一性相关标识信息。
- 全面掌握监管物品与相关单位和人员的绑定信息。此类信息要求既体现责任绑定，达到管理目标，又不影响到相关单位和人员正常生产信息和相关信息的采集。

（3）监管物品与犯罪行为信息的态势及特征分析。依据全环节流向监控的实际应用，产生了大量的监管物品信息，包括生产数据、购买数据、销售数据、储存数据、运输数据以及使用数据等。这些数据中蕴含了许多隐性信息，它们与利用监管物品进行犯罪行为有必然的关联特征，而对这些关联特征进行挖掘、发现和控制，则可以有效地、高效优质地对各种相关行为进行态势和特征分析，有针对性地提出监管物品协同管控的工作机制和管控策略建议，更加有效地加强防范打击利用监管物品进行犯罪，使全环节流向监控机制产生的数据能够真正地应用于监管物品的协同管控中去，让多年来采集到的各类监管物品信息为国家的反恐防暴、监管控制提供有力的信息支持。

14.2　监管背景分析

美国"9·11"事件以来，恐怖主义威胁一直存在并不断发生新的变化。特别是近年来，恐怖主义在全球呈蔓延之势，而且策略、手法不断翻新，活动更具灵活性、机动性、隐蔽性，危害越来越严重，手段越来越残忍。表现出范围全球化、组织体系严密化、作案工具高科技化、以及危害严重化（大量的人员伤亡，严重的经济损失，极大的社会恐慌等）、袭击目标多元化等新特点。当今世界，恐怖主义已经成为国际社会的第一公害，成为影响世界和平的首要因素。一方面，恐怖主义威胁着国际社会的安全与稳定，是全球共同面临的顽疾。虽然国际社会处于总体和平时期，但恐怖分子却在世界各地兴风作浪，极大地威胁着世界和平与安全，给人们带来莫大的心理恐慌。另一方面，恐怖活动严重威胁着人民的生命与财产安全。恐怖分子除了有选择地袭击特定对象（如国家元首、政府首脑、要员、外交人员等）来恐吓、威胁对手外，他们越来越多地通过袭击普通平民的方式，制造大规模的血腥案件来强化整个社会的恐怖气氛，震撼国际社会，从而达到自己的特有目的。

在所有的恐怖袭击活动中，爆炸袭击是被恐怖分子经常采用、影响大、破坏性强的手段之一，是恐怖袭击最简单、最常用的方式。在恐怖袭击中，恐怖爆炸占70%以上，使用的炸药多为高等级炸药，实施的方式多为自杀性爆炸。恐怖爆炸袭击具有目标广泛、实施容易、隐蔽突发、破坏巨大、后果严重的特点。自"9·11"事件以来，以爆炸破坏为主要手段的恐怖爆炸活动正逐渐向"国际化、大影响、高破坏"等方向发展。爆炸恐怖活动的国际化趋势逐渐明显，爆炸装置的技术含量不断增加，袭击的目的更具政治性，袭击的效果更具破坏性，袭击的目标更具多样性，袭击的手段更具复杂性，连环爆炸袭击逐步增多。例如2004年3月，西班牙发生了震惊世界的火车站爆炸案，死亡人数超过200；2005年英国伦敦"7·7"地铁和汽车连环爆炸事件，造成至少56人死亡，100多人受伤；2006年7月，印度孟买发生火车连环爆炸案，死亡人数超过200人，另有数百人受伤；2010年3月29日，莫斯科地铁发生连环爆炸事件，根据俄罗斯卫生与社会发展部消息，共有41人死亡，83人受伤，等等。

在国际严峻的反恐形势下，我国的社会治安也面临着前所未有的挑战。自从加入WTO后，我国和他国的联系越来越紧密。同时，从改革开放至今，我国各项建设取得了举世瞩目的成就，随着我国国际竞争力的日益提高，奥运会、世博会等大型国际活动相继在中国召开，在吸引世界眼光的同时，也会引起国际国内恐怖组织的注意。反恐形势更加紧迫，来不得半点疏忽大意。从国内形势来看，冷战结束后西方敌对势力不仅培植和收买国内外的敌对势力，而且在政治、经济、文化、宗教等领域加紧对我国的渗透、宣传，这对我国的安全与稳定构成了严重的威胁。近年来，随着我国参与国际反恐怖斗争力度的不断加大和对外开放的进一步扩大，国际恐怖势力对我渗透的力度也在不断加大。"东突"恐怖分裂势力、"藏独"激进派势力的暴力恐怖倾向越来越明显，都在图谋对我实施恐怖破坏活动。我国面临暴力恐怖活动的现实威胁在进一步加大，特别是小规模的暴力恐怖活动随时可能发生。长期以来，我国虽没有大的恐怖袭击事件出现，但我们国家内部也存在恐怖主义势力滋生和发展的土壤。在国际上民族分离主义运动愈演愈烈的情势下，我国新疆、西藏、台湾的民族分裂分子，在国际反华势力的挑动下，在国际恐怖组织的串通下，他们同样选择恐怖主义活动来实现其政治目标，如2008年3月7日，新疆"3•7炸机未遂事件"就是最好的例证。同时，目前改革正进入攻坚阶段，国内某些不法分子对社会心怀不满，也在铤而走险，通过实施恐怖犯罪来破坏改革开放的成果。

而随着经济社会的快速发展，作为生产资料的剧毒化学品、核材料以及部分监管物品在社会生产中的应用越来越广，管理不善极易发生中毒事故、投毒案件，甚至被恐怖分子利用实施恐怖袭击，严重危及公共安全和社会稳定，传统管理方式暴露出来的管理责任不清、监管手段落后、管理效能低下等问题也日益突出。

随着反恐形势的发展，世界各国越来越重视监管物品在生产、流通、使用、销毁等领域的管理，对监管物品的流向进行更加严格的监控。如欧洲于2008年4月4日发布，计划从2012年4月5日开始在全欧洲推行的一项法令——"欧洲民用监管物品的身份标识和流向跟踪"，规定必须对所有民用包装监管物品进行标识，并能够跟踪其"生命"周期中的每个环节。而在我国，国务院和有关机构也先后颁布了一系列监管物品管理法规和标准，尤其明确了"公安机关负责民用监管物品公共安全管理和民用监管物品购买、运输、爆破作业的安全监督管理，监控民用监管物品流向……"、"建立民用监管物品信息管理系统，对民用监管物品实行标识管理，监控民用监管物品流向。民用监管物品生产企业、销售企业和爆破作业单位应当建立民用监管物品登记制度，如实将本单位生产、销售、购买、运输、储存、使用民用监管物品的品种、数量和流向信息输入计算机系统……"，从管理和制度上对民用监管物品进行严格管理，明确了公安部门作为对全国监管物品生产、销售、仓储和使用环节进行监控的责任部门。

根据以上分析，可以明确地得知：以爆炸监管物品为核心的监管物品生命周期全程跟踪管控的任务已经刻不容缓地摆在了社会治安综合治理部门面前，必须认真对待、科学监管、严密有效、稳定可靠。

14.3 信息处理概述

所谓监管物品的信息处理，就是利用先进的信息处理技术，将安全监管的对象完整地覆盖传统雷管、传统炸药、数码雷管、散装炸药、硝酸铵及易制爆品、烟花爆竹、剧毒化学品、核材料、易制毒化学品、麻醉药品、精神依赖性治疗药品等全部监管物品。

在综合应用通信技术、物联网技术和数据挖掘技术等先进信息技术的基础上，将安全监管的信息化手段全面扩展为集信息标识、视频监控、化学示踪、GPS定位、涉爆（危）责任绑定、轨迹跟踪、特征规律分析为一体的集成协同监管。在实际监管效果上，力争实现的主要目标如下。

（1）多层次、多角度地掌握监管物品、库房、车辆、作业现场、从业人员等监管对象。实现对部、省、市三级监管对象的掌控，从信息记录、监控图像和地理位置的角度同步关联、展示。如同时展示监管物品库或监管物品作业现场基本情况的文字描述、现场监控图像、监管物品所处地理位置等。

（2）全方位、无缝隙地掌握监管物品全环节轨迹信息。通过在生产、销售、出入库、安全检查、领用发放、作业等环节采集物品数量、品种、日期、单位和人员责任信息，通过在运输环节采集运输车辆行驶状态和所在地理位置信息，通过在监管物品库房和作业现场采集出入库物品、装卸车辆、接触监管物品人员图像，并加以综合、相互印证，实现对监管物品轨迹的无缝隙掌控。

（3）多形式、多途径地掌握监管物品突发事件报警信息。通过电子地图直观展示突发事件发生地点，远程图像清晰展现突发事件现场状况，手机短信快速告知突发事件相关监管责任人，电脑文字掌握突发事件所属单位、物品、人员、安防情况，声音警示监管人员了解突发事件情况等，为快速处置突发事件提供前提条件，给领导正确决策提供可靠依据。

（4）快速度、大幅度地提升监管工作的时效性和高效性。实现监管物品流通信息实时报送，解决涉危爆违法、违规行为不能及时发现、查处等问题；满足系统不断提升的功能要求，高效发挥公安机关管理系统功效。

（5）高共享、多专题地进行涉危爆信息的综合处理。通过数据仓库和数据挖掘技术的综合应用，整合涉危爆信息资源，完善并建立涉危爆信息资源目录体系和涉危爆信息资源库，对涉危爆信息进行规律分析、特征分析、专题挖掘、预警控制分析、涉恐涉稳分析，为各地公安机关的监管物品全面、协同管理提供完整的辅助决策支持。

监管物品信息整体布局与系统体系结构如图14-1所示。

在图14-1中表示了监管物品信息协同管控系统的体系结构和整体布局，它们的构成定义如表14-1所示。

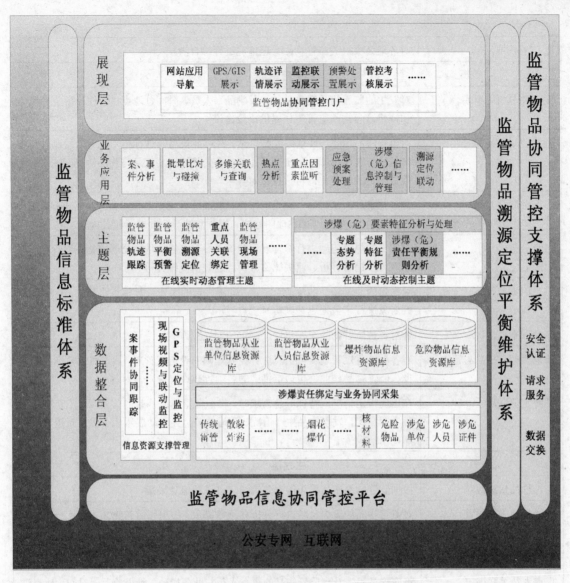

图 14-1 监管物品信息协同管控体系结构

表14-1 监管物品信息协同管控系统的体系结构和整体布局构成定义

展现层	
网站导航	监管物品协同管控的信息展示网站，各模块的功能导航
GPS/GIS展示	在电子地图上展示监管物品储存仓库、运输车辆定位服务、运输轨迹回溯
轨迹详情展示	综合展示监管物品从生产、运输、销售、购买到使用的流通轨迹，绑定流通过程中每一步骤涉及的物品编号、时间、地点和相关责任人
监控联动展示	通过网络视频实时查看监管物品生产现场、储存库房、作业现场图像，联动查看物品出入库信息
预警处置展示	查询、展示各种监管物品突发事件预警处置方案

（续表）

管控考核展示	对各地公安机关监管物品管理情况进行综合考核
业务应用层	
案事件分析	对发生的监管物品案事件从涉及物品、人员、时间、地点、事件分析发生趋势和规律，为物品监管工作提供决策建议
批量比对与碰撞	对监管物品信息、涉危爆人员信息、许可证信息等进行自动比对，如涉危爆人员信息与违法犯罪人员资源库比对、流失监管物品信息与物品轨迹库比对、违规处罚记录与单位许可信息比对等
多维关联与查询	按多种条件，从时间、地点、事件、物品等五要素多维对监管物品进行查询，对查询结果，可以与GIS地图标注、视频监控等联动展示相关内容
热点分析	对选定的热点问题进行综合展示分析，如选定热点是烟花爆竹礼花弹管理，可以获得产销量分析、流失比例分析、违规情况统计等
重点因素监听	对选定的监管物品的流通轨迹、涉危爆人员的操作进行重点跟踪，一旦所选定的对象进行了数据更新则实时重点展示
应急预案处理	针对各种监管物品突发事件，制定预警处置方案
涉危爆信息控制与管理	对各种涉危爆管理业务信息进行控制规则的设定及管理，如道路运输许可证审批、监管物品作业许可证审批中的各项行政许可规定核对等
溯源定位联动	在出现指定情况或特殊应急需求时，按照监管物品携带的信息，对监管物品进行溯源定位，发现物品生产情况、流通轨迹，并联动展示相关物品轨迹、出入库现场录像
主题层	
监管物品轨迹跟踪	根据监管物品产品标识等对其流通轨迹进行信息采集
监管物品平衡预警	对监管物品的流失风险进行分析并预警提示。如出库监管物品未入库分析，或长期库存物品不使用分析
监管物品溯源定位	按照监管物品标识，对监管物品进行溯源定位，明确当前所在单位
重点人员关联绑定	将库管员等涉及到监管物品的重点人员与业务操作、涉及物品、时间、地点进行关联绑定
监管物品现场管理	对监管物品作业现场进行GPS定位和网络视频监控，同时通过传感控制技术掌握监管物品的生产、使用总量

涉危爆要素特征分析与处理	重点人员动态管控	全面掌握接触到监管物品人员信息，包括库管员等；全面掌握被管控的涉危爆人员信息；重点人员信息与违法犯罪人员资源库比对，同时对外提供信息接口和查询接口
	专题态势分析	对监管物品的生产、流通总量进行统计、分析，对涉危爆案事件发生的地点、时间等进行总量分析等
	专题特征分析	对专题涉及的各个特征属性，如物品类别、数量、责任人等进行分析、展示

（续表）

涉危爆要素特征分析与处理	涉危爆责任平衡分析与维护	对监管物品从业单位、从业人员在监管物品流通过程中的责任进行平衡分析，包括单位的物品储存责任、人员的保管责任等，并根据不同的管理规定，适时维护所设定的各项平衡规则
数据整合层		
信息资源支撑管理	涉危爆案事件协同跟踪	采集涉危爆案事件信息，综合比对资源库中的物品流通记录、重点人员、从业单位等信息。并持续与最新相关记录跟踪比对，为案件提供信息线索
	现场视频与联动监控	通过网络接入和管理监管物品生产现场、储存库房、散装炸药作业现场图像，并与GPS定位和物品流通轨迹联动展示
	GPS定位与监控	对监管物品运输车辆、储存库房、作业现场等进行GPS跟踪，并在GIS后台监控位置和运行轨迹
资源库	涉危爆单位信息资源库	包括所有监管物品生产企业、经销单位和使用单位等，信息包括单位名称、地址、法人、许可证、联系电话、库房情况等
	涉危爆人员信息资源库	包括所有监管物品库管员重点管控的涉危爆人员等，信息包括人员姓名、身份证编号、照片、住址、籍贯、联系电话等
	监管物品信息资源库	包括物品标识、类别、生产企业、出入库责任人、使用责任人、时间等
涉危爆责任绑定与业务协同采集	涉危爆单位	涉危爆单位在监管物品流通过程中，与所出库、入库和使用的物品进行责任绑定
	涉危爆人员	涉危爆人员在监管物品流通过程中，与所出库、入库和使用的物品进行责任绑定
	涉危爆证件	涉危爆证件主要包括道路运输许可证、购买许可证和焰火燃放许可证等，与开具证件的公安机关、申领证件的企业、运输物品、使用物品和回交证件时间等进行信息绑定和采集

在监管物品的生产、销售、运输、使用、储存、监管环节中，同时存在物品流、信息流和控制流，在信息化管理之前，上述"三流"各自独立且不互相制约，无法相互绑定，导致监管物品流失无法得到及时有效监控。

根据监控管理的基本思路，首先在监管物品销售、运输、储存、使用中，将所标记的物理标识转换为电子标识，并将涉爆（危）单位和人员信息与物品标识信息同步绑定。当销售或领用监管物品时，利用IC卡或无线网络技术，将流向、流量与责任信息依次传递，直至公安机关。使监管物品各环节管理责任通过技术手段与单位、人员绑定，无论哪个环节出现问题，都能迅速定位责任单位和人员。据此提出了以下监管需求：以监管物品的信息管理为基础，应用监管物品编码技术，实现永久性编码。并以监管物品编码为核心，对监管物品生产、销售、运输、使用、储存、监管各环节的编码标识。对信息采集、识别、绑定、关联、传递、监控、比对、平衡、预警、溯源、检查等关键技术组织攻关，实现监管物品生命周期全过程监控管理。

从上述监管需求中可以清楚地意识到：监管物品的现代化管理涉及信息论、系统集成、机械设计、监管物品特性、监管物品生产工艺、防爆、信息采集设备、条形码辨识、数据库应用、IC卡存储与传输、无线网络与通信、计算机通信等专业领域。只有在上述领域整体技术的支持下，对监管物品生命周期全过程的标识、防爆、信息采集、绑定、关联、传递、监控、比对、平衡、预警、溯源等关键技术进行攻关，才能实现真正的现代化管理。

14.4 监管模型概述

　　根据上述监管需求可知：对监管物品进行的物理标识，以及转换生成的电子标识，都只解决了监管物品的信息描述问题，而如何根据这些标识信息对监管物品进行监控管理，才是监管物品管理的终极目标。为了对监管物品进行生命周期全过程监控信息管理，必然需要对监控对象进行信息标识，但也必须对全部的涉爆（危）业务进行详细分析，依照信息建模理论，确定其中的对象实体、逻辑实体和数据实体，同时对其中的数据关系进行分析，首先建立描述监管物品监控管理的业务模型，进而针对所需要的监管物品生命周期全过程信息监控管理目标建立对应的概念模型、实体关系模型、数据对象模型。这是一个工作量巨大，而又必须严格、科学、细致的研究工作。其中关键技术的难点有以下几方面。

　　（1）在模型建立过程中的业务无关性研究。由于监管物品在我国的监控管理需要覆盖整个生产、销售、运输、使用、储存、监管等环节，而这些环节涉及了国防、煤炭、冶金、农业、建设等不同的行业，这些行业对于监管物品的监控管理承担着不同的监管责任、管理责任，有着不同的管理体制，如果在建立监管物品生命周期全过程信息监控管理模型时定位于基于业务的模型设计，则所建立的模型将无法同时覆盖不同的管理机构和流程，从而难以实现预定的目标。

　　（2）所建立的监管物品生命周期全过程信息监控管理模型必须服从于当前的监管物品监控管理体制。由于管理、使用监管物品的单位在我国分布十分广泛，而且大都地处偏远矿区、勘探区和山区，多年的手工管理体制已经形成，且有相应的法律规定作为依据，所以理想化的信息监控管理模型势必无法进入实施，必须实现在手工管理体制下的监管物品生命周期全过程信息监控管理。

　　（3）所建立的监管物品生命周期全过程信息监控管理模型必须实现闭环监控的管理目标。由于监管物品信息监控管理的核心是杜绝、避免、减少监管物品的流失和被盗，鉴于此，必须在建立模型时对遍及全国的每一个涉爆（危）环节和涉爆（危）局部单元建立完整的闭环模型，从而使得全国范围内的任意一点都可以监控监管物品的当前状态，这就要求所建立的模型必须在任意一点都形成闭环的逻辑关系。

　　（4）所建立的监管物品生命周期全过程信息监控管理模型必须具备可操作性。由于我国监管物品的监控管理较为落后，缺乏闭环监控管理的技术和社会基础，完全是在手工领域引入相对高端的信息管理技术，所以在建立监管物品生命周期全过程信息监控管理模型的同时必须进行可行性设计，从而使得所建立的各类模型都能满足不同的管理状况。而理想、正规的模型建立理论无法支持在本阶段进行实现层面的技术设计。

　　通过对监管物品监控管理现状的分析，可以明确得知：在监管物品的生产、销售、运输、使用、储存、监管环节中，同时存在着物品流、信息流和监控流，物品流标识着监管物品流动过程中实际的流向和流量，信息流标识着监管物品流动过程中的流向信息、流量信息、涉爆（危）

人员信息、涉爆（危）单位信息和相关的票据信息，监控流标识着监管物品流动过程中行政许可信息、监管信息、失控信息和案事件信息等。经过大量的相关业务和数据分析，并根据以上需要解决的关键技术，可以确定以信息流、物品流、监控流为模型研究的主要对象，在任何一点构造三流合一的闭环信息逻辑。同时根据监管物品涉爆（危）单位和涉爆（危）人员的现状，充分研究了可采用的现代化技术，使得所建立的监管物品生命周期全过程监控信息模型具备了可操作的技术基础。

如图14-2所示为监管物品生命周期全过程监控信息模型。

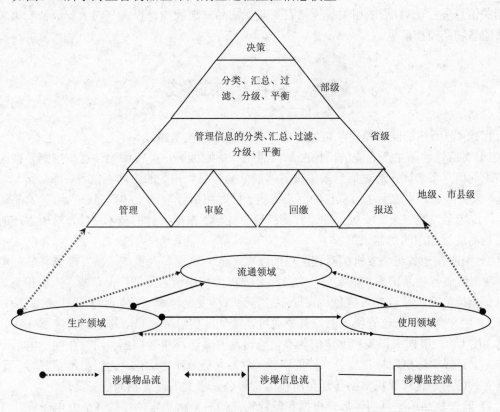

图 14-2　监管物品生命周期全过程监控信息模型

在监管物品生命周期全过程监控信息模型中，物品流和信息流均为监控流服务，物品流承载实际物品，而信息流则承载物品的信息表示，真正实现监管物品生命周期的全过程监控，必须依托于监控流严密的自动绑定、关联、闭环和定位。下面以监管物品在各涉爆（危）环节的信息流向特点为例，对监管物品生命周期全过程监控信息模型的闭环监控进行描述。监管物品信息的闭环监控管理由四支闭环的监控流构成。

（1）监管物品监控流。监管物品编码→监管物品装入库→核对购买单位两证及涉爆（危）资格→启动销售、运输信息管理流程→监管物品出库→读取监管物品编码→交换、采集监管物品购买及发放信息→监管物品运输→监管物品收货确认→确认销售活动完成→向公安机关传送监管物品实施信息和库存信息。

（2）单据、票证监控流。提出购买监管物品申请→公安机关审核资格→公安机关开具两证→生产单位销售监管物品→购买单位运输监管物品→监管物品入库→购买单位向公安机关缴回运输证→公安机关采集监管物品购买及发放信息→向上一级公安机关传送监管物品购买及发放信息。

（3）领用发放管理监控流。监管物品入库→核对使用单位涉爆（危）资格→监管物品出库及手工登记或键盘输入监管物品编码→交换监管物品发放信息→监管物品交接确认→向公安机关传送监管物品领用发放信息和库存信息。

（4）比对管理监控流。涉爆（危）单位传送监管物品信息→公安机关汇总相关信息→和历史相关信息进行比对，形成相关统计报表及监管物品→失控预警报告→向上一级公安机关报送有关监管物品监控信息。

14.5 监管技术路线

根据14.4节所述的监管模型，自然形成了以下的监管技术路线。

（1）对监管物品生产企业的出厂产品按照统一规则编码，并将编码信息按规则转换为产品包装上的信息条形码，通过信息采集设备读取条码信息、相关的生产线信息、库房信息、涉爆（危）人员信息，并对上述信息自动同步绑定。同时将所读取的上述信息输入监管物品信息处理，并传送至当地省级公安机关的监管物品信息处理。根据同样的技术路线，对所生产的其他监管物品进行相应的信息采集。

（2）由所在地省级公安机关对辖区内的涉爆（危）单位和人员统一核发涉爆（危）电子证件。在申请监管物品销售和购买时，由县级公安机关将申请购买的产品信息、人员信息、单位信息、监控信息、行政许可信息、管理信息等记入核发的涉爆（危）电子证件（IC卡）内。

（3）生产企业销售监管物品时，首先通过监管物品信息处理自动审验相关涉爆（危）电子证件（IC卡），根据所记载和绑定的各类信息自动开具出库单等票据；同时在同一电子证件（IC卡）上记载实际出库提货信息、相关涉爆（危）人员及库房信息、运输批准信息等。生产企业将有关信息通过计算机网络传送至所在地省级公安机关的监管物品信息处理。

（4）监管物品运至目的地后，根据和监管物品信息紧密绑定的涉爆（危）电子证件（IC卡）信息内容，专用防爆信息采集设备将准确判定是否存在雷管或监管物品流失、失控状态，并进行相应的信息记录。同时利用大容量IC卡存储和传递技术，在规定时间内将相关涉爆（危）信息传送至所在地县级公安机关，并逐级传送至上一级公安机关。在传送过程中，同步实现相关涉爆（危）信息的关联、监控、比对、平衡、预警、溯源和检查，同时和已经传送至公安机关的监管物品生产厂产品信息进行全国范围的平衡处理。监管物品的每次出入库行为都将受到严格的信息监控与绑定，从而在监管物品流转的过程中，由监管物品信息处理记录完整、闭环、关联的监管物品的流转轨迹和相关涉爆（危）单位、人员定位信息。

（5）最终用户使用监管物品时，信息采集设备将实时采集所发放的监管物品信息，并将与之相关的涉爆（危）单位信息、人员信息、领用时间等信息自动同步绑定，并利用大容量IC卡存储和传递技术将发放信息和绑定的相关信息传送至当地县级公安机关的监管物品信息处理，从而对辖区内监管物品的流向、流量、人员、单位等信息实行随时监控、关联、平衡和预警，形成和物品流紧密绑定的信息流与监控流，使监管物品信息从出生到死亡的全过程均处于监管物品信息处理的全程监控之下，进而实现监管物品生命周期全过程信息监控。

14.6　监管模型实现

根据监管模型中的监控流分析，可以准确地描述各涉爆（危）因素和环节的全程闭环监控管理，从而实现预期的监管物品生命周期全过程监控管理目标，而监管技术路线的确定，又明确了监管模型实现的技术条件。下面以雷管监控管理为例，从模型实现的角度，对上述监管模型及监控流进行详细表述。

14.6.1　雷管产品信息监控管理

1. 生成雷管编码

雷管编号在卡口工序中生成，此时产生的雷管编码是一发一号的机械压痕或激光点蚀编码顺序号，当雷管进入中包盒封蜡工序时，同时也进入了设置在包装箱工位的信息采集工序，在将雷管装入包装箱时，使用专用信息采集设备对每一盒雷管外的盒条码进行扫描，逐盒实现雷管信息的采集，完成一箱后，再对箱条码信息进行采集，并将箱、盒条码的逻辑关系紧密绑定，同时将每箱雷管的生产厂信息、生产日期信息、产品品种信息、盒雷管信息与发雷管信息采集进监管物品信息处理中。成品成箱包装后，搬运至成品库存放。

2. 实现雷管销售

雷管经销或使用单位到生产厂购买雷管时，首先要在生产厂销售部门交验购买证、运输证以及涉爆（危）电子证件（IC卡），由销售部门通过计算机验证涉爆（危）电子证件（IC卡），确保两证的合法性，然后由计算机打印出相应的收费、出库、运输等报表或传票，交由不同的部门执行。

3. 雷管出库

库房接到相应的雷管出库表格后，将涉爆（危）电子证件（IC卡）插入IC卡读写设备，首先确认购买单位的合法性，准确无误后，从购买单位的涉爆（危）电子证件（IC卡）上，将生产厂库管人员的基本信息、出库时间、库名等信息写入购买单位的涉爆（危）电子证件（IC卡）。在完成上述工作后，监管物品信息处理自动启动出库读码单元。

此时，库管人员按照出库表格的要求，使用专用信息采集设备逐箱读取准备出库的雷管包装箱箱号，计算机网络系统生成相应的中包盒号及对应的雷管单发编号，通过专用信息采集设备自动写入购买单位的涉爆（危）电子证件（IC卡）中；如果是生产厂代用户运输，则写入运输部门的涉爆（危）电子证件（IC卡）中。

4. 雷管运输

如果生产厂代用户运输，则当雷管运输至指定地点后，由购买单位将涉爆（危）电子证件（IC卡）插入IC卡读写设备中，首先将购买单位的基本信息、接收雷管的时间、经手人等信息自动写入运输单位的涉爆（危）电子证件（IC卡）；同时将所运输的全部雷管信息写入购买单位的涉爆（危）电子证件（IC卡）中；经过购买单位对雷管的清点之后，同样通过专用信息采集设备上设计的确认功能，将购买单位的确认信息自动写入运输部门的涉爆（危）电子证件（IC卡）上，表示购买单位已经确认收到所购买的雷管。

5. 雷管信息传送

运输部门在运输任务完成并回厂后，将涉爆（危）电子证件（IC卡）插入库存部门的专用信息采集设备，将购买单位接收雷管的确认信息写入涉爆（危）电子证件（IC卡）和计算机网络系统中。生产厂在各地公安机关指定的缴证时间内，同时携带用户单位购买证和涉爆（危）电子证件（IC卡）前往当地公安机关，在缴证的同时，将涉爆（危）电子证件（IC卡）插入公安机关的IC卡读写设备中，将雷管现有库存、实际销售、销售流向等信息自动输入公安机关的监管物品信息管理系统中。各地公安机关可以通过公安部所建设的二级网迅速掌握上述的所有涉爆（危）信息，直至进行覆盖全国的查询查证。

14.6.2 单据、票证信息监控管理

1. 审核资格

购买单位需要购买雷管时，向当地公安机关提出购买申请，公安机关的审批人员将涉爆（危）电子证件（IC卡）插入IC卡读写设备中，首先审核该购买单位的购买资格、是否通过正常年审、有无涉爆（危）信息变更；然后将涉爆（危）电子证件（IC卡）上的所有涉爆（危）信息、雷管信息全部输入公安机关的监管物品信息处理中。

在审核的同时，如果需要对购买单位的涉爆（危）信息进行修改，计算机系统则自动从审批人员的涉爆（危）电子证件（IC卡）上读取该人员的审批权限，进行相应的修改，同时自动将审批人员的基本信息、审批修改日期写入购买单位的涉爆（危）电子证件（IC卡）中。

2. 开具两证

当资格审核通过后，计算机将自动在屏幕上显示出开具两证需要的信息，由审批人员正确输入后，计算机系统将自动打印出两证，同时将两证信息自动写入购买单位的涉爆（危）电子证件（IC卡）中。

3. 购买雷管

进入雷管生产厂购买雷管，信息流程已经详细描述过，在此不再赘述。

4. 缴证并报送信息

购买单位收到所购买的雷管后，将携带运输证和涉爆（危）电子证件（IC卡），前往开具两证的公安机关，缴回运输证，同时将涉爆（危）电子证件（IC卡）插入公安机关的IC卡读

写设备中，将收到的雷管信息、目前库存的雷管信息、已经发放使用的雷管信息等涉爆（危）信息自动输入监管物品信息处理中。各地公安机关将收到的所有涉爆（危）信息迅速传递到信息中心，以便各地公安机关的查询查证。

14.6.3　发放信息监控管理

1. 审核资格

使用单位需要使用雷管时，如果需要购买，则可以按照前面描述的流程进行；而如果需要领用，则向当地爆管站提出领用计划，爆管站的管理人员将涉爆（危）电子证件（IC卡）插入专用信息采集设备中，首先审核该使用单位的使用资格、是否已经通过公安机关批准；然后将使用单位的涉爆（危）电子证件（IC卡）上所有涉爆（危）单位信息自动写入爆管站的涉爆（危）电子证件（IC卡）中。

在审核的同时，如果使用单位需要回缴未使用雷管和过期雷管，则需要将此雷管信息、爆管站的经手人信息、日期信息写入使用单位的涉爆（危）电子证件（IC卡）上，其中经手人信息和日期信息是由IC卡读写设备自动生成的，任何人无法更改和伪造。

2. 编码登录

爆管站审核完毕并填写了相应的雷管领用表格后，通过专用信息采集设备，将所发放的每发雷管编号输入到使用单位的涉爆（危）电子证件（IC卡）上，而爆管站及使用单位经手人信息、日期信息则由爆管站的专用信息采集设备自动生成并写入涉爆（危）电子证件（IC卡）中。所写入的上述所有信息都经过IC读写设备和相应系统软件的多级加密，任何人将无法非法侵入、修改、伪造。

3. 发放信息确认

当所有必须在使用单位的涉爆（危）电子证件（IC卡）上记录的信息已经登录完毕后，爆管站的管理人员将利用专用信息采集设备中的确认功能，由使用单位和爆管站共同确认登录内容，所有信息一旦经过确认，即永远不可更改。

4. 报送涉爆（危）信息

爆管站在向上一级销售单位或生产厂购买、领用雷管时，将通过爆管站涉爆（危）电子证件（IC卡）的信息交换功能，将所有的雷管发放信息传递到上一级涉爆（危）管理或销售部门。

14.6.4　比对跟踪监控管理

1. 接收涉爆（危）信息

各地公安机关通过两证的审批环节，通过各级涉爆（危）单位的涉爆（危）电子证件（IC卡），分别接收本辖区使用者和生产厂的所有涉爆（危）信息，存入各地公安机关的监管物品信息处理，并经由县市局、省厅、公安部之间已经建立的公安部二级网，将所有涉爆（危）信息逐级传送至公安部,从而实现覆盖全国的监管物品生命周期全过程监控管理目标。

2. 涉爆(危)信息汇总分类

各地公安机关将上述两条渠道报送的涉爆(危)信息,在监管物品信息处理中,分别按照下列类别进行分类管理,以使监管物品信息处理能够尽可能全面地管理每一个涉爆(危)环节,从而使我国的雷管管理规范、科学、严格、全面。

- 单位信息:包括生产厂信息、销售单位信息、爆管站信息、库房信息、使用单位信息。
- 雷管信息:包括库存信息、已正常使用信息、回缴信息、过期信息、在途运输信息。
- 单证信息:包括运输证信息、购买证信息、合同信息、资质证信息。
- 人员信息:包括库房管理人员信息、运输人员信息、爆管站人员信息、涉爆(危)管理人员信息。
- 设备信息:包括运输车辆信息、库房防爆设施信息。

3. 涉爆(危)信息比对

当各地公安机关按照上述的信息分类方法,通过监管物品信息处理进行涉爆(危)信息管理时,可以尽最大可能对信息之间的逻辑关系进行控制,也即涉爆(危)信息比对。一旦出现逻辑关系不符的情况,自然意味着雷管已经失控或可能失控。所以在监管物品信息处理中,涉爆(危)信息比对处理将是十分重要的。类似的比对关系有:

- 爆管站的库存数=实际购买数-实际发放数+回缴数。
- 运输证申报数=库房接收数。
- 运输证数=购买单位购买批数。
- ……

4. 涉爆(危)信息查询

建立了监管物品信息处理后,查询涉爆(危)信息将是非常简单的事情,虽然技术人员需要进行大量的开发工作,但对每一个需要查询涉爆(危)信息的人员来说,可以在全国范围内,方便地利用计算机通信线路进行涉爆(危)信息查询。

5. 提出报表及失控预警

根据上述信息分类,自然可以很方便地对所有涉爆(危)信息进行统计、分析、汇总,判断涉案分布和涉案趋势,向各级管理部门报送需要的各种报表。更重要的是,监管物品信息处理可以在涉爆(危)信息比对出现逻辑错误时,立刻向有关部门提出雷管失控预警报告,从而有效地堵塞雷管流失的渠道。这一点对于使用环节的涉爆(危)管理尤为重要。

6. 传送涉爆(危)信息

由于监管物品信息处理的基点是不建立庞大的全国计算机网络系统,所有的信息传递都通过各级涉爆（危）单位的涉爆（危）电子证件（IC卡）进行，所以在比对跟踪管理中，各级涉爆（危）单位的涉爆（危）电子证件（IC卡）就构成了覆盖全国范围的、非实时的计算机无线信息网络系统。如果需要在全国范围内掌握各生产厂的雷管流向和分布，同时进行各种逻辑比对，就需要在本系统中实现平滑而方便的涉爆（危）信息传递机制，在每一次双卡操作时进行信息交换，从而实现全国联网管理。

14.7　监管信息处理

在监管物品生命周期全过程监控信息模型建立之后，从科学、理论和设计的角度解决了监管物品生命周期全过程的监控问题，但现实活动中的监管物品生命周期全过程的闭环跟踪监控还必须依托于监管物品信息处理的实施，这样才能真正实现信息模型所研究的结果。这就需要在信息模型的约束之下，对机械设计、监管物品生产工艺、防爆安全、专用设备生产、条形码辨识、数据库应用、IC卡存储与传递、计算机通信网络等单一技术构成进行系统集成和整合，使其成为完整的监管物品信息化监控管理整体技术和体系，使其满足监管物品的现代化信息管理目标。其中的关键技术难点如下：

（1）在无法建设专用网络传输系统的情况下，必须实现监管物品的全程信息跟踪和监控管理。

（2）必须将流动的监管物品、涉爆（危）单位及人员的静态与动态信息全部纳入信息化管理。在不具备计算机网络通信环境的情况下，要应对大范围流动的监管物品信息跟踪和监控，必须进行合理的数据设计和存储、传输载体设计，从而保证不但不丢数据，还能按照信息模型所约束的：在任何一点形成闭环的信息比对、平衡、跟踪和监控。

（3）必须实现物品流、信息流和监控流的紧密技术绑定。在监管物品流转模式中，上述"三流"完全独立，由于彼此不能紧密地互相制约、互相印证、互相关联、无法篡改，所以无法将涉爆（危）责任准确地定位至涉爆（危）单位和涉爆（危）人员，从而导致了多年来的监管物品流失和失控。

（4）必须准确记载监管物品的流转轨迹，并且完整记载轨迹中每一环节涉及的单位、人员和事件。由于监管物品的特殊性，在其流转过程中涉及到的所有因素是否能够记录在案，能否忠实地记载彼此之间的关联关系，将对监管物品的监控管理带来十分重要的影响。

为准确掌握涉爆（危）单位、涉爆（危）人员与监管物品信息及其关联关系，实现各级公安机关物品监管工作从静态管理向动态监控跟踪管理的根本转变，规范管理，加强预警控制，落实责任，杜绝和减少监管物品流失，为侦查涉爆（危）案件提供信息服务和技术支持。需要明确以下内容。

14.7.1　监管信息流

生产企业监管物品信息处理的构成及信息流如图14-3所示。

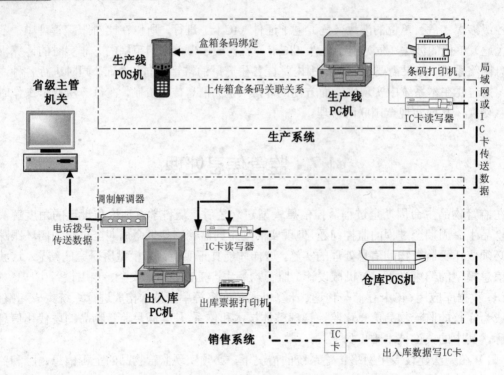

图 14-3　生产企业监管物品信息处理的构成及信息流

销售企业监管物品信息处理的构成及信息流如图14-4所示。

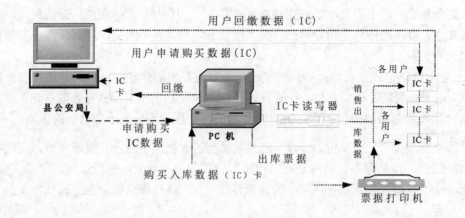

图 14-4　销售企业监管物品信息处理的构成及信息流

14.7.2　物品监管构成

监管物品的监管构成包括以下几方面。

（1）绑定责任。进入系统的监管物品均具有全国唯一标识，系统全面准确地掌握某一箱监管物品在某一时刻与各类人员的关联关系，即物品与责任人关系的自动对应。这将显著提高涉爆（危）从业单位、人员的安全管理责任意识，增强监管物品监控管理的威慑力。

（2）动态跟踪。涉爆（危）数据及时上报公安机关，随时掌握各类监管物品的流量、流向以及责任的变更与传递。

（3）全程监控。监管物品从生产下线直至被最终使用，其间经过的各个环节、各种操作、各相关单位、相关人员均在系统的监控范围内，系统可以描述完整的涉爆（危）轨迹。

（4）闭环平衡。每一件监管物品的每一种行为均涉及至少两个主体，有买必有卖、有发放必有领取。每一件监管物品在流转过程中必然同时存在出库和入库两个流转主体；每一件监管物品在一个地区或地域出现必然同时有进入本区域和离开本区域两个行为主体；每一件监管物品在本地区的正常使用必然同时存在领用（生）和使用（死）两个状态主体。上述每一对主体的正常流转行为将在主体产生的区域得到闭环的平衡和传递，直至在全国范围内每一对主体的全部运行轨迹内达到最终的闭环平衡。监管物品信息处理将严密监控上述每一对平衡主体和非平衡主体，系统将从每一次行为的两个主体采集数据，使其相互印证，如果其中主体失衡，数据有误，立即显示预警信息。

（5）流程控制。在监管物品生产、销售、购买、运输、出库、入库、领用、发放等环节均设有控制，一旦出现违规行为，系统将终止交易，杜绝或减少发生各种违法、违规行为的可能性。

（6）关联查询。及时、准确地查询、查证涉爆（危）单位、涉爆（危）人员的各类信息，并使多种涉爆（危）因素互相关联，为涉爆（危）案件的侦破提供信息查询服务，迅速准确定位相关责任人。

14.7.3　物品监管的信息对象

监管物品信息管理的对象构成如图14-5所示。

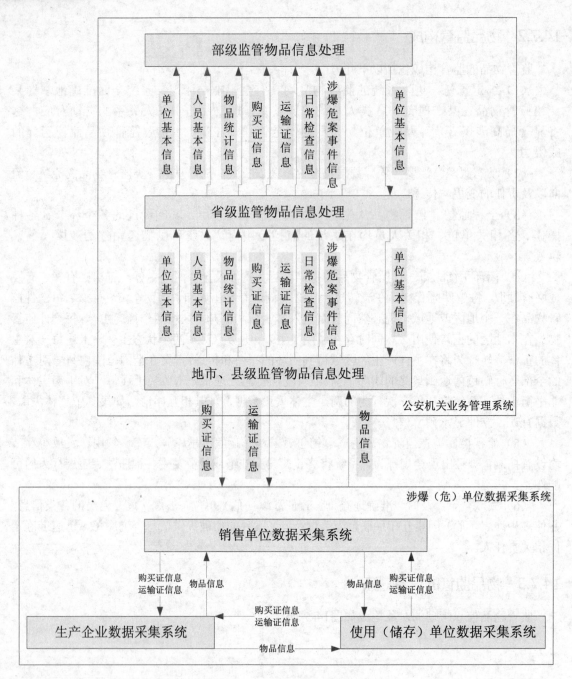

图 14-5　信息管理对象构成

14.8　功能构成与概述

监管物品信息管理的功能总体构成如图14-6所示。

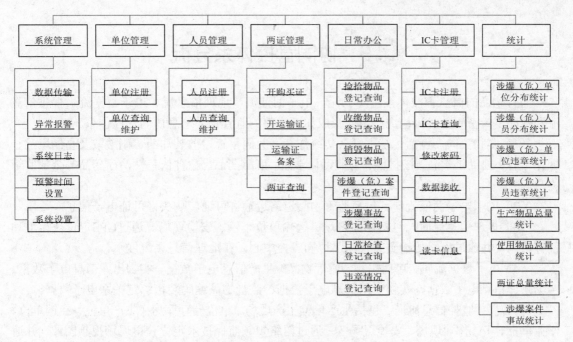

图 14-6　功能总体构成

具体说明如下。

（1）单位管理。涉爆（危）单位是公安机关的重点监控对象之一。管理的基本功能是全面准确地掌握生产、经销、使用（储存）单位的各种静态信息，以此作为判定各种涉爆（危）行为的依据。对单位管理的主要功能有：注册（发放许可证）、变更（单位信息）、年审、补办（许可证）、挂失（许可证）、注销（单位关闭情况下）、暂扣（许可证）、吊扣（许可证）、暂扣恢复、吊扣恢复、挂失恢复、单位信息查询等。

（2）人员管理。人员管理的基本思想是全面准确地掌握各类人员（保管员、押运员、安全员、爆破员等）的静态信息，以及历史和动态信息，实现一时涉爆（危）、终身备案。对人员管理的主要功能有：注册（发放作业证）、变更、年审、补办、挂失、注销、暂扣、吊扣、暂扣恢复、吊扣恢复、挂失恢复、信息查询等。

（3）物品管理。物品信息是监管物品信息处理的基本管理对象，通过生产企业数据采集系统、销售单位数据采集系统、使用（储存）单位数据采集系统，将雷管编号信息和监管物品编号信息在各环节中涉及的单位、人员和时间的关联信息进行采集、绑定。并通过采集、储存、销售、购买、运输流量记录，监控掌握监管物品的流量。

（4）业务办公管理。业务办公管理主要是对公安机关监管业务日常工作信息进行登记、管理，以便查询。主要包括物品捡拾上交登记、物品收缴登记、涉爆（危）案件登记、爆炸事故登记、日常检查登记、违章及处理情况登记等。

（5）全程跟踪管理。监管物品信息全程跟踪管理的基本思想是：在雷管经过编码打号具有"一发一号"的全国唯一特征的基础上，系统将雷管编号及监管物品编号与各环节责任人、涉爆（危）行为三方面信息实时相互关联采集、储存、查询，从而达到严格管理、闭环跟踪、失控预警、全程监控的管理目的。

14.9 协同管控体系分析

监管物品的信息管控体系由实物流、电子两证流、地理信息流、电子数据流、视频信息流和数码雷管密码信息流构成，由此形成如下完整的监管物品信息协同管控体系。

（1）实物流向。包括传统雷管、传统炸药、数码雷管、散装炸药、硝酸铵及易制爆品、烟花爆竹、剧毒化学品、核材料、易制毒化学品、麻醉药品、精神依赖性治疗药品等全部监管物品。

（2）IC卡电子两证流向。包括监管物品道路运输许可证、购买许可证电子信息。

（3）地理信息流向。包括作业现场、运输单位车辆、安检现场。通过GPS定位获得地理位置信息，并通过网络传输到监管物品协同管控中心，在地理信息系统展示。

（4）电子数据流向。包括实物（监管物品）生产信息电子数据、实物出库信息电子数据、实物入库信息电子数据、实物使用信息电子数据、监管物品编码装箱绑定关系电子数据。

（5）视频监控信息流向。包括生产单位生产现场、单位储存库房（生产单位、经销单位、作业单位等）、作业现场、安检现场等。通过网络视频监控技术定位获得现场视频图像，并通过网络传输到监管物品协同管控中心。

14.9.1 协同管控信息体系

公安业务系统与从业单位协同管控信息体系如图14-7所示。

14.9.2 信息资源体系

监管物品信息资源体系由如图14-8所示的几部分构成。

上述信息资源体系框架的物理含义如下。

（1）监管物品标识信息。是整个数据体系的基础，针对不同的监管物品，采取不同的数据标识办法实现数据与实物唯一匹配。标识内容包括：传统雷管、传统炸药、数码雷管、散装炸药、硝酸铵及易制爆品、烟花爆竹、剧毒化学品、核材料、易制毒化学品、麻醉药品、精神依赖性治疗药品等全部监管物品的标识信息；单位、库房、人员的标识信息，运输车辆的标识信息，许可证件的标识信息，作业现场、安检现场代码的标识信息等。

（2）监管物品采集信息。针对不同监管物品标识，采集手段不同，最终是通过各种采集手段，收集到相关物、人、行为过程等信息，汇总成数据资源。采集内容包括：传统雷管、传统炸药、数码雷管、散装炸药、硝酸铵及易制爆品、烟花爆竹、剧毒化学品、核材料、易制毒化学品、麻醉药品、精神依赖性治疗药品等全部监管物品信息，生产单位、销售单位、运输单位、存储单位、作业单位、燃放单位、涉危爆人员等涉危爆单位和人员信息，购买证、运输证、爆破作业许可证、燃放证等证件信息，爆破作业现场、安检现场等作业面信息，库房位置、运输车辆位置、爆破作业现场和安检现场等地理位置信息，库房监控、爆破作业现场和安检现场等监控信息，涉危爆案件、涉危爆事故和日常检查等信息。

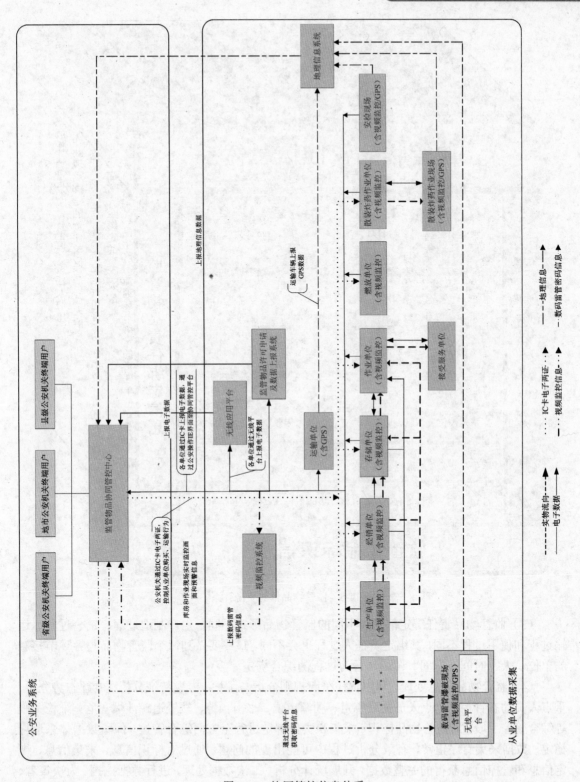

图 14-7　协同管控信息体系

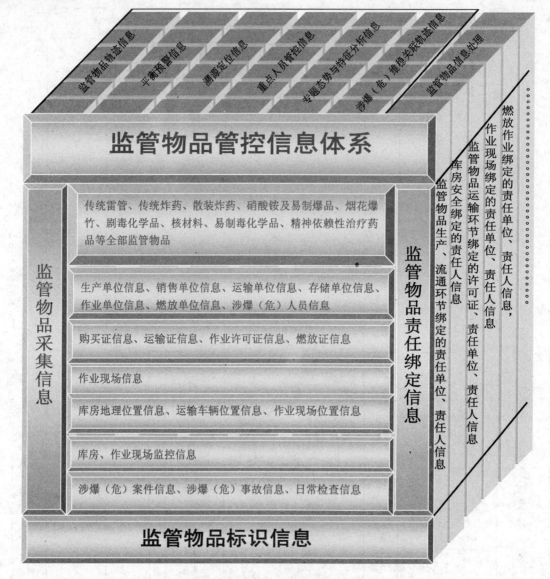

图 14-8　监管物品信息资源体系

（3）监管物品责任绑定信息。不同的监管物品形式不同，生产制造过程、销售过程、运输过程和使用过程不同，其绑定责任人过程也会不同。最终要做到每个监管物品与各环节接触的单位、人、时间、空间、图像、行为过程的综合绑定。

（4）监管物品信息处理。利用责任平衡规则分析与维护、专题特征分析、专题态势分析、重点人员动态管控、重点人员关联绑定、溯源定位、平衡预警、轨迹追踪涉爆（危）维稳关联等综合管控手段，对监管物品标识、采集和责任绑定进行全方面综合管控，保障数据体系运行稳定，数据采集有序正常，有效分析过程中可能出现的问题。通过对标识信息、采集信息、绑定信息和管控信息获得的完整数据，开展统计分析、二次数据处理，进行数据挖掘。为决策者、管理者提供数据支持。

14.9.3　协同管控平台拓扑结构

协同管控平台拓扑结构如图14-9所示。

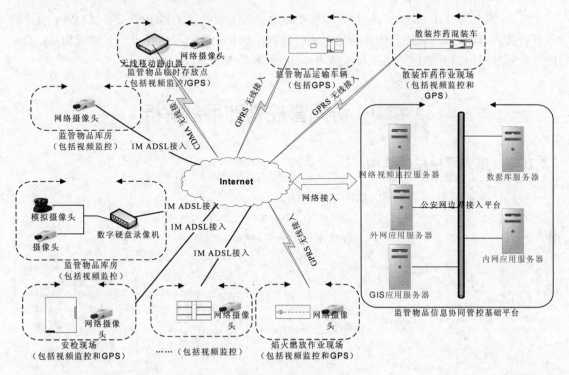

图 14-9　协同管控平台拓扑结构

具体说明如下。

（1）监管物品信息协同管控基础平台。包括网络视频监控服务器、GIS应用服务器、外网应用服务器、内网应用服务器、数据库服务器、公安网边界接入平台。其中外网应用服务器通过社会网接收各单位上报的涉爆（危）信息，然后通过公安网边界接入平台将信息同步到内网服务器。

（2）监管物品库房。包括摄像头、数字硬盘录像机。通过ADSL接入方式将库房的视频监控信息上报到监管物品信息协同管控基础平台，并通过网络视频服务器查看。

（3）监管物品临时存放点。包括无线移动路由器、网络摄像头。通过CDMA、GPRS等多种接入方式将临时存放点的视频监控信息上报到监管物品信息协同管控基础平台，并通过网络视频服务器查看。

（4）监管物品运输车辆。包括GPS。通过CDMA、GPRS等多种接入方式，将车辆的实时位置信息上报到监管物品信息协同管控基础平台，从而记录监管物品运输车辆的轨迹，并通过GIS应用服务器查看。

（5）散装炸药作业现场。包括无线移动路由器、网络摄像头和GPS。通过CDMA、GPRS等多种接入方式，将散装炸药混装车的实时位置信息和视频监控信息上报到监管物品信息协同管控基础平台，并通过网络视频服务器和GIS服务器查看。

（6）安检现场。包括摄像头、数字硬盘录像机（可选）和GPS。通过ADSL接入方式，将安检现场的实时位置信息和视频监控信息上报到监管物品信息协同管控基础平台，并通过网络视频服务器和GIS服务器查看。

（7）焰火燃放作业现场。包括无线移动路由器、网络摄像头和GPS。通过CDMA、GPRS等多种接入方式，将焰火燃放作业现场的实时位置信息和视频监控信息上报到监管物品信息协同管控基础平台，并通过网络视频服务器和GIS服务器查看。

14.10 协同管控基础平台解析

14.10.1 基础平台总体结构

协同管控基础平台总体结构如图14-10所示。

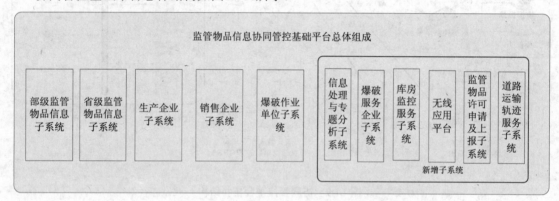

图 14-10 协同管控基础平台总体结构

14.10.2 平台构成数据流向

协同管控平台构成数据流向如图14-11所示。

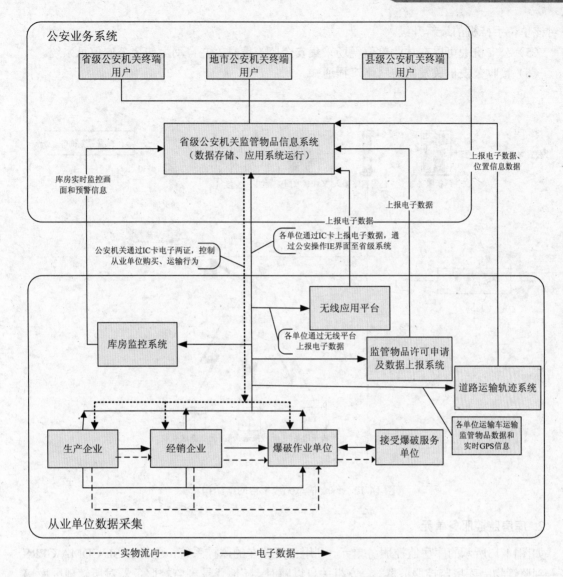

图 14-11　协同管控平台构成数据流向

14.10.3　协同管控平台构成

1．监管物品综合信息无线平台

如图14-12所示的监管物品综合信息无线平台，解决监管物品从业单位用户的数据传输问题，如快速信息上报、电子运输证回缴等。同时，满足公安机关通知信息网络实时传达、现场采集安全监管信息、受控人员名单下传等管理要求。主要功能如下。

（1）利用网络快速上报数据、回缴电子运输证和物品信息。

（2）保存企业各种涉爆（危）信息。

（3）提供详细的数据情况查询，提供被锁的预警机制。

（4）系统利用网络自升级功能，同时自动下载最新的领用发放、出入库手持机程序，实现对该单位手持机的最新升级。

（5）公安机关可以在从业单位现场采集安全监管信息，并自动上传至公安信息系统。

（6）接收公安机关发出的网络广播通知。

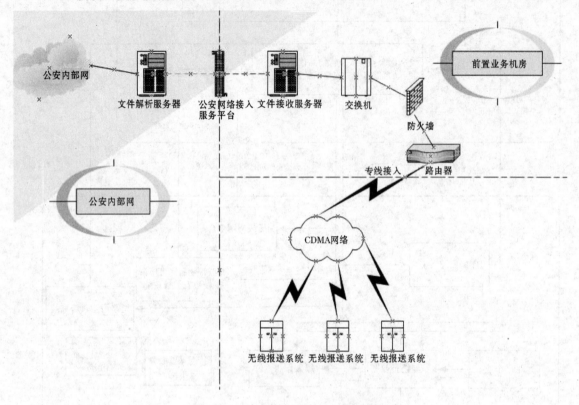

图 14-12　综合信息无线平台网络结构

2. 库房监控服务单元

如图14-13所示的库房监控服务单元，利用已经存在的监控系统，通过ADSL\CDMA\GPRS接入到监管物品库房监控服务器，公安机关可以随时、随地登录到监控服务器对所辖地区库房终端监控设备进行操作和实时的视频播放。主要功能如下。

（1）组建监管物品库房监控网络。库房监控服务系统利用各单位库房已经存在的监控系统，以省份、地市分级、多中心建设监管物品库房监控网络。

（2）支持有线、无线、多信道灵活组网。根据各地网络情况不同，支持ADSL\CDMA\GPRS多种方式接入。

（3）实时查看动态图像，并实现移动监控。公安机关可以随时、随地通过系统调看监控图像；采用无线方式，可随时、随地查看任何接入系统的库房实时图像。

（4）静态信息标注。公安部、省厅、地市、分县局等各级公安机关通过系统展示辖区内所有监管物品储存专用仓库和临时存放点信息等。通过鼠标点击能查看储存相关信息，包括仓库核定容量、保管员、近期出入库信息等。

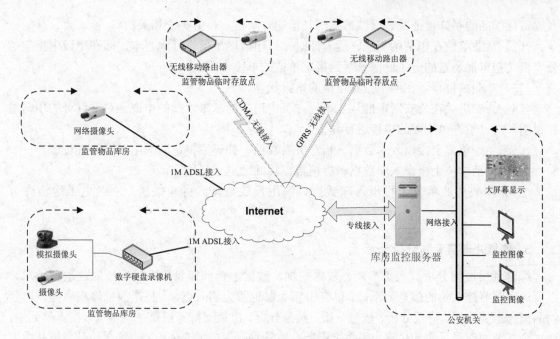

图 14-13　库房监控服务单元网络结构

3. 道路运输轨迹服务单元

道路运输轨迹服务单元用于公安机关实时监控监管物品的运输状态。如监管物品允许经过的路线是否正常，停留时间是否过长，哪些监管物品下车，运输人、保管员状态等。各运输专用车上加装GPS定位系统，并在公安机关管理端建立监控墙和数据中心，实时管理和显示车辆位置及是否按照规定运输线路行驶，切实加强监管物品的道路运输管理。主要功能如下。

（1）采集上车物品数据，对应传票信息、运输证信息和装货人、运输人、车辆信息等。

（2）加装GPS定位系统，实时自动报送车辆所在位置。

（3）根据运输证信息和运输时间比对，进行车辆位置偏离或长时间停留预警。

（4）采集下车物品数量，对应传票信息、运输证信息和装货人、运输人、车辆信息等。

（5）比对出库与上车情况、上车与下车情况、下车与入库情况，并进行预警。

4. 监管物品许可申请及数据上报单元

监管物品许可申请及数据上报单元，是为方便监管物品从业单位进行行政许可申请、及时了解相关审批情况和提供从业单位进行网络数据上报的系统。例如，根据相关条例，从业单位需要到公安机关进行申请的行政许可包括《爆破作业单位许可证》、《爆破作业人员许可证》、《民用监管物品购买许可证》、《民用监管物品运输许可证》、《重要设施附近实施爆破作业申请》、《剧毒化学品购买许可证》、《剧毒化学品运输许可证》。本单元主要实现以上行政申请、审批的计算机管理，提高从业单位、公安机关工作效率。其主要内容如下。

（1）从业单位在网上申请《爆破作业单位许可证》、《爆破作业人员许可证》、《民用监管物品购买许可证》、《民用监管物品运输许可证》、《重要设施附近实施爆破作业申请》、

《剧毒化学品购买许可证》、《剧毒化学品运输许可证》，并提交相关材料。

（2）从业单位在申请购买证、运输证时，可申请电子信息异地写卡，即在申请中指定的公安机关把审批通过的电子证信息写到指定单位的单位卡中。

（3）从业单位可以在网上查看申请的审批状态。

（4）公安机关在公安网审批从业单位许可申请，提示未审批的申请，对不许可的申请进行说明，对过了许可期限的申请进行预警。

（5）生产单位上报出入库数据、箱盒关系数据、补码数据，回缴电子运输许可证。

（6）经销单位上报出入库数据、拆箱数据，回缴电子运输许可证。

（7）爆破作业单位上报出入库数据、领用发放数据、拆箱数据，回缴电子运输许可证。

5. 信息处理与专题分析单元

综合利用数据分析、人工智能、数据挖掘、数据融合和信息检索等领域的理论和技术，以流向跟踪监控采集的信息为基础，以打击涉危爆犯罪为切入点，为打击涉危爆犯罪提供监管物品流向态势分析、特征分析、信息分析、预警分析、决策支持等信息处理结果。在本单元中，通过全环节的信息采集和传递，采集全国所有监管物品流向、责任人、责任单位信息，从中发现有用的、未知的、隐含的信息，并建立相应的分析机制，以实现以下功能目标。

（1）快速准确溯源。根据监管物品电子标识，或炸后残留物理标识、化学示踪标识，通过全国监管物品信息中心，提供快速准确的溯源手段，获取监管物品的流向信息以及责任人、责任单位。

（2）比对预警。通过系统尽最大可能对信息之间的逻辑关系进行控制，即监管物品信息比对；一旦出现逻辑关系不符的情况，意味着监管物品已经失控或可能失控，比如可能会出现监管物品流失、监管物品异常购买等，系统则给出预警信息由公安机关处理；公安机关也可自行设置预警条件，当满足预警条件，系统自动给出预警信息。

（3）快速查询。根据反恐、防爆需求，提供灵活方便的查询（包括实时查询）手段，在确保信息安全的前提下，通过多种技术手段利用本系统查询监管物品流向信息等；实时查询手段则包括在线查询、无线查询、短信查询等。

（4）态势分析与特征挖掘。有效发现监管物品、涉危爆犯罪活动的内在规律、特征与联系，并为控制涉危爆犯罪活动的发生、打击涉危爆犯罪活动、涉危爆犯罪活动预警、涉危爆犯罪的态势分析和有效防控提供科学辅助决策依据。

本单元的主要功能如下。

（1）建立涉危爆信息资源库。包括：

- 对涉危爆单位、涉危爆人员和管理单位基本信息、库房信息、生产信息、运输与使用信息等进行特征分析，从中形成监管物品数据分类模型、购销流向数据模型、监管物品异常情况控制模型、监管物品信息管理平衡模型，在此基础上建立涉危爆信息资源库。

- 对各类监管物品的产品形态、生产工艺、包装方式等特征，在监管物品的物理标识、电子标识、化学示踪标识的信息处理与专题分析单元支持下，逐步形成各类监管物品工艺、包装、标识样本库、标准比对样本库、安全检测快速报警样本库、炸后检测特征序列库等，从而全面建立监管物品产品特征数据库。

（2）建立涉危爆责任绑定模型。监管物品与涉危爆单位、涉危爆人员的责任绑定模型是全环节流向监控技术的基础，不但有数据处理的研究意义，更重要的是具有跟踪、溯源、定位等实际的监管物品管控意义。涉危爆责任绑定模型的主要构成是：

- 所有监管物品物理标识、化学标识、电子标识，监管物品流转全环节的采集信息和责任绑定信息。
- 流转全环节涉及的所有涉危爆单位、涉危爆人员唯一性标识信息。
- 监管物品与涉危爆单位、涉危爆人员绑定信息。此类信息要求既体现责任绑定，达到管理目标，又不影响到涉危爆单位、涉危爆人员正常的生产信息和涉危爆信息的采集。

（3）涉危爆信息与涉危爆犯罪行为的态势及特征分析。随着全环节流向监控的实际应用，产生了大量的涉危爆物品信息，包括生产数据、购买数据、销售数据、储存数据、运输数据以及使用数据等。这些数据中蕴含了许多隐性信息，它们与涉危爆犯罪行为有必然的关联特征，而对这些关联特征挖掘、发现和控制，则可以有效地、高效优质地对各种涉危爆行为进行态势和特征分析，有针对性地提出监管物品协同管控的工作机制和管控策略建议，更加有效地加强防范打击涉危爆犯罪，使全环节流向监控机制产生的数据能够真正地应用于全国监管物品的协同管控中去。

14.11　监管物品的物联网应用

物联网（Internet of Things）又名传感网，指将各种信息传感设备，如射频识别（RFID）装置、红外感应器、全球定位系统、激光扫描器等种种装置与互联网结合起来而形成的一个巨大网络。其目的是让所有的物品都与网络连接在一起，方便识别和管理。

RFID是射频识别技术的英文（Radio Frequency Identification）缩写。射频识别技术是一项利用射频信号通过空间耦合（交变磁场或电磁场）实现无接触信息传递并通过所传递的信息达到识别目的的技术。

射频识别系统通常由电子标签（射频标签）和阅读器组成。电子标签内存有一定格式的电子数据，常以此作为待识别物品的标志性信息。应用中将电子标签附着在待识别物品上，作为待识别物品的电子标记。阅读器与电子标签可按约定的通信协议互传信息，通常的情况是由阅读器向电子标签发送命令，电子标签根据收到的阅读器的命令，将内存的标志性数据回传给阅读器。这种通信是在无接触方式下，利用交变磁或电磁场的空间耦合及射频信号调制与解调技术实现的。

实际应用中，电子标签除了具有数据存贮量、数据传输速率、工作频率、多标签识读特征等电学参数之外，还根据其内部是否需要加装电池及电池供电的作用而将电子标签分为无源标签（passive）、半无源标签（semi-passive）和有源标签（active）三种类型。

- 无源标签没有内装电池，在阅读器的阅读范围之外时，标签处于无源状态，在阅读器的阅读范围之内时标签从阅读器发出的射频能量中提取其工作所需的电能。

● 半无源标签内装有电池，但电池仅对标签内要求供电维持数据的电路或标签晶片工作所需的电压作辅助支援，标签电路本身耗电很少。标签未进入工作状态前，一直处于休眠状态，相当于无源标签。标签进入阅读器的阅读范围时，受到阅读器发出的射频能量的激励，进入工作状态时，用于传输通信的射频能量与无源标签一样源自阅读器。

● 有源标签的工作电源完全由内部电池供给，同时标签电池的能量供应也部分地转换为标签与阅读器通信所需的射频能量。

从RFID的工作频段来说，主要分为低频（<135kHz）、高频（13.56MHz）、超高频（860~960MHz）、微波（2.45GHz）。

目前应用最广泛、技术最成熟，相对来说价格也比较低廉、适合用于监管物品的物联网应用的是超高频电子标签。

物联网是在电子标签和无所不在的网络技术基础上建立起来的，是继计算机、互联网与移动通信网之后的又一次信息产业浪潮，是一个全新的技术领域。对于各地公安机关的物品监管职能而言，所有在监管状态下的传统雷管、传统炸药、数码雷管、散装炸药、硝酸铵及易制爆品、烟花爆竹、剧毒化学品、核材料、易制毒化学品、麻醉药品、精神依赖性治疗药品等等，都可以归之为监管物品的范畴。而所有的监管物品通常又称做危险货物，国家标准GB6944－2005《危险货物分类及品名编号》给出的定义是："凡具有爆炸、易爆、毒害、感染、腐蚀、放射性等性质，在运输、装卸和存储保管过程中，容易造成人身伤亡和财产损毁而需要特别防护的货物，均称为危险货物。"监管物品在人们的生产、生活中发挥了极其重要的作用，但由于监管物品具有双重特性，我国在监管物品的生产、销售、运输、存储、使用等方面都制定了极为严格的管理规定。所以，利用物联网技术进行监管物品的监管就成为顺理成章的事情。简而言之，利用物联网技术进行物品的监管就是通过在监管物品（工业雷管）生产、储存、使用从业单位的固定位置（即生产车间门、存储仓库门）和运输车辆上（运输车辆门）安装感知节点，在监管物品或外包装上安装被感知装置（电子标签），实现对监管物品（工业雷管）动态、实时、全程、精确的监控，在后台建设物联网应用数据中心及展示平台，使物联网在监管物品监管方面发挥作用。

14.11.1 物联网应用形态

在物联网环境下，采用微传感技术、射频识别技术、辅助决策技术等，建立贯穿生产、仓储、运输、应用整个流程的监管物品监管系统，完成监管物品状态信息化，安全隐患可视化，实现对监管物品的智能监管、动态监控、安全运输。物联网监管系统通过信息采集、网络传输、信息分析，实现监管物品在生产、销售、存储、运输、使用全环节的轨迹展示，实现与监管物品关联的单位、人员、库房、车辆信息和时间、地点、数量、种类信息展示，实现监管物品全程数字、文字、声音、图像的综合展示。

物联网监管系统由采集端（感知层）、传输端（网络传输层）、平台端（应用层）三部分组成。

● 采集端（感知层）：通过在监管物品生产、储存、使用从业单位的固定位置（即生产车间门、存储仓库门）和运输车辆上（运输车辆门）安装感知节点，在监管物品或外包装上安装被感知装置（电子标签），实现对监管物品动态、实时、全程、精确的监控。

● 传输端（网络传输层）：采集的业务数据利用无线网络自动传输至后台中心，并最终汇总至物联网监管系统的数据库服务器内。

● 平台端（后台应用层）：通过监管物品物联网应用后台，进行数据处理、研判分析和平滑展示，用图形、文字、数字、声音等，对监管物品各种信息进行远程调取、预警或直观描述。如图14-14所示就是一个以民用爆炸物品监管为例的监管物品物联网应用体系架构，可以清楚地看到：实际上，利用物联网技术进行监管物品的实时、动态监管，在技术构架和体系结构上，和前面介绍的监管物品监控管理没有本质区别，但在技术构成上有了明显的物联网技术痕迹。

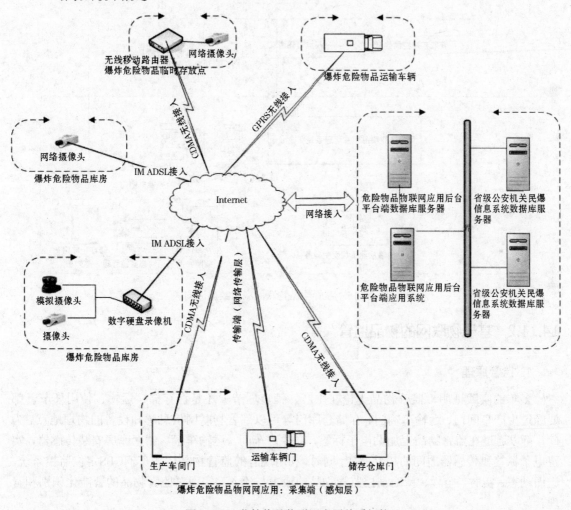

图 14-14　监管物品物联网应用体系架构

如图14-15所示是一个以民用爆炸物品监管为例的监管物品物联网应用数据流向示意图。

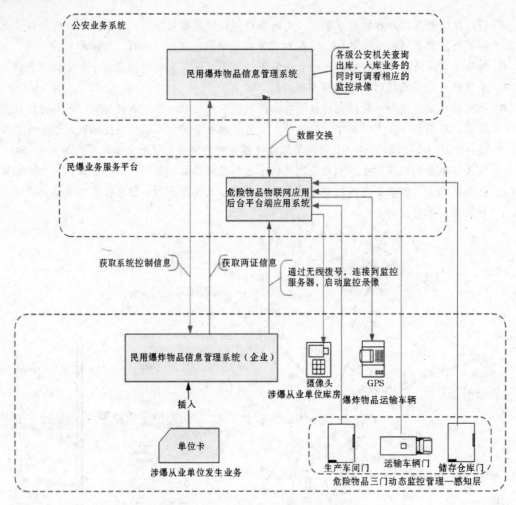

图 14-15　监管物品物联网应用数据流向

14.11.2　基于物联网的物品监管

1. 监管原理

多年的实践证明，监管物品无论在生产、销售环节，还是在存储、运输、使用环节，都要经过生产车间门、运输车辆门、存储仓库门等可以部署物联网信息感知设备的物理地点。为此，可以通过在监管物品上加贴电子标签，在生产车间、运输车辆、储存库房安装传感器，实现电子标签和传感器之间的相互感应，同时，利用现有的监管物品运输车辆GPS定位监控系统，进而动态、实时、全程、精确掌控监管物品的流出与流入，实现对监管物品的智能化识别和管理。

在监管物品包装箱体相对两侧加贴RFID电子标签，标签内详细记录生产厂家、生产日期、品种、数量等与监管物品相关的重要信息。RFID电子标签可以采用UFH（840～845MHz，920～925MHz）无源方案，支持协议为18000－6c，标签容量为256B，标签内容需要加密。

完整的RFID系统由标签和读写设备以及计算机应用平台组成。读写设备发射特定频率的无线电波能量给标签，用以驱动标签内部电路将标签内容发送，读写设备阅读标签内容，完成身份识别过程。同样机理，读写设备可以完成标签内容的写入过程。

标签和读写设备通信示意如图14-16所示。

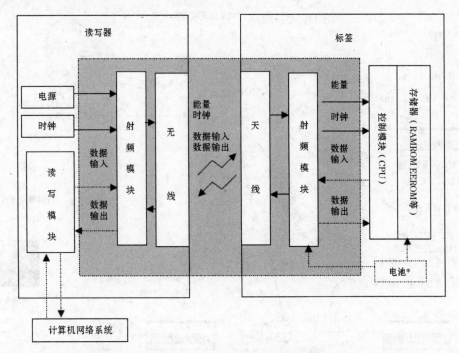

图 14-16　标签和读写设备通信示意

2. 物品监管流程

监管物品对物联网RFID技术的应用主要体现在生产单位、销售单位、使用单位的出入库上，实时动态掌握监管物品的出入仓库状态，随时查询监管物品出入库时间、生产时间、生产厂商、有效期限等信息，提前预防事故，并将采集的数据实时上传至监管物品平台端。

（1）生产单位生产入库。当贴有电子标签的物品经过装有读写设备的仓库大门时，数据将被自动采集，同时实时把数据传输到后台数据中心，所监管物品实现入库操作。

（2）道路运输。当贴有电子标签的物品经过装有读写设备的监管物品运输车门时，数据将被自动采集，同样实时地把数据传输到后台数据中心，物品进入运输状态；而在运输过程中，被监管物品将通过车辆上安装的GPS设备，与被监管物品的其他信息绑定，实时地纳入后台中心监控。

（3）销售单位购买入库。当贴有电子标签的物品经过装有读写设备的仓库大门时，数据同样将被自动采集，在物联网系统传输数据的同时，销售单位完成监管物品入库的操作。

（4）使用单位购买入库。此时将是对前面所描述过程的不断重复和再现。

（5）后台数据处理中心处理上报数据。物联网后台数据处理中心处理物联网感知层上报的数据，并进行相关的监管物品管理分析研判。

监管物品物联网应用示意如图14-17所示。

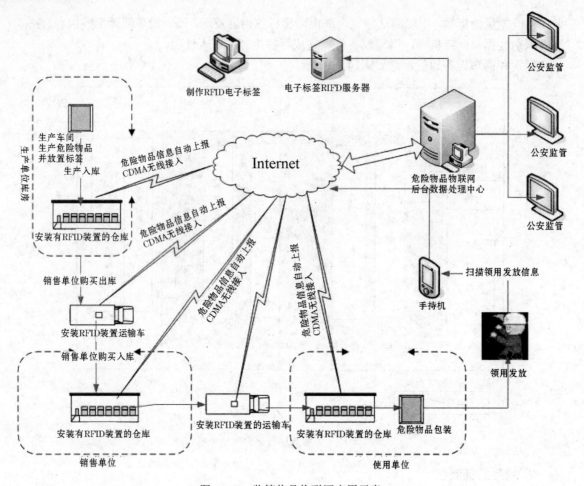

图 14-17　监管物品物联网应用示意

3. 运输监管

在监管物品的运输过程中，实时监控物品状态与行车状态，采用基站、GPRS或者GPS/北斗定位系统与GIS系统结合，实时监控车辆的行驶路线与车辆状态，对违反规定线路、规定速度、违章停靠等情况进行超速报警提示、偏航报警提示等，紧急时可强制指挥或阻拦，在车辆发生事故时，监控中心可以在第一时间获取详细情况，及时赶赴现场，降低事故损失。同时，当运输车辆遭遇紧急情况时，可紧急报警，车载终端自动向监控中心发送报警数据，在监控终端显示出车辆位置及警报信息。另外，运输车可加装行车记录仪（黑匣子），对车辆运行过程实行数据记录，主要用于事后车辆运行过程数据的读取和回收。

（1）建立车载移动式RFID基站，用于实时监测监管物品的运输过程，并通过沿途RFID基站将数据发送至监管物品物联网应用平台中心处理。同时，移动基站具有GPRS通信与GPS功能，同GIS系统关联，用于提供实时的运输车辆位置、速度信息给监管物品物联网应用平台中心。

（2）运输道路的RFID基站建设。在监管物品运输通道上建设固定式RFID基站，当监管物品运输车辆通过时，可读取车辆信息、驾驶人员信息、运输监管物品信息等，传送至监管物品物联网应用平台中心。

14.11.3 物联网监管的安全机制

由于在监管物品上加载了电子标签，并在电子标签中记载了大量的事实状态信息，这就和传统的物品监管机理产生了本质的不同。

在传统的监管物品监控中，监管物品本身仅只附着简单的静态标识信息，所有的动态、轨迹信息均被完整地保留在支撑传统物品监管的计算机信息系统当中，任何无关人员很难进行所指定监管物品全过程信息的完全复制，但在采用了物联网技术以后，与监管物品有关的大量动态、轨迹等合法性信息均加载于电子标签本身的存储区内，虽然对计算机信息系统的依赖性大大降低，相应地提高了监控体系本身的稳定性，但同时也带来了较大的安全性隐患：这就是被监管物品所附电子标签的非法复制将会造成物联网监控机制的致命缺陷，尤其是有特殊目的的非法人员复制了被监管物品的信息后，将会使非法物品合法化，使得严密的监管物品监控出现漏洞。为解决此问题，在基于物联网技术进行监管物品的全程监控时，首要任务就是要真正解决电子标签的安全机制，这对于900MHz频率范围内的纯物流标签而言则更为重要。为此，在利用物联网技术进行监管物品的实时监控时，应该设计如下的安全机制。

1. 在监管物品电子标签读写设备上设置加密芯片

为了数据的安全传输需要，在监管物品电子标签读写设备上设置加密芯片（SAM卡），对写入芯片的数据进行了快速的加解密处理，从而保证了数据的保密及防篡改。因为SAM卡是以电子芯片的全球唯一UID自动生成对应监管物品的加密密钥，操作完毕后密钥值被清空，使得密钥无法被破解。这样，在所有环节的操作前都必须通过解密操作对监管物品所附着的芯片做合法化识别，从而保证了对监管物品数据的操作都在合法授权的芯片上进行，进而保证了数据信息能正确地传递。

2. 物联网监管系统应该建立严密的信息传递机制

在监管物品的动态化监控管理中，附着于监管物品本身的电子标签不能脱机使用，所有的信息在电子芯片中均为密文存储，只有接入物联网监管系统后，并经相关人员指纹验证时才能有效读出和使用，完全不存在任意读出、复制、篡改并进行违法使用的可能。在物品监管的任一环节，单独使用或离线组合使用监管物品电子标签、芯片读写设备，均不可能获得公安内网的使用授权，也不可能获取任何完整的、可读的物品监管信息。

3. 物联网监管系统应该实现严格的身份识别与认证机制

在监管物品的动态化监控管理中，附着于监管物品本身的电子标签依赖于读写设备进行监管信息的交换，因此，应该设计专用的芯片读写设备，在对监管物品的电子芯片进行初始化时，通过SAM卡相关技术对电子芯片进行UID码的唯一性绑定，并对绑定内容和初始化内容进行报文加密，以提高电子芯片的信息安全强度。

这样，电子芯片在物联网监管系统中的信息安全保护机制已经基本完善，而相应的信息安全强度也得到了大幅度的提升，基本实现了以下信息安全保护目标。

（1）防止非法获得、篡改电子芯片中的监管信息。保存在电子芯片内的监管物品动态信息和轨迹信息，不是明文存放，而是在写入时通过SAM做加密运算后得到的密文。加密过程完全通过SAM卡实现，应用系统中没有相应加密算法和密钥。即使穿透了电子芯片的安全机制，所获得的信息也是高强度加密后的密文，而且不可能同时获得SAM卡中算法、密钥，因此无法解析电子芯片中的明文内容。同样，电子芯片内只有随时可能变更的动态数据区可以写入密文，通过算法、密钥的印证，判断非法篡改的内容。当判断出非法篡改内容后，将自动通过物联网监管系统修正动态数据区内容。

（2）防止非法复制电子芯片中的监管信息。电子芯片内有系统锁定区保存UID、SecuData，系统锁定区由电子芯片初始化时锁定，除初始化外不能修改。应用数据锁定区包括证件的基本信息，由公安机关授权写入、锁定，除此外不能修改。通过系统锁定区、应用数据锁定区的保护，防止非法复制电子芯片。

（3）防范同一技术标准下的其他非法电子芯片混用。系统根据UID唯一值通过SAM加密机制获得加密数据SecuData，UID、SecuData放在电子芯片系统锁定区，在读取电子芯片内容时首先校验UID和SecuData是否对应，如果错误则为非物联网监管系统应用的非法电子芯片。

（4）防止注销电子芯片后再使用。监管物品完成使命，进入报废或废弃状态时，物联网监管系统应该同时注销附着在监管物品上的电子芯片。进行注销操作时，写入芯片注销状态，并对芯片所有应用区域加锁，使电子芯片锁定区不可修改就可以防范已经注销的电子芯片再使用。

综上所述，通过对物联网监管系统的安全分析，可以明确得知，针对物联网监管系统所设计的信息安全机制可以做到：即使能"非法读"，读出的内容也是密文，且无法通过攻击密钥的方式获得明文；即使能"非法写"，也可根据物联网监管系统中同步存在的、针对所指定监管物品的、清晰的"人员"、"物品"、"证件"、"管理"、"指纹"的绑定机制断定非法内容；即使能"复制"，系统锁定区、应用数据锁定区也不能复制，就无法获得动态生物特征信息。通过上述判断可以清楚地分辨出"复制卡"；同时可判定是否为本系统应用电子芯片。因此，系统能够在"读、写、复制、有效性"等应用方面有效规避和防范安全风险。

思考题

（1）物品监管信息处理中信息绑定的含义是什么？

（2）物品监管的信息处理基础是什么？

（3）如何保证物品监管在任意时刻的闭环平衡？

（4）物品协同管控的基本构成是什么？

（5）在物联网应用中如何实现信息、图像、地理位置的联动？试简述工作原理和流程。

第15章

电子警务信息
处理分析

摘 要

　　本章就警务活动中的公文流转、信息发布、邮件管理、信息服务和视频会议内容进行了讨论，比较全面地描述了电子警务信息处理过程中的主要功能构成和技术构成。通过本章的讨论，可以清楚地了解电子警务信息处理的基本内容和处理目标，从而在可能的设计实现中把握相关的技术要点。

　　随着公安信息化工程的日益深入，对信息资源的开发和利用已成为各地公安机关发展的重要因素。面对日趋复杂的办公环境，传统的人工管理方式普遍存在着业务数据信息重复、混乱、不准确、不畅通，历史数据不易查找、信息反馈不及时等弊端，严重影响了各地公安机关的办事效率和发展步伐。采用具有现代管理思想，以Internet/Intranet、计算机、多媒体等先进的科学技术为手段，开发出适合政府及行业规范、高度集成、灵活实用的计算机管理信息和办公自动化系统已是当务之急，也是科技强警的重要手段。

15.1 信息处理概述

电子警务这个概念在不同的情况下有不同的含义范围，有时甚至包括整个公安机关办公自动化的所有内容，本章所述的电子警务信息处理仅包括公文流转单元、邮件单元、信息发布单元、信息服务单元和视频会议单元。

15.1.1 公文流转单元

公文处理是政府机关最复杂、最重要的办公业务，它直接体现了政府机关的行政职能，因此，它在警务办公自动化系统中是最基本的功能模块。在传统手工作业的公文流转中，存在着低效率、少监督、欠管理的弊病，因此，建立一个好的公文流转系统是确保警方高效办事、规范管理的基础。

公文流转单元采用了全新的工作流概念，将公文按照定义的工作流程自动流转，并对整个流程提供实时监督和控制。在工作流的设计过程中，应坚持"以人为本、简单易用、再现合理的办公流程"为系统设计原则，以解决警务人员在办公手段上的实际困难和问题、提高工作效率和工作质量为目标，并尽量使普通警员在经过简单学习之后，就能够灵活应用。所设计的工作流程应该对现有的公文流转过程进行优化，以最终提高办公效率。

15.1.2 电子邮件单元

电子邮件是人们利用计算机进行信息传递的一种现代化通信方式。各种公文、信函和多媒体文档等均可以用电子邮件快速而方便地传送给接收者。电子邮件是目前计算机网络最广泛和最重要的应用之一，也是办公系统的一个基础性设施。使用电子邮件可与组织内人员以及使用其他电子邮件的用户进行电子通信，可以和同一网络上的人们交换消息。可创建、发送、接收、阅读、回复、广播、查询和保存邮件。

在地级以上城市，邮件系统采用集中存储的方式：信息中心放置主邮件服务器（双机，可与DNS服务器共同考虑）；各区县、各业务部门不再放置附加的邮件服务器，全部警员信箱在市局统一规划建设。

15.1.3 信息发布单元

地级以上城市信息中心建立本区域的WWW服务器，通过Web的方式向全市公安业务部门提供信息查询、浏览服务，包括新闻动态、发布通知通告等，为广大警员提供基于Web的协同工作、交流学习平台。信息发布单元以网站的形式设计，具体的栏目及内容可根据地级以上城市的实际情况设定，在此介绍的栏目为基本功能模块，仅供地级以上城市公安机关参考。

● 利用Web的实时性，通过信息发布系统发布警务新闻、通知公告等信息，方便警务人员及时了解获取最新的动态信息。

- 提供电子邮件系统，实现公安系统内部的协同工作电子化，提高工作效率。
- 提供网站全文检索信息处理，方便警务人员在大量的历史资料、数据库中获取所需的资料。
- 利用Web的交互性，为警务人员提供相互交流、学习的平台。

15.1.4 信息服务单元

为提高服务质量和节省人力资源，许多窗口单位采用了各种先进的自动服务系统，比如自动柜员机、自动售货机、触摸屏查询电脑等。可以采用多媒体的形式展示警务公开信息、法律法规信息、便民服务信息、警务指南信息等。例如可以使用触摸屏系统、二极管大屏幕显示系统等，为市民提供出入境事务引导性信息服务。

触摸屏系统广泛应用于各种展示会、推广活动中，并且在酒店、国家机关、博物馆及一些公共场所常年为公众提供信息查询。使用触摸屏系统进行宣传，可以运用视觉、听觉和互动操作等多媒体技术展示形象，达到高效的信息传播。

在信息服务单元建设中，可以采用声表面波式触摸屏，该设备效果比较好，目前应用比较广泛。

15.1.5 视频会议单元

视频会议系统是利用专用的音频、视频和网络通信设备实现实时交互通信的系统。参加视频会议系统的网点，是整个网络中任意一台具有会议功能的计算机。电视会议实现双向图像、声音传输，达到会议讨论的全部要求，同时又可传输各种数据，会议、数据传输互不影响。

视频会议系统主要由终端设备、多点控制单元（MCU）和包括传输媒介在内的数字通信网络组成。视频会议系统是现代通信中音频、视频、数据通信的组合，视频会议可向用户提供音频、视频、数据点对点和多点会议业务。

公安系统的责任重大，随着科技的发展，普通的通信设施已经难以满足公安业务的需要。为了加强公安系统的职能，提升效率，最好的方式是利用更为先进的多媒体通信手段加强联系，将可听联络延伸到可视交流。视频会议通过即时网络连接可以为公安机关的各部门机构提供更加先进的办公与会议手段。地市级公安机关网络平台建成以后，将拥有一个宽带网络平台。未来地市级公安机关可以凭借宽带网络的资源优势，为地市级公安机关内部以及社会用户提供增值的业务系统，实现增值的网络服务。

电子警务信息处理的各单元（除视频会议外）都可以采用B/S（浏览器/服务器）的结构实现，公文流转系统等也可以采用C/S结构，过去C/S（客户端/服务器）结构的软件一统整个软件市场，但随着软件技术和互联网技术的发展，B/S（浏览器/服务器）结构的软件成为软件实现风格的主流。采用B/S 结构实现软件系统，给企业或机构单位带来的最大好处是：

- 大大降低企业对系统的维护成本。因为只要使用者的计算机上装有网络浏览器，它就能运行系统，从而结束了C/S 结构按点安装和维护的时代。

● 大大增加了系统对企业或机构业务发展的适应性。因为一个企业或机构随着业务的发展，可能要增加或改变系统中的功能。在C/S 结构模式下的软件系统对客户的这种变化反应迟钝，如果升级将对客户的日常工作带来很大影响。在B/S 结构模式下的系统，可以对客户的变化做出快速反应，而且系统的升级对使用者是透明的，很少会对客户的日常工作带来很大影响。

因此，对电子警务的各个单元（除视频会议外）都可以采用B/S结构。常见的B/S结构如图15-1所示。

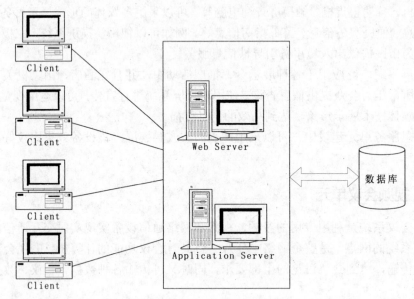

图 15-1 常见的 B/S 三层结构

电子警务的各单元之间比较独立。公文流转需要用到收发邮件的功能，因此可以使用邮件系统提供的服务。各个单元（除视频会议外）都可以采用图15-1所示的3层结构。

公文流转单元的各客户端进行公文起草、批阅等处理，主要通过邮件系统流转公文。

信息服务单元可以根据市民办理各种事务的特点，以及引导市民了解办事步骤等情况，采用触摸屏查询系统的一种实现方式——Web页面方式。这种方式有以下优点。

（1）系统环境要求简单。只需要一套Web服务器和IE浏览器即可实现，如果不需要交互式查询，连Web服务器都可以省去。

（2）开发简单。如果要使用交互式查询和数据库，则可以使用perl、asp、php、jsp等语言来实现。

（3）维护更方便。可以直接修改网页上的文字、图片，或者直接修改数据库内的信息，或者增加页面和链接。

（4）有利于网络实现，一般单位使用触摸屏通常都在两台以上，可以用一个小型局域网连接几台触摸屏终端和Web服务器（可以安装在其中一台触摸屏终端上），这样Web服务器数据更新时，所有触摸屏的数据就会同时更新。

　　电子警务信息处理在警务综合信息应用平台中主要为警务办公提供方便，与其他系统联系较少，是一个相对比较独立的系统。

　　公文流转单元是电子警务中的重要组成部分，此系统的功能主要是完成法律上规定的各种公文流转，不包括各警种警务的具体业务办公自动化。

　　邮件系统为电子警务信息处理中的其他系统提供邮件收发等功能服务，也可以为地级以上城市综合信息系统的其他单元提供服务。

 ## 15.2　信息处理流程

　　收文和发文是公文流转的两个主要功能，收文的一般流程如图15-2所示。

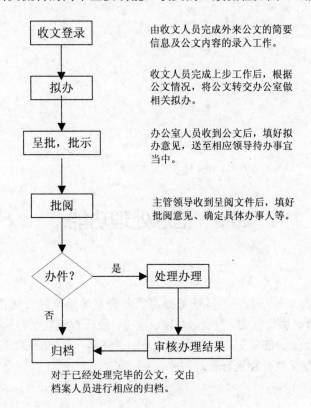

图 15-2　收文流程

　　发文的一般流程如图15-3所示。

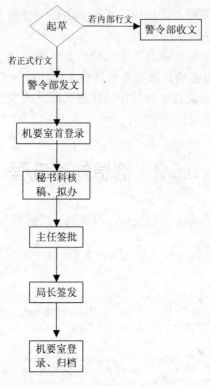

图 15-3　发文流程

15.3　信息处理功能

15.3.1　公文流转

公文的使用对象为局长办公室及各业务处室、办公室等单位。公文管理单元对市局机关的主要政务、业务文件，进行收文、发文、办理、催查、统计查询直至办结的全过程进行管理。现有一般收文、机要收文、部发文、市局发文、通知、公函、会议纪要、签报、报告、值班日记等文种，对按收、发文要分别进行管理。

1. 收文管理

收文管理首先区分办理性文件（简称办文）和阅知性文件（简称阅文）。办文管理是在相关的业务部门（如机要室、警令部等）首先对收文的来文单位、时间、呈送、标题和份数等内容进行首登录，然后提出拟办意见送有关领导、部门。批阅后返回文件中枢再将批示内容续登录（文本、图像入库），转发有关单位办理；办理过程中可以发催办单催办，进行过程查询，对返回的办理结果进行办结登录。对一次不能办结的办文，可以反复登录、多次催办。具有按时间、收发文单位、主题词、批示领导、办理单位、在办件、办结件和办结率等多项内容进行查询、统计、分析等功能。阅文管理是只对收文的来文单位、时间、呈送、标题和份数等内容进行登录，然后通过电子邮件将转换成文本文件的原文（或原文件）送达有关领导和单位；如有批示需进行办理，则随原文返回办公室（文件中枢），将其转成办文。

2. 发文管理

发文分两级，第一级为各级单位发文管理系统，包括所有文件的撰写、起草。如是以业务处室名义的签报、请示、报告等市局机关内部行文，则进入警令部收文管理，等同办文；如是需要以市局名义的正式行文，则经电子邮件转入警令部发文管理，即第二级。各拟稿人应在拟稿时标识输入起草单位、拟稿人、拟稿时间、标题、主题词、呈送单位、发文范围等行文要素，分别输入审核人、审核时间、审核（会签）意见。应发文稿经机要室首登录后，传秘书科核稿并提拟办意见，上呈警令部或办公室主任签批，最后经局长签发后，回到机要室登录，赋予行文编号正式行文及归档。

15.3.2　信息发布网站

1. 栏目构成

（1）警务检索。以Web方式实现综合信息系统的信息查询；实现站内所有资料的查询检索，包括警务新闻、法律法规、学习园地等栏目；查询方式为时间、标题、栏目、关键字（全文检索）的组合查询。

（2）警务新闻。提供相关新闻链接，提供新闻打印、推荐（以邮件的方式）、评论、检索功能。

（3）法律法规。提供法律法规的分类浏览查询和法律法规的关键字（全文检索）查询。

（4）学习园地。包括案例研究和专题研究，其中案例研究提供国内、国外经典案例及评论，专题研究可以根据各地市实际情况设定专题。

（5）警务社区。提供多个主题的BBS板块，可以根据作者、时间查询帖子。

2. 相关链接

考虑到网站模块将由省、地市级公安系统自行建设，为方便不同地区与级别公安系统网站的交叉访问查询，可建立整个公安系统的网站列表链接。

3. 模块构成

（1）警员管理。

- 警员体系：有系统管理员、编辑警员、普通警员三级。每个网站设立一个系统管理员，负责系统的维护管理，拥有最高权限。编辑警员由系统管理员添加设定，实际操作人员为各科室的资料采编人员，具有访问信息发布系统、发布新闻、通知通告等信息的权限；普通警员主要是针对普通警务人员，可以进行浏览、检索查询等。
- 系统管理员会员管理：系统管理员可以对编辑人员、普通会员进行添加、修改、删除等管理。
- 会员注册信息：有用户名、密码、姓名、职务、电话等。

（2）警令信息发布。

- 操作人员：系统管理员设定的各科室的编辑人员，以Web方式实现。

- 信息发布内容：警务新闻、法律法规、学习园地的各个子栏目。
- 信息发布流程：编辑警员通过信息录入界面录入信息，所录入的信息自动存入数据库，系统定时或实时将录入信息发布为静态Web页面（HTML）。
- 信息格式：标题、时间、关键字、发布栏目、内容（格式为纯文本）、图片（可选）。
- 信息管理：系统管理员可以对所录入的信息进行增加、删除、修改等管理。

（3）全文检索信息处理。

- 数据来源：网站数据库，包括警务新闻、法律法规、学习园地的各个子栏目。
- 利用全文检索信息处理的入库工具，从网站数据库中抓取数据，建立全文检索。
- 利用全文检索信息处理的API，设计各个栏目的全文检索入口。
- 检索功能：提供一般查询和高级查询等功能。一般查询指对所有字段的关键词检索，高级查询指对每个字段的关键词检索，以及字段与字段之间的关系运算。支持AND、OR、NOT等逻辑操作符。支持模糊查询、位置运算、西文检索、中西文混合检索等。
- 说明：警务新闻、法律法规、学习园地栏目的检索只针对本栏目的内容，资料检索栏目为整个网站全文检索入口。

（4）警务专题 BBS。

- 提供多个主题的BBS版块。
- 系统管理员可对BBS版块进行增加、修改等管理。
- 系统管理员可对BBS部分风格进行修改。
- 系统管理员可对BBS内容进行管理。

15.4 数据关系

电子警务信息处理的数据主要来源于以下几方面。

（1）公文流转单元需要的各种警务办公公文格式（法律公文），公文批阅审核的预定义流程，公文的格式信息等由市局的各办公室提供。

（2）电子邮件单元的数据所发送的各种邮件。

（3）信息发布网站和信息服务单元的数据是电子警务信息处理本身产生的。

公文流转单元的数据主要在系统内部流动，公文的格式信息由各办公室提供，获取的方式不是通过系统之间的交互取得，可以事先指定好这些格式。电子邮件系统的数据是通过SMTP/POP3协议来传送的。信息发布网站与其他系统基本无数据联系，信息服务单元的数据也与其他系统无关。

思考题

（1）在公文流转过程中需要关注的因素是什么？

（2）试列举电子警务信息处理中的所有信息发布方式。

（3）试设计一个市级公安机关的网站首页。

第 16 章

自然语言及
舆情信息
处理分析

摘 要

　　本章讨论了自然语言及舆情信息处理的技术路线和舆情预警研判模型，并就自然语言与舆情信息处理的警务活动特征进行了分析，提出了自然语言与舆情信息处理在警务活动中的实践目标，并以此为基点，围绕警务活动中的受控词生成原理、应用模式进行了探讨，最终结合实际的网络舆情案例，验证了所提出的舆情信息处理模型，并对模型验证结果的警务活动意义进行了剖析，在警务活动的自然语言与舆情信息处理方面作了有益的探索。

16.1 信息处理特征分析

就警务活动而言，自然语言文件和舆情信息是两个完全不同的公安业务术语。在公安业务中，自然语言文件意味着以非格式化的数据形态表述的文本信息，而舆情信息则是特指互联网上发布的各种信息。在公安业务活动中，大量地存在着自然语言文件，例如办公过程中的文件、报告、函件等等；侦查过程中的询问笔录、搜查笔录、勘查笔录、案情描述等等；治安业务中的工作记录、出警记录、线索记录、排查记录等等。而警务活动关注的网络舆情信息则大量地存在于互联网的各种网页中，例如网络制贩毒品的违法信息、传授诈骗技巧的非法信息、散布淫秽色情内容的非法信息等等。从信息处理的角度看，虽然上述信息的载体完全不同，但其实质都是一样的，即：用自然语言表述的文本文件。对于公安业务而言，就是迫切需要实用的自然语言与舆情信息处理技术，从上述的各种各类自然语言文件中，自动攫取各种警务活动所关注的主题和线索，从而帮助公安机关实施布控与精确打击。

多年来，人们已经习惯将工作中的各种信息记录在随身的笔记本或纸张上面，尤其是每天面临繁杂工作的一线警官同志们，所以在警务活动中实时产生的信息几乎都是文本信息。由于计算机强大的信息处理能力，不少民警都希望能利用信息处理技术处理工作中形成的各种文件，但目前计算机强大的信息处理能力更多地体现在对格式化文件的处理上，例如对表格的处理，对数据库文件的处理，等等。然而，一线民警需要的大量有价值的信息却体现在诸如各种笔录的文本信息中间，而这些文本信息无一不是自然语言信息。即便是舆情信息也是如此，在网络上发布的新闻、传播的帖子、发表的评论、聊天记录、博客、播客、微博等等网络舆情信息，从中可以获知大量的、有用的信息和线索。特别是近年来，随着互联网信息的高速膨胀，许多犯罪嫌疑人也在利用网络进行各类犯罪活动，这就意味着在网络舆情信息中一定隐藏着许多犯罪信息，这些信息本身已经存在于网络载体之中，它们和一般工作记录或线索记录的不同之处只是不需要一线民警在计算机上录入而已，但究其实质，这些信息也都是自然语言信息，对于公安民警来说，这些舆情信息是了解辖区社会稳定态势的重要渠道。就自然语言文件和舆情信息来说，信息处理的实质都是自然语言处理。为了解决这个问题，可以对警务活动中的自然语言信息处理进行如下分析。

首先，作为警务活动中的信息处理来说，数据采集、信息分类、主题提取、专项分析、关键要素确定、关联关系确定、规律分析、预警研判、定位监听这些过程是共有的，而且是不可跨越的。

由于上述每一个阶段都有着不同警务活动需求，所以，在每一个阶段也都需要不同于一般自然语言处理的处理方式和技术路线，来对相应的自然语言文件或网络舆情信息进行处理，这些处理方式和技术路线决定了警务活动中自然语言与舆情信息处理的特征，而这些特征又以不同的方式体现在以下各个阶段。

16.1.1 数据采集与信息分类

自然语言文件的采集和网络舆情的采集，其实属于不同的信息处理分支，就自然语言文件的采集而言，在警务活动中，其实就是将一份确定的文本文件输入计算机而已。例如一份笔录，一份协查通报，或一条线索记录，尽管可能是打印稿，或是手写稿，但语料内容明确，文件数量有限，在信息处理过程中，一般采用OCR技术将其转换为计算机能够处理的文本文件，进而存储在计算机系统中，这样便完成了传统意义上的自然语言数据采集工作。但这并不是警务活动需要的信息采集工作，尤其不是警务活动所需要的自然语言信息的采集工作，它没有实现警务活动中所需要的语料分析目标，侦查员们只能得到一份可以在计算机上显示的文本文件，计算机还不能分析这个文本文件，自动地为侦查员提示发案时间是几点几分，作案工具是榔头还是螺丝刀，受害人是老年女性还是壮年男子等等。而在实际的警务活动中，又迫切地需要这样的信息处理技术，所以在自然语言文本文件的信息处理中，自动提取自然语言文件中的关键词，自动地生成格式化文件所需要的各种数据项，进而迅速地将文本文件转换为便于计算机处理的格式化文件，将是自然语言文件信息处理的特征所在，也是减轻基层公安机关民警繁重工作压力的急迫要求所在。如果实现了这个目标，就真正解决了警务活动中最头疼的问题：没有足够的时间和警力将大量有价值的信息和线索在信息采集的同时，完成所采集信息的格式化转换。解决了这个问题，将是警务活动中信息化采集的一项伟大的革命，大量的警务信息资源将得到极大的发掘、利用，向科技要警力的战略思想也将得到实质性的落实。

至于舆情信息的采集，则是完全不同的情况，在互联网上，存在着浩若烟海的自然语言网页信息，有寻医问药的，有抒发情感的，有销售商品的，等等，但警务活动中关注的网页信息却紧紧聚焦于影响社会稳定与控制的自然语言文件，这就是警务活动意义上的舆情。所以说，在不同的场景和语境下，舆情信息的含义是决然不同的。在股市中打拼的商界精英自然关注财经类的舆情，而集邮爱好者，又恰恰仅关注邮票行情的舆情信息。所以，要在警务活动中关注舆情，首先就必须有相当的技术手段，能在如此浩大的信息海洋中攫取自己所需要的舆情信息，而不是对所有的舆情信息都"照单全收"，如果那样，得到的所谓"舆情信息"一定是一堆垃圾，没有任何的警务活动意义，更没有进行分析的必要。这也就是警务活动舆情信息处理中信息采集的主要特征：依托于受控词库，攫取指定主题的网络舆情。

只有在互联网上获取了所需的舆情信息后，才有可能将其存储进计算机，进而实现舆情信息的格式化处理。只有实现了自然语言的格式化处理，才能够在海量的舆情信息中发现有用的线索和有价值的信息，例如发现电信诈骗的新形式或者新特征，才能说警务活动中的自然语言信息采集和网络舆情信息采集具备了同样的信息处理基础，也才能谈得上对所采集的信息进行分类分析。

16.1.2　主题提取与专项分析

主题提取与专项分析是自然语言信息处理和舆情信息处理的第二个信息化特征。那么什么是主题呢？举一个警务活动中最常见的例子：一个城市的侵财案件频发，侦查员集中了全部侵财案件的案情描述，从中分析了所有案件的入口方式，发现20%左右的侵财案件都表现为撬锁进入，但锁芯完好，说明犯罪嫌疑人具备特殊工具开锁技能。此时，往往将这提取的20%的侵财案件称之为研究的主题，而特殊工具开锁技能则构成了入口方式的表现特征，针对这种特征的研究自然就被称之为指定侵财案件入口方式的研究，这就是所说的专项分析。在日常的案情分析中，主题提取是侦查员的本能工作，依照多年的侦查经验，自然能够总结出符合案件特征的主题来,进而进行进一步的研究,但这依赖于侦查员的工作经历、思维方式、本能感觉等等。但当侦查员面对的案件不是几十起、几百起,而是上万起、数十万起的时候,确定其中具备共同特征的案件就不是人力所能及的了,即使用几十位侦查员也无济于事,这就需要应用自然语言处理技术,首先将这数十万起案件的简要案情进行格式化处理,形成基本的格式化信息文件,然后进行特征提取,找出共性部分,形成研究主题,从而确定相应案件的侦破方向,例如前面所述的20%的侵财案件的入口方式特征就是如此。这就是自然语言文件的主题提取信息处理特征。

而对于舆情信息来说,主题的提取可没有这么简单,尤其对于具备警务活动意义的舆情主题来说,更是难上加难。作为公共舆情信息的主题提取,一般只要根据词语出现的频度、密度及覆盖范围,就可以很容易地提取相应的研究主题。例如通过对网页的攫取和词语的频度和密度分析,很容易发现"小产权房"这个主题词,而根据"小产权房"这个词的各种关联属性,就可以顺理成章地形成"小产权房权属转移"研究主题。而对于公安业务主题来说,采用这种关键词频度分析的方法是否可行呢?众所周知,在浩大的网络舆情信息中,具备警务活动意义的舆情一定只占很小的比率,无论从舆情出现的频度还是密度,甚或是分布的范围,都不可能和公共舆情信息相比,根本无法通过简单的词语频度分析或密度分析提取相应的、具备警务活动意义的主题。其二,公安业务的舆情信息必然具备极强的指向性,也许某个词只会在网络上出现一次或若干次,但作为公安舆情信息的构成,舆情信息的主题提取技术必须要有足够的敏感度,例如上海世博会前网上发布的地震谣言。这就要求公安舆情信息处理在捕获到这条信息时,能够迅速自动提示形成"世博会网络发帖监控"主题。其三,在互联网上,存在着数以百万级的网站和各种信息来源,每时每刻都在产生着无法计数的网络舆情信息,对如此海量的舆情信息进行监测,不可能也不可行。且不说在技术上无法实现,即使有可能实现,从如此巨大的舆情资源中获取需要的信息,提取有针对性的主题,又是一个几乎不可能完成的任务。例如:当我们希望研究互联网上以退税名义进行诈骗的行为特征时,自然需要从网络上获取相关的研究语料,但当我们在搜索引擎中输入"退税诈骗"这个词时,搜索引擎却告知获取了1,190,000篇文章,对于公安业务来说,这有实际的意义吗?此时,搜索引擎确实监测到了网络上所有的舆情可能,但其中有退税诈骗新闻、退税诈骗提示、退税诈骗案例等等,而我们真正需要的是退税诈骗的行为特征,但这不是这种"全面监控"所能实现的,这就是警务活动意义上的舆情信息主题提取的难点和特征。

鉴于以上三点,可以看到,无论怎样进行公安业务的舆情信息主题提取,都少不了首先对海量的信息进行频度合理性、敏感性和针对性的信息处理,从而对海量的网络舆情信息进行主题明确的边界约束,这就需要一种可以对海量舆情信息进行合理筛选的技术:受控词生成和约束技术。只有在此基础上,才有条件考虑相应的舆情信息处理。所以,只有在进行公安网络舆情信息主题提取之前,建立本书第2章介绍的公安业务受控词库,依托于受控词库,才能有效、准确地实现对网络舆情进行基于公安业务特征的主题提取,这是和相关的主题分析密不可分的,也是公安网络舆情信息处理的重要特征之一。

16.1.3　关键要素与关联关系确定

从上一节的讨论中可以看到:谈到自然语言和公安网络舆情信息处理,自然少不了关键词这个概念，从关键词这个角度，往往可以将自然语言处理和网络舆情信息处理有机地融合在一起。例如前面所讲述的撬锁侵财案件主题分析，通过对现场勘查笔录的信息处理，自然会自动提取出"撬锁"和"锁芯完好"两个关键概念，这也就是语言学意义上的关键词。对于自然语言信息处理来说，只要经过语法分析、语义分析、上下位词逻辑分析，找到这样的关键词是可以实现的。此时，如果有相应的受控词表支撑，就自然能够发现"撬锁"、"锁芯完好"和"开锁技巧"、"专用开锁工具"这两组词之间存在必然联系，这就形成了撬锁侵财案件主题分析中的关键要素。而"撬锁"、"锁芯完好"和"开锁技巧"、"专用开锁工具"之间确定的关联关系，构成了自然语言与舆情信息处理的另一个特征，即关联关系特征。在警务活动中，将这个关联关系特征称之为和主题相关的关联词，它和主题词、同义词、近义词共同构成了本书多次提到的受控词表。然而，如果仅仅是关注上述的关联关系特征，那也仅仅是语言学意义上的信息处理特征，对于公安业务而言，自然语言与舆情信息处理还可以将这个关联关系特征引申如下：

当已经确定"开锁技巧"和"专用开锁工具"为所研究主题的关键因素后，按照侦查惯性思维，"传授开锁技巧"和"销售专用开锁工具"自然成为了网络舆情信息处理的监测对象，在这样的舆情信息处理约束下，在网络上进行监测布控的颗粒度、针对性就提升了不少，这也就是警务活动意义上的公安网络舆情信息处理。

当然，如果将上述信息处理内容就笼而统之地称之为"公安网络舆情信息处理"恐怕还有失偏颇，因为它根本没有涉及网络舆情信息处理中重要的"热词"、"热点"和"轨迹"的概念。通常，网络舆情"热点"是根据舆情中的某些词在网络上出现的频度和密度来确定的，如"中国足球"、"赌球"、"黑哨"等等。所谓热点，就是带有这些词的舆情表述，而所谓热词，就是诸如"赌球"、"黑哨"这样的关键要素。但对于警务活动意义上的舆情来说，这样的热词或热点生成规律似乎并不全面。警务活动意义上的舆情信息，既包含网络上传播的大型群体性事件，如湖北石首曾经发生的携尸围堵群体性事件等，也包含很少出现的一些敏感词所构成的信息，它并不单纯以网络传播的频度和密度作为判定。公安意义的舆情热词，一般定义为公安业务必须关注的关键要素，而与其出现的频度和密度无关；而公安意义的热点则被描述为一系列热词所构架的逻辑关系，它可以是明确的主题文章，也可能是包含热词的对话和附注等等；如果采用诸如PGIS这样的信息处理技术，就完全可以将热词、热点的分布、传播和波动路线描述出来，这就构成了自然语言与舆情信息处理中的"轨迹"。所以，热词、热点和"轨迹"的不同信息属性特点就构成了警务活动意义上的自然语言与舆情信息处理的另一特征。

16.2　信息处理概述

在清楚了警务活动中自然语言与舆情信息处理的特征后，自然就希望了解如何对自然语言和舆情信息进行处理。由于在信息处理的技术路线和形成结果上，自然语言信息处理和舆情信息处理有着不同的特征和技术路线，所以本节分别从这两方面进行讨论。

16.2.1 自然语言信息处理

根据公安业务的自然语言信息资源构成，在自然语言信息处理中，各地公安机关最迫切的愿望有以下两个。

首先，是如何将已经存入各类计算机信息系统中的接警记录、简要案情、值班日志、工作记录、侦查笔记、勘查记录、询问笔录、线索记录等一系列文本文件用起来，不要让基层民警到需要的时候再凭记忆去一个文件一个文件的调阅。

例如在询问受害人的过程中，得知犯罪现场有一个名叫"十里香"的小饭馆，似乎在以前的某个案件中出现过，但好像只记录在某起案件的"简要案情"里，无法直接通过查询语句查找。此时就需要应用自然语言处理技术，从也许数十万起案件的简要案情里迅速查找到名叫"十里香"的小饭馆全部信息。这对于全文检索技术来说，并不是什么难事，难点在于所有的"简要案情"都存放在各自的案件记录中，不是一篇完整的自然语言文档，面对这样的文件结构，全文检索技术就无能为力了。为了实现如此文件结构下的"全文检索"，就必须在录入"简要案情"时，或是在统一进行数据清洗和迁移时，依托于受控词库，建立和"简要案情"文本字段相关联的受控词索引结构，在需要进行类似查找时，首先利用全文检索技术在受控词索引结构中找到对应的索引关联关系，进而实现"简要案情"的查找，而在此所描述的受控词索引结构自然就是基于受控词表生成的，这样，基于受控词表的网络舆情信息处理才有着实际的警务活动意义，尤其是在进行案事件串并分析时，此种自然语言信息处理技术将有着极其强大的生命力。

其次，是在获取接警记录、简要案情、值班日志、工作记录、侦查笔记、勘查记录、询问笔录、线索记录等等一系列文本文件时，如何应用自然语言信息处理技术，将这些非格式化文件，依托于受控词库的控制和约束，自动生成格式化的数据库文件。

从上一节的讨论中已知：这种自然语言信息处理方式从根本上改变了目前公安行业信息系统的信息采集方式，不但将一线民警从繁重的信息采集工作中解放了出来，而且能够高效、准确地利用丰富的警务活动信息资源。设想一下：当侦查员通宵达旦执行完询问嫌疑人的任务后，只要将询问笔录扫描进计算机系统，在屏幕上立刻就显现出该案件的作案工具、人物刻画、选择对象、选择时机等等案情内容，而且可以按照侦查员的要求，任意地进行查询和检索，那案事件信息资源的利用将会达到何等的高度！

16.2.2 舆情信息处理

互联网舆情信息现在已经成为公安业务中十分重要的线索来源、情报研判来源、信息布控战场、治安态势分析手段，根据互联网舆情，各地公安机关可以去感知指定辖区、指定主题的综合态势和特征表现。对于警务活动中的舆情信息处理，主要包括以下三个方面的内容。

首先，公安行业的舆情信息处理有着公共舆情信息处理的共有特征，这就是通过对舆情语料的分析和研究，对于舆情本身的热词分析、热点分析、分布分析、警情分析等等内容进行处理，这一切信息处理的内容都源于公共舆情信息分析的超链分析、正文抽取、编码识别、关键词抽取、锚文件处理、信息排重、网页快照分析、热点发现与分析等等舆情信息处理的内容，基本的舆情信息处理形态如图16-1所示。

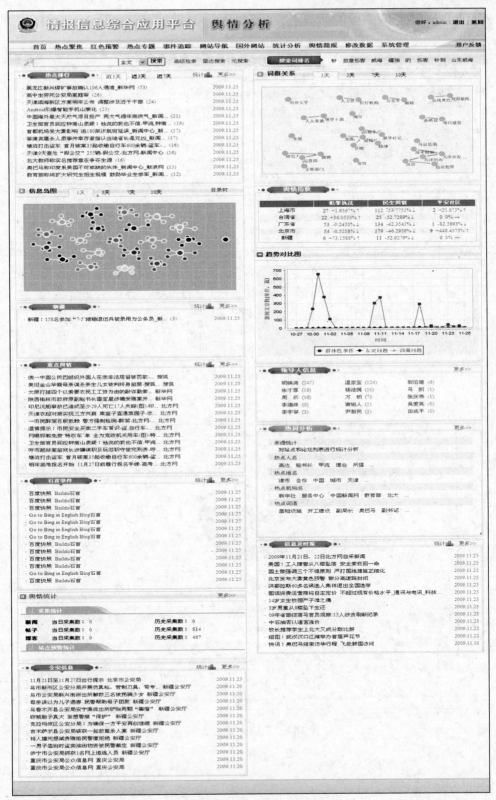

图 16-1　基本舆情信息处理

在这些舆情信息处理中，自然少不了常规的热词和热点分析，如图16-2、图16-3和图16-4所示。

⚓当前位置：▶重大事件演变分析 ▶舆情特征分析 ▶舆情热词分析

排名	热词分类	热词名称	热度
1	组织机构	人民日报网络中心	167
2	地名	北京	62
3	地名	合作	52
4	组织机构	中国新闻网	38
5	地名	中国	37
6	组织机构	新华社	30
7	地名	城市	28
8	组织机构	科学发展	28
9	地名	美国	25
10	地名	公平	23
11	地名	西方	23
12	语句	淘宝	23
13	人名	高达	21
14	语句	奥巴马	21
15	地名	国民	20
16	地名	比如	20
17	地名	国外	19
18	人名	胡锦涛	18
19	人名	暴雪	18
20	人名	甲流	18

图 16-2　舆情热词分析

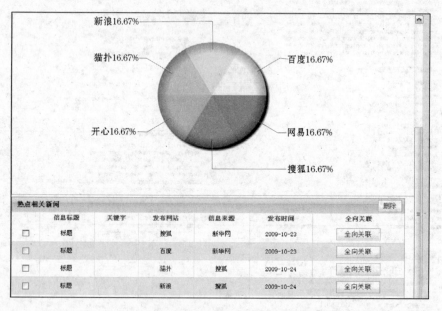

图 16-3　舆情热词关联分析

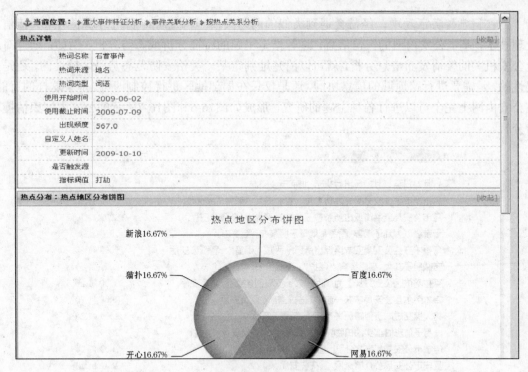

图 16-4 舆情热点分析

其次,除了互联网外,在公安内网上同样存在着大量的内部舆情信息,这也构成了警务活动中舆情信息处理的另一个重要而不可缺少的分支。这是因为在公安内网的舆情,往往能够反映出某种特征态势在公安舆情中的关系特征,此时的舆情信息处理经常会借助其他的信息化手段来进行研究和表现。例如在进行新疆7.5打砸抢烧刑事犯罪暴力事件的舆情信息分析时,通过所掌握的舆情信息,就很容易得到图16-5所示的舆情分布分析。

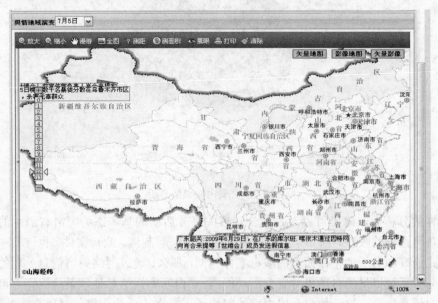

图 16-5 舆情分布分析

而在日常警务活动中，经常会遇到类似的网络舆情分析任务：利用常规的网络舆情信息处理技术，基于公安内网的舆情信息，进行指定主题的特征分析或态势分析。例如：通过对各地公安机关的警情发布信息分析，就可以清楚地判定某一类治安防范态势是区域性的，还是全局性的，是需要进行跨地域的信息协同，还是仅只在局部地区进行控制即可。基于这样的目的，在公安内网上完全可以进行各种主题的研究，形成如图16-6和图16-7所示的公安内网舆情攫取与分析。

公安信息　　　　　　　　　统计 更多>>

- 11月21日至11月27日出行提示 北京市公安局　　　　　2009.11.23
- 乌市新市区公安分局开展仿真枪、管制刀具、弩专... 新疆公安厅　2009.11.20
- 乌市公安局新兴街派出所解救三名被拐骗少女 新疆公安厅　　2009.11.20
- 母亲误以为儿子遇害 民警帮助母子团聚 新疆公安厅　　　2009.11.20
- 乌鲁木齐县公安局安宁渠派出所铲除两颗"毒瘤" 新疆公安厅　2009.11.20
- 窃贼胆子真大 妄想警察"保护" 新疆公安厅　　　　　2009.11.20
- 克拉玛依区公安分局：为确保一方平安再创佳绩 新疆公安厅　2009.11.20
- 吉木萨尔县公安局破获一起故意杀人案 新疆公安厅　　　2009.11.20
- 将人撞死想减责贿赂民警遭拒绝 新疆公安厅　　　　　2009.11.20
- 一男子值班时盗卖油田物资被民警截住 新疆公安厅　　　2009.11.20
- 伊宁市公安局抓获1名网上追逃人员 新疆公安厅　　　　2009.11.20
- 重庆市公安局公众信息网 重庆公安局　　　　　　　　2009.11.20
- 重庆市公安局公众信息网 重庆公安局　　　　　　　　2009.11.20

图 16-6　公安内网舆情攫取

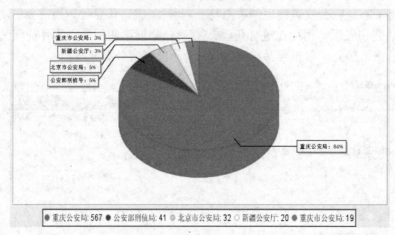

图 16-7　公安内网舆情分析

在这样的分析中，除了可以对各地公安机关警务活动的基本态势舆情有清楚的掌握外，往往可能获得意外的收获。例如某地公安机关破获了一起制毒、贩毒案件，也许其中的毒品运输夹带方式恰好和另一地正在侦查的涉毒案件相似，那么，通过网络舆情信息处理的受控词攫取与舆情分析系统提供的自动串并案分析功能，公安内网舆情信息处理系统就完全可以适时地提出相应的侦查建议，这就使得公安内网的舆情活了起来，成为全警信息化合作的优良资源。

再次，警务活动中的舆情信息更重要的处理方向就是针对特定的主题事件，为重大网络舆情事件提示预警临界点，以供各地公安机关及时采取防范措施。例如：当出现某一个网络舆情事件时，网络舆情信息处理系统能够根据网络舆情表现出来的频度、密度、强度和分布等等因素，有针对性地提出网络舆情所反映的事件发展态势，同时密切监视网络舆情的发展动向，随时向当地公安机关提供最新的舆情分析意见，以供当地公安机关在进行舆情事件处置时做到心中有数、判断无误。

16.3 舆情分析模型

图16-8所示是网络舆情信息处理与研判分析的概念模型，这个模型的研究目的是：利用自然语言处理技术，对正在进行的网络舆情事件进行描述，并对该舆情信息表述的事件发展态势进行动态监测和实时预测，针对所发生的舆情事件，提出是否会进一步恶化的舆情判断。

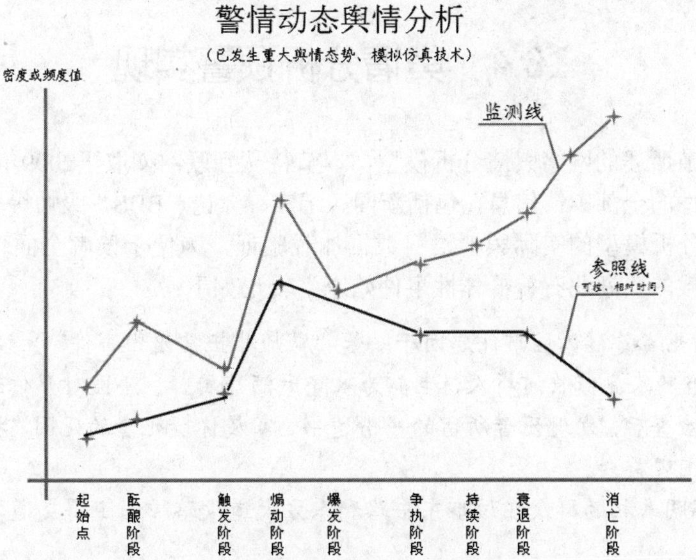

警情动态舆情分析
(已发生重大舆情态势、模拟仿真技术)

图 16-8 网络舆情分析模型

图16-8所展示模型的研判原理是：在日常警务活动中，不要指望不发生网络舆情事件，只能指望用合法、科学的手段，将有可能恶化的网络舆情事件向好的方向转化，使一切导致网络舆情事件恶化的因素随时处于掌控之中。而这个"掌控之中"的技术含量非常之高，它取决于当地的人文环境、风俗民情、警力配备、政府执行力、信息透明度等等因素。所以，从严格意义上讲，对于网络舆情事件的掌控，没有一定之规，只有历史经验可以借鉴。

只要历史上此类事件在同样的时间周期内，在同样的掌控力度下，没有出现事态的恶化，那么，后继发生的所有网络舆情事件就都可以比照相似的舆情特征进行跟踪和分析。只要正在发生的舆情事件和历史上同样时间段内的舆情事件的特征指数指标相似，拟合度较高，就说明在同样的条件下，这样的网络舆情事件是可控的。反之，则需要采取特别措施加强掌控。这就是图16-8网络舆情分析模型希望达到的目的。

现具体分析如下。

任何一个网络舆情所代表的舆情事件，必然都经历起始、酝酿、触发、煽动、爆发、争执、持续、衰退、消亡等阶段，借助舆情信息处理的技术手段，依托于受控词库，可以得知上述每个阶段的特征指数指标，随着事态的发展，所有这些计算出来的特征指数指标可以构成一条曲线，当所描述的网络舆情事件结束的时候，这条曲线就完整地记录了已发生事件的起始、酝酿、触发、煽动、爆发、争执、持续、衰退、消亡等阶段的特征。如果这条曲线所代表的网络舆情事件是一个可控事件，那么，这条曲线就可以作为该地区同样性质网络舆情事件的控制指数参照指标，在此也称其为"参照线"。如果该地区再次出现了类似的网络舆情事件，可以根据同样的原理，绘出另一条正在发生的网络舆情事件的特征指数线，在此称之为"监测线"。那么，很显然，随着再次发生事件的特征指数曲线——监测线的描述，和上述参照线的特征指数指标拟合得越好，说明所描述的网络舆情事件的事态基本处于可控状态下；如果拟合得不好，甚至越来越偏离已知的参照线，整个监测线的特征指数指标呈现发散状态，则说明所描述的网络舆情事件一定已经处于恶化或不可控的状态，必须请求增援，或者采取断然措施。

16.4 舆情分析预警实现

为了验证上节所述的网络舆情分析模型，本节特从互联网摘取了2009年6月发生在湖北省石首市群体性事件的全部舆情信息，包括新闻、纪实、评论、BBS、跟帖等有关内容，进行了图16-6网络舆情分析模型的实际舆情语料数据加载验证，为便于读者全面理解模型验证的结果，现将网上登载的"湖北石首群体性事件始末"转记如下：

6月17日，湖北石首群体性事件起因于一起"厨师非正常死亡事件"。经查，死者涂远高，男，24岁，系该市高基庙镇长河村人，生前为永隆大酒店厨师。法医对尸体进行初检，在对死者所住房间进行检查后，发现死者所留的一份遗书。家属怀疑死者的死因，将尸体停放酒店大厅，引来众多的围观群众。

6月19日，不明真相的群众在该市东岳路和东方大道设路障，阻碍交通，围观起哄，现场秩序混乱。

6月20日上午至夜间，围观群众少时有数千人，最多时有数万人。湖北省公安厅、省武警总队、荆州市公安局从各地抽调了上千名武警、公安干警到石首处置事件。20日上午至夜间，部分围观群众多次与警察发生冲突，导致多名警察受伤，多部消防车辆和警车被砸坏。

6月20日夜间至21日凌晨，事态逐渐平息。停放在石首永隆大酒店内的一具男尸被抬上殡仪车，送往殡仪馆，围观人群全部散去。

6月22日，据媒体报道，湖北书记省委罗清泉、省长李鸿忠亲赴石首处置该事件。

6月22日，社会流传在永隆大酒店下水道发现两具尸体、挖出多块尸骸等多个版本的谣言，不少闻讯而来的当地市民向酒店聚集。

6月23日上午11时许，石首殡仪馆突然驶来数辆120救护车，下来10余人，向家属提出要对尸体进行再次尸检。据了解，来人中包括第一次做尸检的华中科技大学同济医学院教授，还有石首人民医院的人员。对第二次尸检理由，来者告诉家属，是担心第一次尸检有遗漏，这次运来更多更先进仪器，尸检将更权威、更细致。

6月23日下午，石首市政府新闻发言人向荆楚网介绍，6月22日下午，6.17事件现场——石首市永隆大酒店再现尸体纯属谣言，经有关部门证实，并组织部分群众代表进入酒店实地察看，未发现传言中所说尸体或尸骸，围观市民逐渐散去。

6月23日，在石首指导"6.17"事件后续处置工作的荆州市委书记应代明表示：要坚决将"6.17"事件查个水落石出，查明涂远高死因。为了防止干扰，案件将由省公安厅指导督办，荆州市公安局成立专班办理案件，请国内最权威的专家主持尸检，把死者死因彻底查清楚，公布于众。

6月24日，《人民日报》就石首事件发表文章说，面对突发群体性事件，政府和主流新闻媒体仅仅发布信息还不够，还必须迅速了解和把握网上各种新型信息载体的脉搏，迅速回应公众疑问。如果在突发事件和敏感问题上缺席、失语、妄语，甚至想要遏制网上的"众声喧哗"，则既不能缓和事态、化解矛盾，也不符合十七大提出的保障人民知情权、参与权、表达权、监督权的精神。

6月24日，石首市政府新闻发言人介绍，征得死者家属同意后，6月21日、23日，当地聘请公安部法医专家和同济医院的法医专家先后对涂远高尸体进行了检验。

6月24日，石首市政府新闻发言人介绍，23日在网上传播"永隆大酒店又挖出尸体"的谣言制造者在荆州市某网吧被查获，经查，造谣者为一在外读书的学生，该学生已承认了造假事实。

6月25日，涂远高的哥哥涂远华抱着弟弟的骨灰离开了石首市殡仪馆。在经历了长达8天的"护尸"行动后，家属们终于同意将涂远高的尸体火化。涂远高的父亲涂德明说，儿子已经入土为安。

同一天，石首市政府新闻发言人介绍，公安部和华中科技大学同济医学院权威法医专家已认定涂远高系高坠自杀死亡。涂远华表示接受科学鉴定的结果，但弟弟为何要自杀，他仍然想不通。

根据截取的2009年6月全月网络舆情，针对上述过程进行舆情分析，得到了如图16-9所示的、基于密度的湖北石首群体性事件舆情信息分析特征指数曲线。

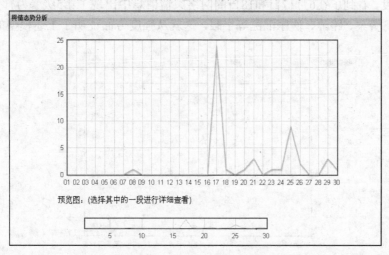

图 16-9　湖北石首群体性事件舆情信息分析特征指数曲线（基于密度）

将图16-9所示的特征指数曲线和上述的湖北石首事件的演变过程进行比照，不难得出以下结论。

（1）曲线所反映的密度特征符合事件演变过程的客观现象。

（2）因为事件的事态持续时，所有的人员都在群体事件现场，无法在网络上表达意见，所以网络舆情的表象和客观事实的进程有合理的时间滞后特征。

（3）6月17日和18日的特征峰值验证了事态演变过程中的煽动特征，直接导致了19日、20日的局面恶化。

（4）6月25日事态结束，网络舆情出现了合理的总结性峰值特征，此后趋于平稳。

根据同样的原理，只是不再依据网络舆情的密度进行研判，而是依据网络舆情的强度进行判断，同样对于湖北石首群体性事件，可以得到基于强度的、如图16-10所示的舆情信息分析特征指数曲线。

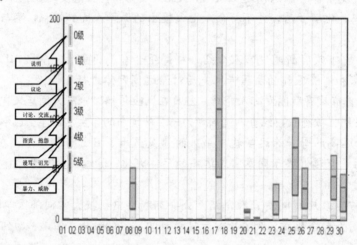

图 16-10　湖北石首群体性事件舆情信息分析特征指数曲线（基于强度）

从图16-10所示的曲线中，不但可以验证基于密度的特征曲线全部特征，而且还从语言学的强度分析角度，看到了在6月17日和18日的网络舆情信息中出现了第5级暴力行为词语，例如出现了警戒线、警察、路障、秩序混乱等字眼，这就从强度方面证明了上述模型的正确性和适用性。

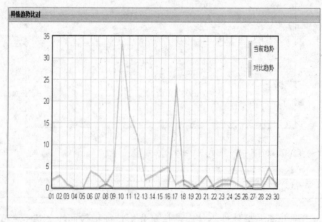

图 16-11　群体性事件舆情信息趋势研判曲线

现在可以将上述曲线作为湖北石首地区群体性事件的网络舆情研判参照线，当再次出现如图16-11所示的蓝色的网络舆情研判监测线时，根据两条曲线的拟合程度，发散还是逼近，将很容易判断出在湖北石首再次出现的群体性事件是处于可控范围，还是处于失控范围。这完全类似于传统舆情分析中的趋势比对分析。

16.5　热点监听实现

当警务活动中的自然语言处理和舆情信息处理都能够落实到受控词或基于主题的关键词时，纯粹的警务侦查活动和预警防范就得到了有力的信息支持。当依托于受控词库进行网络舆情信息处理时，必然有针对性地捕获相关的主题词、近义词、同义词和关联词，将这些受控词动态地列入布控词库时，在网络上，无论这些受控词何时出现，网络舆情监测系统都会实时地进行报警，这就相当于在网络上构建了一张动态的舆情监测网，一般将其称之为热点监听。同样，如果在侦查笔录、询问笔录、勘查笔录中，通过自然语言信息处理，提取了相应的受控词时，也可以在可能的信息处理网络环境内进行有针对性的布控，这将大大地提高警务效能，真正实现"向科技要警力"的战略目标。这并不是一个遥远的梦，下面的案例有力地证明了这一点。

如图16-12所示是一份已经录入计算机的询问笔录。

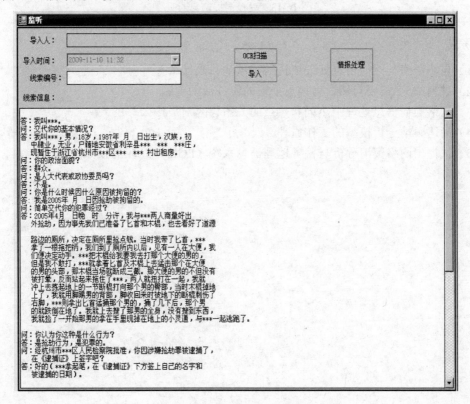

图 16-12　询问笔录（示例）

应用自然语言信息处理技术和受控词库，从中提取了与该案有关的受控词，并且将其定制为热点监听受控词，在计算机信息系统的支持下，可以进行如图16-13所示的系统监听，监听一旦出现结果，系统将立即报警，这就是受控词库在警务活动中的实际应用。

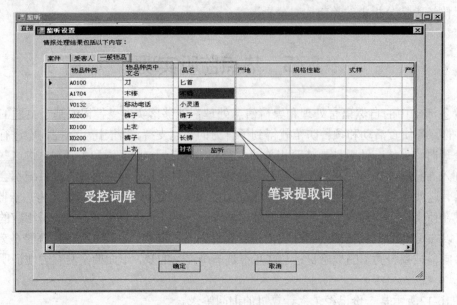

图 16-13 受控词提取与监听

思考题

（1）自然语言与舆情信息处理依托的技术基石是什么？

（2）试列举5个需要自然语言信息处理的警务活动主题。

（3）网络舆情信息处理中热词和热点的关系与区别是什么？

（4）简述舆情分析模型的工作原理。

（5）试提出网络舆情分析与警务地理信息系统（PGIS）互联的技术路线。

环境设计篇

公安信息化建设的基础就是数据资源和基础设施，对于公安信息化建设过程中的数据建设已有专门的篇章描述。本篇将就公安信息化建设中的网络环境设计、视频监控设计、视频会议设计、信息安全设计及相关的技术进行讨论。本篇并不想为读者提供若干完美的、经典的环境设计案例，但非常希望通过具体的案例分析与研究，为读者提供进行环境设计的思考方法和技术路线，能够就其中的某个技术细节和公安信息化建设实际如何契合为读者展开设计想象的空间。所以对本篇的研读不应按照环境设计方案来进行，而应从设计思路上来深化，这就是本篇希望达到的目的。

第17章

公安信息化网络构建

摘 要

　　本章以实际的网络环境建设案例为依托，深入研究了地市级公安机关的网络环境需求、设计目标、设计原则、拓扑分析、网络安全、网络服务、网络传输质量和集成设计等网络环境设计内容。清晰、完整地介绍了地市级公安机关网络环境建设中分析、设计、集成、评估的技术路线、设计思路及实施方法。本章力图通过对上述内容的分析和研究，有效而真实地提示相关人员在地市级公安机关的网络环境建设过程中应该把握的设计范围和要点。

地市级警务综合信息应用平台是公安信息化工程的重要组成部分，在公安信息化工程中占据核心地位：因为它是地市级公安机关各业务部门信息（数据）的第一汇集点（构成综合信息），也是对上级机关提供数据和交换信息的唯一出口，还是公安应用项目中使用频度最高的系统。

《金盾工程总体方案设计》中明确指出："以城市级信息系统为基础和核心，以通信网络为依托，建成跨部门、跨地区的现代化公安信息综合管理和应用系统，对主要公安业务信息实现联网查询、信息共享。"

地级以上城市公安警务综合信息应用平台构成如图17-1所示。计算机网络建设是警务综合信息应用平台的重要组成部分，为地级以上城市公安警务综合信息应用平台提高快速反应能力和协同作战能力提供有力的保障。

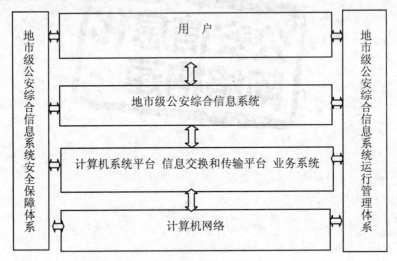

图 17-1　地市级公安综合信息系统体系结构

 17.1　技术路线与目标分析

17.1.1　建设内容分析

公安行业的业务应用十分复杂，但综合分析各种业务，总体上可以分为以下三大门类。

（1）数据业务的应用。主要包括警务综合信息应用平台、警用地理信息平台、人口管理信息系统、案事件信息系统、综合信息查询系统、监管人员信息系统、交通管理信息系统等各种信息系统的应用。这些应用的信息量比较大，是公安信息系统的主要应用。

（2）语音业务。是各级公安机关联系的重要方式，实现城市区各级公安机关专线电话，在公安专网内等位拨号，市话打入可直拨。这种业务对于时延和抖动特别敏感，所以对传送线路在这方面的性能要求很高。

（3）视频业务。视频会议系统是视频业务的典型应用。这种应用具有数据量大、突发性强、对时延和抖动要求比较高等特点，可能对网络造成较大的冲击。预留电视会议接口，可实现可视电话会议功能，可以开展电视会议、可视电话等视频业务。

17.1.2　建设目标分析

公安信息化网络建设的总体目标是建成市局、分（县）和局直机关、派出所的三级网络结构。各地公安机关一般都租用电信SDH传输网，可根据现实情况分步实施、逐步完善，同时保障网络安全。可以利用光纤资源开通各项网络服务，如各种业务数据交换、公安专线电话、视频会议；改善与省厅的接口，通过省厅接入公安专网。

具体实现的内容包括：市局信息中心各种网络服务系统建设；完善网络服务系统，开通分（县）局、局直机关视频会议系统；完善公安专线电话；网络管理系统；网络安全建设；域名等网络基本服务。

17.2　网络设计原则

公安信息化网络建设必须坚持以下设计原则。

（1）网络的开放性和标准化。网络系统必须是能够支持多种标准、多种接口的开放式系统，能够与现有和未来的系统互连，能够与其他单位网络进行通信。

（2）网络的成熟性。近年来，网络技术发展很快，涌现了各种新技术，但地级以上城市公安综合信息网网络工程不能成为某些新技术的试验场所，因此，网络选型应主要采用形成标准、选择已得到广泛应用的成熟技术。

（3）网络的可靠性。根据业务的实际需求，对关键设备、关键引擎设置备份，并进行冗余连接，保证整个网络系统安全、可靠运行。同时，由于网络上需传送大量具有各种安全级别的数据信息，所以还要保证整个网络系统不受外部的恶意攻击。

（4）网络的可扩充性。网络设备应能够在应用过程中，根据实际情况，方便灵活地进行各种组合和灵活配置，要便于以后的升级。网络设备可使用模块化技术，设备间采用堆叠、CLUSTER等先进技术。

（5）网络的可管理性。在信息中心通过网络管理软件掌管全局，真正做到"统一领导，统一规划，统一标准，分级管理"，合理规划网络资源，控制网络运行，监控网络状态。这就要求所选用的网络设备具有可管理性。

17.3　网络流量分析

17.3.1　数据总量分析

数据量分析是网络技术选型的主要依据。本数据总量分析是针对各业务部门，涉及到人口、治安、刑侦、监管、外事、交通等部门信息。

数据量的基本计算公式为：$\lambda = \mu \times \tau$

其中：λ 为数据量，μ 为记录数，τ 为单位记录长度，在此，对于 τ 的确定要具体分析。

如表17-1所示模拟了一个600万人口城市的警务业务信息数量。

表17-1　主要公安业务信息量估算

信息类别	信息格式	单位长度（KB）	记录数（万）		信息量（GB）	
			当前量	年增量	当前量	年增量
常住人口	文字、图像	10	626	31.3	62.6	3.13
暂住人口	文字、图像	8	0	520	0	41.6
旅店住宿	文字、图像	10	0	4	0	0.4
治安小计					62.6	45.13
驾驶员信息	文字、图像	8	30	2.08	2.4	0.16
机动车辆信息	文字、图像	20	21	1.3	4.2	0.26
违章记分信息	文字、图像	10	2.4	36.4	0.24	3.64
交通事故统计	文字、图像	10	3.6	52	0.36	5.2
交管小计					7.2	9.26
出入境信息	文字、图像	10	0	3	0	0.3
境外临时住宿	文字、图像	8	0	30	0	2.4
境外临时签证	文字、图像	8	0	0.05	0	0.004
外管小计					0	2.7
看守关押人员	文字、图像	10	0.356	0.8	0.356	0.08
拘留人员	文字、图像	10	0.07	0.93	0.007	0.09
收教人员	文字、图像	10	0.0043	0.01	0.00043	0.001
戒毒人员	文字、图像	10	0.0223	0.104	0.00233	0.01
监管小计					0.37	0.2
被盗抢机动车	文字、图像	20	0	1.3	0	0.26
在逃人员信息	文字、图像	20	0	0.6	0	0.12
被拐人员信息	文字、图像	20	0	0.3	0	0.06
指纹识别系统	文字、图像	20	14		2.8	0
治安案件信息	文字、图像	10	0	2.19	0	0.219
刑事案件信息	文字、图像	60.5	0	1.03	0	0.605
接处警信息	文字	5	160.4	131.4	8	6.5
处警信息	文字、图像	10	160.4	131.4	16.04	6.5
案事件小计					26.84	14.26
地理信息	文字、图像	20	20	0	0	4
GPS信息	文字	2	0.65	0.01	0.013	0
……	……	……	……	……	……	……
合计					97.02	75.54

　　根据以上数据库分布情况及数据量的基本情况，可以计算出地市级信息中心的警务综合信息应用平台瞬时静态数据总量。

17.3.2　查询频度分析

　　地级以上城市公安警务综合信息应用平台的查询量与入网用户数量、警务综合信息应用平台所拥有的信息量、业务管理系统的建设情况等都有直接关系。建设初期，由于信息资源较少，用户数单一，访问频度较低，但随着信息系统的不断丰富和用户数量的增加，以及基层民警应用意识的提高，访问频度将急剧增加，特别是在今后的工作中，所有综合信息都由基层业务系统通过网络提供，基层需要了解的信息也通过综合信息获得。

本分析只参照主要公安业务处理量和公安业务信息量的关系进行，目的是为了提供一种可操作的信息量计算方法，如表17-2和表17-3所示。

表17-2　主要公安业务工作量估算

业务处理类型	数量（万起/年）
刑事案件	1
治安案件	0.4
交通违法	73
交通事故	14.6
出入境	1

表17-3　网络通信量统计表

业务系统		主要使用范围	平均使用人数（人/天）	单位发送长度（KB/次）	查询次数（次/天）	日交易量（日增×单位长度）（MB）	通信量合计（MB/天）
综合信息查询系统		全局	3316≈3300	40	30	——	3960
接处警		指挥中心派出所	——	50	接警数 3000	30	150＋30 ＝180
GIS/GPS信息系统		指挥中心交管、巡警	——		接警数		200
刑侦	案事件	刑侦支队	157 ＋10 × 20≈360	40	20	60K×2500≈150	288＋150 ＋10＋100 ＋100 ＝648
	被盗抢机动车					20K×50≈10	
	在逃人员					20K×500≈100	
	被拐人员					20K×500≈100	
治安	常口	分局、派出所	1797≈1800	40	30	10K×200≈2	2160＋5 ＝2165
	暂口					8K×100≈1	
	……					10K×100≈1	
	旅店业					10K×112≈1	
交管	机动车	交管、巡警	862	40	30	20K×50≈1	1032＋18 ＝1050
	驾驶员					8K×100≈1	
	交通事故					10K×200≈2	
	违法记分					10K×1400≈4	

（续表）

业务系统	主要使用范围	平均使用人数（人/天）	单位发送长度（KB/次）	查询次数（次/天）	日交易量（日增×单位长度）（MB）	通信量合计（MB/天）
监管业务应用系统（主要包括：看守所、拘留所、收容所、戒毒所等）	监管科	8×26≈200	40	30	——	960
外管业务应用系统（主要包括：出入境、境外住宿、境外签证等）	外事科	≈20	30	10	——	54
电子警务系统	全局	3316≈3300	20	30	——	1980
合计						11197

根据表17-3中主要业务处理信息与公安基础信息之间的关系，办理主要公安业务过程中需要登录地市级公安警务综合信息应用平台查询相关信息，访问频率为90万次/年，查询频率为3450次/天。

17.3.3 流量分析

数据流量包括数据采集和管理通信量、信息查询通信量。

数据采集和管理通信量反映整个业务系统业务数据的变化量，它的计算公式为：$Co = \Delta ca = Ca \times Rca$

其中，Co为数据采集和管理通信量，Ca为某一个数据库的容量，Δca为该库某一时间段内的变化量，Rca为该库某一时间段内的变化率。

由数据采集和管理的调查结果，大部分主要业务年增长在5%~10%之间，根据总数据量的计算示例，可以得出地级以上城市信息中心数据采集的年通信量为40880GB，日通信量为11.2GB，秒通信量为0.39MB。另外，由于公安业务突发性大，例如：要在很短的时间内获得犯罪嫌疑人的各种材料，就需要利用视频会议、监控等现代化通信手段做到指挥调度、警力分布，这样就对带宽提出了更高的要求。而市到县、分局、派出所网络日通信量与查询次数密切相关，所以，网络带宽还应满足今后公安专线电话、视频会议的要求。

17.4 网络环境设计分析

鉴于公安部门的工作特性，地级以上城市公安网所需要的是融合语音、数据、视频于一身的"三网合一"的计算机网络。虽然目前IP技术、ATM技术、帧中继技术及其他相关技术等都可应用于该领域，但是从技术发展角度来看，ATM、帧中继技术存在互操作性差、可升级性差、管理维护麻烦等缺点，它们并不能真正满足该领域中政府部门计算机专网的应用需求。相比之下，IP技术具有其他通信协议所不具备的优异特性，不仅可保证不同网络体系之间的互连，而且在寻址体系、网络可扩展性以及模块化结构等方面独树一帜，特别适合于电子邮件、Web及数据库信息检索等报文通信系统，鉴于此，公安部公安信息化工程已明确IP技术为公安信息化建设必须遵循的技术路线。

IP技术支持多种应用，容易增加新业务。目前绝大多数应用基于TCP/IP的实际情况，更使得IP技术逐渐成为网络技术发展的大势所趋。语音、视频等多媒体业务在IP上的成熟应用，以及IP over SDH、IP over WDM、IP over Optical等宽带IP技术的发展，更为IP技术带来了蓬勃发展的生机。

IP技术作为其"三网合一"网络的总体解决方案，有利于实现多种业务应用，包括多等级QoS数据业务、分组话音业务、分组传真业务、会议电视系统、虚拟专网（VPN）业务、Internet/Intranet/Extranet承载传输业务等业务内容。除了办公系统OA、公安追逃系统、指纹识别系统等多种数据业务的实现外，大量基于IP的业务也将随着公安系统实际应用的需求逐步开展起来，此类业务全部采用IP数据包进行传输，通过基于IP的多种协议如TCP、UDP完成传输。

17.4.1　主干拓扑设计

城市公安机关网络主干拓扑结构如图17-2所示。

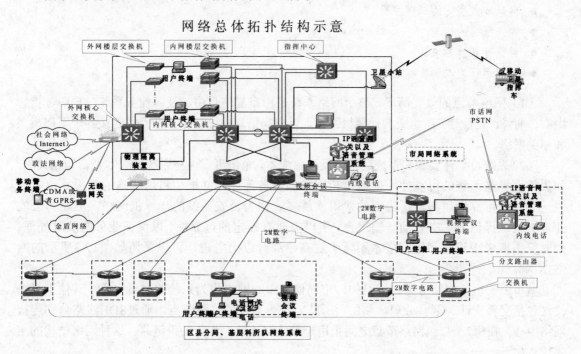

图 17-2　城市公安机关网络主干拓扑

地市级公安机关的网络主干部分从逻辑上可以分为数据存储与管理中心（重点是数据的动态维护）、数据访问中心（重点是处理并发性）、基础数据采集中心（包括国保、治安等各警种中数据量大的单位）、案事件信息处理中心（重点是实时性）和地理信息中心（数据传输量大）五个中心。

这五个逻辑中心可以是，也可以不是五个物理中心。在具体设计时，因为地级以上城市公安机关的大部分业务单位将安排在信息大楼中，所以地理中心应该在信息大楼中，其他的逻辑中心则主要依据所拥有的数据资源，以及可能产生的数据流量进行设计，进而形成如表17-4所示的四个逻辑中心。

表17-4　逻辑中心构成

市局信息中心	1. 数据存储与管理中心（重点是数据的动态维护）
	2. 数据访问中心（重点是处理并发性）
治安支队	3. 基础数据采集中心（包括国保、治安等各警种中数据量大的单位）
刑侦支队	4. 案事件信息处理中心（重点是实时性）
指挥中心	5. 地理信息中心（数据传输量大）

为保证数据信息的安全，可在信息中心大楼外设计异地备份数据中心。地市级公安机关的网络结构可以分为许多种，如星型结构、环型结构、树型结构、网状结构。不同的网络结构各有其特点，如星型结构结构简单，成本较低，但可靠程度不高；网状结构可靠程度高，但设备和线路成本很高。所以网络结构设计一般采用不同网络结构的组合，如星环结构、双星结构等。在进行网络结构设计时，一般要考虑以下几个问题。

- 网络节点所处的地理位置。
- 通信线路的情况。
- 系统可靠性要求。
- 系统运行成本和设备成本。

（1）网络节点的位置部署。整个网络系统是由市局信息中心及各业务系统（户政、指挥中心、刑警、交警等）所组成的计算机网络，以市局信息中心为中心节点，连接各个下属机关和相关网络。

（2）系统可靠性要求和系统运行以及设备成本。系统可靠性与系统的成本是密切相关的，如果需要提高系统的可靠性，就需要相应增加设备部件，并增加租用线路的费用。也就是说，系统的可靠性越高，所需要的费用就越多。作为公安系统的计算机网络，应该为公安业务的处理提供及时有效的传输平台，所以需要有一定的可靠性，以保证业务的及时处理。同时又需要考虑设备和运行成本不至于过高。综合以上考虑，可以采用如图17-3所示的网络结构。

城市公安机关网络分为二级结构，市局信息中心网络作为系统的网络中心；其他下级单位（包括交警支队、区县分局、基层科所队）作为系统的二级节点，通过SDH线路分别连接网络中心。在每2个二级网络节点之间采用一条线路连接，作为备份链路。这种网络结构的主要特点如下：

- 可靠性比较高：每个二级节点都有2条路由分别连接网络中心节点的2台设备，不会因为一条线路的故障，或者一台中心设备的故障造成通信的中断。
- 成本比较低：需要租用的电信线路比较少，为1.5倍的节点数。

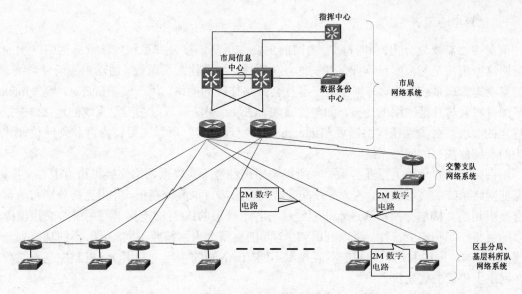

图 17-3　伙伴备份网络结构

17.4.2　网络中心节点设计

地级以上市局局域网络作为整个城市公安网的网络中心节点，是整个系统的信息中心、管理中心，对网络的可靠性、安全性要求都比较高，可采用如图17-4所示的市局局域网络设计。

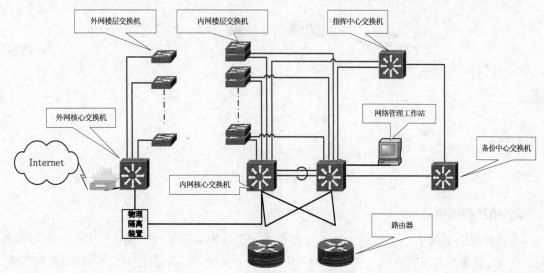

图 17-4　市局局域网络结构

市局局域网是地级以上城市公安计算机系统的中心节点，包括所有主要的业务中心。信息中心、指挥中心、治安支队、刑侦支队、经侦支队等部门都设立在新建的信息大楼内。为了保证信息的安全备份，可在远离信息大楼的位置设立数据备份中心。

1．信息中心设计

信息中心需要划分内网和外网。内网的主要作用是连接公安系统内部业务网络，上面运行的网络应用都是与公安日常业务相关的业务系统，如常住人员系统、违法犯罪信息系统、治安信息动态管理系统等等。外网主要是与社会网络连接的网络，用于浏览Intenet，收发Intetnet电子邮件以及与其他网络的连接，如与检察院、法院、司法局等政法网络系统的连接。根据相关规定的要求，公安系统网络需要与Internet进行物理隔离，所以需要将内网和外网设计建设成为两套硬件独立的网络系统。

内网因为需要承载大量业务数据，所以采用高性能千兆以太网络交换机作为中心交换机，以保证网络系统的高可靠性，各个配线间安装工作组级可堆叠交换机，并用光纤分别与两台千兆交换机相连。楼层交换机通过水平双绞线与各个楼层的PC终端连接，利用中心交换机提供丰富的网络控制和安全特性。可以利用VLAN功能将整个内网按照不同业务、不同功能划分为不同的VLAN，同时利用访问控制列表控制不同VLAN间的访问，利用QoS机制控制不同数据流在网络上传输的优先级。

外网是非业务网络，对网络能力要求不高，可以采用工作组级交换机组。

信息中心作为整个地级以上城市公安网络信息汇接点，承担着连接所有下属二级网络节点的任务，使用两台高性能路由器，通过通道化155M SDH接口连接到当地电信SDH网络，每条155M线路上可以划分为63个E1通道。按照地级以上城市公安网络二级节点的数量，可以设计多条155M通道分别连接到两台路由器上，如图17-5所示。

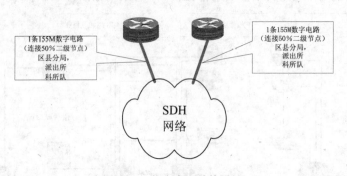

图 17-5　信息中心结构设计

2．市局指挥中心

在指挥中心系统中，包括的主要系统如有线、无线调度子系统，接处警系统，电视图像监控系统，城市交通监控系统，移动目标GPS卫星定位系统等。在这些系统中，有的要求有效、快速查询数据库，有的要求进行网上数字图像传输，所以需使用高性能网络交换机，使千兆网络到桌面，以保证性能的要求。指挥中心交换机分别与信息中心的2台千兆交换机相连接，同时与备份中心采用高速通道连接。

3．数据备份中心

数据备份中心设立在信息大楼以外的机房内，通过单模光纤与信息大楼连接，连接方式使用千兆以太网络（使用1000base－ZX最远距离可以达到70公里），主要功能是安装海量数据存储器，对信息中心和指挥中心的重要数据进行备份。数据备份中心的网络数据处理能力不需要很高，所以使用一台工作组级交换机，通过千兆端口分别与信息中心核心交换机以及指挥中心交换机连接。如表17-5所示。

表17-5　中心节点网络设备配置表

设备名称	设备数量	每台设备提供端口数量
内网核心交换机	2	10/100×48、千兆×20
内网楼层交换机	16	10/100×48、千兆×2
内网楼层交换机	1	千兆×12
外网楼层交换机	8	10/100×48、千兆×2
指挥中心交换机	1	10/100/1000 x 24
备份中心交换机	1	10/100 TX×24、千兆×2
中心路由器	2	155M MultiChannel STM1×2、10/100 TX×2

17.4.3　安全区分析

为了确保网络的安全性，根据公安信息化工程要求，在信息中心设立非军事区（又称为停火区、安全区），并与公安网物理隔断，非军事区放置移动巡警查询服务、外部数据接入服务、对社会公众提供的信息服务等必要的网络服务，不放置公安核心数据，但可在此实现异地数据交换、移动信息查询、查证和统计分析等应用。

非军事区位于信息中心外网，通过防火墙与社会网络、移动警务终端、政法业务网络连接，通过物理隔离装置与公安内网连接。隔离装置的主要作用是保证外网和内网的安全数据传输通道。

非军事区的结构如图17-6所示。

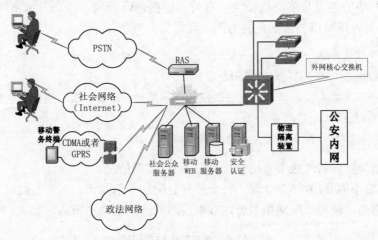

图 17-6　非军事区结构

非军事区的安全主要由防火墙和物理隔离装置保证。

（1）防火墙。设置在不同网络（内部网和公共网）或不同的网络安全域之间。负责过滤、限制和分析，能完成安全控制、监控和管理的功能。

（2）安全认证。通过设置统一的安全认证、一次性口令等认证手段，对进入用户进行认证，保证系统的安全。

（3）物理隔离器。针对对象是需要对内部重要数据进行安全保护的有关部门，这些部门由于自身的特点，对网络安全有着很高的要求，不但要求防止信息被篡改，而且还要防止信息被泄露。一般的物理隔离系统由传输代理机、控制机以及相关软件模块组成，如图17-7所示。

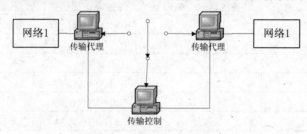

图17-7　物理隔离器结构

客户应用、传输代理机、控制机之间使用安全的自定义网络协议传输数据（各种文件、数据库等），在控制机上使用"物理请求/应答"式开关来连接/断开网络连接，真正实现两网安全隔离。访问控制模块通过对有连接请求的主机的严格控制，以阻断未经授权的非法连接，达到限制网络通信的目的：只有已经授权的合法应用服务器上产生的连接请求才会被响应，其他请求将一律被拒绝，并在应用服务器端进行数据格式的变换，需传送文件进行标识，以此保证数据和连接的合法性，应用服务系统的安全性，确保内外网络计算机数据资源的安全交换，从而达到两网安全隔离之目的。

17.4.4　二级网络节点设计

二级局域网络的建设与单位规模大小有关，根据调研分局、县局、派出所的实际需求，以一个覆盖600万人口城市的公安机关为例，其信息点分布如下：

● 分局：规模较小的分局，每个分配20个信息点；规模较大的分局，每个分配40个信息点。
● 县局：每个县局最多不会超过250个信息点。
● 直属机关：交警支队最多不会超过2×250个信息点，巡警支队、刑侦支队和经侦支队则最多分别不超过250个信息点。
● 基层科所队：可以配备10台左右的处理终端。

根据以上结果可以将二级节点的连接划分为5种配置情况。

（1）规模较小的分局按5个计算。每个分局分配20个信息点，配置1台24口交换机就可以满足局域网络需要，使用低端路由器通过SDH线路连接网络中心节点。如表17-6所示。

表17-6　规模较小分局配置

设备名称	设备数量	每台设备提供的端口数量
小分局交换机	5	10/100×48
小分局路由器	5	10/100×1、V.35×2

（2）规模较大的分局按10个计算。每个分局分配40个信息点，配置1台48口交换机可以满

足需要，使用低端路由器通过SDH线路连接网络中心节点。如表17-7所示。

表17-7 规模较大分局配置

设备名称	设备数量	每台设备提供的端口数量
大分局交换机	10	10/100×48
大分局路由器	10	10/100×1、V.35×2

（3）县局按15个计算。每个县局最多不会超过250个信息点，配置可堆叠交换机，先配置2台48口网络交换机堆叠，根据需要可以堆叠8台。使用低端路由器通过SDH线路连接网络中心节点。如表17-8所示。

表17-8 县局配置

设备名称	设备数量	每台设备提供的端口数量
县局交换机	30	10/100×48
县局路由器	15	10/100×1、V.35×2

（4）交警支队。最多不会超过2×250个信息点，先配置4台48口网络交换机堆叠形成2个堆叠，根据需要每个堆叠可以堆叠8台设备。使用低端路由器通过两条SDH线路连接网络中心节点。如表17-9所示。

表17-9 交警支队配置

设备名称	设备数量	每台设备提供的端口数量
交警支队交换机	4	10/100×48
交警支队路由器	1	10/100×1、V.35×2

（5）刑侦支队。刑侦支队最多不超过250个信息点，配置可堆叠交换机，先配置2台48口网络交换机堆叠，根据需要可以堆叠8台。使用低端路由器通过SDH线路连接网络中心节点。如表17-10所示。

表17-10 刑侦支队配置

设备名称	设备数量	每台设备提供的端口数量
刑侦支队交换机	2	10/100×48
刑侦支队路由器	1	10/100×1、V.35×2

（6）市区基层科所队按100个计算。计算机数量比较少，使用12口网络交换机就可以满足局域网络需要。使用低端路由器连接网络中心节点。如表17-11所示。

表17-11 市区基层科所队配置

设备名称	设备数量	每台设备提供的端口数量
市区科所队交换机	100	10/100×12
市区科所队路由器	100	10/100×1、V.35×2

17.4.5　网络容错备份

网络系统的可靠性主要是防止在网络上出现单个破损点，即避免因某一点出现故障（某个设备或某条线路出现故障）而对整个网络系统的连通性产生影响。可以从网络的拓扑结构、线路选择、连接、设备选用等几方面考虑，采用不同的网络技术以保证网络的可靠运行。在采用硬件备份、冗余等可靠性技术的基础上，可利用相关软件技术提高对网络的管理机制、控制手段和事故监控能力，以保证网络的可靠运行。

为了确保网络系统服务质量，网络的物理连接应尽量采用冗余备份，保证连接的可靠性。选用的网络设备应具有很好的容错特性及热备份功能，从而避免单点失效。网络容灾备份可通过以下途径实现。

（1）网络中心系统采用两台主干交换机，两者互为备份，两台主干交换机通过双链路相连。

（2）每个二级节点与中心节点之间存在两条路由，可以保证在一条路由发生故障时，通过另外一条路由与中心节点连接。

（3）刑侦支队、110、治安支队骨干交换机之间采用以双链路与核心交换机相连，保证与核心交换机之间以高带宽互连交换信息。

（4）两台核心设备之间可以自动实现主从切换，保障用户的透明不间断连接。

（5）核心交换机和骨干交换机设计上充分考虑设备的冗余性，如电源冗余、双机冗余等。

17.5　接入分析

地市级公安机关计算机网络的接入特点为三网合一，向公安部金盾工程规定的三网融合（电话、视频、数据传输）目标过渡。接入设计的内容包括图像的接入、基层科所队的接入、移动警务单位的接入以及卫星接入等。

17.5.1　图像接入

图像的接入主要包括视频会议系统和图像监控系统的接入。

1．视频会议的接入

以IP技术作为网络的核心技术，在IP传输技术上实现数据、视频、语音的融合。视频系统使用国际标准的H.323协议产品，视频会议终端和视频会议中心设备都以以太网的形式连接到整个网络系统中，在网络中心，视频会议设备使用100M设备直接连接到内网中心交换机，在各个区县分局，视频会议终端使用100M设备直接连接到各自的局域网络交交换机。如图17-8所示。

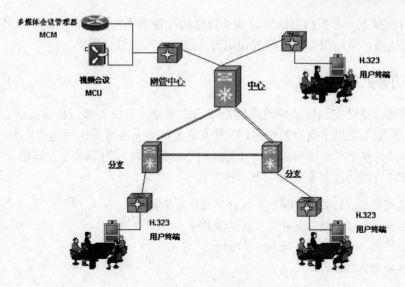

图 17-8　视频会议结构

2. 图像监控系统的接入

图像监控系统负责实时监控城市出入要道、交通路口、事故多发地段、重点防范单位、重点集会场所、一级保卫线路、案件高发地区、外来人口集结地、重点小区和重点金融单位，它包括固定类监控和移动类监控，并将这些地区的图像实时地、并发地传递给市局指挥中心，为此，必须在初始设计时考虑监控系统接入端口的预留。

17.5.2　基层科所队接入

基层科所队通过路由器，使用SDH线路与网络中心连接。路由器连接科所队的网络交换机，数据和语音信息都转化为IP数据包在网络上传输。为了提高系统的可靠性能，两个基层科所队之间采用一条线路连接，形成伙伴备份关系，可以在科所队上连链路发生故障时，保证与上级的连接，如图17-9所示。

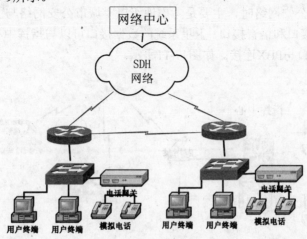

图 17-9　基层科所队接入

在线路的选择上，可根据当地运营商的线路情况使用不同运营商的线路，特别是两个二级节点之间的线路，可以根据实际情况使用与主线路不同的通信线路。

17.5.3 移动警务单位接入

公安移动通信是公安通信基础设施的重要组成部分，为公安部门快速反应，灵活机动、准确高效地打击犯罪提供了有力的保障，在发生重大自然灾害时发挥着重要作用。随着信息网络化的要求和高科技犯罪侦破的需要，计算机对移动数据接入的需求尤为迫切。

目前，移动终端的接入主要有以下几种方式：

- 基于无线集群（150M/350M）系统计算机数据移动接入。
- 基于公众网的移动数据业务接入（如GPRS、CDMA、3G）。
- 微波、扩频、无线接入（2mbps--11mbps）。
- 卫星移动通信的接入。

地级以上城市公安网络的系统接入主要采用基于公众网的移动数据业务接入方案，用于移动警务终端接入，如图17-10所示。

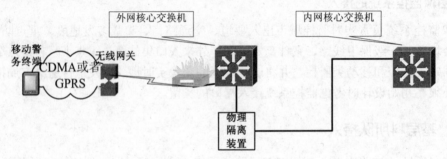

图 17-10 移动警务单位接入

17.5.4 卫星接入

在考虑卫星接入公安网络时，主要是考虑地级以上城市公安网络与卫星系统的相关接口问题，其中包括数据接口和语音接口。卫星系统的数据接口可以与指挥中心交换机或移动警务指挥车连接，语音接口与PBX连接。如图17-11所示。

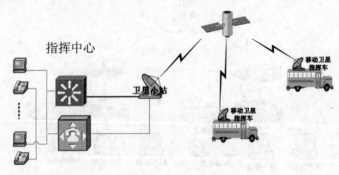

图 17-11 卫星接入

目前的公安网由PES数据网和TES语音网组成，它支持话音、数据和图像传输，PES网结构为星型，多址方式为TDM/TDMA方式，主站设在公安部。作为全网的中心节点和网控中心，卫星小站可以提供符合IEEE802.3D的10M局域网接口，V.35，RS-232的同步串口；TES网的结构为网状，采用单路单载波SCPC技术体制，多址方式采用DAMA方式，支持16K话音、9.6K传真及带内数据，9.6~64K的点到点数据透明传输；图像传输采用FDM方式，支持384K、768K、1.5M的图像传输速率。外围站主要由VSAT小站和终端设备组成，频段为KU波段，天线口径3.7米，功率输出8W。

17.5.5　350M接入

目前公安移动通信网以350M、150M集群为主，450M、800M为辅，建立了全国范围的移动语音通信系统。

在模拟集群网中，虽也可传输数字信号，但它是占用一个模拟话路进行传输的：首先在基带对数据信息进行数字调制形成基带信号，然后再调制到载波上形成调频信号进行无线传输，用这种二次调制方式，数据传输速率一般在1200bit/s或2400bit/s。这么低的速率远远满足不了用户的要求。虽然在数字集群系统中可以传输数据，但是传输速率一般也不超过9600bit/S，相对于CDMA、GPRS、3G网络100k以上的数据传输速度相差太远。

目前，公安系统的计算机应用越来越广泛，对移动数据通信的要求越来越高，采用高速的无线传输方式是必然趋势。当然，在先进技术的支持下，地市级公安机关的350M集群系统可以在原有基础上开发新的应用，如短信业务等，但是不适合作为无线数据传输的手段。

17.5.6　社会接入

社会接入的对象主要是旅店业、暂住人口、印章业、出租车等治安支队管理的对象。社会信息的接入可以通过两种方式：Internet方式和电话拨号方式。在安全区防火墙的一个区域内，设立一台拨号访问服务器，社会用户可以通过电话线经过身份认证后访问社会公众服务器。随着Intetnet的迅猛发展和普及，技术也更加完善。而随着宽带技术的发展，上网的速度越来越快，所以采用Intenet作为社会接入方式是一个比较理想的选择。用户通过各种方式连接Internet公共网络，就可以连接到与Internet相连接的公安网的安全区，为了加强系统的安全性，可以通过防火墙的安全过滤或者身份认证后进入。社会接入如图17-12所示。

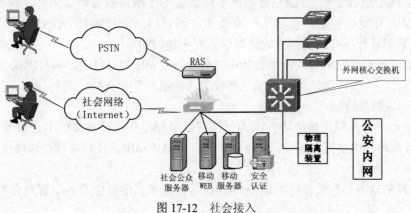

图 17-12　社会接入

17.5.7 网关设计和关守设计

在整个网络系统中，语音和视频系统的通信采用H.323标准。H.323标准是为在网络上实现多媒体业务（实时的语音、视频和数据）而制定的，它规范了多媒体业务的成分、协议以及处理过程。H.323可以实现语音、视频（可视电话）和数据的融合（即现在所说的"三网合一"）。为了实现非H.323终端到H.323终端之间的通信，需要相应的网关设备进行转换。如图17-13所示。

对整个H.323系统的有效控制和管理，可进行以下所述的设计。

1. 网关设计

网关在H.323会议中是可选的。网关提供许多服务，包括在H.323会议终端与其他会议终端之间进行转换。这一功能包括传输格式之间的转换（如H.225与H.221）、通信规程之间的转换、以及在LAN端和WAN端进行呼叫建立和解除。

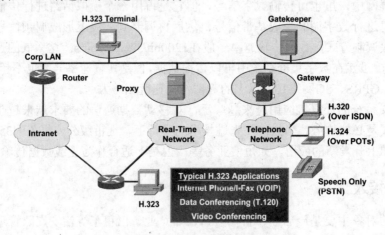

图 17-13　H.323 构架示意

网关的主要应用是，建立模拟和数字语音终端之间的链接，建立与非H.323终端之间的链接。

当无需与其他标准的终端相连时，网关是不需要的，因为H.323终端能够通过LAN、Intranet、Extranet甚至Internet与其他H.323终端直接通信。

终端与网关之间使用H.245和Q931协议进行通信。

能够通过网关进行通信的H.323终端的实际数量不受指标的限制。同样，能支持的WAN连接的数量以及并发会议的数量留给厂家决定。通过将网关技术结合进H.323规范，ITU使H.323成为将基于各种标准的视频会议终端联系在一起的纽带。

在地级以上城市公安机关的网络设计中需要IP语音和H.323到H.320两种网关。IP语音网关是必需的产品，因为所使用的语音终端（传统电话话机）都不支持H.323标准，所以必须通过IP语音网关产品进行转换。

在网络中心，即市局信息中心，因为已经有数字程控交换设备提供电话服务，所以需要使用IP语音网关与程控交换机连接；在下属单位，可以使用IP语音网关直接连接模拟话机，具体如下所述。

（1）市局信息中心网关设计。如图17-14所示，在市局信息中心各配置具有2个E1接口的

VoIP网关各一台,其以太网端口直接连接在内部局域网交换机上,2个E1端口连接在电话程控交换机上,可提供60路VoIP语音的通话能力。普通市话可以由市话网接入到网管中心的PBX,再通过语音网关接入内部专网VoIP电话系统。

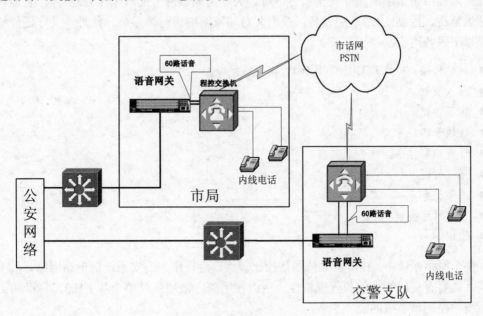

图 17-14　市局语音网关示意图

（2）分支单位语音网关设计。如图17-15所示,考虑到各个分支单位对IP语音的数量以及功能的不同需求,设计在各个公安分局、交警大队以及各个县的科所队均采用语音适配器作为内部的语音网关。将现有的模拟电话机直接接入到宽带IP网络中,实现模拟话音与数字话音的转换。该设备端口使用灵活,可以根据每个单位的不同要求灵活配置。例如针对各个科所队可以选用4个语音适配器,提供8路话音的接入;针对各个分局,可以使用16个适配器分布于各楼层之中,提供32路语音的接入。

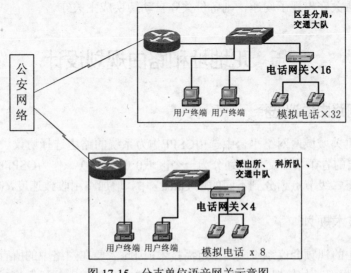

图 17-15　分支单位语音网关示意图

2. 关守设计

关守是一种维护多媒体网络中设备注册的服务，所有设备在安装时都要使用关守对自己进行注册，然后再请求从关守获得服务许可。关守是局域网上的一个H.323实体，它能够提供诸如地址解析、控制H.323终端设备以及网关对局域网的访问等服务。此外，关守还能够为网关提供以下服务内容：

- 地址转换——H.323地址和E.164的相互转换。
- 准入控制。
- 带宽控制。
- 区域管理。
- 呼叫控制信令。
- 呼叫管理。
- 目录服务。
- 带宽预留控制。
- CDR。

在整个网络系统中，IP语音系统的规模比较大，而且作为公安系统的电话网络，其重要性比较高，需要有良好的性能和管理特性，所以使用关守来加强对整个基于H.323标准的语音和视频系统的控制是必须的。

关守是系统中的重要设备，关守通过快速以太网络接口直接连接在核心交换机上，使用2台关守相互备份。但是，H.323标准之中不包括关守设备的冗余备份。所以如何使IP电话网络中的关守系统具有冗余性就成了问题。如果使用路由器作为关守设备，路由器软件提供的HSRP协议可以保证在同一个区域中有两台关守，这两台设备的关系属于热备份形式。HSRP允许其中一台关守处于待机状态，并且在另一个关守离线时进行功能切换。HSRP协议不关心路由器的端口正在进行什么工作，它只是检查该端口是否正常工作，并且在不能到达端口时激活备份端口。在本区域中H.323实体都使用关守进行注册，如果备份关守不能和主关守进行通信，这就意味着主关守出现了问题，则备份关守自动切换成主关守。

17.6　IP地址和路由规划设计

17.6.1　城域网路由协议选择

地市级公安机关城域网网络平台中选用OSPF作为系统的路由选择协议。在规划OSPF协议时，将整个核心层的骨干节点交换机划分为一个区域0（Area 0），作为OSPF的路由核心区域，还可以根据需要将二级节点划分到不同的域（area）中，增加路由收敛速度，减少网络传输量。

17.6.2　组播技术规划

由于本网络中的视频会议系统采用IP组播技术，因此需要在网络中的所有路由器上均配置IP组播路由，可以根据具体情况采用PIM的密集模式（Dense Mode）或松散模式（Sparse Mode）；

在局域网交换机上配置CGMP协议，即可实现网络对组播数据的传递。

由于大量的基于组播技术的网络应用涉及视频和音频的应用，因而如何保证基于组播的服务质量要求也至关重要。路由器功能强大的IP组播路由协议有PIM Sparse Mode和PIM Dense Mode，并提供Multicast BGP（MBGP）/Multicast Source Discovery Protocol（MSDP）用于跨越不同网络提供IP组播服务。

地市级公安机关城域网在建立内部的视频数据系统时，建议在网络平台上采用PIM作为地市级公安机关城域网多媒体网络的主要IP组播路由协议，在每个路由端口上采用PIM松散模式作为主要工作模式，并且在网络中预先指定好组播数据包的分发路径。

17.7 网络管理

网络管理包括配置管理、性能管理、故障管理、安全管理和记账管理。具体说明如下。

（1）配置管理。目的在于随时了解系统网络的拓扑结构，包括连接前静态设定的和连接后动态更新的状态。配置管理包括客体管理、状态管理和关系管理三个方面。

（2）性能管理。包括工作负荷监测、概要功能、软件管理和时间管理等功能。

（3）故障管理。负责对系统运行中异常情况的检测、隔离和更正，包括告警报告、事件报告管理、日志控制功能、测试管理功能、可信度及诊断测试分类五个方面。

（4）安全管理。包括安全特性管理和管理信息安全。安全特性管理提供安全的服务以及安全机制变化的控制，包括物理场地、人员的安全、病毒防范措施、操作过程的连续性、灾难时恢复措施的计划与实施等内容。管理信息安全是保障管理信息自身的安全。安全管理包括安全报告告警功能、安全审计跟踪功能以及访问控制的客体和属性等功能。

（5）计账管理。目的是使服务提供者提供一致的方式表示、记录和报告计费信息，并且能和其他服务提供者交换计费信息。

网络能否高效、安全和可靠地运行，关键依赖于"网管"系统。良好的网络规划与设计，以及适合具体网络结构的网络管理，能大大降低网络运行成本和网络管理员的劳动强度。好的网络管理系统能提供给网络管理员一个非常清晰的网络拓扑结构，把大量网络运行的状态数据转化为非常简单的图形提示，及时反馈网络中出现的问题。能将网络管理变得轻松，为网络运行提供良好的保障。

根据网络管理应用的特点和要求，网管系统可以采用集中式和分布式两种管理应用模式。集中式管理是在网络系统中建立一个全面负责管理所有网络资源的网管中心；分布式网管模式是按层次、区域建立多个网管中心，分别负责管理不同区域和不同层次的网络资源。不同网管中心之间相互配合共同完成网络系统的管理，如图17-16所示。

集中式网管中心要求网络有足够的带宽，根据网络的拓扑结构特点，采用集中式网络管理。

地市级公安机关广域网采用IPOverSDH结构的网络系统。其中，市局信息中心以高速接入SDH组成高速骨干网，而各分（县）局、派出所分别就近连接SDH传输网。由于网络管理系统要求网络管理员有相对较高的技术水平，投资较大，应采用集中式网络管理。网管中心配置网络管理工作站，安装网络管理平台软件，对网络设备进行统一监控和管理。

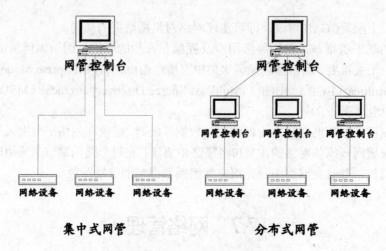

网管控制台　　　　　　　　网管控制台

网管控制台　网管控制台　网管控制台

网络设备　网络设备　网络设备　　　网络设备　网络设备　网络设备

集中式网管　　　　　　　分布式网管

图 17-16　网络管理示意

17.8　IP规划设计

IP地址分配应遵循以下原则。

（1）简单性。地址的分配应该简单，避免在主干上采用复杂的掩码方式。

（2）连续性。为同一个网络区域分配连续的网络地址，便于采用SUMMARIZATION及CIDR（CLASSLESS INTER-DOMAIN ROUTING）技术缩减路由表的表项，提高路由器的处理效率。

（3）可扩充性。为一个网络区域分配的网络地址应该具有一定的容量，便于主机数量增加时仍然能够保持地址的连续性。

（4）灵活性。地址分配不应该基于某个网络路由策略的优化方案，应该便于多数路由策略在该地址分配方案上实现优化。

（5）可管理性。地址的分配应该有层次，某个局部的变动不要影响上层、全局。

（6）安全性。网络内应按工作内容划分成不同网段即子网以便进行管理。

同时，还要严格遵循《公安计算机网络TCP/IP主机名编码规范》中的要求，对全市各公安业务部门的网络IP地址统一规划。

根据地市级公安机关业务层次，采用VLSM和CIDR技术划分为不同范围的IP地址空间。IP地址的划分与VLAN的划分是紧密结合的。

针对地市级公安机关的具体情况，按照以下原则进行IP地址的规划。

（1）依照行政隶属关系的原则进行IP地址的规划。

（2）对于同地址单位，如果行政单位不同，划分为不同的网段。

（3）对于分局、支队级的单位，分配两个C类地址段，共512个IP地址。

（4）对于分局、支队的下属单位级别，分配64个IP地址。

（5）对于市直属的处室单位分配一个C类地址段或64个IP地址。

（6）对于区县局单位，分配四个C类地址段，共1024个IP地址。

（7）为移动用户分配一个C类地址网段。

（8）为骨干交换机之间的互连端口分配一个C类地址段。

（9）为网管工作站、WWW服务器、E-mail服务器设计全局统一地址。

（10）为DMZ区域及其相关网段分配一个C类地址。

（11）必要的IP地址预留。为每个分局和支队单位预留1~2个C类地址段，为地级以上城市全市单位整体预留C类地址段。

17.9　视频会议概述

视频会议通过即时网络连接可以为各机构、部门提供更加先进的办公与会议手段。由于通信技术提高，网络带宽增长，以及硬件、价格和性能持续降低的推动，视频会议解决方案为大型企业、政府机关、电子医疗和教育环境提供了必备的工具，从而使企业的工作效率更高，能更快作出决策，更有效地进行培训和教育，节约时间并减少差旅负担。目前，视频会议技术经历了巨大改变，已整合到PC和Internet革命中。企业宽带网络大规模采用IP传输技术，而且随着多媒体的IP网络系统投入使用，电视会议正转变为主要工作工具，实现了多种外部及内部通信。

地市级公安机关城域网信息网络系统是以宽带IP网络为基础的，通过全光纤结构的宽带网络，地市级公安机关城域网能够建设和健全一个完整的IP技术体系。在这个体系中，目前在宽带网应用的视频会议系统多采用H.323协议标准，也就是在IP网络中传输视频会议数据。可以根据对清晰度和功能的需要，购买厂商和不同档次的视频会议设备（需要支持H.323协议标准），连接到局域网中就可以实现整体视频会议系统。

本节将对视频会议的基本构成进行概要性描述，在后续的章节中，将对视频会议系统的建设进行完整的介绍。

17.9.1　终端

终端是提供单向或双向实时通信的客户端。所有终端必须支持声音通信，视频和数据是可选的。H.323规定了不同的音频、视频和/或数据终端共同工作所需的操作模式。它将成为下一代Internet电话、电话会议和电视会议技术领域占统治地位的标准。

所有的H.323终端必须支持H.245，该标准用来协商通道的使用及容量，三个另外的组成部分是：Q931的缩略版，用于呼叫信令和呼叫建立；注册/许可/状态（RAS），用于Gatekeeper进行通信；RTP/RTCP，用于音频和视频包排队。如图17-17所示。

17.9.2　网关

网关（Gateway）在H.323会议中是可选的。网关提供许多服务，包括在H.323会议终端与其他会议终端之间进行转换。这一功能包括传输格式之间（如H.225与H.221）和通信规程之间的转换，以及在LAN端和WAN端进行呼叫建立和解除。如图17-18所示为H.323/H.320网关。

网关的主要应用是：

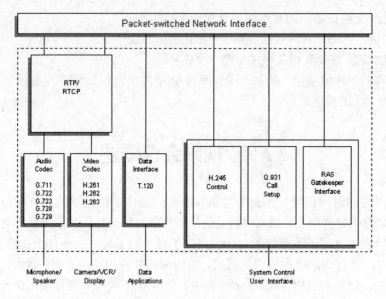

图 17-17 终端的组成

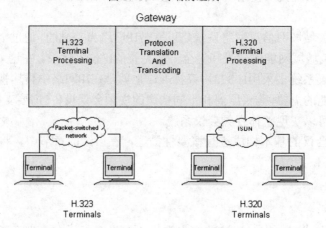

图 17-18 H.323/H.320 网关

- 在模拟和数字语音终端之间建立链接。
- 建立与非H.323终端之间的链接。
- Gatekeeper功能。

当无需与其他标准的终端相连时，网关是不需要的，因为H.323终端能够通过LAN、Intranet、Extranet甚至Internet与其他H.323终端直接通信。

终端与网关之间使用H.245和Q931协议进行通信。能够通过网关进行通信的H.323终端的实际数量是不受指标限制的。同样，能支持的WAN连接的数量以及并发会议的数量留给厂家决定。通过将网关技术结合进H.323规范，ITU使H.323成为将基于各种标准的视频会议终端联系在一起的纽带。

17.9.3 Gatekeeper

Gatekeeper执行许多重要的功能，帮助维护公安专网的完整性。第一个功能是按照RAS规范将终端和网关的别名转换为网络地址。第二个功能是进行访问控制，以防止未授权的视频会议会话。第三个功能是进行带宽管理，这也是由RAS规定。例如，如果网络管理员为LAN上并发的会议数量设定了一个上限，当一旦到达此上限，Gatekeeper将拒绝任何更多的连接，这样做的目的是将会议电视占用的带宽限制在总带宽的某个比例内，保证剩余的容量留给E-mail、文件传输及其他网络应用。第四个功能是将若干终端、网关和MCU作为一个称之为H.323域的逻辑组来进行管理。如图17-19所示。

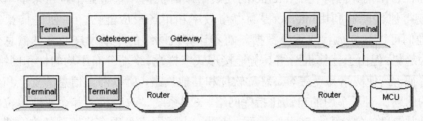

图 17-19 H.323 域

在一个H.323系统中，Gatekeeper不是必需的。但是，如果Gatekeeper存在，终端就可以接受其服务。

在多点连接中，Gatekeeper也担当一个角色。为支持多点会议，用户应当使用Gatekeeper来从两个点对点会议终端接收H.245控制信道。当会议切换为多点时，Gatekeeper将H.245控制信道重新定向至MCU。Gatekeeper不需处理H.245信令，只需将信令在终端与MCU之间进行传递。

包含网关的LAN应当使用Gatekeeper，将E.164地址转换成传输层地址。

17.9.4 多点控制器（MCU）

MCU支持三点或更多点之间的会议，在H.323情况下，MCU由必不可少的多点控制器（MC）以及零个或多个多点处理器（MP）组成。MC处理所有终端之间的H.245协议，以确定共同的音频和视频处理能力。MC也通过确定哪些音频和视频流将进行多点广播（Multicast），从而对会议资源进行控制。

MC不直接处理任何多媒体信息流。这由MP来进行处理，MP混合、交换及处理音频、视频和数据流。MC和MP功能可以存在于一个专门的组件中，或作为其他H.323组件的一部分。

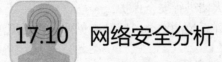

17.10 网络安全分析

以Internet为代表的全球性信息化浪潮日益深化，信息网络技术的应用正日益普及，应用层次正在深入，应用领域从传统的、小型业务系统逐渐向大型、关键业务系统扩展，典型的应用系统有党政部门信息系统、金融业务系统、企业商务系统等。伴随网络的普及，安全日益成为影响网络效能的重要问题，而Internet所具有的开放性、国际性和自由性在增加应用自由度的同时，对安全提出了更高的要求，这主要表现在以下几方面。

（1）开放性。开放性的网络导致网络的技术是全开放的，任何个人、团体都可能获得相关技术和资料。因而网络所面临的破坏和攻击可能是多方面的，例如：可以对物理传输线路攻击，也可以对网络通信协议和实现实施攻击；可以对软件实施攻击，也可以对硬件实施攻击。

（2）国际性。这意味着网络攻击不仅可能来自本地网络用户，也可以来自Internet上的任何一台计算机。也就是说，网络安全所面临的是一个国际化的挑战。

（3）自由性。意味着网络最初对用户的使用并没有提供任何的技术约束，用户可以自由地访问网络，使用和发布各种类型的信息。用户只对自己的行为负责，而没有任何的法律限制。

开放的、自由的、国际化的Internet的发展给政府机构、企事业单位带来了革命性的改革和开放，使得他们能够利用Internet提高办事效率和市场反应能力，以便更具竞争力。通过Internet，他们可以从异地存取重要数据。随着计算机网络的不断发展，全球信息化已成为人类发展的大趋势。但由于计算机网络具有连接形式多样性、终端分布不均匀性和网络的开放性、互连性等特征，致使网络易受黑客、恶意软件和其他攻击，所以网上信息的安全和保密是一个至关重要的问题。对于军用的自动化指挥网络、C3I系统、政府机构和企事业单位的敏感数据而言，其网上信息的安全和保密尤为重要。因此，上述网络必须有足够强的安全措施，否则该网络将是个无用、甚至会危及国家安全的系统。无论是在局域网还是在广域网中，都存在着自然和人为等诸多因素的脆弱性和潜在威胁。故此，网络的安全措施应是能全方位地针对各种不同的威胁和脆弱性，这样才能确保网络信息的保密性、完整性和可用性。

17.10.1　外部访问安全

外部访问主要指外部用户对内部业务系统服务器等的数据访问、内部用户在外时对网络内部数据资源的访问。下面分别说明。

1. 外部用户访问的安全策略

对于外部用户访问的安全原则是：外部用户的访问不能到达网络内网。

从网络安全角度设计，公安网络应通过防火墙划分内网和外网，用于针对不同用户的服务系统，例如外网可以放置对外的业务系统，内部系统则在内网，仅供内部用户使用。另一方面，如果仅仅将对外系统置于外网而对其不进行保护，该系统将很容易遭到网络攻击；如果将其置于内网中，虽然系统的安全得以保证，但外来数据也同样进入内网，形成安全隐患。因此建议在防火墙上另配置一个物理端口用来连接对外的系统，这个端口称为DMZ（安全区）。中立区内的服务器系统由防火墙进行安全保护。

使用安全区可以保证对外系统的安全，同时避免外来数据流渗透到网络内部。

2. 内部用户在外访问内部资源

由于工作需要，城域网每天都有很多工作人员在全国各地甚至在国外出差，这些城域网的移动用户需要访问企业的最新信息，例如每日简报、文件等内容。目前解决方式主要有电话拨号和使用Internet公网访问。

电话拨号的特点是使用方便，但价格较高、带宽低（因为使用长途线路）。

使用Internet访问可以实现较高的带宽和较低的费用（因为使用本地的ISP提供接入）。但这种手段也存在着缺陷，最大的问题是数据的保密性，这是因为数据在公网进行传输，而没有任何的加密手段，比较容易造成内容泄露。

建议使用VPN技术来实现。VPN即虚拟专用网络，是指在公用网络平台传输企业网络内部数据业务。VPN的基础平台采用公用数据网Internet，与普通互联网传输不同的是，它使用传输隧道加密技术，保证了网络传输的安全和保密性。VPN使用的技术主要是IPSec（IP Secure），该技术是一套基于IP层的安全协议标准，在防火墙上都能够支持，但同时也要求客户端设备（CPE）支持IPSec协议。在这种技术中，CPE发送一个建立连接的请求，送出自己的公钥和识别码给相应的支持IPSec的路由器或防火墙，路由器或防火墙收到该请求后，采用ISAKMP（Internet Security Association Key Management Protocol）算法交换双方加密的公钥。以后的数据将根据公钥加密体系加密后进行传送。这样，一个保密的数据通道就建立起来了。

17.10.2　网络安全设计

针对地市级公安机关网络需求，设计采用物理隔离的方式将内外网络划分开来，这样从物理层上断绝内外网络的数据流量，保证内网的数据安全。另一个方面，外网数据资源作为地市级公安机关对外交流的窗口，需要为公众网络、政法网络、移动警务终端提供各个查询功能。因此保护外网的数据资源也是至关重要的任务。按照规范要求设计安全区，安全区和公安内网采用物理隔离的方式，安全区和外网之间的防火墙，分别对社会公网、政法网和GPRS移动警务网提供数据过滤业务。同时由于本系统需要与社会公网相连接，所以需要在社会公网和公安内网之间使用防火墙隔离。

利用防火墙可以完成以下工作。

1．隔离公安网络和社会网络

在系统的设计中使用防火墙可以防止交易网络遭受不良行为人的恶意攻击，例如，利用一些黑客工具攻击信息发布系统的NT服务器系统。同时利用防火墙可以实现用户级的访问控制，通过用户名和口令来判断该用户是否为合法用户，是否可以通过防火墙访问网络。

2．作为网络安全的屏障

防火墙（作为阻塞点、控制点）能极大地提高一个内部网络的安全性，并通过过滤不安全的内容而降低风险。由于只有经过精心选择的应用协议才能通过防火墙，所以网络环境变得更安全。如防火墙可以禁止众所周知的不安全的NFS协议进出受保护网络，这样外部的攻击者就不可能利用这些脆弱的协议来攻击内部网络。防火墙同时可以保护网络免受基于路由的攻击，如IP选项中的源路由攻击和ICMP重定向中的重定向路径。防火墙可以拒绝所有以上类型的攻击并通知防火墙管理员。

3．强化网络安全策略

通过以防火墙为中心的安全方案配置，能将所有安全软件（如口令、加密、身份认证、审计等）配置在防火墙上。与将网络安全问题分散到各个主机上相比，防火墙的集中安全管理更经济。例如在网络访问时，一次一密口令系统和其他身份认证系统就完全可以集中在防火墙，而不必分散在各个主机上。

4．对网络存取和访问进行监控审计

如果所有的访问都经过防火墙，那么，防火墙就能记录下这些访问并作出日志记录，同时也能提供网络使用情况的统计数据。当发生可疑动作时，防火墙能进行适当的报警，并提供网络是否受到监测和攻击的详细信息。另外，收集一个网络的使用和误用情况也是非常重要的。首先可以清楚防火墙是否能够抵挡攻击者的探测和攻击，防火墙的控制是否充足。而网络使用统计对网络需求分析和威胁分析等而言也是非常重要的。

5．防止内部信息的外泄

通过利用防火墙对内部网络的划分，可实现内部网重点网段的隔离，从而限制了局部重点或敏感网络安全问题对全局网络造成的影响。再者，隐私是内部网络非常关心的问题，一个内部网络中不引人注意的细节可能包含了有关安全的线索而引起外部攻击者的兴趣，甚至因此而暴露了内部网络的某些安全漏洞。使用防火墙就可以隐蔽那些透露内部细节的内容，如Finger、DNS等服务。Finger显示了主机上所有用户的注册名、真名、最后登录时间和使用shell类型等，而这些信息非常容易被攻击者所获悉。攻击者可以知道一个系统使用的频繁程度，这个系统是否有用户正在连线上网，是否在被攻击时引起注意等等。防火墙可以同样阻塞有关内部网络中的DNS信息，这样一台主机的域名和IP地址就不会被外界所了解。

6．防止资源被滥用

为了节约经费，强化安全管理，利用防火墙的网络流量控制功能，可以有效分配网络带宽。软硬件防火墙的比较如表17-12所示。

表17-12　软硬件防火墙比较

硬件防火墙	软硬件结合防火墙	软件防火墙
用专用芯片处理数据包，CPU只作管理之用	机箱+CPU+防火墙软件集成于一体（PC BOX 结构），市面上大部分声称"硬件"防火墙的产品都采用这种结构	运行在通用操作系统上的能安全控制存取访问的软件，性能依靠于计算机CPU、内存等
使用专用的操作系统平台，避免了通用性操作系统的安全性漏洞	采用专用或通用操作系统	基于众所周知的通用操作系统（如Win NT、SUN Solaris、SCO UNIX等），对底层操作系统的安全依赖性很高
高带宽，高吞吐量，真正线速防火墙。即实际带宽与理论值可以达到一致	核心技术仍然为软件，容易形成网络带宽瓶颈	由于操作系统平台的限制，极易造成网络带宽瓶颈。因此，实际所能达到的带宽通常只有理论值的20%~70%
安全与速度同时兼顾	只能满足中低带宽要求，吞吐量不高。通常带宽只能达到理论值的20%~70%	可以满足低带宽低流量环境下的安全需要，高速环境下容易造成系统崩溃
没有用户限制	中低流量时可满足一定的安全要求，在高流量环境下会造成堵塞甚至系统崩溃	有用户限制，一般需要按用户数购买，性价比极低

（续表）

硬件防火墙	软硬件结合防火墙	软件防火墙
管理简单，快捷	管理比较方便	管理复杂，与系统有关，要求维护人员必须熟悉各种工作站及操作系统的安装及维护
识别方法：产品外观为硬件机箱形	识别方法：产品外观为硬件机箱形	识别方法：此类防火墙一般都有严格的系统硬件与操作系统要求。产品为软件

可使用两台防火墙，其中一台用于安全区与社会网络的安全隔离，另外一台用于地级以上城市内网与金盾网络的安全隔离。

17.11 带宽分析以及QoS分析

17.11.1 用户数据

未来通过网络平台进行网络通信的用户群体非常多，表17-13中列出了主要的用户群体。他们的分布和使用的系统直接影响网络流量的大小和分布。

表17-13 用户群体分布

业务系统	系统用户	数据分布
办公自动化信息数据	城域网所有用户	整个网络
IP电话系统	城域网所有用户	整个网络
公安内部专用业务系统	城域网所有用户	整个网络
视频会议系统	区县局以上所有用户	整个网络

应用的数据所在位置直接影响网络通信中的分布，以及网络各层次的通信流量分布。网络中的通信流量主要由网络上的应用系统通信和网络设备间的通信联络二部分构成。而应用系统分为实时性强的多媒体应用和实时性要求不强的一般软件，这些软件有业务应用软件和通用工具软件。如图17-20所示。

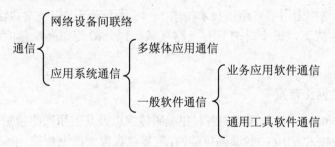

图 17-20 网络中的通信流量特征

为了对将要建成的网络平台中通信流量特征有一个宏观的了解，可对上面几种通信类型进行量化分析。这些分析结果有助于对网络结构和技术选型的确定，并更好地确定既经济又满足要求的各级网络设备。

需要说明的是，在正常情况下，由于无法对将要建立的系统中各种通信流量进行实地测量，同样也无法对各种应用系统进行精确的数据量评估，因此采用理论分析的方法，对流量进行半定量化的量级分析，是一种业界普遍遵循的公认方法。

1. 网络设备间通信带宽占用

网络正常运行状态下的设备间通信有下面几种。

（1）交换机与交换机间在正常运行状态下基本无设备间通信。

（2）路由器与路由器间有路由器信息的交换。如果RIP路由器选择协议缺省路由器更新是30秒一次，假设系统中有25个路由器，分组有532B，IP头有20B，802.3的协议开销是46B，共有598B。相邻路由器在30秒内各自有一次更新，共有1196B，即平均40BPS带宽。OSPF路由器选择协议缺省路由器更新在局域网是10秒一次，通过类似的分析，平均带宽在100BPS左右。对网络带宽来说100BPS对带宽占有率很低，可以不计。

（3）路由器与交换机间在正常运行状态下无信息交换。

通过对以上几类通信情况的分析，这些通信占用的全部带宽也只有几百字节每秒，对网络来说其带宽占有率很底，几乎可以忽略不计。

2. 视频会议网络带宽

本节主要论述经过主干网的多媒体通信数据流，部门内的多媒体通信只限制在部门子网内，因此不重点考察。多媒体应用的范围较广，但在企业应用且跨主干传输的主要有视频会议系统和IP电话系统。未来可以提供视频点播（VOD）服务。

一个视频会议的带宽根据传输的图像质量不同，其带宽要求也不一样。一般来说，在业界公认的原则是：

- 分辨率为176×144的QCIF，30帧/秒图像，带宽100KBPS。
- 分辨率为352×288的FCIF，30帧/秒图像，带宽384KBPS。
- 分辨率为704×576的4 CIF，30帧/秒图像，带宽1.5MBPS。
- 采用FCIF编码的图像质量非常高，在此质量下带宽只用384KBPS。

如果视频会议在网络上用多点组播技术传输，一路会议流仅占用一个传输通道，一个视频会议在会议主席的主持下，每个时刻只有一路视频，因此即使在高质量的编码下也就占用384KBPS带宽。

3. IP 电话系统的网络带宽

表17-14所示是VoIP电话系统采用的各种IP编码技术以及其占用网络带宽的数据。

一般情况下VoIP技术采用G.729编码传输。IP数据包在以太网上传输，如不采用压缩技术，其IP数据包的带宽在VAD方式下为14.8KBPS；如采用压缩技术可以达到7.2KBPS的网络带宽。

在警务综合信息应用平台中，每个科所队有8个IP电话，共占带宽= 7.2KBPS × 8 = 57.6KBPS，因此科所队语音峰值带宽为57.6KBPS。每个区县分局和交警大队有32部IP电话，则IP电话在广域网链路上总带宽= 7.2 KBPS × 32 = 230.4KBPS。

表17-14　VoIP电话系统IP编码技术及占用网络带宽

	Voice BW（KBPS）	Frame Size（Bytes）	Payload（Bytes）	Packets per Second	IP/UDP/RTP Header（Bytes）	CRTP Header（Bytes）	L2 Frame	Layer 2 Header（Bytes）	Total Bandwidth（KBPS）No VAD	Total Bandwidth（KBPS）With VAD
G.711	64	80	160	50	40	-	Ether	14	85.6	42.8
G.711	64	80	160	50	-	2	Ether	14	70.4	35.2
G.711	64	80	80	100	40	-	PPP	6	100.8	50.4
G.711	64	80	80	100	-	2	PPP	6	70.4	35.2
G.729	8	10	20	50	40	-	Ether	14	29.6	14.8
G.729	8	10	20	50	-	2	Ether	14	14.4	7.2
G.729	8	10	20	50	40	-	PPP	6	26.4	13.2
G.729	8	10	20	50	-	2	PPP	6	11.2	5.6
G.729	8	10	30	33	40	-	FR	4	19.7	9.9
G.729	8	10	30	33	-	2	FR	4	9.6	4.8

4．公安业务软件通信带宽

根据数据通信量的计算，整个网络每秒总通信量为390KB×8=3120KBPS。100多个二级节点可能进行的业务和频度不同。以比较大的数据通信量业务为例，查询一个人的指纹，可能数据量为220KB左右，频度比较高的治安和交管查询，每次信息量为40KB，每天约30次。所以每秒在每个二级节点发生的流量不确定，所以以一个经验值来估计，网络平均带宽232Kbps，网络峰带值宽512KBPS。

17.11.2　业务系统占用网络带宽总和

业务系统占用网络带宽总和为各个系统占用网络带宽之和，如表17-15所示。

表17-15　业务系统占用网络带宽

业务系统	网络平均带宽	峰值网络带宽
公安业务系统	232KBPS	525KBPS
VoIP电话	23KBPS	230KBPS
视频会议	384KBPS	384KBPS
带宽合计	639KBPS	1139KBPS

由此可以看出现有的网络带宽基本可以满足网络传输要求（使用384和768视频带宽的前提下）。

17.12　网络服务与域名服务

网络服务包括数据库、E-mail、WINS、DNS、WEBBBS、FTP及网关、文件服务器，将来进行广域网连接，还应添加代理服务器等。信息中心作为整个网络的神经中枢，应选择高配置、高性能的服务器以满足整个系统的应用。在网络服务应用不是很频繁的情况下，可以将数个应用服务合并到一台服务器上，如可以将E-mail、WINS、DNS等服务合并，将来网络扩展时再设置独立的功能服务器系统。服务器之间互为备份，以保证网络应用的安全可靠。下属子网根据不同的需要，可以配备各业务部门服务器用来满足本网络的应用，并与骨干网络服务器系统进行数据交换。网络操作系统应充分考虑实用性、安全性。网络服务的建设应严格遵循部里的有关标准，为综合应用系统的运行做好准备工作。

域名服务严格遵循《全国公安计算机网络IP主机命名编码规范》的要求，在地市级公安机关信息中心建立域名服务器，其技术规范与省厅的上级域名服务器保持一致（共用Cache.dns）。全市域名系统由市局信息中心域名服务器统一管理。

思考题

（1）如何在网络拓扑设计中避免单点故障？

（2）如何根据数据量计算网络数据流量？

（3）如何进行子网划分？

（4）如何保证公安机关运行环境的网络安全？

（5）如何接入社会信息网络采集的公安监管信息？

第18章

网络视频
监控构建

摘 要

　　本章针对公安行业广泛应用的网络视频监控技术，结合公安机关的监控系统设计要求，就网络监控的建设目标、技术路线、拓扑构成、监控实施等内容进行了详细的讨论，并就其中的一些技术问题和设备进行了分析，力图为公安机关在进行网络监控系统设计时提供可资借鉴的技术思路。

　　为了避免在网络视频监督管理上消耗太多的人力和物力，所有的网络视频监控前端必须做到无人值守。要求安全监控系统能够保证网络视频监控范围内人和物的安全，可以根据经验提供更多的监控手段和更合理的解决方案，当有人进入网络视频监控范围内时，能够提供视频监控、报警联动等功能。系统要充分考虑利用网络及远程监控技术来强化监督的技术手段，建立网络视频与监控中心之间的实时安全监控系统，从而加强远程安全监控管理的力度。因此，数字化、网络化、智能化的视频监控系统，可以提供包括视频、音频、告警等在内的全方位安全监控功能。

18.1 系统结构

数字化、网络化、智能化的视频监控系统是基于数字化、网络化的联网架构，前端编码设备、客户端PC以及录像存储设备均通过IP网络与中心管理平台互联，各个组成部分之间传输的都是数字化的IP监控码流。IP网络本身可以是局域网（LAN），也可以是基于专线、VPN或Internet构建的广域网（WAN）。

为保证网络上传输的监控图像效果，可以采用先进的MPEG-4视频编码技术，既可以在Internet等低带宽条件下提供清晰流畅的图像，也可以在LAN等固定带宽条件下提供DVD品质的高清晰图像。

由于采用数字化、网络化的联网架构，通过该系统，用户可以不受时间、地点限制对前端网络视频内的各类监控目标进行实时浏览和观看，并借助中心管理监控平台实现跨区域的统一管理和资源共享。系统总体结构如图18-1所示。

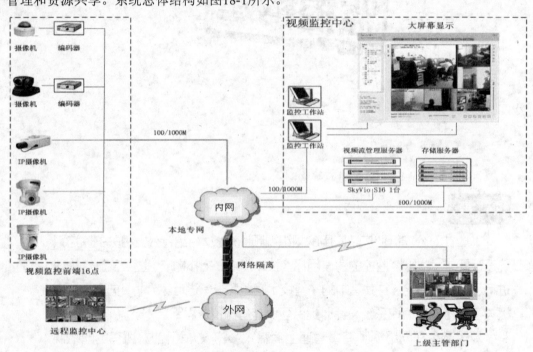

图 18-1 系统总体结构

18.2 设计原则

系统在方案设计时，应根据国家和有关部门制定的标准、规定、规范，结合建设方的各种实际情况，充分考虑系统的可靠性、实用性、可扩展性和经济性，同时考虑系统的冗余性，在此原则下进行设计。在设备选型时对国内外多家厂商的产品进行详细认真的分析和测试，选择具有良好的可靠性、先进性、易操作性、易维护性及可扩展性、经济性俱佳的厂家设备，进行优化组合。真正做到系统配套，使之具有良好的性能价格比。

具体应坚持以下设计原则。

（1）标准化。网络视频监控系统就是要实现在网络系统上的图像传输和共享，采用的产品均遵循网络协议和传输标准的要求。

（2）可扩展性。由于用户以后的需求会不断发展，监控数量将随之扩大，只要增加前端设备和服务器用户许可，不用添加其他附加设备，以保证用户的投资。

- 为了适应未来系统扩展的要求，系统在满足现有功能的基础上预留足够的设备容纳性以便系统扩充之用。系统中控制部件采用集中式结构、嵌入式等技术措施，可以方便灵活地进行扩充，充分保证系统在将来的适应性。
- 灵活的组网方式，方便被监控点的增加。
- 几个视频监控系统可以作为子系统组成更大的视频监控系统，可按多级组网的方式，形成大规模的监控网络，高一级监控中心能管理和监控低一级监控中心的运行。

（3）易用性。监控系统使用界面良好，用户无需安装客户端软件，只通过 IE 浏览器就可进行实时监控，完全智能控制。

- 系统可以很方便地升级，保证用户投资。
- 可调节图像质量与带宽占用，系统采用MPEG4硬件编码，可以根据用户需求调节帧数、分辨率、图像质量等。
- 多种图像浏览方式，包括单画面、四画面、六画面、九画面、十六画面及自定义等多种浏览方式。
- 系统建立基于B/S和C/S架构的组网技术，可以方便灵活地使用。

（4）开放式结构。监控平台可以与第三方系统相融合，可以读取第三方系统的相关数据，可以为第三方系统提供其需要的相关数据，提供SDK（二次开发包），具有开放式结构。

（5）完善性。

- 具有强大的视频、数据告警功能。当某台摄像机发生报警时，系统可实时启动录像，或驱动云台前往预置位实时监视。
- 当发生报警时，能把报警信息发送到指定客户端。
- 功能完善的录像管理体系。系统可选用手动、告警、定时、周期录像四种录像方式；提供指定周期的滚动删除功能，有效防止存储空间耗尽。同时可提供分布式网络存储功能，与网络内其他服务器或NAS紧密结合。
- 系统具备完善的控制功能；系统设权限管理，对不同级别的用户给予不同的权限，有效防止越权操作。

18.3 目标分析

在网络视频监控设计中，必然需要考虑不同的视频监控单元和信息处理单元，根据不同的应用需求，需要确定不同的设计要求和技术原则。本节就一般性的设计原则，提出以下设计内容。

1. 监控中心

系统可以满足两种类型的用户观看实时视频图像。第一种，用户设有专门的监控中心，配有先进的大屏幕显示设备，有关人员会不停地观测现场图像，并十分注意监视画面中的突发事件和目标。第二种，有关人员通过自己办公计算机进行观看。

用户可以在网络任一地点观看，也可同时在不同地点观看。为了确保系统安全，以便更好地管理，可以用口令保护对视频图像的访问。系统可以提供各种条件来实现对视频图像更为简便、更加有效的监视，从而获得更理想的效果。所有的监控点必须能够支持以中文方式在监控图像画面中显示监控点的名称。

系统支持自动轮巡显示监控点图像，而且用户可以自定义监控点轮巡方式和时间。系统可以同时设置多个轮巡组进行画面循环显示，支持监控点图像的分区管理和观看。

2. 录像中心

实现定时录像，显示录像列表，修改录像信息，回放录像。系统能对所发生的一切做出精确的、可靠的视频录像，提供灵活的录像模式：手动录像、定时录像、报警录像和周期录像。系统录像提供预录像功能，即所有的录像能够保留至少5秒录像前视频图像。系统保存的录像能够进行锁定操作，即锁定录像不能被删除。

系统自身可实现环境监控的报警连动，也可与计算机监控系统的报警信息连接，实现报警联动。当出现告警时，分中心和总控中心可按预定程序进行告警联动，并以字幕、声音形式报警，报警后录像服务器可自动进行实时录像，并对已发生的报警、录像动作均有一段时间内的历史记录。同时摄像机到指定预置位实时监视图像。

各中心在观看实时视频图像信息的同时，根据应用需求要求观看以往的记录图像，并要求网络任意节点可以调用任意监控点任意时刻的图像信息。本系统采用了分布式录像的设计思想，每个分中心各设置一套图像记录系统，分别记录本分中心的图像，在总中心也可设置一套图像记录系统，作为每个分中心记录系统的备份。这样，提高了记录系统的可靠性，如果主干线网络出现了问题，不会影响到本系统的正常记录。

系统可以迅速、方便地找到某个特定的录像，可以通过时间、日期、摄像头等条件进行筛选回放。

3. 报警中心

视频流管理服务器提供了一个功能强大的报警策略机，你可以利用它在警报的触发条件和输出响应之间进行自由搭配，非常灵活地实现安全监视所需要的各种报警联动动作。这些警报触发条件包括：视频丢失、视频移动、视频遮挡、报警探测器以及其他报警系统或环境监测系统所触发的IP警报信号；输出响应包括：录像、警音提示、日志记录、切换预置位、激活现场灯光和警铃、发电子邮件、发短信等。其中独立的外部报警系统所触发的IP警报信号尤为重要，它能够保证IP视频监控系统响应几乎不受警报触发条件的限制。

4．电子地图

系统提供直观电子地图使用方式，用户可以在系统中加入监控点分布的真实地图或模拟图形，编辑摄像机的实际位置。用户可以迅速在电子地图中找到所要监视的物理地点并观看其图像。

5．设备管理

系统支持多个厂家的网络摄像机或视频服务器，保证系统将来升级不会受到网络摄像机或视频服务器型号和品牌的限制。

6．用户管理

系统具备完善的用户管理机制，不但可以为某个用户在系统中开设账号，还可以限定不同用户的权限。这些权限包括对观看图像的限制，录像操作的限制，PTZ控制的限制等很多种，可以做到对视频图像分区观看的限制。即使是拥有相同权限的用户，其优先级也是有区别的。系统只要事先设置好不同用户的权限，就可以放心地让用户使用，而不必考虑视频图像的安全性和保密性，不同用户观看图像时也不会发生冲突。

7．数据安全性

采用性能稳定的网络附加存储——NAS录像系统，视频数据资料不可修改，也可以用刻录备份的方法将系统设置数据、重要的资料、重要的音视频资料备份到光盘，以便永久保存和故障时快速恢复。

8．系统安全性

系统具有完善的网络权限管理机制。通过管理使用者的使用权限级别，通过设置控制设备的级别和可控制权限，使系统更安全。监控系统应具有键盘口令输入，限制无关人员使用系统。用户只有在密码输入正确时才能对参数进行设置。

 18.4　压缩方式比较

网络视频图像主要有MJPEG和MPEG-4两种压缩式，这两种方式各有所长，本节对此进行简单比较。

1. MJPEG

MJPEG是指Motion JPEG，即动态JPEG，按照25帧/秒的速度使用JPEG算法压缩视频信号，完成动态视频的压缩。是由JPEG专家组制定的，其图像格式是对每一帧进行压缩，通常可达到6:1的压缩率。但这个比率相对来说仍然不足，因为每一帧都是独立的图像，MJPEG图像流的单元就是一帧一帧的JPEG画片，每帧都可任意存取，所以MJPEG常被用于视频编辑系统。动态JPEG能产生高质量、全屏、全运动的视频，但是，它需要依赖附加的硬件。而且，由于

MJPEG不是一个标准化的格式，各厂家都有自己版本的MJPEG，双方的文件无法互相识别。MJPEG的优点是画质比较清晰，缺点是压缩率低，占用带宽很大。一般单路占用带宽8M左右（25fps）。

2. MPEG-4

MPEG-1"文件小，但质量差"；而MPEG-2则"质量好，但更占空间"，MPEG-4则很好地结合了前两者的优点。MPEG-4利用很窄的带宽，通过帧重建技术压缩和传输数据，以求以最少的数据获得最佳的图像质量。与MPEG-1和MPEG-2相比，MPEG-4为多媒体数据压缩提供了一个更为广阔的平台。它更多定义的是一种格式、一种架构，而不是具体的算法。它可以将各种各样的多媒体技术充分利用进来，包括压缩本身的一些工具、算法，也包括图像合成、语音合成等技术。MPEG-4的特点是其更适于交互AV服务以及远程监控，MPEG-4是第一个使你由被动变为主动（不再只是观看，允许你加入其中，即有交互性）的动态图像标准。它的另一个特点是其综合性，从根源上说，MPEG-4试图将自然物体与人造物体相融合（视觉效果意义上的）。MPEG-4的设计目标还有更广的适应性和可扩展性。

MPEG-4标准的占用带宽可调，占用带宽与图像的清晰度成正比。以目前的技术，一般占用带宽大致在几百K到2M左右。

18.5 网络图像监控分析

网络视频监控系统由监控前端、网络通信平台、中心管理服务器、监视系统等组成，是完全基于IP网络，采用B/S结构设计的新一代综合图像监控系统，代表了目前国内远程视频监控系统的先进水平。

网络视频监控前端包括模拟摄像机、网络视频编码器、网络摄像机、报警输入/输出设备等。

网络视频监控与报警系统可以进行联动，在非授权人员进入网络视频或网络视频内某一特定区域时，系统可以通过移动侦测发出相关报警信息。移动侦测是通过分析监控点图像数据的移动特性，来确定现场发生行为或现场运动状况的一种方法。在网络视频门口或网络视频内重要位置设定移动侦测的布防区域，任何人员进入该区域，系统都将自动产生报警信号，并结合报警联动进行一系列操作。

报警联动是在系统检测到告警事件后触发中心管理平台产生相应的联动操作，包括自动开启对指定监控点的实时录像、将其图像自动切换至用户端显示、在客户端和前端产生声光电警报等。

网络通信平台通常由路由器、交换机、无线网桥、防火墙、通信线路等设备组成。通信线路可以采用双绞线、光纤、有线电缆、专线、帧中继、xDSL、无线局域网、卫星、微波、GPRS、CDMA、3G等多种方式。

视频流管理服务器由监控管理软件、服务器硬件、存储服务器等组成。监控管理服务器能够实现完整的监控管理功能，是网络视频监控系统的核心。基于拥有专利的流媒体分布式处理技术，能够在复杂网络环境中优化视频流的传输控制，提供大容量、高质量的网络视频传输和处理。监控管理服务器可以跨服务器硬件部署并实现负载均衡，从而可以支持多达几千个监控点。

监视系统由监控终端和显示系统组成。监控终端可采用普通的PC机，无需安装客户端软件，只要使用标准浏览器访问监控管理服务器。用户登录监控系统，根据管理的权限使用系统功能。对于中心监控室，通常会配置高性能的PC机作为监控工作站，并可建立大屏幕电视墙系统进行监控。

根据技术需求，同时根据系统应用的特点、所要监视网络视频的现场等情况选择不同类型前端摄像头，每个前端网络视频内根据实际需要设置不同数量的摄像头。

网络视频前端应充分考虑每个网络视频监控网点有若干个摄像头图像需要上传，又有带宽限制的情况，在前端配置高性能模拟摄像头+网络视频服务器的模式，将模拟视频流转换成IP视频信号在网络中传输。所选型网络视频服务器为单路或多路高分辨率的监视效果，带宽限制在1.2M以内，即可达到高清晰度画质图像效果。

网络视频服务器SED-2120T提供二个RJ-45接口。一个是LAN，另一个是WAN。WAN用来连接Internet，LAN口用来连接本地局域网。WAN口支持PPPoE协议，可以使网络视频服务器直接通过ADSL连接到Internet，在1.2M带宽时图像可达到Full D1（720X576）。

视频流管理服务器应该支持无限用户同时访问，使用并可以管理16个网络视频服务器或网络摄像机。

18.6　网络视频监控扩展

网络视频监控是一个开放的系统，它能够很容易地接入到其他网上共享资源，成为整个信息化建设的一部分，而不再是一个独立的系统。

允许将监控功能通过因特网延伸到外地出差的主管人员的工作桌面上而不需要改变目前的网络环境。通过这种扩展，可进一步实现多方参与监控的功能。通过系统的授权可以允许其他人员进入系统，观察或访问现场状况。

系统中包含了外部网络的接口，当需要连接到其他网络时，只需要链路连接，并通过配置即可实现。配置的基本原则如下。

（1）安全性。保护网络视频本身网络安全。

（2）服务质量。保证监控系统高码流应用不影响其他网络应用。

（3）透明性。当允许外部网络用户使用本监控系统时，用户是透明地跨过网络访问。

系统在应用方面具有开放的接口，可与其他系统连接。连接接口包括数据库、过程调用或Web Service。

18.7　摄像机选型

摄像机是整个监控系统的核心设备，选型时应根据现场环境和用户需求慎重选择。

（1）根据安装方式选择。固定安装多选用普通枪式摄像机或半球摄像机；如采用云台安装方式，现多选用一体化摄像机，其特点是内置电动变焦镜头、小巧美观、安装方便、性价比优；也可采用普通枪式摄像机另配电动变焦镜头方式，但价格相对较高，安装也不及一体化摄像机简便。

（2）根据安装地点选择。普通枪式摄像机既可壁装又可吊顶安装，因此室内室外不受限制，比较灵活；而半球摄像机只能吸顶安装，且安装高度有一定限制，所以多用于室内。但和枪式摄像机相比，后者不需另配镜头、防护罩、支架，安装方便，美观隐蔽，且价格经济。

（3）根据环境光线选择。如果光线条件不理想，应尽量选用照度较低的摄像机，如彩色超底照度摄像机、彩色黑白自动转换两用型摄像机、低照度黑白摄像机等，以达到较好的采集效果。需要说明的是，如果光线照度不高，而用户对监视图像清晰度要求较高时，宜选用黑白摄像机。如果没有任何光线，就必须添加红外灯提供照明或选用具有红外夜视功能的摄像机。

（4）根据对图像清晰度的要求进行选择。如果对图像画质的分辨率要求较高，应选用电视线指标较高的摄像机。一般来说，对于彩色摄像机，420、450TVL（电视线）都为中解析摄像机，470 TVL以上都为高解析摄像机。清晰度越高，价格相对越高。

思考题

（1）如何构建移动状态下的网络视频监控中心？
（2）如何实现监控图像的实时联动报警？
（3）如何在公安网络环境下接入社会监控图像？
（4）如何进行摄像机选型？

第**19**章

视频会议构建

摘　要

　　视频会议是公安机关提高办公效率，提高应急反应速度，扩大信息覆盖面的有效技术手段。本章就视频会议系统的目标、设计思想、技术路线、组网架构、实现功能和实际实施作了较为全面的阐述，希望通过本章的学习，对于公安机关的视频会议建设能够有所裨益。

　　视频通信是人类社会经济生活中不可缺少的一部分，有关的研究表明，有效的信息55％依赖于面对面（Face to Face）的视觉效果，38％依赖于说话者的语音，而只有7％依赖于内容。传统通信工具如电话、传真等，都无法达到面对面或一群人聚集在一起的沟通效果。然而，图像通信所占的带宽太大，无法应用于实际的通信中。进入20世纪90年代，随着ITU制定第一个H.320标准，视频服务得到了很大的发展。

　　视频服务使人们能进行自然的、计划好的会议，却摆脱了距离的限制，也避免了耗时、费力的长途旅行。视频服务的最大特点是能够再现实地会议的效果，减小因距离因素而产生的与会者之间的隔阂。

　　规模庞大的通信网、IP网、各种数字数据网（DDN）、分组交换网、ISDN以及ATM网的建成和投入使用，使通信能力大大加强，从而使得视频服务有了发展的基石。

19.1 目标分析

视频服务设计的基本要求是建立以地市级公安机关为主会场，县区分局及局直单位为分会场的高清晰、高质量的交互式电视会议系统，各分会场均可以经主会场指定成为主会场。市局主会场可以控制分会场系统的开关及云台、镜头的光圈、焦距等。在主会场和分会场均要求配有字幕系统和录像设备，具有完善的业务管理和网络管理功能。

传输通道采用2MBPS透明数字信道，能够和公安部一级网、省厅二级网会议电视系统互通互连。同时要求市局现有的会议设备可与视频会议子系统实现连接，易于操作。在视频服务设计中，要求完成与现有电话会议系统的连接，实现三级网电视会议图像传输视音频切换的管理控制、会议方式控制、会议图像远程控制等功能，能够实现对电视会议终端设备工作状态的测试，故障告警等功能。

在所设计的视频服务设备中，应能兼容多厂商的H.323和H.320会议电视终端，可与E1、DDN、卫星、微波或ISDN网络上的H.320系统互通，实现H323和H320网络上的交互式视频会议。

19.2 系统架构

针对地市级公安机关现有的网络状况以及市局的需求，地市级公安机关视频会议系统将是以地市级公安机关城域网网络平台为基础建设的。整个网络采用辐射式星型网络结构，将建立以地市级公安机关信息中心为主会场，局直单位及县区分局为分会场的交互式电视会议系统。地市级公安机关信息中心为主控汇接点，对上连接省公安厅，对下可以管理控制局直单位（交管）及县区分局，组成地市级公安机关会议电视系统。

地市级公安机关的视频会议系统将采用业界先进的会议电视设备，包括多点会议服务器（MCU）、会议电视终端以及智能视频会议网管系统，构建的网络对地市级公安机关及区县分局进行了完整覆盖。市局信息中心配置一台视频会议控制系统（MCU），各个视频会议的会场配置会议终端。由MCU负责对整个视频会议进行监控（包括会议建立、网络带宽的调整等）。会议终端负责对语音和图像进行数据采集和转发，同时还负责接收其他会场的语音和图像数据。

整个网络采用数字传输方式，传输通道采用三级网2MBPS透明数字信道。系统将符合H323标准，建议传输速率为768KBPS。市局中心的端节点机提供19个合路2MBPS的E1接口，加开光端机，通过SDH传输至省公安厅电视会议控制室，架构完备而不多余。如图19-1所示是地市级公安机关视频会议系统拓扑结构图。

地市级公安机关视频会议系统是基于H.323标准组建的电视会议系统，分为物理系统结构和逻辑系统结构。这两种结构密不可分，前者为硬件系统结构，后者为软件系统结构，在视频会议系统中表现为一个有机的统一整体。

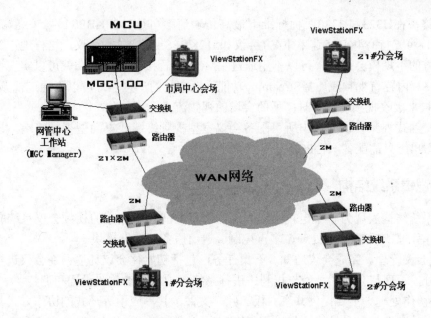

图 19-1　地市级公安机关视频会议系统拓扑结构

19.2.1　物理系统结构

物理系统结构主要有通信网络、会议多点控制设备（MCU）、电视会议终端。

1．通信网络

地市级公安机关城域网是以市局信息大楼为中心，各区县分局及派出所通过租用电信的 SDH组成的星型网络。

2．多点控制设备 MCU（Multipoint Control Unit）

市局信息中心配置一台会议多点控制设备（MCU），进行图像与语音的分配与切换。

单台MCU应可实现768KBPS速率下最大60个会场点同时进行交互式电视会议，因此在地市级公安机关安装一台高档的MCU就可以满足市局接入19个视频会议终端的需求。具体配置如表19-1所示。

表19-1　MCU配置

所支持的点数	MCU 接口板配置	备注
19点@768KBPS，E1	H323板：2×MG323-12	每个板支持12个IP 点
24点@768KBPS，IP	音频板：2×Audio-12	每个板支持12点

3．电视会议终端

电视会议终端的配置需符合一定的国际标准，针对不同的会议规模，可选择会议室型或桌面型。同时，电视会议终端应具备数据应用等功能。

在市局和各区县分局会议室，考虑要具有多种功能和最高的性能，建议安装顶级的视频终端，该终端在H323和H320两种标准下最高传输速率可达1920KBPS。视频终端内置有4点MCU功能，可支持384KBPS速率下4方会议和512KBPS速率下3方会议，这样地市领导若要召开3方或4方的小规模会议时，可以不用通过主MCU，直接用视频终端就可以实现该功能。另外，视频终端内置有视频流广播Streaming功能，地市县的一些点，可以不通过视频会议终端，直接用PC机来接收视频终端实时广播的会场的视频流。

参加交互式视频会议的派出所可配备会议室型视频终端或桌面型视频终端，只接收广播数据流的派出所只需配备一台PC机。

19.2.2　逻辑系统结构

逻辑系统结构表现为整个电视会议系统的总体功能上，完整的视频会议系统应具有会议管理、协作处理、视频/音频处理、多点控制、通信服务等功能模块。

（1）会议管理。完成会议通知、召集任务，包括初始化会议环境；在会议进行中，协调系统各部分，管理与会者的身份与权利；进行系统各项性能参数的设置和调整。

（2）协作处理。主要提供共享白板、共享文件、共享应用等形式的协作方式。其中共享白板的作用是实现与会人员的公共显示和修改窗口，实时传送修改信息；实现内含文件等数据的传送功能，完成文件传阅任务；具有OLE功能。

（3）视频/音频处理程序。将完成视频/音频信息的采集、转化，实时压缩本地媒体产生的数据，实时解压缩和播放远地媒体产生的并经过网络传送过来的数据。

（4）通信服务和多点控制。具有网络管理的功能，能集中处理各种媒体产生的信息流的调度、传输等一系列问题，实现点对点、组广播、广播方式等连续方式；完成相应进程的数据连接；保证网络传输的效率，以维护一定的系统性能。

19.2.3　组网结构

由于地市级公安机关的会议场点数目不多且地域分布相对比较集中，其视频会议系统可采用单MCU方式的多点会议组网结构。整个系统采用以地市级公安机关信息中心为主会场，局直单位、县区分局为分会场的交互式电视会议系统。各会议场点依次加入会议时，必须经过MCU确认并通知先于它加入会议的会议场点。

MCU应同时支持H320和H323协议。可通过E1接口连接公安部一级网、省厅二级网会议电视系统，或连接市局现有的H320会议，将H320的会议电视系统和新建立的H323网络上的会议电视系统，连接在同一会议中。

（1）市局和区县分局各配备一台字幕机，将摄像机的视频信号先通过字幕机，再接入编/解码器，就可以在屏幕上显示出字幕。

（2）视频终端可以直接连接录像机，录下正在进行的会议。

（3）视频终端中应有一块视频处理板，可以支持4分屏显示和混速、混协议终端接入。

（4）视频终端在现有配置下尚有空余的槽位，将来在这些槽位中插入相应的接口板和音频板，可以再接入更多的会场点。

（5）在该网络的基础上连接其他网络和视频源。视频终端应兼容所有符合国际电视会议标准的MCU和终端，可以通过级联方式连接原电视会议网络中的MCU，使原电视会议网中的终端可加入新建立的电视会议中,或直接将原电视会议网络中的视频终端,如VTEL的终端连接到MGC-100上,加入新建立的电视会议中。

(6)视频会议终端内置有4方会议功能,在召开4方以下的视频会议时,可以不用MCU,直接用视频终端组成视频会议。

(7)主会场的模拟视频信号送到流媒体服务器,流媒体服务器可以形成流媒体数据在LAN网上进行广播,所有派出所的用户通过PC机就可以接收主会场广播的流媒体图像。

(8)流媒体服务器同时可实现视频点播功能。

(9)MCU功能。包括:

- 视频功能:支持演讲者模式,即所有分会场观看主会场(演讲者)画面,而主会场可指定观看任一分会场画面,或自动轮循观看各分会场画面,或观看通过语音激励切换的任一分会场画面;支持视频编码H261、H263。
- 音频功能:可进行语音混合和不同编码方式的转换,支持音频编码G728、G722、G711。
- 控制功能:可以立即召开会议;可建立会议模板,从会议模板启动会议;可预约会议,到预约时间该预约会议可自动启动;可将预约会议设置成例会方式,即按每周或每月同一时间启动该会议;会议控制方式包括导演控制方式、语音激励控制方式、主席控制方式;任何一个县市局分会场都可以成为主席会场;可利用远端摄像机控制。
- 管理功能:支持工作站管理方式,由系统管理员对MCU进行系统的配置和管理。
- 维护功能:具有会议功能管理、视频信号浏览、端口实时监测显示、预置定时会议、会议时间自动记录、用户地址录入与编辑、数量统计以及对会议事件进行存储等功能;能对整个系统内所有会场的情况进行实时监测显示,并根据监测数据报告结果,用以判断故障;能对各端口进行实时监测,某端口出现故障时能自动报警,并对出现故障的端口进行检测,自动判断出其故障类型,若整个会议过程中由于外界因素或人为因素出现掉点现象,管理软件能实时地显示告警信息。

(10)其他功能说明。包括:

- 关于远端会场的摄像机控制功能:视频终端在H320和H323网络中都支持远端摄像机控制,但目前多数MCU在H323网络上还不支持远端摄像机控制,因此在H323网络上的远端摄像机控制功能是通过带外方式实现的。因为视频终端具有内置的Web服务器,管理人员或控制人员或主席可以通过IP网登录到要控制的终端,远程控制该终端的摄像机等。
- 各分会场上传图像实时监控(电视墙)功能:通过MCU召开多点电视会议,如果不采用分屏模式,一般是广播主会场的图像,所有分会场显示主会场图像,而主会场可以显示任意一个分会场的图像;如果采用分屏模式,则主会场和所有分会场显示的都是具有多个分会场图像的多分画面的图像;如果采用演讲+分屏模式,则所有分会场显示主会场图像,而主会场可以显示具有多个分会场图像的多分画面的图像。这就是说,通过MCU召开多点电视会议,主会场一般只需2个显示屏幕,一个显示本端图像,一个显示任意一个分会场的图像或显示具有多个分会场图像的多分画面的图像。

若要实现各分会场上传图像实时监控的功能,必须采用电视墙技术,即要求MCU具有多视频信号输出的功能。但目前多数MCU还不具备该功能,在IP网上又难于在MCU处取得各分会场接入到MCU的视频信号，所以实现用户的上述要求比较困难。因此，建议主会场就用2块投影屏幕显示，一块为主屏幕，显示主画面，即发言人画面或多分画面，另一块屏幕显示终端画面。

19.3　多点会议控制模式

多点会议控制模式目前有声控模式、发言人控制模式、主席控制模式、广播/自动扫描模式以及连续模式五种比较重要的控制模式。地市级公安机关视频会议系统中的多点会议控制模式主要采用以下三种。

（1）声控模式。声控模式的使用最为普遍，是全自动工作模式，按照"谁发言显示谁"的原则，由声音信号控制图像的自动切换。多点会议进行过程中，一般只有一方发言，其他会议场点显示发言者的会场图像。当同时有多个会议场点要求发言时，MCU从这些会议场点终端系统送来的数据流中抽取出音频信号，在语言处理器中进行电平比较，选出电平最高的音频信号，即与会者讲话声音最大的那个会议场点，将其图像与声音信号广播到其他的会议场点。同时为防止由于咳嗽、噪声之类的短促干扰造成误切换，双方同时发言造成图像信息的重叠输出等问题，设置声音判决延迟电路，声音持续1~3秒后，方能显示发言者的图像。无发言者时，输出主会场全境或其他图像。

（2）发言人控制模式。发言人控制模式一般与声控模式混合使用，与声控模式一样是全自动工作模式，也仅适用于参加会议的会场数目不多的情况。当召开一次多点会议时，要发言的人通过编码译码器向MCU请求发言。此时如按桌上的按钮，或触摸控制制盘上相应键钮，编码译码器便给MCU一个请求信号；如MCU认可，便将他的图像、语音信号播放到所有与MCU相连的会议终端，同时MCU给发言人会场终端一个"已播放"的指示，使发言者知道他的图像、语音信号已被其他会议场点收到，当发言人讲话完毕时，MCU自动切换恢复到声控模式。

（3）主席控制模式。主席控制模式将所有会议场点分为主会场（只有一个）和分会场两类，由主会场组织者（或称主席）行使会议的控制权，它根据会议进行情况和各分会场发言情况，决定在某个时刻人们会看到哪个会场，而不必考虑此刻是谁在发言。

19.4　电视会议室

要使会议电视系统达到更好的效果，会议室的合理设计是非常重要的一个环节。它是决定图像质量的重要因素之一。完整的视频会议室规划设计除了可提供参加会议人员舒适的开会环境外，更重要的是逼真地反映现场（会场）的人物和景物等，使与会者有一种临场感，以达到视觉与语言交流的良好效果，由会议室中传送的图像（包括人物、景物、图表、文字等）应当清晰可辨。

1. 会议室的形态

（1）会议室类型。可根据会议的性质进行分类，一般分为公用型会议室和专业型会议室。

公用会议室适用于对外开放的包括行政工作会议、商务会议等。会议室内的设备主要包括会议电视终端设备（含编解码器、回声抑制器、受控型的主摄像机、配套的监视器）、话筒、扬声器、图文摄像机、辅助摄像机（景物摄像等），若会场较大，可配备投影电视机。专用型会议室主要提供学术研讨会、远程教学、医疗会诊，因此除上述公用会议室的设备外，还需增加供教学、学术研讨所需的设备，如白板、书写机、录像机、传真机、打字机等。

（2）会议室大小。可根据会议通常所参加的人数多少，在扣除第一排座位到前面监视器的距离外（该距离是为摄像机提供的必要取景距离），按每人2平方米的占用空间来考虑，甚至可放宽到每人占用2.5平方米的空间来考虑。天花板的高度应大于3米。

（3）会议室的环境。会议室内的温度、湿度应适宜，通常以18~22摄氏度、60%~80%的湿度较合理。为保证室内空气新鲜，每人每时换气量应不小于18立方米。会议室的环境噪声级要求为40dB（A），以形成良好的开会环境。若室内噪声大，如空调机的噪声大，就会大大影响音频系统的性能，其他会场就很难听清该会场的发言。

2. 会议室的布局

（1）影响画面质量的另一因素，是会场四周的景物和颜色以及桌椅的色调。一般忌用"白色"、"黑色"之类的色调，这两种颜色会对人体产生"反光"及"夺光"的不良效应。所以无论墙壁四周、桌椅均采用浅色色调较为适宜，如墙壁四周为米黄或浅绿色，桌椅为浅咖啡色等。一般来说，南方宜用冷色，北方宜用暖色。

（2）对摄像背景（被摄人物背后的墙），不宜挂有山水画等景物，否则将增加摄像对象的信息量，不利于图像质量的提高。

（3）从观看效果来看，监视器常放置在相对与会者中心的位置，距地高度大约一米，人与监视器的距离大约为屏幕的6倍。对小型会议室（约10人）只需采用"29"至"34"的监视器即可，也可在大会议室中的某一局部区采用。大型会议室应以投影电视机为主，都采用背投式，可在"60"至"100"之间酌情选择。以"100"为例，其尺寸为宽2150mm、高2880mm、深200mm，最好置于会议室最前面正对人的地方。

3. 会议室的照度

灯光照度是会议室的基本必要条件。摄像机均有自动彩色均衡电路，能够提供真正自然的色彩，从窗户射入的光（色温约5800K）比日光灯（3500K）或三基色类（约3200K）偏高，如室内有这两种光源（自然及人工光源），就会产生有蓝色投影和红色阴影区域的视频图像。另一方面是召开会议的时间是随机的，上午、下午的自然光源照度与色温均不一样。因此会议室应避免采用自然光源，而宜采用人工光源，所有窗户都应用深色窗帘遮挡。在使用人工光源时，应选择冷光源，诸如"三色基灯"（R、G、B）效果最佳。避免使用热光源，如高照度的碘钨灯等。会议室的照度，对于摄像区，诸如人的脸部应为500LUX，为防止脸部光线不均匀（眼部鼻子和下颌阴影）三基色灯应放置在适当的位置，对于监视器及投影电视机，他们周围的照度不能高于80LUX，否则将影响观看效果。

4．声学要求

为保证声绝源与吸声效果，室内应铺设地毯，天花板、四周墙壁内都要装隔音毯，窗户应采用双层玻璃，进出门应考虑用间隔装置。

5．供电系统

为了保证会议室供电系统的安全可靠，以减少经电源途径带来的电气串扰，应采用三套供电系统。一套供电系统作为会议室照明用电；第二套供电系统作为整个终端设备、控制室设备的供电，并采用不中断电源系统（UPS）；第三套供电系统用于空调设备的供电。

接地是电源系统中比较重要的问题。控制室或机房、会议室所需的地线，宜在控制室或机房设置的接地汇流排上引接。如果是单独设置接地体，接地电阻不应大于4Ω；设置单独接地体有困难时，也可与其他接地系统合用接地体，接地电阻不应大于0.3Ω。

必须强调的是采用联合接地方式，保护地线必须采用三相五线制中的第五根线，与交流电阻的零线严格分开，否则零线不平衡电源将会对图像产生严重的干扰。

19.5　功能特征

地市级公安机关视频会议系统是以满足地级以上城市公安机关的实际应用要求为前提，按照公安行业的特点，采用国内先进的技术解决方案和关键技术而设计，应该具有以下特点。

1．系统安全性强

系统在市局信息中心主会场配备两套终端，互为备份，当其中一套出现故障时，可立即启用另外一套终端继续开会。此外，将市局原有电话会议系统与新建会议电视系统连接，互为备份，这样，即使会议电视系统出现故障，也能保证会议的正常进行。

2．数据保密性高

公安业务对系统的保密性有着较强的要求，结合原有通信线路的高保密性，会议电视系统以H.323方式组网，完全采用数字传输方式，隔绝与其他用户的联系，保证了系统的可靠运行和会议的严格保密。

3．操作管理智能化

应用了智能化视频网管系统，会议管理员利用网管软件可以对整个会议电视网中的所有终端进行监测、参数配置及协议修改等，减少了召开电视会议的人力投入。它与一套集中控制系统相结合，实现了会议电视系统从设备操作到会议管理的全部智能化。

4．功能应用性强

所设计的功能可以满足公安机关以下多种业务需求。

（1）多路视频图像，随时切换任意参会者视频窗口。支持显示多路视频图像，最多可以支持同时显示4路视频图像。进行会议时，所有参加会议的成员都会显示在用户列表中。用户可以通过点击用户列表中的会议成员来显示该会议成员的视频图像。在整个会议过程中，可以随意查看任何一个与会者的当前图像，无论他是否申请发言，是否是会议主讲人，都不影响这一功能的使用。

（2）电子文档共享，会议过程中协同讨论。几乎所有的电子文档都可以在系统中共享，只要是支持打印的电子文档，都可以与所有参加会议的人员共同浏览和标记，包括Office、PDF、Visio、AutoCAD、Pagemaker、Photoshop等各种格式的文档，都可以实现远程共享。

（3）浏览器协同浏览。提供了浏览器协同浏览功能，参加会议的所有用户可以同步地浏览网页。只要用户的电脑上安装了Windows操作系统内含的Internet Exploer浏览器，所有的会议成员就可以同时访问同一个网站的同一个页面，当您点击了其中的任何一个超级链接时，所有的与会者都能看见新打开的页面。

（4）灵活的会议管理。

- 用户管理：提供了灵活地添加、删除可以使用会议系统用户的功能，可以灵活地修改已有的用户信息。这样就可以避免没有权限的其他人员进入会议系统，干扰会议的正常进行。

- 会议带宽管理：提供设置进行会议所需要的网络带宽。当客户端连接到服务器后，将根据服务器设定的会议带宽决定本地视频采集的帧率。例如，如果服务器设定的会议带宽为56KBPS，则所有连接到服务器的客户端将以1帧/秒的帧率进行视频采集；如果服务器设定的会议带宽为256KBPS，则所有连接到服务器的客户端将以8帧/秒~10帧/秒的帧率进行视频采集。由于上网条件与网络环境的千差万别，设定一定的会议带宽有利于保证会议正常稳定地进行。

- 会议通知：提供了方便的会议召集功能，用户可以在进行会议之前通过电子邮件或手机短信向所有的会议参与者发送会议通知，并且可以发送附件。收到电子邮件的用户，才能获得此次会议的用户名和密码，否则无法进入会议系统。

- 设定同时浏览的视频数目：可设定客户端可以同时浏览的视频窗口的最大值，以便有效地利用网络带宽。在带宽资源有限的情况下，往往无法保证所有的用户都可以同时看到4个视频窗口，利用会议管理的这项功能，可以将客户端能同时浏览的视频窗口设到1~4个，让会议视频灵活地适应网络带宽。

（5）可靠灵活的会议控制。

- 主席控制模式和非主席控制模式：会议可以在主席控制模式下进行，这时所有用户的发言和协同操作都需要会议主席的批准，主席在整个会议过程中拥有更高级别的控制权限，会议主席的高级功能包括允许与会者发言、中止与会者的发言、拒绝与会者的发言申请、给予与会者控制权、拒绝与会者申请控制权、将与会者请出当前会议等等。非主席控制模式下，用户的发言由系统自动控制。用户可根据实际情况选择任何一种会议控制模式。

- 浏览申请列表：所有的用户都可以浏览申请发言的申请列表，但是只有会议主席可以对该列表申请控制权，操作当前申请发言人的列表。在主席控制模式下，主席可以允许任何一个申请发言人的申请。

- 良好的兼容性：会议电视终端全部采用H.320和H.323双模式，而且能与公安部、省公安厅和市地级公安机关按照统一标准协议配置的不同厂家的现有同类产品兼容，实现互联互通。

思考题

（1）视频会议的基本构成是什么？

（2）视频会议系统都是基于哪些标准构建？试分析不同标准之间的区别。

（3）视频会议系统设计时的基本依据是什么？

第 *20* 章

信息安全分析

摘 要

　　本章针对公安行业信息化建设中的信息安全构成、安全原则、网络安全、系统安全、应用安全、数据安全的策略与技术实现进行了详细的分析和讨论，并在讨论和分析的基础上构建了除公安机关独有的信息安全体系外的完整的地市级公安机关的基本信息安全体系，使各地公安机关在进行信息化建设时能够有所参考。

系统安全是保障整个系统安全运行的一整套策略、技术、机制和保障制度，它涵盖系统的许多方面。一个安全可靠的系统需要多方面因素共同作用。

系统安全包括如下内容。

（1）网络安全。主要是通过确定安全策略，综合考虑各项功能、性能指标选定产品供应商，并利用供应商产品提供的功能进行设置和配置。

（2）系统平台安全。主要包括操作系统和数据库管理系统，通过分析需求确定系统功能、性能、用户数、并发用户数、数据量、管理的方便性、系统的模块性等因素，从而确定产品的供应商，并利用供应商产品提供的功能实现系统安全。

（3）应用系统安全。主要包括门禁控制、数据访问控制及数据封锁等内容，通过实现这些功能完成数据的密级划分和安全访问控制。

（4）安全保障制度。制度是保证系统安全的一个重要方面，没有严格的制度，并落实到实处，系统的安全性就无法保证。

（5）操作人员的安全意识。系统安全除了与策略、技术、机制、制度有密切关系外，管理人员、各类应用人员的安全意识也非常重要，通过各种形式的安全技术讲座、培训、案例强化安全意识，达到主动安全防范的目的。

本设计定义了系统安全的框架和具体的实施策略，综合应用系统和新建的业务系统在网络安全、系统安全、可靠性、可用性、可维护性等方面要根据本设计进行设置和配置。应用安全通过系统安全提供的程序模块（类、静态库、动态库、组件等形式）进行具体的实现，已有系统可根据该设计提供的内容和方案进行改造。

20.1　安全原则

地级以上城市公安警务综合信息应用平台运行的安全保障体系涉及到整个工程的各个层次，因此在设计中应遵循以下原则。

（1）立足实用，保证重点。安全设计的重点应放在应用权限管理方面，并解决好向应用支撑平台平滑过渡的问题。安全控制和系统处理效率是一对矛盾，数据安全访问控制与数据的高度共享也是不能忽视的矛盾，一个好的安全系统必须很好地解决这两个矛盾。决不能为了安全而安全，从而影响系统的正常运行，必须在充分考虑现实情况的基础上，以实用为核心，以安全为保障，结合系统投资、应用效率等多种因素，找到平衡点。

（2）整体安全。地级以上城市公安警务综合信息应用平台是一个复杂的系统工程，对安全的需求是任何一种单元技术都无法解决的。必须从完整的体系结构出发，综合考虑系统的各种实体和各个环节，综合使用各层次的各种安全技术和手段。

（3）有效管理。公安警务综合信息应用平台所提供的各种安全服务，涉及到各个层次、各个实体和各种技术，只有有效的安全管理体制才能保证系统运行技术保障体系真正有效地发挥作用。安全管理模式应该尽量与公安业务需求相一致，以便于实施和管理。既要保证公安系统上下级之间的统一领导、统一管理，同时又给基层单位以足够的灵活性，以保障警务综合信息应用平台的高效运行。

（4）合理折衷、适应一致。安全与花费、系统性能、易用性、管理的复杂性等都是矛盾的，保障体系的设计应该在以上几个方面找到一个合理的折衷点，在可接受的风险范围内，以最小的投资换取最大的安全性，同时不能因性能、费用和使用、管理的复杂而影响整个系统的快速反应和高效运行。

（5）运行保障。各种安全技术应该与运行管理机制、人员的思想教育与技术培训、安全法律法规建设相结合，从社会系统工程的角度综合考虑。

20.2　体系结构

20.2.1　基本构成

信息安全体系的基本构成如图20-1所示。

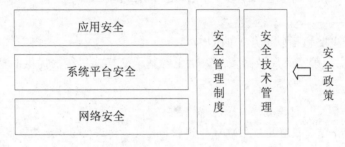

图 20-1　信息安全构成

其中安全政策是制定安全方案和各项管理制度的依据。安全政策有一定的生命周期，一般要经历风险分析、安全政策制定、安全方案和管理制度的实施、安全审计和评估等四个阶段。

安全管理是各项安全措施能够有效发挥作用的重要保证。安全管理的内容可以分为安全技术管理和安全管理制度两部分，安全技术管理包括安全服务的激活和关闭、安全相关参数的分发与更新（如密钥管理等）、安全相关事件的收集与告警等。

20.2.2　安全管理范围

1. 网络安全实施

网络安全主要通过供货商提供的产品实施。

首先要保障网络自身的安全可靠运行和网络的可用性，无论是通信链路还是网络设备都必须满足整个系统的安全需要。

另外，整个网络系统要为业务数据提供完整性、保密性的安全服务，保证数据在通信过程中不被窃听与截获。

2. 平台安全实施

系统平台安全通过供货商提供的软件产品实施，保障网络环境下包括操作系统、数据库系统的软件环境的安全。

计算机系统平台是警务综合信息应用平台运行的平台，其安全可靠运行是整个应用系统安全的基础。目前所发生的各种安全事故大多数是由于计算机系统平台的安全漏洞造成的，因此，必须对网络环境下的计算机系统平台的安全给予充分的重视。

系统平台安全主要从操作系统的安全、应用软件的安全、数据库系统的安全等方面考虑。

3. 应用安全实施

考虑到CA认证以及总体的安全设计在今后一段时间内还不能统一实施，可从避繁就简、降低投资、顺利过渡的角度出发提出警务综合信息应用平台的安全设计方案。

创建完善的用户管理机制，为警务综合信息应用平台及多种应用提供用户认证、数据保密性、完整性以及授权与访问控制服务等。

 ## 20.3 网络平台安全

网络平台安全主要包括以下几方面的内容。

（1）局域网安全策略。局域网安全策略主要基于交换式集线器提供的功能，它主要体现在：

- 静态端口分配：通过设置端口子网号控制终端的访问权。
- 动态虚拟网：通过设置端口的MAC、逻辑地址（或协议类型）定义虚拟网来控制终端的访问权。

（2）路由器安全策略。路由器安全策略主要依据供应商产品的功能，包括：

- 访问控制列表：根据源/目的地、协议和端口号建立列表（ACL），实现数据包和路由信息包的拦截和控制。
- 地址转换：通过IP地址转换实现访问控制。
- 数据加密：通过对路由包加密实现传输安全。
- 路由认证：为了保证发出和进入的路由更新不被窃取，对动态路由信息进行加密和认证，以保证路由器互相识别路由信息。
- 内部网络端口的安全性：通过IP地址与MAC地址的绑定，防止用户盗用地址。

（3）防火墙。防火墙安全策略主要依据供应商产品的功能，包括：

- 包过滤：根据数据包源地址、目的地址、端口号（SOCKET）等要素组合来限制数据包，满足条件的包被转发，否则被抛弃。
- 动态地址翻译（动态电路网关）：通过将某一网段的IP地址转换为另一网段的IP地址，实现隐藏内网的IP地址分配方法，实现安全控制。
- 代理服务：通过驻留在防火墙上的服务程序来连接内外服务包。

（4）广域网安全策略。

- CHAP认证：用户利用拨号网络进行PPP连接时，采用CHAP认证，CHAP认证利用三次握手，周期性地检查远程节点的身份，实现安全控制。

● VPN技术：利用VPN技术实现拨号网络用户数据加密传输，实现传输安全控制。

（5）网管软件。

● 日志：应充分利用供应商提供的产品中关于日志的设置项。
● 审计：利用供应商提供的日志浏览器进行安全审计，及时发现安全隐患。
● 跟踪：当发现非法侵入时，利用供应商提供的跟踪工具及时跟踪定位，根据情况采取措施。

20.4　系统平台安全

系统平台安全包括操作系统安全策略、数据库管理系统策略、Web服务器安全策略、计算机病毒防止策略四方面的内容。

（1）操作系统安全策略。操作系统的安全取决于供应商产品的功能和性能，包括用户管理、目录权限管理和审计几个方面。用户管理是操作系统提供的最基本的功能，目录权限管理是操作系统提供的另一个基本功能，而审计指通过操作系统提供的日志（LOG FILE）进行审计。

（2）数据库系统安全策略。数据库管理系统的安全取决于供应商产品的功能和性能，包括用户管理、角色管理、模式管理和审计几个方面。用户管理是数据库管理系统提供的最基本的功能，角色管理是数据库管理系统提供的另一个基本功能，模式管理是数据库管理系统提供的进一步的管理手段，而审计指通过数据库管理系统提供的日志（LOGON FILE）进行审计。

（3）Web服务器安全策略。Web交互服务器安全策略采用应用安全策略来实现，用户通过Web交互服务器能查询信息的详细程度取决于数字化警员卡的权力，具体内容参见第6章的描述。

（4）病毒防治策略。计算机病毒是信息系统安全难以对付的"敌人"，目前还没有办法彻底解决，主要以预防为主，检测、清除为辅。

● 可通过建立计算机病毒预防制度以达到切断传播渠道的目的。
● 针对不同类型的计算机病毒，制定防范策略。计算机病毒的类型及变种非常丰富，可通过选择功能及性能较好的供应商产品来检测并清除病毒。需要注意的是这类软件需要不断升级，因此每年应安排一定的升级费用。

20.5　应用系统的安全

由于公安系统管理信息和管理机制的特殊性，基于数据库技术的数据管理手段难以满足需要，为此需要在数据库管理系统的基础上构造一层应用系统安全机制，该安全机制通过数字化警员IC卡实现安全控制。

应用系统安全包括身份认证、访问控制、数据封锁、事件触发、报警、日志、审计等内容，其结构如图20-2所示。

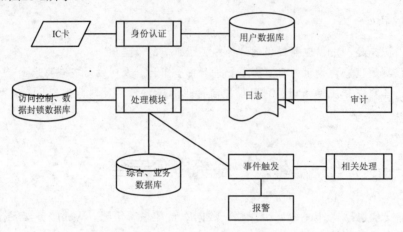

图 20-2　应用安全结构

1. 身份认证

身份认证是对数字化警员IC卡进行权限的比对过程，目的是控制数字化警员IC卡的合法性和有效性，处理过程如图20-3所示。

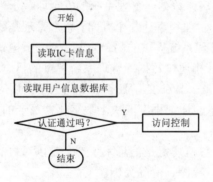

图 20-3　身份认证流程

从图20-3可以看出，身份认证功能是通过用户IC卡信息和用户信息数据库检验共同完成的。在系统接收到用户访问请求时，首先获取IC卡信息，通过访问用户信息数据库检验用户的合法性，确认之后才能进行访问控制，非法用户不能进行系统访问。

2. 访问控制

访问控制功能是通过用户的角色定义进行的，不同的角色对应的可访问的数据及功能是不相同的，而且对数据的访问方式（读、写、修改）也是不同的。访问控制的处理过程如图20-4所示。

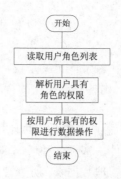

图 20-4　访问控制流程

当信息处理请求通过用户认证后，系统会检索此用户的角色列表，通过角色列表映射到具体可操作功能和可访问的数据权限，并决定其可执行的功能和可访问的数据内容，如果此次请求不在其权限范围，则此次请求失败，否则进行相应的操作过程。

3. 数据封锁（过滤）

数据封锁是对用户可操作内容细节进行进一步控制的方法，控制的核心是解析用户的数据访问级别，利用此功能确定用户对相关数据密级的可访问程度，最终确定访问的数据范围。数据封锁的处理过程如图20-5所示。

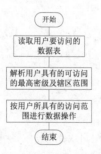

图 20-5　数据封锁流程

有的业务数据是有密级及辖区管理之分的，对于用户的访问请求，需要解析此用户的访问请求所涉及的数据表，同时检索此用户对相应表的最高访问密级及可访问的辖区范围，对密级高于其最高可访问密级的数据以及不属于其辖区范围的数据进行过滤处理。

4. 事件触发与报警

事件触发功能提供了一种机制，当系统察觉有人恶意侵犯时，会通过相关机制进行相应的处理，包括用户禁用、IC卡禁用等自动处理。

报警机制是对敏感数据进行访问时的一种触发形式，用以提醒系统管理人员：系统可能遭到侵害。

5. 日志

日志功能提供了一种动作记录的机制，用以记录用户的相关操作信息。

日志文件的主要内容为：操作用户（警员单位+姓名）、操作地点（工作站名、IP地址）、操作类别（系统管理、对数据表操作）、操作内容（操作数据表名+操作类型+操作语句）、操作日期和操作时间。

日志文件的记录由用户的具体操作触发。也就是说，用户在执行该具体操作（登录系统、退出系统、提交数据库访问要求）时，由各功能模块的程序直接写入日志文件。安全控制子系统提供写日志文件的接口函数。

日志文件的格式必须使得它易于维护和分析，并且具有很好的保密性，用户只能通过系统提供的日志维护功能来查看日志文件。基于这种考虑，日志文件可以数据库表的形式存在，日志数据库表和用户信息表等同属于管理数据表，所有管理数据表只能由系统管理员维护，创建和管理管理数据表的数据库用户不同于创建普通综合数据库业务数据表的数据库用户。

20.6　数据安全

系统除了数据访问等安全控制因素之外，还有一个重要的方面就是数据存储的安全，数据的丢失或损坏会对整个系统的应用造成难以弥补的损失。下面就数据的可靠性、可用性、可维护性进行说明。

1. 可靠性

从硬件的角度保证系统服务质量，主要包括RAID技术、服务器冗余、集群（Cluster）服务器等，不同的方式其功能、性能差异相对较大。目前非金融机构数据库系统主机大量采用的是RAID1+5加双机热备份的方案。

2. 可用性

通过约束数据库设计的技术手段保证系统服务质量，主要包括减少访问数据库的次数、限制数据库的大小等，其目的是为故障恢复赢得更多的时间，减少因系统故障而中断业务的过程。

3. 可维护性（容灾及恢复）

通过建立相应的备份方法和制度来降低因系统故障而引起的系统不可用的时间，不同的业务系统应根据数据的特点建立不同的备份策略，不同的备份策略需要相应的硬件设备作保证。

备份手段对供应商提供的产品依赖性较强，主要分离线备份和在线备份两种，离线备份用光盘塔支持，在线备份用磁带机支持。

备份方法主要有完全备份、增量备份和差异备份三种。

完全备份（full backup）就是对服务器上的所有文件进行归档，是进行灾难恢复的最好方法。它包含整个文件系统的完整副本，完全存储在存储介质中。进行完全备份的唯一问题是它比其他备份方法需要更多的时间。

增量备份只是把最近新生成的或修改过的文件备份到存储介质上，这样有助于加速备份的过程。典型的备份安排是每星期进行一次完全备份，每天晚上都进行增量备份。如果用户需要重建服务器，可以先恢复完全备份中的内容，然后再顺序恢复每次的增量备份。

差异备份（differential backup）与增量备份的不同点在于它对上次完全备份之后所有发生过改变的文件进行备份，不是从上次备份的时间开始计算。差异备份与增量备份相比的另一个优点是在服务器文件系统恢复时，可以加快恢复过程。根据业务部门的不同，对于系统中的重要数据可采取每星期进行一次完全备份，每天晚上进行差异备份；而对于不太重要的数据采取增量备份的手段。

20.7 安全管理制度

为了保证各种安全策略、技术、机制发挥作用，应根据各单位、部门的特点制定相关安全管理规章制度，其要点如下。

（1）人员安全管理制度。包括安全审查制度、岗位安全考核制度、安全培训制度、安全保密契约管理、离岗人员安全管理制度等。

（2）文档安全管理制度。各种文档（包括书面和电子文档等各种形式）必须有清晰的密级划分，妥善管理。

（3）系统运行环境安全管理制度。包括机房出入控制、环境条件保障管理、自然灾害防护、防护设施管理、电磁场防护等。

（4）软、硬件系统的选购、使用和维护制度。在设备选型、设备购置、安全检测、设备安装、设备使用、设备维护、设备保管等过程中符合相关规定。对软件选型与购置审查、软件安全检测与验收、软件安全跟踪与报告、软件版本管理、软件使用与维护、软件安全核查也必须作出明确规定。

（5）应用系统运营安全管理制度。包括操作安全管理、操作权限管理、操作规范管理、操作责任管理、操作监督管理、操作恢复管理。系统启用安全审查管理、应用软件核查管理、应用软件版本安全管理、应用软件更改安全管理、应用系统备份管理、应用软件维护安全管理。

（6）应用系统开发安全管理制度。包括开发平台安全管理、开发环境安全管理、开发人员安全管理、开发系统安全规范管理、开发系统安全检测、开发系统安全移交管理。

（7）应急安全管理制度。制定应急管理制度和应急实施计划、应急备用管理、应急恢复管理、应急后果评估管理和责任追查程序。

20.8 容灾与备份恢复

地市级公安机关警务综合信息应用平台是对系统数据安全极为关注的一类综合信息应用系统，因此，当出现不可抗力或不可预知因素导致的系统崩溃，乃至数据灭失后果时，系统是无法承受的。为此，在城市警务综合信息应用平台的设计中，必须要考虑系统的容灾与备份恢复能力。在此，将以IBM的相关产品为例，完整地描述信息安全范畴内的容灾与备份恢复设计。

1. HACMP 策略

IBM的高可靠性群集系统软件（HACMP，High Availability Cluster Multi-Processing）提供了RS/6000平台上关键应用的高可靠性解决方案，该软件能使一个群集内的所有RS/6000系统不存在单点失效（在群集中单独某一部分出现故障而引起对用户端的服务失效）。HACMP系统能自动地检测系统硬件失效，重新配置群集系统，使得所有的资源完全不受系统硬件失效的影响，从而提供了可靠的应用平台。

针对警务综合信息应用平台结构和系统需求，HACMP的实现结构和策略如图20-6所示。

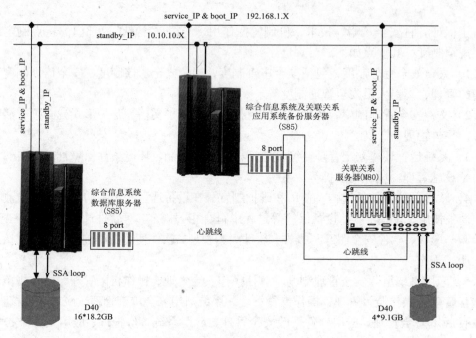

图 20-6　HACMP 拓扑结构

在如图20-6所示的结构中，HACMP采用CASCADING方式实现高可靠群集，该方式能在服务器因硬件失效时，HACMP自动运行CLUSTER管理机制，由备份服务器接管主服务器的应用任务，当主服务器修复后，应用自动返回，恢复到CLUSER初定义状态。

具体到警务综合信息应用平台结构，HACMP的实现策略如下。

（1）当警务综合信息应用平台数据库服务器出现故障，警务综合信息应用平台数据库服务器被警务综合信息应用平台及关联关系应用系统备份服务器接管,警务综合信息应用平台数据库服务器service_ip漂移到警务综合信息应用平台及关联关系应用系统备份服务器上，并且接管共享资源组（SSA）。如图20-7所示。

● 当警务综合信息应用平台数据库服务器的Service网络适配（客户端访问适配器）失效时，警务综合信息应用平台数据库服务器的Standby网络适配器自动替代service网络适配器工作。

- 当警务综合信息应用平台数库服务器发生主机失效时，警务综合信息应用平台数据库服务器将停止应用服务，停止数据库服务，改变网络接口，释放共享资源（磁盘阵列），警务综合信息应用平台及关联关系应用系统备份服务器改变网络接口，替代警务综合信息应用平台数据库服务的网络接口，获取共享资源（磁盘阵列），启动数据库服务，运行警务综合信息应用平台数库服务器应用服务。
- 警务综合信息应用平台数据库服务器恢复后，相关服务和应用以及网络状态自动恢复到警务综合信息应用平台数据库服务器发生主机失效前状态。

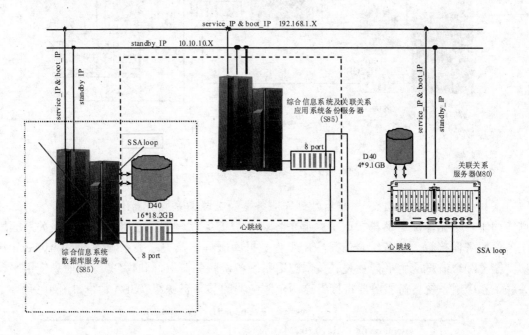

图 20-7　警务综合信息应用平台数据库服务器故障模拟

（2）当关联关系服务器出现故障时，关联关系服务器被警务综合信息应用平台及关联关系应用系统备份服务器接管，关联关系服务器service_ip漂移到警务综合信息应用平台及关联关系应用系统备份服务器上，并且接管共享资源组（SSA）。如图20-8所示。

- 当关联关系服务器的Service网络适配器（客户端访问适配器）失效时，关联关系服务器的Standby网络适配器自动替代Service网络适配器工作。
- 当关联关系服务器发生主机失效时，关联关系服务器将停止应用服务，停止数据库服务，改变网络接口，释放共享资源（磁盘阵列），警务综合信息应用平台及关联关系应用系统备份服务器改变网络接口，替代关联关系服务器的网络接口，获取共享资源（磁盘阵列），启动数据库服务，运行关联关系服务器应用服务。
- 当关联关系服务器恢复后，相关服务和应用以及网络状态自动恢复到关联关系服务器发生主机失效前状态。

449

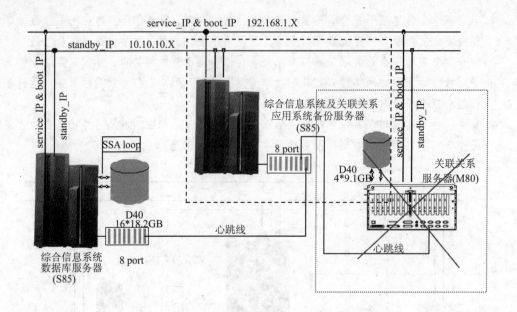

图 20-8　关联关系服务器故障模拟

（3）当警务综合信息应用平台数据库服务器及关联关系服务器出现故障时，警务综合信息应用平台数据库服务器与关联关系服务器将都被警务综合信息应用平台及关联关系应用系统备份服务器接管，警务综合信息应用平台数据库服务器及关联关系服务器的service_ip将漂移到警务综合信息应用平台及关联关系应用系统备份服务器上，同时警务综合信息应用平台及关联关系应用系统备份服务器将接管这两个服务器的共享资源组（SSA）。如图20-9所示。

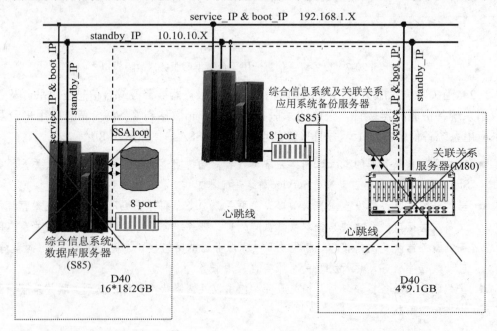

图 20-9　警务综合信息应用平台数据库服务器及关联关系服务器故障模拟

- 当警务综合信息应用平台数据库服务器及关联关系服务器发生主机失效时，警务综合信息应用平台数据库服务器及关联关系服务器将停止应用服务，停止数据库服务，改变网络接口，释放共享资源（磁盘阵列），警务综合信息应用平台及关联关系应用系统备份服务器改变网络接口，替代警务综合信息应用平台数据库服务器及关联关系服务器的网络接口，获取共享资源（磁盘阵列），启动数据库服务，运行警务综合信息应用平台数据库服务器及关联关系服务器应用服务。

- 当警务综合信息应用平台数据库服务器及关联关系服务器恢复后，相关服务和应用以及网络状态自动恢复到警务综合信息应用平台数据库服务器及关联关系服务器发生主机失效前状态。

（4）当警务综合信息应用平台及关联关系应用系统备份服务器的两个Service网络适配器（客户端访问适配器）中的一个Service网络适配器失效时，警务综合信息应用平台及关联关系应用系统备份服务器的Standby网络适配器自动替代Service网络适配器工作。

思考题

（1）试提出数据安全中关于记录级的数据封锁策略。

（2）在网络安全中如何防止内部信息向外部的恶意泄露？

（3）在试用网闸的前提下，试设计社会GPS/GIS数据和公安内网实时接入的机制与方法。

（4）根据公安信息化建设实践，提出城市公安机关整体数据的备份策略。

（5）双机热备的基本工作原理是什么？

第 21 章

信息化建设
相关技术概述

摘　要

　　本章简要介绍了公安信息化建设过程中的部分相关技术和部分设备的选型原则，由于篇幅的限制，本章所涉及的相关技术和选型原则还不够全面和完整，主要提供了一种考虑的思路和方法：如何在浩如烟海的信息技术中获取有益于公安机关信息化建设的部分，从而有效地解决公安信息化建设所面对的实际问题。

21.1 VLAN技术介绍

虚拟局域网（VLAN）是指网络中的站点不拘泥于所处的物理位置，而可以根据需要灵活地加入不同的逻辑子网中的一种网络技术。

基于交换式以太网的虚拟局域网在交换式以太网中，利用VLAN技术，可以将由交换机连接成的物理网络划分成多个逻辑子网。也就是说，一个虚拟局域网中的站点所发送的广播数据包将仅转发至属于同一VLAN的站点。

在交换式以太网中，各站点可以分别属于不同的虚拟局域网。构成虚拟局域网的站点不拘泥于所处的物理位置，它们既可以挂接在同一个交换机中，也可以挂接在不同的交换机中。虚拟局域网技术使得网络的拓扑结构变得非常灵活，例如位于不同楼层的用户或者不同部门的用户可以根据需要加入不同的虚拟局域网。

1. 划分虚拟局域网的依据

划分虚拟局域网主要出于以下三种考虑。

（1）基于网络性能的考虑。对于大型网络，现在常用的Windows NetBEUI是广播协议，当网络规模很大时，网上的广播信息会很多，会使网络性能恶化，甚至形成广播风暴，引起网络堵塞。那怎么办呢？可以通过划分很多虚拟局域网而减少整个网络范围内广播包的传输，因为广播信息是不会跨过VLAN的，可以把广播限制在各个虚拟网的范围内，用术语讲就是缩小了广播域，提高了网络的传输效率，从而提高网络性能。

（2）基于安全性的考虑。因为各虚拟网之间不能直接进行通信，而必须通过路由器转发，这就为高级的安全控制提供了可能，增强了网络的安全性。在大规模的网络，比如大的集团公司，有财务部、采购部和客户部等，它们相互之间只能提供接口数据，而其他数据是保密的。对此，可以通过划分虚拟局域网对不同部门进行隔离。

（3）基于组织结构上考虑。同一部门的人员分散在不同的物理地点，比如交警支队的事故处大队均有事故科，但都属于事故处业务管理，虽然这些数据可能需要保密，但需统一处理时，就可以跨地域（也就是跨交换机）将其设在同一虚拟局域网之中，实现数据安全和共享。

由此可以看出，采用虚拟局域网有抑制网络上的广播风暴、增加网络安全性、可以集中化管理控制的优势。

2. 实现虚拟局域网的途径

基于交换式的以太网要实现虚拟局域网主要有以下三种途径。

（1）基于端口的虚拟局域网。这是最实用的虚拟局域网，它保持了最普通常用的虚拟局域网成员定义方法，配置也相当直观简单，局域网中的站点具有相同的网络地址，不同的虚拟局域网之间进行通信需要通过路由器。采用这种方式的虚拟局域网其不足之处是灵活性不好。例如，当一个网络站点从一个端口移动到另外一个新的端口时，如果新端口与旧端口不属于同一个虚拟局域网，则用户必须对该站点重新进行网络地址配置，否则，该站点将无法进行网络通信。在基于端口的虚拟局域网中，每个交换端口可以属于一个或多个虚拟局域网组，比较适用于连接服务器。

（2）基于MAC地址的虚拟局域网。在基于MAC地址的虚拟局域网中，交换机对站点的MAC地址和交换机端口进行跟踪，在新站点入网时根据需要将其划归至某一个虚拟局域网，而无论该站点在网络中怎样移动，由于其MAC地址保持不变，因此用户不需要进行网络地址的重新配置。这种虚拟局域网技术的不足之处是在站点入网时，需要对交换机进行比较复杂的手工配置，以确定该站点属于哪一个虚拟局域网。

（3）基于IP地址的虚拟局域网。在基于IP地址的虚拟局域网中，新站点在入网时无需进行太多配置，交换机则根据各站点网络地址自动将其划分成不同的虚拟局域网。在三种虚拟局域网的实现技术中，基于IP地址的虚拟局域网智能化程度最高，实现起来也最复杂。

3．使用 VLAN 的优点

（1）控制广播风暴。一个VLAN就是一个逻辑广播域，通过对VLAN的创建，隔离了广播，缩小了广播范围，可以控制广播风暴的产生。

（2）提高网络整体安全性。通过路由访问列表和MAC地址分配等VLAN划分原则，可以控制用户访问权限和逻辑网段大小，将不同用户群划分在不同VLAN，从而提高交换式网络的整体性能和安全性。

（3）网络管理简单、直观。对于交换式以太网，如果对某些用户重新进行网段分配，需要网络管理员对网络系统的物理结构重新进行调整，甚至需要追加网络设备，增大网络管理的工作量。而对于采用VLAN技术的网络来说，一个VLAN可以根据部门职能、对象组或者应用将不同地理位置的网络用户划分为一个逻辑网段。在不改动网络物理连接的情况下可以任意将工作站在工作组或子网之间移动。利用虚拟网络技术，大大减轻了网络管理和维护工作的负担，降低了网络维护费用。在一个交换网络中，VLAN提供了网段和机构的弹性组合机制。

4．三层交换技术

传统的路由器在网络中有路由转发、防火墙、隔离广播等作用，而在一个划分了VLAN以后的网络中，逻辑上划分的不同网段之间通信仍然要通过路由器转发。由于在局域网上，不同VLAN之间的通信数据量是很大的，这样，如果路由器要对每一个数据包都路由一次，随着网络上数据量的不断增大，路由器将不堪重负，路由器将成为整个网络运行的瓶颈。

在这种情况下，出现了第三层交换技术，它是将路由技术与交换技术合二为一的技术。三层交换机在对第一个数据流进行路由后，会产生一个MAC地址与IP地址的映射表，当同样的数据流再次通过时，将根据此表直接从二层通过而不是再次路由，从而消除了路由器进行路由选择而造成的网络延迟，提高了数据包转发的效率，消除了路由器可能产生的网络瓶颈问题。可见，三层交换机集路由与交换于一身，在交换机内部实现了路由，提高了网络的整体性能。

在以三层交换机为核心的千兆网络中，为保证不同职能部门管理的方便性和安全性以及整个网络运行的稳定性，可采用VLAN技术进行虚拟网络划分。VLAN子网隔离了广播风暴，对一些重要部门实施了安全保护。且当某一部门物理位置发生变化时，只需对交换机进行设置，就可以实现网络重组，非常方便、快捷，同时节约了成本。

5. 交换机充当的角色

交换机的好处在于其可以隔离冲突域，每个端口就是一个冲突域，因此在一个端口单独接计算机的时候，该计算机是不会与其他计算机产生冲突的，也就是带宽是独享的。交换机能做到这一点关键在于其内部的总线带宽是足够大的，可以满足所有端口的全双工状态下的带宽需求，并且通过类似电话交换机的机制保护不同的数据包能够到达目的地，可以把HUB和交换机比喻成单排街道与高速公路。

IP广播属于OSI的第三层，是基于TCP/IP协议的，其产生和原理在此不再赘述，大家可以看看TCP/IP协议方面的书籍。交换机是无法隔离广播的，就像HUB无法隔离冲突域一样，因为其是工作在OSI第二层的，无法分析IP包，但可以使用路由器来隔离广播域，可以把路由器的每个端口看成是一个广播域，一个端口的广播无法传到另外一个端口（特殊设置除外），因此在规模较大、机器较多的情况下可以使用路由器来隔离广播。

通过上述分析，可以对本节内容作如下总结。

通常，只有通过划分子网才可以隔离广播，但是VLAN的出现打破了这个定律，用二层的东西解决三层的问题很是奇怪，但是的确做到了。VLAN中文叫做虚拟局域网，它的作用就是将物理上互连的网络在逻辑上划分为多个互不相干的网络，这些网络之间是无法通信的，就好像互相之间没有连接一样，因此广播也就隔离开了。

VLAN的实现原理非常简单，通过交换机的控制，某一VLAN成员发出的数据包交换机只发给同一VLAN的其他成员，而不会发给该VLAN成员以外的计算机。

使用VLAN的目的不仅仅是隔离广播，还有安全和管理等方面的应用，例如将重要部门与其他部门通过VLAN隔离，即使同在一个网络也可以保证他们不能互相通信，确保重要部门的数据安全；也可以按照不同的部门、人员、位置划分VLAN，分别赋予不同的权限来进行管理。

VLAN的划分有很多种，可以按照IP地址来划分，也可以按照端口、MAC地址或协议来划分，常用的方法是将端口和IP地址结合来划分VLAN，某几个端口为一个VLAN，并为该VLAN配置IP地址，那么该VLAN中的计算机就以这个地址为网关，其他VLAN则不能与该VLAN处于同一子网。

如果两台交换机都有同一VLAN的计算机该怎么办呢？对此，可以通过VLAN Trunk来解决。

如果交换机1的VLAN1中的机器要访问交换机2的VLAN1中的机器，可以把两台交换机的级联端口设置为Trunk端口，这样，当交换机把数据包从级联口发出去的时候，会在数据包中做一个标记（TAG），以使其他交换机识别该数据包属于哪一个VLAN，这样，其他交换机收到这样一个数据包后，只会将该数据包转发到标记中指定的VLAN，从而完成了跨越交换机的VLAN内部数据传输。VLAN Trunk目前有ISL和802.1q两种标准，前者是Cisco专有技术，后者则是IEEE的国际标准，除了Cisco两者都支持外，其他厂商都只支持后者。

21.2 ACL技术介绍

访问控制列表（Access Control List，ACL）是路由器和交换机接口的指令列表，用来控制端口进出的数据包。ACL适用于所有的被路由协议,如IP、IPX、AppleTalk等。这张表中包含了匹配关系、条件和查询语句,表只是一个框架结构,其目的是为了对某种访问进行控制。信息点间通信,内外网络的通信都是企业网络中必不可少的业务需求,但是为了保证内网的安全性,需要通过安全策略来保障非授权用户只能访问特定的网络资源,从而达到对访问进行控制的目的。简而言之,ACL可以过滤网络中的流量,是控制访问的一种网络技术手段。ACL的定义也是基于每一种协议的。如果路由器接口配置成为支持三种协议(IP、AppleTalk以及IPX)的情况,那么,用户必须定义三种ACL来分别控制这三种协议的数据包。

ACL的作用是可以限制网络流量,提高网络性能。例如,ACL可以根据数据包的协议,指定数据包的优先级。ACL提供对通信流量的控制手段。例如,ACL可以限定或简化路由更新信息的长度,从而限制通过路由器某一网段的通信流量。ACL是提供网络安全访问的基本手段。ACL可以允许主机A访问人力资源网络,而拒绝主机B访问。ACL可以在路由器端口处决定哪种类型的通信流量被转发或被阻塞。例如,用户可以允许E-mail通信流量被路由,拒绝所有的Telnet通信流量。例如,某部门要求只能使用WWW这个功能,就可以通过ACL实现;又例如,为了某部门的保密性,不允许其访问外网,也不允许外网访问它,也可以通过ACL实现。

21.3 防病毒技术介绍

计算机病毒形式及传播途径日趋多样化,网络防病毒工作已不再是简单的单台计算机病毒的检测及清除,而是需要建立多层次的、立体的病毒防护体系,要具备完善的管理系统来设置和维护病毒防护策略。这里的多层次病毒防护体系是指在企业的每台客户端计算机上安装防病毒系统,在服务器上安装基于服务器的防病毒系统,在Internet网关安装基于Internet网关的防病毒系统。对企业来说,防止病毒的攻击并不是保护某一台服务器或客户端计算机,而是对从客户端计算机到服务器到网关以至于每台不同业务应用服务器的全面保护,这样才能保证整个网络不受计算机病毒的侵害。

1. 系统总体规划

防病毒系统不仅要检测和清除病毒,还应加强对病毒的防护工作,在网络中不仅要部署被动防御体系(防病毒系统),还要采用主动防御机制(防火墙、安全策略、漏洞修复等),将病毒隔离在网络大门之外。通过管理控制台统一部署防病毒系统,保证不出现防病毒漏洞。因此,远程安装、集中管理、统一防病毒策略成为企业级防病毒产品的重要需求。

在跨区域的广域网内,要保证整个广域网安全无毒,首先要保证每一个局域网的安全无毒。也就是说,一个企业网的防病毒系统是建立在每个局域网的防病毒系统上的。应该根据每个局域网的防病毒要求,建立局域网防病毒控制系统,分别设置有针对性的防病毒策略。从总部到分支机构,由上到下,各个局域网的防病毒系统相结合,最终形成一个立体的、完整的企业网病毒防护体系。

(1)构建控管中心集中管理架构。保证网络中的所有客户端计算机、服务器可以从管理系统中及时得到更新,同时系统管理人员可以在任何时间、任何地点通过浏览器对整个防毒系统进行管理,使整个系统中任何一个节点都可以被系统管理人员随时管理,保证整个系统有效、及时地拦截病毒。

（2）构建全方位、多层次的防毒体系。结合企业实际网络防毒需求，构建多层次病毒防线，如网络层防毒、邮件网关防毒、Web网关防毒、群件防毒、应用服务器防毒、客户端防毒，保证斩断病毒可以传播、寄生的每一个节点，实现对病毒的全面布控。

（3）构建高效的网关防毒子系统。网关防毒是最重要的一道防线，一方面消除外来邮件SMTP、POP3病毒的威胁，另一方面消除通过HTTP、FTP等应用的病毒风险，同时对邮件中的关键字、垃圾邮件进行阻挡，有效阻断病毒最主要的传播途径。

（4）构建高效的网络层防毒子系统。企业中网络病毒的防范是最重要的防范工作，通过在网络接口和重要安全区域部署网络病毒系统，在网络层全面消除外来病毒的威胁，使得网络病毒不再肆意传播，同时结合病毒所利用的传播途径，结合安全策略进行主动防御。

（5）构建覆盖病毒发作生命周期的控制体系。当一个恶性病毒入侵时，防毒系统不仅仅使用病毒代码来防范病毒，而是具备完善的预警机制、清除机制、修复机制来实现对病毒的高效处理，特别是对利用系统漏洞，进行端口攻击，导致整个网络瘫痪的新型病毒具有很好的防护作用。防毒系统在病毒代码到来之前，可以通过网关可疑信息过滤、端口屏蔽、共享控制、重要文件/文件夹写保护等多种手段来对病毒进行有效控制，使得新病毒未进来的进不来，进来后没有扩散的途径。在清除与修复阶段则可以对发现的病毒高效清除，快速恢复系统至正常状态。

（6）病毒防护能力。防病毒能力要强，产品稳定、操作系统兼容性好、占用系统资源少、不影响应用程序的正常运行，减少误报的几率。

（7）系统服务。这是整体防毒系统中极为重要的一环。防病毒体系建立起来之后，能否对病毒进行有效的防范，与病毒厂商能否提供及时、全面的服务有着极为重要的关系。这一方面要求软件提供商要有全球化的防毒体系为基础，另一方面也要求厂商有精良的本地化技术人员作依托，不管是对系统使用中出现的问题，还是用户发现的可疑文件，都能进行快速分析和方案提供。如果有新病毒爆发及其他网络安全事件，需要防病毒厂商具有较强的应急处理能力及售后服务保障，能做出具体、详细的应急处理机制计划表，具备完善的售后服务保障体系。网络中部署防病毒系统后，将达到以下效果：

- 在网络的网关处进行网络层病毒包扫描，及时清除蠕虫病毒攻击包，同时控制病毒传播途径，对未安装防毒软件或未安装补丁的网络节点进行访问控制。
- 对整个网络节点的脆弱性进行评估，及时阻挡不符合安全策略的节点的访问。
- 对进出网关的邮件进行全面防毒扫描，发现病毒即时进行处理，并给出管理员即时通知信息。
- 采用数据库比对技术和智能性判断技术，对进出网关的邮件进行垃圾邮件过滤，在网关处将垃圾邮件有效删除掉。
- 对进出网关的Web访问、FTP访问进行全面防毒扫描，发现病毒即时进行处理，并给出管理员即时的通知信息，同时对不良网站和URL地址进行过滤，阻挡恶意类型文件。
- 对整个网络内的应用服务器进行全面防护，斩断病毒在服务器内的寄生及传播。
- 对所有的客户机进行全面防护，彻底消除病毒对客户机的破坏，保证所有客户端计算机都有一个干净、安全的工作平台。

- 所有防毒软件的升级、防毒策略的制定，将通过控管系统集中实现，一方面保证所有防毒软件得到即时更新，另一方面保证整个防毒策略的一致。同时生成整个网络统一的病毒报告日志，便于系统管理人员即时掌握病毒发现情况，制定更加有效的网络平台安全使用策略。

2. 防病毒系统结构

防病毒系统结构如图21-1所示。

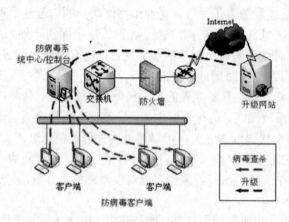

图21-1　防病毒系统结构

3. 防病毒具体需求

在选择防病毒系统时，首先要考虑到整体性。企业级防病毒系统解决方案针对一个特定的网络环境，涉及不同的软硬件设备。与此同时，病毒的来源也远比单机环境复杂得多。因此所选择的防病毒系统不仅要保护文件服务，也要对邮件服务器、客户端计算机、网关等所有设备进行保护。同时，必须支持电子邮件、FTP文件、网页、软盘、光盘、U盘移动设备等所有可能带来病毒的信息源进行监控和病毒拦截。具体的防病毒需求如下。

（1）病毒查杀能力。病毒查杀能力是最容易引起用户注意的产品参数，可查杀病毒的种数固然是多多益善，但也要关注对实际流行病毒的查杀能力。因为用户是要用它查杀可能染上的病毒，有些病毒虽然曾经流行过，但却是今后不会再遇上的。例如使系统漏洞泛滥的病毒，当系统补丁成功更新后，该类病毒将不再生效。病毒查杀能力主要体现在以下方面：

- 病毒检测及清除能力：防病毒系统应具有对普通文件、内存、网页、引导区和注册表的监控功能；具有间谍软件防护功能；可检测并清除隐藏于电子邮件、公共文件夹及数据库中的计算机病毒、恶性程序和垃圾邮件，能够自动隔离感染但暂时无法修复的文件；具有全网漏洞扫描和管理功能，可以通过扫描系统中存在的漏洞和不安全的设置，提供相应的解决方案；支持共享文件、Office文档的病毒查杀；能够实现立体的多层面的病毒防御体系。
- 电子邮件检测及清除能力：防病毒系统应具有对电子邮件接收/发送检测，邮件文件和邮箱的静态检测及清毒，至少同时支持Foxmail、Outlook、Outlook Express等客户端邮件系统的防（杀）病毒，防止DDoS恶意攻击，保护重要的邮件服务器资源，不被大量散布的邮件病毒攻击，维护正常运作。

● 未知病毒检测及清除能力：该杀毒软件应具有对未知病毒检测、清除能力，支持族群式变种病毒的查杀，能够对加壳的病毒文件进行病毒查杀，具有智能解包还原技术，能够对原始程序的入口进行检测。

（2）对新病毒的反应能力。这是考察一个防病毒系统好坏的重要方面，可主要从软件供应商的病毒信息搜集网络、病毒代码的更新周期和供应商对用户发现的新病毒反应周期三个方面衡量。通常，防病毒系统供应商都会在全国甚至世界各地建立一个病毒信息的收集、分析和预测网络，使其软件能更加及时、有效地查杀新出现的病毒。因此，这一搜集网络多少反映了软件商对新病毒的反应能力。病毒代码的更新周期各个厂商也不尽相同，有的一周更新一次，有的半个月。而供应商对用户发现的新病毒的反应周期不仅体现了厂商对新病毒的反应速度，也反映了厂商对新病毒查杀的技术实力。

（3）病毒实时监测能力。按照统计，目前最常见的是通过邮件系统来传输病毒，另外还有一些病毒是通过网页传播的。这些传播途径都有一定的实时性，用户无法人为地了解可能感染的时间。因此，防病毒系统的实时监测能力显得相当重要。

（4）快速、方便的升级。企业级防病毒系统对更新的及时性需求尤其突出。多数防病毒系统采用Internet进行病毒代码和病毒查杀引擎的更新，并可以通过一定的设置自动进行，尽可能地减少人力的介入。升级信息需要和安装客户端计算机防病毒系统一样，能方便地"分发"到每台客户端计算机。

（5）智能安装、远程识别。由于局域网中服务器、客户端承担的任务不同，在防病毒方面的要求也不同。因此在安装时需要能够自动区分服务器与客户端，并安装相应的软件。

● 防病毒系统需要提供远程安装、远程设置、统一部署策略以及单台策略部署功能。该功能可以减轻管理员"奔波"于每台机器进行安装、设置的工作量，既可对全网的机器进行统一安装，又可以有针对性设置。

● 防病毒系统支持多种安装方式，包括智能安装、远程客户端安装、Web安装、E-mail安装、文件共享安装以及脚本登录安装等，通过这些多样化的安装方式，管理员可以轻松地在最短的时间内完成系统部署。

（6）管理方便，易于操作。系统的可管理性是衡量防病毒系统的重要指标，例如防病毒系统的参数设置，管理员可从系统整体角度出发对各台计算机进行设置。而如果员工随意修改自己计算机上的防毒软件参数，可能会造成一些意想不到的漏洞，使病毒趁虚而入。管理者需要随时随地了解各台计算机的病毒感染情况，并借此制定或调整防病毒策略。因此，生成病毒监控报告等辅助管理措施将会使防病毒系统应用更加得心应手。防病毒系统支持以下管理功能：

● 防病毒系统能够实现分级、分组管理，不同组及客户端执行不同病毒查杀策略，包括全网定时/定级查杀病毒、全网远程查杀策略设置、远程报警、移动式管理、集中式授权管理、全面监控主流邮件服务器、全面监控邮件客户端、统一的管理界面，可直接监视和操纵服务器端/客户端，根据实际需要，添加自定义任务（例如更新和扫描任务等），具有支持大型网络统一管理的多级中心系统等复杂的管理功能。

● 防病毒系统支持"分布处理、集中控制"功能，以系统中心、控制台、服务器端、客户端为核心结构，控制台可支持跨网段使用，实现远程自动安装、远程集中控管、远程病毒报警、远程卸载、远程配置、智能升级、全网查杀、日志管理、病毒溯源等功能，将网络中的所有计算机有机地联系在一起，构筑成协调一致的立体防毒体系。

- 防病毒系统具有病毒日志查询与统计功能，可以随时对网络中病毒发生的情况进行查询统计，能按时间（日、周或任意时间段）、IP地址、机器名、病毒名称、病毒类型进行统计查询，能将染毒机器进行排名，能将查询统计结果打印或导出。查询统计功能不需要借助其他数据库软件，减少了用户总体成本。

- 防病毒系统支持企业反病毒的统一管理和分布式管理。统一管理表现为由上级中心统一发送病毒命令，下达版本升级提示，并及时掌握整个网络的病毒分布情况等。分布管理表现为下级中心既可以对收到的上一级中心命令作出响应，也可以管理本级系统，并主动向上级中心请求和回报信息。

（7）资源占用率。防病毒系统进行实时监控或多或少地要占用部分系统资源，这就不可避免地要带来系统性能的降低。尤其是对邮件、网页和FTP文件的监控扫描，由于工作量相当大，因而对系统资源的占用较大。因此，防病毒系统占用系统资源要较低，不影响系统的正常运行。

（8）系统兼容性。防病毒系统要具备良好的兼容性，要支持以下操作系统：Windows NT、Windows2000、Windows 9X/Me、Windows XP/Vista、Windows 2000/2003 /2008 Server、 Unix、Linux等X86和X64架构的操作系统。

（9）病毒库组件升级。防病毒系统提供多种升级方式以及自动分发的功能，支持多种网络连接方式，具有升级方便、更新及时等特点。管理员可以十分轻松地按照预先设定的升级方式实现全网内的统一升级，减少病毒库增量升级对网络资源的占用，并能采用均衡流量的策略，尽快将新版本部署到全部计算机上，保证病毒库总是最新的，且版本一致，杜绝因版本不一致而可能造成的安全漏洞和安全隐患。

（10）软件商的企业实力。软件商的实力一方面指它对现有产品的技术支持和服务能力，另一方面指它的后续发展能力。因为企业级防毒软件实际是用户企业与防病毒厂商的长期合作，软件商的实力将会影响这种合作的持续性，从而影响到用户企业在此方面的投入成本。

4. 技术规格要求

（1）采用国际著名品牌产品，全中文界面，管理员可通过中心控制台，集中实现全网范围内防毒策略的定制、分发和执行。

（2）客户端支持Web、共享、定制安装包、域登录脚本、远程推送等安装方法。客户端软件卸载有权限控制，需要提供密码。

（3）服务器端管理需要身份认证，同时允许多种管理权限。系统各部件需采用SSL通信和数字证书认证，确保系统之间数据传输的机密性和完整性。

（4）对于安全风险检测有详细的分类和灵活的处理方式，包括清除、隔离以及自动排除，并能设置威胁的跟踪功能。

（5）实时防护功能能够与系统的驱动程序一起启动，支持多种压缩文件格式病毒检测，并支持实时自动检测、定时检测、手动启动检测、远程控制启动检测等多种检测方式。

（6）病毒定义码和防病毒引擎统一升级，升级要简单、及时，升级后不需要重启服务器和客户机。

（7）客户端可以查看病毒、警报、Web历史、配置、系统、隐私、连接、禁止等日志。

（8）防病毒客户端不少于250个点，防病毒服务器端不少于1个点，防病毒介质包1套，所有产品包含三年升级许可及服务。

21.4 防雷技术介绍

一个完整的防雷方案应包括直接雷击的防护和感应雷击的防护两方面。缺少任何一方面都是不完整的、有缺陷和潜在危险的。

直接雷击的防护主要使用避雷针，包括避雷带和接地系统。地网的冲击接地电阻不大于10 。系统安装在建筑物上的利用建筑物接地系统接地，单独立杆安装的在立杆基础接地，如果接地电阻达不到要求则增加接地极。

感应雷击的防护主要是使用感应雷击防雷器。当前电子设备受到雷电袭击的主要途径有电源线路、信号线路被感应雷电而产生瞬态过电压，进而损坏设备。系统可对前端设备安装防雷器，分别对视频、电源、控制信号进行保护，使设备、线路不被雷电损坏。机房内所有设备均采用同一组接地极。

具体可考虑以下防雷措施：

- 前端设备应置于接闪器（避雷针或其他接闪导体）有效保护范围中。
- 加装合适的避雷器，如电源线（AC220V或AC24V）。
- 室外的前端设备应有良好的接地，接地电阻小于4Ω，高土壤电阻率地区可放宽至<10Ω。
- 采用带屏蔽层的线缆或线缆穿钢管埋地铺设。
- 监控室所在建筑物应有防直击雷的避雷针，进入监控室的各种金属管线应接到防感应雷的接地装置上。

1. 弱电设备防雷设施

按照防护范围可将弱电设备的防雷措施分为外部防护和内部防护两类。外部防护是指对安装弱电设备的建筑物本体的安全防护，可采用避雷针、分流、屏蔽网、均衡电位、接地等措施，这种防护措施人们比较重视，也比较常见，相对来说比较完善。内部防护是指在建筑物内部弱电设备对过电压（雷电或电源系统内部过电压）的防护，其措施有等电位联结、屏蔽、保护隔离、合理布线和设置过电压保护器等，这种措施相对来说比较新，也不够完善，针对弱电设备防雷的特性机理，可对雷电浪涌及地电位差的防护进行探讨。

2. 弱电设备的外部防护

弱电设备的外部防护首先是使用建筑物的避雷针将主要的雷电流引入大地；其次是在将雷电流引入大地的时候尽量将雷电流分流，避免造成过电压危害设备；第三是利用建筑物中的金属部件以及钢筋,作为不规则的法拉第笼,起到一定的屏蔽作用,如果建筑物中的设备是低压电子逻辑系统,遥控、小功率信号电路的电器,则需要加装专门的屏蔽网,在整个屋面组成不大于5~5m或6~4m的网格,所有均压环采用避雷带等电位连接;第四是建筑物各点的电位均衡,避免由于电位差危害设备;第五是保障建筑物有良好的接地,降低雷击建筑物时接点电位损坏设备。

3. 弱电设备的内部保护

从EMC(电磁兼容)的观点来看,防雷保护由外到内应划分为多级保护区。最外层为0级,是直接雷击区域,危险性最高,主要是由外部(建筑)防雷系统保护,越往里则危险程度越低。保护区的界面划分主要通过防雷系统、钢筋混凝土及金属管道等构成的屏蔽层而形成,从0级保护区到最内层保护区,必须实行分层多级保护,从而将过电压降到设备能承受的水平。一般而言,雷电流经传统避雷装置后约有50%是直接泄入大地,还有50%将平均流入各电气通道(如电源线,信号线和金属管道等)。

随着微电子设备的大规模使用,雷电以及操作瞬间过电压造成的危害越来越严重。以往的防护体系已不能满足微电子设备构成的网络系统对安全提出的要求。应从单纯一维防护转为三维防护,包括防直击雷、防感应雷电波侵入、防雷电电磁感应、防地电位反击以及操作瞬间过电压影响等多方面作系统综合考虑。

多级分级(类)保护原则是,根据电气、微电子设备的不同功能,不同受保护程序和所属保护层确定保护要点作分类保护;根据雷电和操作瞬间过电压危害的可能通道从电源线到数据通信线路都应作多级层保护。

4. 电源部分防护

弱电设备的电源雷电侵害主要是通过线路侵入。高压部分有专用高压避雷装置,电力传输线把对地的电压限制到小于6000V(IEEEEC62.41),而线对线则无法控制。所以,对380V低压线路应进行过电压保护,按国家规范应有三部分:建议在高压变压器后端到二次低压设备的总配电盘间的电缆内芯线两端应对地加装避雷器或保护器,作为一级保护;在二次低压设备的总配电盘至二次低压设备的配电箱间电缆内芯线两端应对地加装避雷器或保护器,作为二级保护;在所有重要的、精密的设备以及UPS的前端应对地加装避雷器或保护器,作为三级保护。目的是用分流(限幅)技术,即采用高吸收能量的分流设备(避雷器)将雷电过电压(脉冲)能量分流泄入大地,达到保护目的。所以,分流(限幅)技术中采用防护器的品质、性能的好坏是直接关系网络保护的关键,因此,选择合格优良的避雷器或保护器至关重要。

5. 信号部分保护

对于信息系统,应分为粗保护和精细保护。粗保护量级根据所属保护区的级别确定,精细保护要根据电子设备的敏感度来进行确定。

6. 三级保护

对于自动化控制系统所需的浪涌保护应在系统设计中进行综合考虑,针对自动化控制装置的特性，应用于该系统的浪涌保护器基本上可以分为三级，对于自动化控制系统的供电设备来说，需要雷击电流放电器、过压放电器以及终端设备保护器。数据通信和测控技术的接口电路，比各终端的供电系统电路显然要灵敏得多，所以必须对数据接口电路进行细保护。

自动化装置供电设备的第一级保护采用的是雷击电流放电器，它们不是安装在建筑物的进口处，就是在总配电箱里。为保证后续设备不承受太高的剩余残压，必须根据被保护范围的性质，安装第二级保护。在下级配电设施中安装过电压放电器，作为二级保护措施。而作为第三级保护是为了保护仪器设备，采取的方法是，把过电压放电器直接安装在仪器的前端。在不同等级的放电器之间，必须遵守导线的最小长度规定。供电系统中雷击电流放电器与过压放电器之间的距离不得小于10m，过压放电器同仪器设备保护装置之间的导线距离则不应低于5m。

21.5　网络管理协议介绍

由于网络中广泛存在着多厂家、异构异质和固有的分布性等特点，人们才在网络管理中引入了标准，以规范网络设备的生产和网络管理系统的开发，这种标准就是网络管理协议。目前最有影响的网络管理协议是SNMP(简单网络管理协议)和CMIS/CMIP(公共管理信息协议)，它们也代表了目前两大网络管理解决方案。CMIP因为太复杂，标准化进度太缓慢，所以没有得到广泛接受；SNMP以其简单实用得到各厂商支持，应用广泛。本节只对SNMP作简单介绍。

SNMP是建立在TCP/IP协议之上，用TCP/IP协议的传输层协议UDP（用户据报协议）作为传输协议。SNMP把管理数据的操作归纳为取操作和存操作两类。管理站点通过取操作请求获得被管理的数据项，通过存操作请求修改被管理的数据项或向被管理站点发送控制命令。被管理站点根据来自管理站点的取操作请求，取得该数据项的值，向管理站点发送应答，将该值传送给管理站点。当被管理站点上发生需要报告管理站点的特别事件时，被管理站点向管理站点发送trap报文报告该事件。SNMP能访问和管理的数据变量由管理信息库（MIB）定义，这些变量包括简单变量和表格。变量的标识用层次结构表示，便于扩充和改变。各个厂家不仅可以用标准化的MIB变量存放设备信息，还可以增加自己专用的MIB变量。

SNMP是流传最广、应用最多、获得支持最广泛的一个网络管理协议，它最大的优点是简单性，因而比较容易在大型网络中实现。它代表了网络管理系统实现的一个很重要的原则，即网络管理功能的实现对网络正常功能的影响越小越好。SNMP不需要长时间来建立，也不给网络附加过多的压力。它的简单性还体现在，对一个用户而言，它可以比较容易地通过操作MIB中的若干被管对象来对网络进行监测。SNMP的另一个优点是它已经获得了广泛的使用和支持，目前其MIB的定义已超过千页，由此也可看出SNMP的受支持程度，几乎所有主要的网络互连硬件制造厂商的产品都支持SNMP。扩展性是SNMP的又一个优点，由于其简单化的设计，用户可以很容易地对其进行修改来满足他们特定的需要，SNMPv2的推出就是SNMP具有良好扩展性的一个体现。SNMP的扩展性还体现在它对MIB的定义上，各厂商可以根据SNMP制定的规则，很容易地定义自己的MIB，并使自己的产品支持SNMP。

21.6 设备选型原则

21.6.1 网络设备选型原则

设备选型是网络方案规划设计的一个重要方面，在为网络升级选择设备时，应当遵循以下原则。

1. 基本选型原则

（1）厂商的选择。所有网络设备尽可能选取同一厂家的产品，这样在设备可互连性、协议互操作性、技术支持和价格等方面都更有优势。从这个角度来看，产品线齐全、技术认证队伍力量雄厚、产品市场占有率高的厂商是网络设备品牌的首选。其产品经过更多用户的检验，成熟度高，而且这些厂商出货频繁，生产量大，质保体系完备。在制定网络方案之前，应根据用户承受能力来确定网络设备的品牌。

（2）扩展性考虑。在网络的层次结构中，主干设备选择应预留一定的能力，以便将来扩展，而低端设备则够用即可，因为低端设备更新较快，且易于扩展。由于企业网络结构复杂，需要交换机能够接续全系列接口，例如光口和电口，百兆、千兆和万兆端口，以及多模光纤接口和长距离的单模光纤接口等。其交换结构也应能根据网络的扩容灵活地扩大容量。其软件应具有独立知识产权，应保证其后续研发和升级，以保证对未来新业务的支持。

（3）根据方案实际需要选型。在参照整体网络设计要求的基础上，应根据网络实际带宽性能需求、端口类型和端口密度选型。如果是旧网改造项目，应尽可能保留并延长用户对原有网络设备的投资，减少在资金投入方面的浪费。

（4）选择性能价格比高、质量过硬的产品。为使资金的投入产出达到最大值，能以较低的成本、较少的人员投入来维持系统运转，网络开通后，会运行许多关键业务，因而要求系统具有较高的可靠性。全系统的可靠性主要体现在网络设备的可靠性，尤其是GBE主干交换机的可靠性以及线路的可靠性。作为骨干网络节点，中心交换机、汇聚交换机和厂区交换机必须能够提供完全无阻塞的多层交换性能，以保证业务的顺畅。

（5）可靠性。由于升级的往往是核心和骨干网络，其重要性不言而喻，一旦瘫痪则影响巨大。

（6）可管理性。一个大型网络可管理程度的高低直接影响着运行成本和业务质量。因此，所有的节点都应是可网管的，而且需要有一个强有力且简洁的网络管理系统，能够对网络的业务流量、运行状况等进行全方位的监控和管理。

（7）安全性。随着网络的普及和发展，各种各样的攻击也在威胁着网络的安全。不仅仅是接入交换机，骨干层次的交换机也应考虑到安全防范的问题，例如访问控制、带宽控制等，从而有效控制不良业务对整个骨干网络的侵害。

（8）QoS控制能力。随着网络上多媒体业务流（如语音、视频等）越来越多，人们对核心交换节点提出了更高的要求，不仅要能进行一般的线速交换，还要能根据不同业务流的特点，对它们的优先级和带宽进行有效的控制，从而保证重要业务和时间敏感业务的顺畅。

（9）标准性和开放性。由于网络往往是一个具有多种厂商设备的环境，因此，所选择的设备必须能够支持业界通用的开放标准和协议，以便能够和其他厂商的设备有效地互通。

2. 网络带宽计算

位/比特（bit）是内存中最小的单位，二进制数序列中的一个0或一个1就是1比特。换算关系如下：

- 1Byte＝8bit（位）
- 1KB＝1024Byte（字节）
- 1MB＝1024KB
- 1GB＝1024MB
- TB、Tera byte：1TB＝1024GB

1 比特＝1 个二进制位，只有 0 和 1 两种状态，其中：

- 1B＝8b。
- 1KB＝1024B（字节英文为Byte，注意与bit区分）。
- 1MB＝1024KB。
- bps：位/每秒，通常对于串行总线设备使用bps为单位，如串口、USB口、以太网总线等。
- Bps：字节/每秒，通常对于并行总线设备使用Bps（常记作BPS）为单位，如并口、IDE硬盘等。

网络技术中的10M带宽指的是以位计算，就是10M bit/s，而下载时的速度看到的是以字节（Byte）计算的，所以10M带宽换算成字节，理论上最快下载速度为：1.25 M Byte/s。

在计算机/通信行业中，计算数据传送速度也使用十进制来衡量。

在数据存储容量计算中，一般采用二进制来衡量。1MB=1024KB=1024×1024B。

根据进制规定，传送速度可以有bps和Bps两种表示方法，但它们是有严格区别的。Bps中的B使用的是二进制系统中的Byte字节，bps中的b是十进制系统中的位元。通常说的56K拨号，100M局域网都是bps计量，当用于软件下载时，下载工具一般又以Bps计算，所以它们之间有8bit=1Byte的换算关系。那么56Kbps拨号极限下载速度是56Kbps/8=7KBps，即每秒下载7KB。

在操作系统中，硬盘容量的单位GB、MB和KB之间的进制是1024，而硬盘生产商通常按照1GB=1000MB，1MB=1000KB来计算硬盘的容量。

以终端数量为200个，摄像机数量为14个、服务器2台、便携式计算机2台、网管工作站1台、5台接入交换机为例进行计算，核心交换机所需交换容量为：100Mbps×200×2+14×5Mbps×2+ 1000Mbps×2×2×2+1000Mbps×2×2+1000Mbps×1×2+1000Mbps×5×2= 64140Mbps

接入交换机所需交换容量为：100Mbps×48×2+1000Mbps×1×2= 11600Mbps

21.6.2　服务器设备选型原则

1. 高性能原则

保证所选购的服务器，不仅能够满足运营系统的运行和业务处理需要，而且能够满足一定时期的业务量增长需要。一般可以根据经验公式计算出所需的服务器TpmC值，然后比较各服务器厂商和TPC组织公布的TpmC值，选择相应的机型。同时，用服务器的市场价/报价除去计算出来的TpmC值得出单位TpmC值的价格，进而选择高性能价格比的服务器。

2. 可靠性原则

可靠性原则是选择设备和系统时首要考虑的，尤其是大型的、有大量处理要求的、需要长期运行的系统。考虑服务器系统的可靠性，不仅要考虑服务器单个节点的可靠性或稳定性，而且要考虑服务器与相关辅助系统之间连接的整体可靠性，如网络系统、安全系统、远程打印系统等。在必要时，还应考虑对关键服务器采用集群技术，如双机热备份或集群并行访问技术，甚至采用可能的完全容错机。

要保证系统（硬件和操作系统）在99.98%的时间内都能够正常运作（包括维修时间），则故障停机时间六个月不得超过0.5小时。服务器需7×24小时连续运行，因而要求其具有很高的安全可靠性。系统整机平均无故障时间（MTBF）不低于80000小时，服务器如出现CPU损坏或其他机械故障，都能在20分钟内由备用的CPU和机器自动代替工作，无需人员操作，保证数据完整。

3. 可扩展性原则

保证所选购的服务器具有优秀的可扩展性。因为服务器是所有系统处理的核心，要求具有大数据吞吐速率，包括I/O速率和网络通信速率，要能够处理一定时期业务发展所带来的数据量，能够在相应时间对其自身根据业务发展的需要进行相应升级，如CPU型号升级、内存扩大、硬盘扩大、更换网卡、增加终端数目、挂接磁盘阵列或与其他服务器组成对集中数据的并发访问的集群系统等，这都需要所选购的服务器在整体上具有良好的可扩充余地。一般数据库和计费应用服务器在大型计费系统的设计中都会采用集群方式来增加可靠性，其中挂接的磁盘存储系统，根据数据量和投资考虑，可以采用DAS、NAS或SAN等实现技术。

4. 安全性原则

服务器处理的大都是相关系统的核心数据，其上存放和运行着关键的交易和重要的数据。这些交易和数据对于拥有者来说是一笔重要的资产，它们的安全性就显得尤为重要。服务器的安全性与系统的整体安全性密不可分，如网络系统的安全、数据加密、密码体制等。这就需要加强服务器自身，包括软硬件的安全。

5. 可管理性原则

服务器既是网络的核心又是系统整体中的一个节点，就像网络系统需要进行管理维护一样，对服务器也需要进行有效的管理。这就需要服务器的软硬件对标准管理系统的支持，尤其是其操作系统和一些重要的系统部件。

21.6.3　存储设备选型原则

1. 磁盘阵列

市场主流磁盘阵列分为软件和硬件两种，软件磁盘阵列指的是用一块SCSI卡与磁盘连接，硬件磁盘阵列指的是阵列柜中具有背板的阵列。硬件磁盘阵列是一个完整的磁盘阵列系统与系统相接，内置CPU，与主机并行动作，所有的I/O都在磁盘阵列中完成，以减轻主机的负担，增加系统整体性能，加速数据的存取与传输。

2. 主要指标分析

（1）控制器。光纤磁盘阵列一般都采用带智能磁盘控制器的磁盘阵列。磁盘控制器是介于主机和磁盘之间的控制单元，配置有专门为I/O进行过优化的处理器以及一定数量的Cache。控制器上的CPU和Cache共同实现对来自主机系统I/O请求的操作和对磁盘阵列的RAID管理。控制器磁盘阵列释放了大量主机资源，来自主机的VO请求由控制器接受并处理，阵列上的Cache则作为I/O缓冲池，能够大大提高磁盘阵列的读写响应速度，显著改善磁盘阵列的性能。一般中高端光纤盘阵都采用双控制器，而高档阵列多采用多控制器。从而充分发挥光纤磁盘的高可用特性，可以配置成为Active/Active模式或者Active/Passive模式。

Active/Passive意味着一个控制器为主动处理I/O请求，而另外一个处于空闲状态，以备主控制器出现故障或者处于离线状态时接管其工作。而Active/Active存储系统包含一个由电池支持的镜像缓存,控制器缓存中的内容被完整地镜像至另外一个控制器中,并能够保证其可用性。

（2）通道数量和带宽。磁盘阵列作为数据的存储设备，供前端应用系统使用，需要磁盘阵列提供接口，主要利用光纤交换机与服务器主机或其他网络设备相连接。现在大多数外接主机通道均基于IP SAN连接具有以太网接口，接口速率大小为1G，部分可支持10G接口。磁盘阵列后端为以太网链路，而在中高端产品中使用3G的SAS链路，还受单条8m的长度制约，SAS2.x规范已在考虑超过20m的连接距离，并为扩展到12Gb/s的SAS-3作准备。

磁盘阵列有单主机通道磁盘阵列和多主机通道磁盘阵列之分。单主机通道磁盘阵列只能接一台主机，多主机通道磁盘阵列可接多个主机系统，并同时使用，有很大的灵活扩充能力，可以群集（Cluster）的方式共用磁盘阵列。前端主机通道数越多，表示可接主机数量越多，支持带宽越大；而后端通道数量越多，表示该阵列可扩展性就越高。

（3）磁盘类型。SATA（Serial Advanced Technology Attachment）是一种基于行业标准的串行硬件驱动器接口，是由Intel、IBM、Dell、APT、Maxtor和Seagate公司共同提出的硬盘接口规范。在数据传输过程中，数据线和信号线独立使用，并且传输的时钟频率保持独立。

SAS（Serial Attached SCSZ）即串行连接SCSI，是新一代的SCSI技术，和现在流行的SATA硬盘相同，都是采用串行技术以获得更高的传输速度，并通过缩短连结线改善内部空间等。SAS的接口技术可以向下兼容SAIA。SAS可以和SATA以及部分SCSI设备无缝结合。中端磁盘阵列对扩展性和端对端数据完整性的要求更高，与SATA比较，SAS 2.0的参数更为合适，而且与4Gb/s FC相比，6Gb/sSAS在速度规格上更具优势，电气兼容性也更好。

较之500G/750G/1TB硬盘，在单盘容量上，SSD还有很多研发工作要做；在可靠性上，SSD

每个存储单元的连续擦写寿命也是厂家在新的技术、新的纠错能力上需要提高的。

（4）最大可用容量。中高端磁盘阵列产品中，可扩展磁盘数最大可达到960块，最小磁盘数也能达到300盘左右，而市场上主流单盘容量为FC 300G或450G 15Kr/min磁盘。最大存储容量是指磁盘阵列设备所能存储数据容量的极限，通俗地讲，就是磁盘阵列设备能够支持的最大硬盘数量乘以单个硬盘容量就是最大存储容量，即960×450/1024=422T（1TB=1024GB）。实际上这个数值还取决于所使用RAID的级别和数据热备盘的比例。采用不同的RAID级别和热备盘数量，有效的存储容量也有所差别，如果采用7D+1P的RAID5级别加上10%热备盘数量，可用容量最大可达316T，完全可满足目前非数据中心的应用需要。

（5）IOPS（每秒输入输出次数）。在同等情况下，100%顺序读、100%顺序写、100%随机读、100%随机写这四种IOPS中，100%顺序读的IOPS最高。因此，很多厂商公布的那些非常高的IOPS数据实际上是将被测存储系统配置了尽量多的小容量、高转速磁盘，且每个磁盘装载数据量不多、设置为RAID-10时测出的100%顺序读（Sequential Read）IOPS的最大值。

决定IOPS的主要取决于阵列的算法、cache命中率以及磁盘个数。阵列的算法根据不同的阵列而不同。cache的命中率取决于数据的分布、cachesize的大小、数据访问的规则以及csche的算法。一个阵列读cache的命中率越高，表示它可以支持更多的IOPs。

如果一个阵列有150块15Kr/min的光纤盘，最大IOPS理论值为150×150=22500，如果超过这个值，硬盘的响应就会变得非常缓慢而不能正常提供业务。

（6）存储带宽。吞吐量主要取决于阵列的构架、通道的大小以及硬盘的个数。阵列的构架因每个阵列不同而不同，它们也都存在内部带宽。不过一般情况下，内部带宽都设计得很充足，不是瓶颈的所在。

光纤通道的影响还是比较大的，如数据仓库环境中，对数据的流量要求很大，而一块1Gb的以太网卡，所能支撑的最大流量应当是1Gb/8（小B）=125MB/s的实际流量，2块光纤卡才能达到250MB/s的实际流量。

（7）其他。对中高端磁盘阵列，主要用于大中型企业核心数据存储，存储的管理如卷的灵活配置、LUN的MAPPING等日常维护工作以及磁盘阵列的兼容性。比如，对主流操作系统的支持，对集群软件的支持，磁盘阵列远程可维护管理的支持、阵列可支持的快照、复制等功能以及容灾的支持级别等。作为在逻辑上SAN的核心，光纤通道交换机连接着主机和存储设备，其功能和稳定性决定整个SAN网络内数据安全以及设备厂商的服务能力，都是在设备选型中必须考虑的。

3. 存储设备选型示例

为保证存储系统的优越性能，使数据安全性得到最大的保障，本次存储系统的设计采用iSCSI存储技术的存储设备。

iSCSI（iSCSI = internet Small Computer System Interface）是由IIETF开发的网络存储标准，目的是为了用IP协议将存储设备连接在一起。通过在IP网上传送SCSI命令和数据，ISCSI推动了数据在网际之间的传递，同时也促进了数据的远距离管理。由于其出色的数据传输能力，ISCSI协议被认为是促进存储区域网（SAN）市场快速发展的关键因素之一。因为IP网络的广泛应用，ISCSI能够在LAN、WAN甚至Internet上进行数据传送，使得数据的存储不再受地域的限制。

ISCSI技术的核心是在TCP/IP网络上传输SCSI协议，是指用TCP/IP报文和ISCSI报文封装SCSI报文，使得SCSI命令和数据可以在普通以太网络上进行传输。

iSCSI协议定义了在TCP/IP网络发送、接收block（数据块）级的存储数据的规则和方法。发送端将SCSI命令和数据封装到TCP/IP包中再通过网络转发，接收端收到TCP/IP包之后，将其还原为SCSI命令和数据并执行，完成之后将返回的SCSI命令和数据再封装到TCP/IP包中传送回发送端。而整个过程在用户看来，使用远端的存储设备就像访问本地的SCSI设备一样简单。

早在2001年上半年，IBM就推出了IP Storage 200i，是市场上公认的第一款基于iSCSI协议的产品，这款产品的出现，对于身处信息爆炸时代却无法承担光纤通道SAN环境高成本的中小型用户来说，具有巨大的吸引力。2001年10月，Cisco也推出了SN5420存储路由器，基于IP标准和SAN标准，可以提供与现有LAN、WAN、光纤和SAN设备之间的互操作，率先建立了IP网络与SAN之间的桥梁。现在，有更多的厂商参与到iSCSI产品的开发中，如Intel已经推出了存储网卡IP Storage iSCSI PRO/1000T，将协议转化也就是封装、还原TCP/IP包的步骤转移到网卡上来执行，大大降低了服务器处理器的占用率。同时，还有芯片、板卡制造商加入到iSCSI产品的开发中，如Adaptec、Qlogic等等。

iSCSI可以实现在IP网络上运行SCSI协议，使其能够在诸如高速千兆以太网上进行路由选择。用户可使用标准的千兆级以太网传输协议，通过Cat5线缆和任意的交换机产品，将服务器与磁盘阵列连接在一起，并且能够提供接近FC SAN的性能。

iSCSI集SCSI、以太网和TCP/IP等技术于一身，支持iSCSI技术的服务器和存储设备能够直接连接到现有的IP交换机和路由器上，具有低廉、开放、大容量、传输速度高、安全等诸多优点，最适合需要在网络上存储和传输大量数据的应用环境，比如广电视频制作和媒资系统、视频监控系统、IPTV系统、数据备份系统以及许多对IOPS和带宽性能要求不是很高的数据库存储系统、大容量文件存储系统。

所选择的存储设备特点如下。

（1）优异的存储性能。EX1500系列采用了业界新一代的SAS接口技术。SAS技术是SCSI技术的升级版，同时还兼容SATA技术。SAS接口是一种点对点、全双工、双端口的串行传输接口，支持在SATA兼容的电缆和连接器上传输SCSI协议，兼备SCSI所具有的可靠性和易管理性，同时可以大幅度提升性能。EX1500系列所使用的SAS磁盘转速均为15000转，平均无故障时间（MTBF）更高达140万小时，与10000转的磁盘相比，IOPS提升30%，响应时间提高20%，特别适合对性能要求高、访问密集的在线数据库等关键应用，例如电子邮件、ERP、电子商务等。

EX1500系列还采用点对点全交换架构，每块磁盘均独享3Gb带宽，完全避免了环形架构下多块磁盘共享带宽导致性能下降的问题。

（2）灵活的分级组合存储。EX1500系列在支持SAS技术的同时还支持分级组合存储。单台设备同时支持SAS和SATA Ⅱ磁盘混插，即使对于同一类型的磁盘混插，其容量也可不同，用户可根据不同应用要求进行灵活组合配置。例如关键业务采用SAS磁盘，而对容量需求较大的应用，如VOD视频点播和视频监控等海量存储应用，则可使用SATA Ⅱ磁盘，针对不同的存储容量要求又可分别采用300GB、450GB SAS磁盘或500GB、1TB企业级SATA Ⅱ磁盘。通过分级存储，单台设备就能满足对性能和容量各有偏重的不同应用需求，可以提高存储资源利用率，大幅度节省用户投资成本。

（3）强大的扩展能力。EX1500系列可以通过扩展柜DE1116实现容量的快速纵向扩展。同EX1500系列的主机柜一样，每个DE1116均可容纳16个SAS或SATA Ⅱ磁盘，并支持混插。用户可在初期仅配置满足当前业务需求的低容量存储资源，后续再分阶段按需扩展，轻松应对业务快速发展带来的数据激增挑战，这样既降低了初期存储投资门槛，又能保证存储的可持续使用。

除此之外，所有多台EX1500系列产品还能通过网线简单连入前端IP SAN交换机，动态构建海量存储网格，进行横向扩展。纵向扩展模式可实现性能未达瓶颈前的容量扩展，而横向扩展方式更可突破性能限制，实现容量、性能、带宽的三维无限扩展。

（4）丰富的RAID和硬件特性。数据是所有企业最宝贵的财产之一，如何使数据存得放心，用得放心一直是困扰企业的一大难题。EX1500系列通过多种技术最大限度地保障存储设备上数据的安全和可靠。

- EX1500系列拥有4个前端GE接口，可连接服务器或IP SAN网络交换机，多条数据链路支持链路聚合和动态故障切换，在保证数据读写带宽的同时保障数据通路的畅通。
- EX1500系列支持磁盘安全插拔特性。在进行磁盘热插拔之前，通过在GUI界面操作来主动使磁盘停转，让磁头回到启停区，能将运行过程拔盘导致盘面被划伤的风险降到最低。
- EX1500系列支持磁盘漫游，即存储系统内部磁盘可以任意更换位置，而磁盘内部的RAID配置信息和数据完全不会改变或损坏，可避免由于磁盘被错误插拔而导致的数据丢失。
- EX1500系列支持RAID 0、1、5、6、10等多种RAID级别，热备方式上可以选择专用热备盘、全局热备盘或空闲磁盘热备。在创建RAID时，可以根据不同的应用模型来灵活设置RAID条带的大小，确保各种不同的应用都能够获得最佳性能。另外，针对冗余RAID重建过程对业务性能的影响，EX1500能提供RAID重建速度动态调整特性，系统会根据当前繁忙情况自动调整重建的速度，一方面降低RAID重建对于业务性能的影响，另一方面可以有效提高系统资源利用率。
- EX1500系列的关键部件都实现了冗余设计。EX1500系列可选配冗余的、负载均衡的热插拔电源，支持电源自动故障切换和在线故障电源更换，还支持多种型号的外接UPS，避免电源故障带来的系统异常。多个冗余风扇可对所有的磁盘和控制单元进行散热，可保证整个系统长时间的正常稳定运行。
- 供电问题往往是造成数据和系统损坏的重要原因，EX1500系列在这方面有许多独特创新的设计确保系统运行稳定。缓存掉电保护功能可在供电故障时为EX1500系列的缓存数据提供长达72小时的保护时间，有效防止数据丢失。EX1500系列在启动时采用磁盘顺序加电方式，保证不会由于所有磁盘同时加电引起电源或系统故障。磁盘电源短路保护功能在电源出现短路时，能够自动切断磁盘供电，保护磁盘免遭过载电流的冲击，保障数据安全。EX1500系列还提供硬件过载保护机制，例如当温度异常升高时会导致硬件损坏，则系统会自动关机保护磁盘数据。
- EX1500系列还支持磁盘休眠功能，在无数据读写时能够将RAID组的磁盘切换到休眠状态，能有效节省存储系统功耗。

（5）简单的维护管理。

- EX1500系列部署和安装非常简便，无需深奥的专业知识，将用户从繁琐的配置和维护中解放出来。用户只需将PC或服务器插上网线与EX1500系列产品通过网络相连，并进行简单的软件配置，几分钟内就可以像访问本地磁盘一样访问连接到网络上的EX1500系列存储资源，无需添加任何其他专用设备。
- 可视化的中英文GUI管理界面可以使用户所见即所得地对磁盘、RAID组等进行配置操作和状态监控，操作方便，使用简单，降低了管理员学习和操作的难度。同时单个管理界面还可以对多台存储设备进行集中统一管理，进一步降低管理员对多台存储设备的管理维护工作量。
- EX1500系列支持指示灯告警、邮件告警、声音告警、短信告警等功能。管理员不仅可以通过GUI界面方便地查看存储设备的日志信息，还可以针对逻辑卷、RAID、设备等模块设置不同的告警级别，当有故障发生时系统马上发送告警邮件通知管理员，使得管理员可以及时作出响应，防止故障影响范围扩大。
- EX1500系列支持SNMP TRAP，当发生预设的告警时，系统会自动发送SNMP TRAP到网管服务器，方便管理员统一监控、处理整个业务系统的异常告警信息。
- EX1500系列提供了环境监控功能，可以对网络接口利用率、CPU利用率进行监控，还可以对逻辑卷、RAID阵列的访问情况进行查看，对设备的电压、温度等信息进行监控，这样管理员可以全面检查系统的运行状况，合理配置资源，使设备发挥最佳效能。
- EX1500系列的配置管理还能够与H3C iMC网管系统融合，用户可以像管理其他网络设备一样，轻松管理EX1500系列产品。

21.6.4　摄像头性能选择

摄像部分的主体是摄像机，其功能为观察、收集信息。摄像机的性能及其安装方式是决定系统质量的重要因素。光导管摄像机目前已被淘汰，由电荷耦合器件简称CCD摄像机所取代。其主要性能及技术参数要求如下。

1. 基本选型原则

（1）色彩。摄像机有黑白和彩色两种，通常黑白摄像机的水平清晰度比彩色摄像机高，且黑白摄像机比彩色摄像机灵敏，更适用于光线不足的地方和夜间灯光较暗的场所。黑白摄像机的价格比彩色便宜，但彩色的图像容易分辨衣物与场景的颜色，便于及时获取、区分现场的实时信息。

（2）清晰度。有水平清晰度和垂直清晰度两种。垂直方向的清晰度受到电视制式的限制，有一个最高的限度，由于我国电视信号均为PAL制式，PAL制垂直清晰度为400行，所以摄像机的清晰度一般是用水平清晰度表示。水平清晰度表示人眼对电视图像水平细节清晰度的量度，用电视线TVL表示。目前选用黑白摄像机的水平清晰度一般应要求大于500线，彩色摄像机的水平清晰度一般应要求大于400线。

（3）照度。单位被照面积上接受到的光通常称为照度。Lux（勒克斯）是标称光亮度（流明）的光束均匀射在1m2面积上时的照度。摄像机的灵敏度以最低照度来表示，摄像机以特定的测试卡为摄取标，在镜头光圈为0.4时，调节光源照度，用示波器测其输出端的视频信号幅度为额定值的10%，此时测得的测试卡照度为该摄像机的最低照度。所以实际上被摄体的照度应该大约是最低照度的10倍以上才能获得较清晰的图像。一般情况下，如果选用黑白摄像机，当相对孔径为F/1.4时，最低照度应小于0.1Lux；如果选用彩色摄像机，当相对孔径为F/1.4时，最低照度要求选用小于0.2Lux。

（4）同步。要求摄像机具有电源同步、外同步信号接口。对电源同步而言，使所有的摄像机由监控中心的交流同相电源供电，使摄像机场同步信号与市电的相位锁定，以达到摄像机同步信号相位一致的同步方式。对外同步而言，要求配置一台同步信号发生器来实现强迫同步，使电视系统扫描用的行频、场频、帧频信号，复合消隐信号与外设信号发生器提供的同步信号同步。系统只有在同步的情况下，图像进行时序切换时才不会出现滚动现象，录、放像质量才能提高。

（5）电源。摄像机电源一般有交流220V、交流24V、直流12V，可根据现场情况选择摄像机电源，但推荐采用安全低电压。选用12V直流电压供电时，往往达不到摄像机电源同步的要求，必须采用外同步方式，才能达到系统同步切换的目的。

（6）自动增益控制（AGC）。在低亮度的情况下，自动增益功能可以提高图像信号的强度以获得清晰的图像。目前市场上CCD摄像机的最低照度都是在这种条件下的参数。

（7）自动白平衡。当彩色摄像机的白平衡正常时，才能真实地还原被摄物体的色彩。彩色摄像机的自动白平衡就是实现其自动调整。

（8）电子亮度控制。有些CCD摄像机可以根据射入光线的亮度，利用电子快门来调节CCD图像传感器的曝光时间，从而在光线变化较大时可以不用自动光圈镜头。使用电子亮度控制时，被摄景物的景深要比使用自动光圈镜头时小。

（9）逆光补偿。在只能逆光安装的情况下，采用普通摄像机时，被摄物体的图像会发黑，应选用具有逆光补偿的摄像机才能获得较为清晰的图像。

2. 选择镜头

镜头按功能和操作分为下面几类。

（1）摄取静态目标的摄像机，可选用固定焦距镜头，当有视角变化要求的动态目标摄像场合，可选用变焦距镜头。镜头焦距的选择要根据视场大小和镜头到监视目标的距离而定，表示为：F=A×L/B。其中F为焦距（mm），A为像场、宽（mm），L为镜头到监视目标的距离，B为视场高（L、B采用相同的度量单位）。

（2）选择镜头焦距时，必须考虑摄像机图像敏感器画面的尺寸，有2/3英寸、1/2英寸、1/3英寸、1/4英寸四种模式，这四种模式都具有垂直X水平尺寸为3×4的方位比，而四种模式摄像机对应于某一个镜头，则下一个模式正好与它上一个模式摄像机相差一个镜头焦距的档次。如专1/2英寸摄像机使用16mm镜头的视角范围正好与1/3英寸摄像机使用12mm焦距的镜头相同。以此类推。

（3）对景深大、视场范围广的监视区域及需要监视变化的动态场景，一般对应采用带全景云台的摄像机，并配置6倍以上的电动变焦距带自动光圈镜头。

（4）使用电荷耦合器件（CCD）时，一般均应选择自动光圈镜头，对于室内照度恒定或变化很小的可选择手动可变光圈镜头,电梯轿箱内的摄像机镜头应根据轿箱体积的大小选用水平视场角大于70°的广角镜头。

（5）随着小型化需要,镜头尺寸需缩小,除通常摄像机镜头的标准C接口外,引入了Cs接口。由于Cs接口比C接口短5mm,减小了镜头与敏感件的间距,故Cs接口系统体积小、轻,且Cs接口镜头价格较便宜。Cs接口摄像机可配用Cs接口镜头,也可使用C接口镜头再加上引入5mm隔条环。而C接口摄像机只能配用C接口镜头,不能使用Cs接口的镜头。

（6）摄像机镜头应从光源方向对准监视目标,避免逆光。镜头的焦距和摄像机靶面的大小决定了视角,焦距越小,视野越大,焦距越大,视野越小。若要考虑清晰度,可采用电动变焦距镜头,根据需要随时调整。

（7）通光量。镜头的通光量是用镜头的焦距和通光孔径的比值（光圈）来衡量的,一般用F表示。在光线变化不大的场合,光圈调到合适的大小后不必改动,用手动光圈镜头即可。在光圈线变化大的场合,如在室外,一般均需要自动光圈镜头。

3．选择传输系统

监视现场和控制中心总有一定距离,从监视现场到控制中心需要图像信号传输图像信号,同时从控制中心的控制信号要传送到现场,所以传输系统包括视频信号和控制信号传输两部分。

（1）视频信号传输。一般采用同轴电缆传输视频基带信号,采用光缆传送电视信号,也可利用电话电缆传送。由于电缆对外界的静电场和电磁波有屏蔽作用,可减少串扰,传输损失也较小。但用电缆长距离传送媒体时,会发生对地不平衡低频电流的影响,有时也会有高频干扰。信号传输带宽为50～4MHz,当传输距离在200m以内时,用同轴电缆传送,其衰减的影响一般可不予考虑;当传输距离大于200m时,电缆衰减量较大,为了能传输整个带宽内不同频率的信号,必须使用电缆补偿放大器。某些场合,布线非常困难时,可以采用无线传输如微波定向传输,但它要占用频率资源,需经无线电管理委员会核准。

（2）控制信号传输。对于CCTV,常用的控制方式有直接控制、编码控制、同轴视控。目前直接控制由于线缆过多,很少采用。编码控制是将全部控制命令数字化（调制）后再传输,到控制设备后再解调,还原成直接控制量,可节约线缆。这种方式传输距离长,目前工程中采用较多。同轴视控就是控制信号与视频信号共用一条同轴电缆,利用频率分割或视频信号消隐期传输控制信号的方式传输,但价格较贵。

（3）管槽敷设。为防止电磁干扰和外电源及变频电梯等干扰,电缆应敷设在接地良好的金属管或金属桥架,同时保护线缆。

4．选择数字硬盘录像系统

（1）数字监控硬盘录像系统的功能。数字硬盘录像是当今安保电视系统领域最新型的、性能最卓越的数字化图像记录设备,它将监控系统中所有摄像机摄取的画面进行实时数字压缩并录制存档,可以根据任意检索要求对所记录的图像进行随机检索。由于采用了数字记录技术,能大大增强录制图像的抗衰减、抗干扰能力,因此无论经过多少次的检索或录像回放都不会影响播放图像的清晰度,而传统的模拟方式记录的录像带在经过若干次检索及回放后,图像质量将会有一定的衰减并引起信号信噪比的下降。当需要对已存储的图像进行复制时，数字记录的图像不存在复制劣化的问题，而模拟方式记录的图像每经过一次复制就要劣化一次。

数字硬盘录像系统是集计算机网络化、多媒体智能化与监控电视为一体，以数字化的方式和全新的理念构造出的新一代监控图像硬盘录像系统。系统在实现本地数字图像监控管理的同时，又能实现监控图像画面的远程传送，加强了整体安全管理。在系统中，所有图像数据均以数字形式保存，与传统的模拟信号系统相比，打印出的照片具有更高的清晰度和逼真感，数据的传输更可靠，速度更快。系统以模块化设计为基础，各个模块包括信号采集模块、监控模块、图像录制模块、远程访问模块和中央控制模块。整个系统维护简便，易于安装。

由于数字硬盘录像设置在计算机系统中，信息可以自由传递到网络能够到达的范围，因此监控图像的显示不再拘于传统的图像切换方式，可以根据需要在任何被授权的地点监控任何一处的被控图像，使系统具有极强的安全管理能力。监控图像通过图像录制模块以高压缩率存储于高容量磁盘阵列中，可供随时调阅、快速检索。也就是说，可将多个摄像机（目前最多为16个）的多路图像实时显示于一台监视器上，同时，还可将所有的图像录制于其内置的硬盘驱动器中，以备回放、查找和转换，并可将图像备份至外置硬盘中。所有操作，都可在遥控器上完成，从而摆脱Windows操作系统，避免了死机现象。相对于传统的磁带记录方式，操作简便，可靠性、回放质量更高。所有记录可供长时间保存，重复利用率极高。还可被转录制成光盘存档。在大于40G的硬盘配置下，动态录像约可以存储一个月甚至更长时间。

（2）数字监控硬盘录像系统的主要特点。

- 高效率，耐用，节省维修费用。数字硬盘录像，使已录制图像的抗衰减、抗干扰能力大大增强，可以反复录像、回放、检索而不失真和破坏，高效耐用，节省了很多维修费用。与传统的录像带图像经长期使用容易损坏相比具有极大优越性。

- 与现有的安保电视系统设备可兼容。在现有安保电视系统配置设备的基础上，只是更换旧的盒式录像机和多画面视频处理器，仍可保留系统配置的其他设备。

- 采用特殊的压缩存储技术。采用特殊的压缩存储技术，以满足高活动性的动态清晰度录像以及高效率的压缩存储两方面的要求，目前有的借用标准的MPEG压缩存储技术，有的采用D-TEG编码压缩方法来达到高效压缩率比。

- 高速搜索和清晰度静像。由于系统采用硬盘存储图像，故系统能提供快速搜索功能和高清晰度静像。图像分辨率一般可达752×582或640×480像素，录像速度为25帧/秒，回放速度为25帧/s。录像和回放前都可以准确到年/月/日/时/分/秒，并可以独立调节每路画面的色彩、亮度、对比度和色饱和度。

- 保密性强。传统电视监控系统中使用磁带记录所发生的实时图像，一旦为犯罪嫌疑人所掌握，就会为其销毁证据、替换或抹掉录像带内容等提供机会。而数字化电视监控系统中图像的播放是由计算机程序来控制，对图像存档、回放和状态设置等操作均有严格的密码控制，即使是操作人员，如果不知道密码或其密码的权限不包含有上述操作内容，就无法知道已录制图像的内容。另外，由于采用的是硬盘录像，不需要更换存储媒体，任何人都很难取走硬盘，或者取走也无法回放，保密性极强。

5．选择显示系统

显示与记录设备一般均安装在安保控制室，主要由黑白/彩色监视器、录像机及视频处理设备组成。

黑白/彩色专用监视器为再现摄像机视频信号的设备，一般要求黑白监视器的水平清晰度应大于600线，彩色监视器的清晰度应大于350线。

录像机是监视系统的记录和重放装置，一般采用时滞录像机，用普通180分钟的录像带可以录24小时以上，甚至可达480小时和960小时，并可用控制信号自动操作录像机的遥控功能。对于与安全报警系统联动的摄录像系统，宜单独配置相应的时滞录像机，目前已可采用数码光盘记录、计算机硬盘录像。

系统建设篇

在公安信息化建设过程中，各地公安机关作为工程建设的责任方和接收方，如何进行需求分析，如何把握工程建设的质量，如何进行工程建设管理，如何在系统运行过程中实施有效的管理，如何无遗漏地分析和规避工程建设过程中可能出现的风险，如何读懂项目承建单位提供的项目建设成果……凡此种种，不一而足。本篇就是为了解决上述问题而设立的。在本篇中，读者看到的是有针对性的信息系统工程的建设及管理方法，以及为保证这些方法的准确实施而设计的各种技术规范、行业标准。本篇所介绍的所有内容完全不同于相关教程中介绍的、完美无瑕的系统工程建设理论，相反，它是依据当前各地公安机关的信息化建设现状，对经典系统工程建设理论的裁剪、扬弃与深化，力图使所讨论的内容更加切合公安信息化建设的实际。为了达到这个目标，本篇中介绍的所有素材均来自于经过公安信息化建设实践筛选的技术内容与规范，更有针对性和适用性。

第 22 章

公安信息化建
设需求与解析

摘　要

　　本章就公安信息化建设中的需求分析方法进行了分析和讨论。在公安信息化建设过程中，经常会遇到如何描述信息化建设需求的问题，或如何评判投标单位对建设需求理解的问题。在许多情况下，公安机关提出的需求不明确、不清晰，造成了信息化建设的质量不高；或者是投标单位在建设需求的理解上自说自话，而又得不到准确的修正与提示，同样造成了信息化建设的质量不高。本章依据多年的公安信息化建设经验，为上述问题专门描述了需求提出、需求分析与需求解析的方法，以求对此类问题提供有益的参考。

22.1 需求分析方法分析

随着我国经济建设的发展和改革开放的不断深入，地级以上城市在经济、人文、环境等诸多方面都发生了很大的变化，同时也给公安工作带来了新的问题。社会大环境中人员构成日趋复杂，流动性强，技术和文化水平提高，黄抢枪毒黑恶势力有所抬头；交通、通信日益便捷，也使得新的犯罪方式、犯罪手段不断出现，特别是利用高科技犯罪、涉毒、涉枪、涉税、金融诈骗、盗抢金融机构、盗抢机动车辆、流窜作案、负案在逃犯罪、异地销赃等已经成为突出的问题，社会治安形势十分严峻。公安工作本着维护法律尊严、维护社会治安秩序和社会稳定、保护公民人身和财产安全、打击违法、惩治犯罪的目的，就应做到基础信息准确、全面，反应快速，打击有力。

社会的发展已经进入了信息化时代。计算机及互联网作为信息社会的基础已日益受到人们的重视，而计算机及网络应用的水平亦已成为衡量各行业现代化建设水平的重要标志之一。以往综合能力差，重复工作多，劳动强度大，反应速度慢，沉于文稿、疲于应付的局面已经不能适应现代社会的发展。我国地市级公安机关充分认识到了信息化建设的重要性，为了达到"科技强警，向科技要警力、要战斗力"的目的，必须从根本上改变工作方式、工作环境、工作手段和工作作风，要求加快进行公安信息化建设。

在公安信息化工程的建设过程中，无可回避地将会遇到对系统建设需求进行分析的问题，无论是为招标活动而撰写招标书的过程，还是在评标过程中对项目开发商做出的需求分析进行评判的时候，还是科技信通部门为满足各警种业务需求而编制各种项目建设任务书时，都必须面对如何确定系统需求的问题。但由于描述系统建设需求时各自所处的角度不同，考虑的建设基点不同，分析存在问题的方式不同，往往同样的系统分析，却出现不同的分析结果。这对于公安信息化系统建设而言是没有任何好处的。目前在全国公安行业存在着不同规模的信息化系统大约1000余项，但仔细分析这些系统所涵盖的业务范围和需要处理的信息资源内容时，却发现在这些系统中，有很多系统名称都是相同的，但实际功能却大相径庭：同样是刑侦系统，不同城市的刑侦系统也许从覆盖的业务范围就不同；同样称为执法办案系统，由于开发商的理解不同，结果导致研发的系统构成也不尽相同。这不仅是形式问题，更严重的是这些系统处理的信息资源构成都难以趋同。那如何实现同类系统的信息共享呢？更不要说在不同警种之间的信息共享了。因此，如何进行系统需求的分析就成了一个重要的问题。

应该清楚地认识到：在公安行业的信息化应用中，所有的业务规则都是会经常发生变化的，或者是因为各种案件的成案因素发生了变化，出现了新型犯罪特征，那么，侦破规则和侦查程序都会有相应的改变；或者是因为社会控制面的法律规定出现了变化，同样会导致治安管理的业务规则发生改变。这种改变大到某个执法环节的流程变化，小到某个行政管理证件的样式改变。任何优秀的系统分析师或系统设计师都不可能设计出满足如此灵活变化的系统，以适应所有不可预知、但肯定会发生的变化。所以，在多年的公安信息化工程建设过程中，已经形成了如下共识：

在公安行业的信息化建设中，业务规则的变化是绝对的，不可预知的，但对应的信息资源构成却是相对稳定、在较长时间内不会发生根本变化的。这是因为公安行业的信息构成不由人的意志所决定，而是由法律的明确规定而调整。所有的业务规则变化都只能围绕明确规定的信息资源进行。

基于这种共识，可以明确：在公安行业的信息化建设过程中，围绕信息资源进行需求分析是科学、可行、实用的系统需求分析方法。这种分析方法主要包含以下内容。

（1）基本状况分析。包括系统存在问题、系统信息资源、信息资源构成、信息资源与相关要素的关系、信息资源与数据复用等。

（2）系统定位分析。包括系统的基本定位、系统覆盖定位、系统技术路线定位等。

（3）系统目标分析。包括资源规划、资源获取、资源共享、数据复用、主题数据应用、数据增值服务、系统资源标准体系、执法监督、空间资源属性与共享、联机事务处理、资源产生与采集、资源共享与专题应用、资源整合、资源比对、信息交换、信息发布、公文流转等。

（4）系统功能需求分析。包括信息资源存储、信息资源管理、信息资源综合应用、信息资源服务应用、信息资源安全保证、信息资源采集、联机事务处理、系统数据采集、系统基本信息采集、系统内部融合关联信息采集、系统外部融合关联数据采集、历史数据转换、系统数据应用、系统数据查询应用、系统数据统计应用、系统数据挖掘与应用、系统数据比对应用、系统数据专题应用、系统继承性等。

这似乎和传统的系统需求分析形式不相吻合，但实际上，任何一类信息处理系统，只要围绕信息资源进行需求分析，基本上都可以按照上述的分析思路进行，这和传统的系统需求分析仅只是分析角度不同、表现形式不同和需求分析的分类方法不同而已，所进行的系统需求分析实质和结果都是相同的。为说明上述需求分析的技术路线，从下一节开始，将引用一个实际案事件侦查信息系统的建设案例进行系统需求分析，以便于系统建设者或设计者对本节内容的理解，以及对分析方法的掌握。

22.2　需求分析案例

在此所提出的系统建设需求完全是多年来公安行业信息化建设过程中已经约定俗成、成为定式的系统建设需求提出形式之一，之所以在此完整地描述全部需求内容，核心目的就是希望通过对本需求案例的分析，可以明确地告诉每一位公安信息化工程建设的参与者，在本章中提出的需求分析与解析方法并不需要改变多年来已经形成的系统建设需求表述习惯，但需要掌握的是：在这种需求的表述状态下，如何根据上一节所描述的系统需求分析方法来进行实际工作中的需求解析，进而实现指导系统建设的目标。

22.2.1　建设背景

目前在日常工作中汇集了大量案事件侦查的原始数据，却不能进行深层次的数据挖掘和信息共享利用，不能为串并案件、侦破系列案件提供有效的服务。需要重点改造与整合现有侦查破案的各类信息资源，提高信息的规范性与共享性，建立统一的案事件侦查数据汇集平台以解决数据复用问题，为科技强警和情报研判提供信息服务保障。新建系统将面向案事件侦查业务，综合管理、信息挖掘、数据复用、紧密结合现状、培训服务等方面是本系统建设能否成功实施的关键环节。

22.2.2 应用系统现状

目前的网络版案事件信息管理系统已在省级公安机关和省辖市案事件侦查部门正式投入实际应用，初步实现了省内三级联网传输和联机检索。但系统存在一定的技术缺陷，主要问题是：系统开发目的不明确、缺乏整体性设计、兼容性关联性差、采用技术落后、系统结构落后、缺少数据挖掘功能等等。导致省级数据库中存放了数百万条案件和人员信息，不能得到有效的挖掘和深层次的利用。

22.2.3 项目建设目的

项目建设着力提升公安工作的信息化、现代化水平，充分体现其社会效益和经济效益。增强公安机关驾驭社会治安的能力，提高科学决策水平和预防打击犯罪的能力，降低公安工作的成本，挽回案事件犯罪造成的经济损失，消除潜在的社会治安隐患，进一步规范公安基础和执法办案工作，为实施信息主导警务战略提供技术支撑。其出发点是为公安机关提供一个先进、实用、高效、成熟可靠的工作系统，建立起一套完整的案事件侦查工作综合信息管理应用流程。系统包括信息采集、信息查询、信息统计、信息分析、信息比对、案件串并、协破案件、信息发布、执法办案、数据传输、数据接口、信息质量、系统管理等信息模块，涵盖了目前公安系统中涉及的侦查破案"五要素"信息工作所有内容的管理和查询分析功能。通过在上述各级管理、应用层之上实现完全网络化的应用，带动整个公安基础和执法办案工作的规范化、现代化，为实现真正意义上的信息主导警务提供强有力的技术支撑。

22.2.4 设计方案及主要性能指标

1. 目标任务与指导思想

公安信息化建设的主要目标是以"五要素"信息为基础，以公安网为依托，以地市为信息汇集点，建成涵盖各级案事件办案部门主要业务工作信息的案事件侦查综合信息管理应用系统。实现跨部门、跨地区的信息共享和业务协作，实现办案业务工作信息化，促进队伍管理和业务工作。基本任务是研制标准体系，建立系统平台，构筑信息体系，实现联机事务处理，强化信息共享应用，以规范化管理功能为突破口，建立起执法办案信息管理系统，带动整体执法办案信息管理应用水平和侦查破案水平的提高。指导思想是统一规划、重点突破、分期开发、逐步完善、全面推进、讲究社会效益。基本要求是统一领导、统一规划、统一标准、分级管理。

2. 设计要求

整合利用全国已建案事件侦查信息系统的先进功能和先进技术，统一数据类型、数据库管理层次和结构模式，解决好数据复用的问题。做好本系统与其他相关系统之间的信息交换、数据共享和综合利用。系统总体结构使用信息五要素模型，即以人、地、物、组织、事件这五类要素构成事件信息主要部分。采用多层结构为主的应用体系结构，包括客户层、业务控制层、中间应用层、子系统业务层、五要素业务层、数据管理层、存储支持层、系统管理模块、公安信息化工程请求服务接口模块。由于科所队是系统功能和应用的主体，可将其作为最主要的数据采集和维护节点。分（县）局承担职责范围内的业务处理和审批工作，进行各类查询、统计。地市级存放地市内综合数据信息，提供地市内所有部门业务管理的全部功能。地市作为省内信息的二级基本汇聚点，提供跨地区、跨业务交互访问的综合信息服务。省级公安机关存放案事件侦查综合数据信息，提供省内所有部门、警种侦查破案及其相关信息管理的全部功能。省级公安机关作为省际信息的一级基本汇聚点，提供跨省（市、区）、跨业务交互访问的省际综合信息服务，通过信息接口模块与外部系统实现动态信息交换。系统安全管理遵循公安信息化工程整体安全保障体系，从各个层次的用途和安全性方面来特别保护数据层。

3. 总体方案

（1）设计原则。一是统一领导、统一规划、统一标准、分级管理，二是整体性、实用性、先进性、支持异构环境、可扩展性和经济性，三是充分调动各方面的积极性，四是运行管理体制建设与公安信息化工程建设同步进行。

（2）具体设计原则。一是简洁实用，高度共享和科学、规范、实用；二是新旧延续性，寻求平稳过渡的技术解决方案，将原系统中的各类案件信息数据及时、完整地转换至新系统中；三是符合公安信息化工程规划，又具有信息主导侦查办案的特色；四是先进性、发展性。按照业务流与信息流相结合、相一致的要求，减少重复环节；五是进行安全性管理。

4. 建设目标

建库模式采用省级公安机关、辖市二级建库，采用基于标准Java语言的浏览器对服务器（B/S）模式，后台管理使用客户端对服务器（C/S）模式。网络拓扑结构为省级公安机关和各市局分二级建库，县（区、市）级不建数据库。

（1）硬件平台结构。硬件结构使用三层结构模式，即后台数据库小型机+中间件服务器+前台应用服务器。

（2）软件模块结构。数据库操作系统基于UNIX和Windows 2000 ADS平台，数据库种类、版本限定为Oracle 9i以上。中间件、前台Web服务和传输模块只能针对IBM WebSphere5.0以上版本的平台和组件进行设计，数据传输通过省市两级的公安应用支撑（数据交换）平台完成。

（3）系统规范词采用公安部制定的最新标准，系统软件符合案事件侦查信息管理应用系统的系列标准及其他国家、部颁标准。对于没有国家和部颁标准的部分，要帮助用户方开展数据标准化建设工作，研制相关标准，并与国家、部颁标准形成一套有机结合的标准体系。

（4）系统融合关联。涉及案事件侦查方面的综合系统模块必须实现与公安部信息化工程规划建设项目的关联与融合。与已经定型的案事件侦查系统，如指纹自动识别系统、现场指纹系统、DNA等系统要实现从底层的互联互通和信息数据互调。建立的现场勘查模块中，不仅要建立物证鉴定、物品库、鞋印库、文件管理、枪支等子模块，而且必须关联融合现场绘图系统。

（5）报表统计要求。部颁标准统计报表及统计局备案的各专业日常报表能实现自动处理，并实现完整的自定义统计功能和任意时段、地域的快速统计。

（6）升级维护方式。系统软件，特别是用户端的相关字典插件、行政区划调整、新作案手段和特征的描述等，能够通过浏览器实现在线自动升级。

（7）第三方系统接口。可通过符合公安部标准的数据接口规范，方便地与其他部门和行业的应用系统进行有机结合，以实现数据自动提取、比对、碰撞和报警提示等功能。

（8）数据环境主要包含：《刑法》规定的所有案件信息，留置盘查手续以上的违法犯罪嫌疑人员，损失、可疑、缴获物品，失踪人员、无名尸体，通缉协查等内容，从公安部交换得到的全国案件、人员、现场、物品等数据信息。

（9）数据库功能是将业务流程管理与办公自动化融为一体。基层科所队是基本信息增改删单位，县（市、区）级公安机关在辖市库内管理本辖区的各类信息审核与补充，做好本辖区信息的分类核查，并做好串并案工作。地市数据库主要是提供全市各类信息录入、查询、统计、分析等操作功能，本市损失物品与可疑物品、涉及人员相关信息与同级相关信息的自动比对。省级公安机关数据库中存放数据汇总，主要是提供省级已建库数据信息的查询；进行流窜犯罪案件、人员及抓获可疑人员、已串并案件的分析处理；研判信息的统计分析；提供省级公安机关集中建库信息的录入、查询和统计等；实时下载布控人员信息，实时与各地的旅馆住宿人员、暂住人口等信息进行比对报警；损失物品与可疑物品、涉及人员相关信息的自动比对。

（10）数据的流向。在省市两级建库模式下数据编辑将通过应用服务器进入同级的数据库和其他业务数据库。地市级以下用户数据只在地市级实现数据共享，省级公安机关级用户的数据只在省级库实现数据共享。基础数据在市级派出所综合系统中录入后，经初步分类，按垂直的业务条线进行分流至市级案事件侦查信息管理应用数据库，进而汇总至省级公安机关总库。

22.2.5 业务流程描述

系统的使用定位于基层有立案权限的县（市、区）级公安机关，系统管理的重点在省、市两级案事件侦查部门，主业务信息的共享和应用面向全警。基层科所队职责是负责本辖区内相关原始基本信息采集录入工作，确保相关原始信息及时、准确、真实地采集，以供案事件侦查办案部门对信息进行深度加工。

（1）县市区业务部门职责。

- 负责对本辖区录入的相关信息的修改、审核工作，负责本辖区内不需要基层科所队采集的侦查破案信息，或基层科所队无法完成的侦查破案信息（如指纹、DNA信息）增、删、改工作。
- 会同经文保、经侦、治安等同级有关部门建立相应的信息采集、录入、应用工作机制，确保相关信息及时准确采集录入。
- 利用省、市两级提供的外地信息做好信息研判及串并案工作。
- 对本辖区内各类信息的采集、录入的质量（规范化）、时效（即时化）等进行检查、督促，并制定相应的工作机制（包括奖惩机制），推进信息化建设。

（2）省辖市业务部门职责。

- 根据省级公安机关提出的建库模式，建立市级案事件侦查综合信息库。为避免系统重复投资建设，已经以块为主建立城市公安综合信息系统（或派出所综合信息系统）的地市，其

系统中必须包含省级案事件侦查综合信息库需要的数据内容以及流程内容，负责制定相关
数据信息的改造方案，研制与省库信息数据交换的需求。负责制定实施与已经建立的指纹、
DNA等相关信息系统的关联改造方案，实现数据交换的需求。

- 指导、督促辖区内县、市（区）级的信息采集、录入工作，与同级有关部门建立相应的信息采集、录入机制，确保有关信息及时采集、录入。
- 负责本辖区内县、市（区）级部门无法完成，或无需县、市（区）级部门完成的相关信息（如DNA信息、现场复勘信息）的采集、录入工作。
- 利用采集的信息做好信息研判及串并案工作，及时发布省级公安机关下发信息或自主组织下发信息，指导服务基层一线实战。
- 抓好省级公安机关制定的信息化工作机制的贯彻落实，并可根据本地实际制定相应工作机制。

（3）省级公安机关业务部门职责。

- 负责系统改造方案的制定，开发相关系统应用软件。
- 负责在综合信息数据的基础上建立辅助决策系统，提供串并案、数据分发流转等服务性系统。
- 制定相应的配套工作机制，并抓好贯彻落实。
- 研制开发与公安部、外省（市、区）、司法机关数据信息的交换软件。
- 负责不需要下级机关收集的相关信息的增、删、改工作，并建立相关信息子库，提供各级业务部门查询使用。
- 抓好现有刑释解教人员、指纹、在逃人员、被盗抢机动车、部重特大案件、失踪人员、无名尸体库的建设及与本系统的融合工作。
- 利用采集的信息做好信息研判及串并案工作，及时组织发布有关信息，指导服务基层一线实战。

22.2.6　系统主要功能

案事件侦查信息管理应用系统需要建设信息采集、信息查询、信息统计、信息研判、信息比对、案件串并、信息发布、执法监督、数据传输交换、数据转换与接口、系统管理、质量审核等应用模块，从而构筑全方位的案事件侦查工作的信息共享平台。在功能实现上按照办案流程进行，体现全警采集、全警应用的思路。

22.2.7　模块设计思路

本应用系统是派出所综合信息系统数据基础的拓展和衍生，其技术路线、整体架构等应与派出所综合信息系统相对应，数据采集与管理类数据采集构成一个完整的数据采集平台。在数据分流、信息关联、自动比对、自动统计、自动发布、数据传输、转换分流、查重提示、网上核批、提示警告、执法监督、文书生成、自动升级、数据防篡改、数据质量审核、定制输出等方面，可以灵活地定义数据逻辑校验关系。

22.2.8 融合相关警种需求

纳入禁毒、治安、出入境、监管、经侦、网监、边防管理的案事件侦查办案信息，并在本系统中实现一体化关联。

22.2.9 技术性能指标

系统有全局管理、数据录入、数据查询、数据交换、串并分析、信息统计、批量比对、信息分析、转换接口、动态发布等功能模块。它们的技术性能指标如下所述。

（1）全局管理模块。完成用户、权限、字典管理，数据安全备份与恢复，系统日志管理，在线升级等功能。

（2）数据录入模块。包括所有事件"五要素"的录入、审批处理流程。主要功能包括自动生成编号、规范词条录入、自动校验、数据查重提示、数据自动复制、数据自动生成、数据转换、数据关联、规格照片录入、组合条件归类、案件处理流程。

（3）数据查询模块。通过多种手段进行分类、关联、模糊、条件组合检索各类信息，并提供相关结果的关联显示、逆向反查、大类检索、结果排序和广播查询、制式文书的检索打印功能。

（4）数据交换模块。主要功能是确保省级公安机关与地市系统，能通过现有的网络系统，选择多样化的传输工作模式，安全、可靠、灵活地进行信息交换。在传输时间、方向控制上，可以实现信息的实时交换、定时批量交换和广播式交换、定点交换。

（5）串并分析模块。通过数据库内"五要素"信息的自动分类和检索，能够为办案提供方向和线索，满足案事件侦查、串并案侦查的要求。同时，要能有效结合全文检索信息系统，把分析、评估结果分类并以分值显示，达到已处理人、案、物与积案、现案、嫌疑人员互串并功能。

（6）信息统计模块。可以完成工作中所要求的各类报表的统计工作。对于部制式报表、专业日常报表能够自动生成，能够按照时间、地理、空间段自由组合统计、关联统计，对统计结果能够进行汇总，并用图表表示。

（7）批量比对模块。功能包括在逃人员、被盗抢机动车、物品、缉控人员等信息的批量比对，主要是在数据上报后能实时或定时与各级数据库中的数据进行比对，自动报警。

（8）信息分析模块。从有效增强决策、指挥、管理的角度出发，系统要预留GIS地理信息系统接口，以备二次开发。根据已发（破）案件或已处理人员等信息，在多类信息的空间属性预留查询、显示、仿真、统计、分析接口，以备今后结合打击工作进行分析，在网上提出防范参考信息。

（9）转换接口模块。主要完成数据的版本升级，数据的导入、导出，定义数据接口标准和数据操作规范，服务于上层的模块，并为其提供数据来源。提供第三方系统数据操作的功能，为批量比对模块提供数据来源。

（10）动态发布模块。是用户发布信息和交流信息的基础模块，按周（日）发布每日或每周的各类案事件发（破）案信息，违法犯罪人员、通缉通报、协查布控、案事件侦查动态等信息。

（11）执法监督模块。根据办案流程和法定及内部规定的审批手续，对案件基本信息、涉案人、涉案物品等相应信息进行管理与维护，对办理案件的主要过程进行监督。上级业务部门和法制部门可根据网上提示，对办案执法活动进行监督。

（12）系统外部接口。用户界面力求做到布局合理、功能引导明确、超强容错能力、防止误操作，必填项目要有醒目标记。硬件接口有活体指纹采集仪、扫描仪、数码相机、打印机、条形码阅读器，软件接口主要是人口信息系统、注册机动车信息系统、旅馆住宿系统、指纹自动识别系统、现场鞋印分析系统、法医尸检伤检系统、语音查询举报系统、系列杀人案件系统、在逃人员系统、DNA检验系统和公安部公安信息化工程规划建设系统、案件系统Web发布网、旅店业系统、暂住人口系统等。

（13）旧数据数据清洗。将原案事件信息管理系统中的案事件、违法犯罪人员和物品等数据清洗、转换到新系统中，要求新旧系统平稳过渡。

22.3　需求分析解析

本节将对22.2节所描述的系统建设需求，根据22.1节介绍的需求分析方法进行系统需求的分析解析，通过本节的需求分析解析，将完成案事件侦查信息管理系统的总体设计。而针对本需求的总体设计已经体现在本书"专业应用篇"中的相关部分。

22.3.1　系统需求解析

1. 存在问题分析

在"22.2.2节应用系统现状"中笔者明确提出了现有系统存在的问题是："系统开发目的不明确、缺乏整体性设计、兼容性关联性差、采用技术落后、系统结构落后、缺少数据挖掘功能等等。"根据多年参加案事件侦查信息化建设的实践与经验，这里对上述问题作进一步分析说明。

（1）开发目的不明确、缺乏整体性设计。出现此问题的主要原因是：在整个案事件侦查信息化建设过程中，缺乏系统建设的整体规划，对于已经建设、正在建设、准备建设的各级、各类系统，没有准确的系统体系定位，各单项业务系统在整个省级公安机关案事件侦查信息化进程中的角色没有准确的边界约束。这样，就造成了各业务部门单独开发独立的应用系统，信息化管理、应用的目的很不明确。由于原系统仅仅考虑了案事件侦查部门业务流程和数据采集的实现，建设目标片面倚重于基层的办案工作流程，将案事件侦查信息系统定位于简单完成信息采集与存储目标的联机事务处理系统（OLTP），普遍不能满足高层次的应用需求，信息资源没有充分发挥应有的作用，导致系统应用规模小，信息资源的应用水平难以提高。

由于现有系统在设计初期没有充分理解案事件侦查信息资源的特点，对于案事件侦查业务拥有的信息资源没有完整、准确的认识，而大量的信息却孤立地存放于案事件侦查业务系统中，形成"信息孤岛"，给信息综合应用带来相当大的困难，也形成了极大的资源浪费，信息资源在关联、共享上没有得到充分的体现，导致系统在许多方面都不能满足案事件侦查业务的信息化建设要求，尤其对于信息资源的认识不足，缺乏信息资源的二次增值应用规划以及信息的综合应用。

（2）兼容性、关联性差。对于信息资源来说，信息资源的生命周期长短决定了信息化应用的水平，而在案事件侦查的信息化应用中，信息资源的应用更侧重于信息的二次应用，而不单纯是信息的采集与存储。只有最大限度地开发案事件侦查信息资源的增值应用，才有可能有效、高效、长效地延续案事件侦查信息资源的生命周期，从而提高案事件侦查信息化建设的水平。然而，由于现有系统之间的兼容性差，数据的规范性、一致性、标准性差，不同系统之间的数据不能进行有效的关联和共享。同时，由于大量异构系统的存在，没有有效的数据交换机制与手段，各级、各类业务系统之间的数据基本无法实现数据的复用。如人口信息、注册机动车、在逃人员、无名尸体、失踪人员、指纹系统、DNA系统、足印系统等各专业系统，产生的分析结果不能有效地与当前信息系统关联、共享，无法实现跨系统的信息互联互通和批量比对。由于同样的原因，无论是省厅的案事件侦查信息化系统，还是各地市局的相关系统，都很难和现行的部颁在逃人员、指纹等系统的信息资源整合与共享，也无法与公安部下发的失踪人口、无名尸体、杀人案事件、DNA、被盗抢机动车等系统整合，实现真正意义上的数据复用，直接导致基层民警重复劳动，信息重复录入、重复查询的现象，降低了信息资源的综合质量，也降低了案事件侦查部门的快速反应、整体作战能力。

（3）系统结构与采用的技术落后。在现行系统中，由于历史的原因，系统结构采取了Client/Server的三层结构，Client端使用面向对象开发工具Delphi4.0编写，后台使用Oracle7.3.2数据库编写。经过省、市、县（市、区）各级案事件侦查部门多年的实际使用，已经能够清楚地看到：上述系统结构导致的问题一是系统维护量过大、对各级公安机关的相关干警的技术要求过高；二是传输组件无法更正的技术缺陷，曾经导致了数据上报中的漏报、丢失；三是数据结构不合理，致使录入查询信息速度慢效率低，统计和分析功能不齐全。省级数据库中虽然存放了丰富的案事件、嫌疑人员、损失物品等信息，但却没有有效的技术手段，对上述宝贵的信息资源进行有效的数据复用和深层次的利用。

（4）数据的综合利用率不高。在多年的案事件侦查活动中，经过广大干警辛勤的劳动，在现有系统中已经存储了大量宝贵的侦查信息资源，在信息技术飞速发展的今天，利用先进的技术手段，本来完全可以对所拥有的信息资源进行进一步的数据挖掘与分析，在信息资源的二次应用领域让已有的财富发挥更大的效用，但由于现有系统的功能仅局限于信息的采集、查询和统计，连基本的信息资源关联共享都无法顺利实现，就更谈不上大量信息资源的深层次综合应用，使得信息资源的利用率十分低下，无法进行有效的数据挖掘和深层次的利用。

通过对上述存在问题的分析与研究，结合"系统建设目标"和"业务流程描述"中相关的技术内容，可以认为，省级公安机关案事件侦查信息应用系统需要解决的核心问题是：

- 案事件侦查信息的一次信息快速采集与存储。
- 案事件侦查信息的二次信息增值应用与数据挖掘。

根据对系统建设需求的研究和分析，认为省级公安机关案事件侦查信息应用系统的核心处理对象是省级公安机关案事件侦查部门多年来已经拥有的案事件侦查信息资源、在信息化建设过程中将会拥有的案事件侦查信息资源、在信息化建设过程中预计将通过数据二次增值应用产生的案事件侦查信息资源。所有的这些资源不仅来自于省级公安机关各地、各级公安机关的案事件侦查部门，而且来自于包括省级公安机关各地、各级公安机关所有从事案事件侦查与办理的各业务警种和部门，如经侦、治安、禁毒、反恐等。

2. 信息资源分析

既然省级公安机关案事件侦查信息应用系统的核心处理对象是所有拥有和将要拥有的案事件侦查信息资源，那么首先必须对所有的案事件侦查信息资源进行必要的分析和研究，从而形成省级公安机关案事件侦查信息应用系统的总体技术路线。

3. 信息资源构成

通过"系统建设目标"中的描述，可知目前省级公安机关案事件侦查信息资源的基本构成如下。

（1）基础案事件侦查信息资源。主要包括《刑法》规定的所有案事件信息，留置盘查手续以上的违法犯罪嫌疑人员，损失、可疑、缴获物品，失踪人员、无名尸体、通缉协查及其布控人员等基础案事件侦查信息资源。

（2）案事件侦查主体信息资源。主要包括警务单位信息、警员基本信息、系统标准代码信息、法律法规等信息资源。

（3）案事件侦查共享信息资源。主要包括暂住人口、常住人口、旅店业、刑释解教人员、在押人员、出入境人员等共享信息资源。

（4）生物特征信息资源。主要包括指掌纹、DNA、人像等案事件侦查信息资源。

（5）外部交换信息资源。主要包括与公安部及其他省市相关部门交换的重特大案事件信息、被盗抢机动车、在逃人员、未知名尸体和失踪人员等信息资源。

（6）社会信息资源。主要包括通信方式与手段、群众举报的线索等信息资源。

（7）空间属性信息资源。主要指服务于案事件侦查业务的PGIS地理信息资源。

（8）主题信息资源。目前是以公安信息化工程建设目标中的八大基础信息资源库为基础形成的主题资源，而在省级公安机关案事件侦查信息应用系统投入使用后，将会产生大量的、动态的、服务于各专项斗争的案事件侦查主题信息资源。

4. 信息资源与案事件的关系

在明确了案事件侦查领域的信息资源构成后，必然需要清晰所拥有的信息资源与案事件之间的关系，通过对"项目的设计要求"与"总体方案"的研究，可以进行如下的基本分析：

在案事件侦查过程中，基本的信息处理需要满足一般的共享需求，即信息资源和案事件的关系建立在二维平面上，所形成的关系为表22-1所示的二维关系。在案事件侦查活动中，通过各类资源之间的平面关系可以静态地获得某些相关信息资源的最新末态信息，例如，可以通过案事件基本信息资源关联获得案事件的涉案物品信息、涉案人员信息，再通过涉案人员信息和常住人口信息关联获得该人员家庭组成信息等。这也是传统的案事件侦查信息资源和案事件之间的关系，根据系统建设需求的要求，在省级公安机关案事件侦查信息应用系统中首先必须实现信息资源与案事件的二维信息关系处理。

表22-1　信息资源与案事件的二维信息关系

资源类别	资源种类	与案事件的关系
基础案事件侦查信息资源	接处警信息	通过接警编号和案事件编号进行关联
	案事件基本信息	通过案事件编号和业务种类进行关联
	案事件立案信息	通过案事件编号和立案编号进行关联
	案事件破案信息	通过案事件编号进行关联
	案事件分析信息	通过案事件变化进行关联
	涉案人员信息	通过案事件编号和人员编号进行关联
	涉案物品信息	通过案事件编号和物品编号进行关联
	现场勘验信息	通过案事件编号和现场编号进行关联
	现场痕迹物证信息	通过现场编号和物证编号进行关联
案事件侦查主体信息资源	警务单位信息	通过警务单位编码进行关联
	警员信息	通过警员编码进行关联
	系统标准代码	通过案事件编号和代码进行关联
案事件侦查共享信息资源	常住人口	通过常住人口编号进行关联
	暂住人口	通过暂住人口编号进行关联
	旅店业	通过旅店业住宿人员编号进行关联
	刑释解教人员	通过人员编号进行关联
	在押人员	通过人员编号进行关联
	出入境人员	通过人员编号进行关联
社会信息资源	通信方式（手机）信息	通过电话、手机号进行关联
	群众举报的线索	通过线索编号进行关联
生物特征信息资源	指纹信息	通过指纹编号进行关联
	掌纹信息	通过掌纹编号进行关联
	DNA信息	通过DNA编号进行关联
空间属性资源	PGIS地理信息系统资源	通过地理坐标进行关联
主题信息资源	八大资源库等	通过相应的资源库数据元标准进行关联

5. 信息资源与关联共享

通过22.2节项目需求分析中的有关描述可以得知,省级公安机关案事件侦查信息应用系统不仅需要完整地处理信息资源与案事件的二维关系,而且需要完整地处理信息资源与案事件之间的三维关系,即在传统的关联处理基础上,必须对相关信息资源的时间坐标进行处理,在案事件侦查的信息资源领域引入了信息轨迹的概念,即在已经形成各类信息资源与案事件的二维平面关系基础上,确定相应的案事件侦查主题,确定基本的侦查对象,进而建立针对具体信息资源的深层次共享关联的三维立体关系,比如通过某犯罪嫌疑人信息在某一主题下的关联,如暂住人口变动主题或旅店业住宿主题,进行该犯罪嫌疑人的主题时间轨迹分析,即可获得该犯罪嫌疑人在一定周期内的犯罪活动轨迹,然后重点根据该犯罪嫌疑人的相关信息特征进行与之相应的案事件侦查分析,建立动态的"以人破案"的侦破模式,从而实现真正意义上的建立以"案"为中心的深层次的资源共享和以"物"为中心的深层次的资源共享。

6. 信息资源与数据复用

数据的复用是建立在信息资源高度共享基础上的资源再利用，多年以来，各地、各级公安机关的案事件侦查部门对于信息资源的重复录入不堪其苦，不但增大了基层干警的工作量和劳动强度，而且无法保证数据的质量。根据系统建设需求表述的基本精神，可以得出这样的结论：在省级公安机关案事件侦查信息管理系统中，将力争最大限度地实现信息资源的跨警种、跨地域的复用，而且这种信息资源的复用将是动态的、完整的、准确的。根据目前所掌握的基本素材，实现上述的信息资源复用已经具备了基本的可行性基础，在省级公安机关案事件侦查信息管理系统中，将信息资源的复用建立在下述的技术基础上。

（1）完整、准确、规范的信息资源标准体系。

（2）科学规划、统一采集、集中管理的信息资源处理机制。

（3）根据案事件特点形成的案事件侦查信息资源组织方式，而不是单纯案事件侦查业务信息的组织方式。

7. 信息资源与数据挖掘

数据挖掘是信息资源的高层次增值应用，根据系统建设需求的描述，可以清楚地看到：省级公安机关案事件侦查信息管理系统非常侧重于数据的深层次应用，这其中明确提出了数据挖掘的基本思路，作为信息处理技术的高级构成，数据挖掘将成为省级公安机关案事件侦查信息管理系统的重要组成部分。众所周知，数据仓库的建立，是数据挖掘的基础，在多年的公安信息化建设过程中，各级、各地公安机关已经积聚了大量的、宝贵的数据资源，而这正符合数据仓库对于信息资源的基本要求。为使案事件侦查领域的数据挖掘尽快产生效益和成果，在省级公安机关案事件侦查信息管理系统中迫切需要做到：

- 信息资源的规划、整理与组织。
- 数据挖掘主题边界的约束与界定。
- 数据挖掘主题算法的研究与验证。
- 主题信息资源库的产生与维护。
- 数据挖掘工具的判定与选择。

22.3.2　系统定位分析

根据"项目建设背景与现有条件"中的描述，明确得知，省级公安机关案事件侦查信息应用系统的系统定位是：科学合理和先进实用的案事件侦查信息资源共享与应用平台。

这就意味着省级公安机关案事件侦查信息应用系统必须同时解决信息资源的一次采集应用与二次增值应用问题，它不同于单纯的"打、防、控"信息采集与处理系统，也不同于简单的案事件侦查业务处理系统。省级公安机关案事件侦查信息应用系统应该是一个完整的、科学的案事件侦查信息资源应用体系，对此，可作出如下的系统定位分析。

1. 省厅部分定位分析

在省级公安机关案事件侦查信息应用系统中，由于省厅和地市局在案事件侦查领域各自承担的目标不同，在系统的定位上自然也应该不同，对于省级公安机关案事件侦查信息应用系统中的省厅部分而言，系统的基本定位应该是信息资源的二次增值应用，包括全省范围内的数据共享、数据复用、数据挖掘等。具体的定位构成如下。

（1）省厅部分应用对象的定位是本省、外省市公安机关以及跨警种的共享信息的需求者，而不局限于简单的信息采集及基本查询者。

（2）省厅部分信息资源的定位是基于本省范围内现有各种、各类有利于侦查破案的信息资源集合，是建立全省统一的案事件侦查信息资源的汇集、共享、综合应用平台，而不是单一警种信息资源的管理。

（3）省厅部分建设思路定位是基于信息资源的信息体系建设，包含信息的生命周期延长，有效信息的应用，历史海量信息的主题挖掘，多因素无因关联向有因关联转化等资源二次增值应用等。

（4）省厅部分建设目标的基点定位是基于信息资源的数据组织与数据管理应用系统，而不是单纯的基于流程的联机事务处理系统（OLTP）或低层次的联机事务分析系统（OLAP）。

（5）省厅部分建设核心的定位是信息的一次应用与二次应用的综合集成系统，并不是单一的业务信息汇集与查询系统。

（6）省厅部分建设重点的定位是信息的共享、复用、综合管理以及信息的深层次、多因素分析与关联，而不是单纯的信息采集与存储。

（7）省厅部分实现方向的定位是深层次的数据仓库研究与数据挖掘，不但覆盖了统计型数据挖掘，而且需要确定大量的主题进行满足公安机关实战要求的知识型数据挖掘，系统的内容远远超出了单纯的MIS系统范畴。

2. 地市局部分定位分析

对于省级公安机关案事件侦查信息应用系统中的地市局部分，系统的基本定位应该是：完整实现一线案事件侦查部门的全部业务需要，首先实现信息资源的一次应用，包括信息资源的采集与存储，在此基础上，实现基本信息资源的二次增值应用，包括本地市范围内的数据共享、数据复用等。具体的定位构成如下。

（1）地市局部分应用对象的定位是本市各公安机关、其他地市、外省市公安机关以及跨警种的共享信息的需求者，而不只局限于本市的信息采集、信息管理使用者。

（2）地市局部分信息资源的定位是基于本市范围内现有各种、各类有利于侦查破案的信息资源集合，而不是单一警种信息资源的汇总。

（3）地市局部分业务处理的定位是建立一套完整的案事件侦查工作的业务处理应用系统，系统主要包括信息采集、信息查询、信息统计、信息分析、信息比对、案事件串并、协破案事件、信息发布、执法办案、数据传输、数据接口、信息质量、系统管理等功能的联机事务处理系统。

（4）地市局部分资源采集的定位是全省派出所综合信息系统数据基础的拓展和衍生，由基础数据采集、管理类数据采集、共享类数据采集构成完整的数据采集平台。采集的所有数据通过数据传输汇集到省系统库从而构成全省统一的信息资源平台。

（5）地市局部分建设重点的定位是信息的采集、处理、共享、复用、综合查询、综合管理以及信息的深层次、多因素分析与关联，而不是单纯的信息采集与存储。

3. 系统覆盖定位分析

在系统的定位确定之后，自然会涉及到系统的边界定位问题，作为实现各类公安信息资源规划、整合、配置、共享、互联的系统，省级公安机关案事件侦查信息应用系统不但覆盖全省所有案事件侦查部门管辖的案事件的信息资源，而且要纳入禁毒、治安、出入境、监管、经侦、网监、边防管理等的案事件侦查办案信息资源，在本系统中实现一体化的关联与共享。而对于本系统接入边界中的部、省、市三级系统之间的信息资源，可建立以下关联。

（1）通过部级请求服务平台、数据交换平台、安全认证平台、综合查询平台和部级相关系统建立数据上报和应用关联。

（2）通过省厅的数据传输平台，和省级八大资源库、相关的业务系统平台、已建案事件侦查信息平台（指纹、DNA）、专项斗争平台建立数据交换和综合应用关联。

（3）通过省市之间的公安数据传输平台，和地市级公安综合信息平台、相关业务系统平台（派出所系统、人口系统）等建立数据交换、数据复用和应用关联。

4. 技术路线定位分析

省级公安机关案事件侦查信息应用系统的技术路线构成如下。

（1）标准和开放的架构。系统主题应用程序采用基于J2EE标准的技术和架构，使系统具有很好的跨平台性，有利于降低技术风险和对特定供应商的依赖性；采用的开放系统架构，有利于保持系统的向后兼容性、可集成性和可扩展性。

- 后台管理程序采用基于JAVA语言的应用程序。
- 后台服务程序采用基于JAVA语言的服务程序。

（2）面向对象的技术和软件项目控制。Rational Unified Process是一种软件工程流程，它贯穿于整个项目生命周期，在管理和工程活动方面为开发团队提供指导。由美国卡耐基梅隆大学软件工程研究所发布的CMM（软件能力成熟度模型），目前已在世界范围被广泛地推广和应用。在RUP管理的欠缺方面采用CMMI来弥补。

面向对象的建模方法反映了客观事物的本质特性，有利于反复迭代和复用。在分析设计中，采用UML面向对象建模语言进行系统建模，以用例驱动，以体系结构为中心，以迭代和增量的方式进行系统开发。

（3）多层的应用架构。多层从逻辑上将子系统划分成许多集合，而层间关系的形成要遵循一定的规则。通过分层，可以限制子系统间的依赖关系，使系统以更松散的方式耦合，从而更易于建设、维护和进化。

（4）基于组件的技术。基于组件的开发是普通应用程序开发的变体，具有如下特点：

- 应用程序由各自独立的组件组成，这些组件的开发和部署保持相对的独立性，而且很可能是由不同的团队开发和部署的。
- 通过仅对这种应用程序的某些组件进行升级，从而对其进行小幅度的升级。
- 组件可以在不同应用程序之间共享，因此可对它们复用，但同时也产生了项目之间的依赖关系。

- 尽管并非与基于组件完全密不可分，但基于组件的应用程序倾向于分布式结构。

（5）基于资源处理的系统开发平台。根据多年的系统设计实践及开发经验，可以在公安信息化工程应用支撑平台基础上架构高效、科学的系统开发平台。由于公安信息化工程应用支撑平台包含了请求服务、安全认证、数据交换、标准规范等部分，为系统提供了坚实的开发基础。

（6）规范完整的信息资源标准。信息资源组织、共享、复用、数据挖掘以及相关处理的基础是数据的标准化，由于省级公安机关案事件侦查信息应用系统处理的核心是信息资源的深层次应用，信息资源的标准化就显得尤其重要。在系统建设过程中，必须完整地了解公安信息化建设中的所有标准，对相关的标准有深入的研究和理解，并能准确地应用于系统建设中。充分理解系统建设需求中的相关要求，并具备实现这个目标的能力。

22.3.3　系统目标分析

案事件侦查信息管理应用系统在总体设计上要摆脱原有的以信息采集处理为核心的设计模式，而成为以信息资源为核心的信息采集、信息处理、信息管理、信息应用、信息共享系统，真正实现先进实用的案事件侦查信息资源共享。在前面的分析中，重点从系统需求的角度描述了案事件侦查信息管理应用系统的功能需求，下面将依据所分析的系统需求，对本系统将要实现的各项目标进行详细的描述和分析。

1. 省厅部分目标分析

（1）资源规划目标分析。案事件侦查信息管理应用系统的设计核心是以信息资源为核心，以信息资源的规划、整合、配置、共享、互联为思路。所以信息资源的规划是设计的入口，为了满足信息资源共享的需求，便于数据管理，可从以下方面对信息资源进行合理科学的规划。

- 按照"五要素"进行资源规划：在公安工作中，"人"始终是公安业务和管理的中心，各级业务部门都有使用和共享"人口"类信息的需求。通过认真分析公安业务的特点、应用和管理需要，以及公安工作在时空过程中的描述，利用人、案（事）、物、机构、地点等要素对各类信息资源加以覆盖和抽象，提出信息资源的五要素逻辑组织和分类。这样可以有效地减少数据的冗余，更好地实现数据的共享和关联，提高查询的效率。
- 按照"资源来源和作用"进行资源规划：按照资源的来源进行规划主要是解决信息的规范性与共享性，建立全省统一的案事件侦查数据汇集平台，以解决信息资源的复用问题。而从资源的作用进行规划主要是解决信息资源的高度利用和关联、资源的数据挖掘以及二次综合应用等问题。从以上两个角度和公安"五要素"逻辑模型对信息资源进行统一的规划和整合，为建立一套先进的、科学的案事件侦查信息资源共享与综合应用平台奠定了基础。
- 按照"资源密级"进行资源规划：案事件侦查信息管理应用系统的数据量大、种类繁多、应用复杂，不同的资源在不同的时期对不同的用户有不同程度的保密要求。资源密级分类对象是资源的基本属性，对应相应的数据项。信息资源按照密级分为无密级、秘密级、机密级、绝密级。信息资源的密级分类为案事件侦查信息管理应用系统的安全设计提供依据。

对于不同密级的信息可采用不同的安全策略、密级属性字段进行控制。

（2）资源获取目标分析。资源的获取是系统建设的根本，也是省厅部分信息资源统一管理的重要组成部分。作为省厅部分信息资源共享平台，资源获取方式主要包括以下几个部分：

- 地市局部分信息资源上报目标分析：省厅部分在获取这部分信息资源的同时要进行信息资源的质量审核，从而保证信息资源的高度可利用性；系统根据资源的特征进行资源主题分类，实时进行比对与分析，及时提醒报警，比如地市上报一可疑物品，系统根据主题（可疑——被盗）进行比对；系统根据资源的作用进行相应的数据分发流转与发布，比如地市上报一协查物品，系统会及时进行转发或发布。
- 公安部交换资源目标分析：对于公安部交换的信息资源，如被盗抢机动车、在逃人员、未知名尸体和失踪人员、重特大案事件等，省厅部分需要进行合理的资源规划与处理，使该部分资源在本系统资源共享平台实现一体化关联，并在此基础上进行相应的信息研判及串并工作。
- 获取外省（市区）的资源信息：省厅部分在获取这部分信息资源的同时，系统根据资源的特征进行资源主题分类，实时进行比对与分析，及时提醒报警。比如外省（地市）交换一可疑物品，系统根据主题（可疑——被盗）进行比对。

（3）资源共享目标分析。目前各业务资源大都是以块建设为主，相互之间比较孤立，资源的可利用程度比较单一，为了实现跨部门、跨地区的信息共享，可整合各类信息资源建立全省统一的案事件侦查数据共享平台，信息资源的共享不但应具有数据的可访问性，而且要从资源的关联和复用角度体现资源的高度可共享性。

- 资源规划关联共享：资源的规范主要从公安五"要素"、资源来源和作用、资源的密级方面进行整合，实现逻辑人—人、案—人、物—人、案—物等之间的可关联性，从而在资源设计阶段为资源的关联共享奠定基础，使资源的可利用、可扩展、高复用得以实现。
- 资源处理关联共享：主要指系统在业务流、数据流处理过程中建立的一种资源关联，是资源规划关联共享的延续和维护。比如用户在登记一犯罪嫌疑人，系统自动根据数据的特征信息进行查重比对，如果比对有结果，经用户确认后，系统就会把人与人和案进行自动关联，这样既避免了重复输入，又建立了强关联。
- 资源应用关联共享：主要指各系统之间建立应用关联，避免信息的重复建设，并提高资源的高复用性。涉及案事件侦查方面的综合系统模块必须与公安部、省级公安机关公安厅公安信息化工程规划建设的项目实现关联与融合。与省级公安机关已经定型的案事件侦查系统，如指纹自动识别系统、现场指纹系统、DNA等系统，要从底层的互联互通和信息数据互调应用关联。

（4）数据复用目标分析。

- 数据管理复用目标：为了避免信息的重复采集问题，系统在采集过程中要提供相应的信息查重功能和信息复制功能，建立数据在管理级别的重复利用。
- 信息资源整合复用目标：通过整合侦查破案的各类信息资源，并建立一定的关联关系，使相关信息资源融入一体，避免信息孤岛。比如整合省级八大资源库，整合其他业务系统信息资源，如人口、旅店业，在底层和已建立的案事件侦查系统（指纹识别、DNA等）进行信息交换和关联，以达到信息资源的整合复用。

- 信息资源应用复用目标：主要指系统要提高相应的请求服务平台，如数据查询、比对报警、串并案、各类主题资源挖掘等手段，面向全警提供深层次的数据复用。

（5）主题数据应用目标分析。

- 以八大资源库为基础的主题数据应用：省级公安机关案事件侦查信息管理系统的主要处理对象是案事件侦查信息资源，系统将以信息资源的数据采集、数据共享、数据复用、数据挖掘等内容作为系统建设的主要目标。因此，主题资源数据库的建设就必然成为本系统的重要组成部分，而且在公安部公安信息化工程建设中明确提出了八大基础信息资源库的建设任务，作为省级公安机关公安信息化工程重要组成部分的案事件侦查信息管理系统，必然要以八大信息资源库的建设与应用作为信息资源二次增值应用的基础，本系统首先需要在省厅部分的八大信息资源库基础上实现信息资源的共享关联，进而实现深层次的信息资源增值应用。而八大信息资源库的数据组织将以逻辑数据组织与物理数据传递相融合的方式进行，在八大信息资源库的信息应用上，重点突破各信息资源库之间的信息资源关联、共享，基本解决相关的数据复用，在公安部数据元标准的规范下实现信息资源的互联互通。
- 专项斗争主题数据应用：在省级公安机关案事件侦查信息管理系统中，应该将以专项斗争为主题的信息资源库建设作为重要的建设目标。在专项斗争信息资源组织中，坚持专项斗争日常化的基本设计原则，以专项斗争以及重特大案事件的信息资源动态组织、维护为核心，建设具备长久信息资源生命力的专项斗争主题应用数据库，使得各专项斗争中采集、存储、应用的信息资源能够长久地发挥作用。而在专项斗争主题信息资源的组织中，抛弃历史上专项斗争一结束，相关的信息资源即死亡的固有模式，使得专项斗争及重特大案事件侦查过程中产生的信息资源常变常新，而所有的信息资源均来自于省级公安机关案事件侦查信息管理系统的日常运行，力争通过主题信息资源库的建设，动态地组织各专项斗争需要的信息资源，用先进的信息处理技术，减轻一线干警专项斗争信息资源准备与整理的劳动强度，并极大地提高信息资源的质量，实现专项斗争信息化、日常化的建设目标。
- 数据挖掘相关主题数据应用：在省级公安机关案事件侦查信息管理系统中，数据仓库的建设及数据挖掘的应用将是系统建设的重要目标。在案事件侦查过程中，随时会产生大量的主题数据挖掘需求，本系统的建立，将为上述应用需求提供良好的信息资源与应用平台。在本系统的建设过程中，应该对数据仓库中主题数据库的组织、数据挖掘的数据边界与构成、主题数据库的在线监听与实时挖掘提出切实可行的技术路线与实现方法，在已有的大量案事件侦查信息资源基础上，利用数据仓库和数据挖掘技术，极大地延续宝贵信息资源的生命周期。
- 在数据仓库的数据组织中，应该采取逻辑数据仓库与物理数据仓库并行的技术路线，在系统软硬件环境条件允许的基础上，进行信息资源的组织、数据复用及数据挖掘。
- 在主题数据库的建设中，坚持和案事件侦查业务紧密结合的基本思想，为案事件侦查过程中的案情分析、串并案分析、疑悬案侦查方向确定提供有力的信息化手段和分析结果，从而实现案事件侦查业务向信息化导侦、信息化作战转化的重要变革。

（6）数据增值服务目标分析。

- 数据增值服务的对象：各级公安机关都相应建立属于本业务范围内的系统，系统的使用对象也局限在本业务单位，作为案事件侦查部门在侦查破案过程中很难通过一个统一平台进行处理，没有一个系统能真正满足案事件侦查部门的实际需要，查询信息往往需要到不同的业务系统中进行。而作为省级公安机关案事件信息管理应用系统，汇集了各种案事件侦查破案的信息资源，提供了一个真正满足案事件侦查破案的统一应用平台，从而使信息资源增值服务对象也由原来的单警种扩展到全警使用。
- 数据增值服务的内容：主要是提供跨地域、跨警种的串并分析、资源共享关联、信息交换、主题资源挖掘、综合关联查询和信息比对报警。
- 数据增值服务的方式：包括通过信息发布Web网站进行信息的交流与通报，通过本系统中相关服务请求平台提供信息资源的增值服务，通过系统建立的信息分发流转系统进行发布。

（7）系统资源标准体系目标分析。改造与整合现有侦查破案的各类信息资源，提高信息的规范性与共享性，建立全省统一的案事件侦查数据汇集平台以解决数据复用的问题，在整个改造与整合过程中，信息资源的规范性、标准性建设是解决所有问题的关键。

- 对于已经制定了相关规范词标准的（比如性别、作案工具等），现有系统要严格采用国家、部颁最新规范词标准。
- 现有系统要采用公安部已经制定的相关业务数据组织标准，比如案事件信息系统数据项规范、违法犯罪人员信息系统数据项规范等。

但单纯依靠国家、公安部制定的相关标准还不能满足现有系统标准化建设，为了在系统建设过程中形成一套系统资源标准体系，还需要建立系统资源采集标准规范、质量考核标准规范、维护更新标准规范、传输交换标准规范和应用标准规范。

（8）执法监督目标分析。案事件侦查信息管理应用系统的基本目标是研究标准体系，建立系统平台，构筑信息体系，实现联机事务处理，强化信息共享应用，以规范化管理功能为突破口，建立起全省的执法办案信息管理系统，带动整体执法办案信息管理应用水平和侦查破案水平的提高。

执法监督是从实际办案流程出发，涉及办案过程的各个环节，严格审核相关法律手续，为提高法制工作的质量，规范办案流程而建立起来的执法监督平台。在整个办案过程中，提供呈请、审批、管理各种办案执法所必须的法律文书，使执法办案全过程在法律的支持和约束下，有力地打击犯罪活动和处理案事件。

执法监督平台不单纯是一个执法流转系统，而要在整个执法过程中贯穿执法提醒和监督控制服务功能。

（9）空间资源属性与共享目标分析。空间资源属性是指通过PGIS地理信息系统的地址属性建立公安"五要素"中地点和空间地址物理资源的一种地址映射关联关系。空间地址物理资源通常是在PGIS地理信息系统中进行组织与维护的，而公安"五要素"中的地点要素信息是动态生成的，其中主要包括案发现场地址、在逃人员户籍地址、犯罪嫌疑人地址、抓获人地址、受害人地址、违法犯罪人员地址、事故相关人员地址、机动车驾驶员地址、出入境人员地址、出租房屋地址、涉枪单位地址、涉枪人地址、刑释解教人员地址、特业从业人员地址、旅店机构地址、暂住人口地址、常住人口地址等。

空间资源属性与共享目标是指在多类信息组成的空间属性资源中以地址信息资源为切入口进行地址信息映射，具有信息查询、显示、仿真、统计、分析功能。

- 通过PGIS坐标信息关联某案事件发案地址，把该案事件相关的涉案人员、物品等详细信息查询出来，而且还可以查询出该坐标地址相关的一些物理资源（如社会机构、联系人、联系方式等）。
- 通过公安"五要素"地点信息快速在PGIS地理信息系统中进行定位显示，从而快速进行布控与决策。
- 通过PGIS坐标信息统计该坐标区域发案、破案情况，经过分析提出防范参考建议。
- 通过PGIS地理信息系统直观地分析犯罪人员活动轨迹，进一步分析研究犯罪人员的活动规律等。

2. 地市局部分目标分析

（1）联机事务处理目标分析。地市局部分以业务数据处理为核心，按照办案流程进行，体现全警采集、全警应用的思路。一是以案（事）件编号为线，实现"由案到人"的贯穿；二是以人员编号为线，实现"由人到案"的贯穿；三是利用系统内部逻辑关联，实现办案信息一体化。

在地市局部分的联机事务处理过程中要贯穿数据分流、数据校验、信息关联定义、自动比对、自动统计、自动发布、数据自动上传、信息交换、查重提示、网上审核、提示警告、执法监督、文书自动生成、系统客户端自动升级、数据安全控制、数据质量审核控制、查询输入输出定制等事务处理过程。

（2）资源产生与采集目标分析。地市局存放地市内所有的综合数据信息，是省内二级基本数据汇集点，所有的资源采集都是通过地市局进行的。基础数据通过市级派出所综合系统中录入后，经初步分类，按垂直的业务条线进行分流至市级案事件侦查信息管理应用数据库，对于不需要基层科所队采集的侦查破案信息，或基层科所队无法完成的侦查破案信息（如指纹、DNA），通过本系统进行采集。

- 对于经侦、禁毒、治安等同级有关部门的信息资源，要通过相应的工作机制、系统交换接口采集到本系统，实现一体化关联。
- 对于相关的系统管理信息资源，在系统运行前期进行一次整合，后期通过相应的系统管理程序进行维护（包括新增、修改、删除）。
- 对于生物特征信息资源的采集，要和相应的业务系统（如指纹识别系统、DNA系统）进行底层数据关联，避免信息的重复采集。
- 对于省厅下发的相关资源系统，要通过相关的数据交换接口进行整合，达到系统资源规划关联共享。
- 对于社会信息资源，要建立相应的工作机制，定期或定时把共享的资源进行整合，为案事件侦查信息管理应用系统用户提供相应的服务。
- 对于空间属性资源采集利用，系统将预留PGIS地理信息系统接口（空间属性关联接口数据项）。根据相关信息资源，在多类信息的空间属性预留查询、显示、仿真、统计、分析接口。

（3）资源共享与串并案目标分析。资源共享是串并案分析的资源基础，串并案分析是为侦查员快速提供串并案事件依据的辅助工具。对案事件信息、嫌疑人员、涉案物品、线索、通缉通报等进行综合查询分析，筛选出案事件之间的相同点、相似点，对它们之间的相同特征进行概率分析，提出串并案事件处理意见，领导根据系统建议进行分析决策，将结果进行登记，作为案事件侦查的辅助手段，为侦查办案提供信息支持。

串并案分析不是单纯的信息查询系统，而是突出信息的类比性，通过类比因素和指定因素进行分析。类比因素串并是针对某一个案事件（或者一般事件），从人、物、案事件、地点、组织等五个要素以类比性进行分析，为侦查员排除相关案事件因素缩小范围。指定因素串并是一个人工干预的串并过程，通过侦查员对目前串并案事件情况的了解，选择相应的串并参数，通过指定的串并参数进行串并案分析。

（4）资源整合目标分析。资源的整合并不是把各类资源进行叠加，而是要通过对资源的合理规划，根据公安"五要素"逻辑模型建立案事件侦查信息管理高度共享与关联的综合资源数据模型，具备先进的可扩展性、可关联性，高度的共享性和可再利用性。

（5）资源比对目标分析。资源比对是案事件侦查信息管理应用系统总体建设的重要部分，它的作用贯穿到整个系统信息采集、处理、应用的过程，和资源的规划分类息息相关，对于资源比对的手段来说可以分为实时比对、定时比对、手工比对、临时比对等。资源比对的单元组织由各类信息形成的模板而定，比对的过程按照信息业务分类及信息特点形成比对过程模板。

- 根据可疑物品特征信息，和系统协查物品库、损失物品库进行比对，比对结果进行报警。
- 根据物品线索特征信息，和系统协查物品库、损失物品库进行比对，比对结果进行报警。
- 根据现场遗留的物品特征信息，和损失物品库或协查物品库进行比对，比对结果进行报警。
- 根据用户输入的人员姓名、身份证信息，和综合人员库进行比对，减少重复输入。
- 根据失踪人员特征信息，和系统未知名尸体信息库进行比对，比对结果进行报警。
- 根据未知名尸体特征信息，和失踪人员库进行比对，以进一步明确尸体情况，比对结果进行报警。
- 根据失踪人员、未知名尸体DNA信息，通过异构系统关联和全国DNA库进行比对，比对结果进行报警。
- 根据未知名尸体指纹信息，通过异构系统关联和现场指纹库进行比对，主要用于分尸案事件串并应用。
- 根据失踪人员特征信息，结合智能分析服务，和失踪人员库进行比对，分析是否为团伙作案或同一人所为。
- 根据可疑人员特征信息，和在逃库进行比对，以判断该人是否为在逃人员，比对结果进行报警。
- 根据犯罪嫌疑人、抓获人特征信息，和在逃库进行比对，以确定该人是否为在逃人员，比对结果进行报警。
- 根据现场目击证人描述信息和综合人员库进行比对，进一步缩小布控范围，比对结果进行报警。

- 加强现场指纹、生物检材（DNA）的提取，及时和指纹识别系统、全国DNA系统进行比对，进行案事件串并。
- 其他业务系统可以和综合信息库进行关联比对，例如住宿人员和布控人员进行比对，暂住人员和违法库进行比对等。

（6）信息交换目标分析。

- 信息交换的网络基础：省厅、市局信息通信部门现有的公共数据交换系统和通信网络，实现数据的交换。
- 在传输方式上可选择多种传输工作模式，安全、可靠、灵活地进行信息交换。
- 传输时间控制：分为实时交换和定时批量交换。
- 传输方向控制：广播式交换和定点交换。

（7）信息发布目标分析。信息发布在案事件侦查信息管理应用系统的建设和使用过程中是不可缺少的一部分，是建立动态信息共享和用户资源共享的交流平台。

- 动态信息发布：主要包括案事件受理、立案，破案、人员抓获、在逃人员、协查通报、通缉令等的动态情况。
- 用户资源交流：以信息公告、留言板等方式发布信息，系统将自动记录发布者的IP，采用先简表后详情的方式浏览。

（8）公文流转目标分析。公文流转的目标是实现收文与发文的管理。对市局机关的主要政务、业务文件，进行收文、发文、办理、催查、统计查询直至办结的全过程管理。文种包括一般收文、机要收文、部发文、市局发文、通知、公函、会议纪要、签报、报告、值班日记等，按收、发文分别进行管理。其中收文过程是，由收文人员完成外来公文的简要信息及公文内容录入工作，根据公文情况，将公文转交办公室作相关拟办；办公室人员收到公文后，填好拟办意见，送至相应领导待办事宜当中；主管领导收到呈阅文件后，填好批阅意见，确定具体办事人等；对于已经处理完毕的公文，交由档案人员进行相应的归档。发文过程是，由相关人员起草文件，若是内部行文，直接到警令部收文；若是正式行文，由警令部发文，秘书科核稿、拟办，主任签批，局长签发，机要室归档。

省级公安机关案事件侦查信息管理系统地市局部分的执法监督目标和空间资源属性与共享目标和省厅的相关部分大同小异，所以在此不再描述，具体请见省厅部分的相关内容。

22.3.4 系统功能需求分析

根据系统建设需求中的相关内容及以上分析，可明确得知：省级公安机关案事件侦查信息应用系统应由省厅部分和地市局部分构成，可对各自的系统需求作出如下的定性和定量分析。

1. 省厅部分功能需求分析

（1）信息资源存储需求分析。省厅部分将存储全省所有侦查破案的各类信息资源，以建立全省统一的案事件侦查数据汇集平台。其中主要包括基础案事件侦查信息资源、案事件侦查主体信息资源、案事件侦查共享信息资源、生物特征信息资源、外部交换信息资源、社会信息资源、空间属性资源、主题信息资源等。

根据以往数据采集增量分析，省厅案事件侦查信息数据库用量每年约为9TB。在进行信息资源的存储设计时，不能单纯考虑物理介质的规划，还必须紧密结合Oracle、数据库存储技术，整体考虑系统的性能要求，保证系统效率。

信息资源存储逻辑分类应该包括案事件信息库、人员信息库、物品信息库、物证鉴定库、立案立线库、现场勘查库、隐蔽力量库、人员缉控库、赃物控制库、综合类数据管理库等，从而形成主题信息资源库的基本构架。

（2）信息资源管理需求分析。信息资源是省级公安机关案事件侦查信息管理应用系统的心脏，如何管理好信息资源是保证系统资源生命的根本。作为全省信息资源共享的汇集平台，要针对不同的资源特征采取不同的策略进行资源管理与维护。

- 标准信息资源管理：标准信息资源主要指相关的标准数据项（行政区划、作案特点等），其中包括部标、国标和省内建设的相关标准等。对于这些信息资源，省级单位要统一管理与维护，建立相应的标准代码管理机制，通过省级单位进行下发。对于下级单位接收，则不需要人工干预，而是实现在线自动升级。
- 基础信息资源管理：基础信息资源主要指案事件信息、人员信息、物品信息、现场信息等。这些基础数据是系统综合应用、数据挖掘的对象，信息质量不高、规范性差都会导致信息资源二次增值应用的失败，因此对这些数据必须进行规范化管理，坚持数据质量审核。
- 派生类数据管理：派生类数据主要指系统在报表统计过程中派生出的相关信息或系统产生的日志信息，这些统计信息或日志信息会在一定的时间周期内有效，针对这些信息资源，可以采用定期清理或备份的策略进行管理维护。
- 抽象类数据管理：抽象类数据主要指根据基础信息资源而派生出的，以某主题为核心产生的抽象类信息资源，这些信息资源可以采用集中生成和集中撤销的管理策略。

（3）信息资源综合应用需求分析。省厅部分是全省信息资源的共享平台，也是全省信息资源的综合应用平台，在这个平台上，应该实现以下基本的信息资源应用需求。

- 串并分析应用：通过数据库内"五要素"信息的自动分类和检索，能够为办案单位提供方向和线索，满足案事件串并案侦查的要求。同时有效结合全文检索信息系统，将分析、评估结果分类，并以分值显示，达到已处理人、案、物与积案、现案、嫌疑人员互串并功能。
- 信息分析与应用：从有效增强决策、指挥、管理的角度出发，系统要预留PGIS地理信息系统接口。根据已发（破）案事件或已处理人员等信息，在多类信息的空间属性预留查询、显示、仿真、统计、分析接口。
- 批量比对应用：主要是实现数据在上报后能实时、定时与数据库中相关的主题资源进行比对，自动报警。
- 建立以省级案事件侦查信息资源为中心的综合查询应用平台。
- 从八大基础信息资源库的建设入手，建立以主题信息资源库为基础的资源共享和数据挖掘应用平台。

（4）信息资源服务应用需求分析。省厅部分是面向全警侦查破案的服务性支撑平台，主要包括各类信息资源的共享与关联，建立服务体系，如综合查询、关联查询以及二次查询、社会查询、语音查询等。

省厅部分对内是全省信息资源共享与汇集平台，担负和全省各地市系统进行资源交换与关联的任务；对外负责和公安部或其他省进行相关信息资源的交换，是对外信息交换的窗口。

- 资源交换接口：主要功能是确保省厅与地市系统或省级其他业务系统，能通过现有的网络系统安全、可靠、灵活地进行信息交换和关联应用。
- 外部系统接口：可通过符合公安部标准的数据接口规范，方便地与其他部门和行业的应用系统进行有机结合，以实现数据自动提取、比对、碰撞和报警提示等功能。

（5）信息资源安全保证需求分析。由于省级公安机关案事件侦查信息管理应用系统是在公安信息化工程的总体规划下建设的，是公安信息化工程的一个有机组成部分，其安全方案必须遵循公安信息化工程的整体安全保障体系。作为案（事）件业务应用系统，其网络系统安全主要是指当用户通过网络访问应用服务器和数据库服务器时如何保证服务器的安全。从各个层次的用途和安全性分析，需要特别保护的是数据层，不能让用户直接访问。而对应用服务器层也需要进行保护，需要控制用户的访问。

- 对用户的身份认证和权限管理必须利用公安信息化工程应用支撑平台（基于PMI实现身份认证和访问控制）实现。由于当前公安信息化工程应用支撑平台尚未对本系统提供相应的管理功能，在设计中，本系统将为工程应用支撑平台提供预留接口，同时利用系统的门户提供身份认证和权限管理功能。
- 系统的门户对用户角色和权限的控制。门户软件系统中的"会话"存有用户信息和被授予的角色和权限，系统依"会话"信息向用户提供基于角色和权限的动态数据和内容。不够授权的用户无法登入相应的内容。系统用户在功能权限控制过程中可以预留指纹识别的接口。
- 用户访问系统对应一个"会话"，如用户一段时间（由"会话"设定）没有"活动"（如离开终端），"会话"会清除用户信息，用户须重新登录以使用网站，从而防止该用户不在场或忘记退出时其他人接手使用。
- 门户的网站管理系统可随时或在任意给定的时段内跟踪和监控用户在网上的使用情况。

（6）省厅基本功能需求。省厅系统主要存放全省案事件侦查综合数据信息，提供省内所有部门、警种侦查破案及其相关信息管理的全部功能，是省际信息的一级基本汇聚点；提供跨省（市、区）、跨业务交互访问的省际综合信息服务，通过信息接口模块与外部系统实现动态信息交换。因此，省厅部分作为案事件信息管理应用系统资源共享与综合应用平台的重要组成部分，主要应该具备以下功能。

- 全文检索：通过全文检索系统，将增强省级公安机关案事件侦查信息管理应用系统信息模糊全文检索功能和智能模糊串并分析功能，对案事件侦查破案提供强有力的手段。为了保证全文检索系统和本系统实现关联，必须明确数据交换和应用交换的关系。
- 信息分析与应用：通过公安"五要素"地点信息快速在PGIS地理信息系统中进行定位显示，关联某案事件发案地址，把该案事件相关的涉案人员、物品等详细信息查询出来，并查询出该坐标地址相关的一些物理资源（社会机构、联系人、联系方式等），从而进行快速布控与决策。根据已发（破）案事件或已处理人员等信息，在统计的基础上进行分析，能在网上提出防范建议，实现信息预警和针对性防控措施。

- 信息统计：可统计工作中所要求的数据库数据能产生的各类报表，主要包括可以实现各种公安部定制报表、省厅制定的各种定制报表以及根据用户需求而灵活设置的自定义报表。
- 信息查询：这是案事件侦查信息管理应用系统的基本功能，也是在侦查破案过程中使用最频繁的工具之一。根据公安"五要素"信息逻辑关联，结合实际的业务需求进行查询，查询出来的信息为侦查办案提供重要的参考及办案线索。
- 批量比对：批量比对是案事件侦查信息管理应用系统中不可缺少的重要组成部分，它的作用贯穿整个系统信息采集、处理、应用等过程，主要包括对在逃人员、被盗抢机动车、物品、协查人员等信息的批量比对。
- 串并案事件：串并案分析是为侦查员快速提供串并案事件依据的辅助工具。通过作案手段特点、规律与痕迹物证等对案事件查询串并，对数据库内"五要素"信息的自动分类和检索，能够为办案提供方向和线索，满足案事件串并案侦查的要求。主要针对案事件信息、嫌疑人员、涉案物品、线索、通缉通报等进行综合查询分析，筛选出案事件之间的相同点、相似点，对它们之间的相同特征进行概率分析，提出串并案事件处理意见。领导根据系统建议进行分析决策，将结果进行登记，作为案事件侦查的辅助手段，为侦查办案提供信息支持。
- 二次应用：主要是对相关的数据源与案事件信息管理应用系统进行关联，根据信息数据需求定制出应用平台界面风格，对数据源进行有效的挖掘和深层次的利用，以及更深层次的查询比对及研究，为侦查办案提供信息支持。
- 数据挖掘与智能分析：在项目的研究与实现方向上对数据库进行深层次的数据仓库研究与数据挖掘，不但覆盖统计型数据挖掘，而且需要确定大量的主题进行满足公安机关实战要求的知识型数据挖掘。加强了信息一次应用与二次应用的综合集成系统，并不是单一的业务信息采集与处理系统，而是强调了信息的共享、复用，以及信息的深层次、多因素分析与关联的系统建设。
- 主题资源与应用：主要是对八大资源库的建设及应用和专项斗争的主题资源建设。八大资源库主要包括人口信息、驾驶员信息、警员信息、违法犯罪人员信息、在逃人员信息、重点单位信息、机动车信息、出入境人员信息等。而专项斗争的主题资源建设主要是对专项斗争比对源提取、比对查询、专项斗争结果信息登记、相关案事件处理和相关人员处理等资源建设。它们的建设主要对相应的系统提供主题资源，进行信息资源共享、数据挖掘和查询比对等功能的应用。
- 资源共享关联应用：案事件综合信息数据库包含了各业务部门所需共享的信息，它的原始数据来源于各业务系统数据库。综合数据库的数据从业务部门的业务系统中按共享特征抽取，综合数据库的数据维护依赖于各业务系统。各业务部门通过综合数据库可以获得其他部门提供的共享信息，并进行基本信息资源的数据复用，同时业务系统作为数据的采集源，负责提供共享给其他部门的数据信息，业务系统在业务处理中新产生的增量数据通过异构系统进入综合数据库。
- 系统接入：案事件信息管理系统的基础数据是通过接报警信息来获取的，由于接报警信息数据是由不同的警种、不同业务部门及不同的方式获取原始数据。在本系统中采取与相关公安机关接入、社会信息资源接入、电子政务资源接入、无线资源接入等来获取案事件的原始数据，按照业务流与信息流相结合、相一致的要求，减少重复环节。

- 业务逻辑处理：案事件信息管理系统是将业务流程管理与办公自动化融为一体。业务信息的共享和应用面向全警，实行"谁办案、谁采集，谁审核、谁负责"的责任制。基层科所队职责是负责本辖区内相关原始基本信息采集录入工作，确保相关原始信息及时、准确、真实地采集，以供案事件侦查办案部门对信息进行深度加工。

- 系统管理：是系统的全局管理功能平台，完成用户和权限管理、字典管理、备份与恢复、日志管理、在线升级等功能。系统管理模块贯穿各个层面，通过监督和干预各层的作业过程及资源分配，提供系统管理的功能，实现用户管理和维护的目的。

2. 地市局功能需求分析

（1）信息资源采集需求分析。地市局存放本辖区内所有的综合数据信息，是省内二级基本数据汇集点，所有的资源采集都是通过地市局进行。基础数据通过市级派出所综合系统中录入后，经初步分类，按垂直的业务条线进行分流至市级案事件侦查信息管理应用数据库，对于不需要基层科所队采集的侦查破案信息，或基层科所队无法完成的侦查破案信息（如指纹、DNA），通过省级公安机关案事件侦查信息管理应用系统进行采集。由于省级公安机关案事件侦查信息管理应用系统是一个覆盖所有案事件办理部门的信息资源处理系统，所以经侦、禁毒、治安等同级有关部门的案事件信息资源的采集也将由省级公安机关案事件侦查信息管理应用系统实现，进而实现信息资源的一体化关联。

- 对于其他业务部分的信息资源，要建立统一的数据交换和请求服务机制，使各类信息资源关联共享，并进行综合应用。
- 对于相关的案事件侦查主体信息资源在系统运行前期进行一次整合，后期通过相应的系统管理程序进行维护（包括新增、修改、删除）。
- 对于生物特征信息资源的采集，要和相应的业务系统（指纹识别系统、DNA系统）进行底层数据关联，避免信息的重复采集。
- 对于省厅下发的相关资源系统，要通过相关的数据交换接口进行整合，达到系统资源规划关联共享。
- 对于社会信息资源，要建立相应的工作机制，定期或定时把共享的资源进行整合，为案事件侦查信息管理应用系统用户提供相应的服务。
- 对于空间属性资源采集利用，系统将预留PGIS地理信息系统接口（空间属性关联接口数据项）。根据相关信息资源，在多类信息的空间属性预留查询、显示、仿真、统计、分析接口。

（2）联机事务处理需求分析。虽然省级公安机关案事件侦查信息管理应用系统的本质是信息资源的处理与应用，但由于其中的地市局部分依然承担着重要的业务处理和信息采集任务，所以地市局部分的信息处理应该以业务流程处理为核心，按照办案流程进行，体现全警采集、全警应用的思路。既以案（事）件编号为线，实现"由案到人"的贯穿；又以人员编号为线，实现"由人到案"的贯穿。同时利用系统内部逻辑关联，实现办案信息一体化。

在地市局部分的联机事务处理过程中要贯穿数据分流、数据校验、信息关联定义、自动比对、自动统计、自动发布、数据自动上传、信息交换、查重提示、网上审核、提示警告、执法监督、文书自动生成、系统客户端自动升级、数据安全控制、数据质量审核控制、查询输入输出定制等事务处理过程。

（3）地市局基本功能需求。地市局部分主要存放地市内综合数据信息，提供地市内所有部门业务管理的全部功能。地市作为省内信息的二级基本汇聚点，提供跨地区、跨业务交互访问的综合信息服务。因此，地市局部分是案事件信息管理应用系统信息资源的一次采集汇集点，同时将承担部分二次增值服务应用的任务。地市局部分主要具备以下功能。

- 法律审核与控制：法律审核与控制系统通过办案单位在各类案事件办案过程中的相关环节进行审核与控制，包括对办案过程中法律文书与法律手续的完整性与规范性的审核与控制，系统对办案过程中的各环节就其流程的发展情况进行开发与锁定控制，具体将对法律程序、法律期限、法律行为主体进行严密的监控与审计。

- 各警种案事件业务处理系统：各警种案事件的业务处理是从接警、立案、侦破到处理、结案的全部业务过程，在案事件信息管理系统中主要对案事件、人员和物证进行业务处理。

- 通缉令、协查通报系统：通缉令、协查通报系统的基本信息来源于案事件系统中犯罪嫌疑人信息等，通缉令生成后涉及到信息的上传、信息的发布范围、是否发布到外省单位以及信息的比对等。是综合业务信息延伸的一个处理过程，必然涉及到和其他信息系统之间的交互，为了保证整个系统的完整性，需制定通缉令内外接口规范及处理流程。

- 违法人员信息管理系统：违法人员主要针对清查中发现的可疑人员、案事件侦查中发现的犯罪嫌疑人员、犯罪前科人员、吸毒人员、在逃人员、负案在逃人员、失踪人员、高危地区人群信息、公共场所（特种行业）从业人员、公安机关关注的人员（如经济反常，有赌毒恶习、钱款来源不清、接触关系复杂、行迹反常、流窜可疑人员，可疑物品持有人，特殊行业因不良表现被辞退解除的人员，被其他国家遣送回国人员及其他有现实违法犯罪可能的、公安机关需要关注的嫌疑人员）和其他人员等信息进行管理的子系统。

- 现场勘验系统：现场勘验信息管理系统的总体设计要把握与犯罪活动相关联的时间、地点、人物、事件、物品五大信息要素。在侦破案事件过程中是一个比较独立的业务过程，从时空角度分析，它不但具备实时性也具备持续性，为了能把具体的现场勘验过程和信息技术无缝对应，设计的目标要达到适应性强、灵活性高，且高度自动化。

- 情报线索管理：情报线索管理可以将治安、监管、交巡警、外事等各警种在日常工作中搜集的涉人、涉车、涉案等案事件线索通过网络管理起来。特别是能够对专案侦查中排查出的可疑人员及物品的线索进行系统管理，并将线索信息进行分析统计。

- 协破案事件管理：协破案事件管理是处理案事件在破案环节的各种情况，它弥补了案事件主流程破案管理的不足，不但有助于处理本单位立案破案，而且有助于处理外单位案事件。

- 串并案分析：是从省级公安机关案事件信息管理系统建设的实际出发，以案事件信息为核心，整合其他业务信息，进行案事件综合串并，通过作案手段特点、规律与痕迹物证等对案事件查询串并，对数据库内"五要素"信息的自动分类和检索，能够为办案提供方向和线索，满足串并案侦查的要求。提高公安业务信息的综合应用，为办案单位加快破案步伐，提高破案效率而建立起来的串并分析系统。

- 综合查询：是根据公安"五要素"信息逻辑关联，结合实际的业务需求进行查询，查询出来的信息为侦查办案提供重要的参考及办案线索。

- 统计报表：在信息管理系统中，数据统计始终是用户管理和分析信息的重要手段，在统计工作中所要求的数据库数据能产生的各类报表，主要包括可以实现各种公安部定制报表、省厅制定的各种定制报表以及根据用户需求设置的自定义报表。
- 信息发布：信息发布平台主要由动态发布、智能发布、信息交流、系统建设四部分组成，能够发布每日或每周的重特大案事件发案、破案信息，违法人员、在逃人员、抓获人员、布控人员、通缉令、协查通报、案事件侦查动态等信息，并能够为本地公安网提供数据和服务。
- 全局管理：指系统的全局管理功能平台，具备完成用户和权限管理、字典管理、备份与恢复、日志管理、在线升级等功能。

22.3.5 数据采集需求分析

对于省级公安机关案事件侦查信息管理系统来说，有必要专门对信息的采集需求进行分析。

系统数据采集是指案事件侦查破案基础数据的采集和关联融合类数据的采集，用于以派出所为代表的基层管理实体，完成省厅需要的基层信息数据的录入、修改和删除目标。包括所有案事件、各种人员、物品、通缉令、协查通报、线索等信息的录入、审批处理流程，各类报表所需的数据，以及其他数据来源和数据种类。在系统数据采集处理过程中要注意相关编号自动生成、规范词输入方式、数据自动校验、数据查重提示、数据自动复制、数据自动生成、数据转换功能、数据关联、照片录入规格、数据逻辑组合归类等功能。

1. 基本信息采集需求分析

地市局部分存放地市内所有的综合数据信息，是省内二级基本数据汇集点，所有的资源都是通过地市局部分进行采集。基础数据通过市级派出所综合系统中录入后，经初步分类，按垂直的业务条线进行分流至市级案事件侦查信息管理应用数据库，对于不需要基层科所队采集的侦查破案信息，或基层科所队无法完成的侦查破案信息（如指纹、DNA）通过本系统进行采集。

派出所综合信息管理系统的信息资源主要包括人口信息管理、情报信息、人员信息、案（事）件信息、物品信息、组织机构信息等六类，这些信息资源经过标准数据接口分流到相应地市级数据库中，其中部分数据并不全部分流，比如人口管理数据只是把共享程度高的数据项分流并建立关联应用，这样既避免了数据的重复存储，也解决了共享关联的问题。

案事件侦查信息管理系统主要负责采集在侦查破案过中产生的相关信息资源，包括侦查信息、现场勘验信息、法医鉴定信息、立案信息、破案信息、对涉案人员打击处理的信息以及对案事件、人员、物品处理过程的法制监督等信息。

2. 内部关联信息采集需求分析

系统内部融合关联信息采集主要指目前省级公安机关已经定型的案事件侦查业务信息处理系统，如指纹自动识别系统、现场指纹系统、全国DNA数据库信息管理系统、省级公安机关DNA实验室管理系统以及现场勘查系统（现场鞋印分析、法医尸体检验等模块）、语音查询举报系统、案事件系统Web发布网等。

可以在需求层面上明确，必须在技术上实现底层的无缝关联，重点解决系统之间在数据级、应用级建立底层融合关联，避免数据的重复采集，解决数据的再利用，从而建立案事件侦查应用系统统一平台。

3. 外部关联数据采集需求分析

系统外部融合关联信息采集主要指公安部建立的全国被盗抢机动车、被盗枪支、全国在逃人员、全国无名尸体和失踪人员、重特大案事件等系统，省级公安机关内建立的其他业务系统指人口管理系统、旅店业信息管理系统、两劳释放人员系统等。如图22-1所示是公安部建立的相关系统和本系统的融合关联。

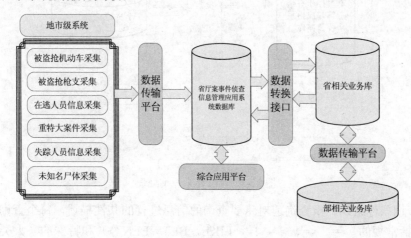

图 22-1　和公安部建立的相关系统融合关联

4. 历史数据转换需求分析

目前省厅原案事件信息管理中，存有大量的历史数据，对这些数据要进行统一清洗、转换到新的案事件侦查信息管理应用系统中，保证新旧系统平稳过渡。

为完成这些信息资源的清洗、转换工作，必须详细分析原系统中的数据特点，找出新旧系统之间的差异和对应关系，根据新系统的要求，逐个分析，对每个信息单元进行质量审核，特别是老代码向新代码标准转换等。为了保证这部分信息资源最大的再利用，必须在清洗、转换过程中分析出不合格的信息，特别是针对未破案事件，可结合各地公安工作机制对这些数据进行补充和完善。

对于已经转换的数据，不但要融入省级数据库，而且要根据两级建库思想，把这些数据进行分流，分别转入各地市级数据库，从而保证整个两级数据中心信息资源的一致性，也保证各地市实战单位在运行新系统时信息资源的充分利用，以达到新旧系统在信息资源和应用上的平稳过渡。

22.3.6 统计数据应用需求分析

1. 数据查询应用需求分析

信息查询是案事件侦查信息管理应用系统的基本功能，也是在侦查破案过程中使用最频繁的工具之一，根据公安"五要素"信息逻辑关联，结合实际的业务需求，将信息查询分为查询条件组织、选择查询方式、查询分析、查询数据源、定制查询结果显示五个逻辑处理过程。根据省级公安机关案事件侦查信息管理应用系统的整体部署，需要结合全文检索信息系统提供全文检索查询功能，如图22-2所示。

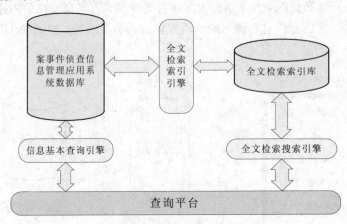

图 22-2 全文检索查询处理

（1）查询条件组织。指查询前对将要查询的信息进行的共性描述，每个查询条件的逻辑关系主要包括常规的（＝、<=、>=、!=、LIKE，BETWEEN等）和特殊的（大类三级包含检索）等，查询条件之间的逻辑关系主要指并且、或者、非等逻辑关系。对于部分用户常规的查询条件组织是有一定的共性的，为了减轻用户每次查询条件组织的工作，可对于查询条件组织的逻辑关系进行保存，方便下次查询。

（2）选择查询方式。包括简单分类查询、组合查询、全文检索查询、关联二次查询、广播查询、复杂组合查询、追踪查询、比对查询等。

（3）查询分析。指对查询过程的分析处理，比如进行同音分析、模糊分析、大类三级包含条件分析，通过人员信息查询案事件信息，通过物品信息查询人员信息等。

（4）查询数据源。指在确定了查询条件后对相应的数据源进行查询，比如通过在逃人员姓名选择旅店业人员数据源进行查询，查询异地相应数据源等。

（5）定制查询结果显示。主要指对查询结果的数据项的定制工作，比如定制显示数据项、定制显示风格、对于部分需要打印的查询结果进行打印编排、显示记录数、结果整合等。

2. 数据统计应用需求分析

在省级公安机关案事件侦查信息管理系统中，数据统计始终是管理和分析信息资源的重要手段；同时随着业务的不断扩展，报表变更极为频繁，用户报表种类也不断增加。通常数据统计分为业务类、管理类两种性质的统计，业务类报表统计又分为部颁制式报表、专业日常报表、自定义报表；管理类报表统计分为质量考核报表、工作量考核报表、系统使用量考核等方面的报表。统计报表的显示表达方式主要分为数字样式、图表样式等。

在省级公安机关案事件侦查信息管理系统中，不但要满足不断变化的报表需求，而且要考虑统计报表数据的准确和速度，充分利用关系数据库及相关技术建立完整的数据统计运行机制。

在统计功能方面要紧密结合业务特点，不要建立孤立的统计报表系统，比如通过统计数据项值反关联被统计的信息，系统自动分析每期同类报表数据变化规律，根据前半年的案事件破案报表信息分析前半年每月破案的走势等。在任何种类的报表中始终要贯穿按照时间、空间细化报表数据项原则，实现横向、纵向数据统计分析手段。

3. 数据挖掘与分析应用需求分析

在省级公安机关案事件侦查信息管理系统中，明确提出了数据挖掘的信息资源应用目标，根据案事件侦查信息资源的特点，以及案事件侦查业务的需要，在省级公安机关案事件侦查信息管理系统中，应该根据不同的案事件侦查要求，组织不同类型的主题资源库，使其服从于案事件侦查的各项业务，并将主题资源库的组织和建设同专项斗争紧密结合起来，同时本系统具备以下两类数据挖掘。

（1）统计型数据挖掘。在这个领域中，将根据所确定的数据挖掘主题，对已经发生的各级、各类案事件进行案事件特征分布的分析与整理，从而实现主题案事件的预警预报、主题资源信息的趋势分析、主题信息资源库的建设等目标。

（2）知识型数据挖掘。在这个领域中，将以无因和有因关联作为数据挖掘主题分析的基础，根据案事件侦查的业务特点，不断提出符合侦查实际的数据挖掘主题，并在有限边界的约束下，尽可能地为一线侦查员提供主题串并案的信息资源支持，并且最大限度地延长信息资源的生命周期，从而使省级公安机关的案事件侦查信息资源的二次增值应用进入一个崭新的阶段。

4. 数据比对分析应用需求分析

资源比对是省级公安机关案事件侦查信息管理应用系统总体建设的重要部分，它将贯穿整个系统信息采集、处理、应用的过程，和信息资源的规划分类息息相关，对于资源比对的手段来说可以分为实时比对、定时比对、手工比对、临时比对等。资源比对的单元组织由各类信息形成的模板而定，比对的过程按照信息业务分类及信息特点形成比对过程模板。根据对系统建设需求的研究和理解，在省级公安机关案事件侦查信息管理系统中将存在以下比对模式。

（1）实时比对。实时比对是根据比对模型，利用数据库触发机制，建立起来的后台实时比对报警机制。无论是比对源还是比对目标的数据发生变化，都触发比对服务程序，从而形成动态、实时、双向、全方位、全天候的比对服务。当比对发现可疑情况后，将比对结果按比对模型指定的地址，送到报警端进行报警。

（2）定时比对。定时比对也是根据比对模型，利用数据库触发机制，建立起来的后台比对报警机制。无论是比对源还是比对目标的数据发生变化，都触发比对服务程序，当比对发现可疑情况后，将比对结果按比对模型指定的地址，送到报警端进行报警。

（3）手工比对。手工比对放在Web浏览器端。手工比对也是根据比对模型，分别从比对源和比对目标表中筛选出满足条件的记录进行批量比对，设计上参考查询输入界面，将源和目标的查询条件合并在一个界面上供用户输入，用户输入完成后，将比对结果提交后台处理，比对结果可以实现"购物车"方式回取。

（4）临时比对。所谓临时数据是指该类数据不属于综合数据库中长期存放的数据，为了进行比对也需要在综合数据库中保存一段时间（例如一两个月）的布控数据。对临时比对数据，通过录入或导入的方式，将数据转入综合数据库的临时表中，在临时表上建立各种比对模型，对临时数据进行比对监控。

（5）比对结果输出。无论采用何种比对方式，当比对出满足条件的记录后，系统可以自动将结果输出到报警客户端上，并按需求在报警端采用声、光、电技术发出报警信号。

（6）比对过程监视。比对过程监视是比对瞬间的过程监控，只要发生比对，无论是否满足条件，都可以把比对过程输出到屏幕上。比对过程监控是为后台比对服务程序是否运行正常而设计的。

（7）比对日志。无论采用何种比对方式，凡是满足比对结果的记录，系统都会自动记入日志库，供日后查询统计。

5. 数据串并分析应用需求分析

串并案分析是为侦查员快速提供串并案事件依据的辅助工具。对案事件信息、嫌疑人员、涉案物品、线索、通缉通报等进行综合查询分析，筛选出案事件之间的相同点、相似点，对它们之间的相同特征进行概率分析，提出串并案事件处理意见。领导根据系统建议进行分析决策，将结果进行登记，作为案事件侦查的辅助手段，为侦查办案提供信息支持。

串并案分析不是单纯的信息查询系统，而是突出信息的类比性，通过类比因素和指定因素进行分析。类比因素串并是针对某一个案事件（或者一般事件），从人、物、案事件、地点，组织五个要素以类比性进行分析，为侦查员排除相关案事件因素缩小范围。指定因素串并是一个人工干预的串并过程，通过侦查员对目前需要串并案事件情况的了解，选择相应的串并参数，通过指定的串并参数进行串并案。

22.3.7 系统继承性需求分析

原案事件信息管理系统是融文字、图像、数据和文本文件为一体，以计算机网络为依托的信息管理系统，其中主要模块包括案情综述、嫌疑人员、统计分析、痕迹物证、网络传输、报表转换等。为了保证新旧系统平稳过渡，对原系统中能够完全满足现有需求的功能和特点，要在新级系统中保留；对于在技术上不能满足需求的功能要在新级系统中采用先进、实用的技术进行实现；对于旧系统中总结出的缺点，要在新级系统中屏蔽。从而保证新旧系统在功能级获得继承。

而对于数据的继承性，是这样分析和考虑的：原案事件信息管理系统数据库中存有大量的数据，这些信息资源仍然具备相当的可用价值，它们在原有系统中大部分不能得到有效的挖掘和深层次的利用，为了保证这些信息资源在新建系统获得信息资源的继承、延续和再利用，将在新建系统运行前把这些数据经过清洗、整理，完整地转换到新的系统中。

思考题

（1）系统需求方法的核心是什么？

（2）系统需求的主要构成是什么？

（3）解析城市公安信息化建设需求的核心点。

（4）在需求解析中如何控制需求分析的边界？

（5）试分析需求解析的核心技术是什么。

第 *23* 章

公安信息应用系统质量控制

摘　要

　　公安信息化建设的质量控制是系统建设在公安业务中确有所用的基本保证。本章就公安机关的科技信通部门自主研发情况，或中小型社会软件开发团队的应用系统质量控制体系进行了详尽的研究，并根据当前各地公安机关的实际情况，提出了有效、可行的质量控制方法，以方便公安机关本身研发项目的质量得到控制，也方便公安机关有效地掌握和控制社会中小型软件开发团队承接公安机关信息化建设项目时的系统建设质量。

　　我国公安行业科技信通部门的软件开发团队一般只有几个人或十几个人，而承接公安信息化建设任务的社会单位也往往只组建十几个人的软件或系统开发队伍进行相关项目的开发，由于团队的组成结构、项目的开发性质，往往无法进行严格的软件开发过程质量控制。而通常所知的CMM/CMMI模型是以大型软件企业为对象制定的，ISO 9001质量体系则是从制造业质量控制演变过来的，在少于15个开发人员的软件开发团队中使用这些模型还具有相当的困难，不太适合国内的科技信通部门开发团队，其原因是基层公安机关基本不可能提供准确、完整的需求信息，无论何种模型，均很难确定边界约束条件，使得所设计的业务模型、功能模型、信息模型或软件产品时时处于震荡之中，永远处于发散的状态。

　　本章依据软件工程及上述两套体系的核心思想分析、研究，提出了针对中小软件开发团队的全面质量控制、体系标准化、系统边界质量控制、以考核替代质量评审的质量控制原则，在动态中完成质量控制，尽量做到目标管理与过程管理的统一，进而实现合理、可行的软件产品质量管理与控制。

23.1 质量控制体系分析与研究

对中小软件开发团队的产品质量进行控制必须立足于质量控制的主体和对象，对质量控制确定相应的控制原则，设计适合于科技信通部门开发团队的质量控制体系。

（1）产品质量控制主体。软件的文档资料与软件本身体现了软件产品的质量控制环节和对象，构成了软件质量控制的主体。通过对开发过程的监督，控制好文档与软件的质量，将从根本上保证产品质量。

（2）产品质量控制对象。科技信通部门开发团队软件质量控制体系的对象由人、过程和技术三项内容构成。

（3）产品质量控制核心环节。在开发过程中，严格需求分析、总体设计、边界设计、概要设计等环节的质量控制是解决软件产品质量的核心环节。

（4）产品质量控制原则。

- 全面质量控制原则：将全面质量管理运用于软件开发的全过程，将质量控制分解到每一个参与人员、每一个开发过程和每一项技术要求中，通过对各个质量控制点的控制，构成完整的软件质量控制体系。

- 体系标准化原则：科技信通部门开发团队中人少是主要特色，在人力资源缺乏的情况下，非标准化的多个角色重叠往往造成软件产品的质量控制无法执行。所以必须制定完整的文档标准、管理标准、测试标准，对文档内容和各项细节进行规定，按照标准化的原则，规范差异化的行为。

- 以考核代替质量评审原则：科技信通部门开发团队的软件质量评审往往流于形式，在此提出以考核代替质量评审原则，即下一阶段参与者直接对上一阶段输出进行全面考核的原则。

- 核心环节质量管理强制原则：所谓核心环节质量管理的强制，意味着对必然引起开发活动震荡的环节进行强制性的收敛处理，如在需求分析、总体设计和概要设计阶段对传统的业务分析和建模过程进行强制性的边界设计，从而在传统的软件工程原则指导下，强化基层公安机关和需求分析人员的边界意识，在有界的时间内，明确相关的目标边界、功能边界和数据边界，将一时无法明确的业务流程与数据关系约束在相应的边界之内，从而奠定核心环节质量控制与管理的基石。

（5）产品质量控制体系分析。根据对科技信通部门开发团队开发过程的研究，以及大量公安机关科技信通部门的开发应用实践，在此提出了质量控制的基本体系。在这个基本体系下，质量控制的对象及设计原理为：根据项目开发计划，当某一阶段计划时间到达时，相应的输出是否到位，这是质量控制设计的关键点。具体考核由项目下一阶段参与人员执行，从而达到控制产品质量的目的。可以看出，上述每一阶段的完成以该阶段参与人员的输出完成为标志，以此作为阶段完成的里程碑。

23.2 质量控制体系的标准化分析

根据实践得知：通过对软件质量控制对象角色划分，制定详细的软件质量控制标准，能够为解决国内公安机关科技信通部门开发团队进行产品质量控制提供有效的手段，因此，标准化设计就成为质量管理的重要内容。

23.2.1 部门角色标准化设计

参与项目开发的技术部门由标准化的组织结构构成，主要的标准角色是：课题负责人、课题技术负责人、项目组、测试组及相关的岗位等。具体来说，就是项目组长、系统架构师、需求分析师、系统设计师、工程师、程序员、测试工程师、配置管理员、质量工程师。从名称上看，似乎在地市级公安机关，甚至在省厅的科技信通部门都不可能有如此专业的人员来承担具体的技术开发任务，但实际上，这些技术人员名称只不过是技术岗位的名称而已，和担负该岗位任务的人员具体技术背景没有直接的关系，它就像每个科技信通部门都会有的环境保障人员、技术协调人员一样，只要在软件质量的控制环节中，上述的岗位职责能落实到人，承担该岗位任务的人员自然也就成为了相应的质量工程师、系统设计师、程序员等。

23.2.2 项目角色标准化设计

在开发过程中，根据项目设计相应的岗位和角色，并且符合相应的标准，用以规范角色的职责、参与阶段、输入和输出，如表2-3-1所示。

表23-1 项目标准角色表

序号	角色	职 责	参与阶段	输 入	输 出
1	项目组长	开发计划，日常管理，组织完成测试，参与系统验收，协助需求分析师完成需求分析	全过程	基层公安机关意向项目任务书	项目开发计划、项目验收报告、项目开发周报
2	系统架构师	立项申请，总体设计，概要设计，系统的功能框架、技术路线、边界和风险控制	全过程	基层公安机关意向	项目可行性报告、项目边界设计、总体设计方案与开发计划
3	需求分析师	在系统架构师的指导下完成需求分析，对需求及边界进行确认，完成UI确认	需求分析项目验收	项目边界、基层公安机关意向	需求规格说明书、基层公安机关需求确认报告、基本数据说明、UI基层公安机关确认报告
4	系统设计师	完成概要设计，UI和详细设计，配合完成系统验收	系统设计	需求规格说明书、总体设计方案、基本数据说明	概要设计说明书、设计变更报告
5	系统工程师	在系统设计师的指导下完成UI设计、UI确认等	系统设计系统实现	概要设计说明书	系统UI等
6	程序员	编码实现	系统实现	系统UI、详细设计说明书	程序代码等
7	测试工程师	进行单元测试	设计阶段测试阶段	总体设计方案等	测试报告
8	配置管理员	制定、创建和维护配置库	全过程	项目开发计划	配置管理计划
9	质量工程师	参与各个阶段的评审，文档及代码的规范执行情况	全过程	项目各种输出	评审记录表代码检查情况表
10	培训工程师	……	实施阶段		

23.2.3　开发流程标准化设计

流程没有标准，项目质量也就无法得到有效控制。根据软件开发的螺旋模型，表23-2对流程进行了标准化设计，图23-1设计了项目开发流程。

表23-2　项目流程标准化表（示例）

序号	项目阶段	参与人员	输入	输出
1	项目立项	**系统架构师**	基层公安机关意向	项目可行性报告、实时性应答表
		项目组长	项目任务书	项目开发计划（需评审）项目开发周报、项目开发月报
		系统设计师		项目边界设计
		配置管理员	项目开发计划	配置管理计划
2	需求分析	**需求分析师** 系统架构师	项目边界设计 总体设计方案	需求调研报告、需求规格说明书、基本数据说明
3	需求/边界确认	……	……	基层公安机关确认书
4	总体设计	**系统架构师**	需求规格说明书、基本数据说明、基层公安机关需求确认报告	总体设计方案
5	概要设计	**系统设计师** 系统架构师 需求分析师	需求规格说明书、总体设计方案	概要设计说明书、开发环境说明书、设计变更报告
6	系统UI	**系统工程师** 系统设计师	需求规格说明书、基本数据说明、基层公安机关需求确认报告	系统UI设计说明书
7	系统UI 确认	**需求分析师** 系统工程师	系统UI	UI基层公安机关确认报告
8	详细设计	**系统工程师** 系统设计师	概要设计说明书、系统UI、UI基层公安机关确认报告	详细设计说明书
9	测试设计	……		
10	编码	**程序员**	详细设计说明书、系统UI	程序代码、代码注释、基层公安机关使用手册
11	单元测试	……	……	缺陷记录、测试报告
12	集成测试	**测试工程师** ……	程序代码、代码注释、基层公安机关手册	测试报告
13	产品定型	**系统工程师**	程序代码	安装程序、管理手册、安装手册
14	培训与实施准备	**培训工程师** 实施工程师	基层公安机关、使用手册、安装手册	培训数据准备、培训环境准备、培训教案、项目实施方案等
15	鉴定验收	**系统架构师** 项目组长	……	基层公安机关验收报告

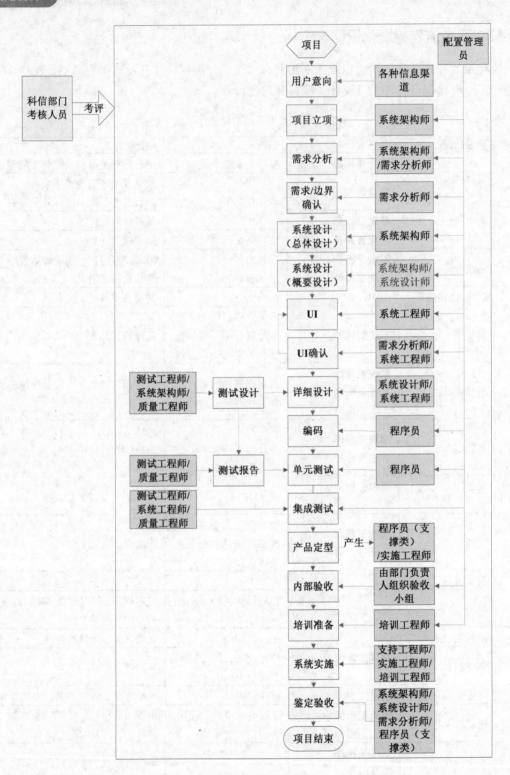

图 23-1 项目开发流程

表23-2中，"参与人员"列中的粗体字为该阶段的关键人员，对应文档由该角色编写。开发应严格按照上述流程展开，下一阶段对上一阶段进行考核，上一阶段输出没有完成，下一阶段不能展开。

23.2.4 文档结构标准化设计

表23-3为文档结构标准化设计的示意。

表23-3 文档结构标准化表

序号	岗位	输出	标准化撰写要点及内容
1	项目组长	项目开发计划、验收报告、月报	……
		系统边界确认书	基层公安机关对系统边界确认签字
2	系统架构师	项目可行性报告	按照基层公安机关需求，项目开发中可能存在的风险；风险分析与规避；项目可行性结论（技术、经济、计划、资源、实施可行性等）
		项目边界设计	项目功能边界、项目数据边界、系统外部接入边界、基层公安机关签字确认
		总体设计方案（边界、开发计划）	总体目标、功能目标、技术路线、系统体系结构、系统拓扑结构、系统边界设计、系统功能设计、数据设计、系统复用设计、系统接入设计、系统安全设计、系统容灾设计、系统工程实施、系统维护与支持、系统风险分析与规避、项目开发计划
3	需求分析师	需求调研报告	需求调研对象、原因、目的及意图，预计的计划安排，调研内容、实际时间及流程、结果，基层公安机关签字
		需求规格说明书	基层公安机关目标需求、技术路线需求、体系架构需求、环境需求、功能需求与明确定义、流程需求、数据需求（例如全部相关的工作表格）、数据来源与接口需求、输出需求、控制需求、维护需求、培训需求
		基层公安机关需求确认报告	基层公安机关对需求规格说明书的确认签字
		基本数据说明	UI使用的基本数据对象，对应的数据项
		UI基层公安机关确认报告	基层公安机关对UI的确认签字
4	系统设计师、工程师、程序员	……	……
5	测试工程师	测试计划与用例	计划、分模块测试用例，编号、测试目的、测试数据或条件、测试步骤，希望的结果、实际结果
		缺陷记录与报告	模块说明、操作说明、错误描述
6	配置管理员	……	……
7	质量工程师	质量分析报告	相应系统、子系统、模块、组件、接口的符合性评价，偏差描述，偏差后果分析，BUG的技术描述、产生的原因、后果、技术建议，文档的质量评价，数据迁移质量的评价，安全质量的评价及风险分析，产品交付的安装、培训、教材、包装质量评价

23.3 质量控制体系研究

在产品质量控制原则分析中的以考核代替质量评审、边界质量控制等原则，是在不可能获取明确的目标边界和数据边界情况下，在实施过程中保证业务模型的收敛和可控的重要基础，也是产品质量控制体系设计的根本出发点，这一点在标准化设计中的边界设计、基层公安机关需求确认、UI设计等环节体现得十分清晰，进而构成了完整的质量控制体系。

（1）部门质量控制体系。部门质量控制体系从流程角度进行质量控制，以项目组和岗位角色为考核单元，对所有人员的汇总情况进行考核成绩评定，从而对项目质量实施动态管理。

（2）边界质量控制体系。在科技信通部门开发团队的项目开发中，最难控制、而且很容易导致整个项目崩溃的因素就是系统的目标边界、功能边界、数据边界、交换边界的不确定，为此，必须进行系统的边界控制和设计：

- 目标边界控制：体现为表23-2中的目标边界控制，在通常的总体设计中往往被忽略。
- 功能边界控制：体现为表23-2中的系统UI设计说明，并且一定要求进行基层公安机关确认，通过实际的工作实践，可以确认这是对软件产品功能边界进行有效控制的重要和唯一手段。
- 数据边界控制：体现为表23-2的基本数据说明，在实际工作中，这是对数据边界进行质量控制的有效办法，它和UI设计说明共同构成对数据边界的控制。

（3）产品质量控制体系。部门质量控制体系是对多个项目进行总体质量控制，边界质量控制体系则是对项目的目标边界、功能边界、数据边界实行约束性的质量控制，项目实施过程中的质量控制则具体到人、过程、技术的三线控制。在不同的开发阶段进行不同的质量控制和考核，在整个开发周期对不同的内容进行分阶段的质量控制和考核，由点构成面，将面通过不同的质量控制和考核流程进行串联，这就构成了科技信通部门开发团队的产品质量控制体系。

项目过程控制包含了整个项目周期中各里程碑阶段的控制，以及相应的过程控制。对阶段输出成果的月报考核是保证全过程质量得以控制的有效办法，而测试考核是完成技术质量控制的手段，从而保障软件产品质量。

思考题

（1）软件开发质量管理的核心是什么？
（2）软件开发的基本流程是什么？
（3）如何设计软件开发的里程碑？
（4）如何根据里程碑标志进行软件质量考评？
（5）试设计软件开发质量控制的文档规范。

第 24 章

公安信息化建设
工程管理

摘 要

    本章依据公安部颁发的相关行业标准，详细讨论了公安机关信息化建设过程中的工程管理内容，阐述了从立项开始，经由需求分析、招投标、开发过程控制与监督等环节，直至系统工程的验收交付为止的全部建设工程管理内容，并详细解读了行业标准中规定的相关内容，使其含义更为明确和清晰，从而使读者明确公安机关信息化建设的全过程与工程控制要点。

    在前一章中，就公安机关的工程建设质量进行了相应的研究，本章中，将从公安机关信息化工程建设质量管理的另一个侧面来研究如何进行公安信息化工程建设的工程管理内容，这就是平常所说的公安信息化建设工程中的过程控制。

24.1 过程控制

针对公安信息系统应用开发所必须经过的过程及对各个过程的要求，本章提出了规范公安信息系统应用开发管理的过程控制概念，约束了公安信息系统应用开发的全部管理过程，包含立项申请、审批项目需求任务书、招投标管理、系统开发实施、系统试运行、系统验收诸环节。

为了便于清晰地描述过程控制中的各项工作定义，在此，首先明确以下角色划分：

- 项目管理单位：是指地市级以上城市公安机关的信息化建设领导机构。
- 项目责任单位：是指各地公安机关相关业务单位。
- 项目承建单位：是指承担各地、各级公安机关公安信息化建设项目的系统开发单位。

在整个公安信息系统应用开发过程中，均应具有以下环节的控制与管理内容，并具有相应的工作责任。

（1）立项申请。规范管理公安信息系统建设起始阶段的项目评价与建设可行性、可能性分析工作以及管理公安信息系统建设立项阶段的立项审核、资金落实工作。

（2）审批项目需求任务书。规范管理公安信息系统建设总体方案设计阶段的体系结构审核、标准化审核、基础环境审核工作。

（3）招投标管理。规范管理公安信息系统建设招标阶段的标书编制、评标原则制定、招标评标工作。

（4）开发审核。规范管理公安信息系统建设开发阶段的过程控制、数据管理、文档编制工作。

（5）实施过程。规范管理公安信息系统建设实施阶段的工程监理、质量控制、数据迁移工作。

（6）系统试运行。规范管理公安信息系统建设试运行阶段的运行周期、加载试验工作。

（7）系统验收。规范管理公安信息系统建设验收阶段的系统评价、验收、移交工作。

24.2 立项申请

由项目责任单位根据公安工作的实际需要，提出完整的项目建设构想，指定负责人，由其本部门提交《××项目申报书》，包括应用项目预计实现的目标、适用范围、基层公安机关群体以及基本工作模式等内容，简要说明所要建设的系统或项目的情况。

立项申请书主要内容包括：

- 项目的必要性、可行性。
- 项目的预期目标及效益分析。
- 项目的主要建设内容和技术指标。
- 项目的预期进度安排。

- 项目的资金来源及支出安排。
- 项目的保障措施。

各级公安机关的信息化领导机构对《××项目申报书》进行审批，结合本地公安部门负责应用、网络、安全、标准等内容的部门及人员的意见进行综合评定。同时还要审核的内容包括项目的必要性、可行性、预期的效益、建设内容与技术指标、资金来源等。审批后组织编制《××项目需求任务书》。

24.3 需求任务书编制审批

24.3.1 需求任务书编制

由各级公安机关的信息化领导机构，组织相关业务部门及邀请的开发单位，按照适用范围及基层公安机关群体进行应用系统的需求调研，明确应用项目的具体目标，形成完整的《××项目需求任务书》。

需求任务书主要内容、格式如下：

- 项目的背景与现状概述。
- 项目的目标与任务。
- 项目的设计要求与方案。
- 项目的技术性能指标及配置要求。
- 项目的进度安排。
- 项目的实施要求及技术服务要求。
- 项目招标方案、投标单位资质要求及投标书应答要求。
- 项目的验收方式与内容。
- 项目的资金概算。

24.3.2 需求任务书审批

首先由信息化领导机构的相应归口职能单位初审，主要内容包括：

- 总体结构设计是否合理。
- 技术路线是否符合当地信息系统建设的总体规划要求。
- 与原系统衔接是否安全合理。
- 与其他系统共享的交互接口设计。
- 安全认证与访问控制接口的设计。
- 涉及的业务流程及相关数据标准是否正确，是否具有可操作性。
- 项目的应用及开发环境，硬件配置要求是否符合本地需求，能否满足综合等其他系统的共享、引用要求。
- 项目开发、实施的进度安排是否合理。

- 项目经费是否合理，是否可落实。
- 招投标过程对投标公司的资质要求是否合理。
- 如果审核不能通过，则可要求项目责任单位修改后重新申报。

24.3.3 方案审核

对于大型或超大型项目，还要进行招标前的方案审核，内容如下。

1. 提交总体技术方案

由各级公安机关的信息化领导机构，根据系统建设可行性研究的结果，选择具备实际系统设计能力的系统设计承担单位，针对系统要实现的目标、功能以及软硬件环境、技术路线等系统需求，进行严格、完整的系统总体设计，形成《××项目总体技术设计方案》。

2. 审核

由各级公安机关的信息化领导机构，根据公安部《金盾工程总体方案设计》、当地信息化总体规划设计及相关系统建设指导文件和标准对所提交的系统总体技术设计方案进行以下内容的审核。

（1）系统体系结构审核。对于出现的系统设计差异，应作出准确、科学、务实的技术评价，提出具体的评价意见。

（2）系统标准体系审核。对于出现的标准冲突设计，应提出明确的系统设计与评价意见，并形成具体的标准化评价与修改意见。

（3）系统基础环境审核。对于因为客观原因而导致的基础环境设计差异，应提出具体的逐步实施及平滑过渡的审核意见。

对于上述审核中提出的差异修改，信息化领导机构和承建单位应该对系统总体技术设计方案进行相应的修订。

3. 审核方式

对于所提交的系统总体技术设计方案，应该采用专家论证的方式进行总体技术设计方案的审核，专家的组成应由以下成员构成：信息系统建设专家、公安业务专家、运行保障部门技术专家、科技管理部门技术专家。

在方案审核过程中，各级信息化领导机构、信息中心要结合本地信息化工程建设的总体部署，对方案相关部分，特别是运行环境相关的内容进行审核，这些内容主要指使用的技术路线和采用的软硬件产品，包括配套的主机系统、存储系统、网络系统、系统软件、数据库、中间件、开发技术路线。同时要对此系统与其他已建设或规划中的系统的关系进行审核，不能产生应用及数据的"孤岛"。

24.4　招投标管理

根据项目规模及总体投资预算，以及项目的具体情况，本地公安机关信息化领导机构有权对招标形式进行安排，一般的有继承性的项目可采用指定承建单位的方式，资金预算较高的应采用公开招标和议标的方式，按照下述流程进行。

24.4.1　标书编制

由各级公安机关的信息化领导机构组织相关部门，根据公安部《金盾工程总体方案设计》、相关系统建设指导文件、系统需求任务书（总体技术设计方案），明确系统建设所涉及的各种软硬件环境和系统的功能要求、性能要求、配置要求、参数要求、系统共享要求、数据迁移与传递要求、系统边界与互连要求、数据访问要求、功能调用要求，按照国家《招标投标法》及《政府采购法》进行标书的编制，并根据不同的招标方式依法制定相应的评标原则或评分规则，并以报请同级公安机关党委批准的形式确定标书、评标原则、评分规则的合法性和严肃性。

24.4.2　招标评标

按照国家《招标投标法》及《公安机关政府采购实施细则》，根据各地政府关于公安机关招标管理规定，由各级公安机关政府采购办公室、信息化领导机构和项目责任单位共同组织实施，政府采购办公室根据信息化领导机构批复的项目需求任务书，委托中介机构编制项目招标文件，同时对参与投标的公司设置相应的要求，包括涉密资质要求，集成资质级别，软件开发企业认证、注册资金，人员规模。最后依据所制定的标书、评标原则、评分规则，按照国家《招标投标法》及《政府采购法》的规定，进行招标工作，拟定中标单位，报信息化领导机构审批。

24.4.3　评分规则

在招标审核过程前，要根据项目的具体要求，制定客观、严谨的评分规则。评分规则可参考如下规则。

（1）需求分析理解（10分）。主要包括对业务流程的分析理解程度，分析结果是否切合实际，能否在综合分析的基础上提出有针对性的解决思路。

（2）系统方案设计（40分）。主要包括参照标书设计的内容、是否理解项目、设计是否清晰、科学、合理。

（3）总体评价（10分）。主要是专家通过标书了解投标单位对项目的理解程度，方案设计是否先进、科学。

（4）公司实力、业绩、整体组织实施和价格（30分）。

（5）技术支持与服务承诺（10分）。

24.4.4　签订合同

按照国家《招标投标法》及《政府采购法》，各地公安机关的应用项目单位根据招标评标结果，与中标公司拟定合同草案，报信息化领导机构批准后，正式签订项目合同书。如还需要签订保密协议，则签订合同后一并送信息化建设领导机构备案。

24.5　开发过程控制与监督

24.5.1　开发过程监督

此过程由项目承建单位负责，各地公安机关信息化领导机构负责监督。

在项目开发阶段，承建单位应严格执行系统开发进度计划的安排，根据项目设计要求，按照编程规范编写出高质量，具有可移植性、可维护性和高效率的程序代码。同时，项目承建单位组织专门的测试人员进行软件测试。

各地公安机关信息化领导机构在系统的开发过程中，应该按照合同中的开发进度表，根据需要对承建单位的系统开发进展情况进行检查，并对其系统建设与其他系统的信息资源共享进行必要的检查和协调，以避免重复建设、资源浪费。

在保证工程质量的前提下，允许必要的调整，但所有的调整必须控制在有限的范围内，工程总周期必须符合合同要求，以确保系统建设如期完成。对合同内容进行重大调整或变更的，须报信息化领导机构批准后方可实施。

24.5.2　代码及规范控制

在系统建设中，各地公安机关信息化领导机构、信息中心及应用单位必须完成对系统建设中各种代码、编码的整理，同时要了解、收集与项目相关的规范，并在系统建设的全过程严格地检查代码与规范的执行。

- 代码：包括国标、部标代码，应该采用最新的代码，同时审核承建单位系统开发中采用的代码是否与最新的代码一致。
- 编码：包括类似于单位编码、人员编码等。需要在系统设计人员的协助下进行调研、定义，以保证系统的顺利进行。
- 规范：包括相关部、业务局制定的规范，要考虑数据的交换格式，项目中实际使用的数据结构必须覆盖规范中定义的数据结构内容，同时必须满足与上下级同类系统进行数据交换的接口设计规范，与其他相关系统数据交换的结构定义与数据接口规范。

另外，在相关的软件接口设计开发中，要符合公安系统流行的技术路线，要采用多层应用架构、基于数据交换平台，严格避免与其他系统对接困难的情况。

24.5.3　数据加载

为了保证系统运行时数据的完整性，对于新建、改造或升级系统，项目的责任单位应该组织历史数据的收集整理、数据的电子化以及历史数据的电子化迁移。对于整理数据的时间范围，以应用系统设计的数据生命周期为限定。

- 新建系统：由应用系统承建单位提供数据录入程序，程序对各数据项的录入必须采用规范、标准的约束并提供说明文档，帮助责任单位录入人员理解数据录入程序的应用。
- 改造或升级系统：应该要求系统承建单位对以前系统的数据进行整理并迁移。各地公安机关有责任提供原系统的数据结构、说明以及数据表关系，方便系统承建单位做系统数据迁移的准备。

24.6　实施过程控制

24.6.1　制定系统实施计划

由项目承建单位负责与项目责任单位沟通之后，制定详细系统实施计划，计划应包括以下内容：相关的网络、主机等设备以及操作系统、数据库等系统软件的安装步骤及计划，应用系统的安装步骤及计划，数据加载（迁移）的条件、步骤和计划，系统上线运行条件和计划，培训计划。计划中要详细列出安装过程的关键点以及对可能出现问题的规避方法。

实施安装计划要上报各地公安机关信息化领导机构审批，审批后由项目责任单位配合项目承建单位实施。

24.6.2　系统软硬件安装

由各地公安机关信息化领导机构组织、协调相关部门，协助项目承建单位会同软硬件供货商完成系统建设中全部软硬件的安装与调试。

系统软硬件主要包括相应配套的网络、主机以及操作系统、数据库、中间件的安装及调试。同时负责完整记录全部安装、调试、配置过程，根据总体技术方案完成安装的确认及验收工作。安装过程完成后，必须建立完整的安装记录文档以及所有的参数配置表。

在系统软硬件安装之前，必须要求系统承建单位（或集成商）提供对系统安装要求的文档（包括对主机、操作系统、中间件、数据库），保证系统安装的顺利进行。安装单位在安装前必须向基层公安机关及系统承建单位提交系统安装计划表、系统基层公安机关手册、系统操作手册。安装时，安装单位有义务对基层公安机关进行现场安装培训，同时基层公安机关及系统承建单位要对每一步安装过程详细记录。

24.6.3　应用系统安装

本阶段由项目承建单位负责，各地公安机关信息化领导机构组织相关部门协助完成。除了安装调试本系统之外，对于系统与其他系统是有信息关联的，基层公安机关负责协调系统之间的调试以及相关资料的提供。对于改造系统、升级系统，系统安装计划中还必须包含业务切换计划、系统安装失败的原系统恢复计划，以保证业务应用系统的正常运行。

安装调试成功之后，对主机系统，包括数据库进行系统备份并能够长期保留。

24.6.4　数据迁移

应用系统安装之后，由各地公安机关信息化领导机构组织相关部门，监督、协调系统承建单位对数据进行初始化，将旧系统数据或新录入的数据导入应用系统数据库。

1．替换系统

（1）对目前存在计算机管理系统，但系统功能已经不能满足当前工作要求，原系统要由目标系统来更替的业务数据，要求按照新的数据结构将原数据导入到新的系统中。

（2）对已经存在，而且需要在一定时间内继续并行运行的系统，则要求历史数据按照"数据规范化要求"的描述定义向新数据库作一次性数据导入。新数据按照异构系统互连设计的要求进行组织，保留操作日志，开发数据抽取模块，以便向新数据库作数据抽取。

2．新建系统

待开发的系统，由于当前数据全部是文件、资料、卷宗的形式，所以该部分的数据迁移工作量最大、最复杂，需要完全按照新的数据结构提出"数据规范化要求"，设计数据采集表格，按照表格将收集整理的数据录入专门开发的数据采集系统，并打印核对。

在数据迁移过程中要求承建单位对导入的数据进行严格的数据质量控制，包括：

- 数据格式：必须以新系统的标准格式整理数据。
- 代码引用、转换：对以前没有使用代码或旧的代码的数据必须进行翻译、转换。
- 缺项补齐：对关键数据字段缺失的数据以及无法导入，或明显显示有标准化错误及业务性质错误的数据进行记录，经双方协商后，将非实质性错误的数据作相应的修改后写入数据库。对于有实质性错误无法写入的数据需要陈述理由。

24.6.5　人员培训

为保证系统投入运行后的稳定，在系统投入试运行前，各地公安机关信息化建设领导机构应该指派、组织相关人员进行相应培训。

为保证系统培训正常、有序、高效地进行，在系统进入实施阶段的初期，由各地公安机关信息化建设领导机构、集成商技术主管组成领导协调小组，统一制订培训计划，确定各种培训的人员名单、培训地点、培训日期、培训内容，并负责处理培训过程中的各种问题。

培训分为两部分：

（1）系统管理人员的专业培训。具体为硬件、操作系统、数据库、网络等方面的安装、维护、管理的培训，教材为相关的《××系统管理员手册》等，由系统承建单位组织和安排，由各产品供应商分部分讲解，以保证系统建成后能进行一般性的系统维护和故障分析。如果需要，还要进行硬件、操作系统、数据库、网络等方面的基础知识培训，教材为相关计算机教材，由系统承建单位组织和安排，由各产品供应商分部分讲解。

（2）应用软件使用者的培训。具体为硬件、操作系统、数据库、网络、软件等方面的基础知识培训，教材为相关计算机教材，由系统承建单位组织和安排，由各产品供应商分部分讲解。

（3）软件实际操作的培训。教材为相关的《××系统基层公安机关操作手册》等。在应用系统安装前，由系统承建单位提供。包含系统客户端安装、配置、应用系统功能列表说明以及基本操作说明。

《基层公安机关操作手册》的文档内容如下：

- 系统简介：应提供编写目的、背景、定义、参考资料的信息。
- 系统功能：系统开发商应提供本系统所有的功能说明以及它们的极限范围、输入输出数据精度、时间特性、软件的灵活性说明。
- 安装运行环境：系统开发单位应提供本系统运行所需要的硬件设备的最小配置说明、运行时所需要的支持软件等。同时，还应详细说明系统客户端安装与初始化的全部操作过程以及相关操作命令。
- 操作说明：用图表、举例的形式详细说明软件的功能同系统的输入、输出之间的关系。包括实现各个功能的操作流程、步骤，输入格式要求（举例）、输出（返回）结果格式说明，出错情况处理方式。

《系统管理手册》：包含系统应用服务器、数据库服务器的安装和配置说明，以及相关的系统检测、安全控制、故障诊断与排除等内容，可以指导系统维护管理人员的管理操作。此文档可以作为系统管理员的培训教材，主要内容如下：

- 软件产品概述：概要说明产品的功能、结构等信息。
- 运行环境：包括网络环境、服务器环境、操作终端环境的配置与设置。
- 应用系统的组成：提供系统的逻辑和物理的组成说明。
- 系统环境的维护：提供应用系统所在的系统环境的日常维护工作说明，主要包括关于网络、服务器、工作站等软硬件环境的备份、恢复、启动、关闭等常规维护。
- 应用系统的维护：提供详细说明整个应用系统日常运转过程中常规和临时维护操作，包括服务器及客户端应用软件故障的排除方法、数据备份策略等。
- 技术支持联系方式：系统承建方应该提供系统维护和技术支持方面的所有联系方式。

24.7 系统试运行

24.7.1 试运行周期和人员

试运行阶段是应用系统在实际环境中运行并进行实际操作的测试阶段，其周期一般为3～6个月，由各地公安机关信息化建设领导机构组织本地公安机关相关部门和系统承建单位共同组织实施，并根据实际业务需求对系统设计提出改善、优化建议。

试运行时期的成员由本地公安机关系统管理人员、系统操作人员和系统承建单位的技术人员共同组成。

试运行过程中需要提交详细的测试方案、测试用例、数据恢复方案，并要求在实际环境中进行测试。试运行期间需要进行上线运行的适应性测试、功能性测试、性能测试等，均由系统操作人员在线操作时进行，并对应用系统形成反馈意见。

24.7.2 系统测试

1. 适应性测试

根据系统方案设计制定测试方案，针对系统方案设计中列明所适应的体系架构、网络环境、运行环境（包括各种软硬件配置）设计各种测试数据，检查实际系统是否满足方案设计中说明的适应情况。

另外，还需测试系统对操作人员操作方式差异的适应能力；针对不同操作方式，系统是否正常运行、结果是否正确。

2. 功能测试

按照系统方案设计中的功能列表设计测试方案，逐项严格测试各项功能，包括数据录入、数据导入、查询（普通、高级）、统计报表、动态配置、管理等，检查是否与功能设计相符。同时检查流程是否满足业务需求。

3. 性能测试

根据系统方案设计制定测试方案，通过设计各种测试数据检查系统运行过程中各种功能与操作是否能够达到系统设计的性能指标，包括操作相应时间、并发处理能力、统计分析时间等，检查是否满足实际业务工作的需要。

4. 其他测试

对于大型系统或参与基层公安机关较广的系统，根据需要在系统试运行开始前应进行满负荷冲击试验和破坏性测试。

满负荷冲击试验，就是按照系统设计的要求，检验系统的整体性能。包括应用系统在最大基层公安机关量、数据操作量时表现的实际性能，评价是否符合设计要求，是否会导致系统崩溃。试验的记录结果应以文档的方式保存，作为系统验收的依据。本试验可在系统试运行稳定之后（一般为一个月）进行。

破坏性试验，就是按照系统设计的要求，测试系统的容错、容灾能力，包括网络中断、主机断电、客户端在操作过程中的断电、异常关闭等，检验系统再启动能力，同时检验异常情况下数据库数据一致性功能。对于异常发生后不能正常恢复或造成数据不一致的应用系统，应提出正确、科学的评价报告。

试验前应做好数据的备份，或者作数据标记，以保证试验后正常数据得以恢复。

24.7.3 应用信息反馈

各地公安机关信息化领导机构应该组织相关部门，收集系统使用所涉及部门的实际应用意见，对于系统缺陷或差异部分，应以文档的方式提交给承建单位，并要求承建单位限期进行缺陷和差异修正。承建单位对于更新的部分要以文档的方式反馈，没有更正的部分需要阐述理由。

24.8　系统验收

24.8.1　验收条件

在试运行3～6个月期满后，系统运行稳定，承建单位已经针对试运行过程中的问题进行了相应的缺陷和差异修正，并达到了合同书中相关技术部分的要求，系统承建单位会同系统操作人员向管理单位申请系统可以验收。

24.8.2　验收程序

当系统上线经过试运行后，可对系统准备验收，主要包括以下环节。

（1）项目验收申请。项目责任单位向上级主管机关提交《××项目系统验收申请》，等待审批。

（2）验收专家组织。项目责任单位根据批复的验收申请的要求，聘请相关的专家。

（3）文档验收。评审组对项目从立项到开发过程的文档进行审查。

（4）功能流程验收。评审组根据立项及合同定义的功能及流程内容审查项目实际的运行结果，包括试运行效果、实际测试结果等。

（5）提交验收报告。根据验收结果，由参与验收的各组提交验收结果报告。

24.8.3　验收方式

各地公安机关信息化领导机构组织评审验收小组，可以根据系统的实际情况采用相应的验收方式进行验收。

评审验收小组成员由基层公安机关代表、开发方代表和外聘专家组成；根据系统规模，评审验收组可由5～13人组成。选聘专家的原则是：

● 要具有较高的技术水平和丰富的实践经验。

● 要具有良好的职业道德，学术作风严谨，对验收测试工作认真负责。

● 对被测试的软件，要承担保密责任。

验收可以采用以下两种方式。

（1）召开验收评审会集中评审。对于小型应用系统，试运行期满，并运行稳定后，由项目承担单位准备好验收文档资料，提出项目验收申请，各地公安机关信息化领导机构组织系统验收专家组对系统进行验收评审。

（2）分期召开验收评审会评审。对于规模较大及大型信息系统，在试运行期满，并运行稳定后，由项目承担单位准备好验收文档资料，提出项目验收申请，各地公安机关信息化建设领导机构分批组织系统验收专家组对系统进行验收评审。

24.8.4 验收内容

1. 应用效果评估

各地公安机关信息化建设领导机构应该组织相关部门，组成系统验收测试专家组，根据试运行期间实际使用以及测试情况，对应用系统的各项技术指标、实际作用和发挥的效益情况进行总结，形成《××系统试运行评价报告》，作为系统验收的依据。

系统试运行评价报告内容包括满负荷冲击试验结果、破坏性试验结果、各种性能（合同中列出的）参数实际值、实际运行效果（包括效率的提高、工作成绩等）等。

2. 系统运行操作审查

评审组专家对系统的整个运行情况进行审查，包括系统业务流程是否正确、业务功能需求是否实现、系统运行是否能够高效等。审查完毕，由专家组撰写系统运行审查报告。

首先是系统运行演示准备，由系统承建单位协助系统管理人员提供系统运行演示相关文档，包括验收步骤、验收的数据要求、验收的操作流程要求。举例说明如下。

（1）验收步骤。

- 系统运行验收：包括试运行阶段运行状况、系统故障率、性能参数、问题解决情况。
- 系统操作流程验收：检验每个流程是否符合合同要求。
- 系统功能验收：检验每个功能是否符合合同要求。

（2）验收数据准备。准备各个流程及功能验收相关的数据用例。由实际操作的业务处理人员准备，主要包括常用的数据、典型的数据、异常的数据。

（3）操作流程准备。由应用系统所涉及的业务部门，按照应用项目所承担的业务流程，采用穷举法验证所有流程的正确性，完成数据从生成到成为历史数据的整个数据生命周期试验。

其次是系统运行演示，按照验收步骤，根据准备的操作流程及数据进行演示。专家根据演示结果进行评审。

3. 系统文档审查

文档的审查就是对系统建设各个阶段系统承建单位产生的文档资料进行标准化和质量审查。各地公安机关信息化领导机构组织相关人员组成系统文档审查专家组，并向文档专家组提交系统建设合同中的系统文档验收部分、系统建设合同附件（系统文档名录）、全套验收测试文档。文档专家组审查完毕，撰写系统文档审查报告。

项目常规文档主要包括以下内容。

（1）研制报告。由项目责任单位提供，说明项目实施的必要性、可行性，并对整个工作过程进行说明。

（2）技术报告。由项目承建单位提供，说明设计、开发的过程及系统的特点、技术路线等。

（3）系统测试报告。由项目承建单位提供，包括测试用例、测试结果等。

（4）基层公安机关使用报告。由实际使用单位提供，说明系统试运行过程中的情况，使用效果等。主要内容是：

- 引言：系统简单介绍。
- 系统使用情况：包括实际使用情况、效果、存在问题以及建议等。
- 使用评价：系统使用方提供对系统使用的评价，主要包括系统功能是否符合总体设计的要求、系统的实用性和可靠性、系统的可操作性、系统的适用性和可维护性。

此外，还包括资金审核报告、系统试运行报告等。

24.8.5 验收完成

各地公安机关信息化领导机构根据系统总体技术方案、系统建设合同书、验收测试的结果、系统试运行评价报告、专家验收评审报告，决定试运行系统验收是否通过，并形成相应的系统通过验收文档，作为系统建设重要的标志性文件归档。

思考题

（1）公安信息化工程建设的基本环节是什么？
（2）如何进行工程建设过程中的代码级规范控制？
（3）公安信息化工程验收的标志是什么？

第 **25** 章

工程质量风险
分析与规避

摘 要

    本章依据多年的公安信息化建设经验，就公安信息化建设过程中的风险存在必然性、工程质量风险点分析、工程质量风险的规避以及正确的、低风险的建设工程交付方式进行了探讨。并依据实际案例，为分析工程质量风险点和风险环节的存在，给出了工程建设风险点划分和判定的基本方法，就工程建设中的风险控制环节颗粒度及规避措施给出了有借鉴意义的实例分析，力图在本章完整地描述公安信息化工程建设过程中的风险分析和风险规避方法。

    在公安信息化工程建设过程中，不可避免地会遇到导致建设目标偏移、甚至失败的各种因素，在系统工程学中将其称为系统建设的风险因素。在多年的公安信息化工程建设过程中，确实不乏由于对工程建设过程中的风险因素预见不够，或者虽然预见，但未能有效规避而导致工程建设失败的实际案例。为此，有必要对公安信息化工程建设中的风险分析与规避进行必要而扎实的研究，以使其总结历史经验教训，完善工程建设过程中的风险规避机制。

25.1 风险分析与规避原理

工程质量风险分析与规避是基于系统工程学方法，本节将对公安信息化工程的过程控制、具体施工的监督、调控，以及如何保证工程质量、工程进度等方面进行详细的描述。毋庸置疑，公安信息化工程是规模庞大、结构复杂、牵涉部门繁多、难以组织和协调的大型工程，系统的建设过程中肯定会遇到一些预想不到的问题。因此，有必要建立工程质量风险分析与规避机制，以保证工程如期完成。工程质量风险分析与规避机制的原理是：

- 根据需求分析的结果，确定系统的边界、问题域、目标，从而确定施工方法，划分成子工程系统。
- 将每个子工程按照时间、地点和部门的不同分解为工序。
- 经过相关分析后形成施工预案。
- 形成控制点，预测控制点对系统目标的影响，按照风险最低原则，调整工序后形成施工方案。

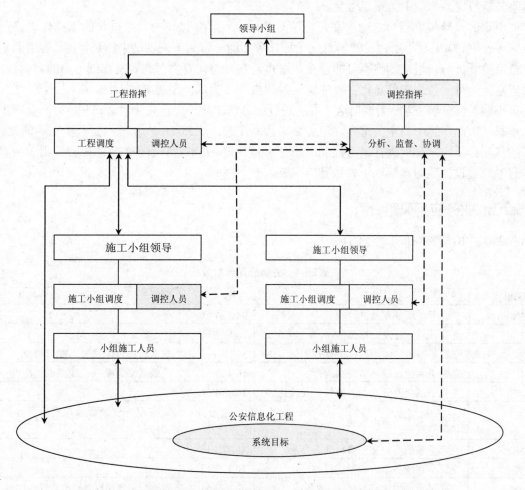

图 25-1　工程实施体系结构和质量监督、调控及风险规避机制体系结构

- 形成风险控制点（简称风险点），为了达到系统目标，采用图、表、工作要求的形式，建立监督、调控人员机构，形成风险规避机制。

根据上述工程质量风险分析与规避机制的原理，在公安信息化工程建设的过程中，应该形成切实有效而实用的工程质量风险分析与规避机制，机制的构成和关系如图25-1所示。

同时应该清楚地认识到：建立公安信息化工程建设过程中的风险分析和规避机制不是一个纯理论性的研究内容，它和真实的公安信息工程紧密绑定，须臾不可分离，从来没有脱离具体的公安信息化工程建设内容的工程质量风险分析与规避机制。为此，在本章中，将结合实际发生的工程建设案例对工程质量风险分析与规避机制进行分析与研究。

25.2 建设过程的风险分析

在下面描述的实际案例中，首先应该明确所有的工作任务构成、工作期间及相应的风险构成、风险控制点的所在部位。希望所有的工程建设者都能够清楚地理解下列表格在工程质量风险分析与规避机制中的重要含义。

所谓的风险控制点一定隐含在每一项具体的、可实际操作的、可量化的工程建设任务的分解单元中！如果对于所建设的信息化工程任务不能分解到下列表格中的颗粒度，所谓的工程质量风险分析与规避机制将不可能存在，这也是在此为何要将下列表格详细列出的重要原因。希望它能给每一位公安信息化工程的建设者和指挥者提供一个明确的方法，这就是：工程任务的最小颗粒度分解方法。而根据这个方法进行的分解工作一定产生于设计阶段，而不是产生于工程总结阶段，这一点至关重要。但务必请大家注意：表25-1中表示的只是一个实际的案例，目的只是提示大家如何进行风险控制点的分析和判定，并不意味着表25-1的内容适用于所有的信息系统建设，这对理解以下表格甚为重要。

25.2.1 业务应用风险分析

业务应用风险分析如表25-1所示。

表25-1　业务应用风险分析

工单标号	任务及子任务名称	工期（日）	风险分析
3-6	交管子系统开发及试运行	94工作日	
3	交管子系统开发、修改	20工作日	
	交管子系统环境模拟试运行及优化	5工作日	数据转换可能丢失不规范数据
4	交管子系统现场环境调试运行	10工作日	广域网络需要社会线路部门配合
	交管子系统业务功能差异修正及优化	10工作日	
5	交管子系统各节点安装	5工作日	原有设备安装新系统有硬件不匹配问题
N1	交管子系统用户文档资料准备	40工作日	
	交管子系统各节点调试运行	10工作日	
6	交管子系统试运行及优化	30工作日	试运行系统和原有系统并行运行调度

（续表）

工单标号	任务及子任务名称	工期（日）	风险分析
N2	交管子系统用户使用培训	15工作日	
7-10	交管子系统数据标准化	54工作日	
7	交管子系统标准接口设计	10工作日	
8	交管子系统数据库数据转换与初始化	20工作日	数据转换时间和工作日冲突
9	交管子系统标准数据接口编码	15工作日	
10	交管子系统标准数据接口试运行	25工作日	
38	交管业务应用子系统总体系统综合测试	40工作日	
	交管子系统综合系统环境测试	5工作日	
	交管子系统局域网络环境综合测试	5工作日	
	交管子系统广域网络环境综合测试	5工作日	光纤线路情况不佳
	交管子系统数据库系统综合测试	5工作日	
	交管子系统系统功能/性能测试	10工作日	
	交管子系统业务功能测试	10工作日	
39	交管业务应用子系统优化测试及修改	35工作日	
	确定交管子系统系统功能优化方案	5工作日	
	交管子系统系统功能优化修改	10工作日	
	交管子系统系统优化功能测试	10工作日	优化功能测试和现场办公出现矛盾
	确定交管子系统业务功能优化方案	5工作日	
	交管子系统业务功能优化修改	10工作日	
	交管子系统业务优化功能测试	10工作日	
	交管子系统业务功能完全测试	10工作日	
40	交管应用子系统联调测试及技术完善	20工作日	
	交管子系统各节点联调试运行	5工作日	
	交管子系统技术性能调整试运行	15工作日	
41	交管业务应用子系统的全系统综合试运行	40工作日	
	交管子系统标准数据交换试运行	5工作日	
	交管子系统与综合应用系统联调试运行	15工作日	
	交管子系统安全认证全系统联调试运行	10工作日	
	交管子系统全系统综合试运行	10工作日	
42	交管业务应用子系统系统管理员综合培训	20工作日	系统管理员无法脱产培训
43-44	交管业务应用子系统验收移交	45工作日	
43	交管业务应用子系统技术文档资料准备	15工作日	
44	交管业务应用子系统验收	15工作日	
44	交管业务应用子系统移交	15工作日	
3-6	案事件子系统开发及试运行	84工作日	
3	案事件子系统开发、修改	20工作日	
	案事件子系统环境模拟试运行及优化	5工作日	没有模拟环境可用
4	案事件子系统现场环境调试运行	10工作日	

（续表）

工单标号	任务及子任务名称	工期（日）	风险分析
	案事件子系统业务功能差异修正及优化	10工作日	
5	案事件子系统各节点安装	5工作日	
N1	案事件子系统用户文档资料准备	30工作日	
	案事件子系统各节点调试运行	10工作日	
6	案事件子系统试运行及优化	30工作日	
N2	案事件子系统用户使用培训	15工作日	
7-10	案事件子系统数据标准化	50工作日	
7	案事件子系统标准接口设计	10工作日	
8	案事件子系统数据库数据转换与初始化	20工作日	非格式化数据转换失败或耗时较大
9	案事件子系统标准数据接口编码	15工作日	
10	案事件子系统标准数据接口试运行	25工作日	
38	案事件业务应用子系统总体系统综合测试	40工作日	
	案事件子系统综合系统环境测试	5工作日	
	案事件子系统局域网络环境综合测试	5工作日	
	案事件子系统广域网络环境综合测试	5工作日	
	案事件子系统数据库系统综合测试	5工作日	
	案事件子系统系统功能/性能测试	10工作日	
	案事件子系业务功能测试	10工作日	需要修正不符合业务流程之处
39	案事件业务应用子系统优化测试及修改	35工作日	
	确定案事件子系统系统功能优化方案	5工作日	
	案事件子系统系统功能优化修改	10工作日	
	案事件子系统系统优化功能测试	10工作日	
	确定案事件子系统业务功能优化方案	5工作日	
	案事件子系统业务功能优化修改	10工作日	
	案事件子系统业务优化功能测试	10工作日	
	案事件子系统业务功能完全测试	10工作日	
40	案事件应用子系统联调测试及技术完善	20工作日	
	案事件子系统各节点联调试运行	5工作日	统一接处警平台的处警控制转移失败
	案事件子系统技术性能调整试运行	15工作日	
41	案事件业务应用子系统的全系统综合试运行	40工作日	
	案事件子系统标准数据交换试运行	5工作日	
	案事件子系统与综合应用系统联调试运行	15工作日	
	案事件子系统安全认证全系统联调试运行	10工作日	
	案事件子系统全系统综合试运行	10工作日	
42	案事件业务应用子系统系统管理员综合培训	20工作日	系统管理员无法固定

（续表）

工单标号	任务及子任务名称	工期（日）	风险分析
43-44	案事件业务应用子系统验收移交	45工作日	
43	案事件业务应用子系统技术文档资料准备	15工作日	
44	案事件业务应用子系统验收	15工作日	
44	案事件业务应用子系统移交	15工作日	
3-6	监管子系统开发及试运行	69工作日	
3	监管子系统开发、修改	15工作日	
	监管子系统环境模拟试运行及优化	5工作日	
4	监管子系统现场环境调试运行	5工作日	无法模拟监所环境
	监管子系统业务功能差异修正及优化	5工作日	
5	监管子系统各节点安装	5工作日	
N1	监管子系统用户文档资料准备	30工作日	
	监管子系统各节点调试运行	10工作日	
6	监管子系统试运行及优化	25工作日	历史数据无法转换必须重新录入
N2	监管子系统用户使用培训	10工作日	
7-10	监管子系统数据标准化	40工作日	
7	监管子系统标准接口设计	10工作日	
8	监管子系统数据库数据转换与初始化	10工作日	
9	监管子系统标准数据接口编码	10工作日	
10	监管子系统标准数据接口试运行	20工作日	
38	监管应用子系统总体系统综合测试	40工作日	
	监管子系统综合系统环境测试	5工作日	
	监管子系统局域网络环境综合测试	5工作日	
	监管子系统广域网络环境综合测试	5工作日	
	监管子系统数据库系统综合测试	5工作日	和上级监管部门的联机测试无法进行
	监管子系统系统功能/性能测试	10工作日	
	监管子系统业务功能测试	10工作日	
39	监管业务应用子系统优化测试及修改	35工作日	
	确定监管子系统系统功能优化方案	5工作日	
	监管子系统系统功能优化修改	10工作日	
	监管子系统系统优化功能测试	10工作日	
	确定监管子系统业务功能优化方案	5工作日	
	监管子系统业务功能优化修改	10工作日	
	监管子系统业务优化功能测试	10工作日	
	监管子系统业务功能完全测试	10工作日	
40	监管应用子系统联调测试及技术完善	20工作日	
	监管子系统各节点联调试运行	5工作日	
	监管子系统技术性能调整试运行	15工作日	
41	监管业务应用子系统的全系统综合试运行	40工作日	

（续表）

工单标号	任务及子任务名称	工期（日）	风险分析
	监管子系统标准数据交换试运行	5工作日	
	监管子系统与综合应用系统联调试运行	15工作日	
	监管子系统安全认证全系统联调试运行	10工作日	
	监管子系统全系统综合试运行	10工作日	
42	监管业务应用子系统系统管理员综合培训	20工作日	培训人员基础达不到要求
43-44	监管业务应用子系统验收移交	45工作日	
43	监管业务应用子系统技术文档资料准备	15工作日	
44	监管业务应用子系统验收	15工作日	
44	监管业务应用子系统移交	15工作日	
3-6	110接警子系统开发及试运行	79工作日	
3	110接警子系统开发、修改	20工作日	
	110接警子系统环境模拟试运行及优化	5工作日	
4	110接警子系统现场环境调试运行	10工作日	
	110接警子系统业务功能差异修正及优化	10工作日	
6	110接警子系统试运行及优化	40工作日	和GIS、GPS系统互联刷新不及时
N1	110接警子系统用户文档资料准备	30工作日	
N2	110接警子系统用户使用培训	10工作日	
7-10	110接警子系统数据标准化	45工作日	
7	110接警子系统标准接口设计	10工作日	
8	110接警子系统数据库数据转换与初始化	10工作日	和社会数据库、GIS数据库CCIC数据库数据转换失败
9	110接警子系统标准数据接口编码	10工作日	
10	110接警子系统标准数据接口试运行	25工作日	
38	110接警子系统总体系统综合测试	40工作日	
	110接警子系统综合系统环境测试	5工作日	
	110接警子系统局域网络环境综合测试	5工作日	
	110接警子系统广域网络环境综合测试	5工作日	
	110接警子系统数据库系统综合测试	5工作日	
	110接警子系统系统功能/性能测试	10工作日	
	110接警子系统业务功能测试	10工作日	未能实现二级处警转移和控制
39	110接警业务应用子系统优化测试及修改	35工作日	
	确定110接警子系统系统功能优化方案	5工作日	
	110接警子系统系统功能优化修改	10工作日	无法满足所有警种的全部接处警要求
	110接警子系统系统优化功能测试	10工作日	
	确定110接警子系统业务功能优化方案	5工作日	
	110接警子系统业务功能优化修改	10工作日	

工单标号	任务及子任务名称	工期（日）	风险分析
	110接警子系统业务优化功能测试	10工作日	
	110接警子系统业务功能完全测试	10工作日	
40	110接警应用子系统联调测试及技术完善	20工作日	
	110接警子系统各节点联调试运行	5工作日	
	110接警子系统技术性能调整试运行	15工作日	
41	110接警业务应用子系统的全系统综合试运行	40工作日	系统效率不满足工作要求，无法做到快速反应
	110接警子系统标准数据交换试运行	5工作日	
	110接警子系统与综合应用系统联调试运行	15工作日	
	110接警子系统安全认证全系统联调试运行	10工作日	
	110接警子系统全系统综合试运行	10工作日	
42	110接警业务应用子系统系统管理员综合培训	20工作日	
43-44	110接警业务应用子系统验收移交	45工作日	
43	110接警业务应用子系统技术文档资料准备	15工作日	
44	110接警业务应用子系统验收	15工作日	
44	110接警业务应用子系统移交	15工作日	在线操作不熟，必须保驾，人员安排有难度

25.2.2 综合应用风险分析

综合应用风险分析如表25-2所示。

表25-2　综合应用风险分析

标号	任务及子任务名称	工期（日）	风险分析
11	综合应用系统基本设计	20工作日	
	综合数据库分析	12工作日	
	数据关系流程分析	7工作日	
	数据量分析准备	7工作日	
	数据库方案	5工作日	关联关系太复杂，时间不够
	综合信息系统功能设计	17工作日	
	查询功能分析	4工作日	查询效率无法满足快速反应的需要
	本地数据交换	3工作日	各业务系统不配合
	异地数据交换	3工作日	与部应用支撑平台接口不符
	系统访问安全设计	3工作日	
	综合数据库管理功能设计	3工作日	
	移动、社会查询分析	5工作日	数据维护的"隔离"原则不好体现

（续表）

标号	任务及子任务名称	工期（日）	风险分析
	安全访问设计	15工作日	
	数据接口标准设计	5工作日	
	业务系统数据接口标准	3工作日	
	安全权限数据接口标准	3工作日	
	指挥中心	9工作日	
	接警、处警功能设计	3工作日	
	预案调度功能设计	3工作日	预案不明
	GPS/GIS地理信息匹配功能	3工作日	标准信息接口不明
	监控系统显示	3工作日	
12	综合应用系统概要设计	20工作日	
	数据库分类设计	11工作日	
	人要素基本数据分析流程	3工作日	
	事（案件）要素基本数据分析流程	3工作日	
	物要素基本数据分析流程	3工作日	
	分析数据库表间的关联	2工作日	关联关系得不到业务部门的支持
	综合应用系统管理功能设计	8工作日	
	数据库管理功能	6工作日	
	数据库容灾处理	2工作日	
	数据的维护与管理	4工作日	
	综合信息系统辅助功能	5工作日	
	软硬件方案设计	2工作日	
	综合信息系统查询功能	11工作日	查询频度和效率成为设计的难点
	Web查询功能设计	5工作日	是否考虑前端组件成焦点，影响设计
	Web查询安全控制	3工作日	
	可利用的二次查询的关联	3工作日	业务系统无法开放二次查询接口
	系统的参数化设计	4工作日	
	公共功能模块的抽取	2工作日	
	可配置功能设计	1工作日	
	参数的调整方案	1工作日	
	指挥中心功能概要设计	10工作日	
	接警处理流程分析	5工作日	
	处警处理流程分析	5工作日	
	与其他系统的接口需求	5工作日	无法确定需求
13	综合应用系统详细设计	25工作日	
	数据表详细设计	10工作日	
	业务数据概要表	3工作日	
	数据基本集	2工作日	
	辅助数据表	2工作日	
	数据视图、过程等设计	3工作日	
	关联数据表详细设计	5工作日	

（续表）

标号	任务及子任务名称	工期（日）	风险分析
	关联表设计	3工作日	无法确定关联原则
	关联流程设计	2工作日	
	数据库维护功能详细设计	8工作日	无法确定关联下的数据维护来源
	综合与业务数据的同步	4工作日	业务系统拒绝进行同步设计
	数据交换功能设计	4工作日	
	标准字典维护	3工作日	
	管理、日志功能表设计	6工作日	
	用户管理功能设计	3工作日	
	日志管理功能设计	3工作日	
	Web查询功能详细设计	10工作日	
	综合查询功能	10工作日	
	查询流程设计	5工作日	
	查询界面设计	5工作日	
	二次查询功能	5工作日	
	比对查询功能	10工作日	
	详细流程设计	3工作日	
	操作界面设计	3工作日	定制设计时间不够
	数据处理详细设计	4工作日	
	共享模块设计	5工作日	共享模块的确定有技术分歧
	公用模块流程设计	2工作日	
	模块程序设计	3工作日	
	指挥中心功能详细设计	10工作日	
	接警功能详细设计	5工作日	
	处警功能详细设计	5工作日	二次处警机制实现难度大
	接口功能详细设计	5工作日	
	查证系统关联详细设计	1工作日	
14	综合应用系统编码设计	30工作日	
	数据库建表	5工作日	
	数据库触发器编写	5工作日	触发源及事件无法确定
	数据库存储过程编写	20工作日	
	数据处理过程	7工作日	
	数据查询过程	7工作日	
	统计、报表过程	6工作日	统计内容的不确定
	Web页面设计	25工作日	
	安全控制页面	4工作日	安全机制在三层结构下不易实现
	基本页面编程	5工作日	
	移动查询页面	5工作日	
	社会查询编程	5工作日	
	详细查询页面	16工作日	
	页面连接编程	2工作日	

（续表）

标号	任务及子任务名称	工期（日）	风险分析
	页面控制编程	7工作日	
	页面数据库访问编程	7工作日	
	辅助功能程序设计	18工作日	
	数据统计操作	5工作日	
	打印操作	5工作日	
	比对查询程序	5工作日	比对源设计较为困难
	复杂查询	3工作日	
	核查排错	3工作日	
	二次查询	4工作日	
	系统维护、管理前台程序	5工作日	
	用户、权限管理	5工作日	
	日志管理	5工作日	
	数据库管理程序	10工作日	
	备份、恢复	4工作日	
	复制、下载	4工作日	
	数据交换程序	6工作日	
	指挥中心功能程序设计	20工作日	
	接警功能编程	7工作日	
	处警功能编程	7工作日	
	查证功能编程	6工作日	
15	综合应用系统测试	25工作日	
	编写测试说明书	3工作日	
	综合系统测试	13工作日	
	数据测试	9工作日	无法准备测试数据
	业务概要数据导入	4工作日	
	业务基本集数据生成测试	3工作日	
	数据接口功能测试	1工作日	
	数据交换功能测试	1工作日	业务系统不执行"倒灌"设计
	数据库功能测试	3工作日	
	数据库功能基本测试	1工作日	
	数据库管理功能测试	2工作日	
	用户管理功能测试	1工作日	
	日志管理功能测试	1工作日	
	数据备份/恢复功能测试	1工作日	无法模拟灾难现场
	安全功能测试	1工作日	
	复杂查询功能测试	2工作日	
	比对查询功能测试	1工作日	
	统计功能测试	1工作日	
	打印功能测试	1工作日	
	Web查询功能测试	4工作日	

（续表）

标号	任务及子任务名称	工期（日）	风险分析
	基本查询功能测试	3工作日	
	二次查询测试	1工作日	
	远程查询测试	1工作日	其中移动查询因线路可能失败
	多用户查询测试	1工作日	
	指挥中心功能测试	10工作日	
	接警功能测试	1工作日	
	处警功能测试	1工作日	
	GPS/GIS接口测试	1工作日	
	监控接口测试	1工作日	数字化转移效果不佳
	查证系统功能测试	1工作日	
	测试问题汇总	2工作日	无法确定筛选原则
	解决测试发现的问题	5工作日	
	提交测试报告	2工作日	
	编写系统操作说明书	5工作日	时间太紧
16	综合应用系统试运行	20工作日	

25.2.3　局域网建设风险分析

局域网建设风险分析如表25-3所示。

表25-3　局域网建设风险分析

标号	任务及子任务名称	工期（日）	风险分析
1	市局、支队、分/县局网络环境基本设计	5工作日	
2	市局、支队、分/县局环境建设实施	21工作日	
3	市局、支队、分/县局系统测试	7工作日	
4	市局、支队、分/县局系统试运行	35工作日	
5	全系统综合测试	56工作日	
6	全系统优化测试及修改	28工作日	
7	全系统联调测试及完善	28工作日	
8	全系统综合试运行	42工作日	
9	各系统使用培训（并行）	28工作日	
10	系统工程文件准备	21工作日	
11	系统验收	14工作日	
12	系统移交	14工作日	

25.2.4　广域网建设风险分析

广域网建设风险分析如表25-4所示。

表25-4 广域网建设风险分析

标号	任务名称	工期	风险分析
1	广域网部分基本设计	21工作日	
2	广域网部分详细设计	28工作日	
3	广域网部分工程实施	42工作日	光纤不到位
4	广域网部分现场施工	126工作日	
5	广域网部分现场测试	7工作日	
6	广域网系统试运行	35工作日	系统试运行时社会线路部门不配合
7	广域网调整、优化、试运行	28工作日	
8	科、所、队环境建设	42工作日	
9	科、所、队环境测试运行	42工作日	
10	全系统综合测试	56工作日	
11	全系统优化测试及修改	28工作日	
12	全系统联调测试及完善	28工作日	
13	全系统综合试运行	42工作日	
14	各系统使用培训（并行）	28工作日	系统使用培训时培训人员时间冲突
15	系统工程文件准备	21工作日	
16	系统验收	14工作日	
17	系统移交	14工作日	

25.2.5 指挥中心风险分析

指挥中心风险分析如表25-5所示。

表25-5 指挥中心风险分析

标号	任务名称	工期	风险分析
1	指挥中心环境基本设计	28工作日	
2	指挥中心环境详细设计	14工作日	
3	指挥中心环境建设	56工作日	指挥中心环境建设时土建未完成
4	指挥中心接警部分联调	28工作日	
5	指挥中心接警部分试运行	28工作日	试运行时对外接口数据无法切换
6	全系统综合测试	42工作日	
7	全系统优化测试及修改	28工作日	
8	全系统联调测试及完善	21工作日	
9	全系统综合试运行	14工作日	
10	各系统使用培训（并行）	14工作日	
11	系统工程文件准备	14工作日	
12	系统验收	14工作日	系统准备移交时没有明确的验收单位
13	系统移交		

25.2.6 移动通信风险分析

移动通信风险分析如表25-6所示。

表25-6 移动通信风险分析

标号	任务名称	工期	风险分析
1	移动通信部分概要设计	12工作日	GSM传输效率太低
2	移动通信部分详细设计	33工作日	
3	指挥中心地理信息系统概要设计	12工作日	
4	指挥中心地理信息系统详细设计	33工作日	GPS接入困难
5	便携指挥中心概要设计	12工作日	
6	便携指挥中心详细设计	33工作日	
7	确认与其他相关部分接口协议	26工作日	未能按时完成所有协议
8	移动通信部分设备选型	19工作日	
9	移动通信设备试验	26工作日	
10	移动通信设备生产	112工作日	
11	移动通信设备试生产	40工作日	
12	移动通信设备小规模组网实验	26工作日	
13	移动通信部分优化及修改	40工作日	
14	移动通信设备定型生产	工作日（待定）	
15	移动通信控制软件编程	62工作日	
16	车载移动通信设备安装	工作日（待定）	车载移动设备安装没有专业安装厂
17	移动通信设备试运行	工作日（待定）	
18	地理信息系统平台选择	21工作日	
19	地理信息系统用数据库选择	12工作日	
20	地理信息系统平台熟悉	12工作日	
21	数据库平台熟悉	21工作日	
22	软硬件开发环境建立	12工作日	
23	指挥中心地理信息系统编程	68工作日	
24	电子地图制作	158工作日	
25	原始资料审定	12工作日	
26	地图制作准备	12工作日	
27	初步轮廓制作	12工作日	
28	实验测试地区制作	21工作日	
29	重点地区地图制作	50工作日	
30	其余地区地图制作	30工作日	
31	后期制作	工作日（待定）	
32	指挥中心移动通信控制设备安装	25工作日	
33	指挥中心地理信息系统安装	工作日（待定）	
34	指挥中心现场调试	工作日（待定）	
35	指挥中心地理信息系统完善修改	工作日（待定）	

（续表）

标号	任务名称	工期	风险分析
36	便携指挥中心软硬件设计	25工作日	
37	便携指挥中心设备选型	26工作日	
38	便携指挥中心软件开发调试	65工作日	
39	便携指挥中心现场调试	工作日（待定）	
40	系统综合测试	工作日（待定）	
41	系统试运行	工作日（待定）	系统综合测试时综合数据库建设尚未完成
42	准备系统工程文档	工作日（待定）	
43	系统培训	工作日（待定）	
44	系统验收与移交	工作日（待定）	
说明："工作日（待定）"意味着此工作日的确定将依赖于其他的未知或未控因素，需要随着工程的进行再逐步确定。			

25.2.7　监控应用风险分析

监控应用风险分析如表25-7所示。

表25-7　监控应用风险分析

标号	任务名称	工期	风险分析
1	监控系统基本设计	28工作日	监控系统基本设计无法获得相应资料
2	监控系统详细设计	49工作日	
3	监控系统现场施工	42工作日	
4	全系统综合测试	56工作日	系统综合测试时现场施工未结束
5	全系统优化测试及修改	28工作日	
6	全系统联调测试及完善	28工作日	
7	全系统综合试运行	42工作日	
8	各系统使用培训（并行）	28工作日	
9	系统工程文件准备	21工作日	
10	系统验收	14工作日	
11	系统移交	14工作日	

25.3　工程风险规避措施

25.3.1　业务应用

业务应用方面的工程风险及规避措施如表25-8~表25-11所示。

表25-8　交管子系统风险及规避措施

风险	规避措施
数据转换可能丢失不规范数据	转换前必须对原始数据进行备份；根据已有系统的表结构和新建系统的表结构对对应或相近的表进行比较，编制转换程序，然后进行小批量转换，确认无误后进行批量转换；对数据格式问题通过转换以适应新的表结构；对数据项问题按新的标准实施；数据转换程序通过报告文件指示转换情况
广域网络需要社会线路部门配合	预先与社会线路部门联系安排，要求社会线路部门派技术人员参加调试，以合同形式约束社会线路主管部门人员、服务
原有设备与新系统有硬件不匹配问题	安装前对原有设备型号、接口标准、性能等情况进行调查并记录，新系统在功能、性能允许的情况下尽量使用已有的硬件设备，确实无法满足要求的，需更换硬件设备
新系统试运行和原有系统并行运行调度	在不影响日常工作的情况下，尽量同时使用，在业务不繁忙时通过数据拷贝粘贴的方法实现一次录入两地享用；在业务繁忙时，通过滞后录入的办法来解决
数据转换时间和工作日冲突	由于系统无法离线，因此应合理安排时间进行数据转换，确保将最新、完备的数据导入新系统
光纤线路情况不佳	要求社会线路相关部门参加调试和试运行的保障工作
优化功能测试和现场办公出现矛盾	把测试安排在业务不繁忙时段进行
系统管理员无法脱产培训	通过合理安排时间来实施，例如将培训安排在非工作日或轮流培训

表25-9　案事件子系统风险及规避措施

风险	规避措施
没有模拟环境可用	通过编写典型的测试案例（Test Case）让用户模拟操作
非格式化数据转换失败或耗时较长	转换前必须对原始数据进行备份；对非格式化数据进行分析，然后编制转换程序；耗时较长时可分期分批进行数据转换
需要修正不符合业务流程之处	业务功能测试发现不符合业务流程之处，查阅相关文档资料，明确责任，并分析修改的复杂度，制定修正方法，明确时间进度
统一接处警平台的处警控制转移失败	检查设计文档资料，查看相应处理程序是否符合设计要求，检查网络情况，如正确和正常，则需完善逻辑处理，以解决处警控制转移失败问题
和CCIC数据转换出现困难	检查CCIC数据格式是否符合标准，检查程序中是否有BUG，此类问题一般出于对数据格式的理解上，解决较容易

表25-10　监管子系统风险及规避措施

风险	规避措施
系统管理员无法固定	必须要求有负责系统管理职责的人员，但不一定是专职的
无法模拟监所环境	通过编写典型的测试案例（Test Case），模拟监所管理和操作
历史数据无法转换必须重新录入	如历史数据无法满足系统数据的要求，必须制定取舍原则，对原有数据转换后，录入新的数据项
和上级监管部门的联机测试无法进行	分析原因，该问题可能是出于网络、网络设备和数据接口上，可从这几方面进行核查。对网络设备的选型上一定要慎重，可靠是第一位的。基于网络的信息系统，离开了可靠的设备，信息交换就无从谈起
系统管理人员基础达不到要求	强化培训，严格考核，否则要求更换具有一定基础人员担任此职

表25-11　110接警子系统风险及规避措施

风险	规避措施
和GIS、GPS系统互联刷新不及时	该问题一般是由于计算机性能（包括CPU数量、缓存、内存）不够，网络物理链路不足引起的，提高计算机性能，加大网络带宽是最有效的办法
和社会数据库、GIS数据库及CCIC数据库数据转换失败	检查社会数据库、GIS数据库及CCIC数据格式是否符合标准及约定，检查程序中是否有BUG，此类问题一般出于对数据格式的理解上，解决较容易
未能实现二级处警转移和控制	检查设计文档资料，查看相应处理程序是否符合设计要求，检查网络情况，如果正常，则需完善逻辑处理，以解决处警控制转移和控制失败问题
无法满足所有警种的全部接处警要求	需求分析不够，应进一步完善业务需求的分析并实现它，同时调整时间及进度
系统效率不能满足工作要求，无法做到快速反应	该问题一般是由于计算机性能（包括CPU数量、缓存、内存）不够，网络物理链路不足引起的，提高计算机性能，加大网络带宽是最有效的办法
在线操作不熟，必须保驾，人员安排有难度	在系统建设的同时应考虑建设培训中心，使更多的人员有强化、提高业务的场所

25.3.2　综合应用

综合应用方面的风险及规避措施如表25-12所示。

表25-12　综合应用方面的风险及规避措施

风险	规避措施
关联关系太复杂，时间不够	由于系统的关联关系采用开放结构，可通过不断的积累、补充、调整过程来完善
查询效率无法满足快速反应的需要	该问题一般是由于计算机性能（包括CPU数量、缓存、内存）不够，网络物理链路不足引起的，提高计算机性能，加大网络带宽是最有效的办法。另外，也可通过建立负载调整策略来满足需要
各业务系统不配合	需要主要领导负责协调各部门
和部应用支撑平台接口不符	符合公安部关于《地级市综合信息系统建设方案》是本系统建设的依据，如有不符合公安部应用支撑平台接口的内容，必须修改
关联关系得不到业务部门的支持	需要主要领导负责协调各业务部门
是否考虑前端组件成焦点，影响设计	Web查询前端是否安装组件应慎重考虑，主要从用户数及维护量进行考虑
无法确定需求	无法确定需求可分为两类问题，一类是需求无法提出，另一类是需求难以确定。需求无法提出可通过分析现有的业务内容进行，需求难以确定可通过原型法进行明确
无法确定关联原则	认真分析现有业务的横向联系，本着实事求是的原则，首先建立基本内容，逐步完善来解决
无法确定关联下的数据维护来源	应分清问题的性质，一般分为四种原因：一是业务部门有该类数据不愿公开，二是业务部门确实无数据，三是因网络连接问题，四是数据源头超过一个以上。解决该类问题需要各部门通力合作，主管部门协调，以业务传递机制作为选择数据源的标准，技术上并不复杂

（续表）

风险	规避措施
业务系统拒绝进行同步设计	主管部门通过协调来解决问题
标准信息接口不明	有关方面可通过召开联席会议的形式来确定
查询频度和效率成为设计的难点	解决这类问题可从两方面入手，第一选择高性能计算机（包括CPU数量、缓存、内存），加大网络带宽；第二牺牲数据模型，换取性能。一般选择第一种方法，因为第二种方法会引起数据模型的震荡，产生连锁反应，使问题扩散
业务系统无法开放二次查询接口	由于综合系统中有几个已有业务系统，可能存在有些业务系统无法开放二次查询接口，可通过协调和增加异构接口来解决问题
定制设计时间不够	操作界面本质上讲是易用性问题，在提供试用后，采用充分听取意见后再完善的原则处理
二次处警机制实现难度大	分析原因，提出解决方案，以分期分批、分工负责、通力合作的方式解决
触发源及事件无法确定	预留接口及标准
安全机制在三层结构下不易实现	分别从三个方面进行改造，满足安全需求
共享模块的确定有技术分歧	共享模块的划分没有具体的方法，仅有一些原则，在符合原则的前提下，协商解决
统计内容不确定	按通用报表的形式提供给用户，经用户确认，并按用户的改进意见进行增改
比对源设计较为困难	依据比对目标建立比对源数据模型，编制相应程序实现；通过提供几种典型数据标准来满足比对源的格式，并提供常用的转换手段
无法准备测试数据	由开发商依据数据模型编制测试数据
业务系统不执行"倒灌"设计	需要主管部门协调
无法模拟灾难现场	通过评估供应商解决方案来确认
其中移动查询因线路可能失败	改善线路提高可靠性
数字化转移效果不佳	分析原因，提出解决方案，如属于设备问题，提出改进建议；另外通过配置调整设备，建立永久逻辑链路来解决
无法确定筛选原则	对测试数据进行分析、分类，按致命的、重要的、改进的、完善的的原则进行排序，提出解决日程表
时间太紧	由开发人员口头讲解，尽快编写操作说明书

25.3.3　局域网建设

局域网建设方面的风险及规避措施如表25-13所示。

表25-13　局域网建设方面的风险及规避措施

风险	规避措施
局域网环境建设时土建、线路环境不具备	通过基本线路长度来模拟未来实际环境
系统试运行时远郊县无法联调	以模拟为主

25.3.4 广域网建设

广域网建设方面的风险及规避措施如表25-14所示。

表25-14 广域网建设方面的风险及规避措施

风险	规避措施
光纤不到位	开始工程施工前必须确认光纤已到位
系统试运行时社会线路部门不配合	要求社会线路部门参加试运行
系统使用培训时培训人员时间冲突	合理安排时间，加强协调解决

25.3.5 指挥中心

指挥中心建设方面的风险及规避措施如表25-15所示。

表25-15 指挥中心建设方面的风险及规避措施

风险	规避措施
指挥中心环境建设时土建未完成	调整工程进度，签订变更协议
试运行时对外接口数据无法切换	制定应急方案，确保日常工作正常运转，然后进行优化设计
系统准备移交时没有明确的验收单位	预先确定验收单位，如有变更，签订变更协议

25.3.6 移动通信

移动通信建设方面的风险及规避措施如表25-16所示。

表25-16 移动通信建设方面的风险及规避措施

风险	规避措施
GSM传输效率太低	选择高性能计算机（包括CPU数量、缓存、内存），加大网络带宽，提高数据接入设备的性能
GPS接入困难	选择高性能计算机（包括CPU数量、缓存、内存），加大网络带宽
未能按时完成所有协议	分析原因，提出完成日程表，签订变更协议
车载移动设备安装没有专业安装厂	必须安排专业人员进行车载移动设备的安装
系统综合测试时综合数据库建设尚未完成	调整工作进度，合理安排任务

25.3.7 视频监控

视频监控建设方面的风险及规避措施如表25-17所示。

表25-17 视频监控建设方面的风险及规避措施

风险	规避措施
监控系统基本设计无法获得相应资料	设计前要求监控系统开发商提供充足资料，并能配合工作
系统综合测试时现场施工未结束	系统综合测试安排必须考虑现场施工状况，分清责任，签订变更协议

思考题

（1）如何分解工程建设过程中的风险点？

（2）判定工程建设风险点的原则是什么？有几类风险？

（3）如何用技术手段实现工程建设过程中的风险规避？

（4）建立什么机制能够保证风险规避设计得以成功实施？

第 **26** 章

系统测试与交付

摘 要

　　在公安信息化建设过程中，如何进行有效、可行的系统测试，一直是工程建设研究的对象，也是公安信息化建设中的难点问题。本章就公安机关信息化建设工程的测试进行了深入的探讨，不但明确划分了技术测试的各个环节，而且分析了如何掌控各环节的测试质量，提出了明确的测试规程和测试方法，并对相关待测试内容提出了相应的评估方法。同时，依托探讨的工程测试方法与结果，完整地描述了项目验收与交付过程中的技术交付、文档交付和运行交付。

　　测试与交付是公安信息化工程质量保障的重要组成部分和关键环节，测试与交付虽然是软件生存周期的一个独立阶段，但具体工作却贯穿从分析、设计到编程的各个阶段。当将软件作为整体运行或实施明确定义的软件行为子集时，即可进行系统测试、交叉测试及第三方测试等。

　　系统测试和验收就是提供系统测试的计划、设计、实施等过程，验证系统是否达到了预期的设计目标和性能指标，为基层公安机关验收提供依据，最终完成系统的交付。

　　系统的测试人员来源于项目组内的测试小组、甲方专家组组成的用户测试小组、第三方测试三个方面。测试与交付的基本内容如下：

- 测试目标
- 测试内容（测试范围）
- 测试环境（测试环境中的基本环境部分）
- 测试方法（测试任务设计）
- 测试流程
- 测试用例（测试数据描述）
- 测试文档（系统测试文档设计）
- 验收的前提（测试准备）
- 验收方式（验收过程与步骤）
- 交付内容（交付过程与步骤）

26.1　测试目标分析

26.1.1　测试过程描述

　　（1）测试版本阶段的具体过程如图26-1所示。

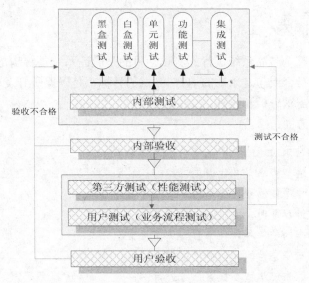

图 26-1　测试版测试流程

（2）完整版本阶段的具体过程如图26-2所示。

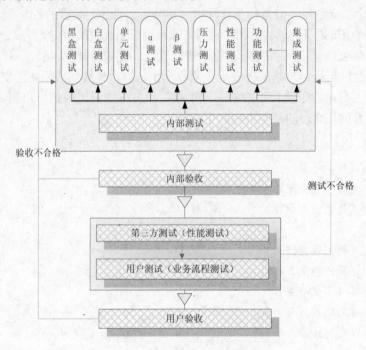

图 26-2　完整版测试流程

公安行业信息管理系统的测试过程主要分内部测试、用户测试和第三方测试，首先由开发人员和测试人员对系统进行全面的测试，在测试和验收过程中出现的问题必须及时改正，验收合格后，委托第三方进行性能测试，然后由开发人员、业务需求人员共同在选择试点单位或城市进行交叉测试，对测试过程中发现的问题提出可行性建议，开发单位依此建议进行软件改进，最终满足用户的需求。

26.1.2　测试目标描述

系统测试是针对整个产品系统进行的测试，目的是验证系统是否满足了需求规格的定义，找出与需求规格不相符合或与之矛盾的地方。测试的目标都是确保所开发软件的功能符合用户的要求，符合项目的需求分析和设计。

具体表现在以下方面：

- 确保系统达到需求功能的说明，满足功能性要求。
- 确保系统满足性能需求，并能满足性能的扩展要求。
- 强度测试确认程序能够处理要求的负载和冲击能力。
- 在达到系统设计容量时，满足满载要求。
- 确保系统在要求的硬件和软件平台上工作正常。
- 为软件可靠性与安全性的评估提供依据。
- 与第三方有关的系统测试委托第三方进行。

26.1.3　测试方法描述

在测试过程中，使用该系统的基层公安机关对递交的系统进行测试和评估，确定系统满足规定的验收标准，能够提高工作效率，然后对系统的各个方面进行评估。制定一个好的测试范围是成功进行验收测试的关键，具体如图26-3所示。

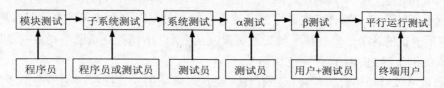

图 26-3　软件内部测试过程

在设计完成测试方案之后，每一步的测试都需要对结果进行分析，及早发现问题并纠正差错，尽量使测试题目小型化，尽可能地覆盖所有的测试情况。测试案例可以通过选择输入组合来进行，选择输入组合的一个有效途径是把计算机测试和人工检查代码结合起来。例如，通过代码检查发现程序中两个模块使用并修改某些共享的变量，如果一个模块对这些变量的修改不正确，则会引起另一个模块出错，因此，这是程序发生错误的一个可能原因。对于一个模块，局部数据结构是常见的错误来源。

26.1.4　测试主要范围

系统测试的主要范围如下。

（1）用户界面测试。验证用户界面是否符合标准。要求的测试数量取决于开发过程中为保证一致性所采用的工具，一般在测试刚开始时进行。

（2）功能测试。保证系统的运行满足功能需求。

（3）接口测试。保证与其他系统或子系统的接口工作正常。

（4）兼容性测试。保证系统在各种可能的用户群中都可以正常使用，如不同的操作系统、浏览器、数据库等。

（5）负载测试。保证系统在最大设计负载下运行平稳，好的测试经验是让系统在超过最大设计负载25%的数据和处理负载下运行。

（6）恢复测试。保证备份和恢复程序工作正常，以及当系统遇到突发事件如断电、网络连接中断时对数据的正确处理。一般来说，恢复程序的基本测试在系统测试开始时进行，然后在系统测试结束之前进行进一步的恢复测试。

（7）安全测试。验证系统安全满足要求，必须是系统的合法用户才能登录并进行允许的相关操作。由于安全是系统的基本功能，所以安全测试通常安排在系统测试的开始。

（8）转换测试。验证现有的数据能进行正确的转换。通常情况下，在处理测试过程中转换的数据与新数据一起使用来验证数据转换的正确性。

（9）文档测试。验证系统的用户手册、安装手册、帮助信息等说明性文档的内容是否符合功能及易读、易理解。

（10）性能测试。验证系统是否满足性能标准（例如响应时间）。

26.1.5　测试内容描述

1. 功能测试

（1）链接测试。链接是公安信息化工程建设中许多应用系统的主要特征，它是在页面之间切换和指导用户去一些不知道地址的页面的主要手段。链接测试可分为三个方面。首先，测试所有链接是否按指示的那样确实链接到了该链接的页面；其次，测试所链接的页面是否存在；最后，保证所测试的各类信息管理系统上没有孤立的页面（所谓孤立页面是指没有链接指向该页面，只有知道正确的URL地址才能访问）。

链接测试可以自动进行，现在已经有许多工具可以采用。链接测试必须在集成测试阶段完成，也就是说，在整个所测试的各类信息管理系统的所有页面开发完成之后进行链接测试。

（2）表单测试。当用户给所测试的各类信息管理系统提交信息时，就需要使用表单操作，例如用户注册、登录、信息提交等。在这种情况下，必须测试提交操作的完整性，以校验提交给服务器的信息的正确性。例如，汽车的车辆识别代码是否符合相关的规定，填写的所属省份与所在城市是否匹配等。如果使用了默认值，还要检验默认值的正确性。如果表单只能接受指定的某些值，则也要进行测试。例如，只能接受某些字符，测试时可以跳过这些字符，查看系统是否会报错。

（3）Cookies测试。必须检查Cookies是否能正常工作。测试的内容可包括Cookies是否起作用，是否按预定的时间进行保存，刷新对Cookies有什么影响等。

2. 性能测试

（1）连接速度测试。用户连接到所测试的各类信息管理系统的速度根据上网方式的变化而变化，他们或许是电话拨号，或是宽带上网。当下载一个程序时，用户可以等较长的时间，但如果仅仅访问一个页面就不会这样。如果Web系统响应时间太长（例如超过5秒钟），用户就会因没有耐心等待而离开。另外，有些页面有超时的限制，如果响应速度太慢，用户可能还没来得及浏览内容，就需要重新登录了。而且，连接速度太慢，还可能引起数据丢失，使用户得不到真实的页面。

（2）负载测试。负载测试是为了测量Web系统在某一负载级别上的性能，以保证Web系统在需求范围内能正常工作。负载级别可以是某个时刻同时访问Web系统的用户数量，也可以是在线数据处理的数量。例如：所测试的各类信息管理系统能允许多少个用户同时在线？如果超过了这个数量，会出现什么现象？所测试的各类信息管理系统能否处理大量用户对同一个页面的请求？

（3）压力测试。进行压力测试是指以破坏一个信息管理系统的方式测试系统的反应。压力测试是测试系统的限制和故障恢复能力，也就是测试所测试的各类信息管理系统会不会崩溃，在什么情况下会崩溃。黑客常常提供错误的数据负载，直到所测试的各类信息管理系统崩溃，接着当系统重新启动时获得存取权。压力测试的区域包括表单、登录和其他信息传输页面等。

3. 可用性测试

（1）导航测试。导航描述了用户在一个页面内操作的方式，在不同的用户接口控制之间，例如按钮、对话框、列表和窗口等；或在不同的连接页面之间。通过考虑下列问题，可以决定所测试的各类信息管理系统是否易于导航：导航是否直观？Web系统的主要部分是否可通过主页存取？Web系统是否需要站点地图、搜索引擎或其他的导航帮助？

导航的另一个重要方面是所测试的各类信息管理系统的页面结构、导航、菜单、连接的风格是否一致。确保用户凭直觉就知道所测试的各类信息管理系统里面是否还有内容，内容在什么地方。

所测试的各类信息管理系统的层次一旦决定，就要着手测试用户导航功能，让最终用户参与这种测试，效果将更加明显。

（2）图形测试。在所测试的各类信息管理系统中，适当的图片和动画既能起到广告宣传的作用，又能起到美化页面的功能。一个所测试的各类信息管理系统的图形可以包括图片、动画、边框、颜色、字体、背景、按钮等。图形测试的内容要求是：

- 要确保图形有明确的用途，图片或动画不要胡乱地堆在一起，以免浪费传输时间。所测试的各类信息管理系统的图片尺寸要尽量地小，并能清楚地说明某件事情，一般都链接到某个具体的页面。
- 验证所有页面字体的风格是否一致。
- 背景颜色应该与字体颜色和前景颜色相搭配。
- 图片的大小和质量也是一个很重要的因素，一般采用JPG或GIF压缩。

（3）内容测试。内容测试用来检验所测试的各类信息管理系统提供信息的正确性、准确性和相关性。信息的正确性是指信息是可靠的还是误传的；信息的准确性是指是否有语法或拼写错误，这种测试通常使用一些文字处理软件来进行，例如使用Microsoft Word的"拼写和语法"检查功能；信息的相关性是指是否在当前页面可以找到与当前浏览信息相关的信息列表或入口，也就是一般Web站点中的所谓"相关文章列表"。

（4）整体界面测试。整体界面是指整个所测试的各类信息管理系统的页面结构设计，是给用户的一个整体感。例如，当用户浏览所测试的各类信息管理系统时是否感到舒适，是否凭直觉就知道要找的信息在什么地方，整个所测试的各类信息管理系统的设计风格是否一致。

可用性测试需要有外部人员（与所测试的各类信息管理系统开发没有联系或联系很少的人员）的参与，最好是最终用户的参与。

4. 客户端兼容性测试

（1）平台测试。在Web系统发布之前，需要在Windows下对Web系统进行兼容性测试，一般将指定最低运行的操作系统版本、Pack等。一般用于测试的Web Server软件采用IBM WebSphere版本，需要测试在满足条件的操作系统使用该系统的客户端中，系统是否能够正常运行。

（2）浏览器测试。浏览器是Web使用该系统的客户端最核心的构件，测试中最好指定最低的IE版本。需要测试在满足条件的IE版本下，系统能否正确运行。

5. 安全性测试

信息系统的安全性测试区域主要包括以下方面。

（1）该系统采用先分配用户，后登录的方式。因此，必须测试有效和无效的用户名和密码，要注意到是否大小写敏感，可以试多少次的限制，是否可以不登录而直接浏览某个页面等。

（2）所测试的各类信息管理系统是否有超时的限制，也就是说，用户登录后在一定时间内（例如15分钟）没有点击任何页面，是否需要重新登录才能正常使用。

（3）测试相关信息是否写进了日志文件、是否可追踪。

（4）测试加密是否正确，检查信息的完整性。

（5）服务器端的脚本常常构成安全漏洞，这些漏洞又常常被黑客利用。所以，还要测试没有经过授权，能否在服务器端放置和编辑脚本。

26.1.6 测试数据描述

系统测试的对象不仅仅包括需要测试的产品系统的软件，还要包含软件所依赖的硬件、外设，甚至包括某些数据、支持软件及其接口等。因此，必须将系统中的软件与各种依赖的资源结合起来，在系统实际运行环境下来进行测试。

测试数据是在测试中使用的实际值（集合）或执行测试需要的元素。测试数据创建要测试的条件（作为输入或预先存在的数据），并且用于核实特定的用例或需求是否已经成功得到实施（将实际结果和预期结果相比较）。

确定实际的测试数据时，必须说明处理测试数据的四个属性。

（1）深度。指在测试中所使用数据的容量或数量。这是一个需要考虑的重要事项，因为数据太少可能无法反映现实生活的条件，而数据太多将难以管理和维护。理想条件下，测试应首先使用一个小的支持关键测试用例的数据集（通常为正面测试用例）。随着测试过程中信心不断增强，应该增加测试数据，直到数据深度完全体现出部署环境（或适当可行的范围）为止。测试数据深度与用作输入和用于支持测试（在预先存在的数据中）的测试数据相关。

（2）宽度。指测试数据值变化的程度。创建更多的记录就可以增加测试数据的深度。虽然这通常是一个好的解决方法，但它无法解决期望在实际数据中看到的数据真实变化的问题。如果在测试数据中没有这些变化，可能无法确定缺陷。因此，测试数据值应该反映在部署环境内找到的数据值。

（3）范围。是测试数据与测试目标之间的关联关系，它与测试深度和测试宽度相关。具有许多数据并不意味着其数据一定正确。与处理测试数据的宽度一样，必须确保测试数据和测试目标相关，也就是说，需要有支持特定测试目标的测试数据。

（4）构架。指测试数据的物理结构。测试数据的物理结构仅与测试目标用于支持测试的任何预先存在的数据相关，例如某个应用程序的数据库或规则表。

测试执行不是一劳永逸的，测试需要在迭代中以及各个迭代之间重复执行。为了统一、有效、有把握地执行测试，测试数据应在测试执行前返回其初始状态。

26.1.7 测试环境描述

系统测试环境以最终用户使用环境为依据。系统最终运行在网络环境中，如果不能使用最终的系统环境，则测试环境要保证网络环境能够较好地模拟实际网络环境（包括网络状况、负载等）。为了预防出现问题，如数据损坏或对系统资源的争用，需要建立独立的测试环境，在进行测试之前，根据测试计划中确定的时机建立独立的测试环境。其准备工作包括以下方面。

（1）技术活动。如建立不同的服务器或在一台服务器上建立多个数据库实例，将相应的程序迁移到适当的程序库中。

（2）数据准备活动。包括加载数据表，建立用户访问权限。

（3）建立版本控制程序，保证有效地控制对系统的修改。

（4）建立文档控制程序，保证随着系统的修改，有效地控制文档的修改（如培训文档、联机帮助和用户手册）。

基本的测试环境包括：

- 网络环境：省级公安机关与市级公安机关网络带宽应不小于100M，市局到县（市、区）局带宽应不小于10M。功能测试对硬件要求较低，性能测试对硬件要求较高。届时将会根据硬件的到位情况灵活调整。
- 硬件环境：Web服务器、应用服务器、数据库服务器。
- 软件环境：数据库使用Oracle 9i；操作系统为服务器端UNIX；中间件为IBM MQ，IBM Webshpere；WWW服务使用Oracle HTTP Server powered by Apache；桌面环境为Windows XP，IE 6.0以上版本。

26.2　测试依据

系统测试的依据为需求规格说明书、设计说明书、系统测试计划、系统测试大纲和系统测试用例。

系统的功能通过功能测试进行验证，在功能测试过程中发现的问题根据其严重程度进行分类，具体如表26-1所示。

表26-1　功能测试问题严重程度分类

严重程度	问题说明
A	（1）不能提供任何系统能力 （2）不能完成操作或基本任务能力，但其他功能仍然可用 （3）影响操作完成或基本任务能力，没有替代方案
B	影响操作完成或基本任务能力，有替代方案
C	（1）给用户或操作者带来不便或厌烦，但不影响要求的操作完成或基本任务能力 （2）给支持人员带来不便或厌烦，但不影响工作的执行
D	任何其他影响或所提建议

系统功能测试的标准描述如表26-2所示。

表26-2　功能测试的标准描述

测试标准	测试成果	验收标准
将测试结果与测试计划和功能描述进行对照检查，确定系统满足功能描述的要求	新系统可执行程序、功能描述、接口描述、操作手册	不存在B及以上级别的问题

系统可靠性测试的标准描述如表26-3所示。

表26-3　可靠性测试的标准描述

测试标准	测试成果	验收标准
将系统需求与功能描述进行对照检查，确定系统是否满足功能要求。通过分析系统资源消耗来检查系统是否有效运行	新系统可执行程序、功能描述、接口描述、操作手册	不存在B及以上级别的问题

26.3　测试任务设计

系统测试过程包含了测试计划、测试设计、测试实施、测试执行、测试评估几个阶段，而整个测试过程中的测试依据主要是产品系统的需求规格说明书、各种规范、标准和协议等。在整个测试过程中，首先需要对需求规格进行充分的分析，分解出各种类型的需求（功能性需求、性能要求、其他需求等），在此基础上才可以开始测试设计工作。而测试设计又是整个测试过程中非常重要的一个环节，测试设计的输出结果是测试执行活动依赖的执行标准，测试设计的充分性决定了整个系统过程的测试质量。因此，为了保证系统测试质量，必须在测试设计阶段就对系统进行严密的测试设计。这就需要在测试设计中，从多方面来综合考虑系统规格的实现情况。

26.3.1　功能测试设计

功能性测试需求来自于测试对象的功能性说明。每个用例至少会派生一个测试需求。对于每个用例事件流，测试需求的详细列表至少会包括一个测试需求；对于需求规格说明书中的功能描述，将至少派生一个测试需求。

在针对产品具体功能实现测试时，可从如下方面对每个功能进行测试。

（1）业务功能的覆盖。关注需求规格定义的功能系统是否都已实现。

（2）业务功能的分解。通过对系统进行黑盒分析，分解测试项及每个测试项关注的测试类型。

（3）业务功能的组合。主要关注相关联的功能项的组合功能的实现情况。

（4）业务功能的冲突。业务功能间存在的功能冲突情况，如共享资源访问等。

系统功能测试用例通常可以从系统设计用例中派生出来，对进行具体测试的用例，应该包含如表26-4所示的内容。

表26-4　测试用例描述

用例编号：				
功能描述：				
测试目的：				
前提条件：				
参考信息：				
测试数据：				
操作步骤	步骤描述	数据	预期结果	实际结果
……				

26.3.2　性能测试设计

性能测试需求来自测试对象的指定性能行为。性能通常被描述为对响应时间和资源使用率的某种评测。性能需要在各种条件下进行评测，这些条件包括不同的工作量和/或系统条件、不同的用例/功能、不同的配置。

软件部分即使满足功能要求，也未必能够满足性能要求，虽然从单元测试起，每一测试步骤都包含性能测试，但只有当系统真正集成之后，在真实环境中才能全面、可靠地测试运行性能，系统性能测试就是为了完成这一任务。

性能需求在补充规格或需求规格说明书中的性能描述部分中说明。应该为需求规格说明书中反映性能需求信息的内容生成至少一个测试需求。系统性能测试中要求测试的项目包括：

- 人员库记录查询时间：通过系统提供的功能测试一次查询人员库记录需要的时间。
- 案件库记录查询时间：通过系统提供的功能测试一次查询案件库记录需要的时间。
- 统计报表响应时间：测试常规统计报表的响应时间。

26.3.3　参数测试设计

在进行系统设计时，为了获得较高的访问效率或者信息处理效率，往往需要对系统软件的参数进行某种设定，例如在数据挖掘中，进行聚类运算时，为了某种聚类目的而确定的密度参数或距离参数；而在应用软件的设计过程中，为了较快地获得预期的运算结果，也往往需要进行相关参数的筛选或优化，例如在数据库设计中的索引体系设计和E-R关系的范式分析设计或反范式分析，都会产生相应的参数。在系统上线运行后，为了验证设计过程中考虑的因素是否正确，就不可避免地对系统中的这些参数进行测试，用以检查在指定条件下，所实现的系统是否达到了设计时的要求。

26.3.4　满载测试设计

对软件容量的测试，能让用户明白到底此软件能一次性承担多大访问量。有了对软件负载的准确预测，不仅能让用户对软件在实际使用中的性能状况充满信心，同时也可以帮助用户最经济地规划自己的网络配置，避免无谓的硬件投入，还可以减少网络系统的宕机时间和因此带来的经济损失。

性能测试以真实的业务为依据，选择有代表性的、关键的业务操作设计测试案例，以评价系统的当前性能；当扩展应用程序的功能或者新的应用程序将要被部署时，负载测试会帮助确定系统是否还能够处理期望的用户负载，以预测系统的未来性能；通过模拟成百上千个用户，重复执行和运行测试，可以确认性能瓶颈并优化和调整应用，目的在于寻找到瓶颈问题。

测试的基本策略是自动负载测试，通过在一台或几台PC机上模拟成百或上千虚拟用户同时执行业务的情景，对应用程序进行测试，同时记录下每一事务处理的时间、中间件服务器峰值数据、数据库状态等。通过可重复的、真实的测试能够彻底地度量应用的可扩展性和性能，确定问题所在以及优化系统性能。预先知道了系统的承受力，就为最终用户规划整个运行环境的配置提供了有力的依据。

26.3.5　冲击测试设计

压力测试的重点在于发现功能性测试所不易发现的系统方面的缺陷。冲击测试测试检查程序对异常情况的抵抗能力。强度测试总是迫使系统在异常的资源配置下运行。例如：

● 当中断的正常频率为每秒1~2个时，运行每秒产生10个中断的测试用例。
● 定量地增长数据输入率，检查输入子功能的反应能力。
● 运行需要最大存储空间（或其他资源）的测试用例。
● 运行可能导致虚存操作系统崩溃或磁盘数据剧烈抖动的测试用例等。

方法：按照正常业务压力估算值的1~10倍进行测试，考察应用服务器的运行情况。破坏性测试重点关注超出系统正常负荷N倍情况下，错误出现状态和出现比率以及错误的恢复能力。

26.4　测试数据准备

在设计测试用例时，一定要明确每个用例的数据需求并将这种需求综合起来，形成对测试环境的测试数据的维护策略，以便在执行测试用例时能顺利进行。将考虑初始测试数据的需求，考虑测试用例之间的依赖关系，记录每个用例对数据的要求，然后确定需要哪些测试数据和如何维护测试数据。

对应于不同的测试，设计出相应的测试数据，并在相应的测试用例中加以说明。在一次测试过程中，一个用例一般都需要被多次执行，但在多次执行同一个用例时，就必须保证每次执行用例时的环境一致。因此在准备好数据，执行用例之前，必须要计划好测试完成后怎样将整个测试环境中的数据恢复。

验收测试工作通常由不同的用户来进行（例如业务人员测试系统功能、技术人员测试系统性能等）。有些情况下，一些测试工作可以合并在一个测试中完成。为协调各类测试人员的工作，做好周密的计划是非常重要的。

26.4.1　测试数据分类

软件测试在很大程度上取决于输入数据（创建或支持某一测试条件）和输出数据（同预期结果作比较）的使用。一般测试数据可以分为：

- 用作输入的数据：作为创建条件的输入。
- 用作预期结果的数据值：作为评估需求的输出结果。
- 用作支持测试用例所需的数据：作为支持（作为测试的前置条件）。

26.4.2　测试用例和数据设计

测试用例和数据准备的目的是帮助用户在不熟悉实际环境的时候，能正常地测试系统并对系统作出正确的评价。

测试用例和数据的准备是一项枯燥和费时间的工作。为了提高工作效率可以从以下几方面着手。

- 将信息放在一个指定的位置，便于反复利用，降低变化产生的影响。
- 一次完成一个步骤，避免冗余和额外的工作。
- 尽早尽可能完成多个步骤。

为了保证每一个业务流程准备测试用例和数据的正确性，在测试计划中应遵循下列过程，并完成以下步骤。

（1）确定业务情况类型。确定公安信息化应用环境中出现的业务情况类型是非常重要的，每一种业务情况类型都对应一个公安信息化应用业务，业务情况类型可以被表达成多种状况（如简单情况或需要进行复杂处理的例外情况）。

（2）确定测试用例。对每一条规定验收要求，确定测试用例。每个测试用例包括测试条件（包括生成测试条件需要的测试数据类型）和期望的结果。每个测试用例都应该是唯一确定的（例如赋一个数值）。

（3）生成测试大纲。对每一种业务情况类型，生成尽可能多的测试用例来完善测试大纲。为了保证测试大纲包含所有的测试用例，将测试用例的条件映射为测试大纲是非常必要的。

测试大纲中测试用例的顺序安排是非常重要的，应考虑多方面的因素，可按照系统产生的数据，在测试大纲中安排测试用例的顺序，使得一个测试的结果作为另一个测试前提，并按以下顺序编制测试大纲：

- 确定唯一的标识（如测试大纲编号）。
- 确定业务情况类型。
- 对每种业务情况类型进行测试之前，列出成功完成测试必需的测试用例数目。
- 对每个测试用例按照测试进行的顺序给出测试用例编号。

（4）编制测试脚本。在了解系统构造的情况下，将测试大纲概要作为编制测试脚本的指导。根据系统输入指导测试人员如何进行测试。例如，编写详细的测试步骤或给出如何进行数据输入的说明（如已经填好数据的屏幕实例）。即使没有相应的测试，也要包括每一个必要的测试步骤以便确定测试条件。确定进行测试的时间（例如，进行输入的模拟日期和期望观察输出结果的模拟日期，或对循环测试、测试大纲进行测试的逻辑上的天数、周数、月数和年数要相当于两个月的实际时间）。

（5）检查测试。每步测试完成后，需要利用测试计划中确定的处理步骤对测试过程进行检查（例如，检查业务情况类型、测试用例、业务情况和测试脚本）。

26.5 测试文档设计

26.5.1 测试文档描述

根据测试文件所起的作用不同，通常把测试文件分成两类，即测试计划和测试分析报告。

（1）测试计划。测试计划详细规定测试的要求，包括测试的目的和内容、方法和步骤，以及测试的准则等。为做好组装测试和确认测试，需为如何组织测试制定实施计划。计划应包括测试的内容、进度、条件、人员、测试用例的选取原则、测试结果允许的偏差范围等。

（2）测试分析报告。测试工作完成以后，应提交测试计划执行情况的说明，对测试结果加以分析，并提出测试的结论意见。

26.5.2 测试文档应用规范

由于要测试的内容可能涉及软件的需求和设计，因此必须及早开始测试计划的编写工作。不应在着手测试时，才开始考虑测试计划。通常，测试计划的编写从需求分析阶段开始，到软件设计阶段结束时完成。测试报告是对测试结果的分析说明，经过测试后，证实了软件具有的能力，以及它的缺陷和限制，并给出评价的结论性意见，这些意见既是对软件质量的评价，又是决定该软件能否交付用户使用的依据。

26.5.3 测试文档维护

测试过程中的测试结果是非常重要的。文档可用于：

- 检查测试的进度。
- 确定测试过程是否需要改进。
- 分析系统是否准备就绪。

在整个软件生存期中，各种文档作为半成品或是最终成品，会不断地生成、修改或补充。为了最终得到高质量的产品，达到质量要求，必须加强对文档的管理。

（1）测试小组应设一位文档保管人员，负责集中保管本项目已有文档的两套主文本。

（2）根据测试情况及时更新相关文档。

（3）对进行修改的文档要作修改履历的记录。

（4）将测试文档纳入系统的配置管理。

26.6　测试实施

26.6.1　系统测试流程

系统测试流程如图26-4所示。

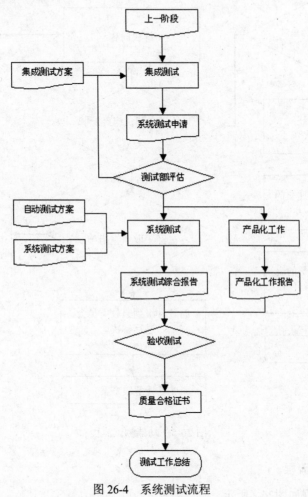

图 26-4　系统测试流程

1. 功能测试流程

功能测试流程如图26-5所示。

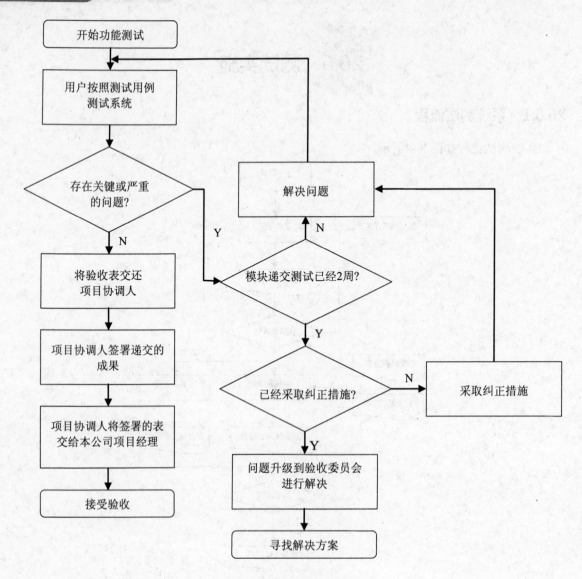

图 26-5　功能测试流程

2. 可靠性测试流程

可靠性测试流程如图26-6所示。

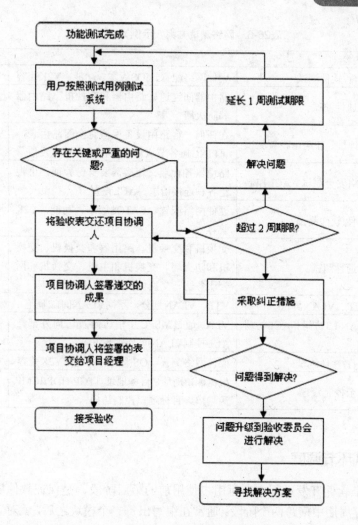

图 26-6　可靠性测试流程

3. 系统集成部分测试

这里的系统集成部分指除了软件部分的其他项目，例如主机、网络、安全等方面的测试。由于这部分的内容非常庞大，因此这里主要说明主机和网络的测试方法，如表26-5和表26-6所示。

表26-5　主机测试方案（示例）

测试项目	测试内容		测试阶段
主机	1. 主机系统配置检查	主机系统配置检查（CPU、内存、硬盘、DVD-ROM、网卡、光纤通道卡、磁带机等）	
	2. 操作系统的安装	工具软件以及系统补丁的安装清单	
	3. 硬盘卷组	内置硬盘卷组设置、逻辑卷与交换分区设置	
	4. 磁盘阵列	磁盘阵列与设置检查（控制卡、磁盘容量）	
	5. 磁带库	磁带库的安装设置与逻辑卷的划分	
	6. 系统安全	主机系统安全与client访问测试	

表26-6 网络测试方案（示例）

测试项目	测试内容		测试结果
路由器	1. 硬件/软件测试	硬件网络配置、IOS版本、功能，Y2K兼容	
	2. 连通性测试	路由器间连通、路由器和交换机、路由器和防火墙	
	3. IP地址、IP路由收敛测试	在任何一台路由设备保留有全网路由表，可PING通各节点。路由正确分发、收敛	
	4. 网络安全测试、ACL控制	路由器各种端口连接需要身份验证，可拒绝各种连接请求、ACL设置	
交换机	1. 硬件/软件测试	硬件网络配置、CATOS版本、功能，Y2K兼容	
	2. 连通性测试	交换机和交换机、路由器和交换机、交换机和防火墙、交换机和主机、交换机和网管服务器、交换机和终端	
	3. VTP、VLAN测试	VTP、VLAN划分，不同VLAN间L2隔绝	
	4. VLAN L3访问和ACL访问控制	VLAN通过MSFC互相访问及访问外部，ACL控制VLAN间及外部访问	
防火墙	1. 硬件/软件测试	硬件网络配置、OS版本、功能，Y2K兼容	
	2. 安全控制管理	根据源IP地址、目标地址、TCP/UDP/ICMP源端口、目标端口控制访问	

26.6.2 系统测试环节调度

软件测试是整个软件开发过程中交付用户使用前的最后阶段，是保证软件质量的关键。软件测试在软件生存周期中横跨两个阶段：通常在编写出每一个模块之后，就对它进行必要的测试（称为单元测试），编码与单元测试属于软件生存周期中的同一阶段，该阶段由编程组内部人员进行交叉测试（避免编程人员测试自己的程序）。这一阶段结束后，进入软件生存周期的测试阶段，对软件系统进行各种综合测试，测试工作由专门的测试组完成，测试组设组长一名，负责整个测试的计划、组织工作，测试组的其他成员由具有一定的分析、设计和编程经验的专业人员组成，人数根据具体情况可多可少，一般3~5人为宜。

26.6.3 系统测试实施

测试执行的目的是发现不满足用户要求的任何问题，在真实的环境中，使用该系统的基层公安机关的工作人员按照准备好的测试大纲来对系统进行测试。

（1）集成测试。用来确认新系统中所有程序以及新系统与所有外部接口通信准确无误。集成测试还必须证明新系统能按功能说明书上的需求进行工作，且在运行环境下有效发挥功能，而不会对其他系统造成影响。

（2）检查验收测试的进度。随着测试的进行，定期地（一般每周）收集数据，将验收进与初始指定的测试计划进度进行比较，一旦发现测试计划进度延迟，就需要马上解决。

（3）确定验收测试过程是否需要改进。测试小组内部应定期进行交流与共享在测试过程中得到的经验，应善于接受改进建议，监测过程变化，保证达到正确的结果。验收测试小组可以定期召开小组会议或采用其他方法进行沟通，项目经理和团队成员必须以统一的方式检查每一周期的测试结果，在随后的测试周期再检查详细测试结果，确认在正常和非正常条件下每项功能是否正常执行。这在回归测试阶段尤为重要，因为同样的代码要用数据不断进行测试和再测试，直到确认所有详细测试结果正常无误。

（4）用户认可测试。用户认可测试模拟新系统的实际运行环境，用户应广泛参与测试，并在操作新系统方面得到非常有价值的培训。同时程序员和设计人员还可以了解到用户对新程序的反映。这种联合参与行为有助于用户和操作人员对系统评估达成一致意见。

（5）分析系统是否准备就绪。测试状态报告表明了系统准备的状态，项目管理人员通过经常检查未解决的问题类型状态，从而保证没有重大的问题影响系统的实现。如果判定系统未准备好，可根据测试结果来改进测试计划，并将改正错误的报告和计划作详细说明。

26.7　测试结果评价

26.7.1　功能测试评价

假定一个待测试的系统将包括所要求的信息采集、信息查询、信息统计、信息分析、信息比对、案件串并、协破案件、信息发布、执法办案、数据传输、数据接口、信息质量、系统管理等信息模块，涵盖目前公安系统中涉及到的管理和查询分析功能。这个待测试系统就需要建设信息采集、信息查询、信息统计、信息研判、信息比对、案件串并、信息发布、执法监督、数据传输交换、数据转换与接口、系统管理、质量审核等应用模块，从而构筑全方位的信息共享平台。在功能实现上按照办案流程进行，体现全警采集、全警应用的思路。一是以案（事）件编号为线，实现"由案到人"的贯穿；二是以人员编号为线，实现"由人到案"的贯穿；三是利用系统内部逻辑关联，实现办案信息一体化。主要包含如下子库：案件信息库、人员信息库、物品信息库、物证鉴定库、立案立线库、现场勘查库、人员缉控库、赃物控制库、综合类数据管理库。提供第三方系统接口。可通过符合公安部标准的数据接口规范，方便地与其他部门和行业的应用系统进行有机结合，以实现数据自动提取、比对、碰撞和报警提示等功能，并可将业务流程管理与办公自动化融为一体。

可进一步根据具体情况（科所队、分县局、地市级、省厅）将系统划分为几个子系统，完成不同的任务。

可采用多层结构，包括使用该系统的基层公安机关层、业务控制层、中间应用层、子系统业务层、五要素业务层、数据管理层、存储支持层、系统管理模块、金盾工程请求服务接口模块。建库模式采用省厅、辖市二级建库，县（区、市）级不建数据库。采用基于标准Java语言的浏览器对服务器（B/S）模式，后台管理使用该系统的基层公安机关端对服务器（C/S）模式。

安全管理遵循金盾工程整体安全保障体系，从各个层次的用途和安全性方面来特别保护数据层。

通过分级分类测试，必须完成以上全部功能，并在最后进行全面测试。

26.7.2 性能测试评价

常规的、适用于公安行业信息化应用系统性能测试的基本要求如下。

（1）数据精度按国家、公安部颁发的标准。省厅数据库用户并发数最大值为6000个/分钟，省辖市级数据库用户并发数最大值为3000个/分钟。对于用户前台的一般性操作要求具有良好的响应时间，应当在秒一级的时间内完成，提高交互能力。对于单项、组合、模糊、批量等查询操作，同样应当在秒一级的时间内完成。除广播查询外，人员查询要求3秒钟响应，案件查询要求5秒钟响应。对于工作情况汇总及统计等数据统计分析操作，应当在分钟一级的时间内完成。除广播统计外，一般统计要求在1分钟内响应，复杂统计要求在5分钟内响应。对于在广域网络环境下的多种刑侦业务的处理，应该能够在服务器连接超时的时间范围内（10分钟）完成。

（2）系统运行的速度主要依赖于硬件和网络速度。网络速度正常情况下会控制在秒级。

（3）从简洁实用、高度共享和科学、规范、实用方面进行评价。

26.7.3 参数测试评价

系统参数主要包括以下几个方面的参数。

- 系统软件配置参数。
- 应用系统软件配置参数。

这些参数对系统都有影响，在测试阶段将会进行测试，并给出报告。

26.7.4 满载测试评价

数据精度按国家、公安部颁发的标准。省厅数据库用户并发数最大值为6000个/分钟，省辖市级数据库用户并发数最大值为3000个/分钟。

在测试过程中，为了保证需要，将增加30%的测试数量，以保证系统的正常工作。

26.7.5 冲击测试评价

系统冲击可以从软件冲击和硬件冲击两个方面来考虑。

（1）软件冲击。可以在多数用户正常工作的情况下，突然出现一个大型任务，考虑系统的承受能力。或者突然关闭数据库，检查数据的完整性。

（2）硬件冲击。可以突然关机或拔掉网线，考查系统的承受能力。

26.8　测试结果验收

26.8.1　递交成果的签署

签署指评审人在验收文档上签字，表明评审人已对递交的成果进行了评阅，并认为递交的成果满足要求，同时成果递交者已解决评审人对递交成果提出的意见。

26.8.2　递交成果的拒绝

如果评审人没有依据评审准则，对递交的成果进行评审，或没有给出任何特殊的或客观的理由，评审人就不能拒绝递交的成果。

如果递交的成果已经签署，就不能做任何修改，项目协调人员则将接受/拒绝表归档。

如果发现由于递交的成果没有满足质量标准要求，或在评审周期结束之日所有作者没有解决评审人提出的意见而被拒绝，拒绝的递交成果必须退回给成果递交者进行修改。

26.8.3　软件系统的验收

开发的软件通过用户验收测试进行验证，软件验收根据软件满足规定的验收合格标准进行判断。

1．测试准备

（1）用户验收测试文件包括对项目确定的所有软件功能的测试程序。

（2）进行测试之前，用户方和项目承建单位必须认可用户验收测试文件。

（3）用户方已经认可测试数据。

（4）用户方已经指定和批准用户验收测试文件的测试人员。

2．测试执行

（1）测试由指定的测试人员来进行。

（2）所有的情况都必须得到测试。

（3）在测试过程中，测试人员必须记录所有测试结果。

（4）测试结果由指定的测试人员签字。

（5）用户方和项目承建单位必须接受用户验收测试报告。

3．测试结果

测试结果说明软件满足下列要求。

（1）在认可的外部设计文档中表述的功能要求。

（2）在认可的系统描述文档中表述的非功能要求。

（3）在质量要求方面，将测试过程中发现的所有错误都必须记录下来，并对错误进行分类和确定级别，保证报告的错误得到修改/处理，或修改错误的计划得到同意。

如果软件系统满足所有验收合格标准，而且没有出现S3以上级别的错误，用户将正式接收该软件系统。

26.9　影响验收的因素

26.9.1　验收风险分析

影响验收的风险如下：

（1）由于项目可能持续时间较长，原来需求组的成员可能会离开项目组，新的成员对需求的理解可能不同，都会延长验收过程。

（2）在项目过程中，业务需求的改变是不可避免的。如果改变不能得到适当的管理，系统可能会满足不了用户期望，也会影响验收。

（3）如果在测试后期（负载测试和容量测试）发现系统不能满足性能要求，就会影响验收进度安排。

26.9.2　合理组织与控制

为了使系统验收测试过程顺利进行，需要建立独立的验收测试委员会。如图26-7所示是系统验收测试委员会的组织机构图。

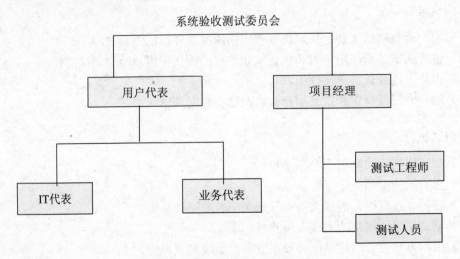

图 26-7　验收测试委员会组织机构

验收测试小组制定详细的验收计划来说明系统验收测试的各个细节，以保证每个新的系统或相应的成果与需求描述一致。为了有效地进行验收，递交的成果应包括文档资料（测试计划、测试用例、测试报告），在有关系统完成之日交给用户。

建立验收测试委员会以便于用户和开发人员的沟通，主要体现在项目承建单位项目经理 责人之间的验收接口关系，以确保项目经理在项目整个过程中的桥梁作用，以及有效控制项目的变更管理。

26.10 项目交付物

根据项目需求和计划确定对项目交付物的定义，由此确定产生这些交付物所需的项目活动和次序。

所测试的各类信息管理系统项目交付物分为管理的、技术的和质量的三个部分。管理交付物包括所有的计划、报告、对计划/报告的接受确认。质量交付物包括所有的质量标准定义、交付物的检查及检查的文档记录。技术交付物根据工作范围及项目的技术活动来定义。所测试的各类信息管理系统项目包含的技术交付物有：系统规格说明书、功能设计文档、软件设计文档、数据库设计文档、系统用户手册及计算机操作规程手册、软件的介质。如表26-7所示是对应的主要项目交付物。

表26-7　项目交付物清单

分类	文档名称	媒介（印刷本 / CD 拷贝）	拷贝的数量	备注
项目管理	项目计划（包括技术计划、资源计划、异常计划）			
	项目状况报告			
	项目检查会议记录			
质量管理	质量计划			
	质量标准定义			
	测试计划/案例/结果			
	缺陷确认及跟踪报告			
系统分析，设计和开发	需求规格说明书			
	数据文件描述			
	程序规格说明书			
	系统设计书			
	数据库设计文档			
手　册	技术手册			
	系统手册			
	程序手册			
	数据手册			
	软件操作手册			
	用户指南			

思考题

（1）系统测试的方式有哪些？各自的含义是什么？

（2）系统测试的基本步骤是什么？

（3）如何建立系统测试的评估指标体系？

（4）应用何种技术评估系统测试的结果？

（5）系统冲击性测试在公安信息化建设中的实际意义是什么？

第 **27** 章

工程运行管理

摘 要

在公安信息化建设过程中，各地公安机关信息中心的运行是非常重要的环节，本章依据公安行业的有关技术标准，就公安机关信息中的工程运行管理进行了详细探讨，并完整地细化了行业标准中的相关内容，期望对各地公安机关信息中心的运行管理提供借鉴。

为了加强公安信息中心基础工作，规范信息技术管理行为，保障公安信息网网络、系统、安全等基础设施和各类应用及数据库的高效、稳定、安全运行，为公安信息化应用提供可靠的运行环境，促进公安信息中心技术系统建设与技术管理水平的协调发展，根据公安部的相关规定，本章描述了公安信息中心基础工作管理的以下方面：

- 基础工作管理应遵循的基本原则。
- 基础工作管理的组织架构。
- 信息技术人员、项目和安全管理。
- 机房和设备管理。
- 网络通信、软件和数据。
- 信息系统运行管理、技术事故的防范与处理。

27.1 管理体系

27.1.1 组织结构与职能

公安信息中心设立网络运行、系统运行、应用开发、网络安全检测、信息服务、综合业务等技术和业务管理机构或岗位，实行信息技术工作的统一归口管理。

公安信息中心履行下列职责：

- 负责本部门技术系统的总体规划并组织实施。
- 负责制定相关的规章制度并落实执行。
- 负责编制信息技术预算并落实执行。
- 负责技术系统的建设和运行维护。
- 协助进行信息技术人员的任职管理、培训和考核。
- 发现技术和业务异常及时上报上级主管部门。

27.1.2 人员管理

公安信息中心对内设的部门实行定岗、定编、定责，明确各岗位的人员素质要求。

- 建立重要岗位的双人负责制，并加强对单人单岗的管理。
- 建立完善的保密制度，对聘用人员和重要岗位应签订保密协议书。
- 不聘用有犯罪或严重违规行为记录的人员从事信息技术工作。
- 建立信息技术人员定期培训和考核制度，不合格者禁止上岗。
- 定期或不定期对在重要岗位上的信息技术人员进行轮换。
- 建立信息技术人员的解聘、离岗制度，规范解聘、离岗手续。

27.1.3 安全管理

公安信息中心应建立信息系统安全管理组织，实施信息安全等级保护，并设立专门的安全管理员、安全审计员岗位。信息系统安全管理组织应履行下列职责：

- 负责制定统一的安全策略。
- 负责制定信息系统安全管理制度。
- 负责审核和实施信息系统安全保护和安全防范技术方案。
- 负责组织信息系统安全教育及技术培训。
- 负责定期或不定期进行信息系统安全检查，发现问题，督促解决。
- 负责组织信息系统安全防范、应急演练。
- 建立计算机病毒防范制度。
- 统一组织和实施计算机病毒防范工作。
- 建立计算机病毒预警机制，严格执行病毒检测及报告措施。

27.1.4　技术文档管理

技术文档是指与信息系统相关的技术文件、图表、程序和数据等。公安信息中心负责：

- 制定技术文档管理制度，设立技术文档管理岗位。
- 按照统一格式对技术文档进行编写并及时更新，达到能够依靠技术文档恢复系统正常运行的要求。
- 根据技术文档的不同保密级别实行分级管理。
- 对技术文档实行有效期管理，对于超过有效期的技术文档降低保密级别，对已经失效的技术文档定期清理，并严格执行技术文档管理制度中的销毁和监销规定。
- 技术文档的借阅、复制应履行必要的手续。
- 重要技术文档应有副本并妥善存放。

27.2　机房与设备管理

在机房建设中，应符合GB50174、GB2887和GB9361的要求，防雷、接地、电磁辐射和电气特性都应达到国家标准要求。

（1）机房环境应达到以下要求：

- 操作间与设备间分隔。
- 安装独立的空调设备，对温度和湿度进行控制。
- 配有防火、防潮、防尘、防盗、防磁、防鼠等设施。
- 配置应急照明装置。

（2）机房供电系统应达到以下要求：

- 有单独的配电柜和独立于一般照明电的专用供配电线路，配电容量有一定余量，采用双路供电或配备发电机。
- 配备不间断电源设备，其容量至少满足关键设备在断电2小时情况下的运行要求。

（3）机房应安装监视系统和门禁系统，安装环境监控系统和设备监控系统。

- 设备管理：公安信息中心实行主要计算机设备的集中管理，建立相应的管理制度，按有关流程办理设备的采购、登记、维护、报废等工作，对设备的整个生命周期进行管理。对大宗设备采购应坚持公开、公平、公正的原则，宜采用招标、邀标等形式完成。定期对设备进行更新和保养，经维护的设备应通过有关测试方能投入使用。

- 机房管理：建立安全保卫措施，严格执行机房进出管理制度；对机房的照明、空调、防火、门禁等环境系统进行定期检查，确保其处于正常工作状态；严禁易燃、易爆、强磁及其他与机房工作无关的物品进入机房；机房供电系统由专人负责管理，定期进行检修和维护。

27.3 网络通信

27.3.1 网络建设

公安计算机网络的基本要求如下。

（1）统一规划公安计算机网络。

（2）网络建设遵循高可靠性、高安全性、高性能、可扩展性、可管理性、标准化等原则。

（3）网络承建集成商应具有国家有关部门颁发的三级以上（含三级）计算机信息系统集成资质证书。

（4）网络设备和通信带宽应保证业务需求。

（5）网络不应存在单点故障。

（6）局域网应达到以下要求：

- 布线系统设计可参照GB50311和GB50312，采用结构化综合布线系统。
- 针对不同业务或应用采取适当技术手段，实现网络分离，提高网络安全性。
- 通过防火墙等安全设备与广域网相连。

（7）广域网应达到以下要求：

- 满足线路备份和网络安全的要求。
- 网络节点间有明确的互访原则，制定和配置相应的路由策略。
- 主干设备支持标准通信协议。
- 与电信运营商和设备供应商签订服务协议，做到定期检修，发现故障及时响应。

27.3.2 网络管理

公安信息中心应建立健全以下网络管理制度。

（1）公安计算机网络实行分级管理、各负其责的原则，即部、省、市三级信息中心分别管理公安计算机一、二、三级网络。

（2）网络管理采用统一策略。

（3）设置专职网络管理员，网络管理员具备相应的素质和技能，持有相应的资格证书。

（4）在网络管理上应达到以下要求：

- 配备网络管理工具，对网络进行监控、管理和维护，重要网络设备开启日志和审计功能。
- 建立完整的网络技术文档。
- 定期维护网络设备和线路。
- 详细记录网络故障处理过程。
- 因检修、故障等引起的网络中断应报告上级主管部门。
- 公安计算机网络为政法机关提供接入服务，需经公安部批准并遵循有关规定。

27.3.3　网络安全

在公安信息中心建立健全网络安全体系，统一制定网络安全策略和技术方案，网络安全策略遵循技术保护和管理保护相结合的原则。网络安全应达到以下要求。

（1）公安计算机网络是公安机关内部专网，必须与社会网络进行物理隔离。

（2）利用一机两用技术，保护公安计算机网络边界安全，防止非法接入、非法访问、攻击和破坏计算机网络等活动。

（3）对网络的访问采用可靠的身份认证、访问控制和安全审计措施。

（4）定期对网络进行安全检查，发现问题，及时解决，并记录存档。

（5）所有可配置的网络设备按最小安全访问原则设置访问控制权限，关闭不必要的端口及服务。

（6）妥善保管和定期更换网络设备的远程访问密码。

（7）网上应用系统应达到以下安全要求：

- 采用可靠的技术和管理措施进行客户身份认证。
- 采用有效技术措施达到防抵赖、防篡改、防窃取等功能。

27.4　软　件

对软件的选择、应用和管理主要包括以下三方面。

（1）系统软件。系统软件的选用应充分考虑安全性、可靠性、稳定性和健壮性，应使用符合安全要求的正版软件。操作系统软件的使用应遵循最小功能原则及最小权限策略，关闭不必要的服务和端口。在经过充分测试的前提下，应及时安装操作系统的补丁程序。

（2）应用软件。应用软件应符合业务管理需求，重要应用软件系统宜采取在线备份措施，信息揭示与分析系统应保证信息揭示的完整、准确和及时。

（3）软件管理。应用软件开发过程应符合GB/T8566。应加强对外包或外购应用软件的质量控制，选择已建立软件质量保证体系的开发商进行合作，具体要求可参照CMM的二级标准进行。在软件总体设计时，应根据应用软件的实际用途，同步进行安全保密设计。在软件开发过程中，应同步完成相关文档手册的编写工作，保证相关资料的完整性和准确性。开发维护人员与操作人员应实行岗位分离，开发环境应与生产环境隔离。应用软件在正式投入使用前应经过内部评审，确认技术文档齐全，系统功能、测试结果和试运行结果均满足设计要求。软件使用人员应接受操作培训和安全教育。建立应用软件文档管理、版本管理及软件分发制度。应建立规范的软件维护和系统参数调整流程。

27.5 数 据

数据是指公安机关各部门在业务管理中产生的信息资源，主要包括业务数据、系统数据和管理数据等。应建立数据管理制度，达到以下基本要求。

（1）重要数据分密级管理。

（2）建立数据访问控制机制。

（3）建立数据防篡改和防窃取机制。

（4）建立数据备份措施和异地备份措施。

（5）业务数据的管理应达到以下要求：

- 对业务数据实施严格的安全保护管理。
- 在线系统的业务数据应永久保存。
- 建立业务数据的离线备份制度，数据应定期、完整、准确地转存到可靠的介质上。
- 备份数据不得更改，并定期进行完整性和可恢复性校验。
- 备份数据指定专人负责保管，严格执行数据交接管理规定和登记管理规定。
- 系统数据应以电子文档和书面文档两种形式加以保存，并实行专人管理。
- 公安信息中心应统一内部数据标准，并遵循行业数据标准。

（6）数据安全管理应达到以下要求：

- 公安信息中心应充分利用成熟的安全技术确保数据的完整性、准确性、可用性和可控性。
- 信息系统设计时应同步进行数据安全设计，确保重要数据在采集、传输、使用和存储过程中的安全。
- 应使用经国家密码管理机构认可的加密产品和加密算法。

27.6 运行管理

运行管理包括日常运行和系统上线管理及技术事故防范与处理两方面。

1. 日常运行和系统上线

公安信息中心应建立健全信息系统运行管理制度，建立详细的运行日志和故障日志。应按下面要求制定规范化的信息系统上线流程。

（1）信息系统未经严格测试不得上线运行。

（2）评估信息系统上线风险，做好相应的应急和备份计划。

（3）信息系统通过规定流程审批后，才能获准上线。

（4）信息系统运行管理应达到以下要求：

- 建立严格的值班工作制度和规范的故障处理流程。
- 建立完善的监控体系，对信息系统的运行环境、运行状况等进行实时监控和事后分析，并提供多种报警手段。
- 严禁在生产环境进行未经批准的操作。
- 建立关键系统的配置和变更文档，确保运行环境的可恢复性。
- 在信息系统管理和业务操作的各层面建立相应的操作权限制约机制。

（5）加强对系统级帐户和密码的管理，专人专用，不应设置统一的、有规律的、易猜测的密码。

2. 技术事故防范

技术事故是指由于通信故障、电力故障、软硬件故障和操作失误等原因引起系统无法正常运行的事件。公安信息中心应明确技术事故防范和处理工作中的责任人和监督人，建立管理、技术和业务部门之间的协调机制，做好技术事故的防范、处理、恢复及善后工作。应建立健全技术事故防范策略，制定技术事故发生时的应急计划，并达到以下要求。

（1）应急计划针对可能发生的故障制定紧急处理程序，并形成书面文字张贴或放置在规定的地方。

（2）对执行应急计划的全体人员进行专项培训。

（3）定期演练应急计划，并不断完善。

3. 技术事故的处理

发生技术事故时，应及时按规定上报，并启动相应的应急计划。应确定故障发生的系统和范围，严格按应急计划中的紧急处理程序及时处理；应详细记录技术事故处理的过程，填写《技术事故处理报告》，包括故障现象、处理步骤、处理时间、处理结果以及原因分析等；应总结技术事故处理的经验与教训，形成技术文档并进行交流，为避免或处理类似问题提供依据。

思考题

（1）工程运行管理的基本思想是什么？

（2）在出现意外事故时，如何保证系统数据的完好？

（3）工程运行管理日志的基本内容是什么？

第 **28** 章

公安信息化建设
技术文档概述

摘 要

在公安信息化建设过程中，如何建立相关的技术文档，如何审查开发单位提交的技术开发文档，何类何种技术文档是公安机关在后继的技术工作中不可缺少的，这些问题一直是各地公安机关头疼的事情。本章根据各地公安机关在信息化建设中实际承担的任务和职责，就公安信息化建设过程中的需求描述、需求分析、总体设计、概要设计、接口设计、数据库设计和项目开发计划环节的技术文档进行了详尽的描述和解读，以便公安机关在获得此类技术文档时能够具备判定优劣、有效、完整的能力。

公安机关不是承担科研开发的研究或产品生产单位，公安机关的科技信通部门也不可能完全按照软件工程的理论和规定去从事公安信息化工程的设计、建设、运行、维护和管理，但在公安信息化工程的建设过程中，公安机关的科技信通部门应该做到：

- 在招标书中能够清晰地描述和分析信息化建设的需求。
- 在项目设计过程中，能够清楚地了解项目承建单位的总体和概要设计，并对所完成的设计是否符合系统需求所定义的内容有清醒的认识。
- 在项目建设过程中，能够准确地掌握项目承建单位的工作计划和进度控制，保证信息化工程建设的合理、快速推进。

为实现上述目标，就要求公安机关的科技信通部门能够看懂项目承建单位的基本技术文档，并对其中的规范有比较清晰明确的概念，具备相关知识，这样，才能与项目承建单位进行交流，也才能完整、准确地掌握建设项目的真实情况。

本章将对上述的基本技术文档规范作简要描述，以使公安机关的科技信通部门清楚相关技术部分的形式与内容，会写招标书的技术需求部分，能读懂总体技术方案，能掌握项目真实进度。

28.1　需求描述、分析规范

在相关的技术文档中，可对公安信息化建设的需求，从以下几方面进行描述。

1. 编写目的

简要说明编写这份需求分析说明书的目的，指出预期的读者。

软件需求分析说明书的编写目的是为了提供一个由用户（或委托者）和开发者双方共同确定的开发系统的业务需求目标，并对所实现的软件功能作全面的规格描述。

同时，在用户业务需求的基础上，经过需求分析和数据整理，以向整个开发期提供关于软件系统的业务和数据的技术信息和整体描述，成为软件开发的技术基础，也作为系统设计和实现的目标及验收依据。

软件需求分析说明书的适用读者一般为软件客户、软件需求分析人员、软件设计及开发者和相关的测试人员。

2. 背景

（1）说明待开发的软件系统的名称。

（2）列出本项目的任务委托单位、开发单位、协作单位、用户单位及实现该软件的计算机网络。

（3）说明项目背景，叙述该项软件开发的意图、应用目标、作用范围以及其他应向读者说明的有关该软件开发的背景材料。如果本次开发的软件系统是一个更大的系统的组成部分，则要说明该系统的组成，并介绍本系统与其他相关系统的关系和接口部分。

（4）保密说明。本项为可选项，只有当用户强烈要求对其业务内容进行保密，不允许被复制、使用和扩散时，才要对此项进行专门的保密说明。

（5）版权说明。本项为可选项，若有必要，才进行有关的描述。

（6）合同及上级批文。

（7）引用的文件和采用的标准等。

3. 术语定义

列出本文档中提供的全部需求所用到的专门术语的定义和首字母缩写词、缩略语的原文，以便对需求分析说明书进行适当的解释。

4. 参考资料

列出本文档所使用的参考资料，包括：

- 软件开发所经核准的合同、标书或可行性报告等文档。
- 软件开发计划书。
- 与本项目有关的已发表的文件或资料。
- 本文档中引用的文件、资料，所采用的软件开发标准和规范。要求列出文件、资料的作者、标题、编号、发表日期和出版单位，以说明这些文件资料的来源。若某些文档有保密要求的，则要说明其保密级别。

5. 系统功能框架

主要介绍软件系统的总体结构和总体功能划分，只要求提供影响需求的一般因素以及将要完成的软件功能摘要，不必说明具体的需求，也不必描写功能所要求的大量细节，本节主要目的仅仅是使需求更加易于理解。

可以从系统功能的层次结构、所应用的机构概况（如组织架构、业务范围、工作流程等）、所描述的数据对象、所包括的系统功能模块组合或功能列表等方面进行描述。

6. 运行环境

说明软件系统运行环境的拓扑结构和布局，应包括通信条件、网络环境、硬件配置、软件系统、接口、控制等，建议画出系统运行环境的体系结构图，说明在网络环境和硬件配置的最低要求下可运行的条件，要求说明网络的通信协议要求和所需要的端口号、是否需要口令安全及网络许可等，罗列运行环境下所需要的支持性软件及有效版本号。

7. 开发环境

开发环境为可选项，有必要说明时才适用。

一般情况认为，开发环境需要某种特定的硬件设备或某种指定的不常见的开发工具，或者在特定的封闭式的开发环境下等特别情况，才认为有必要强调说明开发环境。如果属于正常情况下都能够达到的开发环境，可以不作特别说明。

软件系统的开发环境应包括软件的开发工具、硬件配置、网络环境、软件平台、通信条
为所等内容。

8. 用户特性

详细地描述软件系统所表现的用户特性，如易用性等。

建议从使用本系统的用户角色上进行分类说明，以充分说明操作人员、维护人员的教育水平、业务专长、计算机技术水平。要注意的是，用户可能会在技术方面参差不齐，差距比较大，可以认为技术性比较强的用户可能会需要复杂、灵活并具备跨平台支持的工具，而计算机技术水平比较弱的入门用户则会需要使用方便、界面友好的工具。

9. 项目目标

包括项目的开发目标和应用目标。如果是其他系统的一部分，则要说明其关系。

10. 条件与限制

只要当软件系统的设计或开发受到某种特定的限制，或者影响需求的某种因素，这些因素可能不是软件的设计约束，但是它们的改变可能会影响某些需求的时候，要作相关的系统约束介绍。

若存在以下方面的系统约束或条件限制时，可以进行相关的阐明。

（1）为完成软件系统应具备的特定条件、开发单位已具备的条件以及尚需创造的条件，如现阶段未完全确定的需求或未到位的设备，与本系统相关的未明确的其他业务，需要作出相应的约束说明。

（2）必要时，还应说明用户及分合同承包者承担的工作、完成期限及其他条件与限制，如果用户及分合同承包者对系统的实现起到的某些作用会直接影响系统的成败，则要特别说明。

（3）本系统的功能实现需要受到某些特定的行业规范的限制。

（4）本系统的开发需要受到用户对系统的工程化管理的某些特别的要求，包括用户规定对系统实现的全过程的变更规定。

（5）本系统开发工作所需的一些假定条件和必须满足的约束，如本功能的开发假定用户会熟练使用SQL语言，本功能的实现应该在某功能实现前开发完成等。

（6）本系统可能需要使用的所有购入构件、所有适用的许可或使用限制，以及所有相关的兼容性及互操作性或接口标准的有关限制和规定。

11. 假设与依赖性

任何其他相关需求。例如，描述为满足由客户提供的产品要求而特制的功能，客户所选定的编程语言、编译工具、软件开发工具和开发平台。

 ## 28.2 总体设计技术规范

在相关技术文档中，可从以下几方面对总体设计技术进行描述。

1. 文档介绍

首先应说明编写这份总体设计说明书的目的，并指出预期的读者对象，列出本文档的所有参考文献、术语与缩写解释等。

参考文献可以是非正式出版物，格式为：

[标识符] 作者，文献名称，出版单位（或归属单位），日期。

例如：[AAA] 作者，《立项建议书》，机构名称，日期。

[SPP-PROC-SD] SEPG，《系统设计规范》，机构名称，日期。

术语与缩写解释可设置为表28-1所示的表格。

表28-1　术语与缩写解释

缩写、术语	解　释

2. 系统概述

主要说明本系统"是什么"，并描述本系统的主要功能。

3. 设计约束

（1）需求约束。体系结构设计人员从需求文档（如《用户需求说明书》和《软件需求规格说明书》）中提取需求约束，例如：

- 本系统应当遵循的标准或规范。
- 软件、硬件环境（包括运行环境和开发环境）的约束。
- 接口/协议的约束。
- 用户界面的约束。
- 软件质量的约束，如正确性、健壮性、可靠性、效率（性能）、易用性、清晰性、安全性、可扩展性、兼容性、可移植性等等。

（2）隐含约束。有一些假设或依赖并没有在需求文档中明确指出，但可能会对系统设计产生影响，设计人员应当尽可能地在此处说明。例如对用户教育程度、计算机技能的一些假设或依赖，对支撑本系统的软件硬件的假设或依赖等。

4. 设计策略

体系结构设计人员根据产品的需求与发展战略，确定设计策略（Design Strategy）。例如：

- 扩展策略：说明为了方便本系统在将来扩展功能，现在有什么措施。
- 复用策略：说明本系统在当前以及将来的复用策略。
- 折衷策略：说明当两个目标难以同时优化时如何折衷，例如"时——空"效率折衷，复杂实用性折衷。

5．系统总体结构

（1）将系统分解为若干子系统，绘制物理图和逻辑图，说明各子系统的主要功能。

（2）说明"如何"以及"为什么"（how and why）如此分解系统。

（3）说明各子系统如何协调工作，从而实现原系统的功能。

（4）一般包括系统本身总体结构和系统与外围系统接口总体结构。

6．系统结构与功能

对本系统的结构进行详细描述，作为系统总体结构的进一步的分解。但要与上面的系统总体结构相一致。

（1）整体结构。从系统整体角度进行描述，说明各子系统之间的关系，如果在系统总体结构中进行过描述，这里可以省略。

（2）子系统N的结构与功能。

● 将子系统N分解为模块（Module），绘制逻辑图（如果物理图和逻辑图不一样的话，应当绘制物理图），说明各模块的主要功能。

● 说明"如何"以及"为什么"（how and why）如此分解子系统N。

● 说明各模块如何协调工作，从而实现子系统N的功能。

7．外围系统接口结构与功能

说明外围系统与本系统的接口的结构和功能。

8．应用接口体系结构与功能

描述本系统存在的所有的接口及它们之间的关系，同时描述每个接口实现的功能。

9．数据实体结构与模型

（1）系统数据实体整体结构与模型。描述系统数据实体结构组成（如果是复杂系统，在这里采用实体结构大类表示）及之间的关系模型。

（2）系统数据实体结构详细组成。针对复杂系统，无法一次描述系统数据实体的结构，可采用分类的方式，逐个描述每一类实体的结构组成（对于比较简单系统这部分可以省略）。

（3）系统数据实体具体组成。可通过列表的方式进行描述（如表28-2所示），要注意的是，类型分为枚举字符、枚举数字、数字、字符、日期。其中如果类型为枚举型，可在描述中一一罗列出来。

表28-2　系统数据实体描述

序号	名称	类型	长度	备注

10．环境的配置

（1）开发环境。说明本系统应当在什么样的环境下开发，有什么强制要求和建议。描述项目如表28-3所示。

表28-3 开发环境配置描述

类别	标准配置	最低配置
计算机硬件		
软件		
网络通信		
其他		

（2）运行环境的配置。说明本系统应当在什么样的环境下运行，有什么强制要求和建议。描述项目如表28-4所示。

表28-4 运行环境配置描述

类别	标准配置	最低配置
计算机硬件		
软件		
网络通信		
其他		

（3）测试环境的配置。说明本系统应当在什么样的环境下测试，有什么强制要求和建议。一般情况下，单元测试、集成测试环境与开发环境相同，系统测试、验收测试环境与运行环境相同或相似（更加严格）。

28.3 概要设计技术规范

28.3.1 文档介绍

首先应说明编写这份概要设计说明书的目的，并指出预期的读者对象，列出本文档的所有参考文献、术语与缩写解释等。

参考文献可以是非正式出版物，格式为：

[标识符] 作者，文献名称，出版单位（或归属单位），日期。

例如：[AAA] 作者，《立项建议书》，机构名称，日期。

[SPP-PROC-SD] SEPG，《系统设计规范》，机构名称，日期。

术语与缩写解释可设置为表28-5所示的表格。

表28-5 术语与缩写解释

缩写、术语	解 释

28.3.2　系统概述

概要地介绍软件系统，只要求提供影响设计的一般因素，不必太详细地描述大量细节。本章主要目的仅仅是使本设计说明书更加易于理解，建议根据系统设计的实际需要可以有选择地从以下方面进行概要描述。

1. 实现目标

说明完成本项目要达到的目标，可从以下几方面考虑设计：

- 人力与设备费用的节省。
- 处理速度的提高。
- 控制精度或生产能力的提高。
- 管理信息服务的改进。
- 决策系统的改进。
- 人员工作效率的提高。
- 安全可靠性的保证。

2. 条件与限制

为可选项，只有当软件系统的设计或开发受到某种特定的限制，或者可直接影响系统设计的某种因素可能成为系统的设计约束，它们的改变可能会影响某些需求的实现时，才需要作概要介绍。

若存在以下系统约束或条件限制时，可以进行相关阐明。

（1）为完成软件系统应具备的特定条件、开发单位已具备的条件以及尚需创造的条件，如现阶段还未到位的设备、资源等需要作出相应的约束说明。

（2）必要时，还应说明用户及分合同承包者承担的工作、完成期限及其他条件与限制，如果用户及分合同承包者对系统的实现起到的某些作用会直接影响系统设计的成败，则要特别说明。

（3）本系统的设计规范需要受到某些特定的行业规范的限制。

（4）本系统的开发需要受到用户对系统工程化管理的某些特别要求，包括用户对系统实现的全过程的变更规定。

（5）本系统设计工作所需的一些假定条件和必须满足的约束，如本功能的开发假定用户会熟练使用SQL语言，本功能的实现应该在某功能实现前开发完成等。

（6）本系统的设计可能需要使用的所有购入构件、所有适用的许可或使用限制，以及所有相关的兼容性及互操作性或接口标准的有关限制和规定。

3. 运行环境

概要地说明软件系统运行环境的拓扑结构和布局，分别说明前、后台及网关或中间件的运行环境，应包括通信条件、网络环境、硬件配置、软件系统等。

（1）列出为运行软件所要求的硬件最小配置。

- 处理器的型号、内存容量。
- 所要求的硬盘空间、分区格式、相关的记录格式、设备的型号和数量、联机/脱机等。
- I/O设备（联机/脱机）。
- 网络相关设备（型号、数量）。

（2）说明为运行软件所需要的支持软件。

- 操作系统名称、对应的版本号、相关的Service Package。
- 编译器和对应的版本号。
- 数据库管理系统和对应版本号。
- 其他支持软件。

（3）列出为支持软件运行所需要的数据库和相关参数。

4. 需求概述

根据系统设计的实际需要，简要介绍系统的需求情况，不必详细描述需求的具体细节，只仅仅要求能够更好帮助理解本设计说明书的内容，建议有选择地从功能需求、性能需求和运行需求进行分别描述，对于直接影响系统设计的关键或主要功能、性能以及运行要求等方面进行概要介绍，如果性能和运行需求方面对设计影响不大，则允许不必说明。

28.3.3 总体设计

1. 设计原则

介绍本系统的结构设计原则和总体设计指导思想，主要从系统设计实现的目标来考虑，如从处理速度、安全保密性、可扩展性等方面进行阐述。

（1）数据实时性强。监控的实时性是不言而喻的。无论实时监听，还是动态轨迹展示，抑或是PGIS的处警态势描述，都要求实时监控的算法尽量优化，处理简洁，这样才能真正达到实时监控的目的。

（2）可扩充性强。由于信息关联和轨迹描述是不断扩展的，监控的指标及功能都是不断扩大或变化的，故系统必须具有良好的可扩充性。系统设计应尽可能结构化、模块化，并与其他子系统预留相应的接口。

（3）可维护性好。由于社会治安风险的特点与表现是随着侦查业务的信息化建设发展而变化的，要求对社会治安态势的实时监控具有相当的灵活性，以便于维护。

（4）先进性。系统采用国际流行的开放式框架，主要软硬件设备符合国际标准，集成了20世纪90年代国际水平的主流生产厂的先进产品，应用软件采用C/S结构，网络用TCP/IP协议，这是当时大中型系统的普遍模式。

（5）数据完整性、安全性高。财务系统数据的完整性和安全性是非常重要的。一个安全的客户/服务器系统应该是客户端机器的任何操作都通过服务器来实现其一致性和完整性控制。

2. 设计规范

说明可以引用现有的各种设计规范，各种软件开发的国家标准或规范。主要包括以下几种。

（1）命名约定。规定系统和子系统名、程序名、数据库表（文件）名、数据名、变量名等的编制规范。

（2）界面约定。规定屏幕界面的总体布局，如菜单行、显示主体、图标按钮、提示信息、出错信息等规范化，统一风格。

（3）程序编写规范。根据采用的编程工具特点，制定规范化要求，使程序易读易懂，可维护，可移植。

- 具体选用的规范，只要对设计有所帮助就可以罗列，编号及相关规范标题可以自行决定。
- 对于引用公司技术总部事先制定的有关规范或现存的各种国家标准等规范，则可以简单地描述，并参见相应规范或标准，文件可以作为本概要设计说明书的附件进行保存。
- 如果一个系统比较大，需要拆分成若干个子系统，而每个子系统需要各自编制概要设计文档，则只需要在一个总的概要设计说明书中进行描述，对其他子系统可不专门进行描述，或注明参见某某概要设计说明书即可。

3. 系统设计描述

简要介绍系统的总体结构和概要功能，可以通过画系统设计总体框架结构图，再附上简单的文字说明，对软件系统的总体功能进行概要描述。

28.3.4　模块结构设计

1. 模块划分及功能描述

说明本系统的系统元素（即各层模块、子程序、公用程序等）划分，扼要说明每个系统元素的标识符和功能说明，分层次给出各元素之间控制与被控制的关系。

系统划分允许采用各种形式（如系统功能模块列表等）进行描述，建议最好用系统模块结构图表示，再附上简单的文字说明，以说明模块的层次结构以及相应的接口控制关系，有必要时可以简单介绍模块之间的调用关系，如图28-1的范例所示（要求相应的功能模块最好要有一定的模块编号进行标识）。

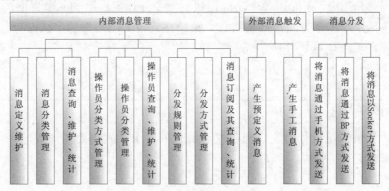

图 28-1　系统划分描述

功能描述可以通过对系统划分中各个元素分别说明，概要说明各个元素所实现的功能或相关的业务处理流程。

2. 各功能模块的概要处理流程

描述各个功能模块的处理流程，标题可以根据模块结构图中的模块划分情况自行决定。

描述系统中各个功能模块相应功能的全部细节，要求每一个模块的设计都可以实现，并能够被验证，主要是描述每一个模块的输入、输出和处理流程，必要时，可以借助数据流图来描述。

对于模块的设计描述，建议参照表28-6所示的格式进行书写（建议加上模块编号的有关标识，编码规则由项目组自行制定）。

表28-6　模块设计描述

功能	
输入	
处理逻辑	
输出	
数据结构	
备注	

28.4　接口设计技术规范

为可选项，若存在有关的接口则需要特别说明，否则容易产生开发者对系统设计的二义性时需要详细描述。

接口分为外部接口和内部接口，其中外部接口如用户界面、软件接口与硬件接口等，内部接口如子系统之间的接口关系、模块之间的接口，主要是有关传递信息、参数等。

本章若存在N个接口，则可分为N节来描述，每个接口单独为一节，标题可自行决定。

对于用户界面的设计可以为可选项，如果缺少有关界面的设计描述，将给开发人员带来对概要设计的二义性时则要求设计界面。建议用单独一节进行专门介绍，也可以写在各功能模块概要处理流程的介绍中，在描述各个功能模块的概要处理流程时加入节界面的设计，还允许所有的界面（包括用户图形界面、报表格式、菜单格式等）以附件的形式保存。

界面的设计，要求根据软件所事先制定的有关界面约定或设计规范，初步画出各个用户的操作界面。

28.4.1　安全保密设计

为可选项，如果系统设计对安全保密性有特别的要求，则需要详细描述，主要可以从以下几方面进行考虑。

1. 系统故障预防与恢复

为可选项，如果存在可能出现的系统故障需要恢复的情况，则要进行设计描述，主要说明将使用的恢复再启动技术，使软件从故障点恢复执行或使软件从头开始重新运行的方法，建议可按照以下格式进行说明，如表28-7所示。

表28-7　系统故障恢复描述

出错现象	可能原因	措施
盘后清算出现异常	本地柜台的交易数据出错	恢复昨日盘后数据，重新接受交易所当日委托数据，重新进行清算

2. 用户管理和权限控制

需要在数据库的设计中说明：如何针对不同的访问者、访问类型和数据对象，进行系统门禁、访问控制和数据封锁的权限分配，从而获得数据库系统安全保密设计的技术路线。

3. 数据备份与恢复

为可选项，如果存在数据备份与恢复的需求，则要作相应的设计描述。

对数据备份与恢复的设计，主要说明在适当的时间点上，如何设计系统的数据备份和数据恢复功能，以便在系统失效、出现意外及数据出错，或有充分需要的时候，可以在可接受的时间内得以恢复到最近或以前某个时间点的数据备份上，要求描述清楚实现数据备份和恢复的整个设计思想以及实现方法。

28.4.2　系统运行设计

为可选项，当系统足够大，并被拆分成若干子系统，如果不专门介绍系统运行时各子系统之间的运行机制和控制关系，则开发人员无法理解本概要设计说明书而导致无法实现系统功能时，才有必要进行相关运行设计的描述。

运行设计主要用来说明运行模块的组合，进行软件系统的构造设计，确定系统的运行控制方法及资源分配情况。

1. 运行模块组合

说明对系统施加不同的外界运行控制时所引起的各种不同的运行模块组合，说明每种运行所历经的内部模块和支持软件，建议画出系统运行机制结构图来表示，再附上简要的文字说明，以描述清楚各个运行模块（包括各种运行的进程），分别如何运行在各自指定的硬件上（必要时要说明相关的硬件配置及其在运行环境下所起的作用）。

2. 运行控制

描述清楚各个运行模块进行运行控制的方式、方法和操作步骤，每种运行模块组合将各自占用的各种资源情况，以及对时间响应的要求，可以分别从以下几方面进行描述。

（1）多机管理。一台服务器应允许多台客户端机器加入应用系统，则要描述清楚服务器是如何管理多台机器的。

（2）合法性检查。当客户端需要访问后台数据库的业务数据时，有关应用系统的网关服务或其他相关服务程序是如何进行用户身份的合法性校验。一般系统都会要求每一个用户发出某个服务请求后，必须首先输入自己的用户名和密码。

（3）请求响应。有关服务器对用户的各种请求的响应，采用多线程的并发处理还是单线程的串行顺序处理等方式的实现情况，以及对事务处理的时间响应要求等。

（4）控制界面。关于用户监控系统（如国泰君安实时监控系统）的监控屏幕上应该显示各种业务处理信息，出现异常时要求要实时报警或做相应妥善的处理。

（5）通信控制。描述清楚系统所采纳的通信平台的有关说明，包括前台和后台之间的通信、网关之间的数据转换处理，以及通信时所采用的通信协议等内容。

（6）核心业务处理。说明对客户的许多关键或主要业务的系统实现，在整个运行机制中是如何进行控制的。

28.4.3 系统出错处理设计

为可选项，如果不专门对系统出错信息进行设计描述，将导致开发人员无法理解本概要设计的有关出错信息的处理说明，无法实现有关出错处理功能时，才需要描述本章节的内容。

1. 出错处理信息

罗列软件系统可能的出错或故障情况出现的各种出错处理信息，包括系统出错信息提示的形式（包括出错对话框的设计）、含义及处理方法等。

在操作出错或数据出错等情况下，系统显示或记录的有关出错代码／信息，要求要符合相关的《系统出错处理设计规范》。

2. 出错处理对策

说明故障出现或系统出错后可能采取的变通补救办法，主要包括设置后备技术、性能降级（即降效技术）、恢复及再启动等等。

设置后备技术体现在：当原始系统数据万一丢失时则启用的副本的建立或启动的技术，采用磁带备份等。

降效技术也是一种后备技术，体现在：使用另一种效率稍低的系统或方法求得所需结果的某些部分，如手工操作。

28.4.4 系统维护设计

为可选项，当本系统需要维护，并且系统足够复杂或规模足够大时如果不事先进行有关维护的设计，则该系统将来可能导致无法维护时，则需要说明为方便维护工作的设施，如设计专用的维护模块等。

系统维护的设计主要考虑安排用于系统的检查与维护的检查点和专用模块等方面，可以从数据维护和功能维护进行描述。

（1）数据维护。系统在各业务模块提供数据核查功能，用以检查数据的一致性、连续性，并定位出错记录，支持系统的数据维护等。

（2）功能维护。罗列功能模块的维护列表。

 # 28.5　数据库设计技术规范

在相关技术文档中，可从以下几方面对数据库设计技术进行描述。

1．文档介绍

首先应说明编写这份数据库设计说明书的目的，并指出预期的读者对象，列出本文档的所有参考文献、术语与缩写解释等。

参考文献可以是非正式出版物，格式为：

[标识符]作者，文献名称，出版单位（或归属单位），日期。

例如：[AAA]作者，《立项建议书》，机构名称，日期。

[SPP-PROC-SD] SEPG，《系统设计规范》，机构名称，日期。

术语与缩写解释可设置为表28-8所示的表格。

表28-8　术语与缩写解释

缩写、术语	解　释
…	

2．数据库环境说明

（1）说明所采用的数据库系统、设计工具、编程工具等。

（2）详细配置。

3．数据库的命名规则

（1）完整并清楚地说明本数据库的命名规则。

（2）如果本数据库的命名规则与机构的标准不完全一致，则要作出解释。

4．概念结构描述

利用实体建模，画出ER图，说明本数据库所反映的现实世界中的实体、属性和它们之间的关系等的原始数据形式，包括各数据项、记录、定义、类型、度量单位和值域，建立本数据库的每一幅用户视图。可以将实体理解为用户现行业务流程中流转的原始表单或某一具体的实体对象。

5. 逻辑结构描述

画出数据库关系图ER图，描述清楚数据库中表与表之间的Master-Detail关系，定义表的主键和外部码、索引、视图、触发器等。

6. 物理结构描述

（1）描述表结构。一般实体对应于表，实体的属性对应于表的列，实体之间的关系成为表的约束。概念结构设计中的实体大部分可以转换成物理设计中的表，但是它们并不一定是一一对应的。

（2）对表结构进行规范化处理（第三范式），如表28-9和表28-10所示。

表28-9　数据库表汇总

表名	功能说明
表A	
表B	
表C	

表28-10　数据库表描述

表名			
列名	数据类型（精度范围）	空/非空	约束条件
补充说明			

7. 数据字典描述

对数据库中所涉及到的各种项目，都有必要建立起数据字典，这里主要介绍数据库中的数据项字典，格式如表28-11所示。

表28-11　数据字典描述

数据项名称	数据项别名	所属表名	物理意义	数据类型	长度	值域	格式	NULL	PK	FK

其中"数据项别名"相当于数据库表中的字段名。

8. 安全性描述

提高软件系统的安全性应当从管理和设计两方面着手。这里仅考虑数据库的安全性设计。

（1）防止用户直接操作数据库的方法。用户只能用帐号登录到应用软件，通过应用软件访问数据库，而没有其他途径操作数据库。

（2）用户帐号密码的加密方法。对用户帐号的密码进行加密处理，确保在任何地方都不会出现密码的明文。

（3）角色与权限。确定每个角色对数据库表的操作权限，如创建、检索、更新、删除等。每个角色拥有刚好能够完成任务的权限，不多也不少。在应用时再为用户分配角色，则每个用户的权限等于他所兼角色的权限之和，如表28-12所示。

表28-12　角色与权限描述

角色	可以访问的表与列	操作权限
角色A		
角色B		

9. 优化

分析并优化数据库的"时——空"效率，尽可能地提高处理速度并降低数据占用空间。

（1）分析"时——空"效率的瓶颈，找出优化对象（目标），并确定优先级。

（2）当优化对象（目标）之间存在对抗时，给出折衷方案。

（3）给出优化的具体措施，例如优化数据库环境参数，对表格进行如表28-13所示的规范化处理等。

表28-13　优化描述

优先级	优化对象（目标）	措施

28.6　项目开发计划规范

28.6.1　文档介绍

1. 文档目的

说明编写这份项目开发计划的目的，并指出预期的读者。

2. 读者对象

列出本文档的读者。

3. 参考文献

列出用得着的参考资料，例如：

- 本项目经核准的计划任务书或合同、上级机关的批文。
- 属于本项目的其他已发表的文件。
- 本文件中各处引用的文件、资料，包括所要用到的软件开发标准。列出这些文件资料的标题、文件编号、发表日期和出版单位，说明能够得到这些文件资料的来源。

4. 术语与缩写解释

可设置为表28-14所示的表格。

表28-14　术语与缩写解释

缩写、术语	解　释
...	

28.6.2　项目介绍

项目介绍主要包括以下内容。

（1）项目背景。

- 待开发的软件系统的名称。
- 软件开发的任务提出者、开发者、协作单位（如果有的话）、用户（如果有的话）的单位。
- 说明软件的行业背景。
- 阐明软件与其他软件或系统的关系。

（2）项目范围。

- 用简练的语言说明本项目"是什么"，并说明用途。
- 说明本项目应当包含的内容和不包含的内容。
- 说明本项目适用的领域和不适用的领域。

（3）项目目标。说明本项目的目标，这些目标必须是可实现和可验证的。

（4）主要参加人员。扼要说明参加本项目开发工作的主要人员的情况，在本项目中承担的职责，重点是项目负责人的工作经验、以前的工作业绩。

（5）体系结构及实现计划。概要介绍本系统所要实现的总体功能，对某些关键业务要有详细的说明，对开发采用的体系结构和技术，可说明计算机实现的体系结构是CLIENT/SERVER还是三层结构，并从软件、硬件和网络三方面进行说明。

（6）开发的产品。

- 程序：列出需移交给用户的程序的名称、所用的编程语言及存储程序的媒体形式，并通过引用有关文件，逐项说明其功能和能力。
- 文件：列出需移交给用户的每种文件的名称及内容要点。

- 服务：列出需向用户提供的各项服务，如培训安装、维护和运行支持等，应逐项规定开始日期、所提供支持的级别和服务的期限。
- 非移交的产品：说明开发集体应向本单位交出但不必向用户移交的产品（文件甚至某些程序）。

（7）验收标准。对于上述这些应交出的产品和服务，逐项说明或引用资料说明验收标准。

（8）完成项目的最迟期限。说明本项目完成的最迟期限。

28.6.3　实施计划

（1）人员分工。可按表28-15所示的形式进行描述。

表28-15　人员分工描述

角色	职责	人员	工作说明
项目负责人			
需求分析员			
系统设计员			
质量保证员			
程序员			
测试员			
配置管理员			
……			

（2）任务与进度。对于需求分析、设计、编码实现、测试、移交、培训和安装等工作，给出每项工作任务的预定开始日期、完成日期及所需资源，规定各项工作任务完成的先后顺序以及标志每项工作任务完成的标志性事件（即所谓"里程碑"）。

要注意的是，规划小组分配任务制定进度表（如表28-16所示），建议采用Microsoft Project制作Gantt图（插入此处或作为附件）。

表28-16　任务与进度描述

任务名称	起止时间	工作人员	工作量	预期工作成果

（3）接口人员。说明负责接口工作的人员及他们的职责，包括：

- 负责本项目同用户的接口人员。
- 负责本项目同本单位各管理机构，如合同计划管理部门、财务部门、质量管理部门等的接口人员。
- 负责本项目同各分合同负责单位的接口人员等。

（4）成本预算。逐项列出本开发项目所需要的劳务（包括人员的数量和时间）以及经费的预算（包括办公费、差旅费、机时费、资料费、通信设备和专用设备的租金等）和来源，如表28-17所示。

表28-17　成本预算描述

开支类别	主要开支项、用途	金额	时间

（5）关键问题。逐项列出能够影响整个项目成败的关键问题、技术难点和风险，指出这些问题对项目的影响。

（6）方法与工具。说明过程模型中将采用的方法与工具（如表28-18所示）。例如采用Rational Rose进行面向对象的分析与设计，采用Visual SourceSafe进行配置管理，采用Microsoft Office 2007制作文档。

表28-18　方法与工具描述

过程域	方法与工具
…	

28.6.4　支持条件

说明为支持本项目的开发所需要的各种条件和设施。

（1）计算机系统支持。逐项列出开发中和运行时所需的计算机系统支持，包括计算机、外围设备、通信设备、模拟器、操作系统、数据管理程序包、数据存储能力和测试支持能力等，逐项给出有关到货日期、使用时间的要求。

（2）需由用户承担的工作。逐项列出需要用户承担的工作和完成期限，包括需由用户提供的条件及时间。

（3）由外单位提供的条件。逐项列出需要外单位分合同承包者承担的工作和完成的时间，包括需要由外单位提供的条件和时间。

28.6.5　专题计划

专题计划（如表28-19所示）是对《项目计划》的补充。《项目计划》需要机构的审批，但专题计划一般只需要项目负责人审批即可。

表28-19　专题计划描述

下属计划的名称	建议负责人	预计产生时间
《配置管理计划》	配置管理员	
《质量保证计划》	质量保证员	
《技术评审计划》		
《开发人员培训计划》		
《客户培训计划》		
《系统安装计划》		
一些开发计划		
《测试计划》		
……		

28.6.6　领导审批意见

机构领导根据表28-20所示的"项目计划检查表"认真审批《项目计划》，如果是任务书项目，可能还要请建设单位审批，视具体情况而定。

表28-20　项目计划检查表

项目计划检查表	结论
项目的目标明确吗？可以验证吗？	
项目的范围清楚吗？	
对项目的规模和复杂性的估计可信吗？	
对项目的工作量估计可信吗？	
对项目的成本估计可信吗？	
项目的过程控制方案合理吗？	
项目所有角色的职责清楚吗？人员安排合理吗？	
项目所需的软件硬件资源合理吗？	
项目开支计划合理吗？	
任务分配合理吗？ 进度合理吗？	
……	
审批结论	[　] 批准该计划 [　] 不批准
意见建议	
领导签字	

思考题

（1）本章强调的基本思想是什么？

（2）除本章介绍的内容外，试设想还需要什么样的文档规范可以满足当前公安信息化建设的需要？

（3）以实际的110接警服务台的接处警业务为背景，试完成一份规范的需求分析规范。

第 29 章

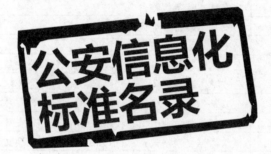

公安信息化
标准名录

十多年来，经过公安行业所有信息化工程建设参与者的努力，已经正式公开发布了700余项公安信息化标准，在公安信息化标准体系建设中发挥了巨大的作用，尤其是近十年来，公安信息化标准对于规范、指导我国的公安行业信息化建设功不可没。表29-1是公安行业迄今公开发布的、仍然处于有效状态的行业信息化标准名录。

表29-1 公共安全行业信息化标准名录

标准编号	性质	标准名称
GA /T790—2008	推荐	十指指纹信息卡式样
GA /T791—2008	推荐	现场指纹信息卡式样
GA /T792.1—2008	推荐	城市监控报警联网系统 管理标准 第1部分：图像信息采集、接入、使用管理要求
GA /T794—2008	推荐	公安基本装备代码
GA /T795—2008	推荐	公安基本装备分类代码
GA /T796—2008	推荐	公安基本装备管理信息数据项
GA /T797.1—2008	推荐	公安基本装备业务信息代码 第1部分：公安基本装备管理指标代码
GA /T797.2—2008	推荐	公安基本装备业务信息代码 第2部分：公安基本装备流向方式代码
GA /T797.3—2008	推荐	公安基本装备业务信息代码 第3部分：公安基本装备状况代码
GA /T797.4—2008	推荐	公安基本装备业务信息代码 第4部分：公安基本装备经费来源类别代码
GA 426.1—2008	强制	指纹数据交换格式 第1部分：指纹数据交换文件格式规范
GA 426.2—2008	强制	指纹数据交换格式 第2部分：任务描述类记录格式
GA 426.3—2008	强制	指纹数据交换格式 第3部分：十指指纹信息记录格式
GA 426.4—2008	强制	指纹数据交换格式 第4部分：现场指纹信息记录格式
GA 426.5—2008	强制	指纹数据交换格式 第5部分：指纹正查和倒查比中信息记录格式
GA 426.6—2008	强制	指纹数据交换格式 第6部分：指纹查重比中信息记录格式
GA 426.7—2008	强制	指纹数据交换格式 第7部分：指纹串查比中信息记录格式
GA 426.8—2008	强制	指纹数据交换格式 第8部分：现场指纹查询请求信息记录格式
GA 426.9—2008	强制	指纹数据交换格式 第9部分：十指指纹查询请求信息记录格式
GA 426.10—2008	强制	指纹数据交换格式 第10部分：正查比对结果候选信息记录格式
GA 426.11—2008	强制	指纹数据交换格式 第11部分：倒查比对结果候选信息记录格式
GA 426.12—2008	强制	指纹数据交换格式 第12部分：查重比对结果候选信息记录格式
GA 426.13—2008	强制	指纹数据交换格式 第13部分：串查比对结果候选信息记录格式
GA 426.14—2008	强制	指纹数据交换格式 第14部分：自定义逻辑记录格式
GA 482—2008	强制	中华人民共和国机动车驾驶证件
GA 773—2008	强制	指纹自动识别系统术语
GA 774.1—2008	强制	指纹特征规范 第1部分：指纹方向
GA 774.2—2008	强制	指纹特征规范 第2部分：指纹纹型分类与描述
GA 774.3—2008	强制	指纹特征规范 第3部分：指纹中心点标注方法
GA 774.4—2008	强制	指纹特征规范 第4部分：指纹三角点标注方法
GA 774.5—2008	强制	指纹特征规范 第5部分：指纹细节特征点标注方法
GA 775—2008	强制	指纹特征点与指纹方向坐标表示方法
GA 776—2008	强制	指纹自动识别系统产品编码规则

（续表）

标准编号	性质	标准名称
GA 777.1—2010	强制	指纹数据代码 第1部分：指纹指位代码
GA 777.2—2008	强制	指纹数据代码 第2部分：指纹纹型代码
GA 777.3—2008	强制	指纹数据代码 第3部分：乳突线颜色代码
GA 777.4—2010	强制	指纹数据代码 第4部分：被捺印指纹人员类别代码
GA 777.5—2008	强制	指纹数据代码 第5部分：十指指纹协查目的编码规则
GA 777.6—2008	强制	指纹数据代码 第6部分：指纹协查级别代码
GA 777.7—2008	强制	指纹数据代码 第7部分：指纹比对状态代码
GA 777.8—2008	强制	指纹数据代码 第8部分：指纹特征提取方式缩略规则
GA 777.9—2010	强制	指纹数据代码 第9部分：掌纹掌位代码
GA 778—2008	强制	十指指纹文字数据项规范
GA 779—2008	强制	现场指纹文字数据项规范
GA 780—2008	强制	指纹比中数据项规范
GA 781—2008	强制	被比中指纹人员到案情况数据项规范
GA 782.1—2008	强制	指纹信息应用交换接口规范 第1部分：指纹信息应用交换接口模型
GA 782.2—2008	强制	指纹信息应用交换接口规范 第2部分：指纹信息状态交换接口
GA 782.3—2008	强制	指纹信息应用交换接口规范 第3部分：指纹数据交换接口
GA 783.1—2008	强制	指纹应用接口 第1部分：十指指纹特征编辑调用接口
GA 783.2—2008	强制	指纹应用接口 第2部分：现场指纹特征编辑调用接口
GA 783.3—2008	强制	指纹应用接口 第3部分：比对结果复核认定调用接口
GA 784—2008	强制	十指指纹图像数据压缩动态链接库接口
GA 785—2008	强制	十指指纹图像数据复现动态链接库接口
GA 786—2008	强制	十指指纹图像数据复现JAVA接口
GA 787—2010	强制	指纹图像数据转换的技术条件
GA 788—2008	强制	指纹图像数据压缩倍数
GA 789—2008	强制	掌纹图像数据转换的技术条件
GA 793.2—2008	强制	城市监控报警联网系统 合格评定 第2部分：管理平台软件测试规范
GA 837—2009	强制	民用爆炸物品储存库治安防范要求
GA 838—2009	强制	小型民用爆炸物品储存库安全规范
GA 862—2010	强制	机动车驾驶证业务信息采集和驾驶证件签注规范
GA/T 497—2009	推荐	公路车辆智能监测记录系统通用技术条件
GA/T16.1—2010	推荐	道路交通事故信息代码 第1部分：事故类型代码
GA/T16.2—2010	推荐	道路交通事故信息代码 第2部分：事故形态代码
GA/T16.3—2010	推荐	道路交通事故信息代码 第3部分：事故原因代码
GA/T16.4—2010	推荐	道路交通事故信息代码 第4部分：机动车损坏程度代码
GA/T16.5—2010	推荐	道路交通事故信息代码 第5部分：当事人责任类型代码
GA/T16.6—2010	推荐	道路交通事故信息代码 第6部分：当事人伤害程度代码
GA/T16.7—2010	推荐	道路交通事故信息代码 第7部分：人体损伤部位代码
GA/T16.8—2010	推荐	道路交通事故信息代码 第8部分：出行目的代码
GA/T16.9—2010	推荐	道路交通事故信息代码 第9部分：机动车行驶状态代码
GA/T16.10—2010	推荐	道路交通事故信息代码 第10部分：驾驶机动车人员类型代码

（续表）

标准编号	性质	标准名称
GA/T16.11—2010	推荐	道路交通事故信息代码　第11部分：当事机动车保险情况代码
GA/T16.12—2010	推荐	道路交通事故信息代码　第12部分：驾驶许可代码
GA/T16.13—2010	推荐	道路交通事故信息代码　第13部分：机动车合法状态代码
GA/T16.14—2010	推荐	道路交通事故信息代码　第14部分：机动车安全状况代码
GA/T16.15—2010	推荐	道路交通事故信息代码　第15部分：公路客运区间里程类别代码
GA/T16.16—2010	推荐	道路交通事故信息代码　第16部分：公路客运经营方式代码
GA/T16.17—2010	推荐	道路交通事故信息代码　第17部分：运载危险物品种类代码
GA/T16.18—2010	推荐	道路交通事故信息代码　第18部分：运载危险物品事故后果代码
GA/T162.2—1999	推荐	指纹自动识别系统数据交换工程规范　第2部分：指纹信息交换的数据格式
GA/T162.3—1999	推荐	指纹自动识别系统数据交换工程规范　第3部分：指纹图像数据的压缩与恢复
GA/T162.4—1999	推荐	指纹自动识别系统数据交换工程规范　第4部分：指纹自动识别系统的基本性能指标
GA/T162.5—1999	推荐	指纹自动识别系统数据交换工程规范　第5部分：指纹自动识别系统的测试规范
GA/T175—1998	推荐	道路交通秩序评价
GA/T177—1998	推荐	治安拘留所建设规范
GA/T178—1998	推荐	收容教育所建设规范
GA/T265—2000	推荐	公安会议电视系统技术规范
GA/T266—2000	推荐	公安移动通信网警用自动级通信系统工程验收技术规范
GA/T331—2001	推荐	公安移动通信网警用自动级通信系统工程设计技术规范
GA/T333—2001	推荐	警用械具　警用武器　警服　警员防护装具产品分类与代码
GA/T373—2001	推荐	计算机信息网络国际联网备案系统信息代码和统计要求
GA/T379.1—2002	推荐	报警传输系统串行数据接口的信息格式和协议　第1部分：总则
GA/T379.2—2002	推荐	报警传输系统串行数据接口的信息格式和协议　第2部分：公用应用层协议
GA/T379.3—2002	推荐	报警传输系统串行数据接口的信息格式和协议　第3部分：公用数据链路层协议
GA/T379.4—2002	推荐	报警传输系统串行数据接口的信息格式和协议　第4部分：公用传输层协议
GA/T379.5—2002	推荐	报警传输系统串行数据接口的信息格式和协议　第5部分：按照ISO/IEC 8482采用双线配置的报警系统接口
GA/T379.6—2002	推荐	报警传输系统串行数据接口的信息格式和协议　第6部分：采用ITU—T建议V.24/V.28信令的报警系统接口
GA/T379.7—2002	推荐	报警传输系统串行数据接口的信息格式和协议　第7部分：插入式报警系统收发器的报警系统接口
GA/T379.8—2002	推荐	报警传输系统串行数据接口的信息格式和协议　第8部分：与PSTN接口处采用ITU—T建议V.23信令的数字通信系统中的串行协议
GA/T379.9—2002	推荐	报警传输系统串行数据接口的信息格式和协议　第9部分：采用ITU—T建

(续表)

标准编号	性质	标准名称
		议V.23信令的专用信道的PTT接口
GA/T379.10—2002	推荐	报警传输系统串行数据接口的信息格式和协议　第10部分：采用ITU-T建议V.24/V.28信令的终端接口
GA/T387—2002	推荐	计算机信息系统安全等级保护网络技术要求
GA/T388—2002	推荐	计算机信息系统安全等级保护操作系统技术要求
GA/T389—2002	推荐	计算机信息系统安全等级保护数据库管理系统技术要求
GA/T390—2002	推荐	计算机信息系统安全等级保护通用技术要求
GA/T391—2002	推荐	计算机信息系统安全等级保护管理要求
GA/T394—2002	推荐	出入口控制系统技术要求
GA/T396—2002	推荐	消防业务基础数据元与代码表
GA/T403.1—2002	推荐	信息技术 入侵检测产品技术要求　第1部分：网络型产品
GA/T403.2—2002	推荐	信息技术 入侵检测产品技术要求　第2部分：主机型产品
GA/T404—2002	推荐	信息技术 网络安全漏洞扫描产品技术要求
GA/T405—2002	推荐	安全技术防范产品分类与代码
GA/T418—2003	推荐	法庭科学DNA数据库建设规范
GA/T430.1—2003	推荐	公安边防部队警务信息管理代码　第1部分：机构代码编制规则
GA/T430.2—2003	推荐	公安边防部队警务信息管理代码　第2部分：机构类别代码
GA/T430.3—2003	推荐	公安边防部队警务信息管理代码　第3部分：机构编制类别代码
GA/T430.4—2003	推荐	公安边防部队警务信息管理代码　第4部分：人员增减方式代码
GA/T430.5—2003	推荐	公安边防部队警务信息管理代码　第5部分：学制代码
GA/T430.6—2003	推荐	公安边防部队警务信息管理代码　第6部分：职位代码
GA/T430.7—2003	推荐	公安边防部队警务信息管理代码　第7部分：士兵入伍前情况代码
GA/T430.8—2003	推荐	公安边防部队警务信息管理代码　第8部分：警衔代码
GA/T430.9—2003	推荐	公安边防部队警务信息管理代码　第9部分：士兵中途退伍原因代码
GA/T430.10—2003	推荐	公安边防部队警务信息管理代码　第10部分：士兵专业分类代码
GA/T430.11—2003	推荐	公安边防部队警务信息管理代码　第11部分：士兵岗位代码
GA/T430.12—2003	推荐	公安边防部队警务信息管理代码　第12部分：行政责任事故等级代码
GA/T430.13—2003	推荐	公安边防部队警务信息管理代码　第13部分：行政责任事故类别代码
GA/T430.14—2003	推荐	公安边防部队警务信息管理代码　第14部分：事故应负责任类别代码
GA/T440—2003	推荐	车辆反劫防盗联网报警系统中车载防盗报警设备与车载无线通信终接设备之间的接口
GA/T444—2003	推荐	公安数字集群移动通信系统总体技术规范
GA/T445—2010	推荐	公安交通指挥系统建设技术规范
GA/T462—2004	推荐	治安管理信息系统功能框架
GA/T463—2004	推荐	治安管理信息系统基本公共功能
GA/T464—2004	推荐	治安管理信息系统用户访问控制及权限管理
GA/T465.1—2004	推荐	治安管理信息系统基本业务功能规范　第1部分：户籍管理基本业务功能
GA/T465.2—2004	推荐	治安管理信息系统基本业务功能规范　第2部分：暂住人口管理基本业务功能
GA/T465.3—2004	推荐	治安管理信息系统基本业务功能规范　第3部分：租赁房屋管理基本业务

（续表）

标准编号	性质	标准名称
		功能
GA/T465.4—2004	推荐	治安管理信息系统基本业务功能规范　第4部分：管理基本业务功能
GA/T465.5—2004	推荐	治安管理信息系统基本业务功能规范　第5部分：居民身份证管理基本业务功能
GA/T465.7—2004	推荐	治安管理信息系统基本业务功能规范　第7部分：公务用枪管理基本业务功能
GA/T465.8—2004	推荐	治安管理信息系统基本业务功能规范　第8部分：民用枪弹管理基本业务功能
GA/T465.9—2004	推荐	治安管理信息系统基本业务功能规范　第9部分：民用爆炸物品管理基本业务功能
GA/T465.10—2004	推荐	治安管理信息系统基本业务功能规范　第10部分：派出所管理基本业务功能
GA/T483—2004	推荐	计算机信息系统安全等级保护工程管理要求
GA/T491—2004	推荐	城市警用地理信息分类与代码
GA/T492—2004	推荐	城市警用地理信息图形符号
GA/T493—2004	推荐	城市警用地理信息系统建设规范
GA/T509—2004	推荐	城市交通信号控制系统术语
GA/T511—2004	推荐	公安边防管理术语
GA/T512—2004	推荐	公安边防部队常用标号代码
GA/T513—2004	推荐	公安边防部队常用标号数字化技术规范
GA/T514—2004	推荐	交通电视监控系统工程验收规范
GA/T515—2004	推荐	公安交通指挥系统工程设计制图规范
GA/T516—2004	推荐	公安信息网网页设计规范
GA/T517—2004	推荐	常用证件代码
GA/T528—2005	推荐	公安车载应急通信系统技术规范
GA/T529—2005	推荐	城市警用地理信息属性数据结构
GA/T530—2005	推荐	城市警用地理信息数据组织及数据库命名规则
GA/T531—2005	推荐	城市警用地理信息专题图与地图版式
GA/T532—2005	推荐	城市警用地理信息数据分层及命名规则
GA/T541—2005	推荐	公安业务数据元素管理规程
GA/T542—2005	推荐	公安业务数据元素编写规则
GA/T543—2005	推荐	公安业务基础数据元素集
GA/T547—2005	推荐	公安信息系统分类与代码
GA/T548—2005	推荐	公安业务专用固定资产分类与代码
GA/T549—2005	推荐	公安机关机要信件二维条码信息表示规范
GA/T550—2005	推荐	安全技术防范管理信息代码
GA/T551—2005	推荐	安全技术防范管理信息基本数据结构
GA/T556.1—2005	推荐	金融治安保卫管理信息代码　第1部分　金融单位保卫工作相关人员职务分类与代码
GA/T556.2—2005	推荐	金融治安保卫管理信息代码　第2部分：运钞车分类与代码

（续表）

标准编号	性质	标准名称
GA/T556.3—2005	推荐	金融治安保卫管理信息代码　第3部分：金库分类代码
GA/T556.4—2007	推荐	金融治安保卫管理信息代码　第4部分：金融单位类别代码
GA/T556.5—2007	推荐	金融治安保卫管理信息代码　第5部分：金融单位编码规则
GA/T556.6—2007	推荐	金融治安保卫管理信息代码　第6部分：储蓄所（营业网点）编码规则
GA/T556.7—2007	推荐	金融治安保卫管理信息代码　第7部分：ATM机编码规则
GA/T556.8—2007	推荐	金融治安保卫管理信息代码　第8部分：金库编码规则
GA/T556.9—2007	推荐	金融治安保卫管理信息代码　第9部分：文件编码规则
GA/T556.10—2007	推荐	金融治安保卫管理信息代码　第10部分：安全防范设施合格证编码规则
GA/T589.1—2005	推荐	公安档案信息管理代码　第1部分：公安档案信息类别代码
GA/T589.2—2005	推荐	公安档案信息管理代码　第2部分：保管期限代码
GA/T589.3—2005	推荐	公安档案信息管理代码　第3部分：归档电子文件类别代码
GA/T589.4—2005	推荐	公安档案信息管理代码　第4部分：利用目的代码
GA/T589.5—2005	推荐	公安档案信息管理代码　第5部分：稿本代码
GA/T589.6—2005	推荐	公安档案信息管理代码　第6部分：文种代码
GA/T589.7—2005	推荐	公安档案信息管理代码　第7部分：载体类型代码
GA/T589.8—2005	推荐	公安档案信息管理代码　第8部分：来源性质代码
GA/T590—2005	推荐	公安档案信息数据结构
GA/T608—2006	推荐	公安信息网络管理系统技术规范
GA/T615.1—2006	推荐	公安边防反偷渡信息管理代码　第1部分：案件、人员编号规则
GA/T615.2—2006	推荐	公安边防反偷渡信息管理代码　第2部分：案件性质代码
GA/T615.3—2006	推荐	公安边防反偷渡信息管理代码　第3部分：查获、协办单位类别代码
GA/T615.4—2006	推荐	公安边防反偷渡信息管理代码　第4部分：涉案人员类别代码
GA/T615.5—2006	推荐	公安边防反偷渡信息管理代码　第5部分：偷渡方式分类与代码
GA/T615.6—2006	推荐	公安边防反偷渡信息管理代码　第6部分：偷渡目的代码
GA/T615.7—2006	推荐	公安边防反偷渡信息管理代码　第7部分：涉案财物处理情况代码
GA/T615.8—2006	推荐	公安边防反偷渡信息管理代码　第8部分：案件处理状态代码
GA/T615.9—2006	推荐	公安边防反偷渡信息管理代码　第9部分：遣返编号规则
GA/T616—2006	推荐	公安边防反偷渡管理基本信息数据项
GA/T624.1—2006	推荐	枪支管理信息规范　第1部分：枪支管理基本数据项
GA/T624.2—2006	推荐	枪支管理信息规范　第2部分：枪支弹药管理类型代码
GA/T624.3—2006	推荐	枪支管理信息规范　第3部分：枪支型号代码
GA/T624.4—2006	推荐	枪支管理信息规范　第4部分：弹药型号代码
GA/T624.5—2006	推荐	枪支管理信息规范　第5部分：涉枪单位分类代码
GA/T624.6—2006	推荐	枪支管理信息规范　第6部分：民用枪支持枪证种类代码
GA/T624.7—2006	推荐	枪支管理信息规范　第7部分：民用枪支配置单位类别代码
GA/T624.8—2006	推荐	枪支管理信息规范　第8部分：民用枪支配置用途代码
GA/T624.9—2006	推荐	枪支管理信息规范　第9部分：收缴枪支原因代码
GA/T624.10—2006	推荐	枪支管理信息规范　第10部分：报废枪支原因代码
GA/T624.11—2006	推荐	枪支管理信息规范　第11部分：枪支出入境类型代码
GA/T624.12—2006	推荐	枪支管理信息规范　第12部分：批文确认结果代码

（续表）

标准编号	性质	标准名称
GA/T624.13—2006	推荐	枪支管理信息规范 第13部分：持枪证状态代码
GA/T624.14—2006	推荐	枪支管理信息规范 第14部分：运输方式代码
GA/T624.15—2006	推荐	枪支管理信息规范 第15部分：检查结果代码
GA/T624.16—2006	推荐	枪支管理信息规范 第16部分：整改复查结果代码
GA/T624.17—2006	推荐	枪支管理信息规范 第17部分：涉枪单位编码
GA/T624.18—2006	推荐	枪支管理信息规范 第18部分：涉枪单位部门代码
GA/T624.19—2006	推荐	枪支管理信息规范 第19部分：枪支代码
GA/T624.20—2006	推荐	枪支管理信息规范 第20部分：持枪人员编码
GA/T624.21—2006	推荐	枪支管理信息规范 第21部分：民用枪支（弹药）制造许可证编码
GA/T624.22—2006	推荐	枪支管理信息规范 第22部分：民用枪支（弹药）配售许可证编码
GA/T624.23—2006	推荐	枪支管理信息规范 第23部分：公务用枪枪证编码
GA/T624.24—2006	推荐	枪支管理信息规范 第24部分：公务用枪持枪证编码
GA/T624.25—2006	推荐	枪支管理信息规范 第25部分：民用枪支持枪证编码
GA/T624.26—2006	推荐	枪支管理信息规范 第26部分：枪支（弹药）运输许可证编码
GA/T624.27—2006	推荐	枪支管理信息规范 第27部分：枪支（弹药）携运许可证编码
GA/T624.28—2006	推荐	枪支管理信息规范 第28部分：民用枪支（弹药）配购证编码
GA/T625—2010	推荐	活体指纹图像采集技术规范
GA/T626.1—2010	推荐	活体指纹图像应用程序接口规范 第1部分：采集设备
GA/T626.2—2010	推荐	活体指纹图像应用程序接口规范 第2部分：图像拼接
GA/T627—2006	推荐	城市警用地理信息数据采集与更新规范
GA/T628—2006	推荐	城市警用地理信息空间数据质量
GA/T629—2006	推荐	警用电子地图坐标系与比例尺
GA/T637—2006	推荐	经济犯罪案件基本信息数据交换格式
GA/T638—2006	推荐	经济犯罪案件信息管理系统串并案业务规范
GA/T639—2006	推荐	经济犯罪案件信息管理系统用户授权、认证及访问控制业务规范
GA/T640—2006	推荐	经济犯罪案件信息管理系统异地协查业务规范
GA/T641—2006	推荐	经济犯罪案件信息管理系统法律文书审核审批业务规范
GA/T645—2006	推荐	视频安防监控系统变速球型摄像机
GA/T646—2006	推荐	视频安防监控系统矩阵切换设备通用技术要求
GA/T647—2006	推荐	视频安防监控系统前端设备控制协议V1.0
GA/T650—2006	推荐	机动车驾驶人考试信息数据规范
GA/T669.2—2008	推荐	城市监控报警联网系统 技术标准 第2部分：安全技术要求
GA/T669.3—2008	推荐	城市监控报警联网系统 技术标准 第3部分：前端信息采集技术要求
GA/T669.4—2008	推荐	城市监控报警联网系统 技术标准 第4部分：视音频编、解码技术要求
GA/T669.5—2008	推荐	城市监控报警联网系统 技术标准 第5部分：信息传输、交换、控制技术要求
GA/T669.6—2008	推荐	城市监控报警联网系统 技术标准 第6部分：视音频显示、存储、播放技术要求
GA/T669.7—2008	推荐	城市监控报警联网系统 技术标准 第7部分：管理平台技术要求
GA/T669.8—2009	推荐	城市监控报警联网系统 技术标准 第8部分：传输网络技术要求

（续表）

标准编号	性质	标准名称
GA/T669.9—2008	推荐	城市监控报警联网系统 技术标准 第9部分：卡口信息识别、比对、监测系统技术要求
GA/T669.10—2009	推荐	城市监控报警联网系统 技术标准 第10部分：无线视音频监控系统技术要求
GA/T671—2006	推荐	信息安全技术 终端计算机系统安全等级技术要求
GA/T672—2006	推荐	信息安全技术 终端计算机系统安全等级评估准则
GA/T680—2007	推荐	金融治安保卫管理信息基本数据项
GA/T681—2007	推荐	信息安全技术 网关安全技术要求
GA/T682—2007	推荐	信息安全技术 路由器安全技术要求
GA/T683—2007	推荐	信息安全技术 防火墙安全技术要求
GA/T684—2007	推荐	信息安全技术 交换机安全技术要求
GA/T685—2007	推荐	信息安全技术 交换机安全评估准则
GA/T686—2007	推荐	信息安全技术 虚拟专用网安全技术要求
GA/T687—2007	推荐	信息安全技术 公钥基础设施安全技术要求
GA/T691—2007	推荐	案（事）件现场勘验信息数据项规范
GA/T692—2007	推荐	案（事）件现场勘验信息交换格式
GA/T693.1—2007	推荐	案（事）件现场勘验信息分类与代码 第1部分：勘验职责代码
GA/T693.2—2007	推荐	案（事）件现场勘验信息分类与代码 第2部分：现场风向代码
GA/T693.3—2007	推荐	案（事）件现场勘验信息分类与代码 第3部分：现场出入口代码
GA/T693.4—2007	推荐	案（事）件现场勘验信息分类与代码 第4部分：现场物品翻动程度代码
GA/T693.5—2007	推荐	案（事）件现场勘验信息分类与代码 第5部分：物证分类与代码
GA/T693.6—2007	推荐	案（事）件现场勘验信息分类与代码 第6部分：物证形态代码
GA/T693.7—2007	推荐	案（事）件现场勘验信息分类与代码 第7部分：检材处置状况代码
GA/T693.8—2007	推荐	案（事）件现场勘验信息分类与代码 第8部分：作案工具来源代码
GA/T693.9—2007	推荐	案（事）件现场勘验信息分类与代码 第9部分：现场图类型分类与代码
GA/T693.10—2007	推荐	案（事）件现场勘验信息分类与代码 第10部分：现场照片类型代码
GA/T693.11—2007	推荐	案（事）件现场勘验信息分类与代码 第11部分：现场勘验光照条件代码
GA/T693.12—2007	推荐	案（事）件现场勘验信息分类与代码 第12部分：尸体状况分类与代码
GA/T693.13—2007	推荐	案（事）件现场勘验信息分类与代码 第13部分：人员致死原因分类与代码
GA/T693.14—2007	推荐	案（事）件现场勘验信息分类与代码 第14部分：死亡性质分类与代码
GA/T693.15—2007	推荐	案（事）件现场勘验信息分类与代码 第15部分：尸体角膜混浊度代码
GA/T694—2007	推荐	公安机关公文二维条码信息表示规范
GA/T695—2007	推荐	信息安全技术 网络通信安全审计数据留存功能要求
GA/T696—2007	推荐	信息安全技术 单机防入侵产品安全功能要求
GA/T697—2007	推荐	信息安全技术 静态网页恢复产品安全功能要求
GA/T698—2007	推荐	信息安全技术 信息过滤产品安全功能要求
GA/T699—2007	推荐	信息安全技术 计算机网络入侵报警通信交换技术要求
GA/T700—2007	推荐	信息安全技术 计算机网络入侵分级要求
GA/T704.1—2007	推荐	出入境管理信息代码 第1部分：涉外案（事）件种类代码

（续表）

标准编号	性质	标准名称
GA/T704.2—2007	推荐	出入境管理信息代码 第2部分：入出境通行口岸名称与类型代码
GA/T704.3—2007	推荐	出入境管理信息代码 第3部分：境外人员入境登记身份分类与代码
GA/T704.4—2007	推荐	出入境管理信息代码 第4部分：中国公民出境事由代码
GA/T704.5—2007	推荐	出入境管理信息代码 第5部分：通报备案单位类别代码
GA/T704.6—2007	推荐	出入境管理信息代码 第6部分：出入境案事件类型代码
GA/T704.7—2007	推荐	出入境管理信息代码 第7部分：境外人员入境事由代码
GA/T704.8—2007	推荐	出入境管理信息代码 第8部分：中国签证种类代码
GA/T704.9—2007	推荐	出入境管理信息代码 第9部分：通报备案人员类别代码
GA/T704.10—2007	推荐	出入境管理信息代码 第10部分：外国人居留事由代码
GA/T704.11—2007	推荐	出入境管理信息代码 第11部分：入出境人员乘坐交通工具类型代码
GA/T704.12—2007	推荐	出入境管理信息代码 第12部分：出入境证件附注项种类代码
GA/T704.13—2007	推荐	出入境管理信息代码 第13部分：入出境人员分类代码
GA/T704.14—2007	推荐	出入境管理信息代码 第14部分：港澳居民来往内地通行证机读码顺序标识
GA/T704.15—2007	推荐	出入境管理信息代码 第15部分：中国机读护照证件名称及种类代码
GA/T704.16—2007	推荐	出入境管理信息代码 第16部分：中国护照证件机读码顺序标识
GA/T704.17—2007	推荐	出入境管理信息代码 第17部分：签注种类代码
GA/T704.18—2007	推荐	出入境管理信息代码 第18部分：中国公民出境审批结果代码
GA/T704.19—2007	推荐	出入境管理信息代码 第19部分：入出境证件签发机关代码
GA/T706—2007	推荐	犯罪嫌疑人员数字像片技术要求及采集规范
GA/T708—2007	推荐	信息安全技术 信息系统安全等级保护体系框架
GA/T709—2007	推荐	信息安全技术 信息系统安全等级保护基本模型
GA/T710—2007	推荐	信息安全技术 信息系统安全等级保护基本配置
GA/T711—2007	推荐	信息安全技术 应用软件系统安全等级保护通用技术指南
GA/T712—2007	推荐	信息安全技术 应用软件系统安全等级保护通用测试指南
GA/T713—2007	推荐	信息安全技术 信息系统安全管理测评
GA/T818—2009	推荐	警用便携式治安管理信息采集终端通用技术要求
GA/T825—2009	推荐	电子物证数据搜索检验技术规范
GA/T826—2009	推荐	电子物证数据恢复检验技术规范
GA/T827—2009	推荐	电子物证文件一致性检验技术规范
GA/T828—2009	推荐	电子物证软件功能检验技术规范
GA/T829—2009	推荐	电子物证软件一致性检验技术规范
GA/T852.1—2009	推荐	娱乐服务场所治安管理信息规范 第1部分：娱乐服务场所分类代码
GA/T852.2—2009	推荐	娱乐服务场所治安管理信息规范 第2部分：娱乐服务场所备案编号规则
GA/T852.3—2009	推荐	娱乐服务场所治安管理信息规范 第3部分：业务登记序号编码规则
GA/T852.4—2009	推荐	娱乐服务场所治安管理信息规范 第4部分：娱乐服务场所变更类型代码
GA/T852.5—2009	推荐	娱乐服务场所治安管理信息规范 第5部分：娱乐服务场所备案材料代码
GA/T852.6—2009	推荐	娱乐服务场所治安管理信息规范 第6部分：娱乐服务场所治安级别代码
GA/T852.7—2009	推荐	娱乐服务场所治安管理信息规范 第7部分：娱乐服务场所状态代码
GA/T852.8—2009	推荐	娱乐服务场所治安管理信息规范 第8部分：从业人员类别代码

（续表）

标准编号	性质	标准名称
GA/T852.9—2009	推荐	娱乐服务场所治安管理信息规范 第9部分：从业人员编号规则
GA/T852.10—2009	推荐	娱乐服务场所治安管理信息规范 第10部分：从业人员从业状态代码
GA/T852.11—2009	推荐	娱乐服务场所治安管理信息规范 第11部分：基本数据项
GA/T852.12—2009	推荐	娱乐服务场所治安管理信息规范 第12部分：数据交换格式
GA/T852.13—2009	推荐	娱乐服务场所治安管理信息规范 第13部分：基本功能
GA/T855—2009	推荐	公安信息网络课件制作规范
GA/T859—2010	推荐	道路交通事故处理信息数据结构
GA/T860.1—2010	推荐	剧毒化学品公路运输管理信息规范 第1部分：数据结构
GA/T860.2—2010	推荐	剧毒化学品公路运输管理信息规范 第2部分：交换格式
GA/T861—2010	推荐	交警队信息平台数据结构
GA/T864—2010	推荐	活体掌纹图像采集技术规范
GA/T865—2010	推荐	活体掌纹图像采集接口规范
GA/T866—2010	推荐	活体指纹/掌纹采集设备测试技术规范
GA/T867.1—2010	推荐	公安民警违法违纪案件 线索管理信息代码 第1部分：案件性质分类代码
GA/T867.2—2010	推荐	公安民警违法违纪案件 线索管理信息代码 第2部分：组织处理代码
GA/T870—2010	推荐	闯红灯自动记录系统验收技术规范
GA/Z01—2004	指导	城市警用地理信息系统标准体系
GA/Z02—2005	指导	公安业务基础数据元素代码集
GA/Z03—2008	指导	道路交通管理标准体系表
GA100—1995	强制	武器弹药边防检查处理代码
GA106—1995	强制	中华人民共和国居民身份证专用证件纸926证件纸
GA135—1996	强制	DOS操作系统环境中计算机病毒防治产品测试方法
GA154—1996	强制	边防检查信息数据结构
GA16.1—2003	强制	道路交通事故信息代码 第1部分：道路交通事故等级代码
GA16.2—2003	强制	道路交通事故信息代码 第2部分：事故形态代码
GA16.3—2003	强制	道路交通事故信息代码 第3部分：事故原因分类与代码
GA16.4—2003	强制	道路交通事故信息代码 第4部分：机动车损坏程度代码
GA16.5—2003	强制	道路交通事故信息代码 第5部分：当事人责任类型代码
GA16.6—2003	强制	道路交通事故信息代码 第6部分：当事人伤害程度代码
GA16.7—2003	强制	道路交通事故信息代码 第7部分：人体损伤部位代码
GA16.8—2003	强制	道路交通事故信息代码 第8部分：出行目的代码
GA16.9—2003	强制	道路交通事故信息代码 第9部分：机动车行驶状态代码
GA16.10—2003	强制	道路交通事故信息代码 第10部分：驾驶机动车人员类型代码
GA16.11—2003	强制	道路交通事故信息代码 第11部分：当事机动车保险情况代码
GA163—1997	强制	计算机信息系统安全专用产品分类原则
GA17.1—2003	强制	道路交通事故现场信息代码 第1部分：道路类型代码
GA17.2—2003	强制	道路交通事故现场信息代码 第2部分：道路线形代码
GA17.3—2003	强制	道路交通事故现场信息代码 第3部分：道路地形代码
GA17.4—2003	强制	道路交通事故现场信息代码 第4部分：道路路面类型代码
GA17.5—2003	强制	道路交通事故现场信息代码 第5部分：道路路面情况代码

（续表）

标准编号	性质	标准名称
GA17.6—2003	强制	道路交通事故现场信息代码　第6部分：道路路口、路段类型代码
GA17.7—2003	强制	道路交通事故现场信息代码　第7部分：车行道设置代码
GA17.8—2003	强制	道路交通事故现场信息代码　第8部分：天气情况代码
GA17.9—2003	强制	道路交通事故现场信息代码　第9部分：道路照明条件代码
GA17.10—2003	强制	道路交通事故现场信息代码　第10部分：交通控制方式代码
GA17.11—2003	强制	道路交通事故现场信息代码　第11部分：现场类型代码
GA173—2002	强制	计算机信息系统防雷保安器
GA174—1998	强制	基于DOS的信息安全产品评级准则
GA176—1998	强制	公安移动通信网警用自动级规范
GA18—1992	强制	道路交通事故信息系统分类与代码　道路交通方式分类与代码
GA183—2005	强制	焰火晚会烟花爆竹燃放安全规程
GA20—1992	强制	机动车驾驶证证件种类与代码
GA21—1992	强制	车行道设置分类与代码
GA214.1—2004	强制	常住人口管理信息规范　第1部分：基本数据项
GA214.2—2004	强制	常住人口管理信息规范　第2部分：户籍管理信息数据项
GA214.3—2004	强制	常住人口管理信息规范　第3部分：居民身份证管理信息数据项
GA214.4—2004	强制	常住人口管理信息规范　第4部分：居民身份证受理号
GA214.5—2004	强制	常住人口管理信息规范　第5部分：居民身份证申领原因代码
GA214.6—2004	强制	常住人口管理信息规范　第6部分：居民身份证制证类型代码
GA214.7—2004	强制	常住人口管理信息规范　第7部分：居民身份证领证方式代码
GA214.8—2004	强制	常住人口管理信息规范　第8部分：居民身份证有效期限
GA214.9—2004	强制	常住人口管理信息规范　第9部分：居民身份证审核结果代码
GA214.10—2004	强制	常住人口管理信息规范　第10部分：居民身份证制证信息错误类别代码
GA214.11—2004	强制	常住人口管理信息规范　第11部分：常住人口信息交换数据包编号
GA214.12—2004	强制	常住人口管理信息规范　第12部分：宗教信仰代码
GA214.13—2004	强制	常住人口管理信息规范　第13部分：变更更正类别代码
GA214.14—2004	强制	常住人口管理信息规范　第14部分：居民身份证制作信息数据交换格式
GA214.15—2005	强制	常住人口管理信息规范　第15部分：常住人口管理信息数据交换格式
GA214.16—2005	强制	常住人口管理信息规范　第16部分：常住人口迁移区域范围代码
GA214.17—2005	强制	常住人口管理信息规范　第17部分：常住人口管理业务类型代码
GA214.18—2005	强制	常住人口管理信息规范　第18部分：常住人口注销标识代码
GA214.19—2005	强制	常住人口管理信息规范　第19部分：常住人口管理信息交换数据异常类型代码
GA214.20—2005	强制	常住人口管理信息规范　第20部分：常住人口管理信息交换数据包异常类型代码
GA214—1999	强制	常住人口信息管理系统数据结构
GA215—1999	强制	暂住人口信息管理系统数据结构
GA216—1999	强制	计算机信息系统安全产品部件　第1部分：安全功能检测
GA23.1—1992	强制	机动车驾驶员违章处分原因分类与代码
GA23.2—1992	强制	机动车驾驶员来源分类与代码

（续表）

标准编号	性质	标准名称
GA23.3—1992	强制	机动车驾驶员处分类别分类与代码
GA23.4—1992	强制	机动车驾驶员处分性质分类与代码
GA23.5—1992	强制	机动车驾驶员报表格式
GA23.6—1992	强制	机动车驾驶证注销分类与代码
GA230.7—1999	强制	旅馆业治安管理信息代码　第7部分：旅馆治安案件类型代码
GA230.8—1999	强制	旅馆业治安管理信息代码　第8部分：外部查询角色代码
GA231—1999	强制	全国公安无线寻呼联网技术规范
GA232.1—1999	强制	旅馆业治安管理信息系统 用户管理规范　第1部分：用户角色
GA232.2—1999	强制	旅馆业治安管理信息系统 用户管理规范　第2部分：用户访问控制与管理
GA233.1—1999	强制	旅馆业治安管理信息基本数据交换格式　第1部分：旅客信息基本数据交换格式
GA233.2—1999	强制	旅馆业治安管理信息基本数据交换格式　第2部分：旅馆信息基本数据交换格式
GA233.3—1999	强制	旅馆业治安管理信息基本数据交换格式　第3部分：旅馆发案情况基本数据交换格式
GA233.4—1999	强制	旅馆业治安管理信息基本数据交换格式　第4部分：旅馆处罚结果基本数据交换格式
GA234—1999	强制	旅馆业治安管理信息系统基本功能
GA236—2000	强制	公务用枪报废技术规范
GA238—2000	强制	海上执勤证
GA239—2000	强制	公安边防船艇舷号
GA24.1—2005	强制	机动车登记信息代码　第1部分：获得方式代码
GA24.2—2005	强制	机动车登记信息代码　第2部分：定期检验情况代码
GA24.3—2005	强制	机动车登记信息代码　第3部分：使用性质代码
GA24.4—2005	强制	机动车登记信息代码　第4部分：车辆类型代码
GA24.5—2005	强制	机动车登记信息代码　第5部分：所有权代码
GA24.6—2005	强制	机动车登记信息代码　第6部分：业务登记代码
GA24.7—2005	强制	机动车登记信息代码　第7部分：号牌种类代码
GA24.8—2005	强制	机动车登记信息代码　第8部分：车身颜色基本色调代码
GA24.9—2005	强制	机动车登记信息代码　第9部分：燃料（能源）种类代码
GA24.10—2005	强制	机动车登记信息代码　第10部分：机动车来历凭证代码
GA24.11—2005	强制	机动车登记信息代码　第11部分：进口凭证代码
GA24.12—2005	强制	机动车登记信息代码　第12部分：国产/进口车辆代码
GA24.13—2005	强制	机动车登记信息代码　第13部分：变更情况代码
GA24.14—2005	强制	机动车登记信息代码　第14部分：注销原因代码
GA24.15—2005	强制	机动车登记信息代码　第15部分：补/换领牌证原因代码
GA24.16—2005	强制	机动车登记信息代码　第16部分：转向形式代码
GA24.17—2005	强制	机动车登记信息代码　第17部分：机动车状态代码
GA24.18—2001	强制	机动车登记信息代码　第18部分：制证原因代码
GA24.19—2005	强制	机动车登记信息代码　第19部分：补/换领牌证业务代码

（续表）

标准编号	性质	标准名称
GA24.20—2005	强制	机动车登记信息代码　第20部分：身份证明名称代码
GA24.21—2005	强制	机动车登记信息代码　第21部分：相关资料代码
GA240.1—2000	强制	刑事犯罪信息管理代码　第1部分：案件类别代码
GA240.2—2000	强制	刑事犯罪信息管理代码　第2部分：专长代码
GA240.3—2000	强制	刑事犯罪信息管理代码　第3部分：体表特殊标记代码
GA240.4—2000	强制	刑事犯罪信息管理代码　第4部分：选择时机分类和代码
GA240.5—2000	强制	刑事犯罪信息管理代码　第5部分：选择处所分类和代码
GA240.6—2000	强制	刑事犯罪信息管理代码　第6部分：选择对象分类和代码
GA240.7—2000	强制	刑事犯罪信息管理代码　第7部分：作案手段分类和代码
GA240.8—2000	强制	刑事犯罪信息管理代码　第8部分：作案特点分类和代码
GA240.9—2000	强制	刑事犯罪信息管理代码　第9部分：销赃方式分类和代码
GA240.10—2000	强制	刑事犯罪信息管理代码　第10部分：涉案物品分类和代码
GA240.11—2000	强制	刑事犯罪信息管理代码　第11部分：主要货币代码
GA240.12—2000	强制	刑事犯罪信息管理代码　第12部分：管理方法代码
GA240.13—2000	强制	刑事犯罪信息管理代码　第13部分：人身伤害程度代码
GA240.14—2000	强制	刑事犯罪信息管理代码　第14部分：在逃人员类型代码
GA240.15—2000	强制	刑事犯罪信息管理代码　第15部分：人员关系代码
GA240.16—2000	强制	刑事犯罪信息管理代码　第16部分：违法犯罪经历代码
GA240.17—2000	强制	刑事犯罪信息管理代码　第17部分：涉案单位类型代码
GA240.18—2000	强制	刑事犯罪信息管理代码　第18部分：破案方式分类和代码
GA240.19—2000	强制	刑事犯罪信息管理代码　第19部分：作案原因代码
GA240.20—2000	强制	刑事犯罪信息管理代码　第20部分：处理方式分类和代码
GA240.21—2003	强制	刑事犯罪信息管理代码　第21部分：危害程度代码
GA240.22—2003	强制	刑事犯罪信息管理代码　第22部分：可疑依据代码
GA240.23—2003	强制	刑事犯罪信息管理代码　第23部分：不在业代码
GA240.24—2003	强制	刑事犯罪信息管理代码　第24部分：体貌特征分类和代码
GA240.25—2003	强制	刑事犯罪信息管理代码　第25部分：牙齿位置代码
GA240.26—2003	强制	刑事犯罪信息管理代码　第26部分：票券代码
GA240.27—2003	强制	刑事犯罪信息管理代码　第27部分：枪支弹药分类和代码
GA240.28—2003	强制	刑事犯罪信息管理代码　第28部分：暂留缘由代码
GA240.29—2003	强制	刑事犯罪信息管理代码　第29部分：发案地域类型代码
GA240.30—2003	强制	刑事犯罪信息管理代码　第30部分：户籍地类型代码
GA240.31—2003	强制	刑事犯罪信息管理代码　第31部分：人身受害形式代码
GA240.32—2003	强制	刑事犯罪信息管理代码　第32部分：刑嫌类别代码
GA240.33—2003	强制	刑事犯罪信息管理代码　第33部分：刑嫌调控对象来源代码
GA240.34—2003	强制	刑事犯罪信息管理代码　第34部分：居住状况代码
GA240.35—2003	强制	刑事犯罪信息管理代码　第35部分：撤控理由代码
GA240.36—2003	强制	刑事犯罪信息管理代码　第36部分：指印分类和代码
GA240.37—2003	强制	刑事犯罪信息管理代码　第37部分：指节印分类和代码
GA240.38—2003	强制	刑事犯罪信息管理代码　第38部分：手掌印分类和代码

（续表）

标准编号	性质	标准名称
GA240.39—2003	强制	刑事犯罪信息管理代码 第39部分：手套印代码
GA240.40—2003	强制	刑事犯罪信息管理代码 第40部分：鞋印分类和代码
GA240.41—2003	强制	刑事犯罪信息管理代码 第41部分：脚印分类和代码
GA240.42—2003	强制	刑事犯罪信息管理代码 第42部分：工具痕迹分类和代码
GA240.43—2003	强制	刑事犯罪信息管理代码 第43部分：车辆轮胎痕迹分类和代码）
GA240.44—2003	强制	刑事犯罪信息管理代码 第44部分：整体分离痕迹代码
GA240.45—2003	强制	刑事犯罪信息管理代码 第45部分：纺织品痕迹代码
GA240.46—2003	强制	刑事犯罪信息管理代码 第46部分：牙齿痕迹代码
GA240.47—2003	强制	刑事犯罪信息管理代码 第47部分：笔迹分类和代码
GA240.48—2003	强制	刑事犯罪信息管理代码 第48部分：步幅特征分类和代码
GA240.49—2003	强制	刑事犯罪信息管理代码 第49部分：射击弹壳痕迹分类和代码
GA240.50—2003	强制	刑事犯罪信息管理代码 第50部分：射击弹头痕迹分类和代码
GA240.51—2003	强制	刑事犯罪信息管理代码 第51部分：微量物证分类和代码
GA240.52—2003	强制	刑事犯罪信息管理代码 第52部分：鞋底花纹分类和代码
GA240.53—2003	强制	刑事犯罪信息管理代码 第53部分：印刷字迹分类和代码
GA240.54—2003	强制	刑事犯罪信息管理代码 第54部分：通缉级别代码
GA240.55—2003	强制	刑事犯罪信息管理代码 第55部分：督捕级别代码
GA240.56—2003	强制	刑事犯罪信息管理代码 第56部分：在逃人员信息编号规则
GA240.57—2003	强制	刑事犯罪信息管理代码 第57部分：汉语口音编码规则
GA241.1—2000	强制	印章治安管理信息系统 第1部分：印章信息编码
GA241.2—2000	强制	印章治安管理信息系统 第2部分：印章信息代码
GA241.3—2000	强制	印章治安管理信息系统 第3部分：印章图像的数据格式
GA241.4—2000	强制	印章治安管理信息系统 第4部分：数据结构
GA241.5—2000	强制	印章治安管理信息系统 第5部分：数据交换格式
GA241.6—2000	强制	印章治安管理信息系统 第6部分：主页规范
GA241.7—2000	强制	印章治安管理信息系统 第7部分：基本功能
GA241.8—2000	强制	印章治安管理信息系统 第8部分：印章自动识别系统的性能指标和检测方法
GA241.9—2000	强制	印章治安管理信息系统 第9部分：印章质量规范与检测方法
GA243—2000	强制	计算机病毒防治产品评级准则
GA248.10—2000	强制	边防管理船舶信息代码 第10部分：船舶边防检查类型代码
GA248.11—2000	强制	边防管理船舶信息代码 第11部分：查控船舶性质代码
GA248.1—2000	强制	边防管理船舶信息代码 第1部分：船舶性质代码
GA248.2—2000	强制	边防管理船舶信息代码 第2部分：船舶用途代码
GA248.3—2000	强制	边防管理船舶信息代码 第3部分：船体材料代码
GA248.4—2000	强制	边防管理船舶信息代码 第4部分：船舶来源代码
GA248.5—2000	强制	边防管理船舶信息代码 第5部分：船舶使用类型代码
GA248.6—2000	强制	边防管理船舶信息代码 第6部分：船舶颜色代码
GA248.7—2000	强制	边防管理船舶信息代码 第7部分：船舶部位代码
GA248.8—2000	强制	边防管理船舶信息代码 第8部分：船舶种类代码

（续表）

标准编号	性质	标准名称
GA248.9—2000	强制	边防管理船舶信息代码　第9部分：船舶边防监护类型代码
GA264—2000	强制	沿海船舶　船民信息数据结构
GA267—2000	强制	计算机信息系统雷电电磁脉冲安全防护规范
GA268—2001	强制	道路交通事故尸体检验
GA300.1—2001	强制	看守所在押人员信息管理代码　第1部分：看守所编码
GA300.2—2001	强制	看守所在押人员信息管理代码　第2部分：监管业务指导部门编码
GA300.3—2001	强制	看守所在押人员信息管理代码　第3部分：在押人员编码
GA300.4—2001	强制	看守所在押人员信息管理代码　第4部分：监室编码
GA300.5—2001	强制	看守所在押人员信息管理代码　第5部分：身份代码
GA300.6—2001	强制	看守所在押人员信息管理代码　第6部分：特殊身份代码
GA300.7—2001	强制	看守所在押人员信息管理代码　第7部分：入所原因代码
GA300.8—2001	强制	看守所在押人员信息管理代码　第8部分：收押凭证代码
GA300.9—2001	强制	看守所在押人员信息管理代码　第9部分：成员类型代码
GA300.10—2001	强制	看守所在押人员信息管理代码　第10部分：诉讼阶段代码
GA300.11—2001	强制	看守所在押人员信息管理代码　第11部分：人员管理类别代码
GA300.12—2001	强制	看守所在押人员信息管理代码　第12部分：临时出所原因代码
GA300.13—2001	强制	看守所在押人员信息管理代码　第13部分：出所原因代码
GA300.14—2001	强制	看守所在押人员信息管理代码　第14部分：留所原因代码
GA300.15—2001	强制	看守所在押人员信息管理代码　第15部分：办案单位类型代码
GA300.16—2001	强制	看守所在押人员信息管理代码　第16部分：奖惩形式代码
GA300.17—2001	强制	看守所在押人员信息管理代码　第17部分：事故类别代码
GA300.18—2001	强制	看守所在押人员信息管理代码　第18部分：使用戒具原因代码
GA300.19—2001	强制	看守所在押人员信息管理代码　第19部分：调整监室原因代码
GA300.20—2001	强制	看守所在押人员信息管理代码　第20部分：看守所等级代码
GA300.21—2001	强制	看守所在押人员信息管理代码　第21部分：看守所规模代码
GA300.22—2001	强制	看守所在押人员信息管理代码　第22部分：监管单位归口类别代码
GA300.23—2001	强制	看守所在押人员信息管理代码　第23部分：监管单位类别代码
GA301.1—2001	强制	看守所在押人员信息管理数据交换格式　第1部分：在押人员数据交换格式
GA301.2—2001	强制	看守所在押人员信息管理数据交换格式　第2部分：看守所数据交换格式
GA301.3—2001	强制	看守所在押人员信息管理数据交换格式　第3部分：监管业务指导部门数据交换格式
GA302—2001	强制	看守所在押人员信息管理系统功能
GA308—2001	强制	安全防范系统验收规则
GA324.1—2001	强制	人口信息管理代码　第1部分：户口类别代码
GA324.2—2001	强制	人口信息管理代码　第2部分：户口迁移变动分类代码
GA324.3—2001	强制	人口信息管理代码　第3部分：申领居民身份证原因代码
GA324.4—2001	强制	人口信息管理代码　第4部分：缴销居民身份证情况代码
GA324.5—2001	强制	人口信息管理代码　第5部分：兵役状况代码
GA324.6—2001	强制	人口信息管理代码　第6部分：血型代码

（续表）

标准编号	性质	标准名称
GA324.7—2001	强制	人口信息管理代码　第7部分：常住人口信息级别代码
GA329.1—2005	强制	全国道路交通管理信息数据库规范　第1部分：机动车驾驶证管理信息数据结构
GA329.2—2005	强制	全国道路交通管理信息数据库规范　第2部分：机动车登记信息数据结构
GA329.3—2006	强制	全国道路交通管理信息数据库规范　第3部分：交通违法管理信息数据库
GA329.4—2004	强制	全国道路交通管理信息数据库规范　第4部分：交通事故统计信息数据库规范
GA329.5—2003	强制	全国道路交通管理信息数据库规范　第5部分：进口机动车辆信息数据库规范
GA330—2001	强制	351兆报警传输技术规范
GA332.1—2001	强制	禁毒信息管理代码　第1部分：毒品种类代码
GA332.2—2001	强制	禁毒信息管理代码　第2部分：吸毒原因代码
GA332.3—2001	强制	禁毒信息管理代码　第3部分：毒品来源代码
GA332.4—2001	强制	禁毒信息管理代码　第4部分：吸毒后果代码
GA332.5—2001	强制	禁毒信息管理代码　第5部分：毒资来源代码
GA332.6—2001	强制	禁毒信息管理代码　第6部分：戒毒类别代码
GA332.7—2001	强制	禁毒信息管理代码　第7部分：吸毒人员变更原因代码
GA332.8—2001	强制	禁毒信息管理代码　第8部分：情报线索来源代码
GA332.9—2001	强制	禁毒信息管理代码　第9部分：线索提供方式代码
GA332.10—2001	强制	禁毒信息管理代码　第10部分：藏毒方式代码
GA332.11—2001	强制	禁毒信息管理代码　第11部分：种植毒品原植物目的代码
GA332.12—2001	强制	禁毒信息管理代码　第12部分：查获毒品处理情况代码
GA332.13—2001	强制	禁毒信息管理代码　第13部分：贩运方式代码
GA335—2001	强制	出海船民证
GA336—2001	强制	合资船船员登轮证
GA337—2001	强制	合资船船员登录证
GA338—2001	强制	出海船舶户口簿
GA339—2001	强制	出海船舶边防登记簿
GA36—1992	强制	中华人民共和国机动车号牌
GA370—2001	强制	端设备隔离部件安全技术要求
GA371—2001	强制	计算机信息系统实体安全技术要求　第1部分：局域计算环境
GA37—2008	强制	中华人民共和国机动车行驶证
GA372—2001	强制	防火墙产品的安全功能检测
GA378—2002	强制	警用电子海图图式规范
GA380—2002	强制	全国公安机关机构代码编制规则
GA381.1—2002	强制	公共数据交换格式　第1部分：应用层接口格式
GA381.2—2002	强制	公共数据交换格式　第2部分：交换层接口格式
GA393.1—2002	强制	全国公安人事管理信息结构体系　第1部分：指标体系分类与代码
GA393.2—2002	强制	全国公安人事管理信息结构体系　第2部分：数据结构
GA395—2002	强制	边防执勤证

标准编号	性质	标准名称
GA397.1—2002	强制	经济犯罪案件信息管理系统技术规范　第1部分：基本功能
GA397.2—2002	强制	经济犯罪案件信息管理系统技术规范　第2部分：角色分类及权限
GA397.3—2002	强制	经济犯罪案件信息管理系统技术规范　第3部分：案件名称组成方法
GA398.1—2002	强制	经济犯罪案件信息管理代码　第1部分：案件编号
GA398.2—2002	强制	经济犯罪案件信息管理代码　第2部分：案件来源代码
GA398.3—2002	强制	经济犯罪案件信息管理代码　第3部分：案件督办级别代码
GA398.4—2002	强制	经济犯罪案件信息管理代码　第4部分：初查审核结果代码
GA398.5—2002	强制	经济犯罪案件信息管理代码　第5部分：侦查工作阶段代码
GA398.6—2002	强制	经济犯罪案件信息管理代码　第6部分：补立案件原因代码
GA398.7—2002	强制	经济犯罪案件信息管理代码　第7部分：撤销案件原因代码
GA398.8—2002	强制	经济犯罪案件信息管理代码　第8部分：统计立（破）案时间段
GA398.9—2002	强制	经济犯罪案件信息管理代码　第9部分：犯罪主体类型代码
GA398.10—2002	强制	经济犯罪案件信息管理代码　第10部分：作案手段代码
GA398.11—2002	强制	经济犯罪案件信息管理代码　第11部分：经侦民警编号
GA398.12—2002	强制	经济犯罪案件信息管理代码　第12部分：嫌疑人编号
GA398.13—2002	强制	经济犯罪案件信息管理代码　第13部分：逃犯抓获方法代码
GA398.14—2002	强制	经济犯罪案件信息管理代码　第14部分：强制措施代码
GA398.15—2002	强制	经济犯罪案件信息管理代码　第15部分：嫌疑人现实状况代码
GA398.16—2002	强制	经济犯罪案件信息管理代码　第16部分：犯罪嫌疑单位编号
GA398.17—2002	强制	经济犯罪案件信息管理代码　第17部分：报案、发案、受害单位行业分类代码
GA398.18—2002	强制	经济犯罪案件信息管理代码　第18部分：移送案件机关、部门代码
GA398.19—2002	强制	经济犯罪案件信息管理代码　第19部分：犯罪集团类型代码
GA398.20—2002	强制	经济犯罪案件信息管理代码　第20部分：书证物证种类代码
GA398.21—2002	强制	经济犯罪案件信息管理代码　第21部分：证据类别代码
GA398.22—2002	强制	经济犯罪案件信息管理代码　第22部分：缴获物品处理情况代码
GA399.1—2002	强制	经济犯罪案件基本信息数据结构　第1部分：案件信息数据结构
GA399.2—2002	强制	经济犯罪案件基本信息数据结构　第2部分：报案人数据结构
GA399.3—2002	强制	经济犯罪案件基本信息数据结构　第3部分：受害人数据结构
GA399.4—2002	强制	经济犯罪案件基本信息数据结构　第4部分：嫌疑人数据结构
GA399.5—2002	强制	经济犯罪案件基本信息数据结构　第5部分：受害、发案、报案单位数据结构
GA399.6—2002	强制	经济犯罪案件基本信息数据结构　第6部分：嫌疑单位数据结构
GA399.7—2002	强制	经济犯罪案件基本信息数据结构　第7部分：犯罪集团数据结构
GA399.8—2002	强制	经济犯罪案件基本信息数据结构　第8部分：涉案物品数据结构
GA400—2002	强制	气体灭火系统及零部件性能要求和试验方法
GA400—2005	强制	气体灭火系统及零部件性能要求和试验方法
GA40—2004	强制	交通事故案卷文书（第　修改单）
GA406—2002	强制	车身反光标识
GA406—2002	强制	车身反光标志（第1号修改单）

（续表）

标准编号	性质	标准名称
GA407.1—2003	强制	进口机动车制造厂品牌名称代码 第1部分：制造厂名称代码
GA407.2—2003	强制	进口机动车制造厂品牌名称代码 第2部分：车辆品牌名称代码
GA408.1—2006	强制	道路交通违法管理信息代码 第1部分：交通违法行为分类与代码
GA408.2—2006	强制	道路交通违法管理信息代码 第2部分：交通违法编号
GA408.3—2006	强制	道路交通违法管理信息代码 第3部分：交通违法地点编码规则
GA408.4—2006	强制	道路交通违法管理信息代码 第4部分：交通违法处罚种类代码
GA408.5—2006	强制	道路交通违法管理信息代码 第5部分：强制措施代码
GA408.6—2006	强制	道路交通违法管理信息代码 第6部分：扣留物品代码
GA408.7—2006	强制	道路交通违法管理信息代码 第7部分：收缴物品代码
GA408.8—2006	强制	道路交通违法管理信息代码 第8部分：驾驶证吊销原因代码
GA408.9—2006	强制	道路交通违法管理信息代码 第9部分：文书类别代码
GA408.10—2006	强制	道路交通违法管理信息代码 第10部分：交通违法缴款方式代码
GA408.11—2003	强制	道路交通违章管理信息代码 第11部分：驾驶证撤销原因代码
GA408.12—2003	强制	道路交通违章管理信息代码 第12部分：机动车牌证撤销原因代码
GA408.13—2003	强制	道路交通违章管理信息代码 第13部分：文书类型代码
GA408.14—2003	强制	道路交通违章管理信息代码 第14部分：扣证类型代码
GA409.2—2003	强制	全国道路交通管理系统数据交换格式 第2部分：机动车登记数据交换格式
GA409.3—2003	强制	全国道路交通管理系统数据交换格式 第3部分：交通违章数据交换格式
GA409.4—2004	强制	全国道路交通管理系统数据交换格式 第4部分：交通事故统计数据交换格式
GA409.5—2003	强制	全国道路交通管理系统数据交换格式 第5部分：进口机动车档案数据交换格式
GA410.1—2003	强制	进口机动车登记信息代码 第1部分：证明书类型代码
GA410.2—2003	强制	进口机动车登记信息代码 第2部分：核对错误信息代码
GA410.3—2003	强制	进口机动车登记信息代码 第3部分：证明书状态代码
GA41—2005	强制	交通事故痕迹物证勘验
GA417.1—2003	强制	公安综合信息系统规范 第1部分：共享数据项集
GA417.2—2003	强制	公安综合信息系统规范 第2部分：Web页面设计规范
GA417.3—2003	强制	公安综合信息系统规范 第3部分：跨地区查询接口规范
GA425.10—2003	强制	指纹自动识别系统基础技术规范 第10部分：指纹图像数据的压缩和恢复
GA425.1—2003	强制	指纹自动识别系统基础技术规范 第1部分：指纹自动识别系统术语
GA425.2—2003	强制	指纹自动识别系统基础技术规范 第2部分：指纹指位代码
GA425.3—2003	强制	指纹自动识别系统基础技术规范 第3部分：指纹纹型分类及代码
GA425.4—2003	强制	指纹自动识别系统基础技术规范 第4部分：指纹自动识别系统产品代码编制规则
GA425.5—2003	强制	指纹自动识别系统基础技术规范 第5部分：十指指纹信息卡式样和填写规范
GA425.6—2003	强制	指纹自动识别系统基础技术规范 第6部分：十指指纹文字数据项及格式
GA425.7—2003	强制	指纹自动识别系统基础技术规范 第7部分：现场指纹信息卡式样和填写

（续表）

标准编号	性质	标准名称
		规范
GA425.8—2003	强制	指纹自动识别系统基础技术规范 　第8部分：现场指纹文字数据项及格式
GA425.9—2003	强制	指纹自动识别系统基础技术规范 　第9部分：指纹图像数据转换的技术条件
GA426—2003	强制	指纹自动识别系统数据交换文件格式
GA427—2003	强制	刑事案件信息系统数据规范
GA428—2003	强制	违法犯罪人员信息系统数据规范
GA431—2003	强制	印刷业治安管理信息代码
GA432—2003	强制	印刷业治安管理信息系统数据库规范
GA433—2003	强制	印刷业治安管理信息系统数据交换格式
GA434.1—2003	强制	印刷业治安管理信息系统技术规范 　第1部分：用户管理
GA434.2—2003	强制	印刷业治安管理信息系统技术规范 　第2部分：基本功能
GA434.3—2003	强制	印刷业治安管理信息系统技术规范 　第3部分：主页内容
GA434.4—2003	强制	印刷业治安管理信息系统技术规范 　第4部分：系统功能检查
GA435—2003	强制	机动车修理业、报废机动车回收拆解业治安管理信息代码
GA436—2003	强制	机动车修理业、报废机动车回收拆解业治安管理信息系统数据库规范
GA437—2003	强制	机动车修理业、报废机动车回收拆解业治安管理信息系统数据交换格式
GA438.1—2003	强制	机动车修理业、报废机动车回收拆解业治安管理信息系统技术规范　第1部分：用户管理
GA438.2—2003	强制	机动车修理业、报废机动车回收拆解业治安管理信息系统技术规范　第2部分：基本功能
GA438.3—2003	强制	机动车修理业、报废机动车回收拆解业治安管理信息系统技术规范　第3部分：主页内容
GA438.4—2003	强制	机动车修理业、报废机动车回收拆解业治安管理信息系统技术规范　第4部分：系统功能检测
GA439—2003	强制	治安管理特种行业分类代码
GA441—2003	强制	工业雷管编码通则
GA448—2003	强制	居民身份证总体技术要求
GA449—2003	强制	居民身份证术语
GA450—2003	强制	台式居民身份证阅读器通用技术要求
GA450—2003	强制	台式居民身份证阅读器通用技术要求（第1号修改单）
GA451—2003	强制	居民身份证卡体技术规范
GA452.1—2004	强制	居民身份证打印技术规范 　第1部分：打印质量要求
GA452.2—2004	强制	居民身份证打印技术规范 　第2部分：打印设备技术要求
GA453.1—2004	强制	居民身份证冲切技术规范 　第1部分：冲切质量要求
GA453.2—2004	强制	居民身份证冲切技术规范 　第2部分：冲切设备技术要求
GA454.1—2004	强制	居民身份证平压技术规范 　第1部分：平压质量要求
GA454.2—2004	强制	居民身份证平压技术规范 　第2部分：平压设备技术要求
GA455—2004	强制	居民身份证印刷要求
GA456—2004	强制	居民身份证视读个人信息排列格式

（续表）

标准编号	性质	标准名称
GA457—2004	强制	居民身份证元件层技术规范
GA458—2004	强制	居民身份证证件质量要求
GA459—2004	强制	居民身份证材料及所用软件、设备代码
GA460.1—2004	强制	居民身份证卡体材料及打印薄膜技术规范　第1部分：制卡用垫平层白色PETG薄膜
GA460.2—2004	强制	居民身份证卡体材料及打印薄膜技术规范　第2部分：制卡用印刷层白色PETG薄膜
GA460.3—2004	强制	居民身份证卡体材料及打印薄膜技术规范　第3部分：制卡用保护层PETG薄膜
GA460.4—2004	强制	居民身份证卡体材料及打印薄膜技术规范　第4部分：制卡用模块、线圈承载层白色PETG薄膜
GA460.5—2004	强制	居民身份证卡体材料及打印薄膜技术规范　第5部分：打印薄膜
GA461—2004	强制	居民身份证制证用数字相片技术要求
GA467—2004	强制	居民身份证验证安全控制模块接口技术规范
GA469—2004	强制	法庭科学DNA数据库选用的基因座及其数据结构
GA470—2004	强制	法庭科学DNA数据
GA482—2004	强制	中华人民共和国机动车驾驶证
GA490—2004	强制	居民身份证机读信息规范
GA49—1993	强制	道路交通事故现场图绘制
GA50—2005	强制	道路交通事故勘验照相
GA519.1－2004	强制	公安被装管理信息代码　第1部分：被装品种分类与代码
GA519.2—2004	强制	公安被装管理信息代码　第2部分：被装号型分类与代码
GA519.3—2004	强制	公安被装管理信息代码　第3部分：生产企业分类与代码
GA519.4—2004	强制	公安被装管理信息代码　第4部分：着装资金来源代码
GA519.5—2004	强制	公安被装管理信息代码　第5部分：着装分类代码
GA519.6—2004	强制	公安被装管理信息代码　第6部分：气候区代码
GA519.7—2004	强制	公安被装管理信息代码　第7部分：人员经费编制代码
GA519.8—2004	强制	公安被装管理信息代码　第8部分：人员调出减少方式代码
GA519.9—2004	强制	公安被装管理信息代码　第9部分：警衔代码
GA520.1—2004	强制	公安被装管理信息体系结构　第1部分：指标体系分类与代码
GA520.2—2004	强制	公安被装管理信息体系结构　第2部分：结构法庭
GA520.3—2004	强制	公安被装管理信息体系结构　第3部分：数据交换格式
GA552.3—2005	强制	公安身份认证与访问控制管理系统规范　第3部分：授权策略
GA552.4—2005	强制	公安身份认证与访问控制管理系统规范　第4部分：数字证书格式
GA552.5—2005	强制	公安身份认证与访问控制管理系统规范　第5部分：属性证书格式
GA552.6—2005	强制	公安身份认证与访问控制管理系统规范　第6部分：目录服务建设
GA557.1—2005	强制	互联网上网服务营业场所信息安全管理代码　第1部分　营业场所代码
GA557.2—2005	强制	互联网上网服务营业场所信息安全管理代码　第2部分　营业场所营业状态代码
GA557.3—2005	强制	互联网上网服务营业场所信息安全管理代码　第3部分　审计级别代码

（续表）

标准编号	性质	标准名称
GA557.4—2005	强制	互联网上网服务营业场所信息安全管理代码　第4部分　营业场所处罚结果代码
GA557.5—2005	强制	互联网上网服务营业场所信息安全管理代码　第5部分　服务类型代码
GA557.6—2005	强制	互联网上网服务营业场所信息安全管理代码　第6部分　营业场所接入方式代码
GA557.7—2005	强制	互联网上网服务营业场所信息安全管理代码　第7部分　管理端代码
GA557.8—2005	强制	互联网上网服务营业场所信息安全管理代码　第8部分　系统操作日志操作行为代码
GA557.9—2005	强制	互联网上网服务营业场所信息安全管理代码　第9部分　规则动作代码
GA557.10—2005	强制	互联网上网服务营业场所信息安全管理代码　第10部分　接入服务商代码
GA557.11—2005	强制	互联网上网服务营业场所信息安全管理代码　第11部分　营业场所运行状态代码
GA557.12—2005	强制	互联网上网服务营业场所信息安全管理代码　第12部分　审计规则代码
GA558.1—2005	强制	互联网上网服务营业场所信息安全管理系统数据交换格式　第1部分　终端上线数据基本数据交换格式
GA558.2—2005	强制	互联网上网服务营业场所信息安全管理系统数据交换格式　第2部分　终端下线数据基本数据交换格式
GA558.3—2005	强制	互联网上网服务营业场所信息安全管理系统数据交换格式　第3部分　营业场所信息基本数据交换格式
GA558.4—2005	强制	互联网上网服务营业场所信息安全管理系统数据交换格式　第4部分　营业场所处罚结果信息基本数据交换格式
GA558.5—2005	强制	互联网上网服务营业场所信息安全管理系统数据交换格式　第5部分　营业场所营业状态信息基本数据交换格式
GA558.6—2005	强制	互联网上网服务营业场所信息安全管理系统数据交换格式　第6部分　消息基本数据交换格式
GA558.7—2005	强制	互联网上网服务营业场所信息安全管理系统数据交换格式　第7部分　上网卡信息基本数据交换格式
GA558.8—2005	强制	互联网上网服务营业场所信息安全管理系统数据交换格式　第8部分　营业场所运行状态基本数据交换格式
GA559—2005	强制	互联网上网服务营业场所信息安全管理系统营业场所端功能要求
GA560—2005	强制	互联网上网服务营业场所信息安全管理系统营业场所端与营业场所经营管理系统接口技术要求
GA561—2005	强制	互联网上网服务营业场所信息安全管理系统管理端功能要求
GA562—2005	强制	互联网上网服务营业场所信息安全管理系统管理端接口技术要求
GA581.1—2005	强制	机动车驾驶证管理信息代码　第1部分：驾驶证档案编号编码规则
GA581.2—2005	强制	机动车驾驶证管理信息代码　第2部分：驾驶人来源代码
GA581.3—2005	强制	机动车驾驶证管理信息代码　第3部分：驾驶证种类代码
GA581.4—2005	强制	机动车驾驶证管理信息代码　第4部分：驾驶证补换证原因代码
GA581.5—2005	强制	机动车驾驶证管理信息代码　第5部分：驾驶证状态代码
GA581.6—2005	强制	机动车驾驶证管理信息代码　第6部分：驾驶证注销原因代码

（续表）

标准编号	性质	标准名称
GA581.7—2005	强制	机动车驾驶证管理信息代码　第7部分：驾驶证业务登记代码
GA581.8—2005	强制	机动车驾驶证管理信息代码　第8部分：驾驶证申请限制原因代码
GA581.9—2005	强制	机动车驾驶证管理信息代码　第9部分：相关资料代码
GA59.1—2000	强制	涉外信息管理代码　第1部分：涉外案（事）件种类代码
GA59.2—1993	强制	涉外信息管理标准　第2部分：入出境通行口岸名称与代码
GA59.3—1993	强制	涉外信息管理标准　第3部分：境外人员入境登记身份分类与代码
GA59.4—2000	强制	涉外信息管理代码　第4部分：中国公民出（入）境事由类别代码
GA59.5—1993	强制	涉外信息管理标准　第5部分：边防查控对象类别代码
GA59.6—1993	强制	涉外信息管理标准　第6部分：查控对象处理办法类别代码
GA59.7—2000	强制	涉外信息管理代码　第7部分：护照证件种类代码
GA59.8—2000	强制	涉外信息管理代码　第8部分：签证种类代码
GA59.9—1993	强制	涉外信息管理标准　第9部分：北京市公安局、分（县）局代码
GA59.10—1993	强制	涉外信息管理标准　第10部分：全国公安入出境涉外信息管理系统子系统功能模块统一名称代码
GA59.11—1993	强制	涉外信息管理标准　第11部分：入出境人员交通方式代码
GA59.12—1993	强制	涉外信息管理标准　第12部分：世界各洲代码
GA59.14—2000	强制	涉外信息管理代码　第14部分：港澳居民来往内地通行证（卡）机读码顺序标识
GA59.15—2000	强制	涉外信息管理代码　第15部分：中国机读护照证件名称及种类代码
GA59.16—2000	强制	涉外信息管理代码　第16部分：中国护照、证件机读码顺序标识
GA59.17—2000	强制	涉外信息管理代码　第17部分：中国签证机读码顺序标识
GA59.18—2000	强制	涉外信息管理代码　第18部分：中国公民出境审批结果代码
GA59.19—2000	强制	涉外信息管理代码　第19部分：入出境证件签发机关代码
GA59.20—2000	强制	涉外信息管理代码　第20部分：签注种类代码
GA59.21—2000	强制	涉外信息管理代码　第21部分：附注项种类代码
GA606—2006	强制	公安计算机网络TCP/IP主机名编码规范
GA607—2006	强制	公安信息网络IP地址编码规范
GA609—2006	强制	互联网信息服务系统　安全保护技术措施　信息代码
GA610—2006	强制	互联网信息服务系统　安全保护技术措施　数据格式
GA611—2006	强制	互联网信息服务系统　安全保护技术措施　技术要求
GA612—2006	强制	互联网信息服务系统　安全保护技术措施　通信标准
GA648—2006	强制	交通技术监控信息数据规范
GA649—2006	强制	机动车注册登记技术参数二维条码技术规范
GA658.10—2006	强制	互联网公共上网服务场所信息安全管理系统　信息代码第10部分　服务类型及内容代码
GA658.1—2006	强制	互联网公共上网服务场所信息安全管理系统　信息代码第1部分　上网服务场所代码
GA658.2—2006	强制	互联网公共上网服务场所信息安全管理系统　信息代码第2部分　上网服务场所服务状态代码
GA658.3—2006	强制	互联网公共上网服务场所信息安全管理系统　信息代码第3部分　上网服

（续表）

标准编号	性质	标准名称
		务场所处罚结果代码
GA658.4—2006	强制	互联网公共上网服务场所信息安全管理系统　信息代码第4部分　上网服务场所接入方式代码
GA658.5—2006	强制	互联网公共上网服务场所信息安全管理系统　信息代码第5部分　远程通信端代码
GA658.6—2006	强制	互联网公共上网服务场所信息安全管理系统　信息代码第6部分　系统操作日志行为代码
GA658.7—2006	强制	互联网公共上网服务场所信息安全管理系统　信息代码第7部分　接入服务商代码
GA658.8—2006	强制	互联网公共上网服务场所信息安全管理系统　信息代码第8部分　上网服务场所运行状态代码
GA658.9—2006	强制	互联网公共上网服务场所信息安全管理系统　信息代码第9部分　过滤规则代码
GA659.1—2006	强制	互联网公共上网服务场所信息安全管理系统　数据交换格式第1部分　终端上线数据基本数据交换格式
GA659.2—2006	强制	互联网公共上网服务场所信息安全管理系统　数据交换格式第2部分　终端下线数据基本数据交换格式
GA659.3—2006	强制	互联网公共上网服务场所信息安全管理系统　数据交换格式第3部分　上网服务场所信息基本数据交换格式
GA659.4—2006	强制	互联网公共上网服务场所信息安全管理系统　数据交换格式第4部分　上网服务场所处罚结果信息基本数据交换格式
GA659.5—2006	强制	互联网公共上网服务场所信息安全管理系统　数据交换格式第5部分　上网服务场所服务状态基本数据交换格式
GA659.6—2006	强制	互联网公共上网服务场所信息安全管理系统　数据交换格式第6部分　消息基本数据交换格式
GA659.7—2006	强制	互联网公共上网服务场所信息安全管理系统　数据交换格式第7部分　上网服务场所运行状态基本数据交换格式
GA659.8—2006	强制	互联网公共上网服务场所信息安全管理系统　数据交换格式第8部分　上网日志基本数据交换格式
GA659.9—2006	强制	互联网公共上网服务场所信息安全管理系统　数据交换格式第9部分　过滤策略基本数据交换格式
GA660—2006	强制	互联网公共上网服务场所信息安全管理系统　上网服务场所端功能要求
GA661—2006	强制	互联网公共上网服务场所信息安全管理系统　远程通信端功能要求
GA662—2006	强制	互联网公共上网服务场所信息安全管理系统　上网服务场所端接口技术要求
GA663—2006	强制	互联网公共上网服务场所信息安全管理系统　远程通信端接口技术要求
GA688—2007	强制	民用爆炸物品管理信息数据项
GA689—2007	强制	民用爆炸物品书证信息编码规则
GA690.1—2007	强制	民用爆炸物品管理信息代码　第1部分：民用爆炸物品品种分类与代码
GA690.2—2007	强制	民用爆炸物品管理信息代码　第2部分：涉爆单位类别代码

（续表）

标准编号	性质	标准名称
GA690.3—2007	强制	民用爆炸物品管理信息代码　第3部分：涉爆单位编码
GA690.4—2007	强制	民用爆炸物品管理信息代码　第4部分：涉爆人员类别代码
GA793.1—2008	强制	城市监控报警联网系统 合格评定　第1部分：系统功能性能检验规范
GA793.3—2008	强制	城市监控报警联网系统 合格评定　第3部分：系统验收规范
GA84.1—2000	强制	边防管理违法、违规信息代码　第1部分：偷渡外逃类型代码
GA84.2—2000	强制	边防管理违法、违规信息代码　第2部分：入出境手续不符类别代码
GA84.3—2000	强制	边防管理违法、违规信息代码　第3部分：人员违法、违规类别代码
GA84.4—2000	强制	边防管理违法、违规信息代码　第4部分：船舶违法、违规类别代码
GA84.5—2000	强制	边防管理违法、违规信息代码　第5部分：登轮工作人员违规、违章类别代码
GA84.6—2000	强制	边防管理违法、违规信息代码　第6部分：边防执勤事故或违规代码
GA84.7—2000	强制	边防管理违法、违规信息代码　第7部分：边防管理处理结果代码
GA99.1—2000	强制	边防管理边境地区渔（船）民、船只信息代码　第1部分：船舶来靠原因代码
GA99.2—2000	强制	边防管理边境地区渔（船）民、船只信息代码　第2部分：台湾船只停泊点、避风点代码编制原则
GA99.3—2000	强制	边防管理边境地区渔（船）民、船只信息代码　第3部分：台轮船舶港籍代码
GA99.4—2000	强制	边防管理边境地区渔（船）民、船只信息代码　第4部分：渔船作业方式代码
GA99.5—2000	强制	边防管理边境地区渔（船）民、船只信息代码　第5部分：渔船民婚姻状况代码
GA99.6—2000	强制	边防管理边境地区渔（船）民、船只信息代码　第6部分：渔船民称谓代码
GA99.7—2000	强制	边防管理边境地区渔（船）民、船只信息代码　第7部分：船籍港代码编制原则
GA99.8—2000	强制	边防管理边境地区渔（船）民、船只信息代码　第8部分：船舶（民）管理事件、案件类型代码
GAT 748—2008	推荐	警用指纹投影比对仪通用技术要求
GAT 749—2008	推荐	公安档案信息数据交换格式
GAT 751—2008	推荐	视频图像文字标注规范
GAT 753.1—2008	推荐	报警统计信息管理代码　第1部分：报警分类与代码
GAT 753.2—2008	推荐	报警统计信息管理代码　第2部分：报警途径分类与代码
GAT 753.3—2008	推荐	报警统计信息管理代码　第3部分：报警形式分类与代码
GAT 753.4—2008	推荐	报警统计信息管理代码　第4部分：出动警务人员代码
GAT 753.5—2008	推荐	报警统计信息管理代码　第5部分：非正常警情代码
GAT 753.6—2008	推荐	报警统计信息管理代码　第6部分：违反治安管理行为分类与代码
GAT 753.7—2008	推荐	报警统计信息管理代码　第7部分：公安行政执法分类与代码
GAT 753.8—2008	推荐	报警统计信息管理代码　第8部分：群体性事件分类与代码
GAT 753.9—2008	推荐	报警统计信息管理代码　第9部分：群体性事件原因分类与代码

（续表）

标准编号	性质	标准名称
GAT 753.10—2008	推荐	报警统计信息管理代码　第10部分：行政违法行为代码
GAT 753.11—2008	推荐	报警统计信息管理代码　第11部分：治安灾害事故分类与代码
GAT 753.12—2008	推荐	报警统计信息管理代码　第12部分：纠纷分类与代码
GAT 753.13—2008	推荐	报警统计信息管理代码　第13部分：纠纷处理代码
GAT 753.14—2008	推荐	报警统计信息管理代码　第14部分：求助代码
GAT 753.15—2008	推荐	报警统计信息管理代码　第15部分：求助处理代码
GAT 753.16—2008	推荐	报警统计信息管理代码　第16部分：警务监督分类与代码
GAT 753.17—2008	推荐	报警统计信息管理代码　第17部分：警务监督处理分类与代码
GAT 755—2008	推荐	电子数据存储介质写保护设备要求及检测方法
GAT 759—2008	推荐	公安信息化标准管理基本数据结构
GAT 760.1—2008	推荐	公安信息化标准管理信息分类与代码　第1部分：标准类型分类与代码
GAT 760.2—2008	推荐	公安信息化标准管理信息分类与代码　第2部分：标准级别代码
GAT 760.3—2008	推荐	公安信息化标准管理信息分类与代码　第3部分：标准性质代码
GAT 760.4—2008	推荐	公安信息化标准管理信息分类与代码　第4部分：法律文件代码
GAT 760.5—2008	推荐	公安信息化标准管理信息分类与代码　第5部分：制定/修订方式代码
GAT 760.6—2008	推荐	公安信息化标准管理信息分类与代码　第6部分：标准状态代码
GAT 760.7—2008	推荐	公安信息化标准管理信息分类与代码　第7部分：立项状态代码
GAT 760.8—2008	推荐	公安信息化标准管理信息分类与代码　第8部分：制定/修订状态代码
GAT 760.9—2008	推荐	公安信息化标准管理信息分类与代码　第9部分：公安部所属标准化委员会分类与代码
GAT 760.10—2008	推荐	公安信息化标准管理信息分类与代码　第10部分：文档类型代码
GAT 760.11—2008	推荐	公安信息化标准管理信息分类与代码　第11部分：标准审查类型代码
GAT 760.12—2008	推荐	公安信息化标准管理信息分类与代码　第12部分：标准宣贯类型代码
GAT715—2007	推荐	公安信息系统应用开发管理规范
GAT737—2007	推荐	保安服务管理信息基本数据项
GAT738.1—2007	推荐	保安服务管理信息规范　第1部分：保安服务公司编码
GAT738.2—2007	推荐	保安服务管理信息规范　第2部分：自建保安组织编码
GAT738.3—2007	推荐	保安服务管理信息规范　第3部分：保安服务对象编码
GAT738.4—2007	推荐	保安服务管理信息规范　第4部分：保安培训机构编码
GAT738.5—2007	推荐	保安服务管理信息规范　第5部分：保安培训机构教员编码
GAT738.6—2007	推荐	保安服务管理信息规范　第6部分：保安培训机构学员编码
GAT738.7—2007	推荐	保安服务管理信息规范　第7部分：保安职业技能鉴定考试报考编码
GAT738.8—2007	推荐	保安服务管理信息规范　第8部分：保安员职业等级代码
GAT738.9—2007	推荐	保安服务管理信息规范　第9部分：保安职业技能鉴定考试科目代码
GAT739.1—2007	推荐	公安请求服务平台应用规范　第1部分：应用服务描述
GAT739.2—2007	推荐	公安请求服务平台应用规范　第2部分：请求服务应用接口

参考资料

1. 张海藩. 软件工程导论[M]. 第三版. 北京：清华大学出版社
2. 郑人杰. 软件工程（高级）[M]. 北京：清华大学出版社
3. [美] Paulraj Ponniah. 数据仓库基础. 北京：电子工业出版社
4. 蔡敏等. UML基础与Rose建模教程. 北京：人民邮电出版社
5. [美] Grady Booch. 面向对象分析与设计. 北京：机械工业出版社
6. [美] Ralph M.Stair. 信息系统原理. 北京：机械工业出版社
7. 彭波. 数据结构教程. 北京：清华大学出版社
8. [美] George M.Marakas. 数据仓库、挖掘和可视化. 北京：清华大学出版社
9. 何新贵，王纬，王方德等. 软件能力成熟度模型[M]. 北京：清华大学出版社
10. 罗新星，毕文杰. 如何在中小型软件企业中实施CMM[J]. 管理论坛
11. 王青. 基于ISO9000的软件质量保证模型[J]. 软件学报，2001，12（12）：1837-1842.
12. 谷文广. 国内软件企业实施过程改进的实用性方法探索[J]. 北京工商大学学报（自然科学版）
13.]Roger S. Pressman. 软件工程：实践者的研究方法[M]. 原书第五版. 梅宏译. 北京：机械工业出版社
14. GB/T 19001-1994 idt ISO 9001：2000：1994 质量体系-设计/开发、生产、安装和服务的质量保证模式
15. [美] Frederick P. Brooks，Jr.人月神话（原文MythManMonth）[M]
16. [英] Ince D. ISO 9001国际标准和软件质量保证[M]. 李月芳等译. 北京：电子工业出版社
17. [美] Sami Zahran.软件过程改进（原文Software Process Improvement Practical Guidelines for Business Success）[M].北京：机械工业出版社
18. Demiros E，Demiros O，Dikenelli O. Process improvement towards ISO 9001 certification in a small software organization [A]. Werner Bob. Proceedings of the 1998 International Conference on Software Engineering [C]. CA：IEEE Computer Society
19. ISO 9001：2000. Quality systems-model for quality assurance in design/development，production，installation，and serviving[R]. Inter-national Organization for Standardization. Geneva
20. Mark C.Paulk. A Comparison of ISO 9001：2000 and the Capability Maturity Model for Software[R]. Technical Report CMU/SEI-94-TR-12 SEI Carnegie Mellon University，July
21. Van der Pij G J. ISO 9000 Versus CMM：Standardization and Certification of IS development[J]. Information & Management
22. Jalote P. CMM in Practice [M]. NY：Addison Wesley Longman. Inc，1999. 322-340